現代文學57

紅塵藍夢

侯潤平 著

博客思出版社

目錄

紅塵藍夢

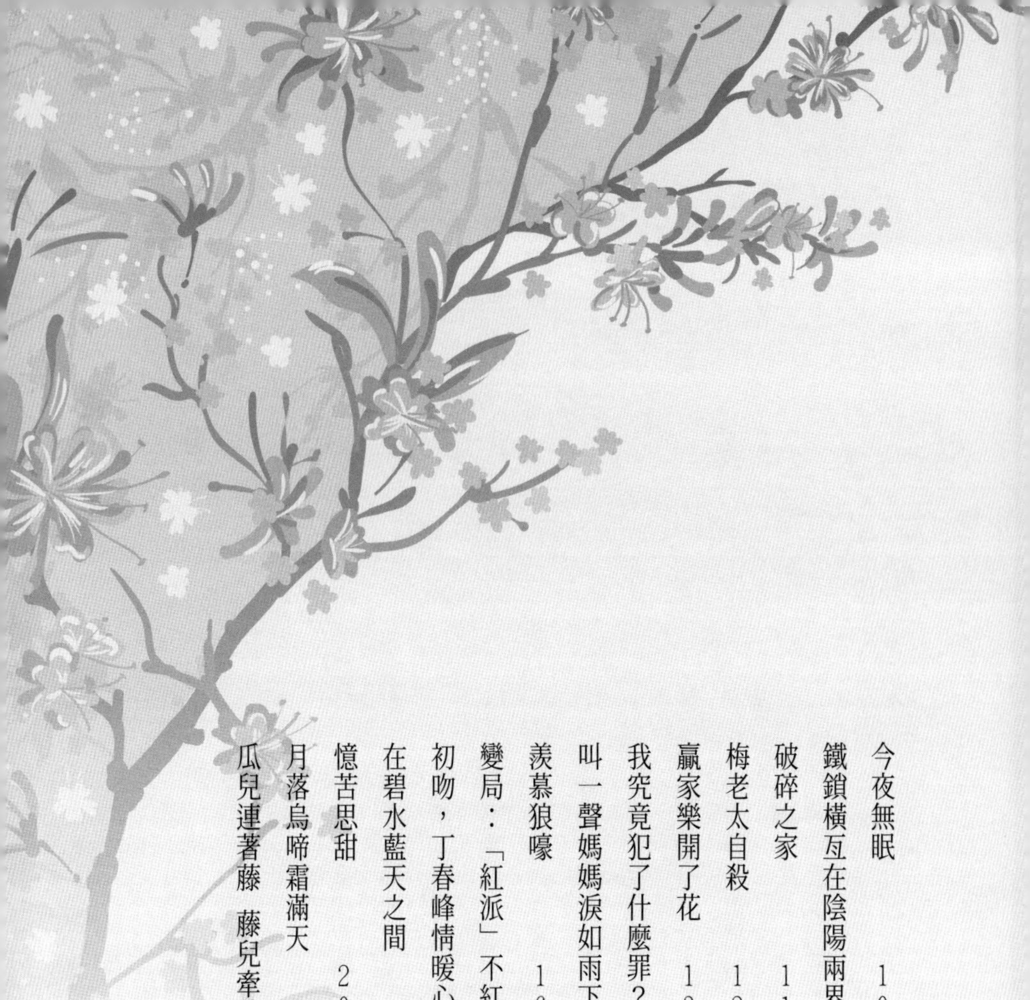

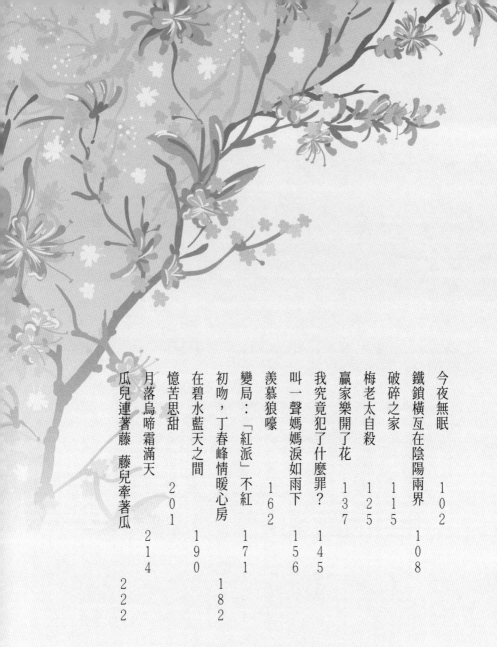

第一章 夜沉沉雨霖霖

白雨虹走出醫院大門，一股寒風襲來，打了個顫，頭緊緊地縮進衣領。街上行人稀稀落落。在昏暗的路燈下，幾個身穿黃軍裝的紅衛兵，往牆上刷大標語，還在上面打紅叉叉，構成了類似骷髏的畫面。打人家姓名紅叉表示此人已經打倒，成爲革命的對象。這年頭人人自身難保，白雨虹懶得去看紅叉叉下邊的漢字。白雨虹不願看大標語，還有另一個原因，他的父親也被人家貼了大字報刷了大標語，名字上也打了三個大大的紅叉，接著押上操場的水泥臺批鬥。父親脾氣倔，不肯下跪，拒絕低頭，紅衛兵使勁摁下他的頭顱，扯下一把頭髮。白雨虹敬重父親，雖然平時對自己嚴厲有加，但父親的人品學問，一直是他暗中的效仿。當白雨虹在水泥臺上抱起父親，看到父親身上傷痕累累，不禁淚流滿面。多少年後，白雨虹想起這個場面，還深深地內疚：爲什麼當時沒有勇氣衝上臺去，用自己的身軀擋住雨點般的拳頭？他爲自己的懦弱感到羞恥。白雨虹輕輕撕開血肉凝結在一起的襯衣，父親的背上烙上了幾道紅叉叉，皮膚破裂的地方正在滲出血液，那是紅衛兵用皮帶抽擊留下的印記。白雨虹怎麼也想不通，打父親的人都是自己朝夕相處的同學，有的還是自己的朋友，他們與父親沒有什麼深仇大恨，何以頃刻成了陌路人？白雨虹感到更爲恐懼的是，這批人打了人還不走開，圍著白雨虹父子，像欣賞一件藝術品似的，看著白雨虹輕輕呼喚父親，看著他擦父親的血跡，還不時發出一陣哄笑。白雨虹環顧四周發現，一個個被批鬥的人，都打得皮開肉綻，不見血液流淌他們決不罷手。想到此，白雨

虹心裡猛的一陣痙攣，難道這就是他們對紅色的崇拜？

天空中開始飄起了雨絲，偶爾夾著小冰珠，由東風裹著，直往白雨虹頭頸裡鑽。一輛破舊的公車搖搖晃晃地在他身邊停下，他想馬上跳上去，立刻回到溫馨的家。他下意識地摸了一下口袋，摸到一枚五分硬幣，他猶豫了片刻，還是讓汽車開走了。他深知目前的境況：父親在新吳醫院，母親不知關在哪裡審查，這五分錢意味著弟弟、妹妹還有他一天的伙食，可以買兩斤青菜一斤螺螄，他盤算的明天家裡的菜譜大體如此，他捨不得花五分錢，攥著這五分錢，就是攥著明天的希望。他繼續迎著撲面的風雨走著，街面上幾乎所有的店都已打烊了，掛在電線桿上的高音喇叭不知疲倦地還在唱著樣板戲，叫你永遠接受無休止的轟炸。白雨虹無法躲避聲浪，揚聲器也許唱破了，李鐵梅的《打不盡豺狼決不下戰場》變了調，成了童話裡巫魔的聲音。白雨虹清楚地記得，他就是在這個怪音中背著父親，一步一步挪動著艱難的步伐走進醫院的。在長達四五公里的街上，沒有任何一個人伸出手扶他一把，哪怕是輕輕地托一下，反而人們像見到瘟疫一樣，紛紛躲避。他已經無法回憶起，他是憑什麼樣的力量走完這段路的。走到醫院他近乎虛脫，身上如雨的汗水與父親的血水融合在一起，地上淌了一灘。

一個臉色黃黃的護士問：「成分？」白雨虹沒聽清楚，木訥地望著她。護士微微皺了一下眉，提高了音量：「成分？」

白雨虹微微一怔，原來小護士不是在問父親的傷情，首先關心的是成分。這與治療有什麼關係？白雨虹來不及多想，隨口說：「教師！」實際上他在答非所問，回答的是職業。

小護士揚了揚眉毛，從鼻孔裡吐出了「哼」的聲音，然後說：「原來是臭老九，革命對象！我們是革命醫院，看病先看革命人！」說完一跳一跳跑開了。

白雨虹怔在那裡，眼眶裡的淚水在打轉，他緊緊地咬住牙根，不讓淚水掉下。他迅速把走廊裡的兩張長凳拼好，安放好父親躺下，疾步去找醫生。急救室、觀察室、理療室一間一間的房間，都擠滿了人：武力衝突中受傷的年輕人，邊上有同一派別的戰友，加上陪同的家屬，到處是嘈雜聲，只有一個三十來歲的戴副圓眼鏡的醫生在忙碌。白雨虹連續七八次懇求醫生，快去診斷父親，但那醫生只是點頭說別急，依舊忙他的事。看得出來，那醫生也身不由己，剛看完一個，立即被另一幫人半推半搡地去診斷同派的傷患。

那醫生人們都叫他高醫生，白雨虹也跟著人家一遍遍喊高醫生。白雨虹明顯感到自己的喊聲底氣不足，很快被狂躁的聲音淹沒。那些人的語氣都十分強硬，喜用命令句式：「嗨，高醫生，我們頭頭為保衛毛主席革命路線負傷，趕快去！」「喂，聽見沒有？革命戰士在流血，還不快點！」高醫生唯唯諾諾，一群人推他到東，另一群人拉他到西，白雨虹被他們無情地擠出了圈外。

白雨虹孤零零地回到走廊父親身邊，父親的眼角分明掛著淚滴，艱難地拉住他：「雨虹，我們回家吧。醫院也在鬧革命，沒人手，我們回去吧。」

白雨虹握著父親的手，默默地看著父親慘白的臉，抿住嘴，沒吭一聲，只是緊緊地把父親的手埋在自己的懷裡。白雨虹凝視著牆上的掛鐘，那鐘仿佛變成了一張變形的面孔，揚起兩根眉毛，嘲笑著他的無能。秒針在靜靜地走動，一圈又一圈，時間在一分一分地流逝，白雨虹的心在顫抖，一陣又一陣。他多麼想理直氣壯地說：「高醫生，爸爸被紅衛兵無緣無故打成這樣的呀，快救救我爸吧！」但他不能說，他把話嚥到了肚裡。他知道，倘若他真的這麼說，此時此地，在這如火如荼的革命年代，猶如愚蠢之舉，必會被周圍的人嗤之以鼻，間或踩在腳下。

白雨虹感到前所未有的孤獨，就像一隻海浪中的小舢板，看得到遠處的陸地，但無法靠近它的港灣。他感到空前的無助。

時針在慢慢的移動，父親的額頭上仍在滲血，呼吸越來越細，出現了休克症狀。白雨虹心急如焚，掐著父親的人中，不能再等下去，他已經等得時間夠長了，不管怎麼說，父親的血要止住，傷在哪裡要明白，先要讓父親神智清醒。他感到有一股力量在推動他，必須採取行動。他猛地撥開人群，堅定而大聲說：「高醫生，快救我爸吧！我求你了！」說罷，他臉朝醫生在硬梆梆的水泥地上長跪不起。

周圍的人被他的舉動愣住，嘈雜的聲音嘎然而止，空氣仿佛也凝結了，一雙雙眼睛齊刷刷投向跪在地上的白雨虹。高醫生猛地一驚稍停片刻，快步走向白雨虹。

……

街上有人撐起了油布傘，零零星星的騎車人穿上了雨披，夜空裡風轉了方向，雨越下越大，原先的雪珠化作了雨珠，打在臉上，落在身上，透骨的陰冷。白雨虹上身穿的學生裝全部濕透，他感到渾身冰冷和飢餓。他想快點跑步回家，跑了幾步，雙腿根本不聽使喚，又軟又飄。他找了一家有屋簷的店鋪，站在門口躲雨。他神情呆滯地望著屋簷下的雨簾，望著黑糊糊的夜空，想著如果沒有這場革命，他現在在哪裡？他對自己冒出的奇怪的念頭感到可笑，高考取消了，他與許多同齡人一樣，無望進入大學的校門，想這個幹嘛？他記得剛讀高中時寫過一篇散文，發表在《萌芽》文學雜誌上。描繪了一個少年在雨中的嬉戲場景，這個少年長大成青年，在婆娑的柳枝下，在細雨濛濛的未名湖上泛舟蕩漾。這詩化的意境，蘊透著白雨虹的大學夢；這詩化的浪漫情調，飽含著白雨虹對生活最初的美好感受。但是，在今天饑寒交迫的長夜裡，在今天漫漫的淒風苦雨中，那種詩化的夢，在今夜的雨幕中擊得粉碎；那種浪漫的感受，已經蕩然無存！一個平時極自愛自尊的他，今天卻在醫院呼號長跪，他感到心在滴血，那是一種刻骨銘心的痛。在那個瞬間，白雨虹年少時建立起來的對世界美好憧憬的大廈，頃刻間無情地轟然倒塌。

遠處民居亮著的電燈越來越少了，雨稍稍小了點，白雨虹再次走進了絲絲細雨的夜幕中，他得趕緊回家。他的背後，仿佛有一雙父親急切的眼睛，盯著他快回去。高醫生說，父親腰椎錯位，需要一段時間恢復，還擔心腦震盪的後遺症。父親並不關心自己的情況，他最擔心家裡孩子們，他一遍遍催促白雨虹回家。白雨虹走在路上，隱隱體會到從今後肩上擔子的沉重，一邊是傷痕累累的父親，一邊是狂熱衝動的弟弟，不諳世事的妹妹，他將怎樣負重走完這條坎坷的路，他心裡一點都沒底。

轉過彎，走過斑駁的石橋，踏上長長的青石板，白雨虹終於看得見家了。幽幽的小巷口，在路燈電桿的倒影裡，白雨虹眼睛放亮，遠遠的，他發現了一個身影，那身影十分熟悉，萬分親切，白雨虹陡然渾身熱乎乎起來，一股暖流撫摩湧動。他急急地向前，正要喊她，藍欣欣，發出含著溫度的音韻，那身影忽地閃進了小巷，一轉身消失在茫茫夜幕中。

——第二章

浪濤裡，冰涼冰涼

妹妹白雨蘭還沒睡，她房間的燈還亮著。

白雨蘭聽見大哥那熟悉的腳步聲，趕忙去開門。白雨蘭一面急切地問父親的情況，一面跑到廚房，盛了一碗泡飯遞給白雨虹。

白家的房子不大，兩間臥室各鋪了兩張床，父母與妹妹居住一間，白雨虹和弟弟白雨星居住一間。白雨虹換了衣裳吃著泡飯，身上頓時暖和起來。他望著弟弟空空蕩蕩的床，又像自言自語，又像在問妹妹：「雨星呢，怎麼又沒回家？」

白雨蘭忙告訴：「二哥傍晚來過，說他今晚不回家，他把鋪蓋被子都拿到據點去了。他們「代代紅」兵團正在醞釀一個大的革命行動呢。白雨虹「嗯」了一聲，心裡襲來一陣擔憂。弟弟已經兩天沒回家，他們紅衛兵組織佔據了和坊中學，改名爲東方紅中學，成爲他們的大本營。白雨虹瞭解自己的弟弟，對新事物充滿好奇，事事想參與，人又單純熱情，在革命時代，弟弟的個性如魚得水，找到了激進情感表演的舞臺。白雨虹與弟弟相比，就顯得內斂遲鈍，喜歡獨思多慮，內心體驗比弟弟細膩敏感。他對現成的答案決不盲從，對不理解的事從不參與，當這場革命如火如荼漫捲自己生活的古城時，他心靜如水，微波不瀾。許多紅衛兵組織動員他加入自己的兵團，他都以種種理由謝絕了。多少天來，多少狂熱的青年，互相攻擊辯論，甚至大打出手。他們揪鬥自己的老師和長輩，衝擊民居擅自抄家，白雨虹無法理解眼前發生的一切，他感到自己被革命的巨浪拋棄在一個無人理睬的旮旯裡。不過，他仍然放心不下神情激昂熱血衝動的弟弟，盼望雨星能回家，白雨虹多麼想跟他談談。

白雨虹關照妹妹早點睡，明早要給父親送粥去。他習慣地走向廚房，並非再想吃點什麼，而是想到碗櫥的隔層裡取書看，當外面「破四舊」大焚書時，他趕忙在家裡的碗櫥中做了隔層，把薄一點的隨手要看的書藏到了裡面。他想繼續看雨果的《九三年》。但又感到今夜太疲倦了，心情又不好，重又回到了臥室。他擰開檯燈，寫了長長的日記，然後上床。

奇怪的是他一下子無法入睡。白天的事來得那麼突然，他要清理一下思路。水泥臺上，父親被人家揪打的場景在眼前無論如何揮之不去。他記得在眾多女紅衛兵中，胡瑤淩用軍用皮帶的銅扣抽擊父親。她一面抽，一面問：「你有沒有說過，太陽裡面有黑子？」父親回答：「記不得了。」胡瑤淩又說：「語文課分析古文，你爲后羿射日叫好，安的什麼心？還說后羿射日累了，揮一把汗撒向最後的一個太陽，於是就有了黑子，當時我們爲你的幽默喝彩。現在想來，你是在惡毒攻擊我們心中最紅最紅的紅太陽毛主席！大家說是不是？」人群一片狂喊聲：「是！」有人憤怒高呼：「打倒漏網右派白文堂！誓死保衛毛主席！」在鼓噪聲中，父親的聲音雖然輕，但異常堅定：「牽強附會！」眾人怒吼：「你還想抵賴，叫你嚐嚐革命小將的鐵拳！」於是又是一陣拳打腳踢。白雨虹百思不得其解，胡瑤淩竟然用這樣的手段對付父親。在白雨虹的心裡，胡瑤淩學習成績好又是團支書，平時熱衷於班團活動，明快利索，人品也尚可，怎麼革命一來說變臉就變臉？在父親眼裡，胡瑤淩是他的得意門生，父親常常把她的作文推薦給白雨虹看，還親自點評推薦發表胡瑤淩的文章，難道這就是父親應有的報應？

白雨虹還記得，他到水泥臺上背起父親時，曾無意間看到了人群中的藍欣欣。藍欣欣手捂住嘴，眼眶中含著淚。憑著直覺，白雨虹似乎感到藍欣欣在他的身後跟了一段路。與胡瑤淩相比，藍欣欣在班裡不顯山露水，她大方聰慧，從不張揚自己。藍欣欣不聲不響爲街道裡一位孤寡老太服務了一年多，胡瑤淩她們知道後也參與，這個送溫暖小組被市裡表彰爲學雷鋒先進集體，以胡瑤淩的名字命名，藍欣欣沒說一句話，依然樂呵呵的參加每一次活動。白雨虹就從這一點上敬重藍欣欣，留下了難忘的印象。白雨虹後來還聽說，藍欣欣的父親是級別不低的幹部，指揮過蘇中平原的抗日支隊。但藍欣欣從沒在任何人面前提起過。他隱隱約約替藍欣欣家擔心，這年頭她父親不知過得怎樣，她父親會不會被打成「走資派」受到衝擊？他又想起，一次在大街上，在人群外遠遠地看到在批鬥一位「走資派」，很像藍欣欣的父親，那些紅衛兵在擴音器裡當衆讀他的日記，把他的隱私，他對一個女人的情思，說成腐化墮落，說成資產階級思想，大肆攻擊。想到這裡，突然記起父親在醫院裡對他的叮嚀：「雨虹，回家快把我的手稿，家裡的信件、日記處理掉，免得抄家抓到把柄。」糊塗，怎麼把這件事忘了？白雨虹從床上躍起，迅速把他剛剛才寫的日記撕成碎片。

隔壁的臥室裡傳來白雨蘭夢中的笑聲，她還不時說著誰也聽不懂的含含混混的夢話。白雨虹知道妹妹睡相不好，老是做夢踢被子。他走過去擰開燈，果然看見她身上的被子一大半落到了床下。妹妹在夢中還在微笑，白雨虹心裡好羡慕她的無憂無慮，一瞬間自己也仿佛回到了天眞爛漫的少年時代。他替妹妹蓋被子，無意間忽然發現，妹妹雪白的雙腿之間，粉白的短褲之上，滲出了殷紅殷紅的血，仿佛還在擴展，染及了一大片。白雨虹第一次看到這景象，他的心猛的一收縮，有點措手不及。他迅速檢索腦中所有相關知識，仍是一片空白。他足足在妹妹床前待了七秒鐘，相當於恐龍受到刺激傳遞到腦中再反應過來的時間。他終於檢索到了一個知識點，明白了怎麼回事。

白雨虹輕輕地蓋好妹妹的被子，重新上床迷迷糊糊睡去了。他此時多麼想見母親，倘若母親在，妹妹的這種事還用他哥哥牽掛？問題是妹妹懵懵懂懂，使他更多了一份心事，他決定明天去找梅純穎醫生。他一會兒好像見到母親走來，一會兒在枕邊仿佛飄來像妹妹雨蘭身上一樣的淡淡的乳酪香味，他感到極好聞，醉醉的，悠悠的，又見到了妹妹的睡姿，這睡姿他又感到在哪裡見過。有一次藍欣欣生病，他去送作業給她，在藍欣欣家裡，他見到過藍欣欣像雨蘭一樣的睡姿，頭微微傾斜，那嫩嫩的頭頸袒露在外，臉泛著淡紅，那閃動的睫毛輕輕地撩撥著白雨虹的心弦，他仿佛身處在虛幻的白雲間，四周靜謐無聲，空氣裡飄蕩著藍欣欣甜甜的又像乳酪又像橘味的氣息，他眞想在藍欣欣的白嫩的頭頸上輕輕咬上一口。白雨虹在朦朧的睡意中，漸漸感覺自己的情根在慢慢啓動，由軟變硬，包皮在向後退去，龜頭已經完全裸露。要是在過去，他會情不自禁地用手握住硬邦邦的情根，享受婆娑帶來的快感。今夜他太累了，性情沉鬱興致不高，沉沉的睡意驅散了情意，那情根始終半硬半軟地挺著，沒有遇上手的愛撫。

白雨虹開始了他夢的神遊。他遇見了一大片水，無邊無際，輕漾浩渺。那水碧綠碧綠的，像一片大的湖泊，又像一片沒有邊的游泳池，朦朧中又覺得不是游泳池。白雨虹對游泳池太熟悉了，他曾經在池中多少次地擊浪暢遊，獲得過市裡自由泳的前三名。給他帶來榮譽的游泳池邊沒有成排的柳樹，沒有遠處的山脈。現在他在水裡，遠處山巒連綿，近地裡金黃色的沙灘如地毯似的鋪在水邊，岸邊竟然還有幾只肥大的烏鴉，他確信這地方沒有來過。水拍擊著他，突然一排排浪向他湧來，就像漲潮一般。一個浪頭襲來，把他捲入了浪底。他奮力游著，漸漸感

到體力不支，還感到自己在巨浪中的輕渺、孤獨和恐懼。忽然，他發現在浪峰上又多了一個人，隨著大浪上下沉浮。蝴蝶結在閃搖，她好像也在奮力掙扎。白雨虹拼盡全力游過去，他把手伸向藍欣欣，眼看就要抓住她了，卻被湧來的浪頭推開；藍欣欣張著驚恐的眼睛，好像在呼救，也把手伸向白雨虹，但一個惡浪打過，又把他們分開了。白雨虹感到永遠也無法靠攏她，但她又近在咫尺。他心裡一陣慌亂，呼吸急促，身體越來越往下沉，他的體力和精神幾乎絕望得將要崩潰。他那情根急劇的漲大，又粗又硬。在焦慮和恐懼之中，情根緊縮一抖一抖的伸動，噴出了一股精液。他想極力抑制井噴，但無濟於事，一次次的浪頭襲來，一次次地向外噴射，那一大灘冷精，在大腿上流淌，冰涼冰涼。

——第二章

梅老太太

一大早，白雨虹去菜場買好菜，就匆匆地去街對面的梅純穎醫生家。

這是一棟獨門獨戶的住宅。南邊是一個不大的天井，北面是一個大園子。白雨虹少年時代常常來園子裡玩，爬在兩棵矮矮的青梅樹上摘青梅吃，現在想起嘴裡還是酸酸的。這個園子的主人梅純穎，是個老太太，經常用她的職業習慣說：洗了吃，洗了吃，小朋友要講衛生。梅老太脾氣好，秋天裡白雨虹和他的夥伴們在園子裡找蟋蟀，常常把泥牆上的何首烏藤拉下，形成一個個小窟窿，或者把梅老太心愛的蘭花盆打翻，老太太從沒向他們發過火。在三年困難時期，她在園子裡種山芋，白雨虹肚子餓得實在受不了，就跑到園子裡來挖山芋吃。頭髮花白的梅老太，倚在樹邊笑瞇瞇地幫他們打水洗山芋。印象最深的，園子裡有兩棵枇杷樹，白雨虹和小夥伴們每年春夏之交都要爬到矮個子的一棵枇杷樹上摘枇杷吃，但在那幾年枇杷剛長出來就先被鳥兒吃掉了，他們吃不到。梅老太就說：「鳥兒跟人一樣沒有吃，來搶枇杷吃。」梅老太還說，她只要看樹上的果子就知道是不是豐年，戲稱自家的枇杷樹成了老百姓吃得飽還是吃不飽的消息樹。

梅老太就像百科全書。她的客廳除了擺滿各種蘭花外，幾乎都被書櫥撐滿了，在白雨虹從小到大的心目中，她腦子裡儲滿了有趣的故事，常常把普通的常識昇華爲新知，給人以啓迪。有一年白雨虹在花鳥市場買了兩盆吊蘭送給梅老太，並把吊蘭放到了書櫥頂上，梅老太說，從

此她家的綠色進入了立體化時代。梅家大量的藏書吸引著白雨虹，他把梅家當作第二個家。同樣，梅老太十分器重他，白雨虹的冷峻多思，冷不防從有稜有角的嘴唇中吐出來的有見地的話，梅老太頗爲欣賞。尤其是當這場革命剛開始時，外面風聲越來越緊的時候，白雨虹敏銳地預測了書的劫難，在自家藏書的同時，想到了梅老太家的書。他幫助老太把人文書籍分批放進箱子，一部分藏到了地板下，另一部分再用油布包好藏到了園子裡的金魚池中。梅老太十分感激他。

現在白雨虹站在了梅老太的面前，他臉上蒙著困倦的神色，更多的是侷促不安。他怎麼說呢，他把今天到梅老太家看得十分神聖，因爲他今天既要承擔一個大哥的責任，又要實現本屬於母親的呵愛。他要向梅醫生求助，教懂他關於女孩那方面的知識，他可以指導妹妹；他還要請梅醫生幫忙，幫他做幾個妹妹用的那個叫不出名的帶子，那帶子他懵懵懂懂看見過，母親神秘兮兮洗過，並且放在衣服裡晾乾，他從沒有看到母親把那帶子放在衣服外面單獨曬過。妹妹昨晚見紅，他翻遍了衣櫥櫃子也沒找到。他想去買，但他這個年齡的大男孩，怎麼說得出口、露得了臉，去商場買這個東西？何況現在又是革命時期！

梅老太看著漲紅了臉，吞吞吐吐閃爍其詞的白雨虹，傾著身子，終於聽明白了他的意思。梅老太微微一笑：「難爲你了，雨虹！我幫你做幾個。」

趁梅老太去縫紉機前做月經帶的工夫，白雨虹又來到了後面的園子裡。金魚池上的土沒有動過，埋在底下的書看來逃過了一劫。象徵著資產階級生活方式的盆景，一隻隻蘭花花盆的碎片堆了一地。梅老太平時喜歡坐的明代的紅木椅子已經四分五裂，像一堆乾柴雜亂地遺棄在牆角。

白雨虹平時喜歡坐的沙發，東倒西歪躺在枇杷樹下。白雨虹把兩張沙發扛進客廳，找了榔頭、釘子，修理了一番，把瘸腿的沙發按上了健康的撐腳。幾乎同時，梅老太也從臥室走出，把做好的月經帶遞給了白雨虹，她關照白雨虹，叫雨蘭例假期間不要洗生水，不要劇烈運動，若有什麼不正常請她過來。梅老太說，現在她只好做閨房中的千金小姐了，剃了陰陽頭，沒辦法外出。

白雨虹這才發現，梅老太右邊的頭髮被人剪掉了。看著老太太的模樣，像被別人揪了一下心，感到難過和震驚。梅老太那一頭白髮，間或藏了幾根青絲，在白雨虹心中是一位知識老太智慧的象徵。「是誰？哪個組織幹的？」白雨虹急切地問。

「誰，哪個組織並不重要。重要的是我一直想弄明白，他們為什麼這樣做？發動和支持他們的偉大領袖要達到什麼目的？」梅老太坐在沙發裡，他邀白雨虹坐在她的左邊的沙發，朝著白雨虹的方向，左邊的頭髮依然展示著老太的丰采。在這陰霾的日子裡，梅老太依然想把完整的美好的形象留給年輕人。

客廳裡十分寂靜。在白雨虹的記憶裡，他們在客廳裡的無數次的交談聊天，氣氛總是那樣的溫馨。撲鼻而來的是蘭花的清香。茶几上的藍花瓶裡有時是馬蹄蓮，有時是康乃馨，有時是菊花，時紅時黃的顏色點綴使空間充滿生機。環顧周圍書櫥，裡面整齊的排列著一排排精裝本，使客廳更顯得典雅。現在，花沒有了，綠沒有了，書沒有了，紅木椅子沒有了，客廳裡空空蕩蕩，白雨虹感到從未有過的荒蕪窒息。他沉默了片刻：「梅醫生，你說說，他們到底要幹什麼？難道抄家、揪鬥、燒書，相互攻擊，就是文化革命？」

梅老太說，他們到這裡抄家已經兩次了，抄一次家還要批鬥一次。第一批紅衛兵衝進來，主要來「破四舊」，砸紅木傢俱和焚書焚字畫。幸虧大部分人文類書藏起來，留在書櫥裡的都是醫科、理工科類書籍，沒有幾本屬於「封資修」的，他們就亂翻那些印有人體解剖圖的醫書燒掉，因爲他們認爲這是裸體畫，有傷風化，屬於資產階級意識形態，必須付之一炬，才能純潔思想，實現革命。第二次紅衛兵來，就把她架出去站在門口示眾，剪掉了頭髮，頭頸裡掛牌子，接受批鬥。梅老太嘆了口氣，調侃說第三次革命她要和小將們一起上街了。白雨虹明白此話的含義，下一次老太太將被拉到街上戴高帽子遊街了。

正說著，有人劇烈地敲擊大門。那敲門的衝擊力，震得客廳的落地雕花長窗噗噗直響，似乎玻璃要碎的樣子。梅老太和白雨虹的交談嘎然而止，兩人的眼神對視了一下，沒有說話，但彼此心知肚明，第三批抄家人馬說來就來了。他們兩人快步走進天井，石庫門的大門板已經被打開，右邊半扇門已經脫臼，有氣無力地歪斜在牆邊。

一群戴紅臂章的紅衛兵嚷嚷著，一邊叫喊著打倒反動學術權威，打倒大特務，有的乾脆喊打倒梅純穎等等的口號，一邊往裡面衝進來。爲首的一個長得膚色黝黑的小夥子，率領人群直往客廳衝。那頭兒剛跨上兩級石階，忽然轉回，愣了一下，迅速朝白雨虹身邊走來，拍了一下白雨虹的肩膀：「哎呀，雨虹，你在這裡？」

白雨虹嚇了一大跳，睜大眼睛，回過神才反應過來：「春峰，是你？」

被白雨虹稱春峰的青年姓丁，從小住在一條街上一起長大，性格豪爽，頗講義氣，路見不平，兩肋相助，大有古代俠士之風。儘管兩人性格差異很大，但從小十分投緣，屬鐵哥們。梅老太的後園子，也是他們從小常來之地，現在埋書的金魚池，他們還用紗布網兜去河裡撈小紅蟲，餵過池裡的金魚。丁春峰對園子太熟悉了，白雨虹心裡暗暗吃緊。白雨虹迅速察看周圍的人群，稍稍鬆了口氣，幸好都是同學，幸好只有丁春峰來過梅老太家。白雨虹多麼想像過去那樣，呼朋引友勾肩搭背，幾句話搞定一件事。如今，革命改造了人，尤其最近的幾天，人人都像變色龍，丁春峰變成什麼顏色，白雨虹心裡不清楚。他極力想阻止事態的發展，關鍵取決於丁春峰。白雨虹目光投向丁春峰，這目光中溢滿期待、信任、疑惑多種複雜的情感。丁春峰此時此地見到白雨虹也有點尷尬，他多次在眼前的客廳裡參加過暢談，他對白雨虹也是太瞭解了，白雨虹絕對不會贊成在這裡「革命」，那麼多人中也只有他能夠讀懂白雨虹的眼神。好在丁春峰熱情敏捷，一把拉住白雨虹說：「雨虹，我們正要找你，你參加我們的組織吧！」

邊上許多同學圍了過來，七嘴八舌邀請白雨虹參加他們的組織。從他們的話語裡，白雨虹知道：就在昨天，胡瑤湲他們的「代代紅兵團」開了白文堂老師的批鬥會後，一部分同情白老師的同學如丁春峰他們，宣佈退出「代代紅」，另外成立了一個紅衛兵組織，命名爲「火車頭兵團」，典出馬克思的名言「革命是歷史的火車頭」。今天是「火車頭」成立後的第一次革命行動，沒想到在梅醫生家裡與白雨虹不期而遇。白雨虹心裡很感激丁春峰他們對他父親的尊重，至於參加組織還得細細想想，他現在最擔心的是「火車頭」在梅家抄家，不知會弄出什麼情況。白雨虹說：「梅醫生家已經抄過兩次了，我們還能抄出什麼呢？」

丁春峰馬上領會白雨虹的意思，他振臂一呼：「哥們，革命小將們！嚼人家的饃沒意思，我們去開闢新的革命戰場！」

人群中有人不同意。有人說，既來之則要革命之。又有人說，革命過了還可以繼續革命。很多人開始背誦毛主席語錄：革命不是請客吃飯，不能那樣溫良恭儉讓，革命是暴動，是一個

階級推翻一個階級的暴烈的行動。丁春峰與幾個頭頭最終商量的結果，大家也一致認同：既然來了，找到了革命的對象，就不能不革命；既然要革命，就不能沒有暴烈的記錄。

他們在梅老太的客廳的角落裡找到了一隻古代藍花瓶，它集「封資修」的象徵於一體，它誕生於封建社會，藍色是資本主義，放在家裡又是修正主義生活方式，因此必須批判，必須摧毀。花瓶在一片討伐聲中，「砰」的一聲巨響，落在地上粉身碎骨，象徵著暴烈革命的成功。衆小將們熱烈歡呼，拍手慶賀自己旗開得勝。他們大聲唱著《革命不是請客吃飯》的語錄歌，得到了神聖的心理滿足，接著就一哄而散。丁春峰最後一個走，他揮著手，對白雨虹說晚上在家別走開，他要來找他。

天井裡剩下了梅老太和白雨虹兩人，四周又恢復了寧靜。在那一瞬間，那只乾隆年間千辛萬苦燒製的精品瓷器萬劫不復，終於被革掉了命，死得轟轟烈烈。白雨虹略知這只花瓶的來歷，乃是湖石花蝶紋天球瓶，以藍色釉爲底色，施以豆青、釉裡紅等色彩，玲瓏剔透，極近青玉質地。那瓶上的花葉，張揚飄逸似春風撲面；那戀花的彩蝶，或含羞閉月或婀娜多姿，幾乎要從瓶中飛出。那是清朝人巧奪天工之作。白雨虹曾經聽梅老太說起，那只藍花瓶還是她在日本留學學醫時，在東京的一家骨董店裡購得。本想完璧歸趙，沒想到落得如此命運。梅老太把地上的瓷片一片一片的愛惜地拾起來，嘴裡喃喃的說：「作孽啊，眞作孽！」

——第四章

友誼的一半是愛情

丁春峰到白雨虹家已近黃昏。他先去醫院探望白文堂，後來又去工人革命聯合總司令部與他們談判，確切地說，是與自己的父親談判，商議成立工人學生革命聯合會。趕到白雨虹家，只有白雨蘭在家。白雨蘭說，大哥去看父親還沒回來。聽說丁春峰成立了新組織，而且還是與胡瑤淩她們對著幹的，她天生與胡瑤淩逆面衝，從心裡鄙視胡瑤淩，因而她積極要求加入「火車頭」。說著，還揮動著細嫩的手，小辮兒在頭頂舞蹈。

「你大哥不會同意你的。」丁春峰擺擺手說。

白雨蘭嘴兒一撇：「跟大哥有什麼干係？我是我，他是他。他呀，老落後！我不學他。」

丁春峰笑笑，他喜歡白雨蘭這種神態。革命前，丁春峰是白家的常客。自從紅衛兵運動掀起後，到白家來的次數明顯少了。兒時的主題是邀請白雨虹捉蟋蟀、逛花鳥市場，或者去蓮花山下游泳，以後的主題略有變化，多了對數理化解題的探討，或者爲了一個人生問題的爭論。隨著白雨蘭的長大，秀美的眼睛，白皙的皮膚，歡快的神情，時時吸引著丁春峰。有時他自己也說不清，到白家是來找白雨虹的呢，還是來看白雨蘭的。有一次他推門進來，聽見白雨虹父母正在裡間議論雨蘭，說雨蘭身體長得那麼高挑，怎麼還沒發育。丁春峰已是初通人事，略知女性，聽見此話後臉漲得通紅，心在狂跳，像做了什麼虧心事。丁春峰見白雨蘭一個人在家，

有點心猿意馬，有點莫名的激動，在腦中搜索白雨蘭感興趣的話題。

白雨蘭纏著丁春峰要他講大串聯的見聞，要他講在北京接受毛主席檢閱的感受。丁春峰說，他在天安門廣場的人海裡，擠在後幾十排，他只看到了領袖模糊的側面的影子，而且大部分時間領袖是在朝另一個方向揮手。他說跟他一起上北京的小盧，外號叫小驢子的，擠在前排，非常幸運，與毛主席握了手。白雨蘭雙手一拍，十分羨慕：「啊，小驢子眞幸福！」

「大家都要分享小驢子的幸福。」丁春峰得意的繼續說道：「大家都把小驢子圍了起來，爭著與小驢子握手，那場面好激動。後來小驢子的手被握得發腫了。」

「那你有沒有握小驢子的手呢？」白雨蘭關切地問。

丁春峰一臉的神氣：「當然握啦，估計輪到我握小驢子的手，已經是一千幾百號了。」

「那麼晚才輪到，握了也不稀奇。」白雨蘭脫口而說。

丁春峰笑著，有點著急：「怎麼不稀奇？我握過小驢子的手，就是間接的握了毛主席的手。我當時幸福無比！我和小驢子還在天安門廣場手把手，高舉著手狂奔了一圈！嘴裡喊著：「毛主席和我握手啦！毛主席萬歲！」」

白雨蘭聽著，被丁春峰的情緒感染，也激動了起來：「你們好福氣！我大幾歲就好了，好跟你們上北京。對了，那我也握你的手，讓我握握你的手。」

丁春峰故作不肯：「那不行，我的手有領袖的仙氣！不能給你……」

白雨蘭不依不饒，伸手握住丁春峰的手。

在這一瞬間，丁春峰緊緊地握住了白雨蘭的手，生怕她逃脫，還順勢半眞半假地想把白雨蘭拉進自己的懷裡。他的胸膛分明與白雨蘭的乳房發生輕微的摩擦，雖然時間極短極短，但這種甜蜜，足夠久久的回味，欲仙欲飄。

白雨蘭突然發現了什麼，反應敏捷，迅速極力掙脫了丁春峰的手，嚷著：「丁春峰你使壞，你使壞！」坐到了桌子的另一邊。丁春峰臉色緋紅，笨拙地掩蓋剛才的衝動，說；「小驢子在北京眞的交了好運，還有一件事……」

「你說你的，我要燒晚飯了。」白雨蘭一溜煙地跑進了廚房。

就在丁春峰與白雨蘭大談革命故事的時候，白雨虹和弟弟白雨星在醫院門口不期而遇。白雨星騎著自行車出來，急匆匆的樣子，見了大哥齜牙一笑。白雨星的個頭略高於白雨虹，臉型與白雨虹相仿佛，初看兩人有點像孿生兄弟，只是白雨星的左臉眼睛下顴骨上生了一顆小疵，鼻子更挺更直，喜歡留短髮平頭，這樣，弟弟比哥哥威猛。近來白雨星明顯消瘦，眼眶有點凹進，本來他的神情比哥活潑，在運動中愈發顯得精神。他單腳把車停下的當口，話語迅速在薄薄的嘴唇中流出：「哥，爸不同意自行車給我用。你幫我說說。我們代代紅兵團已經把和坊街的耶穌教堂砸了，這幾天正在組織市裡的大型批判會，這輛車好派大用場。」

「把和坊街的耶穌教堂砸了?這就是雨蘭上次說的重大行動?爲什麼非要砸教堂?」白雨虹腦中蹦出一串思考，也想把疑問講出來，可是最終把話嚥在了肚裡。話語在現實面前往往顯得蒼白無力。白雨虹說了另一句話，深爲弟弟擔憂：「雨星，現在亂哄哄的，做事要多動腦筋。」

「哥，你放心。我們正在進行的是史無前例的偉大革命，不會做什麼壞事的。」白雨星滿懷激情的說。

白雨虹盯著弟弟的臉：「雨星，我一直想找個時間我們好好談談。今晚丁春峰來我家，我們也好一起聊聊。」

白雨星一臉燦爛的陽光：「哎呀，哥！你知道我們代代紅兵團有多少事要做？哥，你知道嗎，上海「工總司」馬上要奪權了！我們這裡也將積極回應，這是多麼激動人心的時刻！我哪來時間和你聊天啊。」

白雨虹認眞了起來：「那我只好到你兵團來找你了。我有許多話要對你說，因爲你是我弟弟！雨星，你我的生活剛剛開始，都想找準生活的航向。」白雨虹說話時眼睛仍然盯著雨星，眼神中包含著期待和誠懇，還有淡淡的陌生。

白雨星痛快地回答：「哥，革命就是生活。歡迎你來我們兵團駐地，你會被沸騰的生活感染，你會知道我們的事業多麼崇高！你來生活幾天更好，你一定會參與我們的鬥爭。」白雨星語速很快，幾乎不假思索，這種敏捷是白雨虹望塵莫及的；白雨星神采飛揚，仿佛時時處在亢奮狀態，這種激情也是白雨虹很難達到的。白雨星就像燃點很低的白磷，容易燃燒，脾性又是那樣單純，燃燒中不給空氣一點污染。

「雨星，革命不能包含生活的全部。比方說生活是藍色的海洋，革命可能是洋流，也可能是……」白雨虹的話沒說完，就被白雨星打斷：「也可能是漩渦，是吧？哥，我們又要辯論了。我不跟你辯，我沒時間辯。我走了！你跟爸講，車我騎走了。他罵我，你替我多打打圓場。哎呀，我倒忘了，哥，你要多多關心妹妹，她好像受傷了。」

白雨虹吃了一驚，心想剛才還好好的，雨蘭怎麼受傷呢？忙問怎麼回事。白雨星說：「哥，早上我回家，看到洗衣盆裡妹妹的短褲有血跡，你去問問她，哪裡摔傷了？」

原來這樣。白雨虹鬆了口氣。他望著雨星那誠懇的表情，那目光中流露的是一片純情的天空。他怎樣向弟弟解釋呢？向他說，這是妹妹成熟的標誌？這是女性無言的自豪？他什麼都沒說。他為弟弟的無知心中掠過一絲詫異。

白雨星沒有察覺白雨虹臉上急劇的表情變化，事實上白雨虹很會克制自己的情感，發現也難。不過，若白雨星注意的話，在短短幾分鐘裡白雨虹從疑惑到驚愕，繼而恢復到平靜的多思，是可以釋讀的。白雨星沉浸在革命的氛圍中，從心智到意識，幾乎完全革命化了，沒功夫關注生活中原始的本分的俗事。他赤誠的全身心的革命，沒有半點雜念。他瞥了一眼白雨虹，見哥不接話頭，就與白雨虹再見了一聲，隨著自行車的滾動，溶入了街頭的人流中。

白雨虹肩扛一袋大米回家，見丁春峰與雨蘭在聊天，打了個手勢，就算是與老朋友打了招呼。然後轉身進廚房，把米倒入米桶，接著打開龍頭用水擦臉。白雨蘭嘟嘟嚷嚷地告訴，二哥把父親的自行車騎走了，害得她沒法學騎自行車，她本來打算利用現在停課鬧革命的機會，好把自行車學會。白雨虹安慰妹妹，說雨星暫時用用，很快會拿回家的。白雨虹嘴上這麼說，實際上也心疼，這輛「永久」牌，是家中唯一的高檔消費品，父母積攢了好幾年的儲蓄，才好不容易買的。父親平時也不大捨得騎，騎一次回來就擦一次，所以至今車子還是簇新的。丁春峰不失時機地也安慰起白雨蘭，許諾到稍微空點，他一定想辦法借一輛車，他來幫助白雨蘭學車。

白家的晚飯十分簡單，方桌上的菜一碗螺螄一碗青菜而已。由於丁春峰的到來，白雨虹多燒了一碗榨菜蛋湯，因為用了葷油，飄出了豬油渣的香味，與蛋香、蔥香一起形成的味兒，使丁春峰口水漣漣，迫不及待地先嘗了一口，嘴裡連說好鮮。丁春峰在白家吃便飯，已記不清多少次了。不過，與白家關係最密切的雨虹和雨蘭三人一起用餐，記憶中好像還是不常有的。革命後，丁春峰家裡老爸去領導「工聯總」，老媽也去領導了另一個造反派組織，哥哥又在部隊

服役，自己兵團裡的事也忙得不亦樂乎，吃飯有一頓沒一頓的。他在白家找到一種久違的家庭氣氛，一種遠離塵囂的歸宿。更何況飯桌的左右，一邊是自己穿開襠褲時代至今的親密朋友，一邊是暗中喜歡卻說不清道不明的朋友妹妹，他差不多也自認爲是白家的人了。那一碗螺螄，勾起他的無限回憶，在無憂無慮的少年時代，他與白雨虹曾多少次在街後的河濱裡光著屁股摸螺螄、釣蝦和採擷紅菱，雨蘭常常在岸邊替他們看衣褲。他與雨虹比賽，在青石板下常常一摸就是一大把螺螄，而白雨虹比他水性好，常常一個猛子紮下去，就是兩大把。初秋滿河濱的紅菱，他們踏著水面盡情的採擷，有時還把紅菱當作手雷投擲。作戰中丁春峰就被細長茂密的紅菱藤纏住過，整個身子往下沉時，白雨虹一個猛子紮下，三下五除二迅速扯斷了藤蔓，使他浮出水面，重新贏得生命的呼吸。事後丁春峰想想不禁出了一身冷汗。此事後，打水仗的夥伴們更欽佩白雨虹，圈子裡傳誦著他的泳技，以至後來越傳越神奇，大家送了他一個諢號「浪裡白條」。白雨虹對這個諢號一開始想到的是《水滸》，後來又想到自己姓白，老師談話又老是叫他又紅又專，不要走「白專道路」，現在又多了個白字外號，心裡覺得冥冥之中有點意思。

看到白雨虹想心事，丁春峰不知不覺也笑了一笑。白雨虹以爲他在想什麼有趣的事了，可能又想到了革命的金點子。白雨虹勸他多看看少行動，丁春峰反勸白雨虹趕快行動加入「火車頭」，白雨蘭趕忙搗糨糊，宣佈她已經加入。白雨虹瞪了妹妹一眼，叫她好好複習功課，等待學校復課。白雨蘭不服氣，說大哥的思想整整落後一個多世紀。人家要當革命派，他卻眞心想做逍遙派。大哥還常引用魯迅的詩呢，什麼躱進小樓成一統，管它春夏與秋冬。人家魯迅那是自嘲，他以雜文樹起愛的大纛憎的豐碑，他就是林中的響箭投向黑幕的匕首，而你呢，拒絕靈魂深處的革命，不願脫胎換骨成爲革命新人，不去背誦偉大領袖的「老三篇」，而整天背誦《老子》還有什麼《莊子》。「丁春峰，你瞧瞧，大哥還在論證什麼數學定理！總有一天他將成爲白專道路的典型，被人家批判！」白雨蘭從房裡拿出一疊本子，遞給了丁春峰。

那本子上面密密麻麻地寫滿了阿拉伯數字，四個一組。丁春峰看了幾分鐘，慢慢明白了，那顯然不是在推導定理，而是一套密碼。丁春峰本是心直口快之人，馬上想問這是什麼碼，可他粗中有細，把話嚥下了。既然白雨虹不讓妹妹知道，自有他的道理，何況密碼這東西本就是秘密，也不便於現在就問。丁春峰來了好奇，思忖著多想想，過些時候他來破譯白雨虹的鬼東西。實在不行，憑他與白雨虹的哥們關係，套他的口風也能知道個七七八八。

「你大哥想做數學家，恐怕生錯了時辰，我們的時代不需要專家學者。」丁春峰順水推舟，對白雨蘭說。接著，很懇切地對白雨虹說：「你眞的打算做逍遙派？你何必這樣固執呢？你在我們「火車頭」掛個名，我們也不要你做什麼事，倒可以避開不少麻煩。你以爲做逍遙派就可以避開紅色風暴了嗎？現在除了沒出生的人，還有已經被批鬥得自殺的人，這兩種人可以躲避革命，其他人誰也無法回避。居委會可是個多事的衙門！你願意跟那些牛鬼蛇神在一起，跟那些眞正的黑五類子女在一起，接受一遍遍的教育嗎？白老師還沒有定性爲專政對象呢，你倒自願變黑，你何必呢？」

「我願意。」白雨虹神態堅定吐出三個字，使丁春峰暗暗吃驚。不過，仔細想想也不奇怪，白雨虹不是一直在堅守自己心靈的陣地嗎？從他平和的語氣中，從他從容的神情中，丁春峰辨出了白雨虹深思熟慮的坦蕩，隱隱約約透露出了一種堅不可摧的意志。與白雨虹在一起，常常能體會到他的冷靜所帶來的鉤魂攝魄的魅力。白雨虹說：「我願意，因爲我想按照自己本來的軌跡生活。我怎樣想，就怎樣活，就像賈寶玉或是林黛玉說的，「質本潔來還潔去」。我厭惡

相互攻擊，便就選擇平和博愛，紅色巨浪非要捲你進去，我可以選擇不入兵團守住思想的堤岸。我們無法選擇時代，但可以選擇道路！我願意，因爲我深知在這個時代，他們不會給逍遙派逍遙自在，我願意經歷逍遙派的孤單，眞眞實實地生活，也不願意去享受造反派的狂歡。」

看來白雨虹是鐵了心要走自己的路。丁春峰瞭解他，他認定的的事，火車頭的力量再大也牽引不動他。唉，也是，誰叫他們去批鬥白文堂的呢，推倒白文堂不就是把白雨虹推到了對立面去？誰又想出在冠以「文化」大革命的旗號下焚書毀書的呢，這不把愛書啃書以書爲命的書癡白雨虹激怒才怪呢！白雨虹的脾性大家對他有評價，胡瑤淩說他腦殼裡裝了一根鋼筋，藍欣欣說他是孤獨的思想流浪漢，連遠在北疆的丁春峰的二哥寫信來提起白雨虹，說他到了部隊才感受到白雨虹具有哨兵的氣質，要弟弟遇事多聽聽白雨虹冷裡透熱的見解。也許這位警惕的哨兵說得對，這種無序的亂哄哄的局面不是社會的常態，他已經在紛繁的塵囂中察覺了潛伏的危機，敏感地使自己處在戒備中。丁春峰說：「我知道你只是想過一個常人的普通生活。眼下像你一樣想法的人，我認識的除了我哥，還有你，要麼還有那些受衝擊的人。我哥也是勸老爸老媽要保持冷靜。但你們畢竟是少數派，眞理是掌握在多數派手裡的，革命靠的是布爾什維克的力量。少數派永遠處於弱勢。」

「眞理與強勢弱勢掛鉤，那就不是眞理，那叫強權。」白雨虹的口氣毋庸置疑。

「雨虹，你誤解了我的意思。我的意思是說，做少數派處在弱勢不划算，容易吃苦頭。你不想想，那個居委會主任關貞姨很勢利的，動不動要打人，上次居委會批鬥梅老太，她打了梅老太一個嘴巴，臉立刻腫了起來。她又是市裡學《毛選》積極分子標兵，花頭很多，我擔心你要多吃苦頭。」丁春峰講的是實話。白雨虹心裡感激丁春峰的提醒和關心。這些事，白雨虹也想過，心裡打過譜，方略是以不變應萬變。

白雨蘭在收拾碗筷，聽到說關貞姨的事兒，便來了勁兒。白雨蘭眉飛色舞的說：「我在體育館聽過關貞姨的學《毛選》報告，那才帶勁呢！她不識幾個字，叫人家念給她聽，然後她把心得體會畫下來。乖乖，畫了幾十張畫，歪歪扭扭連幼稚園小朋友的畫還不如，滑稽死了。你們不要笑，有一張畫叫「千萬不要忘記階級鬥爭」還蠻有創意的，在兩只大大的眼睛裡，左眼的眼黑上畫了一個高鼻子的洋人，右眼的瞳孔中畫了一個戴西瓜帽的地主，那意思要把眼睛睜大警惕階級敵人，你們說夠意思的吧。」

「畢卡索那老頭如見到，一定自嘆弗如。」白雨虹微笑著說：「人家畫《鴿子》，大字報批判說是資產階級的假和平。中國人的眼睛就是與歐美人不同，火眼金睛一看就知道誰是壞人，經過革命的錘煉，現在差不多只剩下一樣特異功能，專門監察階級敵人。」

「哥，你也太抬舉她了。依我看，那幅畫應當叫洋人見不到，只見窩裡鬥。」白雨蘭此話一說，白雨虹和丁春峰一楞，沒有反應過來。片刻，仔細一想，都笑了起來，都講白雨蘭說得挺在理。白雨蘭說，有的人學《毛選》她還是佩服的，外面小報上報導，有人晚上做夢時整段地背誦「老三篇」，一字不差才叫真功夫；有一農民小夥做夢時大唱語錄歌，比大白天唱得好，還吸引了姑娘以歌爲媒，喜結良緣呢。一面說著，白雨蘭也禁不住得意洋洋哼起了語錄歌，一面歡快地洗碗。白雨虹提醒她，疊碗時小心輕放。話還沒說完，窗外衝進擴音喇叭一聲大叫，把屋裡的三個人都嚇了一跳，白雨蘭手一滑，一隻碗掉到了地上，碎成了兩半。喇叭裡高叫：「鬥私批修會照常進行，牛鬼蛇神……地富反壞右……逍遙派……不得遲到！」那聲音再熟悉不過了，「明天八點，居委會鬥私批修會，照常進行！」關貞姨用那沙啞的女低音一遍遍叫喚：「鬥私

在夜晚的小巷裡回蕩，交雜著擴音喇叭的尖叫，十分刺耳，又支離破碎。自從運動來了以後，關貞姨身上斜背著的喇叭，成了她的寵物。或背著或提著喇叭走街穿巷，發號施令，幾乎成了她每天雷打不動的新嗜好。如果她對準哪家大叫一聲，分貝特高，就說明她已高度重視哪家的階級鬥爭新情況，提醒你的魂兒不要出竅。

白雨蘭翹起了小嘴，說關貞姨眞是喪門星，一來就晦氣。丁春峰說，原來白雨蘭還是個小迷信。白雨虹認爲，打碎碗肯定不是好兆頭，很不吉利。丁春峰調侃：「這也是民族文化？」白雨虹應答：「這種文化恐怕革命還革不掉。」白雨虹的話還很靈驗的，一會兒，他們那一片街坊又停電了，家家戶戶一片漆黑。革命後，大概發電廠的人們也忙於大批判大奪權，停電已經是家常便飯了，居民也習以爲常。白雨蘭挺歡迎停電，她喜歡停電後點煤油燈的那種氛圍，那種幽幽的浪漫情調，每次停電她都要歡呼一下。丁春峰說，停電一個人回家也沒勁，他就在白家住一宿，好跟白雨虹聊個痛快。雖然今天勸白雨虹加入兵團，被謝絕了，但兵團的有些事還得請白雨虹幫忙，比如寫份文采飛揚的檄文或文告，可使兵團增色不少，白雨虹是否願意，他要繼續做做工作。丁春峰目送白雨蘭進自己的臥室，她舉著煤油燈，地上投下她頎長的身影，臉上塗上一層淡淡的金光，使白雨蘭的皮膚略帶乳黃色，有一種柔柔的蠟質感，愈加細膩嫵媚。在一剎那，丁春峰差一點想跟她進去的衝動。

白雨虹和丁春峰進了另一間臥室，在昏暗的油燈下，一個是逍遙派，一個是革命派，他們敞開心扉，徹夜長談。那情景，似乎又在重溫少年時代的舊夢。水仗打累了，他倆並肩躺在河堤的斜坡上，愜意地聽著采菱姑娘們從水面上飄來的歡歌笑語；捉迷藏玩累了，他們竟迷迷糊糊睡在了藏身的大柴堆裡；夏日的星空下，聽白文堂講故事到很晚，他倆就在竹榻上抵足而眠。到了大家嘴唇上長出毛茸茸的細鬚時，彼此之間似乎身體與身體的接觸少了，彷彿生疏了許多。在心裡，他們感到自己長高了，確實他們身體都很結實，突出的鎖骨、發達的胸肌無不洋溢著男人的氣概，青春的朝氣，寬厚的肩膀已經承擔起神聖的使命。白雨虹是敏感之人，丁春峰是爽快之人，革命後他們雖然各忙各的不常見面，但總感到彼此存在著心靈感應，跨越時空，超越觀點，一旦相遇總能找到無須用語言表達的默契。丁春峰單刀直入，希冀白雨虹撐他一把。「火車頭」兵團過幾天與「工聯總」合併，新成立「工人學生聯合革命總司令部」，將要發表「工學聯」的成立宣言。丁春峰說：「你知道工聯總的情況吧，像我爸，還有許多工人，他們文化都不高。我推薦了你，商量下來，決定成立宣言由你主筆寫。」

白雨虹說：「我不是你們組織的人，由我寫宣言，有點名不正言不順吧？」

丁春峰引經據典：「馬克思也不是流浪組織的人，不是替他們寫了《共產黨宣言》？」

白雨虹暗暗佩服丁春峰的說理，表面上漫不經心：「馬克思我可比不了，人家是大思想家，我們是無名小卒。罷了罷了，你還是去找類似馬克思的人去寫吧。」

丁春峰急了，說：「你夠朋友不？」

白雨虹知丁春峰誠心誠意的，故意賣關子。看他那樣子，白雨虹說：「革命可以不參加，朋友千萬不可丟，友情肯定高於革命，我認了！不過，主筆一定是你，執筆才是我。」

丁春峰明白了白雨虹的意思，笑著拍了一下白雨虹的肩膀：「你這小子眞鬼！什麼主筆執筆，我只要你動筆！」

丁春峰從懷裡掏出許多份別的組織發表的宣言，叫白雨虹參考參考。丁春峰建議模仿《共產黨宣言》的風格，寫出雷霆萬鈞的氣勢來。白雨虹自有見解，他認爲馬克思的文風與目前的

現狀很難切入，總不能這麼寫：一個幽靈，工學聯的幽靈在古城徘徊，地富反壞右，走資派以及其它反動分子爲驅除這個幽靈結成神聖同盟吧！因此，還是採用寫大字報的文體，加以適當的變體才能寫得符合時代潮流。白雨虹話鋒一轉：「不過，春峰，我幫你寫宣言，你得說實話，你，還有你老爸，到底幹嘛這樣起勁參加革命?」

白雨虹的問題也是單刀直入。丁春峰稍楞了一下，想了一下，娓娓道來。丁春峰說，他家世代在江北務農，只是到了祖父這一輩才背井離鄉，南渡長江來到這裡。祖父輩做些小生意，勉強糊口，住的都是泥壘的棚戶。到了他父親一輩，老爸憑著技術，進了鋼鐵廠。母親很勤勉，找到了絲織廠的一份工作。多少年來，一家七口日子一直過得緊巴巴。雨虹你也知道，再冷的冬天我也沒有一件像樣的毛衣，唯一的一件棉襖還是你媽送給我的。一年四季，我每天睡覺都光著膀子，從不穿汗衫棉毛衫之類的，爲的是省下買衣錢。「文革」來了，也許是個機會，我們丁家是世代的貧農和工人，純正的無產階級血統，眞正的領導階級，我爸還有我，都想在革命中能夠改變現狀，爭取好的社會地位。

白雨虹默默聽著，他理解，窮則思變，從古到今貧窮與革命之間有著天然的聯繫，貧窮是革命的搖籃。在大革命的今天，丁春峰能夠對他講出大白話大實話，足以證明對他的信任，也足以明瞭丁春峰的心靈還尚未被玷污。如果有誰把丁春峰剛才想法告密，——如今外面告密成風，丁春峰可能明天就會被批判，打成「階級異己分子」、「小爬蟲」，即使是至親至朋，在革命時代都戴上了假面具，生怕授人之柄，遭到滅頂之災。想到這裡，白雨虹心裡甚爲感動。丁春峰看了一眼，想聽聽白雨虹的說法，見白雨虹並不接話，憑直覺知道白雨虹已經接納了答案。丁春峰這幾天做的所有工作，就是說服更多的組織併入工聯總，他之所以把剛成立的兵團併入父親的組織，也是爲了壯大勢力，使之成爲全市最大的造反派組織，爲卽將開始的全面奪權作準備。現在，萬事具備，只欠東風，就看上海「工總司」的行動了。一旦上海風暴驟起，我們立刻響應。白雨虹迅速捕捉到了重大資訊，幾小時前雨星也這麼說，以他的敏感，感受到了山雨欲來風滿樓的氣息，看來一場大規模的急風暴雨已經不可避免了。丁春峰把他們如此重大的內情告訴白雨虹，足見他對他的情誼。對革命棄兒白雨虹來說，還有什麼比革命期間尙存的人間情誼來得更溫暖呢？白雨虹關切地說：「春峰，形勢發展那麼快，你自己要把握好。常言道，物極必反。凡事不能做過頭。今天鬥爭，明天奪權，鬥來鬥去還不都是自己人？說不準後天就鬥到了你的頭上，還是小心謹愼爲好。」

丁春峰也顯得激動：「雨虹，你也小心謹愼爲上。你那個密碼本，還是藏到我家去，我明早帶走，我家總比你家安全。你別說——」丁春峰阻止白雨虹的話頭，繼續說道：「我也猜得出你在幹什麼，我到北京大串聯，臨行前你突然改變主意不去，說要背書，我問你背什麼書，你說背王國維的《人間詞話》。我當時想，這是什麼時代，還背那東西？今天我無意間知道你在編碼，更證實了我的猜測。你想用你的腦子記下歷史上的名篇，你想用密碼保存優秀作品，一句話你想用你的力量來捍衛文化遺產。你簡直瘋了，就像戰風車的唐·吉訶德！不過，我敬重你的苦心和勇氣！」白雨虹靜靜地聽著丁春峰獨白，臉上帶著微笑。丁春峰竟然如此透徹地瞭解他，還要分擔他的風險，白雨虹在冷峻的微笑下，心裡其實湧動著熾熱的岩漿，他眞想重重地錘他一拳，就像小時侯那樣表示默認與親熱。眼下竟然找不到一種合適的語言和方式，白雨虹有點詞不達意：「如今到底誰瘋了，誰清醒，眞不知道呢，還是個問題。你清醒時別忘了我的糊塗，你糊塗時要記得我的清醒。你我相互提醒吧！」

丁春峰接過話頭說：「依我看，該糊塗時就糊塗，該清醒時就清醒，一切順其自然。就像老天一樣，白天代表清醒，黑夜代表糊塗。好了，快到半夜了，我該糊塗我想睡了。你呢？」說罷，脫去襯衫，光著膀子，鑽進了被窩。白雨虹吹滅了油燈，脫去了棉毛衫。白雨虹知道父母已經幾個月沒領全工資了，也像丁春峰一樣爲了省錢，袒露了上半身睡覺。白雨虹用手拍拍丁春峰的硬梆梆肌肉結實的大腿，調笑說：「睡相好點，白天忙著造反，晚上別大鬧天空。腿老是擱在我的肚皮上。」丁春峰應道：「怕壓萎了你的命根根吧？」西諺說：任何能停泊的地方都在風暴中（Any port in storm.），兩個半裸的睡在一起的年青人，在暴風驟雨的前夜，須臾之間找到片刻的寧靜，情感之舟駛入了心靈的港灣，明天他們又將各奔東西。儘管他們的觀點互不相同，稟賦也大相迴異，難能可貴的是竟能推心置腹坦誠默契，竟能直面人生擁抱生活眞情呼吸。他們尊重彼此的選擇，他們珍重生活的眞誠。在生活的藍天裡，革命只是幾片或者是幾層烏雲，生活永遠高於革命。革命似乎可以改變社會秩序扭曲人的靈魂，但它無法遮住人性的七彩光芒。

——第五章 靈魂深處爆發革命

這幾天，關貞姨的情緒一直處於亢奮之中。那麼多的地方，那麼多的單位請她去作報告，那種靠著椅子坐在主席臺上的感覺，春風得意，威風凜凜，比吃肉的味道還鮮美。她曾經腦子裡跳出過一次靈感，毛主席也一定有這樣的感覺，所以他老人家把中國的最高職位叫做「主席」。不然，爲什麼不叫毛總統，毛首相呢？她又對冒出的想法很快作了自我批評，荒唐，怎麼可以這樣不尊敬領袖，胡思亂想？幸虧沒有思想探測儀器，不然給人家探知，那眞是大逆不道。她把自己畫的學《毛選》的心得畫，帶到會場，每展示一幅都會激起一陣掌聲，她立刻有一種變成仙女騰雲駕霧的幸福感。有關她的報導，油印小報鋪天蓋地，市級省級報紙連篇累牘，差不多像影星一樣光彩奪目。與此同時，她不斷地進行革命項目的翻新。她去別的地方見到，人家把牛鬼蛇神排成一行，敲鐵皮畚箕，她馬上移植過來，也叫自己轄區的牛老頭鬼老太沿著街道一邊敲著畚箕，一邊自己高聲罵自己。每當這批人出現在街頭，自我作踐自己時，關貞姨的心中就充滿喜悅；她還別出心裁的在街道的每棵樹上掛紙板做的、塑膠做的印著「忠」字的紅心，此舉一出，風靡全市，在忠字樹下大跳忠字舞，儼然成爲一道亮麗的風景線。她暗暗爲自己的傑作陶醉。如果說，這些是精神滿足的話，她把吳家花園封閉一半，把另一半留作自己用，那便是過去想都想不到的物質享受。當然，留用要個名分，她把和坊街居委會的牌子往吳家花園的門口一掛，居委會的辦公室就喬遷吳家花園了。

吳家花園是清代禮部侍郎退隱後修建的私家花園。七八畝地的光景，卻假山疊翠，遊廊透迤，兩株芭蕉，一叢湘妃竹，把庭院妝扮得錯落有致。池水一潭，清澈見底，玲瓏嬌小的石砌一步橋，倒影在清波之中，配以幾縷水草，紅鯉、金魚娓娓相隨，使園子憑添幾分盎然生機。那廊邊的紅楓林，那竹籬後隱隱的茅簷，也隱隱透露著園子主人的情趣，無怪乎古城的居民常常把吳家花園喚作「小留園」。在塵囂之中，園子主人四代單傳，至「文革」時的吳老頭，仍保持祖傳遺風，與世無爭，怡然自得，自號「西坡居士」，寫得一手好字，那崑曲唱得字正腔圓，盪氣迴腸。只可惜了革命一來，今天鬥，明天批，關貞姨常常喝令他陪鬥其他人，後來又把他一家趕出吳家花園，吳老頭自覺愧對祖宗，一氣之下投了前庭紫藤下的枯井，永別了他至死都沒想通的「地主階級孝子賢孫」的罪名。關貞姨從此做了吳家花園的新主人。

自從吳老頭投井死後，吳夫人和第五代單傳兒子吳佑孝被安頓到了原先居委會的糊紙盒的工房裡，那工房終年不見陽光，有時吳佑孝有時老太太去找關貞姨，央求她換個有陽光的地方，關貞姨厭煩透了，老琢磨著找個理由治治吳家。關貞姨平時狠天狠地，見了吳家人潛意識中有點理虧，所以上班常常繞道去吳家花園。這幾天關貞姨大紅大紫，推出「鬥私批修會」新項目，既堵了吳家的嘴，又贏得造反派的青睞。她要吳老太參加每天的「鬥私批修會」，明知老太巍巍顫顫風燭殘年連走路都很困難，算計著吳佑孝是個孝子一定替母受過，果然吳佑孝準時出席態度認眞，從此再也不提換房之事，關貞姨心裡好不得意。

關貞姨總是第一個來到吳家花園，不，現在叫和坊街居委會，不，現在應當叫反帝路居委會。前些日子有一群紅衛兵，在胡瑤淩的率領下愼重地向她提出，和坊街的名字鼓吹「和爲貴」是孔子的封建意識，應當馬上改名。胡瑤淩建議改爲鬥爭街，關貞姨雖然文化不高，但憑直覺感到用鬥爭兩字取街名不妥，聯想到和坊街上有座教堂，那是帝國主義宗教侵略的象徵，於是她靈機一動脫口而出，取名「反帝路」。紅衛兵小將們一致叫好，說反帝路既包含了鬥爭的意思，又有鬥爭方向，都誇她不愧爲活學活用毛澤東思想的傑出代表，讓關貞姨激動了好幾個晚上睡不著覺。她立刻令吳佑孝把原先的牌子取下，寫上反帝路三字，路名也立刻革命化了。她把吳家花園的前廳僻爲小型禮堂，東廂房做她的辦公室，西廂房做專政對象的反省室，爲他們寫檢查寫思想彙報提供方便。早晨的吳家花園空氣中溢著滿園清香，關貞姨嗅覺與衆不同，聞不到草木的芬芳，她一早端坐在大廳裡的講臺後邊椅子上，那講臺椅子都是新近買的，爲的是使關貞姨可以每時每刻體會坐在主席臺上的美滋滋的感覺，看著一個個牛鬼蛇神進來，一個個耷拉著腦袋眼睛向下的樣子，就像欣賞一只只馴服的動物一樣，關貞姨嗅出了自己權威的力量。

第一個進來的是小盧，關貞姨沒想到這「小驢子」會先到，平時總是吳佑孝第一個到。這小驢子著實風光過一番，跟毛主席握了手，成了半仙，每個紅衛兵組織都拉他做宣傳，一時身價倍增。「天有不測風雲」，盧家無限風光時，沒想到小驢子的父親大盧出了大事，應了牢獄之災。一天早上，大盧見供在家裡的毛主席石膏像灰塵撲面，便拿到陽臺上輕輕拂灰，一失手那石膏像掉到樓下在水泥地上粉身碎骨，大盧驚得目瞪口呆，差點暈了過去。經旁人指點，在沒逮捕他之前，他去投案，後來專政機關念其態度老實，從寬判處五年有期徒刑，罪名是現行反革命。如此一來，小驢子從三代工人出身的「自來紅」，變成了現行反革命家屬，成了黑五類子女。關貞姨聽到消息，暗暗竊喜，出氣的機會來了。這口氣堵了她心裡幾年。那時小驢子還是個頑童，與一幫小夥伴玩捉迷藏、放小鞭炮之類的，也不知怎麼搞的，那天青天白日，關貞姨的老公沈玉金喝酒後一時性起，扒了她的褲子，撩出紅彤彤的性器，直挺挺往裡戳。沈玉金一身蠻勁，關貞姨半推半就的推擋，哪裡是她的對手，反而撩得他欲火燎原，加大力度，勢如破竹。沈玉金貼面搞還不過癮，又把關貞姨翻了身貼屁股搞「後庭開花」，關貞姨雙手撐著凳子，撅著瘦臀，沈玉金站著，一手握著紅肉棍子向瘦臀之間頻繁進擊，後來雙手摟住她的腰，幹得頻率越來越快，弄得大汗淋漓，只覺得身心舒泰大爽。此時此景，卻被爬在窗戶上的小驢子看的一清二楚。小驢子還招呼小夥伴們一起看。沒幾天，沈玉金像大公雞趴在母雞身上的故事，傳得沸沸揚揚。關貞姨恨透了小驢子，但又不便發作，人家畢竟是不知世事的小孩子。如今這小子到了我手裡，那麵團好捏了。小驢子畢恭畢敬地喊了一聲關主任，自穢自憐地坐到了角落。關貞姨冷冷地說：「思想彙報帶了？」小驢子趕忙雙手遞上思想彙報，關貞姨瞥了一眼：「字這樣潦草？態度這麼差！」她停頓了一下，又見小驢子的那雙使她嫉妒的手：「你看看你的手你的臉上還有那麼多肉，什麼時候肉掉了，你的思想就進步了。」數落了一番胖乎乎的小驢子。

接著跨進門的是程老頭。程老頭下巴留著稀疏的白色的山羊鬍子，使人一見到他就聯想到越南的胡志明伯伯。關貞姨見他仍沒把鬍子剃掉，不禁氣上心頭：「程老頭，跟你講過幾遍了，你的山羊鬍子要剃掉，怎麼把我的話當耳邊風？跟你說了，接受教育要像綿羊，要發揚綿羊精神，不能學山羊倔頭倔腦。長頭髮長鬍鬚一律剃掉，徹底斬斷資產階級生活方式！」程老頭唯唯諾諾，點頭哈腰：「關主任說得對。老朽老矣，記性差矣。今天我把關主任的話記在手心上，一定不再忘記……」關貞姨橫眉瞪眼：「別什麼老矣，矣啊矣的，你這號人從舊社會過來，油慣了，別在我面前打油。」程老頭一九四九年前在民國的稅務局工作，十月一號後爲人處處小心，不多講一句話，躲過了一場又一場的運動，但只要人家點他舊社會的事情，他一句話都不敢響。關貞姨恰倒好處點一點，程老頭彎腰鞠躬就像一隻大龍蝦。

梅老太也來了。她剃陰陽頭的模樣，關貞姨一看到就想笑。今天梅老太用頭巾把頭包了起來，那神情比剃陰陽頭前丰采年輕，關貞姨心裡罵了一句「臭美！」梅老太不像前兩個揀後面位子坐，她落落大方的坐到了中間靠邊的位子。她居然每次來也不招呼叫她關主任，只是朝她關主任笑笑而已，那神情不卑不亢，那微笑絲毫沒有半點恭維的意思，倒是流露出梅老太自己也沒注意到的一絲鄙夷，關貞姨見到梅老太的笑容，精神上立刻占不到優勢。關貞姨自有辦法：「梅醫生，你怎麼不帶凳子？」梅老太說，她家裡的凳子都被抄家抄走了，沒抄走的都變了木柴。梅老太一邊說一邊環視了一下四周，發現廳裡面有好幾只紅木圓凳是梅家的祖傳，凳面上鑲嵌著天然的雲南大理石，那圖案是一幅幅江南小景。關貞姨說，人多凳少關照大家帶好凳子，偏你特殊。梅老太說，她知道人多凳少所以早點來。關貞姨火冒三丈：「你放老實點！你這個特務婆！革命到現在，看來還沒有觸及你的靈魂，你走著瞧！」

話說著，吳佑孝走了進來。關貞姨立即把火燒到了他身上：「今天怎麼這麼晚到？」吳佑孝解釋說，他重新做了兩個寫有「反帝路」的路牌，把它豎到了街上。關貞姨揮揮手甚感滿意，囑付吳佑孝繼續好好改造，回頭對梅老太說：「你要向吳佑孝看齊，人家改造有行動，你看看你像什麼樣子。」

當廳裡亂哄哄人差不多到齊時，白雨虹才慢慢走了進來。關貞姨目光掃過一個個人頭，在第一時間裡已看見了白雨虹。她幾乎也是看著他長大的，但對他的瞭解更多的是從三女兒沈招娣那裡批發來的。女兒告訴過她，白雨虹在校內極有女人緣，許多女生都願與他交朋友，胡瑤淩曾對他有意思，但他卻冷冷的，害得胡瑤淩由愛生恨，愛屋及烏變成恨屋及烏，把白雨虹的老爸也鬥了。白雨虹的魅力就在冷，他成也在「冷」敗也在「冷」，女生們超喜歡他的冷峻，他清秀的儀態。女兒還說，她們上體育課時，喜歡看白雨虹跑步的姿勢和勻稱的體態，還親眼看見白雨虹被鐵釘戳了腳心，他竟然眉頭皺也沒皺，坐在地上把長長的鐵釘硬是從腳底拔了出來，堅持跑到終點，球鞋裡襪子上都是血。那件事後，白雨虹收到許多信，百分之百都是女生的慰問信。關貞姨曾追問女兒有沒有寫過信，女兒竟說信有什麼稀奇，關鍵是心。關貞姨怒氣衝衝說你這丫頭賤，你也想他，給了女兒一個嘴巴。白雨虹慢慢走近，他在兜圈找位子，窗外的光線一半投在他臉上，使他的輪廓更爲分明，關貞姨心裡一個囫圇，難怪女兒譽美他，這小子外面流行的黃軍裝不穿，穿著藍色的學生裝，洗的已經發白，但穿在身上十分得體有棱有角，走路好像很輕盈，臉上沒有表情，但一看便知是個讀書人。關貞姨深信「知識越多越反動」的眞理，這小子讀了許多書，是個難纏的戶頭，肯定一肚子的壞水。再加上他什麼派什麼組織都不參加，自願做「逍遙派」，足以說明這小子的頑固不化。革命以來關貞姨練就了一套給人排列罪名的本事，她迅速得出如下結論：一，這小子天生的風流種子流氓胚子。二，做「逍遙派」的人最壞最狡猾，是隱蔽的潛在的階級敵人。三，聽說其父白文堂是漏網「右」派，這小子排行「黑七類」。總而言之，這小子生在紅旗下長在黑窩裡絕不是個好東西。

白雨虹找到了位子，坐在梅老太身邊。關貞姨一看就來火，眞是物以類聚，人以群分。她敲敲話筒，本想習慣地握著擴音喇叭講話，但那喇叭發出刺耳的尖叫聲，擺弄了幾次還是怪叫，關貞姨心裡在罵眞是喇叭腔，只得扯開嗓門發出眞聲。她本想說「同志們，」同字的音尚未吐出，一想不對，這裡人都不是同志，大部是要改造的，於是就直呼「全體起立！」人們呼啦啦的站了起來，她也站起，轉了個身，全體神情肅穆，面向主席臺上巨大的毛主席像，高舉手中的紅寶書《毛主席語錄》，在關貞姨的帶領下開始了神聖的儀式。

關貞姨發出像巫婆似的女低音引領：「敬祝我們偉大領袖毛主席——」全體揮動紅寶書發出共鳴：「萬壽無疆！萬壽無疆！！萬壽無疆！！！」

關貞姨頓時心氣高漲繼續引領：「敬祝敬愛的林副統帥——」全體再次揮動紅寶書呼應：「身體健康！永遠健康！！永遠健康！！！」

關貞姨憋足了氣，模仿江青的語調，變調為花腔：「向文化大革命的偉大旗手江青同志——」全體再次揮動紅寶書裝成激情萬分狀：「學習，學習，學習！致敬，致敬，致敬！！」

全體坐下後，又開始了第二個儀式。關貞姨叫大家翻開紅寶書，由於不識幾個字，幸虧阿拉伯數字閱讀沒有障礙，可以教導在座的各位翻到某某頁；憑關貞姨的聰明，每頁又知道某某段，所以她只要說，我們今天學習某某頁某某段，「毛主席教導我們——」起個音後，全體就會齊聲朗讀。無數次的朗讀，關貞姨居然記住了起碼十段語錄，可以背得滾瓜爛熟。她每次組織大家學習，就在這十段語錄中挑選三段，每次就像做排列組合的遊戲。關貞姨領讀了一句：「人民靠我們去組織。」下邊全體大聲讀道：「中國的反動分子，靠我們組織起人民把他們打倒。凡是反動的東西，你不打，他就不倒。這也和掃地一樣，掃帚不到，灰塵照例不會自己跑掉。」關貞姨對這段語錄，是心中的最愛。因為這條語錄通俗易懂心領神會，思維理解上沒有任何障礙；還有這語錄讀來有無比的優越感，關貞姨是本社區的組織者，就是靠她來組織打倒反動的東西；再有語錄中那把掃帚，使她常聯想到老公沈玉金的毛把把，那肉柄把把給她以快感，用掃帚掃反動分子她也有心理上的快感刺激。

關貞姨第二段選讀的語錄是「凡是敵人反對的，我們就要擁護；凡是敵人擁護的，我們就要反對。」在關貞姨心裡，她對這段語錄的樸素理解就是：敵人笑，我們哭；敵人哭，正是我

們揚眉吐氣的笑的時候。她進一步引申爲，誰不擁護她，誰就是敵人。是階級敵人就要當敵我矛盾處理。因此她想教大家學習的下一段語錄是，「肅清反革命分子的問題是敵我矛盾的鬥爭問題。」但想想此段語錄下邊「左」啊「右」的，搞得暈頭轉向，她實際上一直也沒搞明白其中的奧妙，再說現在外面又刮學習最高最新指示的風，她也想翻翻新拋它一段新語錄出來，鎮鎮這些牛鬼蛇神，但一時又背不出新的，背錯一個字她吃不了兜著走，風險極大。躊躇之際，忽然想到還有國際上的階級鬥爭，世界上還有三分之二的人民在受苦受難，我們要解放他們，就要與美帝作鬥爭。關貞姨清了清嗓子，正色道：「全體把《毛主席語錄》翻到七十一頁，大家聽著，讀語錄要整齊、響亮，要把對美帝的仇恨體現出來！」大廳裡人們在關貞姨的指揮下，大聲但顯然雜音哄然的讀道：「美帝國主義到處橫行霸道，把它自己放在同全世界人民爲敵的地位，使它自己越來越陷於孤立。美帝國主義手裡的原子彈、氫彈，是嚇不倒一切不願意做奴隸的人們的。全世界人民反對美國侵略者的怒潮是不可阻擋的。全世界人民反對美帝國主義極其走狗的鬥爭一定會取得更加偉大的勝利。」

當讀到「勝利」的時候，關貞姨音量驟然放開，臉上一副得意的樣子，好像已經把高鼻子的洋人打翻在地，在拳擊臺上作贏家秀。她習慣地拖過話筒，又放下，眼光掃過會場，諄諄教導諸位：「你們想想，內有地富反壞右，還有走資派，外有美帝和各國反動派，階級鬥爭極其複雜，不搞文化大革命行嗎？現在人民起來了，我們已經取得偉大的勝利。但是，毛主席教導我們，不是東風壓倒西風，就是西風壓倒東風。爲了將來的世界只吹東風，你們聽著，要好好狠鬥「私」字一閃念，要狠挖靈魂深處的封資修思想。今天的鬥私批修會繼續要挖腦子裏的蟲，什麼時候思想革命化了，思想大統一了，什麼時候就能夠建立起紅彤彤的新世界。」

程老頭舉手。關貞姨滿心歡喜：「還是程老頭積極，今天又是第一個發言。」程老頭馬上說，他不是發言，他有慢性腎炎要請假上廁所。關貞姨破口罵道：「眞是拎不淸！剛剛還在說，革命化大統一，你就不能鬥一鬥腦子中的私念。思想要統一，行動要統一，服從命令聽從指揮步調一致才能得勝利，你跟我坐下！一切聽從我的統一安排。」程老頭只好把尿憋在膀胱裡，等待統一調度。

吳佑孝鬥私批修說，他家世代是封建主義的孝子賢孫，骨子裡都是剝削階級的罪惡，吳家花園的每一塊太湖石上都沾滿了勞動人民的血汗，當時我家不願意把吳家花園獻出來，這是剝削階級思想在作祟，眞是罪該萬死。邊上的人都說吳佑孝你這話講過無數遍了，能不能鬥鬥新私心。吳佑孝眼睛往上翻了個兜，想了半天又說，感謝大家對他的幫助，現在他想起來了，他的思想感情還不是無產階級化。關貞姨提醒他不要說空話，要舉例。吳佑孝抖抖嗦嗦地說，現在人人都會唱革命樣板戲，他不會唱樣板戲，說到底就是對無產階級文藝沒感情。他說他不是不會唱戲，他從他爸那裡學唱崑曲，不僅崑曲唱得好，京戲也唱的好，爲什麼不用心學唱樣板戲，關鍵是思想深處看不起樣板戲，認爲那不像京戲，現在把自己的思想曝曝光，請大家批判。關貞姨連聲叫好，說吳佑孝把思想曝光，這是改造思想的好開始。有人說，吳佑孝不學唱樣板戲是封建戲文中毒太深；又有人說，不學唱樣板戲是對江青同志不尊敬，在江青同志嘔心瀝血關懷下的樣板戲，是革命文化的典範，豈有不唱之理？吳佑孝點頭連連稱是。吳佑孝說，他從現在開始下定決心學唱樣板戲，學做革命人。唱出革命英雄的豪情來，唱出無產階級的感情來。關貞姨語出經典：學唱樣板戲的過程，就是思想革命化的過程。會場上一片嘈雜聲紛紛表示擁護，只有白雨虹和梅老太目光對視了一下，雖然誰也不說話，那

鄙夷的神情分明在眼中閃現。又有好事者提議，吳佑孝學唱樣板戲要從李玉和的《臨行喝媽一碗酒》學起，有人反對說這太悲觀，應當先唱楊子榮的《共產黨員時刻聽從黨召喚》，結果遭到更多的反對聲，理由是吳佑孝不是共產黨員不配先唱此段，吳佑孝那窩窩囊囊的樣子哪像高、大、全的革命英雄形象。還是吳佑孝自我提議，先唱反派角色刁得一的《這個女人不尋常》，此段唱詞從反面烘托了女革命者阿慶嫂的光輝和機智。關貞姨一聽是歌頌女革命的唱詞來了勁兒，揮揮手連聲說就這麼定了，吩咐吳佑孝好好練，下次鬥私批修唱給大家聽，要把刁得一的陰險狡猾唱出來，要把阿慶嫂「智鬥」的革命智慧唱出來，更重要的要把自己改造後的革命思想革命感情唱出來。

會場上一時像燒開的粥，又沸騰又稠糊。這個說，他拾到一顆螺絲釘沒有交公，是缺少社會主義建設積極性缺少大公無私思想；那個說，她用的髮夾過於漂亮豔麗，是資產階級生活方式的大暴露；幾個老婆婆說，她們老是盼望兒媳生個大胖孫子，是「男尊女卑」封建思想的體現。輪到小驢子鬥私批修，小驢子說，他小時侯不懂事，喜歡收藏煙標，收藏到了東洋人、西洋人的許多香煙殼子，是崇洋媚外的思想在作怪；他小時侯太調皮，喜歡玩小鞭炮，丟在女孩腳下，常常把她們嚇哭，是資產階級專政的表現。還有一次小鞭炮大概沒點著，丟到人家窗臺上，他去拿——，說到這裡他停頓了一下，關貞姨聽到這裡，急得心眼兒快跳出喉嚨，她怕小驢子傻乎乎地把她和沈玉金大白天陰陽交配，公雞趴在母雞身上的故事鬥私批修披露出來，急忙喝令小驢子閉嘴，說小驢子只講表面現象，要挖思想根源。小驢子愣了一下，繼續說，他想爬到人家窗臺上去拿——，關貞姨一聽小驢子還在往下說窗臺的故事，心中大怒，情不自禁的用手拍桌子，「啪」的一聲震驚四座，會場裡鴉雀無聲，只聽關貞姨一個人在說：「小驢子你聽著，叫你挖思想根源，你東拉西扯瞎說什麼表面現象！」小驢子一臉的委屈，眼淚快要掉下來了。小驢子蠕動嘴唇，輕聲說：「關主任，不講現象，怎能鬥私批修哇？怎能挖髒思想啊？」反應過來的知情的人都在暗暗竊笑。不知情的人出來打圓場，不少人勸關主任息怒讓小驢子慢慢說，透過現象看本質。眾人催促小驢子快說說得簡明點，壞思想挖得深一點，小驢子壯了壯膽繼續說，他手夠不到窗臺——，只好人跳起來用木棍去拿，結果把玻璃打碎了，後來逃之夭夭，這實際上就像階級敵人搞破壞。他說，今生今世不做壞人，要做無產階級革命事業接班人。聽到這裡，關貞姨大大鬆了一口氣，又神氣活現起來。她用目光掃了一遍會場，見梅老太似笑非笑，好像極力在抑制發自內心的笑，又好像根本沒笑，但看上去就像譏諷的在笑，關貞姨感覺今天鬥私批修會以來梅老太一直就是這種樣子，這種表情是可忍孰不可忍，想到這裡關貞姨手指直戳梅老太：「梅老婆子，你還沒有鬥私批修！你跟我們說說，你是怎樣裡通外國的？你是怎樣與日本人勾搭上的還嫁給了東洋鬼子？」

人們的眼光都投向了坐在中間的梅老太。梅老太正要說話，有人已經搶在前面，振臂高呼口號：「打倒日本帝國主義走狗梅純穎！」「打倒大特務梅純穎！」眾人高舉紅寶書跟著大呼口號。白雨虹臉上毫無表情緊閉嘴唇，沒有舉手，對身邊震耳欲聾的口號置若罔聞，彷彿身處另一個時空之中。梅老太目光平視正襟危坐的關貞姨，說：「我住在和坊街二十來年，大家知根知底的。」關貞姨迅速糾正她，現在叫反帝路。梅老太說，算起來她從小就生活在反帝路，日本留學回來定居和坊街已經二十多年。關貞姨再次糾正她叫反帝路，說她眞是頑固不化。梅老太說，她既不是走狗也不是特務，談不上裡通外國。她年輕時嫁給日本人，是因爲她和高橋一健合得來，彼此相愛。如果她不愛國，她不會在抗日戰爭一爆發，就毅然決然地回國參加抗

戰，如果高橋一健是壞人，他也不會跟著她來到中國，最後死在救護傷患的前線。會場上七嘴八舌紛紛指責梅老太在狡辯，吳佑孝位子靠梅老太最近，竟然用顫巍巍的手握著紅寶書拍打梅老太，小驢子爲了表現革命積極，竟然從遠處衝過來想要揪住梅老太，坐在邊上的白雨虹暗地裡踩了一腳小驢子，並瞪了一眼小驢子，小驢子才收住了腳步，悻悻地退了回去。白雨虹見人們情緒激動，怕對梅老太動手，就起立貼身站在梅老太身邊。關貞姨看到人們對梅老太批判的氣氛已經被她調動起來十分高興，這是她求之不得的效果。關貞姨喝令：「梅老婆子，態度放老實點！你給我站起來！老老實實接受批判！」

梅老太神情自若地站了起來。她以平和的語氣，仿佛在敍述家常：「我熱愛我的祖國。我去日本留學去學醫就是想多救同胞的生命，我放棄考醫學博士提前回國是想爲危難的祖國出力，一九四九年我有多種選擇，但最終我決定留在大陸，也是因爲我熱愛這片生我養我的土地。幾十年來，正像魯迅說的，我以我血薦軒轅，我行醫爲人對得起良心！」關貞姨立刻駁斥說，一九四九年後你開私人診所，走的是資本主義道路；一九五六年做了幾次工作你才不情願地把診所公私合營，當時態度就屬於對抗政策。梅老太馬上辯解說，要把我的診所併入新吳醫院，那麼多進口的器械那麼多資產一下子剝離，我要想一想純屬人之常情，談不上對抗。再說，在醫院工作直至退休，她的醫德和醫術有口皆碑，她眞心眞意爲患者服務，沒有爲帝國主義服務，也沒有任何條件任何可能去做人家的特務。關貞姨指出：「你老是讀外文，寫那些外文蚯蚓字，就是裡通外國，就像特務！」梅老太繼續答辯：「難道懂外語的人都是壞人都是特務？不懂外語怎麼能提高業務？」關貞姨雙目瞪大，怒斥道：「梅老婆子你也太囂張了，我說一句，你頂一句。不管怎麼說，你跟日本人你就有特務的嫌疑！你必須老實交代！」爲了挑動眾人，關貞姨停頓了一下，故意問：「大家說是不是？」衆人起哄，逼著梅老太交代她與日本人的事。

梅老太落落大方地面對衆人。在這古樸的大廳裡，人們的問題問得很遙遠：「你梅老太是怎麼認識高橋一健的？」在衆人振臂高呼的口號聲裡，夾雜著訓斥：「老實交代在日本幹了些什麼！」邊上一片躁動，還有更具有想像力的問法：「你與那個日本人在中國收集了哪些情報？」梅老太站在那裡，緊閉嘴唇，一言不發。緘默成了她最好的擋箭牌。她的思緒飛到了遙遠的東京，那天她在帝國大學的醫科實驗樓前坐著遐想，他走過來問了一句：「梅子，在想家？」她對他微微點頭，他對她微微一笑，他的笑竟然永久地定格在她的記憶中，直至今天梅老太只要想起他，他的笑容就會鮮活地出現在她眼前。當時她問他，你的家遠麼？他點點頭。他對她說，他的家也是古城，在西邊的金澤。我們金澤的兼六園就像你家鄉的園林。回憶起來，她當時不知怎麼竟鬼使神差地邀他坐在邊上，挨她很近，可以清晰地聽見他的呼吸，聞吸他身上的體味，那是一種很純的味道。過去上課時，他們有時也同桌相坐，上解剖課還分在同一組，但怎麼也沒有現在這種感覺。從此，她和他的生命開始聯結在一起。那麼，這些有必要向批判她的人交代嗎？梅老太還是沉默不語。

見梅老太不說話，關貞姨桌子一拍，把梅老太痛罵了一頓。不說話想蒙混過關，沒門！不說話的人態度最惡劣。裝聾作啞，休想！任何人想對抗群衆對抗文革，只能死路一條！人們又鼓噪起來，他們換了話題，追問梅老太與教堂的關係，爲什麼老是往教堂跑。梅老太說她只是每週去一次。人們說，每週去一次還算少嗎？是不是出賣國家情報？面對胡攪蠻纏昏說亂話，梅老太心裡覺得好笑。她平靜回答這與任何人沒有關係，只是她的信仰。此話一說，門廳裡立時炸開了鍋，梅老太的眼前晃動著無數的拳頭。責罵討伐聲錯落襲來，有人向她身上吐口水，有人厲聲質問爲什麼去信仰洋上帝，爲什麼不信仰共產主義？面對群情激昂，梅老太只得再次保持緘默。也不知過了多少時候，人們激動得也許有些累了，看看梅老太不說話，也覺得無趣，聲浪也漸漸低了。許多人也到了生理的極限，程老頭那一泡尿快把膀胱撐破了，於是他人半躺著，雙膝翹上，極力減輕地心引力。像吳佑孝他們，還有那些年紀大的老太老頭，有的肚子早已餓了，有的要回去燒飯、要帶小孫子，有的也像程老頭一樣憋著金屎銀尿不敢如廁，但大家的心思早已飛出會場。關貞姨看看手錶，時間已過了十二點，她雖在外面狠天霸地，在家內也怕沈玉金的脾氣，每頓飯前的老酒還是要準備好的。服侍好老公，關貞姨心裡暖融融的。關貞姨說了一通總結之類的話，又對梅老太瞪了一眼，佈置下午要來練習跳忠字舞。於是人們像逃也似地奪門而散。

——第六章

「聯派」與「紅派」：兩派初試鋒芒

上海「一月風暴」迅速刮到古城，大街小巷的天空中到處飄灑著各種「號外」傳單，鼓動人們群起回應，進行「奪權」。丁春峰父子的「工聯總」與「火車頭」聯合二十幾個大小組織，包括沈玉金的東風機械廠工人聯合造反司令部，成立了統一的「工人學生聯合革命總司令部」簡稱「工學聯」，這些組織大部分原先有個「聯」字，民間稱之爲「聯派」。當天下午，白雨星、胡瑤淩她們的「代代紅」聯合市裡的紅色工人造反司令部等十幾個組織，成立了統一的「紅色工人學生革命造反總司令部」簡稱「紅總司」，因爲這些組織原先有個「紅」字，被稱之爲「紅派」。也就在當天下午，藍欣欣一家被趕出了原先居住的小洋樓，被「聯派」押送關進了和坊街上的市委黨校大院。過了半小時，「紅派」也趕到藍欣欣家，晚來了一步，沒有搶到造反奪權的頭功。

藍欣欣那天在家陪父親一起收聽了「工學聯」成立大會實況轉播。廣播裡傳出海浪般的口號聲，一聲聲撞擊著藍家。藍欣欣的父親平易近人，人們一般直呼老藍，或稱「老八路」，反倒把他的姓名淡化了。好多次，老藍澄清說，他是參加的新四軍，不是八路軍，也就是後來的華東野戰軍，跟隨陳丕顯的縱隊。但是，這裡的人們似乎誰也不願意分清八路軍和新四軍的區別。人們總是報之一笑：「還不是一樣的，都是老革命嘛！」廣播裡宣告舊市委舊市府已被推翻，報出一批被打倒的幹部名單，老藍聽見自己的名字排在了第三號，身子微微一震，以一個老游

擊隊員的敏感，他迅速作出了反應。他關照藍欣欣歸攏起居用品：衣褲、毛巾、被子，整齊放好，就像即將整裝待發的走上征程。不過，這一次是等待造反派們的發落。但他還是估計不足，他沒想到造反派會把他一家全部趕出。他更沒想到在以後的日子裡聯派和紅派輪流對他進行「噴氣式」批鬥進行摧殘。廣播裡讀著聲討他的檄文，揭露他如何跟隨陳丕顯對抗毛主席。當他聽到廣播裡高呼「打倒陳丕顯的殘渣餘孽藍祖禹！」時，喚醒了他，一個久經沙場的軍人的特有嗅覺，撲面聞到了戰場的硝煙。他感到一陣陣的胸悶，騰地從椅子裡站起，重重地把門關上，把正在歸理衣被的女兒關在了門外。此時的藍祖禹就像在十幾年前華東蘇中戰場，在每一次的戰役後，總是把自己關在指揮室裡，來回踱著步，以他特有的方式，回憶戰鬥中的每一個細節，想念那些在硝煙慢慢褪去後橫屍戰場的戰友。造反派的炮已經打響，藍祖禹怎麼也沒想到，青年時就參加革命的他，幾十年後革命的炮口竟然對準了他。他需要獨處，需要安靜。他默默地踱著步，任憑藍欣欣在門外一聲聲的呼喚也置之不理。他的眼前出現了幻覺，那黑洞洞的炮口仿佛變成了怪獸的大嘴，要把他吞噬。他每走一步，就像避過一次劫難，他心亂如麻。

「砰」的一聲關門，藍欣欣關在了門外，手裡抱著父親的軍棉大衣。她怔住在那裡，忍不住淚水默默流淌了下來。她呼喚著父親開門，回答她的只是裡面踱步的腳步聲。這些天來，她受到了太多的痛楚委屈，她崇敬的白老師被打得遍體鱗傷，她愛戴的父親被市府裡的造反派連續批鬥，辦公桌上糊滿大字報。她自己也被「代代紅」紅衛兵開除，她像許多走資派的子女一樣，被剝奪了革命的權利。當革命滲透在日常生活的每一個角落時，實際上她被剝奪了做人的基本權利。她怕父親有閃失，總是每天等候在市府門口，待到父親身影的出現，於是她迎上去，攙扶著父親，頂著寒風，步履艱難地回到暫時寧靜的家——一個岌岌可危的避風港。有時，一群紅衛兵走過父女倆的身邊，或指指戳戳，或齜牙咧嘴，其中就有人直接罵她：「看，藍祖禹小老婆的女兒！」她感到難言的恥辱。

藍祖禹的思緒從亂麻中抽出，造反派貼他大字報，誣他討小老婆，前妻在抗戰中死於轟炸，他南下後娶欣欣她媽，是組織上的安排，光明磊落，何罪之有？他對造反派的窺隱揭私行爲嗤之以鼻。他怕的是藍欣欣在知曉他有前妻時，面對造反派無端羞辱，造成對女兒情感的傷害。他清楚地記得，在回家的路上他用手臂，緊緊裹住女兒，想用有力的臂膀作盾牌擋住惡語之箭。現在有人從生活方面的攻訐轉入政治攻擊，而且這種攻擊來自自己的陣營，他從軍從政幾十年，竟然第一次發現儘管硝煙彌漫，但是找不到誰是作戰對象誰是敵人！

門外的藍欣欣拍打著門框，一聲聲叫喚父親開門。女兒信賴父親，女兒理解父親，即使他們把父親描繪成青面獠牙的魔鬼，也無法抹去她心中父親的光輝。她深知父親把政治榮辱看得比生命還寶貴，他的憤懣，他的無奈，在重重的腳步聲中傳遞了出來。廣播裡仍然在狂呼口號，一會兒打倒走資派藍祖禹，一會兒揪出漏網反黨分子藍祖禹。藍欣欣擔心父親，在猛烈的轟擊面前，會不會想不開，會不會像有些伯伯那樣沒有死在槍林彈雨裡，而是選擇永遠的絕世於革命的塵囂之中。想到這裡，藍欣欣拼命撞門，然而那門就像鐵鑄似的紋絲不動，她急切地喊，她想到她要打開眼前的這扇門，必須首先打開父親的心扉，她急中生智，她向著門大聲喊：「爸爸，打日本鬼子沒有罪！搞建設沒有錯！」

女兒的聲音撞擊著藍祖禹，他猛地有所領悟。多少天來，機關裡大會小會批判他，他忍了；造反派揪他站在辦公桌上批鬥，他也忍了。從茫茫蘆蕩到蘇北平原，從橫渡長江到參加上海攻城戰，他親歷百戰，只有殲敵的份兒，何曾受過如此侮辱？一盆盆污水潑來，剛才他確有過一

了百了的衝動。在戰場上生生死死幾十回，死也無所畏，也許還是寧靜的解脫。士可殺不可辱，他也眞想撲向黑洞洞的血盆獸口，撞它個粉身碎骨。但女兒的話使他心中的結豁然解開。「打日本鬼子沒有罪！」女兒說得好。跟新四軍打日本侵略者有什麼罪過？南下後在這個城市工作，他走遍了大街小巷。五十年代初百廢待興，他動員廠店業主恢復生產營業；六十年代初天災人禍後，推動廠社管理走上正軌。這些都被說成走資派的依據，這是什麼道理？女兒說搞建設沒有錯，心中裝著百姓的生計，他感到對得起天地良心。但他仍然百思不得其解，幾十年來革地主的命，革資本家的命，歷史兜了一個圈子，現在怎麼革命革到了自己頭上？他直率地判斷：「朝中有奸臣！」所思所想，他抑止不住，脫口大聲叫喊：「朝中有奸臣吶！有奸臣！」

藍欣欣隔著門聽的眞眞切切，她接著父親話：「爸爸，朝中有奸臣，女兒一起跟你鬥爭！你一定要想開！」

「欣欣，爸爸怎麼能連累你呢？爸爸想得通。」藍祖禹打開了門，藍欣欣撲在父親的懷裡：「爸爸，你心裡想什麼女兒知道。你做人堂堂正正，女兒心裡明白。再大的風暴，女兒永遠認你跟你，我的好父親！」藍祖禹撫摩著女兒的頭髮，禁不住潸然淚下。

藍欣欣也是與父親一起趕出了家門，押送到了原先的黨校。當時實況廣播還在進行，沈玉金帶了一幫人，不由分說地把藍祖禹揪上了卡車。藍祖禹打量了一下他的新家，一間騰空的教室，他曾經在這裡爲社級幹部上過課，教室如今成了囚室，不禁有一種滄海桑田之感。沈玉金打量了幾下藍祖禹，帶著勝利者的神情說：「三十年河東，三十年河西。沒想到吧？有事喊報告，門外有看守。聽著，只有老老實實接受批判，才是走資派唯一的出路！」

藍祖禹扶住門框，還想抗爭：「請問你們到底要幹什麼？現在到底是誰家的天下？」

沈玉金大手一揮，斜眼撇嘴道：「你以爲還是你的天下？搞明白了沒有，現在是造反派的天下！是毛主席的天下！」

「不管怎樣，這天下都得講理，不明不白關在這裡是啥意思？」藍祖禹說。

「什麼講理，關在這裡還是抬舉你呢！跟你講理？毛主席的話就是最大的道理。你不聽毛主席的話，不走毛主席指引的路，你不懂道理，還來問我？」沈玉金的大白話說得鏗鏘有聲。

藍祖禹感到滿腹的委屈。他何曾不聽毛主席話了？他南征北戰，跟毛主席打天下，沒有毛主席的英明，哪有我的今天？難道自己眞的老了，跟不上形勢了，老革命眞的遇上新問題了？看著造反派頭頭那種氣勢，聽著沈玉金那充滿霸氣的話語，環視一下自己目前的處境，他驀地頓悟，他已經是革命的對象或者說是革命的敵人了，還有什麼好說的？不過，他不死心，再次把軍人脾氣亮了出來：「不管怎麼說，我還是公民，怎麼可以隨便扣押我和家人？我們還有憲法！」

「工民？你是工民？我才是工人出身做工到今天，才是工民！」在沈玉金貧乏的腦袋中從沒有過「公民」的概念和詞彙，繼續演繹他的話語：「幾十年前，農民鬥地主分田地，工人把資本家趕下臺，那是革命；今天我們鬥爭牛鬼蛇神走資派，這叫無產階級專政下繼續革命！你少來這一套，什麼憲法不憲法的，老子不吃這一套！我問你，毛主席大還是憲法大？」

這個問題藍祖禹倒是從沒有思考過，他一點都不畏懼造反派的粗魯和野蠻，倒是害怕他們的這種精神陣勢。他們趾高氣揚，因爲他們感到所有的眞理都在手中。藍祖禹像棋盤上被將死

的棋子，呆呆地僵在那裡發愣。藍祖禹一下子感到自己的身體在萎縮，在強大的權威巨神面前，在威武的革命精神拷問下，自己變得那樣的懦弱，佝僂龜縮在牆角落裡。想到自己從革命者現在成爲被革命者，心中一陣淒涼，神情愈發沮喪，這隱隱作痛的不是利器劃破身子的那種感覺，而是被人特別是親人遺棄的那種不可名狀的痛楚。他的靈魂飛出了七竅，在黑洞洞的空間遊盪，那地方好像很熟，像平原上蜿蜒伸展的黑乎乎的地塹，又像在漆黑深夜裡的茫茫蘆葦蕩，他見到了一個一個死去的戰友亡靈，他向他們問同樣的問題：「毛主席大還是憲法大？」他們見到他就像見到瘟神一樣一個個迅速地躲開，他愈加感到惶恐，身體遊盪在忽而水鄉忽而平原的黑夜裡。他又見到了一個人，隱隱約約好像是個女孩，但看不清她的臉，只聽到她的聲音：「跟我走！」

「幹嘛跟你走？」又是一個女孩的聲音，這聲音很熟，是藍欣欣的聲音。

「藍欣欣你要端正態度！」還是那個看不清臉的女孩的幽靈般的音調。

「胡瑤淩，你說你是什麼態度？跟你走，幹嘛跟你走？」藍欣欣雙手擋住門框。藍祖禹極力想睜大眼睛，但眼皮很重很重，等他把眼睛完全睜開，才見到他的面前圍了兩撥人馬。被藍欣欣呼作胡瑤淩的女孩好面熟。藍祖禹想起來了，胡瑤淩就是那位學雷鋒的標兵，他在報紙上見過她的照片，那時她是多可愛喲，眼睛中撲閃著單純的光。眼前站著的胡瑤淩，粗一看緊束皮帶身穿黃軍裝像個男人，揮舞手臂舉止幅度很大，嗓門也特大，眼睛中閃著逼人的光，藍祖禹心裡暗自感歎革命可以改變人的威力。站在胡瑤淩右前邊的沈玉金漲紅了臉，大聲呵斥胡瑤淩。藍祖禹終於聽明白了，胡瑤淩的「紅派」趕來要人，要把他帶走，而沈玉金的「聯派」正激烈地捍衛奪來的革命果實。沈玉金後面一大幫人，個個手握紅白相間的小木棍。沈玉金提著棍子，指向胡瑤淩的鼻子，眼球差點把眼眶漲破，大罵「紅派」：「老子革命時你們在哪裡？我們抓了走資派，你們想討便宜？誰敢上來，我的棍子不認人！」

胡瑤淩後面也是一大幫人，其中白雨星也來了。他們是開了一輛解放牌卡車來，本想奇襲黨校幾分鐘內帶走藍祖禹他們，卻遇到了「聯派」的強烈抵抗。胡瑤淩心裡清楚，她帶來的人數與「聯派」比太少了，一旦衝突肯定占不了上風，但她身後的一批突擊隊員個個靈活善戰，又給了她底氣。她決不能向對方示弱，她把身上的皮帶解了下來，後面「紅派」的人馬也個個解下了皮帶握在手裡。兩派的人怒目相視，互不相讓，空氣仿佛一點就炸，一場武鬥眼看一觸卽發。

白雨星跑到人群前，把自己的一撥人馬擋在了身後，舉起手中的皮帶，也指著對方的鼻子——沈玉金的鼻子嚷道：「你擺什麼老資格？我到北京串聯鬧革命的時候，你連方向還沒找准呢！告訴你，不是你一家革命，也休想你一派獨大，你狠什麼！」

沈玉金脖子爆出青筋，厲聲喝道：「乖乖弄底洞！教訓起老子來了！同志們，上！一起揍這小子！」

「聯派」在沈玉金指揮下，一擁而上，紅白相間的小棍子一齊向白雨星砸去。白雨星反應天生的敏捷，用皮帶甩下了幾根空中襲來的木棍，且戰且退。人群騷動混亂，雙方打鬥的叫喊聲、軟兵器硬兵器的碰擊聲響成一片。胡瑤淩在混戰中尖叫：「同志們相互保護，向車上撤！」「紅派」的人一邊戰鬥，一邊迅速跳到卡車上。卡車本來就沒熄火，載著人馬啓動離開。有幾個「聯派」的人追到車子旁，被車上的「紅派」用皮帶狠狠甩抽，額頭上的血立刻淌了下來。受傷的「聯派」，毫不示弱，疾速把手中的木棍飛向車上。

第七章 長夜裡有一盞不滅的燈

白雨蘭甩著兩根辮子，一進門氣喘吁吁地向屋內大聲嚷嚷：「不好啦，不好啦！兩派打起來了！大哥，兩派打起來了！」白雨虹在房裡聽半導體收音機，由於嘈聲很大，音量又不敢開大，他把半導體貼在耳邊，好像聽到雨蘭的聲音但沒聽清楚，笑著說：「什麼打呀打的，誰跟誰打了？」白雨蘭一臉的緊張，一五一十把道聽途說的新聞告訴了大哥。白雨虹暗自吃驚，他極想知道雨星在衝突中是否受傷，多少天來他一直有一種預感，擔心雨星要有災禍降臨似的，這個冒冒失失的弟弟容易衝動，當然也容易受到傷害。在雨蘭帶來的消息中，他明白了藍欣欣的處境，心中突然想起到黨校院子去，周身湧起一股燥熱，恨不得一步跨到藍欣欣的身邊。他草草吃了幾口飯，就匆匆朝和坊街走去。

天上沒有月亮，沒有星星，也沒有絢麗的焰火。街上沒有正月的喜慶，沒有初春的氣息，更沒有多彩的元宵燈籠。天上人間，已經把古老的習俗忘得徹徹底底。革命的威力，可以把洋溢著親情歡笑的春節變成寒風肅殺的陰沉沉的冬夜。那天除夕，白雨虹不顧廣播裡三令五申過「革命化春節」的指令，也沒有理睬關貞姨一次次的禁令，還是悄悄地拷上一斤雙溝大麴，帶去一條自己仿燒的松鼠桂魚，一碗象徵元寶的金色蛋餃，再端上一盤原來春節家家戶戶必備的如意豆芽，送給了病床上的父親。病房裡的其他人露出驚訝的神色，分明在說這青年怎麼這樣頑固，什麼年代了還講年年有餘吉祥如意？只有白文堂讀懂了兒子，兒子在有意無意地嘲笑文化的革命，頑強地在堅守自己對民族傳統文化的認同和承繼。正月裡，白雨虹忙著做彩燈，他又仿佛回到了無憂無慮的童年。他記得幾乎每年都要送一個胖鼠元宵燈給藍欣欣，那燈的造型有一點點像迪士尼的米老鼠，但大部分是白雨虹的獨創，胖胖的大肚子憨態可掬的模樣，惹人喜愛。有一年白雨虹忘了給她，藍欣欣看見他時的表情老是想說又不想說的樣子，好幾天丟魂落魄的神情，他費神地想了幾天，終於破譯了謎底。他趕快給藍欣欣送去，她緋紅的粉雲飛掠過白皙的面頰。那一刻，白雨虹的心也立刻掉進了醇香的美酒裡，他喜歡藍欣欣那一刻的表情，並且永久地定格在情感的底片上。想到這裡，他不由地加快了步伐。

對白雨虹來說，和坊街是他再熟悉不過的一條古街了。他的大部分同學生活在這裡，這裡銘刻著他從蹣跚學步到成年走過的無數個腳印。黨校大院緊挨著綿長坍塌的城牆，他和丁春峰等夥伴經常在黃泥土墩般的城牆上放風箏，秋天捉蟋蟀，有時循著像山芋一樣的藤蔓挖何首烏。他決定不從大門進去，他判斷大門有人把守也不會讓他進去，他想從廢棄的城牆上翻越過去。正走著，迎面遇上了喝得酩酊大醉的沈玉金，向他跌撞過來，他本能地向路邊躲避，沈玉金踉踉蹌蹌地從他身邊拐過。此刻，黨校大門裡奔出幾個工人模樣的聯派青年，架扶著沈玉金，向沈家走去。過了幾分鐘，白雨虹已經到了城牆上，他沒有馬上到大院裡去。他蹲在地上，默默地向大院裡眺望，在兩棵巨大的楓楊樹之間，靜靜的躺著一排排教室，黑咕隆咚的，只有一個教室的燈亮著，他猜想藍欣欣一家就關押在那裡。他警惕地環顧四周，觀察在孤零零燈的旁邊有沒有人在看守，最後確信聯派人員都集中在傳達室和另一側的樓底。白雨虹迅速跑到了大樹邊上，忽然見傳達室裡面幾個人出來小便，他把身子隱藏到大樹後面。等那些人進去後他靠在樹身上，透過教室的玻璃，終於看到了藍欣欣。在昏暗的燈光下，藍欣欣好像在忙碌地捅煤

爐，然後把煤爐拎到門外。

白雨虹的心在胸腔中狂跳，在寂靜的夜空裡分明聽得到自己心跳的聲音。他周身升騰起一股熱呼呼的暖流，這股暖流推動著他，要他迅速跑到藍欣欣身邊擁抱她，但理智像顆釘子把他牢牢地釘在了原地。他感到從胸腔到喉管不可抗拒地冒上熱辣辣的氣流，那氣流化作藍-欣-欣-三個夢縈般的音節。他怕聲音大了嚇著她，又怕喊得輕了聽不見，在猶豫之間他吐出了一串含混不清的語音，短促而又多情，可惜藍欣欣的身影已經閃進屋內，那一串聲音還沒傳到藍欣欣耳邊，就被擋在了門外。白雨虹身體頓感軟軟的，無力地靠在樹上，但周身依然冒著熱氣，他依然可以聞到自己從衣領裡透出的熱烘烘的體味。

夜，空空曠曠。在沒有月光沒有星星的夜裡，夜就像一塊沉重的幕布。在偌大的夜空中，白雨虹感受到了生命的微渺和陰鬱。在這寒冷而寂靜的夜裡，孤單單的他突然感到自己的唐突，他爲什麼要到這裡來，他在這夜幕裡等候著什麼，他自己也無法回答。他只想自己馬上變成神話中超凡的英雄，生出超越時空的本領把藍欣欣帶到自由的天地。但長夜裡的颼颼冷風提醒他，剛才的念頭多麼荒誕。不過，有一點連他自己也不相信，他竟然全身沒感到冷，他彷彿沉浸在幻覺中。他默默注視著那亮著燈的窗，直到燈熄滅。他仍然沒有想離開的意思，他還想待一會兒，他甚至幻想奇蹟的出現，藍欣欣剛才一定發現了他，等一會兒她邁著輕盈的步子向他走來。

奇跡沒有出現。白雨虹想創造奇跡。他想到了放在家中的胖鼠元宵燈，想到了藍欣欣見到燈時甜甜的表情，白雨虹心海又開始了蕩漾。他行動果斷，跑回家又跑回黨校大院，他把自己親手做的燈，載著他溫暖話語的燈，留著他雙手柔情的燈，輕輕地放在了她的門口。然後，他帶著無比的幸福感回到家裡。

雨蘭早已進入了夢鄉，還在夢中說著夢話。白雨虹像往常一樣，幫妹妹掖好被子。在桌子上，他見到雨蘭寫的一張紙條。留言條上寫著：「哥：居委會關主任通知，嚴禁收聽短波，明天所有居民把家裡的短波收音機上繳。革命敬禮！」白雨虹看到紙條，剛剛蕩漾在心裡的春風立刻刮得無影無蹤，他的身子又立即回到了現實的寒冷之中，那是眞眞切切的。那臺半導體小收音機是他用整整幾年的時間，一分錢兩分錢積攢起來買的，伴隨他度過了難忘的高中生活。主題班會上，小收音機曾多次出場，常常教大家學唱廣播裡的新歌，給班級集體帶來了歡樂。白雨虹趕緊想找一個地方把半導體藏起來，他打定主意決不上繳。因爲他太需要它了，他要跟它學英語，他要瞭解海外的眞實世界，還有，他極爲反感不近情理無法無天的對個人物品的隨意剝奪。白雨蘭在夢中繼續著她的夢話，居然吐字清晰：「哥，交吧交吧，他們要抓你的。」白雨虹吃了一驚。第二天一大早，白雨蘭起來的第一句話也是這樣說的。白雨蘭說，大哥我早就勸你，不要聽短波了，也不要學英語了，不學ABC，照樣幹革命。你呀你，讀書讀呆了，天天捧著課本不放，還想考大學，你不是在做夢吧？白雨虹看了一眼妹妹，妹妹終究是妹妹，人世間許多的道理講給你聽，你也未必懂，白雨虹只得苦笑了一下，說：「雨蘭，從今後任何人問你半導體的事，就說早已壞了丟了。」白雨蘭還是非常嚴肅地說：「他們肯定要找你的，你是知道的，誰聽短波就是裡通外國，就是收聽敵臺，要判反革命罪的！」白雨虹反問雨蘭：「你看哥是壞人嗎？在做反革命的事嗎？」白雨蘭眼圈有點紅了：「我怕到時你說不清，你眞的被抓了，我一個人怎麼過呀？」白雨虹安慰道：「沒事的，沒事的。天下總得有個理。」白雨虹想換一個輕鬆點的話題，他想起每年也給妹妹按生肖做元宵燈，於是告訴雨蘭，哥替你做的兔子元宵燈，裡面蠟燭已經放好，放在你的寫字臺下，你看見了沒有？白雨蘭雙手一拍，說：「哈

哈，你還有一盞燈呢？我早就猜到你昨晚到她那裡去了！」白雨虹臉紅了，說：「別瞎猜！」白雨蘭繼續說：「我還要猜，不過現在叫預測，今晚你還要去。」白雨虹臉更漲紅了，說：「去去去，瞎說瞎說！」

白雨蘭的預測絕對正確。當夜幕降臨後，白雨虹還是來到了昨天守夜的地方。他在城牆上眺望了片刻，確信沒有崗哨後，又來到了兩棵大樹之間。他背靠著大樹，仿佛感到還留有他昨天的體溫。他記得少年時也常常來到這裡，在這大樹底下拾一串串樹上掉下的小元寶。如今大樹沒有一片葉子，光禿禿的粗粗的枝幹直刺蒼穹。他急切地看那一間有光亮的教室，可是目光掃遍一排排房子，眼前也沒有一扇明亮的窗。他的心猛的一沉，莫非「聯派」把藍欣欣家又轉移了？抑或她家遇上了其它不測？他心亂如麻恍恍惚惚，在夢寐般的神遊中雙眼死死盯住那扇黑洞洞的門。忽然，他發現門上有亮點，那是一團小小的火，在夜空中隨著風微微的搖曳，再定睛仔細看，他看清楚了，那是一盞他送給她的胖鼠元宵燈，那盞燈懸掛在門框上，散發出柔柔的紅藍揉成的綠色，白雨虹的心一陣一陣的揪動，他呼吸急促，渾身的血在澎湃流動，就像潮水在扣擊。那一點綠一團火，點燃了白雨虹心中的希望。哪怕徹夜廝守在燈光下他也溫暖如春。他怎麼也回憶不起來，藍欣欣是怎樣在這孤寂的夜裡，在這搖曳的微光下走到了他的身旁。他只記得她輕輕地對他說：「我知道你今晚要來。」

「我想你。」白雨虹薄薄的嘴唇中吐出諾諾的三個音，雖然也很輕但情重萬千。他和她靠得那樣的近，黑暗中兩雙眼睛久久對視，誰也不說話，他們多麼希望時間凝固起來，不再流淌不再延續，讓他們彼此看個夠，讓他們靜靜聆聽彼此心跳的聲音，在冬夜裡長久感受彼此的體溫和熱烘烘的氣息。他感到她瘦了，憔悴了，眼眶凹陷了，更顯大了她的眼睛；她敏銳地感覺他也瘦了，透出冷冷的英氣，臉的輪廓更分明了。她緊緊靠在他的胸懷裡，她的頭髮像靈敏的導線，在白雨虹的脖頸間嬉戲，那種感覺像柔情的手在撫摩他的身體。藍欣欣完全感覺到他的喉結在上下蠕動，他在一次次地嚥口水，外表的冷峻無法壓抑他內心的火熱和衝動。他把她擁在懷裡，她的胸脯在他的上身摩挲，她的乳房結實而又富有彈性，他眞想親她乳頭一口，他的手不由自主地在她的腰間慢慢往上移，極柔軟地揉捏著她的豐腴的雙峰。他把嘴唇緊緊地貼在她的唇上，差點捂得她透不過氣來。藍欣欣的手在他的腰間和背上滑動，他的背肌微隆而有質感，她的手幾次撞到他的大腿，他肌肉緊綳極具剛性。有一次她的手無意間碰上了白雨虹的情根，他的根根猛地膨脹，生機勃勃很突兀地挺了起來。她的柔腹隔著衣衫一次次地碰上那堅硬的朋友，接受那愣頭愣腦傻乎乎的親吻。

藍欣欣默默地在啜泣，眼淚淌到了白雨虹的胸口。白雨虹親切的地問：「你哭啦？」

「嗯。」藍欣欣輕輕地點頭。

白雨虹撫摩著她的頭髮，說：「我知道你心裡好苦。」

「嗯。」藍欣欣抱得他更緊。

白雨虹聲音有點顫抖，安慰她：「會慢慢好起來的，天總會亮的。」

「嗯。」藍欣欣搖搖頭：「恐怕我們都看不到那一天。」

「不會的，不會的，你不要太悲觀。」白雨虹雖說在安慰她，但自己心裡根本也沒底。革命還在如火如荼的展開，那勢頭正猛烈著呢，許多家庭瞬間支離破碎，無數人受到衝擊和迫害。在革命中，任何對革命的異議、嘆息、憂戚乃至沉默，差一點都成了罪行。何況，他和她，一個臭老九的兒子，一個走資派的女兒；一個決不與革命同流合污，一個決不與革命對象劃清界

線。命運將決定他們還將在黑夜中彳亍遠行，孤獨而倍受煎熬遠沒有盡頭。藍欣欣向白雨虹訴說多少天來的委屈和苦悶，她害怕父親被無休止地批鬥挺不下去，父親常常胸悶，估計心臟已經有些問題。白雨虹提議，過幾天他去借輛黃魚車，送藍伯伯去醫院檢查一下身體。白雨虹又想起，身邊帶了幾份造反派的報紙，遞給了藍欣欣。白雨虹說，「紅派」的《紅色風暴報》刊登「告全市人民書」，將與「聯派」一起舉行市級十幾萬人的批鬥黑市委成員的大會，藍伯伯又要吃苦頭了。藍欣欣說，那天兩派還在衝突呢，現在又聯手了？白雨虹說，「聯派」和「紅派」的報紙都在闢謠，信誓旦旦說社會上流傳兩派武鬥消息是階級敵人造謠，要革命群衆提高警惕。「聯派」的《聯合戰鬥報》還專門寫了篇社論，呼籲「堅持運動的大方向」，那文筆口氣很像丁春峰寫的。藍欣欣關切地問白雨虹，丁春峰打聽到你母親的消息沒有？你媽到底關在哪裡？白雨虹的眼球酸酸的，眼眶裡立刻充盈了淚水。他搖搖頭說，他問過媽的幾個同事，他們只知道那專案組是省裡來的，很可能還是中央文革小組直遣的，來了一輛吉普車就把人帶走了。黑夜裡，藍欣欣還是感得到白雨虹在講起母親時，牙床在打架，聲音在哽咽。

夜更深了，冷風在漸漸刮大。那盞胖鼠燈的火苗在一喘一喘的跳躍。兩個年輕人依偎在一起，喁喁相訴，情暖長夜。白雨虹和藍欣欣談得最多也是最不可理解的是那些昔日的同學。胡瑤淩手持皮帶打人成了她的嗜好，她簡直已經著了魔。白雨星也夠激動的，批鬥人老是扯人家頭髮，還要叫人家做「噴氣式」，他也曾經叫藍祖禹反背高吊手做「噴氣式」，白雨虹聽到這裡，他眞想把弟弟大罵一頓，弟弟你也瘋了。他下定決心，無論如何要好好找白雨星鄭重的談一次，白雨虹要嚴辭告訴他：每一個人都要對自己的行爲負責，不管你打著如何神聖的革命名義。藍欣欣抬頭看了一眼雨虹，把頭埋進了他的懷裡。白雨虹用力抱緊欣欣，越抱越緊，仿佛怕她突然離去，又把臉頰緊貼欣欣的頭髮，吮吸著她的氣息。倆人默默無語，誰也不說話，讓時間屏息，讓塵世停止喧囂。眞情的擁抱裡，沒有間隙，只有生命的溫暖。不知過了多少時候，他才慢慢仰起頭來。白雨虹的眼光注視著那盞燈，藍欣欣的視線也投向那盞燈，他們倆默默地看著那跳動的火焰，那火焰像不甘心自己快要熄滅的命運，竭力地在黑暗中抗爭，在張揚著自己頑強的光芒。

藍欣欣靜靜地看著火苗的消失，說：「燈滅了。」

白雨虹深深地吻了一口藍欣欣，說：「不，它永遠亮著。」

第八章

盛大的節日

白雨虹那晚與藍欣欣約好，全市的批鬥大會他一定到場去看看。他知道批鬥藍祖禹的時候，藍欣欣每次都守候在父親的身旁。那晚藍欣欣問他你去嗎，他聽懂了她的意思，有他在，她就多一份心安。白雨虹很厭惡那如癡如狂的鬥人場面，他看到這樣的場面就馬上聯想到自己父親白文堂，在批鬥時被人毆打的場景。父親的骨頭裂著傷痕，他的心房在滴淌著鮮血。他極力擠進人群，擠到主席臺後，他想以自己微薄的力量來影響他可以影響的人。白雨星發現哥的到來，微微一驚，帶著疑惑問：「哥，你怎麼想起到這兒來？」當他聽完白雨虹的來意，笑著說了一句：「對敵人的仁慈就是對革命的背叛」，便說忙沒功夫說話，趕快跑開去指揮現場的佈置。幸好丁春峰或多或少給了點希望，他說，如果群衆憤怒起來的話，他們會控制局面的。丁春峰告訴白雨虹今天的會由他主持，他會維持會場秩序的，他們「聯派」還派出了工人糾察隊，專門來應付各種情況的。白雨虹想擠回主席臺正前方，人實在太多了，他只得在主席臺的右側駐守，踮起腳想在人海中尋找藍欣欣。白雨虹看到的除了晃動的黑壓壓的人頭，便是數不盡的飄揚的紅旗。

這是市裡最大的體育場，平時可容納五六萬人，今天所有的空間都已擠滿了人。白雨虹來的路上，在一裡路外的馬路上已經擁擠不堪，市裡幾乎所有的造反派組織都參加今天的大會，許多隊伍已經無法進入體育場，只得站在體育場週邊的柏油路上。所有的造反派組織都宣稱今天是「文革」以來的最大戰役，標誌著偉大的勝利。人們手裡高舉著毛主席的標準畫像，胸口掛著大小不一形態各異的毛主席像章，一路高呼口號，個個精神抖擻，處在顛瘋狀態。白雨虹記得白雨星曾援引過革命導師列寧的一句話，大意說革命是人民的盛大節日。白雨虹今天感受到了這種人造節日的紅色氣氛，心裡總覺得有點彆扭，那不完全是發自人們內心的自然情感的流露，那種整齊劃一步調一致的集體性的表情和狂熱，說明導師有控制人們情感的超凡魔術，就像一個大氣功師能叫人們笑就笑，叫人們哭就集體一起哭。他突發聯想，毛主席在天安門廣場接見紅衛兵，調動人們一致山呼萬歲的狂熱情緒，已經把廣場變幻爲巨大的發功氣場，可以說導師才是營造節日的大師，沈玉金、胡瑤淩等等按照各自的動機，擔當起分導演的角色，品味品味有點滑稽的味道。白雨虹擠不出人群，就乾脆站在了主席臺右邊。他環顧四周，體育場人山人海，到處是紅旗，到處是紅色的標語，到處是紅色的橫幅，好像這世界只有一種色彩，別的顏色沒有生存的理由。人們不斷地舞動手中的紅旗，旗幟上寫著「紅色串聯會」、「井岡山戰鬥隊」、「反修聯絡站」等等各自組織的名稱，五花八門，飆揚恣肆。高高的看臺牆上用紅漆寫著巨幅標語：「史無前例的無產階級文化大革命萬歲！」「橫掃一切牛鬼蛇神！」人們手中高擎的橫幅，有的寫著：「炮轟舊市委！揪出走資派！」有的直奔主題：「打倒藍祖禹！」名字顛倒還打上大紅叉叉。因爲許多字是先寫在紙上再釘到橫幅上去的，寒風中那些紙開始撕裂破碎，在空中發出噗噗的怪響。

主席臺兩邊柱子上綁著兩只高音喇叭，會場四周的電線桿上也掛著高音喇叭，一齊播送著激昂的語錄歌，場內場外的聲響震耳欲聾，像滿地的滚雷。白雨虹暗忖，如果他今天不來的話，在幾公里外的家中也能聽到這裡的聲浪。難怪那些無法進入中心會場的群衆即使站在馬路

上也同樣興奮莫名，全靠了高音喇叭海嘯般的造勢。忽然，嚎叫的歌聲停了下來，白雨虹聽見了熟悉的聲音——丁春峰的聲音，他大聲宣布批鬥大會開始。全場群眾滿懷激情齊聲高唱《東方紅》。歌畢，丁春峰抑揚頓挫地宣讀「上海工人革命造反總司令部」給大會的賀電，全場爆發出排山倒海般的掌聲，接著從各個方向傳來此起彼伏的口號聲，一浪高過一浪。會場的人氣又反過來感染主持人，丁春峰也神情亢奮地振臂領呼了幾句口號。此時，大會批鬥的對象，原市委市府一二把手被押上了臺，藍祖禹是第三個押上臺，押上臺的十來個走資派，胸前都掛著寫有名字的牌子，一個個反背著手，低倒著頭，一聲不吭地聽從發落。藍祖禹幾次想抬起頭，向黑壓壓的人群尋找著什麼，白雨虹馬上敏銳地猜測，他是在尋找女兒。藍祖禹想抬頭的願望此時此刻已經是一種奢望，他的頭幾次被站在他後面的兩個彪形大漢按了下去。

各造反派組織的代表，一個一個跳上主席臺，個個唾沫飛揚聲嘶力竭地在話筒前大喊口號，大罵走資派，還用食指戳點那些彎腰弓背的老人。白雨虹覺得這是一場中文貶義詞的罵街比賽，似乎誰的貶義詞用得越多、話罵得越粗魯就是贏家，就越像一個革命家。那些發言者年齡都與白雨虹相仿，甚至比白雨虹更小，對藍祖禹他們老一輩來說，這些小字輩是他們的兒輩或是孫輩，眞不知道哪來那麼多的深仇大恨？這也是白雨虹一直苦苦思索的問題：他們與那些老人既不共同生活彼此瞭解，老人們也未冒犯過損害過他們的利益，到底是誰煽動起人與人之間如此大的仇恨之火？神聖的「文革」竟然用仇恨作爲奠基石，思想完全統一，感情也高度統一，許多人賣力地表演與強權保持一致的「思想」，保持一致的「感情」，那麼我們的「文化」到底是革命的新生還是沿襲專制的傳統？一個人不僅思想而且感情只能有一種選擇，白雨虹覺得那是全中國的悲哀。高音喇叭中又傳來一個稚氣的聲音在大批判，一連串的「叛徒」、「特務」、「殘渣餘孽」、「小爬蟲」、「黑後臺」經典語言，一股腦兒狂瀉進白雨虹的耳朵裡。聽得出來，那位革命小將肯定處在發育階段，聲帶還剛剛開始變聲，但是沒有理性思考的莫名其妙的仇恨，已經使他的發聲透露出一陣陣恐怖的邪氣。會場上人們繼續演繹著節日般的激奮，一句口號後面緊跟著一排排手臂的舉起，每個人手中高舉著紅寶書，匯成了波動的紅海洋。人們的狂躁、沸騰，經過蒸發、匯合，慢慢地在城市上空凝聚爲陰沉沉的烏雲，雲層慢慢變厚，幾乎與電桿、旗桿碰撞。

天，眞的下起雨來了，一陣一陣地飄灑著。白雨虹記得《紅色風暴報》曾經報導，上海「一月革命」那天，「工總司」召開百萬人大會時也是下起了雨，後來狂風喧囂大雨滂沱。今天的大會也是霪雨霏霏，冥冥之中是否昭示著某種天意？白雨虹的眼光還是在不停地尋找藍欣欣，他們約好在主席臺前見面，實際上這個「前」有三個方向，人這樣擁擠連挪步都很困難，當初應該定位得更精確。白雨虹確信藍欣欣不在主席臺正前方的那幾排裡，才把眼光收了回來，無意間發現她就站在他前面，只不過隔了兩排人頭。白雨虹微微苦笑了一下，笑自己只顧遠處不想近處的疏忽。他撥開前排的人，在肩與肩的罅隙中，擠到了藍欣欣的身邊。他和她相互看了一眼，緊緊的靠在一起，神情默然地把臺上發生的一切收進眼底。

沈玉金、胡瑤淩、白雨星、丁春峰的父親丁向東，還有市裡造反派的其他頭面人物，都正襟危坐的一溜坐在主席臺上。他們面朝數萬狂嘯的群衆，其實首先面對的是彎腰被批的走資派們的屁股，但仍然抑制不住臉上躊躇滿志的得意表情。丁向東坐在正中，表明他在全市造反派中享有無可爭議不可動搖的地位。他原是鋼鐵廠煉焦車間主任，全市第一個工人階級造反派組織「革命工人聯合總指揮部」即「工聯總」的締造者，他以煉焦的手點燃了全市「文革」的第

一把烈火，以其幹練的組織和演說才能贏得了聲望，「工聯總」眼下仍然是全市人數最多勢力最大的造反派組織。由於與丁春峰熟悉，又是長輩，白雨虹以前對丁向東頗有好感，今天見他坐在正中頗像打家劫舍的綠林好漢頭目，雖然默不作聲但威風凜凜，絡腮鬍子間透出強大的號召力。

此時那位沒發育好的小將還在滔滔不絕的大批判，只見胡瑤淩已經按捺不住，從位子上跳了出來，一把搶過話筒，大叫一聲：「我要控訴！」全場愕然。她用誇張的手勢，指著藍祖禹腦門，拖著長長的調門：「我要控訴，我要揭發，我要萬炮齊轟藍祖禹！藍祖禹他污蔑我們偉大的旗手江青同志！」白雨虹和藍欣欣都一怔，此時此刻胡瑤淩口中蹦出的無疑是一發重磅炸彈。胡瑤淩作義憤塡膺狀，指著藍祖禹厲聲問：「藍祖禹，你有沒有說過，江青同志不代表毛主席？」藍祖禹沒有回答，藍祖禹清楚此時任何一種回答都會引火焚身。藍欣欣馬上回憶起來了，這句話還是藍欣欣告訴胡瑤淩的。那是胡瑤淩她們北京串聯回來，大肆開會廣爲宣傳她們在北京見到了江青，傳達江青代表毛主席支持革命群衆運動的講話。藍欣欣懷著崇敬的心情把江青的話帶回了家，藍祖禹不屑一顧地說了一聲：「瞎起勁，江青怎麼代表起毛主席來了？她不怕落個矯詔的嫌疑？」後半句話藍欣欣印象不深，前半句話藍欣欣聽明白了，後來藍欣欣十分眞誠地告訴胡瑤淩：「我爸說，江青怎麼能代表毛主席，江青是江青，毛主席是毛主席。」後半句話是藍欣欣添的，是對父親話的理解。藍欣欣也跟白雨虹說起過，沒想到白雨虹聽後十分緊張，叫她不要再說了，並問她跟誰也說過？當白雨虹知道藍欣欣已經跟胡瑤淩說過，白雨虹就愣愣地盯著藍欣欣的臉好半天，只說了：「你眞……」把後面的話嚥了下去。白雨虹這表情藍欣欣現在想來還是記憶猶新。胡瑤淩正在攻擊父親，竭盡誇張之能事，無限上綱上線扣帽子，藍欣欣心中對胡瑤淩湧起一股輕蔑和厭惡之情，她現在徹底解讀了當時白雨虹愣愣的臉，也把白雨虹想說又沒說出的話接了起來。她怨自己太糊塗，太幼稚。由於自己的天眞和不愼，憑空給胡瑤淩提供了炮彈。她不斷地自責自己，心彷彿被什麼咬傷了一口，強抑著的內疚的淚在眼眶裡打轉。白雨虹心田裡燃起了怒火，他對胡瑤淩剛才的所做所爲除了憤怒，還感到與她一起做同齡人是一種羞恥。白雨虹從藍欣欣起伏的胸脯中，感受到了藍欣欣情感的波瀾。白雨虹常常感到與藍欣欣心靈感應，當他朝她看時，她也正側過臉來看他，倆人相視片刻，濕漉漉的頭髮下，眼睛裡寫著千言萬語，白雨虹分不清藍欣欣的臉上淌的是雨水還是淚水。

雨在盡情的飄灑，胡瑤淩在盡情的萬炮齊轟。她說半分鐘話就是一句萬炮齊轟。她說藍祖禹歷史上就是彭德懷的死黨餘孽，是漏網的裴多菲俱樂部分子，要萬炮齊轟；說藍祖禹「文革」一開始就不許學生造反，是破壞文化大革命，要萬炮齊轟；說藍祖禹思想、行動與譚震林一樣攻擊無產階級司令部，是「二月逆流」在本市的黑代表，要萬炮齊轟；說藍祖禹惡毒挑撥毛主席與江青關係，是可忍孰不可忍，要萬萬門大炮齊轟，要把藍祖禹以及臺上的所有走資派批倒轟臭，永世不得翻身。白雨虹聽到這裡，心裡冷不防罵了一句：你有屌的大炮！此話差一點脫口而出，白雨虹發現自己生命中居然還有這麼一點野性！藍欣欣心裡在向蒼天祈禱，雨早點停吧，批鬥會早點停吧，保佑父親平平安安吧。白雨虹的眼死死盯著臺上，革命才半年多，胡瑤淩的舉手投足就完全異化了，頭上戴著鴨嘴帽，鼓鼓攘攘把一頭短髮罩在裡面。上身黃軍裝，下身青長褲，腰中束根闊皮帶，激動地揮舞左手，不聽她的聲音，遠處看的話一定以爲她是個小夥子。胡瑤淩的長髮不見了，白雨虹發現她本來豐腴的胸脯怎麼也不見了，變得平平板板的，他爲自己的發現暗暗吃驚，胡瑤淩似乎有意把所有女性的嫵媚隱藏了起來。

人群中有人騷亂，有些年輕人開始衝擊主席臺。儘管丁春峰在喇叭裡大喊：「同志們，遵守革命紀律！」但是還是有十幾個人越過工糾隊的警戒線，蜂擁衝上了臺，他們向低頭掛牌的一排走資派掄起拳頭，許多老人頃刻打倒在地，臺上一陣混亂。藍欣欣本能地反應是朝臺上擠去，想去扶一把父親，被工糾隊員擋住。白雨虹見弟弟白雨星從座位上跳起，衝進混亂的人群，好像在勸說什麼，又好像在進行協商談判，接著跑到丁向東邊上耳語了幾句，丁向東點了點頭，白雨星又跑到衝上來的人當中說了幾句，那些人替換了原先站在老人們後面的大漢們。白雨虹心裡咯噔作響，原先那批押解大員動作尚可，現在換了衝上來的那批人馬，動作粗野，藍祖禹等又要多吃苦頭了。丁春峰手持話筒，大聲說：「同志們，剛才革命造反派的舉動表達了無產階級的義憤！大會已經同意他們的請求，讓他們代表今天到會的十幾萬群眾，站在批鬥階級敵人的第一線！革命群眾的心情是可以理解的，但是我們不可能讓每個人都到臺上來，同志們還是要堅守陣地，加強革命紀律！偉大領袖毛主席教導我們：加強紀律性，革命無不勝！讓我們一起高呼口號——」會場上立刻又是一排聲浪：

「炮轟資產階級司令部！」無數的手臂森林般豎起來。

「誓死捍衛毛主席！誓死捍衛中央文革！」無數的紅寶書在有節奏地揮動。

「把無產階級文化大革命進行到底！」冷不防大喇叭裡竄出沈玉金甕聲甕氣的聲音，群眾愣了一下，怎麼又換了另一個人領呼口號，但是很快大家跟著他反覆高呼：「不獲全勝，決不收兵！」「不獲全勝，決不收兵！」「不獲全勝，決不收兵！」沈玉金握著話筒，沒有站起來，乾咳了幾聲，模仿領袖的樣子，用土裡土氣的普通話說：「同志們！我們工人階級要說話，工人階級是文革的主力軍！中國的赫魯雪夫劉少奇、鄧小平，反對毛主席，想搞資本主義復辟，是想要我們吃二遍苦受二茬罪，我們一千個不答應，一萬個不答應！我要警告你們，」沈玉金大手指向臺上低頭被批的老人，繼續說：「你，什麼柳書記李市長的，你，藍什麼的，你們這些走資派，都是資產階級司令部的人，一條黑船上的人，你們的靠山已經倒了，今天只有老老實實低頭認罪，才是唯一出路！」沈玉金越說越激動，開始大拍桌子。他一隻手扠腰，一隻腳踏在凳子上，唾沫飛濺，齜牙裂眼，那樣兒白雨虹覺得，他在模仿革命影片中的先是土匪後來成爲英雄的角色，不知怎的又想起沈招娣曾說過，她爸在家中發酒瘋喜歡拍桌子瞪眼睛，那眼球像要突出眼眶掉下來，好怕人的。看來，沈玉金還不具有藝術家模仿的天賦，他表演的僅僅是他的稟性本色。沈玉金越說越離題，把做學徒時挨打的陳年舊事都兜了出來，以此來證明資本家心狠手辣自己受苦受難，證明文化大革命的必要，說得十分動情：「同志們，毛主席他老人家把反修防修、防止資本主義復辟的重任交給我們，是對我們的信任！我們造反有理，革命無罪！誰敢反對毛主席林副統帥，別怪老子不客氣，老子要他好看，老子是造反派，怕誰的——！」白雨虹注意到，邊上的丁向東使勁用手肘推沈玉金，沈玉金意識到說豁邊了，停頓了一下乾咳了幾聲。丁向東又把自己寫的一張紙遞給了沈玉金，沈玉金看著紙上的東西，提高了嗓門：「誰反對文化大革命，絕沒有好下場！我們『工聯總』司令丁總司令說，今天的大會標誌著我市文革取得了決定性勝利！標誌著奪權鬥爭的偉大勝利！」會場上爆發出經久不息的掌聲和歡呼聲。白雨虹沒有鼓掌，他側過身看看藍欣欣，藍欣欣也沒有鼓掌。人群中有人高呼「向丁總司令致敬！」「緊跟丁司令，永遠幹革命！」聯派的人都起勁地跟著喊，紅派的人喊得很勉強，聲音沒發出來。但那口號聲傳到主席臺上，丁向東本來嚴肅的面容，開始裸露微笑，站起來向群衆鼓掌致意。沈玉金也一起鼓掌，掌聲停後繼續說：「同志們，現在北京有老傢夥猖狂攻擊文革，惡毒謾罵文革小組紅司令部，從北京到地方形成了一股逆流，面對階級鬥爭新動向，革命造反派要迎頭痛擊！丁總司令說，我市下一階段的革命任務是，集中火力反擊「二月逆流」！下一階段的革命目標是，盡快成立我市的革命委員會！我代表革命造反派，在這裡莊嚴宣佈我市革委會籌備組名單，然後請丁總司令發表重要講話！」

白雨虹和藍欣欣在風雨中聽完了一串長長的名單，革委會籌備組的第一個名字是丁向東。全場的人都明白政權已經歸造反派所有，馬上要出任革委會第一把手的無疑也是丁向東。沈玉金讀名字時許多字不識，讀了白字半邊音，這絲毫不影響他的革命激情。在燃燒著激情的年代裡，講粗話讀白字說破句是一種時髦，是徹底革命的表現，充滿著無產階級的壯志豪情。白雨虹非常冷靜，他仔細聽著名單，許多人的名字他是熟悉的，在造反派的報紙上見過面，他琢磨名單上的人，顯然名單是反覆推敲的，市裡大一點的造反派組織頭頭都圈了進去。他特別注意到胡瑤淩等紅派的人都排在名單的後面。白雨虹隱隱約約覺得，表面上轟轟烈烈的大革命，潛伏著矛盾和危機，就像今天的天，似乎一陣風一陣雨，但始終在克制著什麼。白雨虹心中叩擊著一種預感，烏雲的後面，熱烈的人浪中，又似乎在湧動著什麼，一場腥風血雨正在靜悄悄地孕育形成。會場上的群眾依然沉浸在革命的節日裡，依然縱情鼓掌和高呼口號，當丁向東揮動手臂朝群眾致意時，會場上再次響起激動人心的口號：「緊跟丁司令，永遠幹革命！」「緊跟丁司令，永遠幹革命！」

丁向東目光炯炯掃視了會場，右手揮動紅寶書，左手示意群眾停下聲來。他深諳演說技巧，單刀直入：「同志們，大家的口號只對了一半，永遠幹革命不錯，但跟誰幹革命，不是跟我，是跟我們的紅司令毛主席！同志們和我一起高呼：「緊跟毛主席，永遠幹革命！」」那排山倒海的聲音，經過高音喇叭的擴音，幾乎要把人們的耳朵震聾，白雨虹趕緊把耳朵塞住，邊上馬上有人干預，你小子什麼態度，不想聽革命的聲音？白雨虹不想解釋，任何解釋都是徒勞的。他不捂耳朵，趕緊把嘴張開，以減輕聲浪對鼓膜的衝擊。丁向東聲情並茂口若懸河，鼓動群眾把革命推向深入，他說：「舊市委已經被推翻，我市的文革形勢與全國一樣，取得了決定性的勝利！新生的紅色政權革命委員會不久將要正式成立，讓一切牛鬼蛇神走資派反動派在革命面前發抖吧，無產階級造反派在革命中失去的只是舊世界，建立的將是一個紅彤彤的毛澤東思想的新世界！」群眾再次歡呼：「毛主席萬歲！」「戰無不勝的毛澤東思想萬歲！」丁向東神情昂揚，聲音有點顫抖：「不過，階級敵人是不會自動退出歷史舞臺的。北京的二月逆流，在我們這裡也是有階級基礎的，他們反對文革，破壞革命，散佈謠言，來毒害我們革命群眾。我們必須擦亮眼睛，站穩立場，剷除資本主義的土壤，揪出埋藏在革命隊伍裡的階級敵人，與全國人民一道，打贏反擊二月逆流的戰役，誓死捍衛文化大革命勝利的成果！對我們無產階級革命派和革命群眾而言，要永遠緊跟毛主席，進行無產階級專政下的繼續革命。我們面臨的是兩種命運兩種前途的挑戰：一種是從勝利走向勝利，另一種是從勝利走向失敗——」丁向東在這裡作了停頓，下面的話一字一句地加重語氣說：「但是，失敗不屬於無產階級！失敗不屬於革命群眾！讓我們沿著毛主席指引的康莊大道，從勝利走向勝利！」

丁向東的鼓動極具煽情性，群眾沸騰了，大會場就是沸騰的海洋。在紅色的波浪裡，白雨虹和藍欣欣就像兩片小舟，隨時將會掀翻。白雨虹和藍欣欣又一次深情的對視，外界的力量可以把他們淹沒，但無法衝斷他們心靈的神交，無法擊毀他們獨立的思考。藍欣欣見白雨虹全身淋透，頭髮貼在額頭上，這模樣使她想起白雨虹的一次游泳比賽，他得獎後拒絕記者採訪，也

是頭上濕漉漉的。藍欣欣問他爲何躲開記者，他說藍欣欣你聽聽那些得獎的人在說些什麼，他白雨虹說假話學不像也學不會。藍欣欣知道，運動員獲獎後說的話都是千篇一律：首先是領導的關懷黨的培養，其次是同志們的鼓勵歸功於集體，更重要的是毛澤東思想武裝了頭腦，耳邊響起了毛主席的語錄，所以取得比賽好成績。白雨虹說，這是在編造蹩腳的神話。「文革」一開始，家家戶戶佈置紅海洋，街上、建築物上、除了廁所的任何室內的牆壁上，到處是毛主席像。白雨虹說：「藍欣欣，你感到奇怪不？革命運動怎麼變了造神運動？」藍欣欣當時沒有多想，白雨虹老是見解與眾不同特立獨行，只是感到白雨虹講得太不合潮流。現在她捲入了革命潮流中，她父親被潮流打翻在地，主席臺上巨幅的毛主席像，毛主席臉帶溫和的笑容正在看著父親被批鬥被挨打，看著許許多多「牛鬼蛇神」被打被揪被凌辱，看著如癡如狂的群眾對他頂禮膜拜，藍欣欣突然感悟：文革是革命嗎？革命，難道是領袖自我神化和群眾創造神靈？是一個人的意志主宰中國？是一部分人肆意踐踏另一部分人基本權利？白雨虹默默看著藍欣欣，藍欣欣難得顯出凝重的神色，白雨虹知道只有她在解一個特難的難題時，才會雙眉緊蹙。藍欣欣輕輕地對白雨虹說：「我懂了許多。」白雨虹回覆說：「我也是。」這是他們今天在整個大會期間的唯一的一句對話，含著辛酸，含著感悟，含著對自己親人的關愛，含著對周圍的睥睨和歷史的審視。白雨虹在狂熱的人群中一直在思考：對領袖的個人崇拜到底是歷史的進步還是倒退？只有一種思想正確，數億人只能服從，到底是對社會的推動還是阻礙？憑藉革命的名義，對公民肆意侮辱毆打剝奪人身自由，難道是美德和正義行動？我們的文化到底需要什麼樣的革命？高音喇叭再次打斷了白雨虹的思索，把他拖回了現實的境地，又一個熟悉的聲音灌入耳中，那是弟弟白雨星的富有磁性的聲音。白雨虹朝臺上望去，見白雨星正在讀什麼東西，左一個敬愛的江青同志，右一個敬愛的文革小組，白雨虹估計白雨星讀的是大會給中央文革的致敬電報。白雨虹沒有猜錯。

丁春峰緊接著繼續主持大會，大聲說：「白雨星同志代表大會給中央文革小組的致敬電，表達了我市廣大造反派和革命群衆的心聲，表達了幾十萬人民誓將文化大革命進行到底的堅強決心！東風吹，戰鼓擂，我們今天的勝利只是萬裡長征走完第一步，明天還有更偉大的戰役卽將打響。雄關漫道眞如鐵，而今邁步從頭越！讓我們緊緊團結在毛主席和中央文革周圍，去奪取無產階級文化大革命的新勝利！」全場群衆齊聲高唱《大海航行靠舵手》。白雨虹和藍欣欣知曉按照文革大會小會的慣例，批鬥大會已是尾聲。歌詞中「不落的太陽」，還沒唱完，人群中又爆發出驚天動地的口號：「無產階級奪權勝利萬歲！」丁春峰領喊了幾句，宣佈大會勝利結束。停頓了片刻，突然他又宣佈：「應革命群衆的強烈要求，把臺上的走資派，押上卡車，全城遊街示衆！」還有節目可看，全場一片歡呼，盛大的節日達到了高潮。

藍欣欣拼命地往臺後擠，白雨虹跟著她也向臺後停放的一排卡車邊上擠。藍欣欣想靠近父親，想扶一把父親，被造反派推開。那些人架著拖著藍祖禹他們，像丟東西一樣把老人們丟到車上，然後推到車廂前面邊框，揪住頭髮，把他們的臉亮給群衆看，粗野的動作使他們胸前掛的牌子不停的晃蕩，藍欣欣感到揪心的痛。藍欣欣撲向卡車邊框，呼喊著「爸爸！」她竭力掙脫邊上拉住她的工糾隊員的手，再次撲向卡車，用手使勁拍打車欄板。她想爬上車子，車上的幾個眉目清秀的青年，用紅白小木棍狠打她。白雨虹用寬厚的肩膀和背部拼命地擋住木棍，一面叫藍欣欣快鬆手。因爲卡車已經發動，白雨虹怕卡車開動，藍欣欣還吊著的話，那一定橫遭慘禍。一根棍子打在了藍欣欣手臂上，她軟軟地倒下，白雨虹急忙半跪地托住她。白雨虹感到

手背上癢癢的有一股熱水在流淌，定睛一看，那是藍欣欣牙齒隙縫中流出的血。他覺得，那點點滴滴的血滴在他的心上。

不知從哪兒獲得了力量，藍欣欣突然在白雨虹的手臂中掙扎出來，向著卡車前行的方向追奔，一步一個趔趄，一個趔趄後又是一步，白雨虹緊緊攥著她的手，不讓她的身體倒下。

——第九章

關貞姨施法術：思想改造

連續幾天，白雨虹的耳朵一直嗡嗡作響。那聲音像無數的蚊子在鬥毆，揮之不去趕之不走，不斷地往鼓膜上撞擊，騷擾得令人心煩。夜深人靜時，那聲音變本加厲顯得滯脹轟鳴，直往他的腦門裡鑽，攪得他平時躺到床上片刻就能進入夢鄉，現在卻眼睜睜地久久徘徊在似睡非睡的邊境上。他閉上眼，眼前馬上映出一場又一場的批鬥會景象；他翻過身，耳邊立即響起高音喇叭無休止的狂轟爛炸。不知從哪來的勇氣，那天他竟敢在眾目睽睽之下，攙扶著藍欣欣，沿著和坊街一步一瘸地走，在黨校大院大門前，藍欣欣執意要在門口守候父親的歸來，他也執拗地與她一起等待。不知哪朝哪代，天上巨大的隕石掉到了和坊街，又不偏不倚生根在街上的貢院門口，也就是今天的黨校大院門前。白雨虹與藍欣欣就靠坐在這塊巨石上，那塊石頭好像通著血脈活著生命，與周邊寒絲絲的雨珠冷兮兮的空氣相比，居然熱乎乎的給他倆帶來溫暖。

載著藍祖禹遊街的卡車到傍晚時分才停到黨校大院門口。在放倒車欄板的瞬間，白雨虹一個箭步已經跳上了車。他先把戴在藍祖禹頭上的高帽子甩到車廂地板上，一把抱起藍祖禹，把老人輕放到地上。他又發現老人脖子上的牌子還沒取下，快速地取下牌子，見到老人的頸背上被繩索勒出了紫紅的深深的印痕。一天的折磨，使藍祖禹連路都走不動，白雨虹和藍欣欣每人架著老人一隻手臂，緩緩回到羈押的住處。那些聯派的看守們，呆呆地看著他們三人走進門去。

從那天起，白雨虹每天都去看藍家父女，好像他也是藍家的人，門衛看守睜一隻眼閉一隻眼，放他一人獨往獨來，倒也相安無事。稀奇的是，不知驚動了關貞姨的哪根神經，她幾次三番的告誡白雨虹，注意站穩立場，要與走資派劃清界限，關照他每天到居委會去彙報思想。

關貞姨動足腦筋，暗下決心要改造白雨虹。幾次三番，她令白雨虹到居委會來抄寫大字報，白雨虹只是悶頭抄，一言不發。每當他臨走時，關貞姨總是先表揚他的字寫得漂亮，再語重心長地循循善誘，希望他積極投入到革命洪流中去。白雨虹呢，總是一副呆頭呆腦的樣子，眼睛看著雕花窗框，整個身子仿佛冰凍在那裡。看這模樣，關貞姨一肚子來氣：這小子裝聾作啞，眞不識抬舉！但是，關貞姨臉上還是推滿笑容：「你不要背思想包袱，革命階級還是歡迎你的。」關貞姨盡力把肚子裡的惡氣壓下去，又用溫和的語氣跟白雨虹說話，她知道這就是用無產階級感情去感化別人，這一招她還是與其他學「毛選」積極分子交流時，從他們那裡學來的，她馬上活學活用了。她見白雨虹不吭聲，繼續開導：「小白啊，出身是不能選擇的，比如你爸是漏網右派，你媽是反革命；但是道路你是可以選擇的，你可以在思想上行動上站到革命派一邊來，大膽站出來揭發他們。你看看我們和坊街上，不對不對，我們反帝路上，許多像你一樣的黑五類子女，都起來造父母的反，你要向他們學習。小白啊，你不要執迷不悟，趕快趕上革命形勢。」白雨虹聽到關貞姨講他父母，耳朵內嗡的一聲炸開來，腦子隱隱作痛。他深愛自己的父母，他不能容忍關貞姨對他父母的侮辱，他鄙夷同輩中的變色龍，像小驢子公開貼大字報痛罵「現行反革命」的父親，他做不到。如果他這麼做，他感到自己的良心將一輩子得不到安逸。他耳內的轟鳴聲漸漸引起了偏頭痛，心裡不好受胸口作嘔，他眞想吐。關貞姨以爲白雨虹虔誠地在聽，用眼的餘光瞥了一下白雨虹的臉，這一瞥嚇了關貞姨一大跳，她見到白雨虹的臉在抽搐，在變形和扭曲，眼眶裡翻起白色。她按照自己的思維邏輯理解，說：「小白啊，你在作思想鬥爭啊。好好鬥爭，及早站到革命隊伍裡來！」

白雨虹漸漸冷靜了，直截了當的問：「關主任，你憑什麼說我爸是右派我媽是反革命？」

關貞姨故作驚訝：「哎呀，還要我說嗎？紅衛兵小將都這麼說，你爸思想是很反動的！你媽呢，乖乖，中央文革直接插手的審查對象，還不是反革命嗎？」

白雨虹神情坦然：「我不信！他們本本份份的。」

關貞姨喋喋不休說，階級鬥爭是複雜的。勸說白雨虹頭腦要清醒過來，要透過現象看本質，要與家庭決裂，而且千萬不能與那個姓藍的走資派混在一起。聽聯派的人說，你天天到黨校去看走資派，踏了黃魚車帶藍老頭子到醫院去看病，說明你白雨虹太拎不清太糊塗了，人家避開還來不及，你還黏上去，趕快懸崖勒馬。不然的話，你將成爲群衆專政的對象。白雨虹又問，帶人家去看病也錯了？關貞姨說，這是立場問題，階級感情問題，大是大非問題，你在這些問題上都站錯了隊。白雨虹反問，對一個老人毆打批鬥還不准看病，就是革命的立場，就是無產階級感情？關貞姨說：「你呀，思想太落後了！對階級敵人就是要狠。」

「階級敵人也是人，毛主席也說要發揚人道主義精神。」爲了打鬼，白雨虹請出了鍾馗，引用了領袖的話。

「我說呢，你怎麼不入潮流，你把毛主席的話理解錯了。毛主席說的人道主義前面有三個字：「革命的」，是革命的人道主義。你所講所做的是資產階級的人道主義。」關貞姨馬上糾正白雨虹的引用。

白雨虹說：「人道主義也分階級？」

關貞姨答：「哎呀，現在什麼都分階級。小白你是眞不懂還是裝糊塗？親不親，階級分。」

我們辦任何事都要有階級鬥爭的覺悟。」

白雨虹睨了一下關貞姨，明白他與關貞姨之間完全是兩股道上跑的車，一兩句話辯不明，也許一輩子也說不到一條道上。在革命發動以來，白雨虹時時感到他幾乎喪失了話語權，他要表達的眞實的想法，一旦化爲言辭，都是那麼不合拍，在強勢語言面前他的聲音顯得那麼的不和諧。他想說，把社會現象都看作階級鬥爭是荒誕的，但他把這句話嚥到了肚裡。尤其在關貞姨面前，任何言語的不愼，都可能導致飛來橫禍，叫你當個現行反革命。他可以不說，但誰也阻擋不了他的思考。他以爲，有關階級鬥爭的理解，一部分人是沒去多想隨隨大流，他從關貞姨一臉的認眞中，明白了她的規勸並非假心假意，她確實跟隨階級鬥爭的強權理論。另一部分人則不是，他們清楚階級鬥爭理論可以變成魔術師的道具，就像明明知道一畝地只能產一兩千斤稻穀，偏偏說產出了十萬斤，那必然有他們的目的。幸好關貞姨目前還屬於前邊一種人，白雨虹不禁有點憐憫她的淺薄。不過，隨著革命的深入，關貞姨會不會進一步開竅，變成後邊一種人呢？白雨虹無法預測。

關貞姨見白雨虹的嘴唇囁嚅，好像在歙動，只是沒聽清楚他的聲音。等到明白過來，她看到了他走出門的背影。他離開居委會，每次都是非常溫爾文雅的道一聲「再會」，這次也不例外。關貞姨很想看看這幾天改造白雨虹的效果，想聽聽他的轉變立場的話，倒反而疏忽他的禮貌語，關貞姨想想白雨虹說再會的神態不卑不亢，語氣不緊不慢，這小子還是有能耐的，年紀雖小，腦筋挺頑固。不過能把他爭取過來，倒是一塊好料。沈招娣說過，白雨虹深藏不露，只有與他交往深的人才知道他的眞實思想。看來女兒說得對。關貞姨突然來了好主意，女兒不是蠻佩服白雨虹的嗎？何不發揮女兒的作用，一起做白雨虹的改造工作？至少通過女兒可以及時知道白雨虹的一舉一動。

沈招娣愉快地接受了任務。過去她媽不允許她與白雨虹交往，現在叫他主動去白家，其中的奧妙沈招娣也猜出幾分，她覺得自己就像電影裡的間諜，既神秘又有趣。不過，她從內心講，她願意與白雨虹多接近，因爲與他在一起有一種迅速長大的感覺，冷不防白雨虹嘴中說出一句妙語，常常能使她在回味中茅塞頓開。她雖然肩負秘密使命，但一旦進了白家的門，那使命就全然拋到了腦後。沈招娣是以白雨蘭的隊友兼朋友身份在白家進出。她與白雨蘭原來就在一個宣傳隊，一起彩排《智取威虎山》，一起到街頭演出。她倆扮演小常寶的A角和B角，戲不多，平時話倒挺多，因此她常常來邀白雨蘭一起出去，或者一起背背臺詞聊聊天，白雨虹和白雨蘭也沒察覺到什麼異樣。

關貞姨關注著沈招娣帶回家的每一個資訊。沈招娣說，她與白雨蘭向宣傳隊提出建議，排演女角多一點的樣板戲，她們想排《沙家浜》，被宣傳隊的男角們奚落了一番，她很氣憤，不行的話她和白雨蘭商量好了，只好另立一個隊另起爐灶。關貞姨開始對這條消息並不感興趣，暗自嘀咕女兒傻乎乎的，講些次要新聞，聽女兒說要另起爐灶她馬上表態要女兒搞好團結，她不允許「反帝路宣傳隊」分裂。要知道，宣傳隊經常出現在解放軍部隊駐地、造反派駐地和街頭演出，在市裡小有名氣，是關貞姨的臉面和招牌，對女兒的山頭主義進行了呵斥。改天，沈招娣又說，白雨虹好幾次去找弟弟白雨星，都沒見著，白雨虹在生悶氣。他弟弟也是，忙著革命也該回家看看。代代紅兵團的人也眞是，硬是不讓白雨虹進門。關貞姨分析說，他弟弟肯定不想見他思想頑固不化的哥哥。沈招娣不同意這個看法，據她觀察和聽白雨蘭說，他哥倆平時感情很好的，不像有意不見。關貞姨說，憑白雨虹的長相人家一看就知道是白雨星的弟兄，也

會放他進去，怎麼會攔住他呢？沈招娣眨著眼說，媽你也是一時糊塗了不，這革命的年頭，誰都六親不認，人家幹嘛要認臉相？關貞姨一愣，想想也是。她關心的白雨虹到底還去不去藍祖禹處，得到的是肯定答案，幾天來的幫教工作等於白做，不覺恨從膽邊生。關貞姨問女兒白雨虹在家裡幹什麼，沈招娣想了半天也想不出值得彙報的地方。沈招娣用欽佩的語氣說，白雨虹經常在做數學題目，解析幾何題在白雨虹手裡就像拉橡皮筋。還做些什麼，好像還練毛筆字抄毛主席語錄唄。關貞姨提醒說，你有沒有看見他聽收音機？沈招娣肯定地說，她沒有見到。沈招娣反問，現在家家戶戶裝廣播喇叭，白雨虹聽收音機豈不多此一舉？關貞姨苦笑了一下，心想女兒你太不懂階級鬥爭的複雜性啊！說不定白雨虹那小子就在你面前演戲呢。

俗話說，不入虎穴焉得虎子。關貞姨決定自己多到白家去，親自摸摸底。白雨虹到居委會想來就來，隨便得很，閉口不講上繳半導體收音機的事，看看人家七姑八姨都把收音機繳來了，那白雨虹確是刁鑽可惡。關貞姨一邊走一邊想，不知不覺到了白家門口。她繞過天井裡的一口老井，跨上院廊的石階，躡手躡腳地的走到白家。她不敲門，像幽靈似飄進了白家，見白雨虹正在伏案寫著什麼，哇啦一叫：「哎呀，小白，又在寫什麼好文章哇？」

白雨虹著實吃了一驚，抬起頭問：「關主任，找我？」

「沒什麼事，隨便走走。」關貞姨邊說邊已靠近白雨虹的寫字臺，她迅速瞄了一下白雨虹寫的東西，上面都是阿拉伯數字的式子，還有些英文字母。她故作驚訝：「小白還在用功做算術？」

「沒事，做做數學題。關主任怎麼進來的，找我有事？」白雨虹站起來問。

關貞姨連忙擺手，叫白雨虹坐下，自己也大大咧咧地拖了把椅子坐下，大有反客爲主的味道。關貞姨聽懂了白雨虹的話，心裡不快，臉上硬擠出笑容說，平時對黑五類的子女關心不夠，但她會盡力幫助你們走上革命道路的。譬如你小白，關主任不是批評你，現在外面都在轟轟烈烈的開展大革命，你弟弟還是「紅派」的頭頭呢，你妹妹在宣傳隊表現也不錯，只有你遠離革命，還在做什麼算術哦數學題目，做這些有什麼用？走白專道路？還想考大學？小白啊，抬起頭認清革命形勢吧，在中國，從今以後不會再辦大學了！要辦也不會錄取像你一樣出身的人的，憑你現在的政治表現，政審不合格，也上不了學，革命的大學決不會收錄不革命的人，你死了這條心吧。關貞姨盯著白雨虹，想從白雨虹的臉上看出些名堂。白雨虹的臉有些蒼白，他靜靜地聽關貞姨的教誨，臉部像塗了一層蠟，沒有一絲一毫的表情。多少天來，關貞姨一旦啓動她的思想改造工程，白雨虹總是這副神態，關貞姨心裡就感冒，就窩著火。卽使白雨虹像一堵牆，關貞姨也要敲開它。她想這堵牆先開個門，引發白雨虹開口：「小白，你說呢？」一連反覆了幾次。

類似關貞姨剛才講的話，白雨虹不知聽過多少遍，差不多耳中要生老繭了。他一遍遍洗耳恭聽，開始他還在心裡反駁關貞姨的宏論，漸漸他感到與關貞姨這樣的人去較眞，實在是浪費神思。他看了一眼關貞姨，覺得她像在演戲，就像演慣了丑角的演員在反串花旦，總入不了角色，有點做作滑稽。花旦在極力展示美的身段，在椅子上前俯後仰湊近他作親近忸怩狀；花旦的吐詞運氣忽高忽下，高音顫音板眼婉轉抑揚頓挫模仿樣板戲中女英雄。白雨虹像觀衆，但少了看戲的投入更像冷眼旁觀。白雨虹覺得關貞姨坐在主席臺上主持大批判，厲聲呵斥，倒是貼近她的本色，叫她學像一個牧師，委實難爲她了。她的言辭實在乾巴，語言的貧乏源於思想的

乾涸。關貞姨談不上有什麼自己的思想，她的言論大都從廣播裡學來的，就像一架大型的傳聲筒，能把別人的思想結論放大十倍，就像一隻母雞看見人家生蛋，自己卻首先大叫了起來。白雨虹胡思亂想心不在焉的樣子，關貞姨已經忍無可忍，她大喝一聲：「白雨虹，你到底在想些什麼？」

白雨虹回過神來，動了一下嘴角：「哦，關主任怎麼知道今後中國不辦大學了呢？」

關貞姨挺起脖子說：「我說你就是兩耳不聞窗外事，你看看大學裡的教授一個個都在接受批判。說白了，過去大學裡培養的人都是資產階級知識份子。我們無產階級要這種大學幹嘛！小白啊，你眞是執迷不悟，還在紙上塗洋文，梅老太家的洋文書都給紅衛兵燒了，許多人因爲懂洋文都在接受審查，徹底查清他們是不是裡通外國，怎麼，你喜歡做嫌疑犯？」

白雨虹淡淡地說：「建設國家總要有人懂數學懂洋文，資料總要看吧，圖紙總要設計吧。多學些，多懂些沒什麼錯吧。」

關貞姨理直氣壯說：「錯了，有的人知識越多越反動。像梅老太留過洋喝過洋墨水的人，醫術再高明，她也不是我們的人。我們要的是又紅又專的人。像你年紀輕輕，又很鑽研，爲什麼不好好跟上形勢，把頭腦裡的資產階級思想鬥倒鬥臭，樹立無產階級思想？」

白雨虹略帶疑惑地說：「一個人吃飯做事學習工作，怎麼老是與無產階級思想資產階級思想攪在一起？每個人有自己的興趣，每個人有自己的活法，這跟哪個階級的思想有什麼關係？」

「關係大著呢！」關貞姨迅速檢索儲存在腦中的革命道理，說：「一個人的腦子，不是無產階級思想去佔領，就是資產階級思想去佔領，而且在行動上都會體現出來。比如你不與黑家庭劃清界線，還與走資派混在一起，不主動參加大批判，都說明無產階級思想還沒有佔領頭腦，小白啊，這樣下去是很危險的！我琢磨著，過幾天我來召集一個幫教會，讓大家一起來幫助你思想改造。」

「你別操這個心了！」白雨虹斷然拒絕，說：「那種會我是不會來的。我的想法是我的事，跟人家無關。」

關貞姨的目光在白雨虹的臉上足足停留了五秒鐘，她倒吸了口氣，把胸中滾動的怒火強壓下去。對白雨虹這種人，她知道——現在還不能動用火的能量，她需要水的魅力。她連忙從口袋裡掏出手絹，翹著花旦似的蘭花指擦著眼角。她一邊擦著一邊悲戚戚地說，想不到她一片好心換來一個冷臉，想不到你白雨虹的腦袋眞是一根筋。她說她好傷心，嗚嗚嗚嗚，你怎麼這樣不愛革命，不愛無產階級，不愛毛主席！你難道不知道無產階級思想就是毛主席的思想，你難道不知道文化大革命是毛主席發動的嗎？毛主席叫我們幹啥我們就幹啥，你怎麼連大家對你的幫助都不肯聽呢？嗚嗚嗚嗚，你這樣下去，你這樣作對，你的問題矛盾性質要變化的，要從人民內部矛盾變成敵我矛盾的，你要吃苦頭的。嗚嗚嗚嗚，你要懸崖勒馬，你要徹底改造，幡然悔悟還來得及來得及。

白雨虹沒料到關貞姨還有這麼一手。白雨虹從小到大，表面上好像冷，其實見到女人的悲悲戚戚，他的心就軟。心一軟，他就一陣慌張，意志的防線迅速崩塌。聽著關貞姨的嗚嗚咽咽話語，他的腦子發脹，偏頭痛又隱隱發作，牽動的神經像有手指摳著喉嚨，攪得難以忍受。他見關貞姨嗚嗚了半晌，卻沒擠出一滴眼淚，不由心裡作嘔。白雨虹倒有點給關貞姨搞糊塗了，革命來革命去，原來就是把人家的思想裝到自己腦子中去，他想到這裡，不禁打了個顫，起了

雞皮疙瘩，又忽然閃出激靈：天下幹嘛不去發明一種藥，一吃下去全國老百姓思想都一樣，省得鬧得亂哄哄，也省得關貞姨又演花旦又當治思想病的醫生。

關貞姨的眼睛躲在手絹的背後，偷看白雨虹，並不知道白雨虹一陣陣的頭痛，以爲白雨虹臉色刷白，是在進行思想鬥爭。白雨虹面部的繃緊抽搐關貞姨見過一回，這一次她想擴大戰果，不能放過鬥爭的時機。關貞姨站起來，一手插著腰說：「白雨虹，你能不能站到革命一邊只有一次機會了！通知已經發了幾天，人家已經把收音機繳到了居委會，你不要裝聾作啞，限你明天把半導體繳來！」

關貞姨終於攤底牌了，白雨虹想道。這回輪到白雨虹胸中騰起憤怒，他打定主意決不上繳。他想了無數條上繳的理由，沒有一條能夠接受它。他不繳的理由只有一條：這是我的收音機。他明白不繳的後果，他想做一個挺直腰幹的人，做一個有靈魂的人，在這個年頭就必須承受厄運。白雨虹想不管命運多麼雲譎波詭，他也要操守自己的權利。他不說話，就像一座雕像，看著關貞姨悻悻地離去，關貞姨從頭到腳瞪了白雨虹一遍，眞想把這座雕像敲得粉碎。

關貞姨走到了天井，又折回白家。對著白雨虹嚷道：「我再說一句：你腦子昏，你等著吧，嚐嚐無產階級專政的厲害！」然後，甩著手臂揚長而去。白雨虹心裡清楚，花旦變成獠牙魔女了。

——第十章　碉堡樓頂上的辯論

和坊街兩邊的法國梧桐樹，一根根光禿禿的枝條上，點簪著一簇簇的綠芽，透露著春的氣息。然而，和坊街的空氣中仍然散發著料峭的寒氣，被風刮起的大字報在牆上撲打，發出難聽的雜音，有的飛離了牆面，卷上了電線桿，像斷線的風箏粘住了電線。那些沒能力飛上去的紙，像紙錢一樣飄灑在街上，憑空又增添了幾分瑟瑟刺骨的氣氛。沿街的店鋪，大都改了名，冷冷清清的，沒有先前的熱鬧。「綠天源」糕團店成了「天下紅」點心店，讓每個食客裡裡外外紅個透；「鶴君閣」中藥店變了「全無敵」中藥店，讓世間沒有病毒沒有細菌成爲新天堂；「得一文」文具商場，乾脆就叫「筆作槍供應點」，鋼筆是子彈，毛筆是長槍，墨汁是火藥，成了市裡的彈藥庫。原先寫「乾隆始創百年老店」廣告的地方，現在糊上了厚厚的大字報和標語。店裡售貨員有的在趕寫大字報，有的賴洋洋地打著呵欠，面無表情地待站在那裡。白雨虹常到「得一文」來買本子墨水，跟店裡的人比較熟悉，隔著櫃檯常打招呼，現在大家見面，只當陌路人，沒有問候，沒有一絲相識的表情，生怕惹上是非。平時白雨虹生就的脾氣，人家低聲說悄悄話，他就走走開。革命後人家不願相識，他就知趣的相忘。

街的兩旁新刷的大幅標語，觀點明顯開始分野。白雨虹注意到北邊牆上「聯派」的標語大都表示「誓死捍衛新生的革委會！」南邊的牆上標語則提出疑問：「市革委是紅色政權嗎？」有的標語公開喊出激進口號「踢開革委會，繼續幹革命！」白雨虹從未乾的墨汁中，隱隱聞到

濃濃的墨汁臭味，還有鹹鹹的血腥味。他加快了腳步，朝「紅派」的駐地東方紅中學趕去。他迫切想見到弟弟，想去告知前面的路上潛伏著蒺藜暗藏著矢簇。白雨虹覺得自己像一個看山人，匆匆預告泥石流卽將來臨，勸說山下的人們趕快離去。上次兩派在黨校大院的衝突，白雨星雖然沒受傷，在白雨虹的心裡卻多了根可怕的引線。最近幾天兩派在各自的報紙上展開筆戰，兩派又各自召開群眾集會指責對方偏離革命大方向，「聯派」以黨校爲根據地，在門口築起了街壘，高高的水塔上築了瞭望臺；「紅派」憑藉東方紅中學坐落在高地上的優勢，架起了鐵網，在教學大樓上構築了碉堡，遠遠望去就像一座森嚴壁壘的兵營。兩派的卡車在各自的營地前開出開進，那卡車超負荷的勞作，喘著粗氣，冒著未燃盡的黑煙，在白雨虹看來，就像引線在嗞嗞作響散發著煙霧。

碉堡樓前站著七八名崗哨，遠看他們都背著步槍，白雨虹走近才發現槍是木頭的，不過腰上佩的匕首卻是真貨。白雨虹像前幾次一樣仍然被擋在大門外，好在這幾個哨兵有點面熟，告訴了白雨虹確切的消息，說白雨星幾天前去了上海，今天要回來的。白雨虹決定等候，哪怕等到夜裡。那幾個哨兵勸說白雨虹不要等，他們的白司令今天不回來也可能，有事他們幫他捎個口信，白雨虹笑笑，笑的有點苦。白雨虹孤零零地站在馬路對面的人行道上，碉堡樓裡不時有人探出頭來，向他這裡張望。白雨虹想，倘若白雨星在裡面的話，看見他不會拒絕見他的，他瞭解弟弟。他從哨兵的表情判斷，他們說的是真話。白雨星到上海去幹什麼呢？白雨虹猜測他可能去見工總司的領袖，探聽中央文革的最新精神。白雨星讀書時的衝鋒勁頭，現在用到了革命上。白雨虹與弟弟不同，他對獲取消息的主動性，遠不如弟弟。白雨星善於從眾多的消息中，快速提取有效資訊，而且途徑便捷判斷正確，然後及時調整行動的方向。白雨虹心裡清楚，白雨星去上海，就是去了趟北京，能夠聽到聖旨天音，獲得最強的革命動能。白雨虹突然找到了一個上歷史課常常困惑的問題答案，爲什麼京城外的大官常常主動巴結太監，倒不是太監有什麼巨大的權力，或者帶來什麼審美的樂趣，關鍵是通過太監可以監察龍顏暗聽聖音，自己的榮辱富貧貴升貶謫全繫於皇上的喜怒哀樂之中。

待了一個時辰，「紅派」大本營門前換了崗哨。新換的人似乎更年輕，有的人戴上了鋼盔。他們立刻發現了對面的白雨虹，一陣耳語之後，擁到白雨虹的身邊。領頭的問：「你站在這裡幹什麼？」

「找你們的白副總司令。」白雨虹答道。

頭兒上下打量了一下說：「莫不是來刺探情報的吧？」

邊上的年輕人七嘴八舌說，估計是「聯派」派來的奸細，或者是什麼圖謀不軌之人，其中一位長的像馬臉的人，凶巴巴的問：「你是哪一派的？」

白雨虹說，他什麼派都不是。幾個崗哨臉上馬上露出不屑一顧的神色，嚷嚷著：「逍遙派！去，去，去，逍遙派還來找我們白副司令？」一個長著粗腰身的人說：「頭，我們先把這小子逮起來，等會兒審審他，看他是哪方神仙。」

頭兒擺擺手，又問：「你跟白副司令什麼關係？」

白雨虹笑了笑沒正面回答，而是說了一句：「這與見白副司令什麼干係？」

馬臉不耐煩說：「把這小子抓了再說，八成是間諜！不是的話，也是一隻軟腳蟹！」說著，一把揪住白雨虹的衣領。

白雨虹聽他說自己是軟腳蟹，身上開始血氣躁動，休眠的雄性猛地復甦，一面嚷「你在說

誰是軟腳蟹，」一面出手極快，一甩把馬臉一個踉蹌摔到地上。馬臉迅速從地上爬起，朝他衝過來，又被白雨虹踩住腳板，猛擊一拳，馬臉屁股悶墩在地，好不容易再次爬起，跌跌撞撞再次向白雨虹發起進攻，被頭兒攔住。頭兒對白雨虹說：「有種，是條漢子！」

白雨虹與馬臉的交手，前後僅僅幾秒鐘，邊上的人幾乎沒有反應過來。等頭兒說是條漢子，他們彷彿如夢初醒，也和著頭兒的話喝彩：「神了，好漢！」

頭兒在白雨虹身邊兜了一圈，上上下下裡裡外外打量了一遍，彷彿在研究什麼重大專案，末了，說：「你這套身手挺眼熟的，我在哪裡見過。」頭兒一拍腦袋，說：「那出手怎麼跟我們白司令一模一樣？」他又仔仔細細研究了白雨虹的臉，腳一跺：「哎呀，你莫不是白司令的哥？」

白雨虹淡淡一笑，這微笑更堅定了頭兒的判斷。頭兒終於想起來，白雨虹前些天來過，長相像白雨星。頭兒兩手抱拳，說：「白哥，我們有眼不識泰山！裡面坐，裡面坐！」

正嚷著，一串快音灌入眾人耳朵：「幹嘛，吵吵嚷嚷的。」來人快步進入人圈，見到白雨虹大呼一聲：「哥，你在這裡？我說剛才我卡車進門，遠看看像你！走，到碉堡樓去，你是無事不登三寶殿，來，先看看我們的司令部。」眾人見是白雨星，先誇了一下白雨虹的身手，然後就各就各位站崗放哨了。白雨虹跟著白雨星上樓，見樓道上人來人往，也不便說什麼，只是緊緊跟上白雨星的步伐。樓道上、教室裡的窗都已卸下，用磚封了起來，只留下一本雜誌大小的孔，用作瞭望或架槍。白雨星的司令部，木架子上插了許多紅纓槍，若不是牆上有一張市區的地圖，沒准白雨虹以爲走進了雜貨鋪，地上泥刀、水桶、鐵釘、鉛絲什麼都有。大家見面都很親熱，白司令長白司令短的，把副字都省略了。白雨星忙著佈置，通知下邊各單位的頭頭晚上開會，他要傳達上海之行的有關精神。接著又指示明天的《紅色風暴報》頭版留出位置，「紅派」將對時局發表重要社論。白雨虹一直站著，儘管大家很客氣招呼他先坐，但他還是站著，他覺得在這忙碌的空間裡，他是一個多餘的人。白雨星忙完，又領著白雨虹上了最高層，到了走廊盡頭，再扶著小鐵梯，躍上了樓頂上的碉堡。白雨星把碉堡裡的兩名崗哨打發了下去，碉堡裡就剩下了他們哥倆。

白雨星蓋好小鐵梯通道的蓋板，轉身說：「哥，你是無事不登三寶殿，勸我來著，還是也來投身革命？」白雨星快人快語，帶著爽朗的笑，眼裡閃著熱切的光，透明而清醇。

白雨虹苦笑了一下，他對雨星的率直，從小到大一直心裡十分欣賞。雨星也眞會說話，我也來投身革命？白雨虹接著說：「你不怕我來了，你們紅派變黑派了？」

白雨星一臉的認眞：「你能來，在我們這裡當個總參謀長絕對沒問題！」

白雨虹說，看來他還有點用場。臉上呈顯出略帶自嘲的微笑。白雨虹說，那我先做你的私人參謀了，如何？他平靜地敍述，講了他對時局發展的憂慮，大規模的武鬥近在眉睫。他希望雨星多思考少行動。他敍說這麼多天來家裡的事，宛如在訴說遙遠的故事，聲音低沉沒有往常的熱切。白雨星眼中的哥卻不是這樣的，與哥在一起談論家事國事天下事，常常感到哥的內心湧動的熱潮，仿佛是冬天裡的熱泉。哥怎麼啦，臉色蒼白，神情抑鬱？好像老了許多，有一種淒涼的滄桑感。白雨星在白雨虹的蹙緊的雙眉中，慢慢聽懂了他凝重的心事。白雨星答應哥，在稍空些後一定打聽母親的下落。哥也許把事態看得過於嚴重，文革是人人要過的坎，人人接受思想改造進行靈魂革命，母親也不例外。只要講清楚了，自然人家要放人的。白雨虹搖搖頭嘆了口氣嘀咕，母親關在哪裡連家屬都不告知，事態恐怕不是那麼簡單。白雨虹說：「雨星你

想想，媽從不與人家爭什麼，她在文化局做一個小小科員，平時說話多謹慎，怎麼革命一來就抓她？這事蹊蹺得很。」

白雨星內心承認，他沒有想那麼許多。他看著白雨虹憂鬱的眼睛，沒有作聲。一霎那，白雨星彷彿回到了他們的童年，弟弟仰頭等候哥哥的指點，這感覺像流星瞬間就過去了。

白雨虹說：「我想來想去只有跟一個人有關。」

「誰？」白雨星急切問。

「外婆！」白雨虹肯定地說：「外婆是三十年代上海一家報紙的記者，她採訪過許多影星。如果外婆活著，也要被抓起來。」白雨虹回憶道：「文革剛開始的時候，幾個不明身份的人來抄家，他們專查舊報紙舊雜誌舊照片。幸虧媽把外婆留下的舊東西，收攏後早就燒掉，抄家的人什麼都沒得到。可是，媽在燒掉這些時，那惶恐的眼神深深烙在了我心裡。」

白雨星記得，看到家裡拿出舊書報之類燒掉，當時歡呼雀躍，他爲自己家走在破「四舊」前面而自豪。經白雨虹提醒，白雨星想起母親在火堆前雙手在顫抖。當時以爲，母親捨不得老舊貨。白雨星也依稀記得，母親那雙被驚嚇的眼睛，他也只以爲是母親一貫而之的膽小怕事。白雨星說：「倘若他們奔著外婆三十年代的事而來，又能怎麼樣？媽許多事也不清楚，跟媽有什麼關係？」

白雨虹說：「她認爲有關係！」

白雨星說：「她？是誰？哦，你是指我們的旗手江青同志！哥，你對她有看法，你可當心點！她緊跟毛主席，忠於毛主席，你怎麼能隨便懷疑她？」

白雨虹掏出幾份外地的造反派報紙，指著說：「你看看，上海的，北京的報紙，三十年代的文化人、影藝界的人，一個個鬥的鬥關的關，趙丹也被審查了！我看那些知根知底的人，一個個在劫難逃。」

「你把我們的旗手看成什麼人了？」白雨星快言快語：「江青同志善於發現問題，她發現《海瑞罷官》是毒草。她指出十七年來是一條文藝黑線，小說電影戲劇裡到處才子佳人老爺小姐，我們工農兵形象很少，不進行文化革命行嗎？沒有江青同志的大力推動，文革能如此轟轟烈烈嗎？至於查一查過去，江青同志說了，這條文藝黑線可以追溯到三十年代。我看也是順藤摸瓜而已。」

「順藤摸瓜就可以隨便抓人？」白雨虹緊接說：「有沒有工農形象是作家創作的事，跟作品的情節有關，怎麼變成了革命不革命的問題？難道這三四十年文化界都是壞人當道？為什麼文學藝術作品統統都成了封資修的壞東西？領袖說應當學習海瑞剛正不阿的精神，人家寫了《海瑞罷官》，大家都說劇本好，京戲演得好，領袖自己也說好，怎麼轉眼成了大毒草？」

白雨星搶白：「哥你好糊塗！現在哪有像你這樣說話的？還為毒草叫屈？」

白雨虹辯曰：「我不糊塗！多少年來，人家寫一部小說，寫一本戲，總是有人雞蛋裡挑骨頭，把人家說成反革命，繼而打倒一批人，這種做法與清朝的「文字獄」有什麼兩樣！」

白雨星說：「這是文化革命，我們要創建革命的無產階級文化，必須掃除一切前進中的障礙！」

白雨虹說：「這是革文化的命，文化的自由身軀潑上了污水，咒倒在誣名之下！」

白雨星望了一眼白雨虹，視線停留在他的胸前片刻，說：「哥，你應當走出家門，好好接受一下革命的洗禮。你的立場絕對有問題，你的思想趕快跟上革命的形勢，你看你，人人都佩戴毛主席像章，你連毛主席像章都不戴，難怪思想這樣落後。」白雨星的胸前掛了三枚像章，他把其中一枚解了下來，扣掛到了白雨虹胸前的學生裝口袋上邊。白雨星接著說：「你完全不理解這場文革，這場運動早就超出了文化意義上的革命，它已經是廣義的社會革命了！你看，我們的高地，我們的高地就像蒙馬特爾高地，我們的事業就是巴黎公社的繼承！我們要打碎舊世界，建立一個紅彤彤的新世界！毛主席說，無產階級只有解放全人類，才能最後解放自己。世界上還有三分之二的人民在受苦受難，我們有責任去解放他們。你想像一下，到那一天，紅旗在白宮上空迎風飄揚，那是多麼激動人心的時刻！我爲生活在新時代而自豪！」

白雨虹說：「我爲生活在今天而悲哀！」白雨星本來越說越激動，雙眼袒露著真誠，對未來充滿著憧憬。冷不防白雨虹斬釘截鐵說悲哀，白雨星張大吃驚的嘴，半天沒有合攏。白雨虹望著弟弟，感到既熟悉又陌生，心裡一陣揪心的痛：「那麼多人不上學，那麼多人不做工，忙著大批判揪人鬥人，這就是革命？那麼多人被鬥死被關押或者自殺，這是爲了建立新世界？雨星，你想過沒有，當你們高喊口號衝擊他人時，多少人家家破人亡！難道此等行徑就可以借一個革命的名義通行天下？就可以不承擔任何歷史的和現實的責任？巴黎公社的道路是不是人類唯一通向幸福的道路？符合不符合中國的國情，你想過沒有？」

白雨星回過神來說：「馬克思在《法蘭西內戰》中總結過無產階級革命和專政的原則。正因爲公社革命不徹底專政不厲害，所以歸於失敗。如果我們今天對敵人手軟，就是對革命的背叛！」

白雨虹也引經據典：「馬克思和恩格斯晚年對自己的學說進行過反思。我記得，恩格斯說過，他與馬克思都錯了。歷史清楚的表明，歐洲大陸經濟發展狀況，還遠沒有成熟到可以剷除資本主義生產方式的程度。我以爲我們中國，先要的是建設，而不是破壞；要的是經濟和生產的發展，而不是所謂大革命；要的是以法治運作社會生活，而不是把公民隨意劃作敵人進行專政。尊重歷史尊重實際，尊重人的尊嚴，那才是眞正的新世界。」

白雨星笑了，說：「典型的修正主義理論！裴多菲俱樂部的觀點！沒想到我們家也出修正主義了。看來修正主義在中國大有市場，連你這個讀書人也是自覺不自覺的跟著修正主義跑。文化大革命就是要防止資本主義復辟，反修防修看來確是必要，來得及時！」

白雨虹繼續表達他的思考：「修正主義？文革的理由？我尋思問題的癥結就在這裡。我們對匈牙利、對東歐、對蘇聯發生的變化，判斷是不是進入了誤區？把他們的改革和探索看作異端，把他們的社會進步認定爲倒退，自己坐井觀天，反說別人天空變色。他們否定個人崇拜，我們卻創造神靈頂禮膜拜，我們自己倒退到了中世紀，反說別人意識形態有錯誤。」

「哥，你說些什麼呀？赫魯雪夫的一套！」白雨星瞪大眼睛說著。

「赫魯雪夫一套？我可知道赫魯雪夫沒什麼文化，哪來一套一套？」白雨虹說著，腦子裡顯現的是，傳說中赫魯雪夫在聯合國講臺上敲皮鞋的動作。他盯著弟弟臉，抑揚頓挫，語氣堅定：「修正主義只不過是個靶子，是個替罪羊而已。十幾年來我們搞了一場又一場的運動，運動越搞越大，每一場運動都要樹一個靶子打替罪羊，修正主義就成了最近的大靶子。依我看樹靶子的人，才一套又一套呢！中國根本沒有經歷資本主義社會，何來防止復辟之理？」

白雨星驚呼：「哥，你簡直是現行反革命言論！你已經不是立場問題覺悟問題了，你你你簡直中邪了！好在這裡沒有別的人，講這些話的後果將是毀滅性的。你難道沒看到那些反對文革的人的下場？死的，槍斃了；活的，還生不如死。哥，我們是親兄弟，我可不希望看到你被專政。」

白雨虹堅定自若：「雨星，我很高興你還保持著人的情味。在告密成風的今天，夫妻反目，弟兄分手，好友成仇，你能有這份情感，我已經很窩心了，我會珍藏在心裡，永遠。」

白雨星盯住哥的臉，心裡嘀咕，感情也應該分階級的。哥把超階級的感情黏糊一起，好糊塗。他心裡想著，沒說出來。

雨虹慢慢說道，就像小時候哥哥跟弟弟講道理：「我還是實話實說，一個不能自由表達思想的社會正常嗎？整個社會狂熱崇拜一個人，是社會的進步還是退步？歷史上眞正意義上的革命，從來都是否定神權反對偶像崇拜的。一五六六年尼德蘭革命從破壞聖像開始，一九六六年中國的革命卻從造神開始，荒謬不荒謬？文藝復興、啓蒙運動打破神學的枷鎖，提倡個性解放，我們卻是八億人民只要一個人思想，奇怪不奇怪？就說巴黎公社，歐仁．鮑狄埃在《國際歌》中呼喊讓思想衝破牢籠，這歌詞你我都會唱：從來也沒有什麼救世主，也不靠神仙皇帝，要創造人類的幸福全靠我們自己。我們呢，唱著《東方紅》，想著大救星，跟《國際歌》的精神相去十萬八千里！那麼多人跟著起鬨，我們什麼時候能夠長進一點，自己開動腦筋，自己獨立思考呢？」

白雨星也袒露心跡：「什麼階級說什麼話，站在革命的對面你總會看不順眼。億萬人民從沒像今天那樣意氣風發鬥志昂揚，那樣關心政治全社會參與革命，把封資修的東西徹底摧毀，朝氣蓬勃進行無產階級專政下繼續革命！東歐蘇聯變修了，我們就成為了世界革命的根據地，廣大的亞非拉就是農村，資本主義歐美就是城市，我們要繼續走農村包圍城市的道路，贏得世界革命的勝利！我們任重而道遠，先要鞏固中國的大根據地，建立眞正的紅色政權，眼下各地都在成立革委會，將來全國山河一片紅了，離開全球一片紅就近了，如此宏偉的事業沒有領袖行嗎？恩格斯說，到了共產主義還是要有船長，還要權威，有毛主席的領導那是我們的幸福。你看吧，用不了幾年，世界人民也會嚮往我們的革命，嚮往北京，掀起國際共產主義運動的新浪潮。」

白雨虹苦笑了一下：「恐怕是一廂情願，一個烏托邦的空想。搞建設用群衆運動的辦法，老百姓的溫飽還沒解決，經濟如此落後，我們自己要做的事情多著呢，還要去解放全人類？雨星，你想過沒有，明清以來自以爲道德意識形態先進得不得了，爲什麼在人家的堅船利炮下不堪一擊？今天還是認爲自己的思想意識形態革命得不得了，爲什麼國力老是比人家落後？不去找出自己文化上的眞正原因，反去說人家的不是，這是哪門子的邏輯？雨星，美麗的說教動人的口號才容易迷惑人呢，道貌岸然的理論無法創造生產總値，也無法解決實際問題的。」

「哥，不能這麼說，」白雨星辯駁道：「我們搞社會主義只有十幾年，人家搞資本主義已經幾百年，有差距也很正常，革命可以解放生產力！」

「社會主義是這麼一種搞法？到處衝擊到處破壞生產？」白雨虹反駁。

「不破不立，破字當頭，立也在其中了！」

「上下折騰，左右武鬥，成何體統！」

「要向前看，認準大方向。枝節是次要的，關鍵是堅持革命大方向的正確。」

「從鬥人到現在兩派武鬥，再鬥下去要打內戰了，方向正確在哪裡？」

白雨星略帶憐憫的眼光看著白雨虹，心裡想，哥你眞是脫離革命脫離時代太久了，跟你講像對牛彈琴了，你不投入潮流，哪知在驚濤駭浪中搏擊的樂趣！白雨星喜歡朗誦高爾基的《海燕》，因爲他覺得他就像那搏擊風浪的海燕，百分之百的堅強的布爾什維克。哈，哥你呢，就像那驚恐的海鷗，在革命面前發出孟什維克般的呻吟；或許你還不如海鷗，還是那迂腐的企鵝，把臃容的身體躲藏在峭崖底下。你自然無法理解海燕的志向。白雨星鄙夷平庸，熱愛沸騰的生活，內心就像那只海燕一樣渴望讓暴風雨來得猛烈些吧。他在上海，親眼見到工總司的造反派對「上柴聯司」及其他派別無情的攻擊，就像秋風掃落葉一樣，摧枯拉朽一派獨大。他爲無產階級革命派的壯大而欣喜。他得到上海的默認，無疑爲「紅派」取得「左派」正統地位添上了極重的砝碼。因此，他躊躇滿志，感到方向豁然開朗。這些，哥怎麼能知道？

白雨虹環顧周圍，碉堡裡堆滿了武器：長矛耀著刺眼的光，土槍睜著黑洞洞的眼，不知從那裡弄來的老式步槍的刺刀，一根根像白骨躺在地上。他透過槍眼，看到樓頂的四周也堆滿了沙袋，足有半人高。樓的平頂地面上，放滿了石塊、雜木和廢鐵，連一些酒瓶也整裝待命，白雨虹暗忖，一旦武鬥有人攻樓，那些酒瓶一定發揮手榴彈的威力。難道形勢發展眞的兩派決一雌雄，才是白雨星說的大方向？他的擔心完全被眼前的景象所證實，一場大規模的武鬥將不可避免了。他固執地認爲，勸說兩派緩和他人微言輕，勸說白雨星個人不參與暴力活動，還是比較有把握的，不然，他非要與弟弟見面幹什麼？

兄弟倆長久的沉默。這沉默幾乎使空氣凝固，沉默的寂靜幾乎雙方都聽得到對方的心跳。

白雨虹打破了沉默：「雨星，聽說去了上海，有什麼新精神了？」

白雨星先愣了一下，哥也關心起新精神了？他迅速反應過來，哥在換話題緩和氣氛。白雨星興奮地簡述了上海見聞，他說他最得意的是見到了工總司令，他說他比本地任何人都先知道江青同志的最新指示：「不要吃老本，要立新功」，他說他將積極開創本地革命進入左派執政的新局面。白雨虹問：「你所指的左派，除了你們紅派，是不是也包括聯派？」

「聯派不是左派！」白雨星斷然否認。白雨星舉例說聯派名爲鬭審走資派，實爲保護老傢夥；明爲團結大多數，暗爲拉攏小派別；看上去紅派也進了革委會，骨子裡是右派執政。白雨虹說，本地不是上海，聯派力量比紅派大，群衆基礎廣泛，聯派的《聯合戰鬥報》一直以左派自居，你應當面對實際。白雨星極爲敏感，疑惑問：「哥，你今天來是不是負有使命，替聯派當說客？」

白雨虹見雨星一臉認眞，忍不住笑了：「你們分派關我什麼事！左派右派，哪一個造反派不稱自己是左派？事實上聯派繼續主政，你的新功怎麼個立法？」

白雨星脫口而出：「只能文攻武衛了！」

輪到白雨虹敏感了：「這詞很新鮮。是不是代表中央文革的新精神？」

白雨星未置可否，露出淡淡的微笑，那是一個誠實的孩子在堅守一個秘密微綻的自信甜蜜的笑容。白雨虹熟悉這笑容，白雨星考滿分時故意謊報不及格，就是這樣藏不住眞實的微笑。但是，和往常的欣喜不同，白雨虹頓感沉重：估計白雨星此次上海之行，已經聽到了天音。那天音現在還不便於馬上公開，白雨星還必須恪守秘密。白雨虹的腦子在飛轉，如果各地都文攻武衛了，將亂成怎樣一個局面！白雨虹直截了當說：「雨星，我擔心局面不可收拾，我眞希望

你冷靜多想想。你幹嘛批鬥人家非揪住人家頭髮不可？揪不揪頭髮你可以作出選擇。同樣，革命進行下去是不是非要武鬥流血不可，參與不參與你也可以選擇。你可以說，現在人人都這樣，但人人都這樣也不是放棄思考和選擇的理由，你要對你自身負責，對家庭負責。你受傷了有什麼三長兩短的，我怎麼向父母交代？父母他們能經受的起嗎？而且，你真的覺得沒日沒夜的幹很值得？」

「哥，你的意思我明白。」白雨星說，「我革命到底，開弓沒有回頭箭。我認爲我的事業很神聖，值得爲革命獻身！」

白雨虹眞誠地說：「卽使你認爲個人獻身革命很神聖，但你也別忘了，你還得爲自己的行爲對歷史對社會負責！漠視生命，採用暴力，不管何種理由，都是一種罪過。革命僅僅是生活的一部分，它肯定不是生活的全部。你我的生活還剛剛開始，珍惜生命，珍愛生活，自己把握住自己才是價值的所在。我總感到，你認爲神聖的事業，其實命運眞正掌握在別人手裡。也許有一天，你會爲盲從和迷信付出代價，醒悟後感到愧疚。」

白雨星現在的心便是一個熔爐，任何東西都在爐中升騰熔化。白雨虹說的許多話在爐中化得無影無蹤。白雨虹建議白雨星回家住幾天，理一理思路冷一冷頭腦，也「嗤」一聲丟在爐裡，化作一絲青煙。白雨星說：「哥你別說了，你怎麼說來說去，總是跳不出一個小我的境界。我不會回去，革命者四海爲家。再說，我也沒臉回這個不革命的家！」

「什麼？」白雨虹驚愕的問，心裡如刀絞一般。

——第十一章

今夜無眠

窗外映著火光。不遠處人們在吶喊，兵器在撞擊，那聲波使火光在抖動搖曳。火光中白雨星一手持槍，一手揮舞大刀，率先躍出沙袋疊疊的掩體，領著一群人衝向一扇黑洞洞的門樓。白雨虹暗想，雨星哪裡學來了左右開弓的本領，竟冒著槍林彈雨衝鋒，大聲呼喊：「回來！回來！」話未落音，白雨星在槍聲中倒在地上，腿上湧出大股的彤紅的鮮血，那血瞬間變成了一朵大紅花，豔麗無比。白雨虹正覺得奇怪，看到白雨星臉上毫無痛苦的表情，竟低頭默默望著大腿上的那朵大紅花，猛然，白雨星大口大口的把花吞進了嘴裡。白雨虹不禁毛骨悚然，嚇了一大跳，出了一身冷汗，睜開眼醒了。

白雨虹醒來發現自己直挺挺躺在床上。剛才的夢境清晰地留在記憶中，他摸摸胸口心臟還在激烈地加速抖動。四周寂靜一片，只有自己的呼吸在起伏，輕輕吸入了留在薄被上的汗味。細細回味剛才的夢，這幾天老是做白雨星負傷的夢，他度測冥冥之中預示著什麼。家裡本來有本佛洛依德《夢的解析》，破「四舊」時燒掉了，不然的話，白雨虹定會起床查閱，請那位猶太人指點迷津。

被窩裡暖融融的，白雨虹的手輕輕從胸口劃向肋骨，又遛過幾塊微凸的腹肌，放到了自己的情根上面。要是往常他會情不自禁的摩挲，把包皮輕輕往下翻，通體流淌著莫名的快感。不知怎的，他的手觸摸到那圓圓的龜頭，立刻就想到藍欣欣。想到藍欣欣的睫毛、柔膚，柔膚上細細的白白的汗毛，聞到從她頭頸裡飄出的淡淡的味兒。這時，他的情根便會突兀的挺起，仿佛要把短褲戳破，不安份地一陣陣左衝右突竄出褲管。但今天它卻軟軟的，毫無生氣地耷拉在兩顆睾丸之間。這情況已經持續了好幾天。碉堡樓回來的當晚，藍欣欣來白家看他，他與欣欣坐在一起，還沒說上幾句話，關貞姨像幽靈似地直闖進來，帶著怪怪的曖昧的笑看著他倆，大有捉姦的味道。白雨虹一陣尷尬，剛剛啓動正在膨脹的情根，在驚嚇中無奈地疲軟下來，萎靡垂耷，至今一蹶不振。藍欣欣站起來想走，白雨虹用鄙夷的眼光掃了一下關貞姨，急忙叫住藍欣欣別走，當著關貞姨的面，把他的手搭在欣欣的肩上。在革命時期，這一公開的舉動，無疑石破天驚大逆不道，竟然使關貞姨措手不及待了半晌，才回過神來，驚呼：「羞死我了！」拔腿就跑。白雨虹發現家門口貼了一張白紙，「勒令」兩個字寫的奇大，下邊是一排小字：「違抗到底，死路一條！」白雨虹隨手把它撕了，弄的滿手都是糨糊。藍欣欣說：「他們要抓你的。」白雨虹沒吭聲。藍欣欣見白雨虹呆在那裡，臉色蒼白，又在犯傻勁，不禁拉住白雨虹的衣角，問：「你打算怎麼辦？」白雨虹恨恨地說：「不睬它！」藍欣欣說：「你躲得了今天，避不了明天。收音機繳給他們吧。」白雨虹斬釘截鐵：「不繳！」藍欣欣急了：「到形勢好轉些，我買一架送給你。」白雨虹面露一絲嘲諷：「恐怕那時只能收一個電臺！」藍欣欣說：「你頂得住他們嗎？他們要抓你的。俗話說，識時務者爲俊傑，你還是……」白雨虹打斷她的話，衝著藍欣欣發火：「這像是你說的話嗎？瞎扯！你以爲我僅僅是不捨得一架收音機？」藍欣欣強忍淚水：「我懂。我是怕你關進去。你若不在，我怎麼辦啊？」

白雨虹迷迷糊糊又睡去了，又做起了夢。這夢境斷斷續續的，像紛紛揚揚的碎片，又像電影的蒙太奇，跳躍著閃回著。他跑到醫院，父親的床位是空的，他裡裡外外找遍了，也沒有父親的人影，他感到不祥的凶兆。他在夢裡不停地奔，逢人便打聽。好像有人對他說「你爸又被拉出去批鬥了！」說話的聲音很熟，像是高醫生。影影約約一個穿白大褂的人飄過來，白雨虹始終看不清那醫生的臉。然後他還是在奔，周圍黑乎乎的一片，黑幕中遊盪著螢火蟲，一閃一閃追逐他；又像無數雙發綠的眼睛，一眨一眨盯著他。突然，他見到梅老太，雙腿跪在臺上，頭無力地靠在胸前的大木牌，一隻大手抓住梅老太的半邊頭髮，把臉抬起來，在抬起來的瞬間那臉怎麼又變成了他的父親，父親的臉上釘滿竹刺疤痕累累，白雨虹驚呆在那裡，心臟在悶跳。

白雨虹再次醒來，手腳冰涼，身上出著虛汗，還是直挺挺地躺在床上。不單單是周身發冷，手腳是僵的，渾身僵硬，連自己的情根也是僵的，緊縮成一小段，像冰凍的胡蘿蔔。他想把夢的碎片串起來，印證經歷的實情。實際的情況是，他去醫院眞眞切切的見到父親的床位空著，他逢人便打聽，人們告訴他，父親被一群來歷不明的人揪走了。他不信，裡裡外外找遍了，卻在醫院的禮堂意外地見到了梅老太。梅老太孤零零地一個人跪在主席臺上，半個身子側躺在胸前的批鬥牌子上。白雨虹聞到禮堂裡一股人體的酸臭，充斥著混濁的氣味，憑嗅覺他知道一場批鬥會剛剛散去。他急忙奔上臺去，扶起梅老太。梅老太整個身子軟綿綿的，倒在了白雨虹剛勁的手臂中，滿頭白髮裡滲出片片血漬。白雨虹急切地呼喚，梅老太的眼角淌出了淚滴，聲音氣若游絲：「小白，我要回家……」

「這裡就是醫院，送你先看病、檢查……」白雨虹說。梅老太擺著無力的手，執著地拒絕。她反覆地說，她要回家。白雨虹默默地點點頭，輕輕地背起她，一步兩步，艱難地走下臺階，走下主席臺。幾個月前，白雨虹就是這樣，背著父親一步一步走到醫院，現在，他是背著梅老太拒絕走向醫院，他心裡一陣酸楚，感到境遇的無常和乖戾。從主席臺到禮堂門口，不過三十

米光景，但是好長好長。

「小白，難爲你了……」

「梅醫生，沒啥。」

「我老了，我看不見天亮的那一天了。」

「慢慢會好的。」

「他們怎麼會這樣失去理智？」

「他們都瘋了。」

「我累了，我眞累了，想不通的事不想了，眞想解脫，長久的休息。」

「回家後，好好歇息，我會常來看你的。」

白雨虹沒想到，高醫生推著自行車會在禮堂門口等候。他們倆默默對視，高醫生的眼裡露出感激的神情，白雨虹見到他此時此刻伸出援助之手，眼神中也閃出感動的光芒，還帶有誠摯的敬意。那一刻，白雨虹就像在曠野裡孤獨地遠行，突然遇上了同道人，半是驚喜半是欣慰，憑添了幾分力量。他們一起把梅醫生扶上自行車後座，又一起送梅醫生回家。一個在前面推車，一個在後面攙扶，路上竟彼此沒有說一句話。路過白家，白雨虹叫雨蘭一起幫忙，吩咐雨蘭陪伴梅老太。他自己還要急著返回醫院找父親。返回的路上，高醫生打破了沉默，說了一句充滿歉意的話：「小白，眞不好意思，他們把你父親拉出去批鬥，他們說是陪鬥，我沒有能夠攔得住。」白雨虹問，是哪個單位的造反派？高醫生說也不清楚，好像是哪個居委會的人。

會不會是關貞姨那一幫人幹的？白雨虹立刻聯想。他不敢多想，現在緊要的是見到父親。

他與高醫生幾乎是一路小跑趕回醫院，幾個護士見到高醫生，急忙搶著高呼，快！不好了，病人休克了！高醫生問，人在哪？快送急救室！白雨虹心裡有一種感覺，他們對話的主角似乎是他父親。他隨高醫生一起衝進急救室，在潔白的床單上，果然躺著滿臉是血的父親。

白雨虹想到這裡，睡意已經丟到爪哇國。他靜靜地躺在床上，眼睜睜地看著天花板。回味剛才的夢境，竟然與現實如此的吻合，莫非芸芸衆生上蒼眞能暗中安排？幾乎同時，只不過在不同地點，一幫人在糟蹋梅老太，另一幫人在蹂躪他父親，想著天下許許多多人近似的遭遇，千千萬萬兒女心中承受的痛楚，他的心裡襲來一陣陣酸酸的悲慟。房間裡五門櫥上的三五牌臺鐘敲了四下，那聲音在靜夜裡喘氣似的拖著調兒。白雨虹馬上想起，父親在急救室的喘氣就像這種聲音。他當時搶過護士的消毒棉球，替父親清洗臉上的傷痕，那傷痕呈三個小印爲一組，直到現在，白雨虹也沒有琢磨透，父親臉上的傷痕究竟是什麼東西打的。黑暗裡，白雨虹眼睜睜地盯著天花板，實際上只見模模糊糊的一片，倒是父親的臉極其清晰地疊現在眼前，那滲血的三個三個小點，不像是皮帶抽的，也不像指甲掐的。白雨虹睡不著，翻了個身，側耳聽見靜謐的夜空傳來遠遠的腳步聲，在石板街上扣擊出金屬的聲響。他一個激靈，驀然明白了，父親臉上的傷痕，是用釘著鞋釘的鞋底打的。想到這裡，他周身的神經緊繃，仿佛要在每一根緊繃的弦上射出復仇之箭。他眞想從床上躍起，找到那些造反派狠狠地痛打一頓，哪怕自己遍體鱗傷。這年頭活得窩囊，活得心酸，他想痛痛快快的幹一仗。

隨著思緒的跳躍，白雨虹躺的床，仿佛也在搖晃。他雙眼死死盯住天花板，雙手反靠抓住床頭板。臺鐘的鐘擺發出有節奏的滴答聲，使本來猙獰的夜顯得更爲空曠，他感到自己就像躺在空空蕩蕩的野地裡，孑然一身，孤獨無援，不知何去何從。高醫生的身影在他眼前晃動，他從心裡無限的感激這麼多天來高醫生對父親暗中的照顧。有好幾次，在醫院的走廊裡，見面時，

高醫生欲言又止。白雨虹猜到了幾分。本來，父親在學校批鬥落下的脊椎錯位已經慢慢好了，這次挨鬥脾臟破裂雖做了手術，但情況一直不好。看著父親在鬼門關前的掙扎，白雨虹又是一陣揪心的痛。他依然眼睜睜地盯著天花板，依然是黑糊糊的一片，那天花板怎麼一會兒成了碩大無比的無影燈，張牙舞爪地向他撲來。他的身邊圍滿了穿白大褂的人，大口罩的上面是一雙雙陌生的凸出的眼球，只有高醫生的眼睛顯出柔和的光。他聞到空氣中彌漫著消毒藥水的氣味，手術器械的撞擊聲清脆地刺向他的耳膜。朦朧中，有人在喊：快，接氧！快，切開氣管！快，心臟按摩！白雨虹怎麼也沒弄明白，自己怎麼會直挺挺地躺在手術臺上。在昏昏欲睡的境地裡，白雨虹後來又發現原來躺在手術臺上的不是自己，他努力睜開眼辨認，確確實實不是自己而是父親。這世界整個兒搞糊塗了。

白雨虹緊握拳頭猛擊自己的腦殼，用強力制止了幻覺，重新回到了現實。他還是直挺挺地躺在家裡的床上，周圍還是一片昏暗一片寂靜。他打了個寒顫，混身有點發抖，肌肉愈發僵硬。他對剛才似夢非夢的幻覺，分明感到一陣浸心的悲涼。是將要應驗的讖圖？還是無法避違的徵兆？莫非父親眞的難逃此劫？

今夜的白雨虹，是那樣的無助。仿佛一次次墜入無底的黑洞，又一次次地竭力爬出險境。他再也無法入眠，迅速從床上躍起，決定爲父親做點什麼。他默默地在心中祈禱父親安康。他想起了郊外的蓮花山，想起蓮花山的一善寺，那一方聖地能否給父親帶來福音？不管如何，他決定要去那裡，現在就去，敬上一柱香，願佛祖保佑父親。他對自己的決定暗暗吃驚，因爲在此革命期間，敬香拜佛是明令取締的封建主義迷信活動，性質近似反革命罪，但他願冒一次險。他必須馬上行動，趁著拂曉的夜色，在晨曦中上山。

——第十二章

鐵鎖橫亙在陰陽兩界

「哥，你上哪兒去了？」在醫院的病房門前，白雨蘭嗔怪著說。

「爸好些嗎？」白雨虹急著問。

白雨蘭噘著小嘴，埋怨哥來的太遲了。她說，父親又昏過去了，高醫生正在搶救。白雨虹愣了一下，一把拽住雨蘭的手向前小跑，哥妹倆被刷著「手術室」紅字的玻璃門擋住了步伐。白雨虹頹然無力地靠在手術室外走廊的牆上，耳朵緊貼磨沙玻璃的門，捕捉著裡面傳出的聲音。他雖然看不見裡面的情景，但眼前可以想像出高醫生他們忙碌的身影，依稀聽見手術器械與瓷盤撞擊的聲響。有高醫生在，他心中些許有點安慰，他深信高醫生精湛的醫術。像有感應似的，玻璃門上慢慢往下淌著水，就像他此時此刻心中淌的淚。他恨那些造反派，假如現在哪個鬥父親的造反派走過，他一定會像豹子一樣撲過去。

白雨蘭在小聲地啜泣，她抬起頭問：「哥，爸會死嗎？」

白雨虹迅速用手捂住妹妹的嘴：「別胡說！」他昂起頭，盡量不讓眼淚掉下。望著黑乎乎的平頂，望著陰森森長長的走廊，感到自己在命運面前的無奈。他只能在心中一遍遍祈禱，請佛祖保佑父親。

白雨蘭輕輕推開白雨虹的手，說：「哥，你手上都是香煙味，你抽煙啦？」白雨虹搖搖頭。

雨蘭上下打量了一下雨虹，接著說：「你看你身上還掛著蒼耳殼，褲腿上都是泥，哥，你上山啦？」白雨蘭淸楚，只有蓮花山上生長蒼耳。白雨蘭在思忖哥爲何上山的閃念間，明白了哥的苦心。白雨蘭緊張地問：「沒人看見你吧？」白雨虹又搖搖頭。雨蘭輕輕地說：「菩薩保佑！」

其實，白雨虹的判斷錯了。在他登蓮花山的一刻起，他的身後有一雙眼睛盯著他。

蓮花山一善寺本是禪宗名剎，南朝梁武帝時築於半山腰的一大片平坡上。乾隆皇帝下江南，曾親臨拜謁。當時寺裡的住持與和尚們專門修了一條御道，從山下的蓮花池蜿蜒通到寺的山門前。自乾隆帝走過後，那條御道在雨後僧人俗夫經過，時而會發出「空」、「空」的聲響，如天籟之音時斷時續在林陰崖壁間迴盪，山上山下嘖嘖稱奇，傳爲「佛音聖道」。四鄉善男信女虔誠蜂擁上山，一善寺鐘聲悠揚香火繚繞，進入了它的鼎盛時代。不知從何年何月開始，也不知哪代住持首先悟出了禪機，百里水鄉的信徒都深信，走御道能聽到佛音者，必是極具慧根修得禪心之人。寺裡的僧人，即便是一生中聽到一次佛音，也是修行進入佛的高層境界的體悟。白雨虹是從蓮花池上山的，古老聖道的磚頭剝蝕殘缺，地面坑坑窪窪，他全然沒注意到這些，急匆匆在凸雜的磚面和凹陷的膠泥上疾走，還差點摔跤，單手撐住了地面，才沒讓身子倒下。

白雨虹一個趔趄，這麼一個小小的動作，在殘垣斷壁的一善寺亂石堆後面，有一雙眼睛捕捉到了這個細節。幾個月前，一群紅衛兵上山，用利斧狂砍木柱，摧毀廟宇，用繩索套住菩薩，拉倒塑像，繼而毆趕僧人。在一個狂風暴雨的秋夜，一善寺轟然倒塌。寺裡的僧人有的還俗，有的出走，有的被附近公社的造反派拉去批鬥再也沒有回來，偌大的寺院一片狼藉，滿目瘡痍。只有當今住持鏡空法師，嘴裡念著誰也不懂的經文，天天在頹牆殘柱間遊盪，在碎瓦斷佛亂磚裡盤桓。頑童向他擲泥巴，他樂顛顛傻笑；村夫攆他走，他瘋癡癡繞一圈蓮花山又轉回來。在廢寺的角落裡，他搭建了一張坐床，依靠半面殘壁數根青竹，蓋了茅草，天天坐守在上，像一尊木雕一動不動。在白雨虹上山的時刻，鏡空法師半閉著眼，與其說他的慧目明察秋毫，不如說他的心性無界致遠。白雨虹的一舉一動都在他的觀世體會之中。他想捨，浪跡天涯做一個孤僧，求佛本是無境無界；他想得，面壁破寺意守殘院，參禪淵起色蘊受蘊。在捨得之間，依鏡空的悟覺，他想等。等什麼，等誰，爲什麼等，他想到佛祖在菩提樹下參悟，便是等，等便是悟，便是般若。那個剛才差一點摔跤的年輕人，他好像哪裡見過，他用心悟，爲何面熟，何爲面熟？爲何在此時此地此境相遇？是佛緣會，還是怨憎會？他還得悟。

在大境界，鏡空法師感到道道通道。佛祖感悟「一花開五葉，結果自然成」，鏡空感悟「山中一條道，見性無窮道」。那個在道上行走的年輕人，姓甚名甚，無關緊要，在鏡空看來，上山乃求佛，上道卽眞道。然而，那年輕人幾個月前也是這樣急匆匆上山，但不是一個人而是一大群人，他們把一個個菩薩、羅漢拉倒，拖到寺院的香爐前，把寺裡能搜到的佛經，能搜到的木魚、念珠等法器，堆成小山，在「砸爛封資修」的憤怒的口號聲中，點起革命的火種，小山立時變成了火山，升騰起滾滾濃煙。那年輕人也是這樣一個趔趄單手撐地，那是因爲他揮斧砍檀木香壇的腳，用力過猛滑到了鏡空跟前。當時鏡空被逼跪在地上，向這一群上山的紅衛兵低頭認罪，他眞眞切切記得年輕人的左臉眼睛下顴骨上生了一顆小疵。眼下這年輕人是不是那個領頭的紅衛兵？是，難道他今朝幡然悔悟趕上山來尋求佛的寬容？他在疾走中，他停留在歪倒的檀木香壇前，他拾起磚塊壘成柱狀支撐起香壇，他小心翼翼從懷中掏出三支香煙，用微微抖動的手劃亮火柴點燃，他向著已被廢黜的彌勒佛空位虔誠地叩首，鏡空法師明白年輕人在革命時代敬佛的香一根都買不到，他只能用香煙權作替代。四周清風拂拂，山澗細水潺潺，年輕人

蹙緊的雙眉慢慢舒展，神色漸趨安詳平和。鏡空發現年輕人的臉上沒有小疵，而且個頭也沒有那個領頭毀廟的紅衛兵高，此人非彼人，此境非彼境，不由怦然心動，然而盤坐在廢墟裡坐床上的鏡空依然紋絲不動。細聽遠處有佛音嫋嫋：若見一切法，心不染著，明瞭，心無雜念。外離一切相，心地無相。鏡空沉浸在無念無相的境界裡。他悟性畢竟極高，悟出剛才一連串的思緒便是妄想，他明曉息妄才能顯眞，才能般若觀照識心見性。年輕人回去的路仍然走的那條禦道，但步履舒緩了許多。年輕人的身影在鏡空的視界裡越來越小，直至消失，但鏡空念佛的聲音久久在胸腔中低徊，漸漸播傳在空氣裡，低沉抑揚，透著悲涼之氣，彷彿在追隨那遠去的年輕人：「無命卽無明，無明卽無命；命了便明瞭，明瞭便命了……無命卽無明，無明卽無命；命了便明瞭，明瞭便命了……」

白雨虹沐浴著朝霞的燦爛光芒下山，心裡的感受如佛光普照。他渾然不知鏡空法師的無緣大慈，然而，他的蓮花山之行，多少給他以心靈的安慰。在下山的那一刻，他頓悟生命在面對大山面對晨光中的茫茫宇宙，如螻如蟻，猶虛猶實，自己的蓮花山之行顯得如此的世俗和功利。他想到了一個問題，倘若將來有緣見到鏡空法師他很想問究竟，祈求拯救一個垂危的生命，卽使「急來抱佛腳」，是離佛近些呢還是遠些？白雨蘭一聲「菩薩保佑！」使他回到現實的境地，他輕輕擦去雨蘭的淚水，捕捉著手術室裡傳出哪怕一絲的聲音。

「快！輸血！」小護士急匆匆打開門，又飛似地奔回來，手裡高擎著一小瓶血漿，旋又閃進了手術室。大約過了三刻鐘，小護士又急急忙忙出來，又送進一大瓶血漿。此時，白雨虹感到事態的嚴重了。他心亂如麻，極力抑制住不斷襲來的恐懼，閉上眼就顯現父親羸弱的身軀，在白床單下像一段槁木，惟有輸液的小滴管在往下滴著血，默默泣訴著一個生命的存在。手術室的門悄然打開，高醫生出現在眼前，他的手抬得高高的，眼神久久盯著白雨虹的眼睛，想要說什麼但什麼都沒說。白雨虹看著高醫生那一對躲在大口罩後面的眼睛，問：「有救嗎？」高醫生不置可否，避開了白雨虹的眼光：「醫院裡沒有血漿了。」白雨虹伸出手臂說：「快，抽我的血！」

帶著白雨虹體溫的血，通過輸液管流進了父親的靜脈。高醫生示意白雨虹和妹妹進去，白雨虹心裡清楚，他與妹妹破例進入手術室，送父親最後一程的時刻到了，但他仍不能接受這個現實。他死死盯著臉色蒼白的父親，父親雙目緊閉，他多麼希望父親睜開眼看一看他的兒女，看一看他原本深愛的世界。父親的內臟多處出血，又極度虛弱，高醫生說，他已回天無力。白雨蘭撲在父親身上，一邊抽泣一邊在父親耳邊喃喃低語，她緊緊攥住父親的手，想把父親從死神的邊崖拽回來。白雨虹腦中一片空白，這一天來得這麼快，他無法反應過來。他呆若木頭，倒是高醫生一句話「家裡還有其他人嗎」提醒了他，他發瘋似的找公用電話，要白雨星趕快來醫院。

白文堂靜靜地躺在白床單下，任憑女兒怎麼呼喚，已經無法綻開他的笑容。也許白雨虹溫暖的鮮血給了他力量，他在女兒一遍遍的呼喚中慢慢睜開眼簾，看得出他已經使出了生命的全部能量，那黑白分明的眼珠一動不動凝固在凹陷的眼眶中。他似乎想說什麼，想歙動嘴唇，但已指揮不動了。白雨虹彎下腰把耳朵緊貼著父親的嘴，然而只聽到微弱的游絲般的氣息。白雨虹絕望了，他仰起頭，不讓眼眶中的淚滴在父親的臉上，不願在父親的彌留之際驚動他的靈魂。頭頂上圍在一起的錯落的無影燈，就像一個個張開的野獸的大嘴，想要猛撲下來吞噬鮮活的生靈。四周寂靜得恐怖，白雨虹親愛的父親就這樣走了，走的無聲無息，睜開的雙眼再也沒有閉上。

白雨蘭呼天搶地的哭聲，環繞載著父親的停屍車，一路劃破走廊的上空，淒厲而又悲愴。

白雨虹木然地一路跟到了太平間，淚水淌滿了面頰。管理太平間的員工是個老頭，他毫無表情地推著車，機械地重複他重複過無數遍的程式化的動作，打開掛鎖，推車，停屍，蒙被，橫插大鐵銷，掛鎖，上鎖。在老頭插鐵銷的時候，白雨虹的手擋住了鐵搭扣，執意要推門進去，他還想多陪陪父親。老頭的目光聚焦在白雨虹臉上片刻，攤了攤手，沒加阻攔。白雨虹輕輕掀起蒙住父親的白被單，凝視著骨瘦如柴的父親，凝視著臒清慘白的遺容，凝視著父親不閉的雙眼，這雙眼曾經閃爍過多少智慧的火花啊。爸，您能不能再眨一下眼睛，哪怕輕輕地動一下，讓我再重溫一遍您的溫情。他們都說，我的嘴型多像您的嘴型，您爲何緊緊抿住有稜有角的雙唇，您能不能再輕輕地說一句話，讓我再一次聆聽您的教誨，哪怕是最後一次。我枉做七尺男兒，連父親都保護不住，我眞無顏面對您，您可知道我心中的不安和內疚？白雨虹想起父親還有許多心願要做，父親想著一本書，曾經廣泛的收集古漢語的字，研究到底有多少古漢語的字本義還活在現代漢語中，然而您的書稿活不下來，竟被抄家的紅衛兵付之一炬，今天您也活不下來，竟隨著飛灰一起飄向天國。父親您太耿直，人人都說太陽最完美的時候，非要指出它有黑子，還說「黨」字在古漢語中是個貶義詞，如結黨營私或黨同伐異，您不是自惹麻煩引火焚身？可我敬您，您的思考您的觀點您的品格不會死去。我深知堅持思想的獨立，不隨波逐流將會付出沉重的代價，將會被激流、暗礁、漩渦所吞噬，將會遍體鱗傷受盡凌辱和苦難，將會險象環生風雨飄零孤立無助，但是，我還要堅持。不堅持，我愧做您的兒子。

看守老頭顫顫顛顛地來回了太平間門口幾次，他拿著一串鑰匙，神情麻木地守在一邊。他的頭滿是花白頭髮，即便不動也微微有些顫抖。他小聲地勸白雨虹：「人死不能復活，作孽啊，人總要死的，小夥子想開點啊。」白雨虹依舊沉默，但在心裡回答老頭：「我爸才四十出頭，才四十多歲啊，不是死的時候。」老頭見白雨虹不作聲，又出去了。須臾，轉了回來，又對白雨虹說：「小夥子，離開吧，我要關門了，人總有生離死別啊。」白雨虹依舊恍惚木呆，但在心裡回答了老頭：「你就把我鎖在裡面吧，你就讓我多守一會父親吧。」老頭見白雨虹沒有反應，一聲長長的嘆息，自言自語道：「這是什麼年頭啊，死的死，傷的傷，有的人活著比死還難過，有的人死了也沒有人來認屍。小夥子，你爸還算好的，這些天來，跳樓的，服毒的，捅死的，天天送進醫院來，慘呢，都不是全屍了。你爸還算有福分，還有你這樣的兒子，我這扇門裡拉出去多少孤鬼啊，有多少兒女不認反革命的親爹親媽。作孽啊！」老頭圍著白文堂的遺體轉了一圈，又轉到了白雨虹身邊，建議趁逝者離世時間不長，換套新衣。白雨蘭回了趟家，把父親的乾淨內衣拿來了，把母親手工織的毛衣拿來了。老頭一面替白文堂換衣，一面看著白文堂身上紅一塊紫一塊的淤血，低聲拖著調說「作孽啊……」白雨虹起先幫著老頭一起替父親穿衣，見到父親的累累傷痕，就像一根根皮帶抽在自己身上，鐵釘打在自己臉上，鑽心的痛。好幾次，背過身去抹掉眼淚。白雨虹又見到母親織的這件米色的毛衣，父親身前最喜歡的毛衣，睹物思人，父親去了，母親杳無音訊，不要說最後一面都見不上，就是連父親的噩耗她也無法知道，白雨虹想到這裡不禁哀痛滿腔，多少天來聚積在胸中的鬱悶、哀傷、憂愁和苦楚，一齊湧上心來。

白雨虹無法克制住自己，跌跌撞撞歪在太平間的門口外頭。他竭力想用手支撐牆面，但近乎虛脫的身子根本不聽使喚。他剛想邁步，頭暈腳旋，踉踉蹌蹌。他索性蹲在地上把頭埋在雙臂之間，雙手緊緊揪住自己的頭髮。太平間的門發出刺耳的哐檔聲，大鐵鎖在不停地搖晃。就這樣，冷冰冰的鐵鎖，橫亙在陰陽兩界死生之間。

第十三章 破碎之家

藍欣欣在街上見有人發傳單，順便要了一份。泛黃的紙散著刺鼻的油墨味，她瞥了一下，原來是《紅色風暴報》的號外。她靠在法國梧桐樹下仔細地讀起來，就像她父親在戰爭年代作戰前研讀軍情簡報。革命以來，她練就了一套本領，在兩大派別報紙的字裡行間揣摩，在飛渡的亂雲中辨出方向，在瀰漫的硝煙中尋出火源。一篇署名「志紅」的文章公開呼籲：要痛打「落水狗」，不給階級敵人以苟延殘喘的機會。和坊街教堂喬牧師的跳樓，草橋巷潘地主的跳河，剪金路元老闆的割脈，都屬於畏罪自殺，自絕於人民，還有那個東方紅中學姓白的漏網右派，帶著花崗岩腦袋去見了上帝，他們都是死有餘辜，階級敵人頑固到底，革命造反派決不能心慈手軟。藍欣欣看到這裡，大吃一驚，急忙朝白雨虹家趕去。藍欣欣感到文章的肅殺之氣，直往頭頸裡鑽，涼透背心。文章的遣詞造句行文習慣，有一種似曾相識的感覺，她驚懵中判斷，文章十有八九出自胡瑤淩之手。六六年去北京串聯前，胡瑤淩在火車站曾宣佈她要改名爲胡志紅，但幾乎所有的老同學都仍叫她的老名字。後聽同學說起，她常以志紅爲筆名，來書寫她志向遠大革命到底的豪言壯語。藍欣欣來不及想許多，她想馬上就知道白老師的生死音訊。

走過長長的和坊街，拐個彎，跨上斑剝蒼老的石拱橋，前面不遠處便是白雨虹的家了。藍欣欣清晰的記得，那次操場水泥臺上的批鬥會，她的同學用皮帶抽白老師，大家擁上去，用腳踢，用拳打，那場景藍欣欣不忍卒睹，雙手捂住臉。她感到再待下去快要窒息，擠出人群，在無人的街角，向隅而泣。她目送著白雨虹背負白老師，步履艱難地向醫院方向走去。那個黑幕沉沉涷雨霖霖的夜晚，她站在路燈下，等候白雨虹的歸來。白雨虹也是走上這座橋，拖著沉重的腳步，帶著一身的疲憊，當時她看見了他，也就知曉白老師的傷勢可能平穩了，不然，白雨虹不會回家。她懷裡揣著兩瓶雲南白藥，到現在還沒有搞清楚，當時爲什麼沒有勇氣走到白雨虹跟前，反而見了他的身影就扭頭跑了呢？過了兩天，她才把藥託付梅老太太，輾轉給了白雨虹。藍欣欣爲那晚的舉動自責自己，假如當時她直接把藥給白雨虹，白老師早一點吃，治療早一點，可能就多一點生的希望，現在也許來不及了，她一陣陣的心酸。藍欣欣走在彎彎的小巷，青石板的路面上承載著她的絲絲念想。她抱有一絲的希望，希望那篇文章只是寫寫而已，因爲此類文章多如垃圾，多的是恐嚇、漫罵和歇斯底里，但願白老師活得好好的。可是，藍欣欣的希望瞬間成了泡影。在另一座石橋上走來的白雨蘭臂上佩著黑紗。

藍欣欣愣愣地待在街頭。她站在原地，等待著白雨蘭緩緩地向她走來。白雨蘭哭腫的眼泡呆滯無神，竟沒有見到近在跟前的藍欣欣。藍欣欣輕輕呼喚，雨蘭才回過神來，「欣欣姐！」急促的一聲，情不自禁抱住藍欣欣，淚水奪眶而出。藍欣欣的淚水也隨之湧出，撲簌簌掉到雨蘭的肩上。藍欣欣無聲無息的流淚，淚中含著對老師的追念，想起自己父親的處境，又牽掛著白雨虹。白雨蘭的淚水中，更多的是猶如見到親人時的傾訴。白雨蘭在抽泣聲中斷斷續續的說，父親去世後，二哥一直沒回來。大哥打電話托人帶信，二哥就是不回來。父親生前多器重二哥，他怎麼這樣絕情絕意？二哥的心好狠啊。還有那個關貞姨，三天兩頭來像個催命鬼。大哥這幾天人瘦了一圈，大哥心裡好苦啊。

藍欣欣知道，革命期間殯儀館火化場，亦有革命舉措。醫院或街道居委，除了開死亡證明外，還必須證明死者是不是階級敵人是不是畏罪自殺。在通往火爐走向天國的路上，死者的待遇是不一樣的。造反派的死者，可以覆蓋著紅旗身穿仿製的軍裝，在公費訂購的花圈叢中，接受人們的敬仰。而地富反壞右，還有走資派，只能在人們對瘟疫一樣的躲避中，淒靜地躺在鐵板。倘若躺在鐵板上的是一個被革命組織證明的階級敵人，一個專政對象，一個死不改悔畏罪自殺的人，那麼，他在最後的歸宿中連姓名都沒有，被編成一組阿拉伯數字號碼，孤單的貼在骨灰盒上。藍欣欣對白雨虹太瞭解了，她深知他不會在送別父親遠去的時刻，接受不可署名的現實，於是她急忙問雨蘭：「後來呢？」白雨蘭搖搖頭說：「大哥的脾氣你是知道的，強起來幾頭牛都拉不回來。他死守在父親的遺體旁，堅持要在火化單上寫上父親的名字。大哥說，既然你們拿不出證據來證明父親是壞人，就不能喊數字。大哥氣憤的說，即使是壞人，難道死後就可以剝奪他的姓名？」藍欣欣專注聽著，急想知道下文。白雨蘭說：「大哥當時差不多傷心得瘋了，他發狠對我說，害我父者，不得好死！」

「那些人才眞瘋了，胡攪蠻纏。他們連死人都不放過，還像人嗎？」藍欣欣憤憤說道。

白雨蘭說：「後來殯儀館的人鬆了口，同意不寫號碼，但也不許寫眞名。我哥就寫了「我的爸」三字，現在骨灰盒上的名字就貼這三個字。後來有人還罵罵咧咧，說占了他們便宜，死人排隊火化時叫號，有人喊號時喊，「下一個我的爸」，等到發現觸霉頭，已經晚了。」

藍欣欣說：「那白雨星眞的一點空都沒有?可能出差了吧。」

「哪裡，」白雨蘭說：「我剛才還去了碉堡樓，他和胡瑤淩乘在卡車上進去，門衛就是不讓我進去。我看二哥被胡瑤淩灌了迷魂湯了。」

「不見得，」藍欣欣說：「白雨星頭腦清著呢，他不肯奔喪，是向他的戰友表明革命的徹底性，他作爲紅派的副帥，形勢需要他這樣做，組織要求他這樣做，他可能也身不由己。」

白雨蘭接道：「大哥說，他不能原諒二哥。生命只有一次，父親只有一個，天大的事大不過生離死別。我們這座城方圓才十幾里，轉個圈就到。二哥革命得六親不認，是不是吃錯了什麼藥？人家丁春峰也是頭，聯派的頭，還以私人的名義到殯儀館來呢。」

她們倆邊說邊走，快要到白家了。藍欣欣忽然想起什麼，說要去趟城外，對白雨蘭說她馬上來，其實過了大半個時辰才進白家的門。藍欣欣去了郊外的山坡，遠處是綿綿的蓮花山。那山坡上開著馬蘭花，輟著星星點點的薺菜花，梅樹也不甘寂寞，綻出白色、粉紅、深紅的花瓣，逶迤成林，如雲霧化入山谷，一派雪海飄渺。藍欣欣專揀開著白色的梅花枝條摘下，紮成一把。白老師在教《病梅館記》古文時，曾感慨他的心與龔自珍的心跨世紀相通，希冀毀盆解縛以救病梅，盼望梅樹無拘無束的自由生長。白老師說，龔自珍在寫此文後的第二年，鴉片戰爭一聲炮響，封建統治地動山搖。龔自珍的病梅館也許還要經受歐風美雨的洗禮，是歷史的巧合，還是冥冥中有一種力量在開悟，使得這位道光進士有先見之明？藍欣欣採的梅，枝葉承雲天雨露滋潤，根鬚繫厚土自然生活，這自由的梅，才可獻給自由的師魂。藍欣欣摘採好梅枝，又彎著腰，在開滿黃花的山坡上，採擷蒲公英。藍欣欣知道白老師在所有草本花中最喜歡蒲公英，在一次郊外遠足，也在這片山坡上，白老師望著遍地黃花，讚譽蒲公英是樸素之花，最本分的花，就像一個個平頭百姓，隨風飄零，平凡生存。藍欣欣採了四十四朵蒲公英花，紮成一束。一把白梅，一束黃花，載著藍欣欣的思念，輕輕地端正的祭放在白文堂的遺像前。

藍欣欣在白家的時候，白雨虹卻在小巷和石子馬路間奔波。父親大去後，白雨虹對母親的牽掛與日俱增縈繞心頭。母親杳無音訊，憑直覺隱隱約約中感到凶多吉少。他最想要知道母親究竟關在哪裡，然後再想辦法見一見母親。他清楚，紅派與上海「工總司」的關係密切，上海又直通紫禁城裡的旗手，此事托弟弟雨星打聽最爲便捷，然而想到雨星連父親都不願見最後一面，白雨虹不禁心裡涼透，一直涼到了腳底。儘管如此，白雨虹還是抱著百分之一的希望，趕到碉堡樓去和雨星見面。白雨虹在戒備森嚴的紅派大本營東方紅中學門口足足等了半天，看著警衛換崗上崗，最終得到了裡面的傳話。一位頭戴柳條帽的衛兵嚴肅地立正在白雨虹前，向他傳達了白司令的三點精神：一是白司令沒空接見，二是勸家人好自爲之，三是家裡的自行車早就爲革命獻身，不要再來討了。白雨虹的眼睛久久盯在向他傳令的充滿稚氣的衛兵臉上，似乎捕捉到了同樣稚氣的白雨星的影子，可是弟弟的臉竟然如此陌生。他瞥了一下不遠處的碉堡樓，他與雨星僅隔數百米，心靈的距離卻是遠隔萬水千山。他怨弟弟，甚至眞有點恨弟弟，他思忖，山與山不再碰頭，人與人總會見面，他無論如何要向雨星討個明白，革命是不是連親情都得橫掃？白雨虹來時考慮到雨星的難處免得尷尬，托詞取回家裡的自行車，想借機催雨星打聽母親的事，可是這麼一點小聰明現在想來是多麼愚蠢，理智的話他本不該來，本應該預知這樣的結果，弟兄情誼能值幾斤幾兩？白雨虹心裡在嘲笑自己的感情，他頓悟，情感越豐富，痛苦越繁多，自己不是在自尋沒趣自找唾面？他在街上鬱鬱悶悶地踽踽獨行，低頭看著石子路面，又看到了自己腳上開裂的解放鞋，他發誓哪怕磨破鞋底，也要尋到母親。

一段段路，一扇扇門，過去都是那樣的熟悉和親切，如今都成了冷漠和疏離。白雨虹走訪著母親的老同事，希望得到一丁點兒的消息，給他的心有一點點的慰籍，但是，他一路走來，就像走在一個巨大的冰窟裡，颼颼的冷風就像箭一般的直往胸口鑽。在張阿姨家，他好不容易敲開門，往日張阿姨熱情的臉不見了，露出一雙大大的驚愕的眼睛，含著恐懼和不安，見到他像在躲避瘟神，對白雨虹的問好和問話，與其說是在匆匆忙忙的回答，不如說是在語無倫次的敷衍，白雨虹還沒聽清什麼，門已緊緊的關上。在白雨虹童年的記憶裡，張阿姨可是多和藹的人啊，常常帶給他做成各種小動物的飴糖，有一次給他一個做成彩色的孫悟空的飴糖，白雨虹一直捨不得吃，直至融化。白雨虹待在張阿姨家門口，還沒回過神來，屋裡傳出一串清脆的童音和張阿姨的對話：「媽媽，誰呀？」「你不認識的。」「媽媽你怎麼認識的呢？」「媽媽認識他媽媽。」「他媽媽是幹什麼的，是革命造反派嗎？」「不，他媽媽是反革命。」「反革命是壞人，他媽媽幹了什麼壞事？」「乖孩子，別多問，啊，你不懂。今後見到反革命還有他們的家人，別多說話，啊，懂嗎？」白雨虹扭頭離開，換在以往他眼中早就飽含淚水，父親死後，他的淚仿佛在眼眶中已經乾涸，只無聲無息地在心田裡汩汩流淌，他緊緊咬住牙床，試圖在本已傷痕累累的心上不再撕裂新的傷口。

白雨虹去了護城河邊上的陸叔叔家，他也是與母親共事一個科室，爲人直爽，多才多藝，寫得一手好字，彈得一手好琴。七八歲的時候，跟陸叔叔學手風琴，學了五年，學到a小調二部創意曲，白雨虹曾經在文藝晚會上，一曲《喝吧喝吧波爾卡》贏來了陣陣掌聲，激動之餘又彈了他最喜歡的柴可夫斯基的《小天鵝舞曲》。要是往常，白雨虹還沒走到陸叔叔家，遠處就會飄來幽雅的琴聲，陸叔叔用手風琴拉的《梁山伯與祝英台》，如泣如訴哀婉動人，幾乎像小提琴的音色，白雨虹無論如何也拉不到這樣的境界，對陸叔叔敬佩極了。護城河水輕輕拍打著堤岸，小巷裡寂靜中顯得無比的沉悶，空氣中沒有傳來親和的琴聲，映入白雨虹眼簾的是貼在

陸叔叔門上的兩張封條，呈「╳」字形，張開猙獰的面目，一陣風吹過，發出淒厲的嘶嘶聲。白雨虹向鄰居打聽陸叔叔的去向，人們都幾乎表情一致，木然地搖著頭，心有餘悸又諱莫如深，常常是一聲嘆息。

憑記憶，白雨虹找遍了能找的人，依然是一無所獲。他茫然地走在街上，剛才經歷的人們對他的輕蔑、躲避和拒絕，深深烙在了神經上。他再走下去，在春夏之交的悶熱的空氣裡，自己感到分外的窒息。他還能找誰呢？白雨虹把腦子裡的每一個角落都搜尋了幾遍，仍然是一地雞毛，沒有頭緒，誰能夠幫他一把呢？白雨虹把最後的希望託付給了丁春峰。他穿過小巷，拐到大路上，重新走上和坊街，朝黨校大院，現在聯派的總司令部走去。幾個調皮的認識他的男孩，看見他，大聲的起哄罵他，一齊高呼：「小反革命！小反革命！」於是作鳥散狀，躲到了商店裡或小弄裡。守衛大門的衛兵，原本大都是白雨虹的同學，比較熟悉。他們開始以爲白雨虹又去看望軟禁的藍祖禹，知曉白雨虹要找丁春峰，便七嘴八舌告訴他丁春峰家的變故，說丁司令與老婆正鬧離婚，丁春峰在家忙著諫父勸母。白雨虹猶豫了片刻，去丁家還是不去，最後決定還是去。本來他也是丁家的常客，有時就在丁家吃頓便飯，不過白雨虹知道丁家人多並不寬裕，十分知趣，找機會常常問母親討些糧票接濟丁家。白雨虹邊走邊想，十幾分鐘的路程，很快就到了。

丁家門前的熱鬧景象使白雨虹大吃一驚。白雨虹本來的想像，丁春峰父母鬧離婚，應當是靜悄悄的，說不上淒淒戚戚，但不至於大張旗鼓吧。沒想到，丁家分了界，在劃定邊境線，許多人帶著頭盔，熱火朝天的拌水泥，運磚頭，正忙著砌牆，一道新的磚牆兀立在原本丁家的客廳。從他們佩帶的袖章「紅絲隊」分辨，幹活的大多是丁春峰母親一派「紅色絲廠戰鬥隊」的人，白雨虹知道，這個組織也屬於紅派，十分活躍。白雨虹從他們邊幹活邊聊天的話語中聽出，他們對丁春峰母親的離婚，稱之爲革命行動，堅決支持無比歡迎！「聯派」是什麼東西，無恥的保皇派！我們「紅派」才是眞正的促進派！他們興奮地說，別了，丁向東！名爲向東，實爲向資。今天小丁媽跟你決裂，我們紅派的隊伍更純潔了。他們吹著口哨，調侃嬉笑，白雨虹繞過磚堆，逕自往丁春峰小屋走去。剛想敲門，後面有人一把緊緊攥住他，拉住他的手臂往裡屋推，一面說：「哎，你眞的來了？」白雨虹一聽聲音便知是丁春峰，說：「我來得不是時候？」丁春峰擦了擦額頭上的汗，說：「他們跟我說你朝我家方向來了，我就趕來了！」

他們倆邊說邊進了屋。白雨虹指了指外面說：「你家這道柏林牆砌起來，下回我從東邊走還是西邊走？」丁春峰說：「就往北走，我也不住這裡，住到司令部去。你有事找我，就去黨校大院。對了，這可好了，你去看你的未來的老丈人的時候，別忘了我們還替你站崗放哨呢。」白雨虹的臉漲得通紅，靦腆得一時語塞。白雨虹捶了丁春峰一拳，說：「別瞎扯！」丁春峰笑道：「好，言歸正傳。你急著找我，什麼事？」白雨虹把打聽母親下落的事說了一遍，丁春峰悶頭聽著，沒有馬上接話。其實，白雨虹原先也跟丁春峰說起，丁春峰也一直把此事放在心上，但苦於沒有消息管道，遲遲找不到方向。丁春峰在腦海中檢點可利用的關係，遲疑了片刻說：「我爸與軍代表的關係不錯，是不是去托托軍代表，或許是條好通道。不過，我沒有十分的把握。」白雨虹眼睛一亮，忙點頭稱是個好主意。白雨虹覺得，文革中央很難滲入軍方背景，而軍隊目前在地方支「左」倒是名正言順，過問一下或許能柳暗花明。丁春峰說：「你找到母親還認你兒子，我母親將來不會認我兒子了。」丁春峰說這話時鼻子酸酸的，他嘆了口氣繼續說：「見到人家因觀點派別不同而離婚，沒想到也會輪到我們家。」白雨虹安慰他說：「你家比我

家好，我家現在是家破人亡。」丁春峰說：「不見得，我家雖然沒人走掉，卻是家破人惱。母親要我選擇，跟她走認我這個兒子，跟聯派的爹走，就跟我劃清界限。母親大字不識幾個倒也摳死理，革命眞能改造人。我本是聯派的人，叫我改換門庭搖身一變成了紅派，我這人還像什麼?若與母親決裂，又於心何忍?」白雨虹深有同感，也嘆了口氣說：「你是母子情，剪不斷理還亂；我是手足情，恨也不是怨也不是。雨星連父親的最後一面都不肯見，父親九泉底下有靈，一定會痛哭流涕。想想這年頭確實怪，這革命是不是想把人都變成冷鋼冷鐵?」丁春峰接過話頭：「是啊，你聽聽門外的聲音，離婚比結婚還熱鬧，像過節似的。我爸一起戰鬥的戰友，聽說我媽是紅派的人，也一個勁兒慫恿父親與母親分手，還說這是考驗革命立場堅定不堅定的時刻到了。父親手一揮下決心說，離就離，捨不得小家，何來大家!你覺得怪，我覺得好像也不大對勁。」白雨虹覺得還是要提醒丁春峰，說：「你還是多謹慎點，兩派正在不停的摩擦，武鬥不斷的升級。常言說，不識廬山眞面目，只緣身在此山中。這種亂哄哄局面，不知如何收場?春峰你還是要走一步看一步，越是美麗的話語越要仔細分辨。」丁春峰又露出往常的豪情：「唉，我的老同學，你不是在和平演變我吧?你老是懷疑革命。許多事是不能夠用老眼光看的，無產階級專政下繼續革命產生的新現象，天下大亂才能達到天下大治嘛!這就是革命的辯證法。」白雨虹又來了牛勁，說：「我也讀過黑格爾的書。我們現在天天講的辯證法好像變了味。壞事能變好事啦，大亂變成大治啦，依我看，壞事就是壞事，好事就是好事。壞事變好事是要滿足條件的，也不是每一件壞事都可能變成好事。不然的話，這世界還有什麼是非標準?現在倒好，打人鬥人是好事，六親不認是好事，相互告密是好事，家庭破裂是好事，不知這是什麼辯證法?」丁春峰笑著說：「反正這是與舊觀念決裂。無產階級就是要與傳統觀念作徹底決裂吧，文革就是這樣一個偉大的實踐吧。」丁春峰又自說自話地講了一通，末了，他真誠地像列寧勸說高爾基走出彼得堡遠離階級敵人一樣，希盼白雨虹走出粉牆黛瓦，多呼吸革命的空氣。

在文學的宮殿裡，高爾基不是白雨虹最崇敬的作家。丁春峰提到的那段典故，白雨虹自然也十分知曉。白雨虹有白雨虹的感受，高爾基在十月革命後以自己微薄的力量試圖拯救一個個生命，白雨虹以爲，這恰恰是高爾基人格中崇高的地方，閃耀著人道主義光芒。白雨虹看了丁春峰一眼，類似丁春峰剛才講的話，革命以來不知聽到過多少遍了，他也懶得與丁春峰爭論，只是臉上袒露出無奈的苦笑。

第十四章 梅老太自殺

晚上，白雨虹回到家。他見到黑鏡框的父親遺像下，端正的擺放著一把白梅一束黃花，不用問雨蘭就知道，藍欣欣來過了。他急急地沖了碗醬油湯，狼吞虎嚥吃了一碗飯，想到藍欣欣那裡去。走出門後片刻，他又轉了回來，白雨虹考慮天已經黑了，再去黨校大院有諸多不便，決定還是明天白天去吧。白雨虹覺得好像還有一件事放心不下，心裡思量著再去看望梅醫生。這幾天雨蘭天天去照看老太太，梅老太的身體每況日下，頭髮大把大把的脫落，常常胸悶喘不過氣來。梅老太又拒絕去醫院，白雨虹看在眼裡急在心裡，暗地裡只得請高醫生來診斷。高醫生的意思，估計軟肋有損傷，最好去醫院拍一張「X」光片子。梅老太畢竟上了年紀，老是批鬥受傷又沒法調養，這幾天已經常常臥床。

白雨虹問雨蘭，這幾天梅老太吃什麼藥。雨蘭說，梅老太自己是醫生，一直說自己沒有大的內傷，好像沒見她吃什麼藥。白雨虹吩咐雨蘭，找找家裡還有幾張魚票和豆製品票，明天他想起個早，排隊去買幾條塘鱧魚，放些油豆腐煮煮湯，給梅老太送去。白雨虹又突然記起，好長時間沒有給梅老太送煤球了，她家裡燒的蜂窩煤球，不知還夠燒幾天。一樁樁事，觸動著他柔軟的心房，去梅家的願望愈加迫切了。他與雨蘭一起趕到梅老太家，但見屋裡一片漆黑。

梅老太靜靜地躺在床上。她見白雨虹哥妹倆來，拉開燈，硬撐著想起床。白雨虹扶助她，忙用一個被褥墊放在她的身後，勸她別起來。雨蘭知道梅老太這幾天常吃稀飯，忙著捅爐燒稀飯，油炒了半碗蛋花。白雨虹環顧四周，一片凋零的氣息。昏暗的燈泡，像哭紅哭腫的眼睛，無精打採地把光撒在空空落落的房間。往日房中吊蘭梅花馬蹄蓮的芳香早已飄去，現在卻隱隱散發著一股黴蒸氣。花瓶早已打碎早已魂飛膽喪，沙發癱著腿訴說著自己的不幸。書櫥只剩下空空的一層層骨架，眞正的變成了無產階級。雨虹雨蘭的到來，顯然給這裡帶來了丁點生氣，對梅老太來說，比捧在手裡的一碗熱粥更加溫暖。白雨虹兩三天沒來，梅老太似乎蒼老了許多，說話的聲音斷斷續續的遠不如以前流暢，那神情像遊離於她的身軀。

白雨虹和白雨蘭靜靜地聽著梅老太的絮絮叨叨，有些話他倆已經聽過幾遍，眼下聽來感到特別的哀惋。跟著梅老太的思緒，一會兒東渡扶桑，在金澤的土牆、小河和石板路上徜徉，一會兒又北渡長江，在平坦無垠的蘇中平原上游擊。她思念長眠在黃海之濱的丈夫高橋一健，她說她眞的對不起他，使他成了遠隔他的祖國的孤魂。她說他當時完全可以脫離險境，他們不是軍人，他們是志願到前線去救護的醫生，槍聲響起他卻沒命地往村裡跑，去背出一個經他手術的斷腳的新四軍小戰士，在一顆顆飛馳的子彈間他背著那少年賽跑，他還是沒有跑過死神的追蹤，最後倒在了他的同胞的槍口下。梅老太說，她也將去追蹤他的靈魂，生的時候他們在一起時間如此的短暫，而將來他們一定長久長久的廝守在一起。白雨虹說，梅醫生你不要多想，高橋在地底一定盼你生活的好好的。梅老太說，不，高橋看我一遍遍被人家毆打一定難過的，生不如死，活著有何意義？沒有你和雨蘭的服侍照顧，我早已不在了。白雨虹說，梅醫生你千萬不能瞎想。我們會來的，我們在心裡早就把你當作自己的親人。

燈光下的梅老太臉色憔悴，她的一席話使白雨虹微微感到不安。在白雨虹的心中，梅老太

直面人生通達開朗，就是在六零年前後飢餓的歲月裡，滿身浮腫依然神情矍爍。梅醫生你要想得開啊，戰爭、飢餓你都挺過來了，動盪的日子終會有個盡頭。你說過，你可以選擇在上海定居和工作，之所以要在這裡生活，因爲這裡有他故鄉的風情，城裡的小河、小巷和鱗次櫛比的民居，與金澤何其相像！還有，你的那個在戰爭中離散的兒子，聽說就在這座城市，於是你就來了，爲了找到兒子，你也要忍著等到陰霾散去。燈光下的梅老太嘴角露出一絲慘淡的微笑，笑容中透出曠世的絕望。梅老太以毋容置疑的口吻說，今生今世他們母子不會相認，世道容不了。他會認我這個反動權威漢奸特務的媽嗎？那滿街的紅衛兵就像當年的義和團，能容得下這個東洋鬼子的狗崽嗎?梅老太說著，一陣咳嗽，雨虹兄妹忙捶背的捶背，端痰盂的端痰盂，梅老太擺擺手，從枕邊掏出手帕，捂住嘴。在淡淡的燈光下，白雨虹依稀分辨出潔白的手帕上滲著斑斑血跡。白雨虹心裡一驚，勸梅老太睡下，梅老太擺手不肯，執意想跟他們說話。

梅老太巍巍顫顫地從枕邊取出幾張十元鈔票，遞給白雨虹：「小白，你別不收。這是你應該收的，幾個月來，蜂球都是你送的，是你的勞動所得。」

白雨虹勸老太把錢放好：「梅醫生，能爲你做點事我情願。」

梅老太費勁把錢塞到白雨虹手裡：「你不收，我心裡不安。你容易嗎，孤苦伶仃的，靠租一輛黃魚車送煤球，養家糊口維持生活。爲什麼不收呢?」

白雨虹說：「梅醫生你也要手頭留點，往後的日子還很長。我不要緊的，我有力氣。」說著，白雨虹把錢重新塞到了梅老太的枕頭底下。白雨蘭雙手一拍，說：「梅醫生，你別推來推去了，我哥就是這樣的人。他呀，與雷鋒叔叔相比，差不了多少。」

白雨虹瞪了一眼妹妹，抱怨她瞎插嘴：「這事與雷鋒有什麼關係？他是他，我是我。」白雨虹鄙夷那種人們一做好事就與雷鋒掛鉤的意識形態。中國人做好事的時候，雷鋒還沒有生呢。是不是生在雷鋒同時代的人或生在他以後的人做好事，都要把功勞記在雷鋒的名下？他心裡在想，嘴上沒說出來。妹妹怎麼懂得世道的詭譎離奇？白雨虹對梅老太說：「梅醫生，你實在過意不去，你也付出你的勞動吧。現在我們向你掛號求醫，雨蘭間隔性的哮喘，吃了許多中藥西藥還是不見效，你診斷診斷吧。」

多麼善解人意的小夥子！梅老太心裡想，他巧妙地維護了一個知識老太太的自尊。梅老太點點頭，拉住雨蘭的手問：「好像以前沒聽說過你有哮喘？最近才有的？」白雨蘭說：「好像有幾個月了吧。」梅老太問得很仔細，什麼時候發，是不是有規律的發，一一問到。白雨虹說：「是不是支氣管炎，或者是什麼肺部疾病？」梅老太搖了搖頭說：「不是呼吸系統的病，是婦科的病。」白雨虹大吃一驚，以爲自己聽錯了，追問了一下：「是嗎，怎麼會呢？」當得到梅老太再次確認後，白雨虹焦急了起來：「要緊嗎？」燈光下，誰也沒有注意到，當梅醫生說是婦科病時，白雨蘭的臉泛起了彤紅的光澤。梅老太回答了白雨虹的問題：「需要去醫院進一步診斷，這跟雨蘭每月一次的好朋友相關。她是每一次好朋友來，她就發病，有規律的。小白你陪妹妹去找找高醫生，他雖然是外科，但他知道怎樣治療的。」這一次輪到白雨虹臉紅了，搔頭撓耳地傻笑。

聽梅醫生的意思，好像無大礙事。有的女孩子宮內膜移位，如果根據臨床表現馬馬虎虎診斷，常常會誤診。白雨虹一時胡思亂想起來，不知不覺又想到藍欣欣。他撫摩藍欣欣的乳房，分明覺得好像有硬塊，他想借機問一下梅醫生，但話到嘴邊還是問不出口。梅醫生看出他的心

思，問他還有什麼儘管問，白雨虹嗑磕巴巴地忙說沒什麼。梅醫生說：「我倒忘了一件事要告訴你，先前給你的兩瓶雲南白藥，是藍欣欣托我給你的，她要我保密。我是今天不知明天，趁我還有口氣，我還得告訴你。」一股暖流在白雨虹身上流過。在溫暖中微微有些驚訝，梅老太的話怎麼接著他腦子裡想的人？莫非親近的人之間眞的有超時空的心靈呼應？

梅老太說，天已經很晚了，你們哥妹倆早點回去吧。白雨虹和白雨蘭都沒有走的意思。他們隱隱感到梅醫生今天的神情太沮喪，她幾次說她已經很疲倦很累很累了，她眞想安靜，就像遠途跋涉的人想找一個避風的地方歇息。白雨蘭提議，梅醫生實在寂寞，我們兩家並一家，就住到我家去，也省得她兩面跑。白雨虹也竭力主張梅醫生住到他家去。白雨虹還有一個想法，怕梅老太有什麼三長兩短的不測之事。聽丁春峰說，兩派決戰迫在眉睫。梅醫生家又靠近和坊中學，一旦開戰，難免殃及。白雨虹主張帶梅老太早些撤離交戰之地，以防在倉促中顧全不了。梅老太搖頭不願拖累他們。白雨蘭急了，告訴梅老太前兩天本市的醫學院裡兩派武鬥，子彈射進了邊上的民居，打死了正在家裡坐月子的母親和嬰兒，等到發現床上地上的血都結塊了。再說，那個關貞姨老是要來專政您，我們也不放心，在一起大家有個幫襯。

說曹操，曹操到。關貞姨像幽靈般的閃了進來，夜色裡身後黝黝的跟了幾個黑影。關貞姨拿腔拿調說：「好哇，說我老娘的不是？我就知道姓白的小反革命會在這兒！眞是物以類聚，野狗吊死狗。」關貞姨學著樣板戲裡女革命角色的舞臺亮相的樣子，眼神橫掃一遍屋內的角角落落，手臂一揮用食指直指白雨虹的腦門，吊高聲調：「你這個小反，給了你機會，你執迷不悟，你頑固不化。你何苦來著，雞蛋碰石頭，有你好看的。」關貞姨回顧頭對後面的黑影們介紹：「這就是你們要抓的壞蛋白雨虹。」幾個五大三粗的黑影一擁而上，頃刻間把白雨虹綁了起來。

白雨虹想掙脫，但雙手已被牢牢捆住。黑影中的一個拿著拘留證要白雨虹簽字，被白雨虹斷然拒絕。邊上的另一個黑影伸手狠狠地打白雨虹的耳光，幾個黑影再次擁上拳打腳踢，白雨虹眼前頓時飛舞起混亂的星星，一股血腥氣衝上腦門，牙齦開裂，血溪溢出唇角，鼻腔中像有蟲子蠕動，血漿淌出了鼻孔。混亂中，打手們強行抓住白雨虹的手摁下手印。他們揪住白雨虹，推搡著白雨虹往門外走。匆忙中，白雨虹對白雨蘭說：「別怕，照顧好梅醫生，有事可找哥的朋友。」白雨蘭對眼前發生的一切目瞪口呆，感到仿佛在做夢，過了半晌才回過神來。大哥被綁走了不在跟前了，確確實實的；大哥的臉打腫了嘴角流著殷紅殷紅的血，眞眞切切的；大哥回過頭來投來溫暖的眼神，這眼神中飽含千言萬語，有絲絲的牽掛，有鼓勵她堅強的希盼，有深情的信賴和託付，還有大哥無畏的堅定氣概。大哥黑白分明的眼睛，那一縷柔光，定格在她的心底，好久好久。白雨蘭不知從哪來的勇氣，一把拉住正要隨黑影一起離開的關貞姨，把她從門外拖了進來，邊哭邊說：「關貞姨，你還我大哥！」

這回輪到關貞姨目瞪口呆了。革命到現在，她一直對人家頤指氣使，還從沒有誰敢如此拉扯她，而向她發出怒吼的還竟是一個乳臭未斷的小妞。她一陣慌亂，很快強制自己鎭定了下來。關貞姨皮笑肉不笑，扯動嘴角：「反了不是？好哇，你也想做小反革命？」

「我大哥不是反革命！你才是假革命！你憑什麼說我哥是反革命？」白雨蘭質問。

「你去問白雨虹，還用問我！自甘墮落當逍遙派，不革命就是反革命。收聽敵臺，拒繳收音機，小小年紀就裡通外國，罪名還小哇？不是跟走資派滾在一起，就是跟漢奸特務的臭婆子混在一起，串通一氣，抗拒革命。這種人不抓抓誰？」關貞姨找到了贏家的感覺，一氣呵成。

一個憤怒的聲音從昏暗的牆角傳出，倚在床上目睹這一幕的梅老太再也忍不住：「關貞

姨，你說話講點衛生！香的臭不了，臭的香不了，人間自有公道！我倒替你擔心，你上竄下跳作天作地，你不怕將來報應？我看著白雨虹從小長大，你也住在一條街上，他是什麼樣的人你眞的不清楚？」

關貞姨一絲冷笑：「一條街上又怎樣？我是街這邊的，無產階級；他是街那邊的，資產階級。」

梅老太責問：「街這邊的就可以剝奪街那邊的自由？我是醫生，我不懂你這樣的革命家，爲什麼老是把人分成階級，把社會問題都看作階級鬥爭？我是醫生，我對每一個生命都尊重和救護。在這個世界上，一草一木，哪怕小小的微生物，都有自然存在的價值，誰剝奪了它，誰必將報應！」梅老太越說越義憤塡膺，多少天來的恥辱、逆來順受，多少天來要想說而無法說的話，就像壓抑在岩石下的地熱，噴湧了出來：「關貞姨，白雨虹究竟犯了什麼法？不就是沒有上繳半導體收音機？就是按你們的治安條例，禁止聽海外電臺，把美國的、西歐的、日本的、臺灣的、香港的短波廣播，一律稱之爲敵臺，嚴禁收聽，那你也要拿出證據來證明，白雨虹是聽了。你們不是天天講眞理在你們手中嗎？那爲什麼如此害怕不同的聲音？」

關貞姨撒起潑來：「好一個梅醫生，你終於露出了眞面目。你剛才說的話你記著，不要賴啊。就憑你剛才講的話，就可以判你現行反革命！你等著瞧，新賬老賬一起跟你算！」

梅老太毫不示弱：「我對我說的話負責！我的職業良心就是負責。你呢，你管一方土地，大小是個街道居委會主任，你不去保護一個沒有了父親，母親又不知在哪裡的孩子，而是變著法兒把人家往火坑裡推，你的責任何在？你的良心何在？」

「別來這一套！」關貞姨呲牙裂嘴：「梅醫生啊梅醫生，你終於跳出來了大暴露了。我看你有好日子過！哼，良心，良心幾斤幾兩？我看你是老反革命的黑心。毛主席說的，」關貞姨說不下去，不知道引用哪句話貼切，領袖的話一個字都不能引錯，於是靈機一動：「不，上頭說的，對反革命的仁慈，就是對人民犯罪！」她終於想到了一句可以震懾對方的領袖的話：「正像毛主席說的，世界上沒有無緣無故的愛，也沒有無緣無故的恨。你的所作所爲證明了這一條眞理。你爲白雨虹鳴冤叫屈，正好證明了你的反革命本性。今天我不跟你囉嗦，等到明天，哼，看我收拾你！」說罷，神氣活現在原地轉了一圈，甩手就走。

梅老太叫住了她：「慢著走！關貞姨，收拾不收拾，聽便！白雨虹妹妹在這兒，你要向白家有個說法，是哪個機構把白雨虹帶走的，白家的人今後到哪裡去探視，總有個交代吧！總不能不明不白把人一抓了之吧？」

關貞姨一臉譏諷：「你這婆子還挺費心的啊。過幾天，公檢法革委會專案組當然會通知家屬，你少費心吧。老婆子你多想想你自己的事，下一輪的大批鬥，你別想蒙混過關！」

梅老太坐在床上雖神態疲倦，但正氣凜然：「你以爲打人批鬥下跪低頭，在強暴面前人們就會停止思考？你以爲捕人關押檢查折磨，在專政面前人們就會放棄探索？你以爲眞理和正義眞的在你手上？你以爲你眞是社會進步力量的代表？封住我的嘴，封住白雨虹的嘴，封住人們的嘴，叫人們把眼睛閉起來耳朵塞起來，你以爲就可以堵住自由之聲的傳播，就可以泯滅人們對自由的追求？」梅老太說得很快，有些喘不過起來，一陣劇烈的咳嗽。稍停頓了一下，說：「我老了，我無所謂了。我去見上帝時，我也問心無愧。關貞姨，我倒要送你一句話，一句中國人的古話，多行不義必自斃。」關貞姨大體聽懂了梅老太的一席話，以她近乎文盲的功底，

眞正理解還得需要請人解釋和翻譯。譬如「自由」，她的理解就是流氓阿飛衣著鮮亮就是外國電影中洋人親嘴。那個「自斃」，她的想法就是梅醫生在詛咒她自己槍斃自己。好在她是機靈人，始終緊繃階級鬥爭這根弦，對老太幾聲呵斥，就把老太的反動氣焰打下去了。關貞姨鼻子裡「哼」了幾聲，強調了老賬新賬一起算，帶著半是滿足半是得勝的神情離開梅家。

關貞姨走後，白雨蘭撲在梅老太懷裡嚎啕大哭。梅老太無聲無息地流淚，任眼淚在面頰輕輕流入嘴裡，嚥進肚裡。她用手緩緩地摩挲雨蘭的肩背，讓姑娘盡情的哭泣。她深深的同情，她滿腹的思緒，經過手掌柔軟的傳遞到白雨蘭的心裡。梅老太喃喃的說，你大哥是個單純的青年，單純到從不知道向現實妥協，他就根本沒想到向現實妥協。你大哥又是個眞正的漢子，他挺直脊樑特立獨行，從不知趨炎附勢彎腰獻媚。這性格就好比透明的水晶，沒有一絲雜質。這是白家的精神財富，比鑽石還要貴重的瑰寶。雨蘭你應當爲有這樣的大哥而自豪。哭吧，哭吧，但你過些天去看望你哥時千萬別再哭，你大哥希望看到是一個堅強的妹妹。見不到?見得到的，見得到的。公檢法革委會專案組關人的地方，就在教堂邊上。什麼叫公檢法專案組你不懂?傻姑娘，這是一個公安局、檢察院、法院三合一的專政機構，他們造反派把原來的公安局檢察院法院砸爛了，說是三權分立相互監督是資產階級的貨色，他們要模仿巴黎公社創立新的什麼機器。他們爲什麼這樣，雨蘭我也不懂了，眞的我沒有研究。我現在才眞正懂了魯迅爲什麼要棄醫從文，要啓蒙我們的國民，要揭示愚弱的國民性。可惜我沒有像魯迅那樣棄醫從文，如果有來世，我要攻讀社會學，好好研究中國的毛病出在哪裡。是啊，是啊，你哥跟我說起，中國人好聰明，有崇拜權力的傳統，儒家學說沒有向中國人提供監督公權的價值觀。跟隨強權思維，爲一個詞一個名分鬥得不可開交；屈從權勢，滿嘴仁義道德幹著害人的勾當。知道「人民」和

「群衆」，不明白自己是「公民」是「人」。我循思著，「文革」是不是這聰明傳統的繼續？滿街的紅旗下，正在演繹著史無前例的劫難！唉，雨蘭，你還小，我講這些你還不懂。什麼？你懂？從大哥被抓的那一刻就懂了許多？好姑娘，眞是好姑娘。可憐的雨蘭，現在你孤苦伶仃的，你要好好照顧自己，好好生活。藍欣欣也是靠得住的好姑娘，遇事多與她說說。你二哥總是你的親人，他會回家的。不會回家？我是親人？雨蘭，我是今天不知明天的人，也許明天倒在批鬥的地方再也爬不起來。與其屈辱的死，不如……唉，你別捂住我嘴，人是無法主宰自己命運的。你別怕，實在有困難，你可以去找高醫生，他一定會幫助你的。我有一封信，請你帶給他，他看了這封信，他一定會幫你的。這封信你千萬要藏好，不能給任何人知道，但你可以看，等我死後你可以看，不，你現在就可以看，萬不得已的情況下，你要把信銷毀，你把信中的話告訴高醫生，雨蘭，這件事託付給你了。還有，我身邊的積蓄也留給你生活開銷用……

梅老太絮絮叨叨地說著，全然不知白雨蘭在她的懷裡，已經迷迷糊糊睡著了。梅老太不敢動一動，生怕把雨蘭驚醒。梅老太輕輕梳捋姑娘蓬鬆的頭髮，心中虔誠的祈禱上帝保佑她，給她以平安。在昏暗的燈光下，梅老太半躺著，默默回憶著她的遭遇，縷縷思緒讓它自由的撒開，靜靜地等待黎明的到來，確切的說，讓雨蘭迎接黎明，讓她返回永恆的黑夜。

梅老太決定永遠的離開喧囂的紅塵。二十多年前，她覺得她已經死了。她在高橋一健倒下的時候發瘋似的奔過去，她冒著硝煙在背坡的草泥地裡，一遍遍呼喊，他臨終前緊緊握住她的手，那一刻，她的心碎了。她眞想隨他一起去了，但想到他們的幼子還在農家的草屋裡，她還不能去，可是她的魂她的情魂確已死去。她的生命承受了重重的創傷。診所被「贖買」她認命忍了，一次次的抄家她無奈忍了，剃陰陽頭她受辱也忍了，一次次的批鬥她苦楚她哀痛，她的

生命之藤正在枯萎，已經再也無法承受刀砍斧劈風霜雨雪了。自己的兒子相識不能相認，她仿佛掉進了無底的黑洞，見不到一絲光亮。唯一在她心頭殘存一絲生的希望，那就是她把白雨虹當作自己的兒輩，在白雨虹身上找到了自己兒子的影子，白雨虹在這艱難時世裡給她精神上慰籍，如今，那殘存的暖光也撲滅了，她覺得她應當死了，她應當在白天來臨之前遠去，因爲白天的到來意味著她是壞人是臭婆子是老妖魔，意味著被打被侮辱被迫害，在這黑白不分人妖顛倒的歲月，選擇黑夜才是珍貴的皈依，永恆的黑夜便是永恆的歸宿。

選擇怎樣的道路通向永恆，選擇怎樣的死亡之旅呢？梅老太首先想到的是安眠藥。她床櫃的抽屜裡，就有一瓶片劑，她幾次三番計算過服用多少片是最理想的旅途，她一伸手就可以上路，但她否決了這相對舒坦的方案。她不忍心一個躺在她身上的少女，一覺醒來發現與死人爲伍。梅老太想馬上行動，她想到這座城市的最高建築，除了南寺塔便是七層的郵電大樓了。她輕輕地躡手躡腳地安頓好白雨蘭，扶著床欄下地，她想去郵電大樓，那是市中心，她要從頂樓跳下去，把無聲的抗議銘刻在大街上。她搖搖晃晃，只覺得天旋地轉，腳是那樣的沉重，身體像陀螺一樣隨時歪倒，她明白憑她的體力，已經無法走到大樓，更無法爬上通向永恆的階梯了。她氣喘吁吁坐到跛腿的沙發裡，她想到石板橋，從橋上縱身吧，但她又不願在最後的時刻驚動水的碧波，水是這座城市的魂脈，水是這座城市的精靈。清清滄浪水能洗濯乾淨她的冤屈嗎？別難爲純潔的水了。最後，她找到了走向永恆的通道。

不過，梅老太還要等待天亮。她不能讓白雨蘭見到那永別的一幕，她不想把自己血汙汙慘兮兮的形象烙在孩子的心頭。天亮了，白雨蘭揉揉惺忪的眼睛，見梅老太坐在沙發裡，說：「梅醫生，你一夜沒睡？」梅老太連連說：「睡了睡了，我早醒了。」梅老太把信交給了雨蘭，千叮嚀萬囑咐，還把一捲紙幣硬塞進了雨蘭的衣袋。白雨蘭一夜之間仿佛長大了，她靜靜地聽梅老太的囑託，默默記住每一個細節，她覺得她像接受一項神聖的使命，肩上荷著梅老太信任的重擔。白雨蘭一臉的莊嚴，她承諾一定把信交給高醫生。她把信藏在胸口。梅醫生說，回到家後你可以看信。白雨蘭領會了，鄭重點頭安慰梅老太說，我會把信一字不漏的背出來，就像大哥一字不漏背書一樣。迫於高壓，我們不得不燒毀書籍、信件、日記，但只要我們活著，眞相總會傳遞。梅老太說，我感到精神好多了，雨蘭你回家後，今天不要來我家了，你哥送來的菜還沒吃完呢。

望著白雨蘭離去的背影，梅老太稍稍呆坐了一會。她不敢拖延時間，她必須在關貞姨他們一幫人來揪鬥她之前結束生命。梅老太在幻覺中已經隱隱聽到那幫人的嘈雜的腳步聲。她不敢耽擱，慢慢地磨蹭著跨出門檻，歪歪扭扭步履蹣跚。她現在只有一個念頭，盡快的解脫塵世的纏繞。他們罵她打她折磨她，都是爲了教育她改造她解救她，與其如此，還是自己解救自己吧。她手撐著牆面，摸到了她的後院。院子裡一片凋零，兩棵枇杷樹中的一棵，孤零零的掛著球狀的果蕾。在枇杷樹下，梅老太輕輕撫摸著樹幹，無聲無息的與它作最後的訣別。她急促地喘氣，又稍稍停頓了一會，顫抖的手抽出了腰間的褲帶，在樹桿上挽了個結。繩扣在微風中晃蕩，梅老太雙手拉開繩帶的兩邊，形成了一個圓圈，圓圈裡是一片自由的藍天，梅老太明白這是她通向藍天的入口。她口中喃喃自語：「該回老家了，該休息了，回老家，啊……」說著說著把頭顱套了進去，那帶子猛然抽緊，無情地勒斷了梅老太鮮活的呼吸。

第十五章 贏家樂開了花

就在梅老太魂飛藍天的前後，關貞姨在床上品味著革命的餘興，尋思著擴大勝利的戰果。

關貞姨從梅家回到自己家時已是深夜，一路上意氣風發，難得的舒心。她覺得自己與樣板戲《海港》裡的方海珍相比不差上下，人家抓了暗藏的老反革命，她協助抓了和坊街隱藏最深最頑固的青年反革命。方海珍眼睛一掃便知誰是敵人誰是朋友，關貞姨閉上眼睛一想早就知道白雨虹不是好東西。她想回家向沈玉金報個喜，見老公還沒有回家，心裡空落落的，只得鋪被先上了床。頭落在木棉枕上，神思溜到了「聯派」司令部。雖說沈玉金整天忙於革命造反，偶爾不回家關貞姨也不敢說什麼，可是心裡總有酸醋的味兒。半夜裡沈玉金在幹什麼，總不會在作報告吧，他大字不識幾個總不會在寫大字報吧，最大的可能是在巡邏，但總不會老是在街上逛來逛去吧，想到他還有一間獨用的辦公室，關貞姨想像現在他與誰在一塊兒，男的還是女的，女的話，是青春姑娘還是半老徐娘，他們是不是專門在商討公事，有什麼事非要商量到半夜，關貞姨恨不得爬起來去探個究竟。她知道最近丁向東與妻子離了婚，與「聯派」一個女的幹將打得火熱，她擔心這熱烈的火焰傳染到沈玉金身上。每次沈玉金回家，她都積極地替他打精神預防針，叫他一心一意幹革命，不要左顧右盼，警惕資產階級美人計，拒腐蝕永不沾。爲這事兒，多囉嗦了，沈玉金嫌煩，嗑了關貞姨一頓：什麼沾不沾的，老子就沾了你一個洞。毛主席說，天生一個仙人洞，無限風光在險峰。你他媽的是死人洞，小崽子都生不出來，弄得我有什麼臉面風光！我們沈家就絕在你的洞裡了。招弟招弟，小弟弟招來了嗎？關貞姨滿腹委屈，心想也不是她一個能招來小弟的，你沈玉金就沒責任嗎？關貞姨埋怨歸埋怨，老公還是服侍好的，煤爐上焐了一壺酒，等著沈玉金回來喝暖暖身子。沈玉金身子裡只要有酒液流動，那勁兒抖得大床格外浪動。她側耳聽聽門外有沒有腳步聲，傳來的是遠處的一聲淒叫：「這個女人不尋常……新四軍就在沙家浜……」，這段刁得一的唱詞，在深夜裡起伏鏗鏘分外刺耳，關貞姨知道那是吳佑孝的聲音。大家要求他學唱樣板戲學做革命人，他就唱呀唱，不知從啥時候起，吳佑孝竟然唱瘋了，瘋瘋癲癲半夜在街上遊蕩，扯破嗓子嚎著樣板京腔。

關貞姨迷迷糊糊想睡，又想等沈玉金回來向他炫耀今天革命的戰果。和坊街隱藏最深最頑固的定時炸彈起掉了，她能夠在這條街上呼風喚雨，主宰人們的一切了。她難於抑制興奮，感覺身子骨癢癢的，頭裡熱烘烘的，胡亂亂的想著，下一步呢，她要查吳佑孝，說不定他裝瘋賣傻，潛伏下來伺機搞破壞哩。下一步呢，她還希望自己的肚子爭氣，自從連生了三個女孩，第三姑娘取名招娣後，她也常常擔心招弟不成成了招妹。後來果眞還是生了個女孩，氣得沈玉金吹鬍子瞪眼睛。那小女孩眞是苦命，外面正値「三年自然災害」鬧饑荒，大人沒吃的她也沒奶水吃，只好調和些山芋乾糊糊喝，不久就拉肚子夭折了。歲數不饒人，急得關貞姨在街道里弄的圈子裡托人尋覓祖傳秘方床上秘訣，一些友好還眞是傳經送寶，有人送《得子時辰表》，經過夫妻相關資料計算等候時辰到來，這時幹房事保證生兒子。有人傳民間土方，勸她男人沈玉金多吃羊鞭牛鞭鹿鞭最好吃虎鞭，來年生個虎子。有老姊妹密傳床上仙人功，如此如此才能雄蕊落宮中。在沒有成爲學「毛選」積極分子前，關貞姨是學房事積極分子。積極來積極去，苦了沈玉金。按秘方吃馬鞭驢鞭吃滋陰壯陽藥，燎得沈玉金紅潮洶湧金槍不倒。按《得子時辰表》的編排，他又要等到規定的某月某日某時辰的到來才能開戰。搞得他戰也不是休也不是，硬也不是軟也不是，到了時辰又偏偏心有餘而力不足，擀麵杖變成軟麵條，兵敗如山倒。關貞姨想到這裡，不由哎喲一聲，又像嘆息又像尖叫。

沈玉金回來了。也許太累的緣故，他沒有像平常那樣咪了老酒再上床，而是直逕脫衣解褲，面也沒擦腳也沒洗，嚷了聲這婆娘夢裡還在叫床，倒頭就睡。關貞姨見男人躺下，急著表功。反帝路居委會上繳的收音機最多，受到專案組的表揚。造反派在耶穌教堂的神龕裡發現了大批外文黑書，已經把廖牧師抓了起來。單單一條反帝路，今天就抓了好幾個。公廁裡的反動標語，可以確定是那個小驢子寫的，這小子也被抓了。還有那個姓白的頑固抗拒，也抓了。關貞姨見沈玉金沒有聲響，用手推推他的臀部，沈玉金毫無反應，一會兒發出了鼾聲。關貞姨掃興得很，一宿無話。

天剛濛濛亮，關貞姨醒了過來，後來又朦朦朧朧的睡了過去。這一晚感到沒睡好，也說不出的所以然，好像斷斷續續時醒時寐。再後來，關貞姨在迷糊中見到了梅老太，腳銬鐵鍊，頸套木枷，頭髮蓬鬆，一副垂死掙扎樣。關貞姨心裡轉念梅老太活該這樣，可冷不防梅老太一會兒變了樣，面色慘白慘白，眼球暴凸，吐著舌頭，放開五隻爪子，向她臉上摳來。嚇得關貞姨出了一身冷汗。看看窗外已經大亮，她的膽子又壯了起來，粗手粗腳的硬把沈玉金推醒了。

關貞姨嚷嚷著要沈玉金調動一輛卡車給她用，她籌畫的「和坊街革命成果展覽」馬上要開幕，等著派車用場。沈玉金笑笑，你的花頭就是多。關貞姨反覆問，聽說林副統帥的夫人葉群這些天在我們城裡，消息準確不？沈玉金反問道，打聽這幹什麼？關貞姨說，老沈啊眞是榆木腦袋，人家都知道葉大姐去「五七糧店」買米，店主任殷勤服務得好，還火線入黨，平步青雲哩。要是我這個展覽辦起來，不僅把抄來的封資修的字畫書本等等展示出來，我還要把活人拿出來展覽，比如把廖牧師放在那裡展覽，他代表帝國主義，把小驢子放在那裡展覽，他代表現行反革命，吳佑孝代表地主階級孝子賢孫，梅老太代表反動學術權威，統統拿出來展覽，這個創意我又是全市第一個，如果葉大姐知道了，說不定要樹我這個典型了，到時候我就更紅了。沈玉金手搭在她的奶子上，捏了一把說，你的花頭經就是多。那廖牧師、小驢子都還關在裡面，怎麼拿出來展覽？關貞姨說，你就是死腦筋，憑你的臉面跟軍代表說說，借出來用用不是了？沈玉金搖頭，說恐怕不行。關貞姨說，事情還沒辦，就說不行。不行就不行，我們反帝路也湊得出這些黑代表來，說著把身子轉過去，肩背瘦臀朝著沈玉金。沈玉金只要見到關貞姨背朝他，馬上會興奮起來，爬到她身上幹她。沈玉金特喜歡後庭開花，他左搖右晃時深時淺，前撲後仰跌宕起伏，雲裡霧裡浪幹一通。關貞姨斷斷續續說，現在革命了，怎麼總是老一套，也該換換樣子。沈玉金氣喘吁吁說，怎麼個換法？關貞姨把沈玉金掀了個面朝天，一屁股坐到沈玉金兩腿之間說，今個我要來「婦女翻身」式。沈玉金一邊向上攻進攻出，一邊浪謔道，你的屄花頭真是多。說罷，又是朝上直挺挺刺進去一陣胡搗顛動。關貞姨一面顛扭一面做癡，一會兒說革命人民高興就是反革命難受，壞人越難過她越高興；一會兒說老沈沒出息，跟了丁向東只撈個委員當當，都是幹些苦差使；一會兒又要沈玉金出面幫她弄個街道或者區裡的革委會一把手當當，聽說下面基層都要成立革委會，機不可失喲。吭唷，吭唷，沈玉金喘著氣嘟囔，看不出來，吭唷，吭唷，老家婆野心倒蠻大的，吭唷吭唷，等我北京回來再說再說。沈玉金亢奮無比，說道此次「聯派」組團要去北京，他當副團長，幹點名堂出來給戰友們看看。幹，幹，現在就幹，幹他媽的天翻地覆，沈玉金往下墜後又一次向上猛鑽，關貞姨緊緊附和，邊浪邊罵「紅派」，

說紅派先上北京，眞是惡人先告狀。聯派到京一定要消消紅派的毒，爭取中央文革支持，確認聯派才是眞正的左派。紅派是什麼東西，地痞流氓派！夫唱婦和鸞鳳顛倒，卻也天衣無縫。隨著老公顛簸起伏，關貞姨忙出主意說，中央文革戚本禹接見紅派，聯派要爭取江青旗手接見，壓過他們。沈玉金一個鷂子翻身，把關貞姨壓在身子底下，俯臥貼肚來回抽動說，老子先壓壓你，你以爲就你想得到，老子早就想到了，已經說好了，江青肯定出場。聽著，老子關照你，叫些人，越多越好，參加坪門文革烈士落葬儀式。關貞姨連忙接受，又出主意說，她把街道裡的階級敵人先押到烈士的墓地上進行現場教育，再押到展覽館做活靶子。沈玉金聽了說道，你這婆娘眞是會翻花頭經。說罷，加快頻率深入淺出，拱得陰門亂雲飛渡。關貞姨連說吃不消，叫他慢點輕點，但這話反倒成了烈焰上添柴，沈玉金愈加推升震幅大鬧地宮。關貞姨一收一放說，死鬼喲，你要把我弄成烈士了，我可不想當烈士了，斷臂斷腿的，血淋淋的，我還見過一個腸子都流出來的，看了眞想嘔吐。關貞姨只顧謔蕩，全然沒注意沈玉金的反應。沈玉金的熱辣辣的火棍頃刻軟了下來，緊縮著溜出門戶，關貞姨只以爲好事完成，沒料到沈玉金一聲霹靂罵道，媽的臭婆娘，掃了鳥的興！關貞姨吃了一驚，撐起來看，除了看到沈玉金一臉怒氣橫肉突現外，底下便是萎縮的陽棒無精打采的呆直耷拉。關貞姨自摸了一下，沒有稠糊糊的精液黏手，方知自己說了噁心話，斷了沈玉金的興。

沈玉金提了褲頭，披衣下床，草草吃了幾口泡飯，自顧自出門去了。關貞姨被嗆了氣，肺裡冒煙，找不到地方點火，煞是煩躁。她風風火火去吳家花園，招呼了一幫人，直撲梅老太的家。半路上遇上了增援的卡車，呼啦啦全上了車，威風凜凜好不氣派。關貞姨本就沒地方出氣，梅老太正好成了她的發洩對象。車還沒有停穩，她就一路叫嚷了進去，要老婆子滾出來。她跨進房門後，見裡面寂靜無聲，心裡略過一絲慌張。隨後又吼了幾聲，見床是空的，凳子是倒的，不由怒從膽邊生，嘴裡罵罵咧咧，老婆子還想躲起來，眞是可惡之極。即便鑽到地下，也要掘地三尺揪出來。她下令叫其他人裡裡外外仔細搜查，自己查看床底下門背後，轉到書房檢查書櫥背後是否藏人。忽然，後院發出了尖叫，一陣紛亂聲中夾著恐懼的驚呼。關貞姨急忙趕到大院，只見院子裡已經擠了許多人。

撥開簇擁的人頭，在縫隙間，關貞姨見樹上掛著個人，在晨風中晃蕩。她湊近仔細看，方知是梅純穎。梅老太翻著白眼似乎在怒視她，關貞姨身上起了一陣雞皮疙瘩。邊上人碰到梅老太的身體，又試著老太鼻中有否氣息，七嘴八舌說，老太死了，死了好一陣了，身體都發硬了，有人害怕往後退，也有人七手八腳想解掉繩結，把梅老太放到地上來。關貞姨見狀，心想這老婆子又先算一步，逃避批判，委實可惡。她喝住其他人住手，不要解結讓死人繼續掛著。她捋一捋頭髮，指著梅老太的屍體說：「看到了吧，同志們，這老特務自絕於人民，到死還頑固不化！」關貞姨指示隨從，馬上去取橫幅，搬幾張方桌，她決定在梅老太自盡的地方，開現場批鬥會。須臾，那吊在樹上的梅老太遺體，竟成了大批判的箭靶。

關貞姨跳到方桌搭成的臺上，指著一動不動的梅老太，列數梅老太的種種罪惡，罵得唾沫飛濺，青筋顯脖。關貞姨動情地說，同志們哪，我早就說過，有些人就是到死也要跟我們作對的，這老特務臭婆娘以死向我們革命派示威，我們要發揚痛打落水狗的精神，把她批倒批臭！毛主席說過，宜將……宜將，什麼來著，關貞姨背不出毛的詩，好在意思知道，她換了一種說法，毛主席說過，不能向霸王學習。我們決不能心慈手軟，以爲階級敵人死了就拉倒啦，她的壞思想沒有死，我們一定要消毒，把她的資產階級思想斬草除根！同志們哪，你們看梅老婆子

的嘴臉，到死還在發洩對我們無產階級的仇恨。關貞姨自己也不由自主地朝身體看了一眼，無意間居然看到梅老太的臉上突然露出了一絲笑容，嘴角微翹似乎在嘲笑她。關貞姨嚇了一跳。桌臺底下的人群中又有人發現梅老太似乎身體動了一下，有人驚叫：不好啦，梅老太活了！嚇得參加大批判的人魂飛膽喪，作鳥散狀。關貞姨急了，跳下桌子，一面叫同志們別怕別走，一面繞著梅老太的遺體兜圈子，嘴裡罵罵咧咧：你還敢動！做了僵屍還要動，不許亂說亂動！關貞姨再次確認梅老太眞的死了，回過頭來又跳上桌臺，繼續批判說，同志們，我們不要以爲她是死老虎，我們要當眞老虎打！

有人呼應，領呼口號：「打倒漢奸特務梅純穎！」「頑抗到底，死路一條！」「梅純穎對抗運動，死有餘辜！」現場稀稀拉拉舉起了手臂，在光天化地下，形成一條條黑影，直指梅老太，似乎化成一條條粗粗的蛇，要把梅老太整個兒吞噬。有人建議，梅老太是活生生的反面教員，梅家又大又寬敞，正好適合做展覽館，關貞姨在臺上雙手一拍，大聲叫好，心裡樂開了花，面部的肌肉由於興奮歪到了耳根。當天，「反帝路革命成果展覽」的大橫匾掛到了梅家大門上，梅家的書畫、紅木傢俱、照相機還有聽筒等等，都成了封資修的罪證。爲擴大戰果，一幫人把梅家的地板撬了，居然發現了十幾本日記，英文的是梅老太寫的，還有幾本是用日文寫的，關貞姨他們爲發現新罪證欣喜若狂，嗷嗷大叫，裡通外國鐵證如山！梅老太的家成了狂歡的舞廳。喇叭線拉了進來，高音喇叭頃刻響了起來，衆人踏著語錄歌的節拍，竄東竄西，敲牆挖洞，又湧到後院掘地三尺，原先白雨虹藏在魚缸埋入地下的一大捆書也被挖了出來，他們連解繩卸油布的次序統統省了，一斧頭劈出了一堆書。捷報傳到前庭，人們歡呼雀躍。關貞姨忙著指揮，把大幅宣傳畫掛在大門口，畫面上一個戴紅袖的大漢（象徵革命造反派）伸出肌肉發達極度誇張的手臂，緊握的大拳頭握住一個繩圈，繩圈裡套了一個妖魔化的梅老太的人頭，畫的底下一排大字寫著：對抗革命，自取滅亡！關貞姨又吩咐，玻璃展覽櫥放在廳的中央，把梅老太夫婦寫的反動日記翻開來展示。忙完，關貞姨風風火火趕到後院，見到地上一大堆書，眼睛放亮手舞足蹈，一屁股坐到書堆上，就像幾個鐘頭前坐在沈玉金的雙腿上一樣，興奮地扭動腰枝，上下顛簸左右搖擺，盡興盡情地享受得勝的快樂。有人請示，要不要叫殯儀館的車來拉梅老太的屍體去火化？關貞姨屁股一面扭動一面指著吊在樹上的梅老太，臉上樂了開了花，連聲說：「掛幾天示衆！掛幾天示衆！爛死她！爛死她！」說著，雙手作花瓣狀，托住不斷扭動搖擺的頭，口中念念有詞：「敵人一天天爛下去，我們一天天好起來！」

——第十六章

我究竟犯了什麼罪？

幾雙眼睛投向躺在牆旮旯裡的昏迷中的白雨虹。白雨虹頭髮亂蓬蓬的，額頭上的皮膚已經破碎，洗的發白的藍色學生裝上沾著血跡，腰間的皮帶被人抽去，長褲掉到了肚臍下面，他是被看守半拖半架著，像丟棄一樣東西似的丟進了囚室。

關押白雨虹的囚室有十幾平方米。牆壁上滲著水漬濺著血跡，黃斑斑的紅兮兮的，與被關押者在牆上留下的墨的黑色，塗刻的字跡，一起構成了東一塊西一塊潮乎乎的抽象畫，可以把它想像成食肉類野獸的大嘴，也像錄在巨型膠片上的一具具魔影，那牆角的蜘蛛網鬆鬆垮垮的向下掉，更使人感到窒息和昏沉。靠地面的角落裡，放著一隻木桶，提供大小便的方便，散發著尿的臊氣，混和著室內的黴蒸汽、血腥氣，以及人體發出的汗臭，形成渾濁、骯髒的空氣。透過鐵欄桿的窗戶，遠遠地眺望可以見到教堂的尖頂。

白雨虹身體軟軟的靠在牆根，嘴裡說著胡話，間或兩腳抽搐，整個兒的身體痙攣著掙扎著，證明著他的生命還在顫動延續。太陽的第一縷光恩賜給了他，也沒有把他從昏沉中喚醒。他有了點意識，仿佛從遙遠的天際，傳來親切的聲音在呼喚他。那些聲音很含糊，像父親的沉沉的低音，像雨蘭的童音，還像藍欣欣的悅耳的歌聲，奇怪的是在雲彩的後面，梅老太說了許多話，只看見她的嘴在動，一句話都沒有聽清楚，白雨虹依然能夠理解，梅醫生在揮手向他告別。他依稀聽到房間裡的腳步聲，雜亂而又沉重，好像經常有人在他的跟前晃蕩。他想睜開眼，但眼皮不聽他的指揮。他感到一陣陣的暈眩，地在轉動，幻覺中的人和聲音都在遊旋。在漫長的黑洞洞的空間裡，漸漸覺得手冰涼刺骨，繼而感受到頭顱的疼痛，從腦的內部發出的痛感像爆炸，像無數的螞蟻在撕咬他的神經，使他想作嘔想吐。

白雨虹憑著殘存的直覺，也知曉有幾雙眼睛的目光關注著他，儘管他此時此刻還不知道他們是誰。

廖牧師在昨天也被關押，下半夜白雨虹被丟了進來，他就一直靠在牆邊，白雨虹每一次的搐動，緊緊地揪住他的心弦。他半垂著眼簾，目光平和安詳，心裡一遍一遍地爲白雨虹祈禱。有一次，白雨虹在地上喘著粗氣手腳劇烈的顫動，廖牧師習慣地在胸口劃十字，冷不防，在鐵門的外面傳來嚴厲的呵斥：「老鬼，不許劃十字！」廖牧師平靜地劃完了他平生的最後一個「十字」。造反派在運動一開始就勒令他停止佈道，現在連祈禱也不許，他悲哀，上帝在東方睡著了。他堅持爲躺著的年輕人在心裡祈禱，願主保佑他。他堅信年輕人會醒過來，堅信神的力量。廖牧師在去年的秋夜，被一大幫紅衛兵趕出教堂，他默默地看著他們，眼中充滿著寬容和憐憫，在那一刻，他寬恕了他們，他相信他們總有一天會醒過來。那時候，他也許已經不能親自聆聽他們的懺悔，但在天國，他一定眞誠接受他們善的良智的回歸。一切需要時間，從這個意義上說，時間就是上帝。那個昏躺在地上的年輕人叫白雨虹，廖牧師是去年秋天那個夜晚才知道他的名字。那個夜晚好冷好冷，天下著濛濛細雨，夾著雪珠，裹著淒風，廖牧師一家七口，被趕出家門，在街頭徬徨，蜷縮在一家百貨店的門口避雨。白雨虹送父親從醫院出來，也在屋簷下避雨。年輕人認識他，居然在雨霖霖的黑夜裡叫他廖牧師，這聲音恍若隔世。廖牧師，本來很普通的稱呼，在革命以後再也沒人這樣叫他了。人們叫他「老特務」、「美國佬」、「老鬼」，誰叫他的教堂是美國人造的呢？

誰叫他從事神職工作呢？在無神論的革命國家傳教者不是鬼又是什麼呢？然而，年輕人竟然認他這個鬼，語氣是那樣的親切，神態是那樣的謙恭，令他始料不及。廖牧師的二女兒在他耳邊悄悄告訴他，年輕人叫白雨虹，是她的同學。廖牧師牢牢地記住了他。

漫漫黑夜遙無盡頭。白雨虹在黑暗中跌撞，跌倒爬起，趔趔趄趄。他漸漸恢復記憶，他依稀記得被一夥黑影拖到了一個神秘的地方，瞬間燈光大亮，亮得周圍一片如同白晝。燈光強烈的直刺他的雙眼，他仿佛站在一個空曠的舞臺上，無數的燈的白光聚攏照射在他的身上，讓他赤裸裸的在公衆面前曝光。在一張寬大的辦公桌後面，露出一顆碩大的腦袋，那人雙目炯炯威逼他，要他交代罪行。白雨虹木訥的站著，接受一遍又一遍的審訊。他緊閉嘴唇，任審訊者咆哮、恐嚇，他始終放棄語言的使用。他知道漢語在這個時期演化爲激情的口號，已經可憐巴巴成了粗野的音節。他發現舞臺上還有另外的演員，不是他一個，於是他迅速調整好心態，他也想欣賞另一個人的演出，他幻覺中想像出那個審訊者像一枚象徵權力的巨大圖章，在跳躍抖動，發揮著他的高貴與威嚴。白雨虹平靜了許多，已經不像剛剛被抓時那樣憤懣，也不像在聚光燈下手足無措隱隱的羞答，他坦然接受了被剝的赤身裸體，眞實本來是赤裸裸的，他的衣衫裡本來沒有藏著任何陰謀，他無須任何華麗的掩蓋。白雨虹在燈光的聚焦下，想起米開朗基羅塑的雕像《大衛》，那位少年手持投石帶出征時的豪邁，曾經震撼過他的心靈。他又在笑自己，怎麼跟那位猶太少年比呢，現在他兩手空空，只能把沉默當作應戰的武器。

長時間的沉默。白雨虹拒絕回答任何問題。在硬是把黑夜變成白晝的空間裡，無聲無息的沉默，竟使空氣更顯凝重，對那枚巨大的圖章而言，仿佛在搖撼和蔑視他的力量。目光炯炯的審訊者，想稀釋凝重的空氣，記得兵書上說：攻心爲上。他以平和的語氣告誡白雨虹：「以你現在的態度，你應當明白最終的後果！我們的方針是，坦白從寬，抗拒從嚴。何去何從，你要好好掂量。別以爲不說話就可以蒙混過關，小夥子，沒有的事。」

審訊者睨了一眼白雨虹，見他面無表情，開始展示證據：「白雨虹，你認眞看看關於你的材料。我這裡先給你看幾份檢舉證詞。」說著，把幾份紙攤在桌上，招呼白雨虹過去挨近看。白雨虹沒有挪動身體，門外衝進兩個大漢反手架著他非要湊近看，在保駕的待遇下，白雨虹看到了熟悉的筆跡，熟悉的簽名。

「白雨虹，中國人有句古話，識時務者爲俊傑。想來你也懂它的含義。何苦來著，認罪態度好，我們可以從輕發落嘛！」審訊者示意兩個漢子鬆手，讓白雨虹單獨站著，冷靜想想。

又是長時間的沉默。白雨虹看到的東西，一份是小驢子寫的，一份是胡瑤淩寫的，還有一份筆跡也很熟，但沒看清簽名，一時想不起來。白雨虹閱讀速度本來就很快，他毫不費力把三份東西迅速做了歸納：共同點是均證明某年某月白雨虹買了一架可以聽短波的半導體收音機，某年某月這架收音機在公衆場合出現過。證詞最大的不同點是，胡瑤淩證明半導體是白雨虹經過多年的積蓄，經過長期準備買的，她的原句斷言白雨虹是處心積慮，老謀深算。她還證明，在市革委會發佈上繳佈告後，她還聽見白雨虹住的地方有嘈雜的英語播音聲傳出，而且她肯定是一架收音機的聲音。白雨虹心想，胡瑤淩怎麼變成了這副模樣，簡直與無賴爲伍了。她造反的時間還不夠，什麼時候還跑到白家的院子裡來？她難道不怕與反革命家屬有牽連？再說，白雨虹在佈告發佈的第一時刻，他已經把收音機劈了，當作生煤爐的柴燒，已化爲縷縷黑煙，何來嘈雜的英語播音？

「白雨虹，說話啊，愣在這裡幹嘛？」審訊者拿腔拿調用手指敲打辦公桌。顯然，他的忍耐已經到了極點。「白雨虹，你眞要敬酒不吃吃罰酒？我們專案組可不是吃素的！你不講，就以爲我們拿你沒辦法？等著，我們會撬開你的嘴。端坐在桌後的審訊者揮揮手，白雨虹模糊的視覺中又見到巨大的圖章在跳動。站在白雨虹背後的兩個大漢見領導揮手，馬上心領神會一擁而上，夾擊架起白雨虹朝牆上撞去，接著又是一頓暴打。

在昏暗中，白雨虹慢慢醒來。他覺得頭很沉重很痛，又感到肩膀的酸痛。他試圖用雙手把自己撐起來，試了幾次，才在衆人的幫助下坐了起來，但還是要借靠牆壁的支持。他先看清的是廖牧師，他朝廖牧師微微點點頭。廖牧師一如既往穿著中山裝，雖然很舊但很挺括，與他雖然老了但還是矍爍的神態十分般配。廖牧師也向白雨虹輕輕點了點頭，在靠近白雨虹的邊上挺直著腰緩緩坐了下來。小驢子蹲在白雨虹左邊，剛剛攙扶白雨虹的手還沒放下，當白雨虹的視線從遠處收回落到邊上，看清楚是小驢子時，白雨虹十分驚訝，他幾乎沒加思索本能地推開小驢子。白雨虹怎麼也想不到，他們會在這裡相遇。小驢子不蠢，白雨虹吃驚的眼神，討厭他的動作，他收在心底，也清楚白雨虹爲什麼會作出這樣的反應。小驢子急得眼淚在眼眶中打轉，他急忙辯解：「白雨虹，那些東西是他們逼我寫的呀！」

白雨虹默默看了小驢子一眼。他還不清楚小驢子現在到底是怎樣的一個角色，按時髦的語言說，小驢子是從革命的動力變成了專政的對象呢，還是有人派他擔任特殊使命將來反戈一擊？幾個月來的風風雨雨教會了他，遇事要多長一個心眼。白雨虹說：「盧子曉，你本來姓盧，什麼時候改姓了？」白雨虹沒有叫別人綽號的習慣，他想知道他看見的小驢子寫的證詞爲什麼改了姓簽名。小驢子說：「爸爸出事後，爲了與他劃清界線，我就改了姓。改了姓有啥用啊，我現在像爸爸一樣也成反革命了！」說著，背過臉去抽泣起來。

廖牧師安慰小驢子別哭。小驢子委屈地反覆說，真的，廁所裡的反動標語不是他寫的。他們硬說是他寫的。他說，他繁體字不太識更不會寫，怎麼會寫繁體字的反動標語呢？他熱愛毛主席還來不及，怎麼會反對毛主席呢？毛主席還和我握過手呢，我有什麼理由要仇恨他呢？我們家裡幾代都是工人啊，我們今天翻身解放過上幸福生活都是毛主席給的，他們幹嘛要誣陷好人呢？白雨虹聽廖牧師說，前些日子和坊街公廁發現兩條反標，女廁所裡寫的內容是污蔑毛主席的，男廁所裡寫的句子是嘲笑江青的，到底寫了什麼誰也不清楚，也沒人鬥膽去打聽。據說由於字跡比較幼稚，專案組判斷書寫的人年齡偏小，而且是同一人寫的。廖牧師也接受了筆跡鑒定，心裡一直很奇怪，怎麼也懷疑到老人頭上來了？廖牧師後來想想也釋然了，因爲老人的字抖抖簌簌有返老還童的可能，還有一條，誰叫你廖牧師寫的中文像外文呢？

白雨虹對盧子曉多多少少有些瞭解，他由於與偉大領袖握過手，一時成了市裡的紅人。盧子曉參加了「代代紅」紅衛兵組織，狂熱衝鋒的勁頭一點都不亞于胡瑤淩和白雨星。盧子曉在鬥私批修會上衝上來要打梅老太的情景，白雨虹還記憶猶新。運動來運動去，有多少人昨天還是革命者，轉眼就成了反革命；昨天還在檢舉揭發他人，今天自己卻成了階下囚。中華大地進入了一個巨大的悖論的怪圈。白雨虹想到此，心裡反倒對盧子曉生出些許同情來。白雨虹說：「假的真不了，真的假不了。你實事求是澄清就是了。」

「這年頭誰會相信我？」小驢子說，「我是跳進黃河都洗不清了！許多人都證明我進過廁所，走過廁所，還有案發前後從廁所裡出來，他們難道真的不知道我家住的房子沒有衛生間，只有馬桶。不要說我，我家左鄰右舍都喜歡跑幾分鐘路，每天上公廁大便。廁所又在必經路口，

我出去回家都要經過的，他們哪條筋搭錯了，一口咬定我寫反標？」

白雨虹說：「這年頭說你是壞人，不是也是；說你是好人，是也不是。反正人人自危，全憑當政者的一句話。我還搞不明白，你還跑到女廁所去？」

小驢子憤憤地說：「眞是豈有此理？我有毛病，跑到女廁所去？專案組還說，有人看見我進過女廁所，瞎說我的不得好死！」

牆角邊傳來一聲清脆的童音：「我知道誰說的！」說著，一個八九歲的男孩，揉著哭腫的眼睛，怯生生地走過來。白雨虹驚訝的發現一起還關押著一個孩子。那孩子說，證明小驢子進女廁所的是兩個大哥哥，本來也關在這裡，也是寫反標的嫌疑犯，因爲他倆揭發有功，洗清了嫌疑，昨天釋放回家了。「那你呢，你犯了什麼法？也懷疑你寫反標？」白雨虹問。男孩天眞地搖搖頭，眨著大眼睛說：「不是，不是。他們也問過我，說我經常在街上玩，有沒有看見小驢子進女廁所？」我說，小驢子是男人，怎麼進女廁所？他們又說，有沒有看到一個個子不高穿黃軍裝的人從女廁所出來，我說大姐姐們都穿黃軍裝，背後看看都一樣的。他們說，對了，你看到的其中一個肯定是小驢子，他們還叫小驢子走路，我跟在後面看，看是不是小驢子，我說不是，也不像。他們打了我一個巴掌。

廖牧師平視著男孩，感慨了一句：「眞是誠實的孩子！」第二句話不能說，但還在心裡說了出來：「主啊，保佑這無辜的孩子！」白雨虹騰出一點位子，讓小男孩坐下說。男孩繼續說：「他們說我騙他們。他們說，只要我證明背影像小驢子的，進過女廁所，他們就放我回家。我不能說謊，老師一直教導我們不能說謊，要做誠實的人。我跟外婆去教堂聽過牧師爺爺的佈道，我不能做出賣人的猶大。」那男孩撲閃著長長的睫毛，面對廖牧師認眞地說：「老爺爺牧師，我沒有說謊，上帝一定知道我沒有撒謊。」廖牧師連忙點頭：「爺爺知道你不撒謊。爺爺知道你是好孩子！」說著，廖牧師已經淚流滿面了。小驢子一把抱住那孩子，眞情地說：「好兄弟啊，我盧子曉做人還不如你！」說著，嗚嗚咽咽哭了。白雨虹強抑住眼眶中打轉的淚水，哽咽著問：「那他們爲什麼要抓你關你？」

男孩頭一昂說：「他們說我玩反動遊戲！」白雨虹瞪大眼吃驚地反問：「還有反動遊戲？什麼反動遊戲？」男孩從地上站起，演示了一遍《老老頭》遊戲。白雨虹想起來，前一陣街上的頑童看見他，有時好玩罵罵他反革命外，確實在玩這種遊戲。孩子們每人大拇指上套一個玩意兒，那玩意兒用紙做成圓錐形，類似於被批鬥者頭上戴的高帽子，只是大大的縮小微型化了。孩子們邊玩邊說：「老老頭老老頭不見了，老老頭老老頭出來了。」說不見了時，套著玩意兒的手往背後頭頸一閃，亮出光禿禿的大拇指；說出來時，手又往背後一閃套上圓錐形紙塞，快樂地翹著展示給大家看。在白雨虹看來，這遊戲充其量是孩子們的低級小魔術，哪有什麼「反動性」。白雨虹說，他不知道《老老頭》遊戲反動在哪裡。那男孩解釋說，他也不知道反動在哪裡。後來大人們都說，這個遊戲反動在爲劉少奇翻案，說劉少奇現在打倒了不見了，將來要出來的。白雨虹心裡想，眞是捕風捉影，荒誕無稽。「文革」至今反正荒唐事多如牛毛，他也見怪不怪了。他擔心那男孩的命運，提醒說：「你不玩就是了。」

「我是不玩了。大人們說是反動遊戲我就不玩了。」男孩停頓了片刻，懊喪的說：「後來他們追查是誰發明的。查來查去，查到我了。說我第一個玩，第一個發明的。」白雨虹抑鬱地苦笑：「沒想到你還是小發明家了。那遊戲眞是你發明的？」男孩點點頭說，在和坊街確是他

第一個玩。不過，男孩說劉少奇是大人的事，玩遊戲是小孩的事，這裡面怎麼會牽上了關係？他經常幫媽媽買醬油打料酒的，瓶塞老是要掉，媽媽老是要責怪他，於是他自己做了許多紙瓶塞，一路上買油打酒一路上玩，再也不擔心瓶塞掉了。大家沒什麼東西好玩，見到這遊戲有趣，就傳開了。男孩說：「我告訴他們這是眞的，他們就是不相信。他們一定要我交代誰指使我的，說這是階級鬥爭新動向，一定有人在幕後策劃。」

小男孩一邊說著，一邊眼淚汪汪。他一臉純潔：「眞的沒有人教我指使我，是我自己想出來玩的。關在這裡我好怕，我想家我想媽媽。你們說，媽媽一定也在想我呀，媽媽一定也在哭啊。」大家唏噓不已，一齊安慰他。廖牧師說，好孩子你會回到媽媽身邊的，媽媽一定爲你的誠實而自豪。小驢子發誓，只要他在一天就會保護好這孩子。白雨虹撫摩著孩子的頭說，我把你當自己的親弟弟一定會關心你的。男孩突然對白雨虹說：「我知道你姓白，白大哥我向你道歉！」白雨虹又吃了一驚：「道歉什麼？」男孩說：「我在街上罵過你反革命！罵人不是好孩子。現在我知道關在裡面的人，不是壞人，他們——」男孩指著外面的遊哨，「他們才是壞人！」白雨虹提醒孩子輕點說話，省得惹麻煩。男孩神氣地挺挺腰說他不怕。白雨虹逗他：「剛才還說怕，怎麼轉眼不怕啦？」小男孩摟著白雨虹的腰問：「白大哥，你說他們會不會槍斃我？我要問問他們，我到底犯了什麼罪啊？」

面對小男孩天眞的發問，在場的人心頭一下子沉重了起來。是的，那男孩到底犯了什麼罪，關在裡面的人究竟犯了什麼法，這是個問題。白雨虹在被抓時曾想問：我犯了什麼法？在被審訊時他心中無數次的想對大圖章發問：我究竟犯了什麼罪？但他終究把這個問題擱在心裡。他爲什麼不能理直氣壯向他們責問？不管他們如何作答，他有這個權利，他爲什麼要放棄這個權利？他自以爲選擇了沉默就是選擇了對強權的鄙夷，看來不然，他們也許會把個人的失語當作對強權的默認。這個問題由一個孩子提出，白雨虹感到世界上還有一種力量威力無比，那就是童貞的力量。它居然天眞地撩起黑幕窺視，幼稚得石破天驚！白雨虹在童貞的感召下決定，下一次的審訊中，他要說話，他要收回話語的主權。

白雨虹和廖牧師對視了一下，那意思是說，他們怎麼能用幾句話說透，年幼的孩子又怎麼能理解這斑駁迷亂的社會呢？小男孩眨著明亮的眼睛，見大家不說話，自己找答案：「我明白了，明白了，」他拍拍小手：「哈哈，我好回家的。」白雨虹說：「你明白什麼呀？」男孩說：「壞人才有罪，壞人冤枉好人更加有罪！」白雨虹繼續逗他：「那沒用呀，人家還是關你呀。」小男孩一臉的自信：「不，我媽媽會來接我的！」「眞的？」「是的，世界上還是好人多，他們會趕跑壞人的。」白雨虹笑了：「你出去後，見到媽媽最想說什麼？」男孩道：「我最想告訴媽媽，我沒說謊！我更懂事了，我知道做好人最苦，說眞話遭罪。」廖牧師聆聽著他們的對話，他的思緒穿過時空，仿佛來到了一千九百年前的耶路塞冷，瑪利亞在聖殿找到了幾天不見的耶穌，準備接他回去，然而少年耶蘇心通天父之念使聖母驚訝萬分，那麼，那男孩的媽媽會不會也被孩子的感悟悲喜交集呢？

那男孩好像已經自己解放了自己。他又快樂的玩起來。他把牆上的泥灰剝下來，在地上劃了許多方格子，雙腳蹦蹦跳跳，在格子裡玩起了《跳房子》遊戲。小鱸子半晌沒說話，但那男孩的每一句話句句叩擊他的心房。他審視自己，他幾個月來到底在做了些什麼？難道自己的見識還不如一個孩子？他環顧四周，白雨虹挺直脊樑堅守信念，廖牧師寬厚坦蕩笑對撒旦。他呢，他是不是著了魔？瘋狂地去北京串聯，瘋狂地衝進民居抄家，瘋狂地批鬥打人，他感到心裡確

有一個魔鬼在作祟。那魔繼續在他心裡跳舞，邀請他伴舞指鹿爲馬黑白顛倒，他的良知尚未泯滅很想說這是鹿不是馬，但魔立刻露出猙獰面目；他怕了膽怯了，那魔又給了他一個甜美的笑吻。直到現在他失去了自由，回想起與魔共舞的日子不禁周身泛起雞皮疙瘩。眞的，他不如那孩子，但他多少年來也是一個誠實的孩子，怎麼現在做起了落井下石的勾當？他無臉面對那孩子，更無臉面對白雨虹，也怎麼面對那位雙鬢已經斑白的老牧師？他要求得靈魂的安寧，他要問心無愧的生活，他決心走出魔影。

小驢子凝視著被鐵柵欄割破的藍天，他覺得自己的心已經在天空中自由飛翔，他已經找回自己丟失的靈魂。他們如果把他關押一輩子，他也無懼無悔，因爲他已經從魔變成了人。他現在缺乏的是勇氣，他應當坦率地懺悔過去被玷污的心靈軌跡，他還要遲疑什麼呢？他決心把自己眞實的心跡坦露。他抬頭望了一下白雨虹，怎麼說呢？小驢子知道，他不擅長冗長的表白，對白雨虹他多多少少比較瞭解，白雨虹敏銳的理解力是毋用置疑的。小驢子正想說話，外面的遊哨重重的打開鐵門，瞪著眼喊道：「白雨虹，提審！」白雨虹從地上站起來，準備出去。小驢子急了，以他的經驗白雨虹如果繼續抗拒，也許會單獨禁閉，再見面就不知到什麼時候。小驢子一把緊攥白雨虹的手說：「白雨虹，我會收回我寫的東西！我和你站在一起！從今後我會堂堂正正做人！」白雨虹欣慰地點點頭，用力握緊小驢子的手，眼中突閃明亮的光。小驢子感到一股神聖的力量在他們之間傳遞和升騰。廖牧師以溫和的眼光接受白雨虹向他輕輕的擺手，小男孩奔到鐵窗前，向白雨虹揮手：「白大哥，你要勇敢，別怕啊！我等你一起出去，你媽媽也會來接你的！」清脆稚嫩的童音在空間久久縈繞。

——第十七章

叫一聲媽媽淚如雨下

高醫生連續做了三個外傷手術，喘了口氣，胡亂吃了幾口飯。他在瀰漫著藥水味的準備間裡，抽出白雨蘭送來的信，還沒來得及讀，躺在手術臺上的年輕人一聲聲的呻吟，催促著高醫生趕快前去。那年輕人的半張臉上佈滿了土槍的子彈，像蜂窩一般令人驚悸。他哼哼吟吟時高時低的喊叫，痛苦的神經也牽動著高醫生的心房。高醫生想抓緊時間，及早剔除他臉上的小鐵片，他重新把信放進了衣兜。不過，他感到一絲奇怪，寫信人爲什麼叫白雨蘭送信，又爲什麼在信封上不留下寫信人的地址姓名。他當時匆匆忙忙隨手把信放進貼胸的襯衣口袋，也不問是誰給的，他的感覺這是一封早就該給他的信，有一種不可抗拒的親情和溫馨催他趕緊珍藏起來，回想起來自己也覺得奇怪。

在無影燈下，容不得高醫生有一絲雜念。他早已把剛才的閃念丟在腦後，專心細緻地把所有的目光聚焦在手術鉗上。當汗水貼住襯衣的時刻，他做完了手術。他坐到靠背長椅上，打發走了副手和麻醉師，想一個人靜靜的歇息片刻。他掏出了那封神秘的信，信封皺巴巴潮扭扭的，帶著他的體溫。他見到信封上寫著「藏兒」乳名，不由怦然心動。兒時父母呼叫他乳名，從他讀書起，家鄉寄給他的每一封信的信封上，都寫他的正式學名高建樹。他下意識的覺得今天的信不同尋常。

抽出信箋，高醫生慢慢地讀了起來：

藏兒：

多少年來，我一直在心裡無數次的呼喚你。有幾次，我真想當面叫你，但我不能啊。現在好了，我解脫了自由了，當你讀到這封信的時候，我在天國微笑地看著你，輕輕地呼叫你：藏兒，我的好兒子！

媽對不起你，把你託付給養父母的高家後，對你的關愛太少太少。我常常捫心自問，我為什麼不能把你帶在身邊？藏兒，那個時代的青年，同祖國的命運生死與共，我們要趕走侵略者，我們的醫療隊出沒在槍林彈雨中，你父親已經倒在了前線，媽不能再失去你，媽別無選擇，把你藏在老百姓家，總比火線安全啊。抗戰勝利後，我來到高家想把你接走。不知你是否記得，那天你叫我阿姨，緊緊依偎在養母的懷裡，拒絕我給你的玩具小汽車，叫我這個陌生的阿姨快走。養母也流著淚，捨不得你。我肝腸痛斷，怎麼忍心強行割斷你和養父母之間的交融相濡的感情？那時的社會環境對有日本背景的家庭十分微妙，許多人知道你的生父是日本人，而在鄉下你的身世無人知曉，連養父母也不清楚，把你留下也許對你更安全成長更有利。那時我還在想，等你上初中或者上高中時，我會把你接到城裡念書，即使你仍然叫我阿姨，我也心甘情願。接到你養父母寄來的一份又一份的成績報告單，我為你的優秀而欣喜。五十年代開始，一場又一場的運動接踵而至，「三反五反」「三大改造」，我自己也朝不保夕，謹小慎微，惟恐說錯一句話。我怕牽連到你，盡量減少與鄉下的聯繫。在得知政策規定工農成份出身的人優先錄取大學時，我暗自為你慶幸。高家世代是貧農，憑你貧農的出身和出眾的成績，可以考上理想的大學。從那時起，我作出決定，我對你養父母說，你們把藏兒含辛茹苦帶大，你們才配得上做他的親生父母。我承諾，為了你的前程，今生今世我們母子決不相認。我願意暗中資助你讀完大學。現在想來，我的決定真有先見之明。要是你跟了我，一個剝削階級家庭又有海外關係的人，恐怕很難順利完成高等教育，很難分配進入城市的大醫院工作，如果能順當躲過一次次清查，但這次「文革」你也在劫難逃。媽很為你高興，你在厚道人家長大成人。在這個特定的時代，他們為你政治上遮風避雨，你應當永遠銘記高家的養育之恩，報答他們的真情和善良。然而，你畢竟是我心中的愛，延續著我的血脈，你可知道，媽跟你如此相近，卻始終不敢相認，媽的心裡是多麼的痛苦！有時我看到你，恍惚間又見到你的父親高橋一健，你的微笑你做手術時的姿態悄然再現著你父親的風采。我這時真想擁抱你，就像在兒時把你摟在懷裡，但我不能啊，我不能圓了我的情而毀了你的路。我願意承受，讓愛子之情在歲月裡煎熬。藏兒，你又是媽心中永遠的痛。你原諒媽嗎，你不會責怪媽這麼多年對你視如陌路人嗎？

直到現在我還是不明白，你怎麼也會鬼使神差地選擇上醫科大學的？冥冥中確有主的安排！上帝的手指輕輕一撥，把你撥到了高家，雖然此「高」非彼「高」，但形似亦神似。隨後又把你撥到了我們共事的醫院，相見而又不敢相認。我只能在心中祈禱，讓主永遠給予你平和的生活。這場革命如洶湧的洪水襲來時，媽為你擔憂。然而，不管風吹浪打，你像一個農民默默耕耘自己的田地，操守著正直和良知。為此，媽為你驕傲。藏兒，如果我沒記錯的話，你快三十虛歲了，要趕緊考慮自己的婚姻大事了。你孤身一人，總得有個溫馨的家。媽有兩次通過科室主任為你介紹對象，你好像都不中意。媽也不知道為什麼。你彷彿在靜靜地等待著她的出現，或許你的心中已經有了她。媽在另一個時空裡，深深期盼你和她真情永存，

攜手生活在幸福的屋頂下。媽只能遙寄我的祝福了！

永別了，我的兒子！原諒母親的懦弱和自私吧，自己尋求永恆的寧靜卻把苦痛留給了你。媽實在熬不下去了，傷筋斷骨我可以忍受，羞辱作賤我無法承受。我為什麼要把我的血肉之軀，供他們發洩野蠻和獸行？與其身心疲憊的苟且活著，不如坦蕩地作一次最後的抗爭。

藏兒，媽遠行了，幾件身後事必須向你囑咐：你父親的墳在高家村東邊的三棵高大的銀杏樹朝南一百米左右，北靠大河的一個灣口。如果你有幸領得到我骨灰的話，就把我埋在你父親身旁；如果你什麼都得不到，就把信封裡我的一縷頭髮埋在你父親一起，讓我永遠的陪伴他。我死後，我的房子和院子必定被沒收，假如有一天重見天日，房產歸還的話，你把這筆財產用到那些貧困的孩子身上。對於那些在苦難的歲月裡同情和幫助過我們的人，如白雨虹家，你要盡力回報他們的真誠和仁義。

藏兒，讓媽最後一次在人間呼喚你！媽不是厭世主義者，媽帶著人間美的記憶，帶著對你的深深的眷愛，向你道別了！

你的生母　梅純穎

高建樹讀完信，眼睛一片模糊，淚水悄悄地滴在信紙上。他把頭仰靠在牆上，任淚水慢慢流進嘴裡，又苦又鹹的把它嚥進肚裡，似乎想以此強抑自己心中澎湃的浪潮。他是梅醫生的兒子，他居然渾然不知！自己身世的帷幕意外地打開，腦中的記憶螢幕一幕幕的閃現起畫面。那位給他小汽車玩具的年輕阿姨，怎麼也無法與梅醫生的滿頭灰白聯繫起來。他想起他到醫院報到後，科室主任向他介紹梅醫生。那時梅醫生的背已經微微駝了，高建樹憑著第六感覺感到十分的親切，好像他們已經相識了好久。那種感覺在高建樹心裡縈繞了很久。高建樹的記憶螢幕上閃回著一雙雙母親的眼神，現在想來與其他人的不同，那眼神中包含著更多的親情、關愛和不可名狀的呵護，他居然懵裡懵懂！他又想起來了，在一次小範圍的批鬥會上，科室裡的造反派指著梅醫生的鼻子，要她交代與日本人生的狗雜種到哪裡去了，母親的眼神分明掠過一絲驚慌，那時高建樹就在她的前右方，他正木然地看著她，母親的眼神在與他相撞時迅速地躲避了過去，斬釘截鐵地回答她的孩子在戰爭中丟失了！媽媽，我的媽媽，你的兒子就近在咫尺啊，你卻斷然否認，今生今世你的承受之重我怎麼與你分擔啊！如今你與我生離死別，讓我遲到的叫一聲：媽媽！高建樹失聲喊出媽媽，淚如雨下。

昏昏沉沉中，不知不覺過了多少時候。高建樹猛然驚醒，現在母親在哪裡，他要見母親，他強烈地衝動，連走帶跑向梅醫生家趕去。他聽到後面有人叫他，他停下了腳步，轉過身，見白雨蘭一路小跑向他奔來，也一起快步走向梅家。梅家的大門敞開著，「反帝路革命成果展覽」的大橫匾赫然掛在大門上方，《對抗革命自取滅亡》大幅宣傳畫迎面突兀的豎立，發出肅殺的寒氣。高建樹和白雨蘭被值勤擋在門外，因爲「展覽館」只接待革命團體。高建樹無奈，只好與雨蘭奔去殯儀館，得到的回答是無可奉告。他們忙乎了半天，通過各種途徑才隱隱約約知道梅醫生的遺體當作批判靶子仍吊在樹上，依然不敢相信這是眞的。傍晚時分，當天的兩派報紙都在醒目的位置作了報導，還號召革命造反團體組織群衆參觀，高建樹震驚地半晌沒有說話，心似刀割腿如鉛重。

彎過黑洞洞的走廊，高建樹怎麼走進自己狹小的單身房，怎樣倒在床上，記憶中的這一段，

完全是一片空白。在回寢室的路上，他盤算過明天混進某個團體到梅家去「參觀」，但馬上否定了計畫，因爲認識他的人委實太多。他甚至想在晚上翻牆進去，與母親見最後的一面，但是一旦被他們發現，後果不堪設想。他仿佛走進了一塊死地，周圍都是陰森森的高牆擋住去路。從白雨蘭那裡，他知道了母親最後幾小時的情景，他深深責備自己，爲什麼那天晚上自己不去探視一下？也許自己的出現可以改變她的選擇。高建樹回憶與追思，內疚和悲戚，塞滿了整個大腦，已經不堪重負。他昏睡了一夜一天，不知名的感冒病毒乘機隙入，悶悶地發燒，連續幾天高燒不退，整個兒的身軀疲軟乏力，躺在床上像一個癱瘓病人。

迷迷糊糊中，梅醫生，不，母親在向他走來。高建樹仿佛回到了童年，他躲在養母的身後，怯生生的望著阿姨，阿姨親他肉嘟嘟的小手，阿姨拎拎他的耳朵，阿姨從包裡拿出小飛機大汽車，他心裡喜歡，覺得這阿姨也是那麼的可親，只是他害羞，不敢回親阿姨。現在想起來了，那時在一個醫院，門對門相隔一個科室，梅醫生知道他喜歡吃銀魚炒蛋，喜歡吃薺菜炒肉絲，時不時借個名目帶給他，她拿出一個搪瓷杯的動作，跟那個阿姨一模一樣，那麼的柔情，隱隱地包含著千言萬語。高建樹怪自己眞蠢，他也隱隱覺得他跟鄉下的養父母一家以及親戚，不太相像，他就是那麼木乎乎的，怎麼也不會想到自己的生母近在咫尺。他看見了生母的頭髮，那頭髮他是看著她慢慢變白；他又看見了生母的眼睛，那眼睛含著笑意，向他默默的傳遞著溫馨與暖流。造反派批鬥她，她眼神中透著不屈，有時候還含著鄙夷，有時候根本看也不看那些張牙舞爪的人。但只要她回過頭來，她看到不遠處的他，她的目光頃刻變得柔和……高建樹想到這裡，幾乎失聲痛哭，一次次的責備自己，爲什麼那天他不留在她身邊。他眼睛直勾勾的望著天花板，望著窗外的蒼天，他心裡哀怨的問，老天啊，你爲什麼也不讓我見母親最後的一面？

——第十八章 羨慕狼嚎

「你就是白雨虹？你就是那個不開口的白雨虹？」白雨虹朝發出聲音的地方睥睨了一眼，見大桌子的後面審訊大員換了新面孔。此人披一身舊軍裝，瞇縫著眼上上下下打量他的被審對象——一個年輕的老壞蛋。白雨虹嘴邊露出一絲淡淡的笑，有些嘲諷的味兒，令審訊大員心裡有點發怵，搞不清這笑的含義。

白雨虹在幾小時後躺在單人羈押室裡，回憶在聽到審訊大員的發問時爲什麼會壓抑式的笑，自己也不甚了了。他覺得面對那些人，自己分外的坦蕩。顛來倒去的審訊，發問、恐嚇、咆哮、毆打，使白雨虹聯想起柳宗元筆下的黔之驢，快要到技窮的地步了。多少天來，這次的審訊是待遇最好的一次，沒有剝他的衣服，沒有搧他耳光。那個新面孔還賜給了他一隻板凳坐坐，他也毫不客氣地挺直腰桿坐了下來。白雨虹知道，他面對的一定是這裡最出色的審訊大員。過了片刻，他的猜想得到了證實。那位新面孔臉上紮出笑容，可整個面部是僵硬的。儘管笑得人工做作樣兒，但嘴裡的語言吐得明快流暢，經典理論如騰雲駕霧般的一套又一套。那位審訊大員連一句審的話都沒有，對白雨虹大加引導，聽得出來他對白雨虹的家庭、簡歷瞭若指掌，他在白雨虹面前展示了光明的前途，說只要改邪爲正，憑白雨虹的學問，做個紅色筆桿子沒有問題，他還特別暗示可以推薦進入某個神秘寫作班子飛黃騰達。白雨虹只覺得一件又一件華麗的衣服正在往他身上套來，風光耀眼但渾身不自在。

「我懂得你的開導，但是，你描繪的東西我不感興趣。美好的革命幸福，你們去享受吧，我只要本來就屬於我的人身自由！」白雨虹平靜地回應，音調平緩，擲地有力。

審訊大員張大嘴瞪大眼，愣了片刻說：「我不明白你什麼意思！」

白雨虹說：「我更不明白我爲什麼關在這裡！十八天了，早已超過了任何種類的拘留期限，總得給我個說法。」

「哈哈，」審訊大員故作輕鬆的大笑：「我說年輕人，你讀書一定讀迂腐了，現在還有什麼期限不期限的，老皇曆了！現在是大革命群眾專政，你什麼時候改造好，什麼時候加入革命陣營裡來，什麼時候成了革命派，你不就解放啦？」

白雨虹細細揣摩意思，躺在地上望著鐵窗。一縷走廊上返回的光，從鐵欄間漏到了地上。白雨虹在孤獨中見到這一縷昏黃的燈光，勾起對自由的無限戀依。照審訊大員的說法，他如果改造不好，他將永無盡頭。眞是秀才碰到兵了？白雨虹細細琢磨，人生不就是在一念之間？照審訊大員說法，他只要放棄胡思亂想，皈依革命思想，便有錦繡前程。他何嘗不想自由，何嘗不想自己的親人，他放心不下母親和妹妹，他多麼想與藍欣欣傾訴和相擁。唉，放棄吧，日夜思念的家總比這裡溫暖。一個聲音在引誘，就這麼簡單，在檢查書上簽個字，你就悔過自新了，你就可以重新做人了。白雨虹一個激靈，喚醒了他的責問：這是做人嗎？這是人做的事嗎？他想起《史記》中的場面，秦朝末年趙高在朝廷上指鹿爲馬，凡是說眞話者後來都慘遭殺戮，他只感到頭頸裡襲來冷颼颼的寒風。他在上高一時讀到此段文字，十分鄙夷那些違心說假話者，換了他，寧願人頭落地也要說是鹿不是馬。但是，現在自己也感到不可思議，居然爲了苟安，想與趙高同流合污。不，那決不是白雨虹。白雨虹斷然拒絕羈縻中的誘惑，他放下已經提起的筆，把可以帶給他獲赦希望的紙推向桌邊，就像把自己推向了峭壁懸崖的邊緣。他感到奇怪，雖說如此一來一定凶多吉少，但心中卻異常的寧馨。

單獨關押，是他早就預料的事。白雨虹在充滿黴蒸汽的草鋪上，沉沉地睡了一覺。也是在黑洞洞的屋裡，他見到了母親。他喊她，她只是笑，一句話都不說。不停地笑，而且是咧著嘴傻笑，使白雨虹感到毛骨悚然。母親一向嫻靜，笑時稍稍露牙，白雨虹還沒見過母親這樣把牙齦都露出來的笑，臉部的皮簡直像一塊門簾，僵兮兮地掛在眼睛下面。這是母親嗎？他想走過去，他費盡了力始終走不到母親跟前，永遠保持著距離。他呼喚她，她似乎在躲避他，那模樣就像街上精神失常的邋遢的癡婆子，臉上綻著一邊唱樣板戲一邊瘋瘋癲癲的吳佑孝一樣的神情。他還是走上去，他有許多話要跟母親說，他跌跌撞撞快要拉住母親的時刻，母親突然消失了，他差一點撞到牆上。他倏地從草鋪上豎起來，昏黑中仿佛見到母親的影子在牆面上幽幽的消失。白雨虹便靠在汙濁的牆角裡，回味著剛才的夢境，他深知母親的景況比他更糟，長期的秘密關押母親會不會就像夢境中的那樣瘋了，想到這裡，白雨虹恨不得馬上化作一隻鳥兒，鑽出鐵窗去尋找母親。他這時極度地渴望自由，對黑暗的空間居然平生第一次產生了絕望的恐懼，他忽然明白精神和人身的雙重孤獨，足以摧垮人的意志。他也忽然清楚，他們就是要達到這樣的效果。在他無望之際，叫他自覺地捧出鮮活的靈魂。白雨虹想到了，他必須學會在孤獨中與窗外的白雲對話，與地上的螞蟻遊戲，必須尋找思維的樂趣，不能讓自己的腦子生銹。他迅速擬訂方案，在靜默中與古代的詩人神交，與相識和不相識的人通話，在心裡一遍遍書寫，就像一遍遍的做思維體操，來保持清晰的頭腦，堅守靈魂的貞操。白雨虹感到寫作可以防止記憶的退化，振作自己的精神，尋找一個個朋友。

在那沒有月光的夜裡，白雨虹在黑咕隆咚的狹小空間裡慢慢的行走，他竟然感到自己就像陰森森的曠野裡一頭孤獨的狼，孑然一身但傲然自在，因爲它的遊盪竟使夜空充滿生機，因爲他的存在世界多了一份色彩。他的靈感像閃電般劃過心靈的幕布，他居然把它留住了。湧動中的詩泉汩汩流淌，他在心裡寫下了這首自由詩。詩開始沒有取名，幾十分鐘後，他決定把它叫做《羨慕狼嚎》。

我不願做
權貴宴席上的賓客
觥籌交錯侍奉媚笑
我不願做
任人擺佈的木偶
鑼鼓鏗鏘空洞喧囂
命運將註定我
在紅塵的荒涼中流浪
像殘葉一樣的蜉旋遠飄
我也許是
碧波中的海市蜃樓
搖曳著落單大雁寂寞的翅膀

風吹枯草磷火幽幽
那一條荒原裡被遺棄的孤狼
爪痕烙刻臉上
銘記往日的悲傷
憧憬殘存夢中
長城豈能圍住自由的蒼茫

我深知
鸚鵡唱起了百靈的讚歌
禿鷲披上了孔雀的羽毛
我還是我
坦蕩無畏赤條條
任孤魂在火中煎熬
把學舌的機會讓給鸚鵡
我羡慕
曠野裡真切的一聲狼嚎

黑暗中孕育的詩，在白雨虹胸中悲愴的詠誦。他在以後的幾天裡，幾乎天天向看守討紙，

想把自己的心聲記錄下來。看守開始以爲他寫反省材料，後來猜想他在紙上亂七八糟的塗鴉，又拿不到東西，便中斷了紙的供應。白雨虹的腦子裡又跳出了奇談怪論，在世界上最早發明紙的國度裡，原來紙上只能表達一種思想，蔡倫這個宦官本身是皇權的奇種，不經意間搞了一張毛乎乎粗糙的東西來，又成了皇權的幫兇，也算是盡心盡職了。沿著這條思路，白雨虹另闢蹊徑，向看守提出他要抄寫毛主席語錄，看守大喜過望，立馬找來好紙給了白雨虹，還表揚他這是進步的起點，態度端正的表現。後來又發現繳上來的紙或者短了一截，或者缺了半張，看守暗裡不由多了個心眼。經過幾天的觀察，看守推斷白雨虹把寫滿毛主席語錄的紙暗地裡進行褻瀆，這還了得？看守爲自己的發現心臟狂跳不已，立功的機會到了。終於有一天白雨虹少上繳了完整的一張紙，看守不由分說，直奔角落裡的糞桶，不顧撲鼻的屎尿臭味，把頭埋在糞桶裡，專心致志的翻搗裡面的東西，搗鼓了半晌，那看守才心不甘情不願的離開禁閉室，上好門鎖，還回過頭狠狠瞪了白雨虹一眼。幾分鐘後，又帶了另一個看守來，兩人一進門就把白雨虹強行推到牆壁，叫他雙手叉開，整個人呈一個「大」字，緊貼在牆面上。兩人從白雨虹的衣領到褲角，上上下下裡裡外外通通摸捏了一遍，沒有找到他們想要的反革命證據。然而他們仍不死心，把白雨虹的衣褲剝得精光，又把他的衣褲反覆檢查，不停的抖動，可恨的是仍然一無所獲。

看守惱羞成怒，甩了白雨虹一巴掌：「說，紙到哪裡去了？」

「你們都檢查了，還不清楚？」白雨虹回答。

「你居然把抄寫毛主席語錄的紙當手紙？」

「上面沒有字！」

「有字的話，還用我們跟你囉嗦？你早就拉出去槍斃了！」

「有誰規定，白紙不能當手紙？」

另一個看守對白雨虹又打了一個耳光：「你這小子就是嘴巴老！不管怎樣，你的種種行爲都反動透頂！」說罷，兩人才悻悻的離去。

在看守急急忙忙奔去糞桶探寶的時候，白雨虹開始大惑不解，及到反應過來不由忍俊不禁。革命至今，他對文字幾乎有一種超乎尋常的戒備，凡是涉及偉大領袖和英明的黨之類的詞，他都小心翼翼的繞道回避。他童年時，最早認識的字中有一個人名叫胡風，聽大人們說，這胡風就是寫文章獲罪的。等到他懂事後，從父親收集的剪報上，讀到批判胡風的文章中引用胡風的原文，暗暗認同胡風的文風，心裡還略過一絲莫名的設想，魯迅比胡風更執著，幸虧魯迅早死，倘若活著的話也難逃厄運。吳晗也是以文遭罪，領袖已經不喜歡海瑞了，他還懵裡懵懂唱著讚歌，領袖的感情變得太快，怪就怪吳晗的感情沒能夠及時與領袖統一。眼下吳晗生死未卜，白雨虹爲他的命運暗暗擔憂。本來，白雨虹要紙也並非完全爲了寫作，他是怕患癡呆症，以他短短幾個月積累的經驗，張三不小心筆誤被抓，李四寫了反動句子被斃，白雨虹在寫完自己的詩句文句時，把紙塞進嘴裡細細地嚼爛，慢慢嚥下肚裡，他爲自己對文字的處置有如此先見之明感到慶幸。當兩個看守離去後，白雨虹回味回味，不禁覺得躲過了一劫，反而害怕了起來。倘若那首詩他不把它埋入腸胃，被看守拿去，必然會定性爲反動詩詞，他將永無寧日。

「白雨虹，狼嚎，向誰嚎？是不是向文化大革命嚎叫？」

「白雨虹，你說清楚，鸚鵡是誰？禿鷲是誰？你在惡毒攻擊革命派！」

「白雨虹，你居然污蔑偉大中國的象徵長城，你嚮往資產階級自由，是可忍孰不可忍！」

「白雨虹，私藏收音機偷聽敵臺的事還沒了斷呢，又寫反動詩詞，舊賬新賬一起算！」

「白雨虹，白雨虹……」審訊大員露著猙獰的笑，一遍遍吼著罵著，接著在白雨虹面前晃動著許許多多的手臂，一齊向他揮來。白雨虹定定神，眨眨眼，分明知道這是幻覺，可是這差一點成爲眞實。在黑洞洞的夜裡，他不禁唏噓萬千，有一種歷經滄桑之感。他躲過了一個劫，他能躲過下一個再下一個的飛來橫禍？人生眞的無常，眞的無法預知苦樂逆順？白雨虹想起一善寺鏡空大師，那時的他還是一個頑皮少年，他們一幫人到蓮花山玩「官兵捉強盜」遊戲，一場大雨把他們堵在一善寺，他透過雨簾看到，鏡空大師在蓮花石坪上紋絲不動，繼續著他的講經，周圍的信徒也依舊沉浸在佛的境界中。那場景使白雨虹難忘和震動，原來人是可以爲信仰、探究而忘我的。白雨虹突然有一種衝動，他很想見見鏡空大師，聽聽鏡空大師的感悟，紅色風暴對他是砥礪嗎？他對紅色風暴是執妄嗎？不知從什麼時候起，入世呢還是出世，成了他無法回答的問題。他眞想從鏡空大師聞法。算了吧，找個清淨的去處，守個混沌討個安逸，裝個糊塗求個太平，不也是一種人生嗎？白雨虹決意就在禁閉室裡參悟，大音稀聲大象無形，不是大隱隱於市嗎？他們可以剝奪他的人身自由，但無法剝奪他的心智、意念以及漫遊的靈魂，他非要打開心靈的空間，像莊子那樣鯤鵬扶搖，作無邊無際的逍遙遊。他有個離奇的頓悟，他認爲東方的道與西方來的佛，在高境界上其實是一家。想通了這一點，他心情異常的寧靜，高僧可以面壁而坐幾十年，他亦可以把鐵窗下的地皮坐穿。

白雨虹心境像天上的雲，淡淡的，靜靜的，連續了多天，但很快捲起了板塊，又厚重了起來。他本來不大的單人囚房，不斷塞進人來。起先是兩個中年人，像搞科研的書生模樣。後來又進來了三個與白雨虹年齡相仿的年輕人，而且好面熟，白雨虹不久想了起來，他們是「紅派」的人。其中的一個，白雨虹記得好像在碉堡樓前跟他打過架交過手。一天放風時，遇見小驢子。

盧子曉悄悄說，外面兩派大打出手，「聯派」已經佔據了和坊街以北的大半個城市。這裡不斷有「紅派」的人關進來，說明專案組的權力在向「聯派」傾斜。白雨虹與小驢子一起分析，他們倆已經好長時間沒有提審，高牆裡面又人滿爲患，局勢正在出現微妙的變化。是禍是福，白雨虹心裡一時也沒有底。關了那麼多天，白雨虹面無血色，瘦骨嶙峋，頭髮蓬鬆，木訥遲鈍。關進來的「紅派」鬥士倒也不避諱他，當了他的面大罵「聯派」，研究鬥爭方案，還準備絕食抗議。白雨虹從他們的議論中證實了小驢子帶來的消息。他們愈是頌揚他們的白司令，白雨虹就愈擔心白雨星：那個莽撞的弟弟不知又要幹出什麼事來。他太瞭解白雨星了，一個想把紅旗插遍天下的志士，怎麼會在自己的家門口讓出地盤忍氣吞聲？

第十九章 變局：「紅派」不紅

一隻蝴蝶輕盈地劃過碉堡樓前的鐵蒺藜，落到了幾株小草上。那幾棵小草，鑽出水泥地的縫隙，在沙袋壘起的工事旁，在鐵絲網圍起的封鎖線下，隨風搖曳生機盎然，以柔弱的身軀輕擁蝴蝶的美姿。那只蝴蝶在白雨星的望遠鏡中閃過，他以爲是「聯派」飛過來的小磚片，或是什麼小宣傳品，他在鏡片後見到小東西會在小草上舞動，才爲蝴蝶的疾速滑落而暗暗驚喜。白雨星沒工夫也沒興致去閒情觀賞那只蝴蝶，他們「紅派」的大本營已經被「聯派」包圍了，他幾天來一直思考如何突圍，他想到那只蝴蝶黑紅色的彩衣，穿過層層鐵絲的荊棘毫髮不損，他們「紅派」的戰友倘若也有此等本領那該多好啊。

「紅派」在與「聯派」的奪權中屢屢失地損將，碉堡樓裡彌漫著悲壯的氣氛。每一個窗框的後面都有一個復仇的槍眼，每一條戰塹的後邊都有成排的猛虎，時時刻刻將撲向「聯派」的陣地。一面繡著火炬的紅派大旗，高高飄揚在樓頂，似乎在向遠方呼號，傳遞著「紅派」同志不屈的鬥志。白雨星的望遠鏡中又出現了胡瑤淩的矯健身影，她把頭髮塞進了黃軍帽，動作靈巧有力，就像個男戰士。胡瑤淩在形勢吃緊時，常常奮不顧身地在兩派的交戰線上發表演說，鼓舞士氣。白雨星的耳邊一陣陣飄來對方高音喇叭的勸降聲，而胡瑤淩正以激越的女高音回敬聯派，她的語速快捷，聲情並茂的排比句通過她的手提擴音喇叭，像一排排鳴鏑投向聯派。也很怪，只要胡瑤淩罵聲乍起，對方便偃旗息鼓一片寂靜，唯獨那女聲尖尖的顯示「紅派」同仇敵愾視死如歸的豪氣。但是，白雨星從胡瑤淩的聲勢裡聽出微微含有的顫音。「紅派」在十天前與「聯派」激戰坪門，目的想控制火車站，白雨星認爲由於戰術的失誤，他們沒想到運河裡伏下的「聯派」奇兵會突然浮出水面，奪取「紅派」的橋頭陣地。這一仗，「紅派」痛失城北要塞，許多同志成了「聯派」的俘虜。兩天前，「紅派」在醫學院再度失利，在數次拉鋸戰後，「聯派」佔領了大樓，「紅派」大批人馬被迫撤入了東方紅中學的碉堡樓。對「紅派」來說，醫學院的失守使他們失去了最後的屏障。碉堡樓已經成爲一座孤零零的城堡，一輛暴露在空曠地帶上創痍滿身的戰車。

形勢的危急不僅僅體現在「紅派」已成甕中之鼈，使人更揪心的是「紅派」眼下群龍無首。他們的總司令洪司令，赴北京控訴「聯派」，請求中央文革的支持，至今未歸。白雨星想不明白，他去過上海得到「工總司」總司令的首肯，怎麼這些天北京傳來的消息對「紅派」頗有微詞？取得統治地位的上海造反派不是背靠著江青的大樹嗎？「紅派」到底在哪個環節上冒犯了天條？白雨星昨天收到洪司令發自北京的電報，上午的電文是「亂雲飛渡，我自巋然不動」，下午的電文是「風雲突變，堅守陣地，我火速回來」。就在剛才，「紅派」的通訊員穿過封鎖線，傳遞給他的電報雖說只有八個字「伺機轉移，來日方長」，然而就像八個鐵砣沉沉壓在他的心上。碉堡樓頂上的哨兵向白雨星報告，「聯派」在對面兩棵大樹間掛出巨型橫幅：「紅派不投降，就叫它滅亡！」空氣似乎充滿著火藥味，只要劃上一根火柴便會爆炸。此時對方的高音喇叭莊嚴地宣讀《敦促杜聿明等投降書》，如滾地雷般想把白雨星的耳膜震破。「紅派」也毫不示弱，胡瑤淩的女高音再度響起，這一次她通過「紅派」高音喇叭，用急促的語氣選讀《將革命進行到底》的段落，表達鬥爭到底的決心。胡瑤淩譏諷道，把「紅派」當作杜聿明當作國民

黨反動派，說明「聯派」缺乏起碼的政治常識！然後她滔滔不絕，嬉笑怒斥，使對方再次緘默音絕。在一陣短暫的無聲無息後，「聯派」開始發射冷槍，「紅派」迅速向對方投擲土制手雷。

「紅派」各分隊的頭目個個神色凝重，聚攏在碉堡樓二層的會議室。他們撥電話，電話不通，估計外線已經被「聯派」切斷。他們跟外界的聯繫只能通過邊上同情他們的民居，暗中維繫著一條秘密通道。洪司令的電文明白告知，必須轉移，馬上撤退，可是在場的人沒有一個情願離去，幾個紅派的人在橫幅上寫上：「紅派戰士與大樓共存亡！」準備掛到門口電線桿上。白雨星建議，橫幅上的字豎寫，橫幅也垂直豎掛在碉堡樓的大樓外牆，在氣勢上要壓倒對方。胡瑤淩嘴裡嘀咕「奶奶的，跟他們拼了」，贏來一片共鳴。紅派的人像一頭頭困獸，發瘋似的尋找趁手的武器，步槍架到了視窗，土制燃燒瓶成箱運到了封鎖線，有人喜歡梭鏢，有人手握魚叉，幾個女戰士把匕首插到腰間，她們發誓決不能讓對方靠近身旁，就是自戕也決不做俘虜。

胡瑤淩提議，在碉堡樓頂醒目處架上大炮以威懾「聯派」，擺出拼命的架勢。眾人都說主意雖好，形勢那麼緊急怎麼弄得到大炮？胡瑤淩笑了笑，倒是白雨星從胡瑤淩的笑中領略了含義，搶先說做個假炮唄。眾人醒悟，忙著找硬紙板，還特意在炮口處加粗，仿製成六零炮模樣，再用墨汁通身塗黑，遠看根本看不出破綻。「紅派」幾個小夥假裝十分吃力的樣子抬著炮，架到了樓頂。黑洞洞的炮口對著聯派陣地，無聲的顯示困守中的紅派那股不可屈服的威力和尊嚴。樓底下，人們忙碌著，沒有人統一指揮，但大家有條不紊地把要帶走的武器歸攏，把成堆的磚石運往窗臺和樓頂，準備魚死網破時強行突圍。白雨星跟同伴們說了無數次，他和幾個人留下組成敢死隊，抵擋對方的進攻，其餘人迅速從民居借道撤離，可是沒有人回應，所有人都表示願意戰鬥到死。爭執中胡瑤淩冷靜思考了片刻，轉而支持白雨星的方案，爲了保存「紅派」的實力，今天晚上必須突圍，在突圍前一定要營造死守的氣氛，迷惑住對方，爭取有較充裕的時間做好撤退準備。

「聯派」的高音喇叭再度響起，這一次沒有敦促「紅派」投降，也沒有雄辯滔滔的打口水戰，而是出人意外的激昂地朗讀一份通告：

「紅派的頑固分子們！你們聽著，現在宣讀市革委會第七十八號通告！

——根據中央文革的指示，市革委會向全市革命造反派莊嚴宣佈：

一，紅色工人學生革命造反總司令部，也就是我市（播音員加重語氣強調）的紅總司，是右傾組織，是名爲紅派實爲黑幫組織，即日起停止活動，解散組織！

二，紅總司總司令洪衛潤已被上級專案組關押隔離，正在進行審查。

三，限令二十四小時內，紅派必須放下武器，停止抵抗，就地等待市革委會的接收。廣大紅派群衆是革命的，是受矇騙的，奉勸你們反戈一擊再立新功；如若執迷不悟，繼續堅持頑固立場，將一律作敵我矛盾處理！

四，……」

胡瑤淩第一個作出反應，痛斥「聯派」無恥，是造謠，是黔驢技窮。衆人群情激昂，一個個舉起手臂，抒發滿腔憤慨。胡瑤淩奮筆疾書，把同志們東一句話西一句話，迅速記錄下來，連成篇章。胡瑤淩一邊寫一邊即興發揮，嘴裡蹦出一個個生動的音節：「讓聯派見鬼去吧」，「紅派戰士衆志成城」。白雨星鼓動說，同志們，考驗我們的時候到了！我們要向巴黎公社的戰士學習，戰鬥到最後一息。讓碉堡樓成爲第二座公社牆，我們將同生死共存亡！邊上的人自

發的集體回應高呼：「同生死，共存亡！」「同生死，共存亡！」胡瑤淩丟了筆，擼了一下飄在額前的頭髮，向衆人讀了幾段文字，大家一致叫好。於是，「紅派」的高音喇叭開始了新一輪的反擊，發射出胡瑤淩抑揚頓挫的語言排炮：

「東風吹，戰鼓擂，現在究竟誰怕誰？不是紅派怕聯派，而是聯派怕紅派！聯派竟然蠱惑群衆，混淆視聽，策劃假冒通知，造謠洪司令被捕，企圖動搖我軍心，其用心何其毒也！說什麼紅派群衆受矇騙，企圖分裂我革命隊伍，挑動群衆鬥群衆，明白告訴你們，撼山易，撼我紅派難！鬼蜮伎倆，擋不住我紅派戰士衆志成城。黑雲壓城，更激起我萬丈革命豪情！讓聯派見鬼去吧，向著太陽向著紅旗，鬥爭中紅派將贏來新的勝利！」

胡瑤淩慷慨陳詞之時，身後不斷有人插嘴，聲音也通過高音喇叭傳向對方。胡瑤淩講到激昂處，身後一大幫人齊聲喝彩，那轟鳴聲滾動在空氣中，同仇敵愾，士氣磅礡。胡瑤淩聽見口號聲從她後邊整齊的呼出，她順勢而爲：「聯派的革命群衆聽著，你們不要被少數頭目蒙蔽，要擦亮眼睛，站穩立場！你們仔細聽聽我們紅派的誓言——」

整齊有力的，節奏分明的，強勁粗獷的一群男聲震撼著，在碉堡樓的上空激越滾動：

「戰鬥！戰鬥！戰鬥！誓死戰鬥！戰鬥到底！」

「革命！革命！革命！紅派革命，不可阻擋！」

「青山不老，紅旗不倒！革命向前進，紅派倒不了！」

「一不怕苦，二不怕死！怕死不革命，革命不怕死！」

那雷霆萬鈞的聲音中，裹著豪邁的震動。「聯派」的陣地上一片寂靜，接著「紅派」的陣地上也是可怕的沉寂。空氣再度凝固，喇叭突然成了啞巴，樹葉蔫蔫低垂，只有那一隻黑紅的蝴蝶，無憂無慮地在沙袋壘起的戰壕裡舞蹈，時而在鐵絲網中穿梭，然後悠悠地朝碉堡樓飛去，仿佛訴說著這世界上除了鬥爭還有悠閒。它輕輕拍打窗戶的玻璃，也許它自恃紅的本色，也想擠進紅色的大本營遊歷一番。可是，玻璃窗內的一群人誰也沒有注意來自昆蟲界的同志，他們一個個都像木頭人般的僵立在那裡，圍著一位大嬸。

圍在人群中的大嬸衣衫襤褸，頭髮蓬亂，粗一看以爲像乞丐，但她明亮的眼神，她的舉手投足透著豪氣。人們稱她爲丁家大嬸，也有人叫她大嬸司令。她在「紅派」的地位威望，僅次於洪總司令。她也是副司令，身上始終有一種親和力，對年輕人以長輩似的關心，又兼有白雨星的忠誠和胡瑤淩的明快。她的丈夫丁向東是「聯派」的總司令，爲不同政見觀點，她毅然與丈夫離婚分手，就憑這一點，也能贏得「紅派」戰士的擁戴和尊敬。她的「紅色絲廠戰鬥隊」很快成爲「紅派」的中堅，與「聯派」的幾次交鋒中，在關鍵時刻只要她出現在前線，常常能鼓舞士氣，危急卽化險爲夷。她這次隨洪司令一起赴京，本想獲得紫禁城的呵護，沒想到態勢急轉直下。她輕輕地向同志們訴說，洪司令被關押是眞的，對「紅派」的定性，她在北京已經略有所聞。她一臉懊喪，她和洪司令眞傻，政治上還眞不夠警惕，變劇已經初露端倪，爲什麼回來路徑不保密，以至於火車停靠省城時洪司令被扣。她僥幸逃脫，她發現月臺上的武裝人員直奔他們的車廂，她迅速離開並跳上另一列卽將啓動的火車，然後中途下來，歷盡艱險終於回家。她的敍述娓娓道來，沒有跌宕與懸念，沒有激情和火焰，仿佛在講述與她無關的遙遠的記憶中的往事。同志們公認，如果說洪司令是「紅派」航船上的舵手，那麼她就是定海神針。每逢大事，她的豪氣就化爲靜氣，那是要歷經無數次危急和坎坷才能修煉的功夫。

有幾個女戰士開始啜泣，男人們緊握拳頭強抑淚水，大嬸司令也忍不住無聲無息的淌淚。屋子裡瀰漫著悲情和怨憤，像一波又一波的漣漪，拍擊人們的心房。「紅派」哪一點做錯了？想當初洪司令造反不比你「聯派」丁司令晚。「二月革命」風暴中，沒有「紅派」的鼎立支援，有你「聯派」得勢的今天嗎？「中央文革」怎麼說變臉就變臉，白副司令在上海還受到「工總司」司令王洪文的接見呢！哪道「紅派」革命大方向錯了？旗手號召不要吃老本要立新功，領袖反覆強調要繼續革命，「紅派」才是眞正想把革命推向縱深地帶的先遣隊啊！衝在前面的是誰，犧牲最多的是誰，最緊跟紅色中央的是誰，是「紅派」！現在好了，狡兔死，走狗烹；飛鳥盡，良弓藏。革命道路鋪成了，「紅派」卻成了絆腳石和拋棄的廢料！悲憤的漣漪盪漾在心頭，白雨星面朝北京方向，撕開襯衫的前襟，袒露火熱的胸膛，哀惋的淒叫：「毛主席啊，我要把心掏給你看，我們對你是一片忠心啊！」粗曠的聲音裡充滿悲涼，他漲紅著臉欲說無語，像一個受了委屈無處伸冤的孩子。眾人一片嗚咽，撕心裂肺的痛哭。

白雨星咬破手指，在牆上寫下血書：敬愛的毛主席，紅派忠於你！眾人見狀，也紛紛咬破手指，寫下血書，以表心跡。胡瑤淩在原地打了一個轉，左臂高舉像芭蕾舞《紅色娘子軍》中的女主角，跳起激奮無比不斷揮動的拳頭舞，然後衝出屋去。眾人詫異尚未回過神來，她又轉進室內，撕了一條白布，咬破手指在布條上寫上大大的「忠」字，把布條纏到了自己的頭上。眾人見狀，也紛紛扯了布條寫上血書，繫在自己的頭顱上。那種悲情，整個兒的從胸中瀰漫到了牆上、頭上和臉上。人們好像一下子長了歲數，一個個成熟起來，少了張狂多了穩健。人們把目光投向大嬸司令，「紅派」如何走出危局，在於她的果斷決心之中。她不負眾望，在與白雨星等眾將緊急商議後，作了詳盡的撤退部署。

「同志們，考驗我們的時候到了。」大嬸司令沉著地說，「洪司令已經指示：伺機轉移，來日方長。我們不要再爭論了，今夜必須轉移。退卻不是失敗，是爲了明天大步的前進。沒有估計到，形勢會這麼快的急轉直下，決策上我承擔責任。現在我命令：第一，對外宣佈中止紅色工人學生革命造反總司令部活動。第二，由我率九名戰士組成敢死隊堅守碉堡樓，掩護大部隊轉移。第三，轉移的隊伍由白雨星副總司令全權指揮。第四，如果隊伍打散，結集的地點在蓮花山下的白馬橋，現在叫紅馬橋。」

白雨星執拗堅持，由他率敢死隊堅守大本營。每一位紅派戰士都要求留下參加敢死隊，大嬸司令勸說大家，語氣中含著領情的感激和不容置疑的執著。幾個姑娘哭了，她的眼眶中淚水也在打轉。她像哄孩子似的對胡瑤淩她們說，走吧，留著青山在不怕沒柴燒。大嬸我這把年紀，看「聯派」能把我怎樣?半夜行動時一定要靜悄悄，誰也不許哭，大嬸我還有敢死隊，向「聯派」陣地發動佯攻，引爆土雷掩護你們撤退。白雨星淚滿兩頰，不能自己。子夜，白雨星集合好隊伍，揮淚與大嬸司令及敢死隊員告別，他情不自禁地與並肩戰鬥過的好弟兄們擁抱，誰都清楚，這一分別便是生死離別。突圍隊伍杳無聲息地穿過圍牆借道民居，消失在夜幕裡。白雨星不時停下腳步，東邊傳來連續不斷的爆炸聲，留守的戰友正在向「聯派」攻擊。隊伍拐過街口在矮樓豁當處，白雨星見到碉堡樓前火光四起，並聽見人聲的叫喊，他心裡清楚，大本營的第一道防線已經失守，敢死隊員點燃了火塹阻止對方的攻勢。他急促地傳令：「暗渡陳倉!」根據出發前的約定，同志們聽此口令就是向反帝路專案組的羈押地發動進攻，解救被押的幾十個「紅派」戰友，然後一起向城外突圍。

天空中裹著極細極細的雨濛，月亮和星星彷佛被黑液塗沒，淹隱在混沌的夜空裡。天公好像有意庇護失利的隊伍，讓他們在漆黑的空間再掙扎一次，解救一次。白雨星他們在深夜猛撲高牆，踏著戰士們築起的人梯，奇跡般地攻入大門。他們迅速把十幾個看守捆綁起來，那些看守睜著睡意朦朧的眼，在稀裡糊塗中做了紅派的俘虜。他們又迅速打開鐵門，被關押的紅派戰友，見到自己人從天而降，歡呼雀躍起來，那種激動達到了沸點。那些還沒有來得及打開的門，已經被渴望解放的拳頭擂得驚天動地。白雨星見不斷往外跑的黑糊糊的人影，用鄭重的聲音命令，紅派的同志跟著我，趕快撤離！有人請示，不是紅派的關押者怎麼辦？白雨星瞪大眼睛吼了一聲「放！」又有人問，有不是紅派的人現在跟著隊伍一起走怎麼辦？白雨星沒加思索就說，跟就跟唄。他不停揮手叫人流跟好隊伍，也不斷與別人相撞。在嘈雜的聲響中，白雨星聽出一個輕輕的熟悉而又親切的聲音：「是雨星嗎？」黑夜裡這聲音猶如電擊，把白雨星卯焊在地上。一個黑乎乎蓬發的人靠近他時，白雨星憑著直覺就知道是誰了。白雨星驚訝得嘴都偏了：「哥，你怎麼在這裡？」

當確認是弟弟時，白雨虹百感交集。他原先藏在肚子裡千百遍的責問，他原來非要討個明白：雨星你爲何連父親最後一面都不肯見？在這個驚恐的夜裡，責備的語境悄然逍遁，白雨虹竟然一時語塞，呆呆地木頭木腦的站在那裡。他後來似乎跟白雨星說了幾句，到底說了什麼，好長一段時間裡一直回憶不起來。白雨星從驚訝中轉過神來，想說什麼居然也一時找不到詞彙。他心中掠過一絲痛楚，大哥關在這裡一定吃盡了苦頭。形勢危急，此地非久留之地，他和哥哥急急說了幾句，就掉頭跑步追趕隊伍。他好像勸哥哥跟他走，他好像聽到哥哥又在說不要盲從，他一邊帶著隊伍一邊想著兄弟相見，也居然連貫不起完整的畫面，一切是那樣的匆忙，那樣支離破碎。

拂曉前，設在黨校大院「聯派」司令部才收到「紅派」奇襲的消息。丁向東心中暗暗吃驚，他開始的判斷是「紅派」採用的是「圍魏救趙」戰術，命令沈玉金他們加大對碉堡樓的進攻。丁春峰則認爲，碉堡樓的火力點稀疏，不像主力留守，他主張全力追擊突襲關押地的紅派。父子倆發生激烈的爭執。衝動之下，丁春峰未經司令父親的同意，自帶人馬包圍關押所。裡面早已空空如也，十幾個看守嘴被塞了破布，雙手反綁東歪西斜地遺棄在牆角。看守們鬆綁後七嘴八舌，訴說紅派的狡猾、兇悍和人數的衆多。丁向東大怒，罵兒子目無組織目無紀律，要嚴加處分。接令後，丁春峰一言不發，只得帶著隊伍開往碉堡樓，協助沈玉金攻樓。不知什麼原因，丁春峰打不起精神來進攻，冥冥中有不該來此地的感覺。

槍聲漸漸向樓上轉移，無畏的「紅派」在一層樓面一層樓面的抵抗，奮勇的「聯派」在一個房間一個房間搜索，對半死不活的傷患聯派用刺刀捅死，成全敢死隊員成爲烈士的理想。也有紅派戰士把最後一顆子彈留給了自己。大嬸司令便是其中的一個。她在雙方交戰一開始肚子上就中了流彈，爲了不影響士氣，她沒有吱聲，悄悄用備用藥箱中的藥水棉花堵住傷口。她走著跑著斷斷續續撒著血花，統統湮滅在黑夜的地面。她感到前所未有的疲憊，頭暈口乾，再也無法保持身體的平衡，再也控制不了自己，便一頭倒下。她自知生的渺茫，她更不願被對方俘虜，她慢慢抬起已經難聽使喚的手，把槍口對準自己的頭顱，然而，那一槍還是打偏了。她再也沒有力氣抬起手了，只得聽從命運的擺佈。她漸漸昏死過去，不知過了多少時候，在迷幻的聽覺中，好像她的邊上有許多人在說話。她竭力睜開眼睛，天早已亮了，但視界一片模糊，惟有窗上的那只黑紅色的蝴蝶定格在她的瞳孔上，那蝴蝶一動不動，她用殘存的知覺意識到，那蝴蝶已經死了。那只蝴蝶活的時候多美啊，它是什麼時候飛來的呢？她氣若游絲，連聯想的力氣也沒有了，但她仍然看見了熟悉的面孔，那是兒子丁春峰的臉龐，當她確認是兒子時，竟安詳地永遠熟睡了過去。

丁春峰的臉已經扭曲變形。他面對的是他的政敵，也是他的母親。親不親，階級情。作爲他對立面的敵人，而且是你死我活的敵人，黑幫組織可惡的頭目，他不能當衆流露自然的情感。可是他面對的又是母親，一個累死累活在絲廠幹活回家後爲他煮飯洗衣的母親，現在負傷倒在他的跟前，他能無動於衷嗎？他緊咬牙床，他周身的血液像一隻隻小蟲在噬咬，眼見母親身體下的血慢慢淌出，他終於沉悶的下令：擔架，快，來擔架！親人的愛裹著母子的情如決堤的水，頃刻，把階級的仇、派別的恨，這人爲的革命感情大壩衝得崩潰。丁春峰來不及細想，他把敵人母親抱到擔架上，不顧一切地與人一起抬起擔架迅跑起來。

——第二十章 初吻，丁春峰情暖心房

丁春峰與父親丁向東司令再次發生激烈的爭執，他們還差一點打起來。

丁向東聽人報告，說兒子在陣地上毫無鬥志，還把「聯派」女頭目送到醫院急救，心裡老大不快活。又有人分析，次此攻樓中了「紅派」的空城計，還丟了關押所，丁向東不免心煩意亂。看看身邊幾個「聯派」幹將死的死傷的傷，更是心中十分鬱悶。丁春峰從外面進來，一副病厭厭的樣子沒精打采，丁向東不覺氣從肺中生，上下瞟了丁春峰一眼，粗聲粗氣說：「死到哪裡去了？」

丁春峰把母親送到醫院，已無回天之力。母親離他而去，他心中紛亂得很。丁向東劈頭蓋腦的話，使丁春峰頓生怨憤，他甕聲甕氣地說：「哪裡去了，媽死得好慘你也不去看看！」

丁向東厲聲說：「她是她，我是我。別扯在一起！你倒好，路線不分，立場動搖，混淆敵我，你的無產階級感情到哪裡去了？」

「人都死了還什麼敵我不敵我的。」丁春峰針鋒相對：「我堅定站在革命派一邊，但總不能看著媽死，見死不救吧！再說我們跟媽是人民內部矛盾，總要發揚革命人道主義吧。」

丁向東狠狠瞪了兒子一眼：「革命來革命去你他媽的變混蛋了！我們跟你媽是人民內部矛盾，誰說的？革委會定性紅派是黑幫組織，你媽是黑幫的黑頭目，我們跟她是地地道道的敵我

矛盾，敵我關係你懂嗎？你的腳跟站到什麼立場上去了？」

丁春峰一臉的不屑：「你發什麼脾氣？敵我關係敵我關係的，媽活著我也沒弄清楚是不是敵我關係，媽死了我跟媽就是母子關係！你倒好，一次次派人叫我回來。回來怎麼著？怕我影響聯派革命隊伍的純潔性？」

「虧你還想到了。你也不想想，那些浴血奮戰的戰士，付出了犧牲。你倒跑去救紅派頭目，人家會怎麼想？難怪毛主席最近說，現在是小將犯錯誤的時候了。你呀瞎衝動，你跟我坐下冷靜想想，好好檢查深刻認識。要做完整的革命派，不要做半截子革命派。」丁向東示意兒子一個人到裡間去反省。

「我想想我沒什麼錯。」丁春峰沒有動身，嘴裡嘟囔著。

「還沒什麼錯？錯誤大著呢！你的屁股坐到黑幫的板凳上去了！」丁向東說：「你媽凶著呢，她指揮人馬打死我們聯派的弟兄，我們的血白流了？你說得輕巧，沒什麼錯。你身在曹營心在漢，死了一個黑頭目的媽，立場馬上動搖了，怎麼能經受革命的考驗？將來是做叛徒的料！」

在革命年代，說某人是叛徒，豈不是宣判政治生命的死刑？被人認爲是候補叛徒，豈不是奇恥大辱？丁春峰被這句話激怒：「你最忠誠革命？當初「工聯總」成立跟紅派他們的綱領有什麼區別？沒有我的「火車頭」支持聯派會有今天？你運氣好，直通北京，走了直線，人家紅派去了上海，走了曲線。如果人家直通旗手，紅派控制局面，你不做叛徒做什麼？不做人家階下囚做什麼！你想繼續革命你還不是做叛徒？」

丁向東聽兒子一席話，氣得臉鐵青，絡腮鬍子的根部連成一片青色的根據地。他嘴有點歪，瞪大眼食指指到丁春峰的腦門：「你，你這樣跟老子說話？你反了不是？你到裡間去，你要作深刻檢查！進去！」丁向東喝令兒子進去，丁春峰撇了一下嘴沒有理睬。丁向東示意邊上的人把丁春峰架進去，邊上人面面相覷，哪個敢動手？丁向東急了，親自拎一把兒子的衣領，揪住他往裡推。丁春峰手臂成弓型彈擊父親，手背甩到了丁向東的耳根。丁向東勃然大怒，眞的要與丁春峰幹起來。邊上人蜂擁上來勸架，混亂中丁春峰滿腹怨恨疾步走出司令部，把鹹鹹的淚水嚥進了喉嚨。

丁春峰在街上漫無目標的走著。天氣異常悶熱，沒有一絲的風，不一會兒他的襯衣已經濕透，粘在緊梆梆的肌肉上。他心煩意亂，希冀有一陣陣的風把他的鬱悶驅散，使他有片刻的涼爽。他抬頭乜視了一下樹梢，上層的樹葉醉漢似的微微朝東北方向擺動。他無心看街頭的大字報和大幅標語，平時見到這些他會在內心燃起激情。他又去醫院，母親的屍體已經默默消失。他又去殯儀館，得到的消息是沒有「革委會」的批准不得打聽。此時，他在心裡狠狠地罵父親，罵父親絕情絕意，罵父親得志便猖狂。他在腦中閃過一個疑問，這革命來革命去是不是眞的一家人也分階級，只記階級仇不認親人情？可是，丁春峰從小就喜歡直來直去，沒有養成窮追猛究的習慣，那疑問一閃就過去了。若是白雨虹在身旁，他會把想法隨意提出，他知道白雨虹喜歡不斷地追究拷問，白雨虹會說出些令他想不到的看法，但丁春峰常常在會意的同時說白雨虹書生之見。想到這裡，他猜度，那個紅派突襲的夜晚，白雨虹一定逃脫了，現在他在家嗎，他想去與老同學會面。

掐指算來，丁春峰又有幾個月沒有與白雨虹碰頭。白雨虹被抓進去，他是從市「革委會」

內部刊物《戰地簡報》上知曉的，後來又得到沈玉金的證實。丁春峰當時的心情極爲複雜，老同學呀老同學，你就是實心眼兒！你拒繳收音機就是對抗無產階級司令部，你不是以卵擊石嗎？不是自找苦吃嗎？可是，他的內心深處卻又在怪自己粗心，對白雨虹採取行動之前他竟然一無所知，不然的話，他會暗地裡規勸想辦法變通。他也曾經一度想去拘押地看望白雨虹，但反覆掂量影響，最後放棄了這個念頭。丁春峰忐忑不安了幾天，總想爲老同學做點什麼，他緊盯父親又討好軍代表，死磨硬纏知道了白雨虹母親的關押地，欣喜地完成了老同學的囑託，心裡寬慰了許多。丁春峰拿著軍代表寫的字條，及時去了趟白雨虹家。白雨蘭見他來，先是一愣，後來有點愛理不理的樣子。他安慰了白雨蘭幾句，他怕跟一個人在家的女孩待長了時間鄰居說閒話，就逃也似的離開白家。那幾天，雖然忙著完成對紅派碉堡樓的戰術包圍，但心裡一直放心不下白雨蘭，丁春峰自己也不知道自己怎麼會這樣，總想去白家，他已經從心裡完完全全替補了白雨虹的位置，仿佛他就是白雨蘭的大哥似的。

丁春峰有意無意選了一個中午去看望白雨蘭，也像今天一樣的炎熱。中午街上行人稀少，他極力想躲避熟人。他一路上設想了許多見到白雨蘭時要說的話，不知不覺到了白家門口。他剛想敲門，裡面似乎有兩個少女在說話。丁春峰遲疑了一下，辨出講話的人一個是白雨蘭，另一個是藍欣欣。他不敢敲門進去，又不願馬上離開，猶猶豫豫之間，他摸出身上帶著他體溫的皺巴巴的一張十元紙幣塞進了白家的門底的縫隙，然後待了片刻，才狠下決心離去。他回憶起斷斷續續聽到的她們倆的對話，細細咀嚼著其中的意思。

「他來過？知道伯母的下落了？」丁春峰聽得出來，是藍欣欣在說話。「他」顯然指丁春峰的「他」。

「嗯。他還說，想辦法托人救大哥。」這是白雨蘭的聲音。丁春峰心跳開始加速，他品味到白雨蘭在說「他」時，語氣中含有親近感，他開始有點喝酒微醉的感覺。

「雨虹一點消息都沒有……我聽他們說，關在裡面的人都被打的，他又是倔……」藍欣欣聲音高高低低的，丁春峰聽不清楚，但藍欣欣那種牽掛使他微微產生妒忌，雨虹長雨虹短的，還時時伴著輕輕的啜泣聲，他從心底裡好羨慕白雨虹。他還想聽聽她倆怎樣說他，尤其是白雨蘭怎樣說他。

「廖牧師放出來了，前幾天我遇到他，說大哥和他關在一起。他誇我哥，說主一定會保佑我哥的……」白雨蘭的話題還是圍繞她哥，丁春峰有點遺憾。

丁春峰過了幾天還是選擇在中午，情不自禁地往白家跑。他給白雨蘭帶去了白雨虹在關押地的許多生活細節，白雨蘭瞪大眼睛癡癡地聽著，生怕漏了一個字。那神情，丁春峰內心頓生憐香惜玉之情，恨不得把眼前的小妹妹抱上一抱。丁春峰花了心思轉輾瞭解白雨虹的情況，倒不完全是爲了跟雨蘭說話有主題，沒有雨蘭他也會去關心白雨虹。不過，因爲有白雨蘭，他把白雨虹的細節瞭解得更詳細，如果有人問他，他在心裡不會否認。反正自己也說不清，他丁春峰到底是想給雨蘭留下美好印象呢，還是在敍述一個他欽佩的朋友的一個故事？白雨蘭盯著他問，那天門底下的十元錢，是不是他塞的？丁春峰裂著嘴傻笑，既不承認也不否認，王顧左右而言他。白雨蘭堅決要把錢還他，丁春峰急了，說：「給錯對象了！給錯對象了！」堅決推辭。無意間，他的手碰上了白雨蘭的嫩嫩的手臂，兩個人的臉都泛了紅暈。

丁春峰對白雨蘭說：「你哥不在，有什麼事儘管找我！」

白雨蘭說：「你不怕劃不清界線？我沒事的，我會像李鐵梅一樣堅強。」

丁春峰「嘿嘿」笑笑：「反正雨虹不在，我當你哥。」

白雨蘭急忙擺手：「欣欣姐常來看我，我有姐姐，不用你當哥。」

丁春峰非要當她哥：「我跟雨虹是鐵桿弟兄，我不當你哥誰當你哥？」

白雨蘭噘嘴笑著說：「天底下哪有像你，硬要當人家哥的？你去做你的造反派什麼頭頭去吧。唉，我說你們聯派，還有你，可不能亂開槍哦。要文鬥，不要武鬥。」

「不會的，不會的。」丁春峰這語調，眞的像哄小妹妹。

「我可告訴你，」白雨蘭認眞說：「你們包圍東方紅中學，碉堡樓裡有我二哥。二哥有什麼閃失，我可要找你！」

丁春峰說：「別瞎想，我們已經規勸他們停止抵抗，我們人多，他們硬是抵抗，我們也會解除他們的武裝。再說，他們的洪總司令遠在北京，群龍無首呢。用不了幾天，他們沒水沒電的，支持不住也會土崩瓦解。這幾天我們加強攻勢，就是逼他們投降，就像兵書上說的，不戰而屈人之兵。你說，白雨星在裡面，我媽可能也在裡面呢，你說我們會把他們怎麼樣？」

白雨蘭還是在尋求答案，疑問寫在她紅暈的臉上：「聽說你爸媽爲革命離婚啦！你到底跟革命的爸爸，還是革命的媽媽？」如果別人問這個問題，他丁春峰一定會在臉上晴轉多雲。眞是哪壺不開提哪壺！現在是白雨蘭在好奇地問他，他的臉上卻聚攏不起烏雲。丁春峰的眼光在白雨蘭臉上停了片刻，見雨蘭一臉的誠眞，他微微笑了笑，反問道：「雨蘭，你說呢？」

「我問你，你倒問起我來了！」白雨蘭的小辮左右搖晃，說：「好吧，讓我再設想一下。假如你端著槍衝進去，你媽也端著槍，她在抵抗射擊，你會向她射擊嗎？」

丁春峰從沒有思考過此類問題。他想把手搭在白雨蘭身上，但又像觸電似的縮了回來：

「怎麼會呢？哪有兒子向母親開槍的？」

這一次，白雨蘭瞪大了眼睛，愣在那裡半晌。革命前後，白雨蘭受到的所有教育都是要她分清敵友分清階級。母親被抓後她也寫了與「反革命」的母親決裂的大字報，草稿寫好後興沖沖剛要騰，大哥白雨虹發現，撕了個粉碎，狠狠數落了一頓。不過白雨蘭心裡並不服氣。她看到小驢子揭發父親，胡瑤淩揭發大伯，許多人由於大義滅親才進入革命隊伍，她絲毫沒有懷疑過他們做得不對。白雨蘭在經歷了父死哥關的種種變故後，她雖然號啕大哭過，心裡詛咒過整人的人，但她還是把這場革命想像得無比神聖，她覺得自己的覺悟還是高的，大哥覺悟還沒有她高哩，不然的話，大哥不至於吃那麼多苦頭。她問丁春峰的話，本也是說說玩玩的，不指望丁春峰會認眞回答，因爲她知道標準答案：對反革命的黑幫頭目，必須用無產階級的鐵拳砸爛他們的狗頭！使她驚詫不已的是，丁春峰大小是個叱吒風雲的造反派頭頭，居然講出了不分階級不分敵友的喪失革命立場的話來！

又輪到丁春峰傻了，他不明白白雨蘭爲什麼像看怪物似的看著他。丁春峰畢竟是個爽直人，一吐而快問：「幹嘛愣著？我說錯了什麼？」

白雨蘭不好意思的笑了笑。這一笑又使丁春峰心猿意馬春風蕩漾起來。白雨蘭在一瞬之間，似乎從丁春峰身上見到了大哥的影子。大哥就是到死也是要認反革命的母親的。她馬上在不經意間說了句自己也不知道怎麼說出的話：「你不像六親不認的造反派，倒像起我大哥來了！」

丁春峰聽到這裡，渾身的血漲起來了，他手足無措了。兜了一個圈子，白雨蘭不是明擺著，間接認他哥哥了。白雨蘭話一出口，覺得自己這樣說是說溜了嘴，她趕緊扭頭要走，不防丁春峰的大手攔在她胸脯前方，在她沒有反應過來時，丁春峰半摟半抱把她攬進了他的寬厚而又情

熱的胸膛，瞬間飛快地又像吮吸般的吻了白雨蘭的臉頰，然後像做錯事的孩子似的自己的臉漲得通紅，放開白雨蘭迅速逃離了白家。

丁春峰在街上繼續漫無目標的走著。天氣還是異常悶熱，沒有一絲的風。他回憶起與白雨蘭的那次初吻的滋味，感覺心中吹起了涼爽的風，把剛才的氣悶和周圍的高溫統統吹跑了。他的腳步輕快了許多，朝白雨虹家走去。他發現自己自從那次以後，怎麼有點患得患失起來，他想如果白雨蘭把那次告訴白雨虹，他見到老同學時多尷尬。轉眼一想，他丁春峰可是條漢子，好漢做事一人當。即使白雨蘭把秘密埋在心底，他也會把自己對白雨蘭的感受告訴白雨虹，他知道自己的脾氣，好多事在心裡憋不住。譬如，過會兒他見到白雨虹，他一定會把對丁向東的種種不滿宣洩出來。邊想邊走，不知不覺拐過和坊街，走到石橋邊。

身後有人叫丁春峰。他回過頭去，見是聯派的戰友，丁向東的通訊員。通訊員奔得上氣不接下氣，叫他趕快回司令部，要研究重大步驟。他打發走來人後，繼續往白雨虹家走去。丁春峰心裡知道，什麼重大戰略部署，他父親無非要他去追擊突圍的紅派殘餘力量。母親死後，他感到身心疲倦，那種激情彷彿如燃盡火的煙，在飄然而去。他走進小巷，繞過古井，抬頭見白家的門上掛著鎖，白雨虹兄妹會到哪裡去呢，他思忖。

丁春峰在一秒鐘後，找到了答案：白雨虹兄妹一定去那裡了，那個太湖中的孤島！鄰居們說，白家已經兩天沒人了，說是到鄉下去躲避武鬥了，這更堅定了丁春峰的判斷。丁春峰雖然到白家撲了個空，可心裡倒也踏實。白雨虹兄妹能夠見到他們的母親了，對自己暗中助了一臂之力感到十分欣慰。丁春峰突然又佩服起白雨虹來，選擇馬上離家別城的做法，一是可圓探視母親的夢，又可躲避一下政治迫害的風頭，可謂一舉兩得。

——第二十一章 在碧水藍天之間

正像丁春峰猜測的那樣，白雨虹兄妹踏上了尋母之路。

小火輪喘著粗氣，在蜿蜒的郊外運河裡緩緩地遊去。白雨虹聽白雨蘭述說母親下落的一瞬間，他決定馬上動身。他倆收拾了簡單的替換衣衫，爲安全起見，沒有在起點碼頭上船，而是走了一站，在郊外的一個小碼頭上了船。雨蘭挽著一個布兜，像一頭歡快的小鹿，一路小跑緊跟上大哥的步伐。然而，白雨虹走得雖然很快，雙腿總是感到飄飄搖搖，像失重似的控制不住平衡。長時間的關押使他的身體羸弱不堪，他極力以自己的意志驅動行進，他明白無法逃脫跌跌撞撞的命運。白雨虹坐在靠窗的長條凳上，雙眉緊蹙神色凝重。他的思緒，就像眼前的水面，近處波瀾不驚，隨著輪船的行駛，劃出一條波峰伸展到河岸，彙聚成激烈湧動的浪頭，擊拍著石砌的長堤，也拍打著白雨虹心的駁岸。此番去探望母親，一路上右眼皮跳個不停，心裡恍惚不安，隱隱的一種說不出的預兆。此行能順順當當不會節外生枝吧？母親雖然生死未卜杳無音訊，他憑著說不明的直覺，母親應當無恙吧，母親那一雙恬靜的雙眼仿佛正默默注視著他召喚著他。

他又仿佛回到了少年時的河岸邊。有時，家門口的公井擁擠，母親便多走些路到河邊去淘米洗衣。白雨虹還有弟弟白雨星，一路跟著媽媽來到河邊，他們會在河邊戲水，摸螺螄，採紅菱，等到媽稍不注意，他們就光了腚撲到水裡游玩。白雨虹不會忘記，有一回媽專心致志地用

棒槌在石岸的條石上撲敲濕漉漉的衣服，弟弟在岸邊往河裡丟了塊小磚片，弟弟的意思想叫媽看河中間慢慢漂過來的三株大菱葉，在菱葉的縫隙間露出嫩嫩的紅菱。媽知道弟弟饞嘴，滿心歡喜等菱葉漂到跟前，輕輕一把提起來。冷不防，媽不僅提起了像小傘般的菱葉，也把潛泳在小傘般菱葉下的白雨虹一起提了上來，當白雨虹的頭鑽出水面，媽媽嚇了一大跳！白雨虹還有弟弟，卻一個在水裡一個在岸上，拍手歡呼雀躍。那有趣的場景，久久流淌在他的腦波裡。他多麼想，像兒時那樣突然出現在母親跟前，給她一個驚喜。他多麼想，假如母親能夠渡過這一劫回家，一定還要陪同母親到河邊，幫她擰乾洗好的濕衣，他一頭她一頭的擰擠洗好的床單。他多麼想，再聽聽媽媽在河邊輕輕哼出的吳歌，再聽聽媽媽在河邊洗衣槌棒敲擊的節奏聲，那節奏伴著悠悠的水鄉之音，如一縷來自天上雲間的仙曲，飄渺在碧波粼粼的水面上。

白雨虹回過神來，見小火輪船艙裡人不多，他想在長條凳上躺一會兒。剛躺下，坐在對面靠窗的位子幾個人中，有人發出呵斥聲，聲音像訓斥一條不聽話的狗：「畜生！你跟我規規矩矩，不許亂提要求！」白雨虹尋聲看去，見三四個窮兇惡煞般的漢子圍著兩個書生樣的人，那勢頭仿佛要伸出手搧耳光的樣子。那兩個書生都被剪去了頭髮，其中一個很瘦，但他倆雙手都戴著陰森森的鐐銬。白雨虹對這種場景太熟悉了，他被關押時幾乎每天都面對呵斥。他見那個發話的漢子眞的狠狠地一巴掌打到瘦書生臉上，白雨虹感到就像打到了自己的臉上，熱辣辣的痛在心上。文弱瘦書生的嘴角流出鮮豔的血，他的稜角分明的臉，他的眼睛，居然沒有一絲痛苦的表情，整個身子紋絲不動。白雨虹覺得他就像一尊塑像，像一尊打不碎擊不倒的雕塑，泰然的面對人世的暴虐。那是一種歷盡滄桑透悟無畏的神情，只能在無數次的受虐後才能修煉出的境界。白雨虹的心抖了一抖，瘦書生便是一面鏡子，映照出他被關押時，面對打手施暴，開始憤怒寫在臉上，後來白雨虹他不也像這位書生一樣，在寧靜和安祥中接受一次次暴力的洗禮？

那瘦書生到底什麼事惹了他們？白雨虹追根究底的倔脾氣又犯了。瘦書生想暫時解開手銬去上廁？想把頭探出船窗看風景？想用畫夾寫生？白雨虹曾見書生的長條凳下的破包裡露出畫夾，推測書生可能是個畫家。白雨虹在記憶的旮旯裡搜索到，這書生在個人畫展上他見過，是城裡小有名氣的青年油畫家，姓駱，駱駝的駱，他在作品上常常署名「駱駝王子」。白雨虹由此立刻想起，駱駝王子的一幅放在展覽大廳角落裡的名叫《浴女》的畫，畫面上一位少女如出水的芙蓉，婀娜多姿質感強烈，肌膚上的水珠晶瑩欲滴。使白雨虹更加不可思議的是，那少女大半側的臉幾乎與藍欣欣一模一樣，白雨虹周身升騰起熱潮，驚訝地駐足在畫前沒有挪步。眼下想起，白雨虹依舊勃然激動心潮澎湃。後來白雨虹有意無意在藍欣欣面前說起過這幅畫，他的原意想問藍欣欣有沒有去做模特兒，又怕她尷尬不好明說。藍欣欣像一汪清水般的表情，使白雨虹只好把問題埋在了心底。「文革」爆發後，市裡兩派的報紙都曾經批判過油畫《浴女》，說她是資產階級的毒蛇美女，說作者利用藝術來腐蝕我們的青少年，參與了西方對我們的和平演變，又說本來這幅畫是全裸體的，在工農兵的強烈抗議下作者才用浴巾遮蓋了女性生殖器，但是這少女羞羞答答的舉動仍然掩蓋不了作者資產階級的腐朽思想。白雨虹記起來了，畫面上的少女私處確是由飄逸的浴巾一角遮蔽了，但在浴巾的一角畫了一朵粉紅的花，當時白雨虹感到奇怪，現實生活中浴巾角不會繡花，畫家爲什麼這樣畫？大批判文章卻使他茅塞頓開，畫家並不認爲少女的外陰像「工農兵」所指責的那樣是骯髒的，她燦爛如花絢麗似錦，她本來就是人類生命轟轟烈烈的進出口，豈有把滿園春色關住的道理？想到這裡，白雨虹不禁向瘦書生投

去欽佩的眼神。眞是惜惜惺惜惜，白雨虹就是欣賞那些敢於頑強表達自己眞實意志的人，欣賞他就像欣賞自己一樣。

另一個書生長得高一點，襯衣的口袋底邊染了一灘藍黑墨水。白雨虹見此人也感到面熟，就是怎麼也想不起來。那高個書生不時向白雨虹投來親切的眼光，顯然，他認識白雨虹，只是在別人的監督送押下不敢相認罷了。白雨虹雖然記不起來，可是他同情他們的處境，他微微用眼皮合了一下傳遞自己的致意，又從睜開的雙眼裡傳出善意的笑容。白雨虹清楚，那兩個書生將會押解到湖邊的太公山勞改農場，等待他們的是無休止的開山採石和做磚燒窯，迎接他們的是無休止的自我批判和管教人員的折磨。白雨虹十來歲時，父親學校的一個年輕教師由於五七年被劃爲「右派」，關在那裡勞動改造，在一次採石中，他踩在一塊突然鬆動的巨石上，連人帶石把他從高崖上甩下，當場死去。那教師的屍體血肉模糊慘不忍睹。白文堂平時十分器重這位青年，聽到死訊後多少天情緒沮喪，不肯吃飯。

船艙外水天一色，淡淡的藍晶瑩般的剔透純潔。近處河灣裡的一艘艘七桅船，毫無生氣的懶洋洋地躺在緊靠蘆葦的水面上，沒有升帆，沒有炊煙，聳入雲天的桅桿仿佛向蒼天述說著自己被遺棄的不幸。白雨虹極力想在遠處碧波浩渺的湖面上找到漁船的身影，遺憾的是，除了閃著銀光的水波和湛藍的天空，一片淼淼空空，連一艘小舢板都沒有出現。白雨虹內心感到在這沒有生機的單調的自然界裡，隱隱包含著無聲的恐怖。倒是湖岸邊人聲鼎沸，紅旗在風中獵獵作響，大幅標語「圍湖造田，功在千秋！」光彩奪目。成群成群的人像無數的螞蟻，肩扛背挑著裝滿泥土的草袋，拋入湖水中，壘築長長的堤岸。白雨蘭喜歡熱鬧，見此場景，抑制不住喜悅，不停地指給哥看，那個人挑擔健步如飛，再近些一看還是女的，白雨蘭認定她一定是「鐵姑娘隊」的隊長。白雨蘭不停地發表著自己的評論，你看農民們多麼了不起，向湖泊要糧，改天換地，鬥志昂揚。白雨虹見成群的人中還有許多女孩幹著重活，不禁生出無限的憐憫。他講不出什麼道理，直覺告訴他，改變大自然的天然佈局，向湖泊索取糧食而不是養殖水產是挺滑稽的，他對眼前的一幕荒誕劇，怎麼也無法與白雨蘭的喜悅產生共鳴，白雨虹一句話都沒有搭理妹妹，在這條船上在公衆場合，任何眞實的想法如果自由的表達出來，等待你的就像對面兩個書生的遭遇，因此白雨虹只能緊閉嘴唇。

白雨蘭見哥不理她，自覺沒趣，但也朦朧中知曉哥的意思。白雨虹靠在船窗前，默默地向遠處眺望，小火輪駛過一座又一座的山丘，山上披上了綠色，使白雨虹的心情舒展了許多。五八年「大躍進」，億萬人一齊上陣，大建土高爐「煉鐵」，山上的碗口粗的樹木被砍了下來，餵進了「超英趕美」的熊熊大火中。高爐煉出了渣滓，青山變成了禿子。這光禿禿的山上如今鬱鬱蔥蔥，白雨虹怎不欣喜！只可惜了，如今山上成片的都是倒伏的灌木，已經找不到直挺挺的喬木了。白雨虹遠遠望見了，水天之間高高的太公山，隱隱顯露厚實的山脊。見到太公山，白雨虹又情不自禁地想起那裡的勞改採石場，那個慘死在那裡的熟悉的年輕教師。他把剛才斷了的思絮又重新慢慢接連起來。

父親白文堂幾天吃不下飯，母親十分擔憂。白雨虹隱隱從他們的對話中得知，父親的哀痛中含有強烈的自責和內疚。當時學校貫徹上頭的精神，一次一次召開座談會，要求教師們大鳴大放幫助黨整風。一九四九年後，知識份子被一次次運動搞的噤若寒蟬，哪個還敢在會上鳴放？領導一次次找那位年輕人談話，要他這個入黨積極分子帶個頭講話，言者無罪，聞者足戒。那年輕教師心裡沒底，悄悄向他敬重的教研組長白老師討教，講還是不講？白文堂事後想想自己眞糊塗，當時他沉思了半晌說，既然領導看重你，就講幾句吧。那年輕人就在會上講了幾句，獲罪的是關鍵一句話：語文課不能變成黨的文件的傳聲筒。不久，反右鬥爭開始，年輕人被打成反黨反社會主義的「右派分子」，遣送勞改。白雨虹親眼看見，父親在得知噩耗時捶胸痛哭，他說，年輕人的話當場他都聽到，沒什麼錯哇，無非想提個建議，每篇課文都要進行「思想教育」，都要用文件上的話語來歸納「中心思想」，這不符合語文教學的科學性，課文怎麼能變成文件的翻版和傳聲筒呢？父親說，他好蠢啊，他當時完全可以暗示年輕人不要多說話，或者乾脆不說！父親輕輕告訴母親，他不能寬恕自己，某種意義說是他害了那個年輕人，他要贖罪，不然的話，他無法告慰逝去的英靈，自己的靈魂也不得安寧。

「文堂啊，你要冷靜啊。你在這件事上多說話，當心他們也把你打成右派。」母親勸慰的聲音。

「他們無恥！硬要叫人說話，什麼知無不言言無不盡，人家說了又把人家打成階級敵人，徹頭徹尾的陰謀！」父親忿忿不平。

母親壓低了聲音幾乎顫抖地說：「輕點，當心別人聽到。毛主席說，這是『陽謀』，這叫引蛇出洞。你千萬不能隨著性子說。」

父親義憤塡膺：「那年輕人是蛇嗎？你說那些右派都是蛇嗎？」父親又提高了嗓門，母親急切阻止：「我求你了文堂，把話爛在肚子裡。你要爲孩子們想想，如果你有三長兩短，往後的日子怎麼過啊？」

屋子裡一陣長時間的沉默。白雨虹在門外，久久聽不到裡間的聲音。這一段長長的沉默，在少年的白雨虹心裡仿佛凝固的時間，凝固的空氣，憑他的機靈理解了搞運動就是爲了斬蛇整人。從那時起，他突然覺得發現了新大陸，原來自己生活的社會實際上是分成了兩個世界，除了紅色的表象外，他發現了還有另外黑色的眞實。他爲母親的懦弱好長時間不可理解，直到父親挨鬥母親被抓，他才逐漸讀懂了母親。在裡屋，白雨虹又斷斷續續聽見母親的絮絮叨叨，大意是母親對父親說，她文化局的許多人成了右派，俗話說，禍從口出，一點不錯啊。母親說，她硬著頭皮參加大大小小的座談會上，心裡眞害怕，連一句插話都不敢說。幸虧這樣，緊閉嘴唇咬緊牙關她才躲過了這一關。接下去母親的聲音忽高忽低，講了一些人的名字，有的人白雨虹認識，都是些作家、畫家、書法家，可憐他們都成了壞人右派。白雨虹一面回憶，一面又眼見船上正押解的兩個書生，他馬上聯想到我們中國知識份子的命好苦啊。五十年代初，胡風歡呼「時間開始了」，天眞的笑容剛剛開綻，結果跌進了獄門的黑洞。俞平伯癡心研究《紅樓夢》，冷不防中了兩箭受到圍剿批判。五七年的反右，如今又是「文化大革命」，無不都是向文化人開刀。他們確實要把文化人一個個作踐成賤民，白雨虹爲自己又一個新發現，混身上下打了個哆嗦，倒抽了一口冷氣。

記得那時跟著父親去太公山，走的也是這條水路，當時的心情也與今天差不多，一路的沉默和忐忑不安，不過白雨虹當時年少，多了幾分好奇。聽說父親要去太湖，死纏著也要跟去玩。父親堅持要去料理那位年輕教師的後事，白雨虹猜測，謹愼怕事的母親最後只得無奈的妥協。父親在勞改採石場帶回了幾本書幾件衣褲和一個斑駁的搪瓷碗，是那位逝去的年輕人的全部遺物。白雨虹回家後曾經好奇的從書中翻到一張發黃的照片，照片上一個年輕女人懷抱著一個五六歲的男孩，他判斷這個男孩長大了便是死去的青年教師。後來聽父親說，那男孩是山裡人從小沒了爹，是守寡的母親含辛茹苦把他帶大。當照片上的婦女從白文堂手裡接過兒子的遺

物時，她一遍一遍的摩挲，任臉上的淚滴在手背，淌到含著兒子體味的衣衫上。

「你爲什麼替一個右派賣力奔波？」「文革」開始後，在一次次的批鬥會上，紅衛兵們反覆問白文堂同一個問題。白雨虹在臺下清清楚楚看見，胡瑤淩高舉著皮帶問父親這個問題。臺上臺下一片震耳欲聾的口號聲：「白文堂不交代就叫他滅亡！」「打倒漏網右派白文堂！」在充滿仇恨的氛圍裡，白文堂每說一句話，都被洶湧的狂濤所湮沒。白雨虹只看見父親的嘴唇在歙動，他奮力擠到前邊去聽，但聽到的是皮帶抽打父親背部的兇殘的聲響。

在家裡，白雨虹把雲南白藥粉末輕輕敷在父親的傷口上。白雨虹不會忘記，父親咬緊牙忍住痛時悲哀的眼神抽搐的臉。白雨虹不會忘記，父親已經把他當作朋友和眞正意義上的成人。從他懂事起，父親從來沒有用如此莊重和使命式的神情切入話題：「雨虹，中國歷史上最黑暗的一幕開始了！」白雨虹點點頭。白雨虹模模糊糊記不得說了什麼，意思是外面到處整人揪人抓人，黑白混淆人妖顚倒，他不會同流合污。白文堂點頭，看著兒子說：「他們，在瘋狂奔向革命天堂的時刻，卻歡天喜地跌入了人間地獄。」

「那麼，爸，」白雨虹說：「我也一直在想，他們，爲什麼會集體瘋狂呢？社會到底在哪裡出了問題，我們的傳統是否與此相關呢？」

白文堂馬上露出讚許的笑容，他覺得兒子確是長大了：「雨虹，思考的本身比答案更爲重要。我在想，今天的中國肯定是昨天的延續，傳統中的權力至上加上虛僞禮教，合在一起產生核效應，惡性膨脹了。」

白雨虹立刻領會了父親的意思。他覺得程朱理學的「存天理，滅人欲」與現在街上高喊的「興無滅資」口號，委實是血脈相傳。那些衝進外國使館放火的紅衛兵，與世紀初的義和團民何其相似。白雨虹親眼見到，一對熱戀中的男女在街上剛剛手牽手，就被一群紅衛兵圍住，在大庭廣眾之下當衆受到指謫和羞辱，罰他們在毒熱的太陽底下曝曬，向矗立在街頭的毛主席雕像低頭請罪。白雨虹又問父親：「如此亂局時間會長嗎？」

「潘朵拉的魔盒一旦打開，就很難收攏了。」白文堂積多少年的經驗，肯定的說。

「爸，我可以不可以這樣理解，潘朵拉的魔盒早就打開了。比如說，從蘇俄時代起，遷移到了我們中國。」白雨虹憂鬱的說。

白文堂心中暗暗吃驚，他沒有想得那麼遠，那麼深。他又替兒子擔心起來，過分的早熟意味著過早的痛苦，過於的執拗往往易受折損。白文堂還擔心，孩子的母親已經不知去向，自己也是危在旦夕，一旦再有什麼變故，家庭的重擔將責無旁貸地落到作爲長子的雨虹身上，雨虹能承受如此生命之重嗎？白文堂對兒子說出了心中的憂慮，大意是要兒子內方外圓多看少說。白雨虹一直靜靜地聽著，有父親遮風擋雨，他對以後將做頂樑柱還遠沒有思想準備，但父親畢竟見識多，白雨虹充分理解父親的重重顧慮。

父親的囑咐，陡然喚起了白雨虹內心的大漢氣慨：「爸，以不變應萬變，再大的風浪，我會堅持住。」他還想慰藉父親，看情形他會隨隨大流。可是後半句話還是說不出口，因爲它不是白雨虹的本意。白雨虹從父親身上，還是深切體悟到父輩的許多人，被連續不斷各種運動折騰到現在，已經如履薄冰謹小慎微，就像一些灰頭土腦的人，他們的鋒芒和銳氣已經消形遁跡，只剩下一介書生耿直之氣。白雨虹知道自己也是個讀書人，但他比父輩多的恰正是熱騰的血氣和不妥協的精神。

「風浪中難免要嗆水的，」白文堂平和的說：「能屈能伸未必不是大丈夫。我可能被打殘疾了，你可要保護好自己，你還有許多事要做。不管怎樣，無論如何要找到你母親。」

白雨虹鼻子酸酸的。父親在母親被神秘抓走後，曾趕到文化局去打聽，回來告訴雨虹，母親單位的人見了他躲得遠遠的，白雨虹聽後也是心裡懊糟難過。白雨虹對父親說，哪怕他走到天涯海角，一定要找到母親。白雨虹以後又慢慢記起來，父親當時輕輕地像是自言自語說，照他眼下的處境，也許他等不到找到她的那一天。那句話，白雨虹今天想來，不幸成了讖語。白雨虹看著船窗外倒影在綠水中的青山，化作了濃濃的墨坨坨，孤單單的淒涼涼的，籠罩在他的心頭。

「哥，你看你看，那邊的小島，你說媽媽會在那裡嗎？」白雨蘭指著前方問。

「你說哪個島？」白雨虹問。

遠處，那浩瀚無邊的水，伸向天際。波浪柔柔地，泛著綠色的漣。那一個個的小島，像一把珍珠撒在了廣袤的太湖之上。小火輪在天蒼蒼水茫茫之間行進，像一隻甲蟲在遊曳，在波瀾不驚的湖面上，兀添了鮮活的靈氣。隨著船的穿移，掩隱在水天幕簾裡的島嶼，露出嶙峋的石，平坦的岸，起伏的山脊，千姿百態安閒地靜臥，有時風吹過樹枝兒輕輕的搖曳，就像偶爾熟睡中微動的睫毛。大自然如此的和諧，可是我們的人間呢？白雨虹想，本來那水天之間，應當是年輕人划著雙漿野炊露營撒著歡歌笑語的去處，是父輩們修身養性頤養天年的風水寶地，然而誰會把它與鐵絲網、禁閉室和勞改農場連在一起呢？失去自由的母親到底在哪個島上呢？白雨虹在問妹妹，其實也是在問自己。他知道，要去的那個島，丁春峰雖然提供了地名，但是不通航班。兄妹倆還須在湖邊的姑媽家住上幾天，到底是哪個島，還要問當地人，然後再搖船或者雇船去那裡，一切只好見機行事。

小火輪好像撞擊了一下，船內的人都嚇了一跳。船上的喇叭響了起來，通知所有人離船登岸。乘客出現了輕微的騷亂，開始以爲船出了故障，後來喇叭裡用生硬的語氣說，今天逆水航行船開慢了，但是船員政治學習的時間到了，船可以不到終點，但革命不能等到終點。乘客們心裡雖然老大不高興，可是也只能收拾東西上岸。白雨虹估摸一下，這裡離航班的終點還有一站路程，到姑媽家還有七八里路，便和雨蘭隨著其他乘客一起沿著跳板上了堤岸。

起風了，湖面上吹拂過來的風，揚起了兄妹倆的頭髮。白雨虹深深吸了口氣，沒有馬上離開碼頭。他默默地看著兩位書生在大漢們的押解下，從他的面前走過，迎著落日的太公山方向走去，直至他們的身影在地平線上消失。他注意到，兩個書生在走出一段路後還轉過頭來向他這裡看一眼，那一刻，白雨虹心裡無限的惆悵，讀書人的心相通的。這是他和書生們同爲天涯淪落人之間心有靈犀的感應，超越言語的感同默契，或許還有彼此的暗中鼓舞。那個年輕右派的遺物和照片又在他眼前浮現，但願蒼天保佑書生，千萬別走上那條不歸路。白雨虹明白，他的處境不比兩個書生好多少，也自由不了多少。

在碧水藍天之間，誰有自由和歡樂？——白雨虹站在堤岸上，心裡在輕輕的問。

——第二十二章

憶苦思甜

傍晚時分，白雨虹兄妹來到了姑媽家。在村口，巨大的香樟樹的背後，冷不防竄出一個人來，一把抱住白雨虹。白雨虹定睛一看，方知是姑表弟龐來舟，便在來舟的胸前敲了一拳。龐來舟憨厚的裂嘴笑著，說：「老遠就看見你倆了，就是不敢相信眞是你們。」說著，一把奪過雨蘭手裡的小包裹，拽著雨蘭的手臂，領著兄妹倆朝自家走去。還沒進屋，龐來舟就大叫自己妹妹的名字：「來珠，來珠，快出來，雨虹哥他們來了！」屋裡蹦出了與雨蘭差不多大小的姑娘來，也是紮了兩條小辮，見了雨蘭，姊妹倆自是一番親熱。

龐來舟吩咐自家妹妹快燒水。龐來珠忙著打草把點火燒灶。白雨虹嚷著問姑父姑媽在哪兒，龐來舟好像有點害羞似的說，歇一支煙工夫就會回家。白雨蘭蹬在灶眼邊來珠身旁，學著打草把，推推搡搡問來珠她的手藝如何？白雨蘭還把打的最好的一隻放在邊上，說是給姑媽看，準會誇獎她。不一會兒，水開了。龐來舟舀水進茶壺泡茶，滿屋升騰起一股清香。

白雨蘭拍著手，吸著鼻子說：「好香，好香！」

白雨虹甕聲甕氣地說：「好茶，好茶！來舟，是什麼名茶？是碧螺春吧！」

龐來珠搶先說：「正正宗宗的碧螺春！是我哥親手炒的，你們趕得正是時候，好口福啊！」

「我知道姑父炒得一手好茶，」白雨虹一邊品茗一邊說：「沒想到來舟也有一手絕活。什麼時候學會的？」

龐來舟嘿嘿笑著：「看著學唄。」

「看看就會，我不信。有什麼秘訣，來舟保守著呢。」白雨虹打趣說。

「哪有什麼秘訣。」龐來舟擺擺手：「炒啊焙啊的火候啦手感啦，記在心裡就是了。」

「我哥啊，拿手的活兒多著呢，」龐來珠又插話：「說捕魚吧，看水面我哥就知道哪兒有魚，一網下去八九不離十。還有哇，哥用魚叉刺魚百發百中！」

白雨蘭用肯定的語氣說：「也是從姑父那裡學的吧！」

龐來珠說：「我爹魚叉功夫不如我哥，但養蚌育珠的本領全村沒人比得上。」

白雨虹以前知曉姑父常年在湖邊勞作，曾經嘗試過一些水產的養殖。白雨蘭小時侯戴的手鐲，也是姑父用自己培育的珍珠做成的。後來白雨虹隱隱約約聽說，姑父被公社保衛室關押過，似乎與做珍珠買賣有關係，說是搞投機倒把。詳情也不甚了了，聽來珠說起，白雨虹聯想了起來。白雨蘭顯然也聯想到了，說：「哎呀，我小時侯的珍珠手鐲，也是姑父的手藝。可惜都給紅衛兵抄家抄走了。」

龐來舟嘆了口氣說：「爹爲了做養殖做生意，吃了不少苦頭。」

「文革開始到現在，一直被貧農戰鬥隊批鬥。老是叫爹交代投機倒把的罪行。」龐來珠繼續說：「他們還押著媽一起陪鬥。下午爹媽又被押到大隊部去了，說是晚上要開憶苦思甜會，先去接受教育。我看他們又在折磨人。」

龐來珠只顧自己說話，龐來舟用眼瞪了妹妹一下，示意她不要多說。白雨虹見狀，心裡明白了，來舟弟臉薄要面子。難怪白雨虹問起姑父姑媽在哪兒，來舟總是吱吱唔唔。白雨虹想打消龐來舟的顧慮：「到處都一樣，到處都是批啊鬥啊什麼的。我爸也被人家鬥，還挨打，身上

都是傷。」

「現在傷好點了嗎？」龐來珠問。她不知道城裡白家發生的事。

白雨虹垂下眼簾說：「死了。」

龐來舟大吃一驚，瞪大眼問：「死了？難道舅舅死了？」

白雨虹一五一十把城裡的事白家的變故述說了一遍。兄妹幾個寂靜無聲。屋子裡靜了好長一段時間，兩個女孩的眼裡噙著淚。龐來舟說，雨虹哥也是，不好寫封信告訴我們一下，把舅舅接到鄉下避避風頭。白雨虹說，鄉下也不是避風港，不能連累了你們。龐來舟想想也是，自己家也是泥菩薩過江自身難保。這倒提醒了龐來舟，公社有規定：外來人進村必須到大隊申報臨時戶口，也要參加革命和勞動。龐來舟還得趕快去辦理手續。弟兄倆商量來商量去，編一個來探親的理由。白雨虹想來想去編出來的探親理由都有破綻，人家一句話就問死你，不好好在城裡參加革命，探親那麼重要？白雨虹死腦筋起來也夠死的，說：「沒辦法就講實話吧，去探監路過暫時住住。」龐來舟忙擺手說：「不行不行，人家知道你們是反革命子女，要挨揍的。」龐來舟提醒白雨虹，看望舅媽總有什麼介紹信之類的憑證吧，看看上面怎麼寫的。白雨虹從胸口衣袋裡小心翼翼掏出一方紙來，兄弟倆頭湊在一起仔細研究。龐來舟拍拍腦袋說，不要緊，不要緊！眾人催他快講什麼個不要緊法。龐來舟很自信說，蓋得是市革委會的紅圖章，這就是護身符，雨虹兄妹可以說是在執行革委會的任務。大家想想有道理，白雨虹心頭一熱，暗暗感激丁春峰。龐來舟連忙在盒子裡翻出兩枚毛主席像章來，又找出兩只紅衛兵袖章來，動作麻利地幫雨虹兄妹佩戴好，左看右看自言自語說，這就像執行任務的樣子了。白雨虹兄妹倒是成了呆鵝，任憑龐來舟擺佈。龐來舟轉了一圈，想想還是不太滿意，又從裡屋找出了兩頂黃色軍帽，分別戴到雨虹雨蘭頭上。龐來舟定睛認眞端詳了半天，滿意地笑了，連聲說：「像了，像了！」

匆匆吃了晚飯，兄妹四個就趕到大隊部塡表登記，接受詢問。辦好手續後，又趕到打穀場參加憶苦思甜會。通向打穀場的田埂上，男女老少都自帶小凳，絡繹不絕地向會場彙聚。離會場老遠，就能聽見高音喇叭播放的曲子：「天上佈滿星，月亮亮晶晶。生產隊裡開大會，訴苦把冤伸。萬惡的舊社會，窮人的血淚仇，千仇萬恨千仇萬恨湧上了我心頭，止不住的辛酸淚往外流……」白雨虹太熟悉這音調了，他參加過城裡許多次的憶苦思甜會，會前都播放這悲悲的歌，調動大家的情緒統一進入悲悲的世界。然後大家一起唱，唱完就有苦大仇深的老工人上臺，一把鼻涕一把淚的憶苦思甜，無一例外的訴說一九四九年前的舊社會生活如何如何的苦。聽得多了，白雨虹總結出老工人的故事情節由四部分組成，先是苦難的學徒生活，師傅怎麼凶；然後是資本家怎麼壞；再說說家裡怎麼窮；最後是翻身感謝偉大領袖。好像大家在用一個標準劇本演戲，只是變變年齡換換人名。白雨虹推測，馬上開始的憶苦思甜，主角一定是位老貧農，背景放在太湖邊的農村，訴說地主怎麼壞，自己怎麼吃不飽穿不暖，感激新社會怎麼好。

白雨虹一邊走，一邊看主席臺。臺上已經端坐一個漢子，黝黑的臉，五六十歲年紀，挺有精神。白雨虹與想像中的老貧農對上了號，如果近看的話，估計臉上還佈滿歲月風霜的皺紋。老農的嘴在一張一合，想必憶苦思甜會已經開講。走進人群，方知大家正在唱「天上佈滿星」的歌，只是亂哄哄的，搶拍的五音不全的節奏忽緊忽慢的，距離稍遠一點根本聽不清人們在唱歌。白雨虹他們慶幸來得還正是時候，序曲剛剛開始，不算遲到。那老農也許也是哼哼哈哈跟著和和調。打穀場四周吊裝的大支光電燈，把會場照耀得如同白晝。燈桿底座邊都放了一盞汽燈，白雨虹估摸著，這裡和城裡一樣經常停電。在燈光下的主席臺兩側，各站著一排頭戴高帽

胸掛牌子的人，低頭面向群衆。

右邊的一排中有一個婦女沒掛牌子，她攙扶著一個掛牌子的漢子。那婦女被幾個戴袖章的人強拉到了打穀場邊。許多人站起來看熱鬧，擋住了白雨虹他們的視線。龐來珠拉著白雨蘭的手直往臺前奔去，她們把蜷縮在地上的那婦女扶了起來，白雨虹方才看清那婦女是姑媽。與此同時，白雨虹也遠遠看見到了掛牌低頭請罪的姑夫丈。姑丈胸前的牌子上寫著「投機倒把分子」。其他人的胸前牌子上，罪名五花八門：什麼「地主孝子賢孫」，什麼「富農狗腿子」，什麼「漢奸僞保長」，應有盡有。龐來舟找了一座場角邊的大柴垜，示意白雨虹一起靠著柴垜坐下。

大喇叭裡傳來的音忽高忽低，那老農顯然缺乏使用話筒的經驗，要麼湊得太近，發出呼呼的風吹聲，繼而滾來悶雷聲，要麼離得太遠，只能自己說給自己聽。他又以爲話筒有什麼問題，用手拍拍，喇叭裡傳出長長的刺耳的尖叫聲，聽得人們身上泛起雞皮疙瘩。從斷斷續續的聲音中，白雨虹大致聽清楚，老農祖孫三代是貧農，到他一代最苦，他成了雇農，是西月灣的眞正的無產階級，上無片瓦，下無錐地，好大的太湖自己連塊木板都沒有。他只好出賣勞動，爲地主漁霸幹活，吃不飽穿不暖，說到傷心處，老農嗚嗚哭了起來。白雨虹輕聲問表弟，老農講的是不是眞的？龐來舟湊過頭來，輕聲答：「說眞有點假，說假有點眞。」

白雨虹環顧左右，怕人家聽見，低聲問：「此話何解？」

龐來舟也小心看看邊上，好在後面是柴垜，左右都是些老頭老太，年輕的積極分子都擠到臺前去了，不過還是用極低的聲音說：「他土改時成分劃爲貧農是眞，但他祖父有兩條七桅船六十畝地，能算貧農嗎？」

白雨虹說：「那起碼是富農了，搞得不好也能評個小地主當當。怎麼後來家道破落了？」

龐來舟道：「到了他上一輩，他父親是個賭鬼，生生的就把兩條船輸掉了。後來又酗酒又抽鴉片，地啊房子啊賣了個精光，只得替東家打打短工，魚汛時上上船。還是改不了的老毛病，最後他父親喝醉了酒自己掉到了湖裡淹死的。」

喇叭裡傳來老農的訴苦聲：「同志們啊，我老爹也是給萬惡的舊社會害死的。那時，我還小，還有兩個弟妹，還有一個好婆，就靠我爹幫東家幹活養家糊口。每天累死累活，也養不活全家。沒辦法，就把我妹妹送給人家做童養媳。後來又添了個小弟，得了痢疾沒錢看，活活拉肚子死了。我娘眞作孽，沒日沒夜的繡綳綳，……」

龐來舟對表哥說：「這倒是的，他娘是遠近有名的繡娘，隨便什麼花樣，牡丹啊貓咪啊金魚啊，經她的手繡出來就是不一樣，活靈活現的。」

「可惜嫁了個煙酒賭三槍。」白雨虹嘆了口氣，問：「搞了半天，這老農姓什麼叫什麼來著？」

龐來舟說：「跟我本家，也姓龐。沾親帶故說起來，也是遠房的遠房的親戚。論輩分，他還小我一輩，得叫我叔叔呢。但現在我們倒過來叫他大伯。村裡人也不會取什麼名字，從小大家叫他土根，我們跟著叫他土根伯。」

白雨虹看看臺上的土根伯，又看了一眼龐來舟說：「只見過小舅舅大外甥的，沒想到這裡眞有小叔叔大侄子的。那土根伯的娘後來呢？」

「我說雨虹哥，我們是來接受教育的，聽了憶苦思甜報告要激發對舊社會的恨，牢記對地

主富農的仇，你倒是好，來聽故事了。」龐來舟揶揄白雨虹，心裡壓住笑，臉上一本正經。

白雨虹嘿嘿一聲，沒敢露笑容，說：「瞭解得越多，不是教育越深刻嘛。我這種會聽得多了，一到會場就想打瞌睡，差不多養成習慣了。剛才我靠在柴垛上，又打瞌睡了，要不是喇叭尖叫，還不知道自己睡著了。多問問，瞌睡蟲不就趕跑了？」

「好在是夜裡，白天你這種態度給人家看見了，當心揪到前面去。」龐來舟推推白雨虹說：「抓緊聽，土根伯憶苦又憶到他娘了。」

白雨虹自然聚精會神的聽，遠遠看著土根伯在臺上用粗大的手擤鼻涕，抹眼淚。

土根伯沉浸在往日的苦水裡，繼續聲淚俱下：「同志們哪，你們不知道我娘死得那年天多冷哇，我伲西月灣的河灣裡的水面都結了冰，我是在冰河上跑著去叫郎中，郎中來了搭脈掐人中，總算把娘救醒過來。郎中開了方子，說要起碼吃二十帖藥，娘的病才好穩定下來。我伲家這樣窮，哪裡有錢抓藥呀！後來，後來，老老臉皮去龐闊佬家，大地主家我不敢去，大家雖然叫他龐闊佬，可是個小地主，跟我家沾親帶故，我想他大概肯借點錢給我家。同志們哪，天下烏鴉一般黑，那龐闊佬家門也不讓我進，還放出一條凶狗來……」

土根伯講到這裡，會場上一個戴袖章的中年人從凳子上嗖地站起來，打斷了土根伯的話，高舉手臂，揮動紅寶書，領頭喊口號：「打倒地主龐闊佬！」

群眾跟著齊聲高呼：「打倒地主龐闊佬！」

本來亂糟糟的會場，經過高呼口號，人們像注射了強心劑，一齊精神抖擻起來。白雨虹和龐來舟大吃一驚，從柴垛上站了起來，以爲發生了什麼事。左右的後排的老頭老太村姑村姨齊唰唰也站了起來，一起起勁的喊口號。白雨虹發現，城裡也好，鄉下也好，這口號一經喊起，會越喊越邪乎，越喊越有癮。會場裡口號此起彼伏：

「打倒地富反壞右！」

「橫掃一切牛鬼蛇神！」

「不忘階級苦！」

「牢記血淚仇！」

還是那個中年漢子，正在激動地指著一個剃陰陽頭，半邊頭髮雪白的老頭，大聲呵斥。龐來舟悄悄告訴雨虹，那漢子是西月灣的造反派頭目，也姓龐，人稱龐造反，如今是貧農聯合造反隊司令。那被罵的白髮老頭，就是龐闊佬。白雨虹點點頭說，他已經從老頭胸前掛的牌子上知道了。來舟，你再看看，牌子的兩邊還有一幅大字對聯呢。龐來舟把粘在龐闊佬襯衣上的對聯輕聲讀了出來：「漏網大地主」、「頑固小惡霸」。正說著，那龐造反一把揪住龐闊佬的頭髮，聲音響得不用麥克風全場都聽見：「地主龐闊佬，你老實交代！你對我促貧農的剝削和迫害！你當時爲什麼把狗放出來咬土根伯？狗咬土根伯就是咬我促貧下中農！說！說！」

龐闊佬渾身像篩糠一樣在發抖。嘴裡在辯解著什麼，頭在不停地搖，突然間身體朝下倒，軟軟地倒在地上。邊上的一群戴袖章的青年叫道：「龐闊佬裝死！」「龐闊佬裝死！」他們七手八腳跑上去，用手拉動龐闊佬，見沒動靜，用腳踢，也沒有反應，龐闊佬像一堆軟棉花，任憑大家擺佈。白雨虹目睹這場景，心裡很不是滋味。他眞有那麼一點衝動，想上去看看，龐闊佬過去是小地主，十幾年來地主被監管被專政，即使現在關在監獄裡的犯人，突然昏厥的話，獄醫也不能不聞不問啊。白雨虹感到自己的右手被龐來舟緊緊攥住，他淸楚龐來舟拉住他的含義，他回過頭朝龐來舟點點頭又搖搖頭，龐來舟這才鬆手，耳語道：「勁戆，雞蛋碰石頭！」

更使白雨虹吃驚的一幕出現了。那幫戴袖章的人，擁上去把龐闊佬拖出去，像丟棄廢物一樣丟在打穀場邊上。遠遠望去，就像一具屍體張開四肢靜臥在那裡。他們把龐闊佬脖子上的牌子取下來，從前排的位子上拉出一個小姑娘來，把原本掛在龐闊佬脖子上的牌子，掛到了小姑娘的脖子上，幾個壯漢像老鷹抓小雞般把姑娘架到原來龐闊佬站的位子上，面朝眾人，代替龐闊佬接受批判。可憐那女孩嚇得魂飛魄散，稚嫩的臉上無聲淌下眼淚，滴在胸前的遮住了她大半個身子的牌子上。小女孩的瘦弱的身體不斷在發抖，邊上的大漢居然用大手用力按撳女孩的頭，不許她把頭抬起來，一定要女孩作低頭認罪狀。

白雨虹渾身也在打顫，胸口悶得慌。那女孩的遭遇像用針深深刺痛他的心，就像自己的妹妹遭人欺負，自己又使不上勁去保護，白雨虹感到心裡撕裂的痛苦。他心裡放不下那女孩，眼睛死死盯住女孩，好像只有這樣才能替她分擔不幸。白雨虹嚥了一口唾液，嘴裡吐出幾個音：「他們喪盡天良！」

龐來舟側過臉，居然在夜裡仍能看清白雨虹黑白分明的眼睛，清澈明亮的光熠熠閃現。龐來舟也突口罵了一句「他們不是人！」他急忙用眼搜索自己妹妹和白雨蘭，見她們與母親在一起，胸中定心了一點。他扯了一把白雨虹，想叫他坐下，被白雨虹斷然拒絕。龐來舟知道表哥的脾氣動了真情。龐來舟輕聲對白雨虹說，那女孩怪可憐的，從小父母就死了，跟這個地主祖父過日子，現在還要替祖輩代受過，命真苦啊。

戴袖章的龐司令又在催土根伯繼續憶苦思甜，粗聲大氣的，揮著手。從喇叭裡傳來的是中年人急急的催促聲：「土根伯，那地主的狗咬你的傷疤，露出來給大家看看！」

土根伯一愣，心想龐闊佬家的狗只是朝他吠叫，並沒有咬他呀。土根伯是個實心人，不會編謊，他說：「那條狗咬倒沒咬我，可是很凶的。」

龐司令啓發土根伯：「老貧農，不能好了傷疤忘了痛。你再好好回憶，你腳上不是有個疤嗎？」

土根伯還是誘而不發，實話實說：「我腳上的疤倒不是狗咬的，那一年生了個毒瘡，一直沒好潰膿爛了，後來塗魚腥草的汁塗好了，就留下了這個疤。那時我娘還沒死呢。我娘死得慘，是在臘月死的，人家家家戶戶喜氣洋洋鬧過年，我家連鍋都揭不開，我娘沒錢買藥吃，那胸口痛的病老是犯，老是發作。同志們哪，這病放在新社會一定能治，萬惡的舊社會害死了多少窮人啊。想想我娘死後三天胸口還是有點熱的，眞作孽，嗚嗚，嗚嗚……」土根伯講著講著傷心的咽嗚起來。

「不忘階級苦，牢記血淚仇！」

「血債要用血來還！」

會場裡再次響起激昂的口號，黑夜裡燈光下人們高舉的紅寶書像一塊塊黑色的磚頭，似乎都要砸向主席臺兩側象徵萬惡舊社會的牛鬼蛇神。土根伯喊了幾句口號繼續說：「我娘死的那年我才十六歲，我只好到東家去做長工，從雞叫做到鬼叫，魚汛時還要上船，一年做到頭，沒睡一個囫圇覺，沒吃上一頓飽飯。那時，我飯量大，老是吃不飽，哪裡像五八年到公社食堂敞開肚子吃飯，撐得飽飽的。還好，反正我一個人來一個人去，一人吃飽，全家不餓，就是青黃不接時要吃些雜糧，不過東家自己也吃……」

龐司令立卽跳上臺去，一把搶過話筒，打斷土根伯的話，自己急吼吼說了起來：「同志們，土根伯有點沒說清楚，他吃的雜糧都是爛的豬狗都不要吃的，地主東家吃雜糧是改善伙

食，兩個階級兩種吃法，不是一回事。」龐司令招招手，立刻有幾個青年人端了竹匾，上面放滿了糠餅，向到會的群眾散發。一個年輕人拿了兩個糠餅，遞給了土根伯。龐司令在土根伯耳邊耳語了一陣子，土根伯連連點頭，表示領會他的導演。

土根伯清了清喉嚨，提高了聲音，手裡高舉著糠餅，然後先咬了一大口，說：「同志們，我們一邊吃糠餅一邊憶苦思甜。在萬惡的舊社會。我們貧下中農都是像我一樣吃不飽穿不暖的，哪裡像現在吃上白米飯，有的吃我們手上的糠餅已經不錯了。」土根伯又咬了一口糠餅，招呼大家吃：「大家吃在嘴裡，苦在嘴裡，就知道舊社會的苦了，大家吃，大家吃。」土根伯講這段話，像是在背臺詞，木知木覺的，臉部表情僵硬兮兮，全然沒有剛才述說母親時來得生動。

龐來舟發到了兩塊糠餅，白雨虹也發到了兩塊糠餅。龐來舟把糠餅放到鼻子上嗅了嗅，嘀咕了一句這東西豬狗都不要吃，環顧左右乘人不注意，手裡捏碎了一個，粉末塞進了柴垜裡，還有一個放在嘴唇邊慢慢磨牙。邊上的那些人，也都是慢吞吞的把糠餅舉在手裡，小心翼翼地咬一點點，那架勢倒像在細細品味什麼山珍海味。這場面白雨虹見多了，城裡的憶苦思甜也是如此，到時候每人吃糠餅，成了每一場憶苦思甜會的經典節目。老工人都說舊社會吃這個，叫大家一邊吃一邊體驗舊社會的苦。白雨虹到現在也沒有弄明白，既然舊社會大米加工表層的糠留下來那麼多，那麼更多的大米到哪裡去了呢？白雨虹咬了一小角糠餅，一股黴蒸味撲鼻而來，像他關押時牆壁上的氣味。他本想農村糠餅用料的糠比城裡新鮮，沒想到天下的糠餅都是一個味道。借著夜色，周圍的人把手裡的糠餅有的悄悄丟掉，有的假裝不小心掉到地上踢開，但一個個臉上還是莊嚴肅穆。

土根伯倒是真心的在吃糠餅，喇叭裡聽得出他咀嚼糠餅的聲音，吃的有滋有味。邊吃邊說：「同志們，吃啊，吃啊。吃了就知道舊社會的苦了，你們年紀輕，」土根伯指指會場裡的年輕人，停頓片刻說：「年紀輕，不知道過去的苦。我們過去吃了上頓沒下頓，你們生在甜水裡，長在紅旗下，你們生在福中不知福啊！現在走資派要復辟資本主義，要叫我們吃二遍苦，受二茬罪，我們貧下中農一千個不答應，一萬個不答應！打倒劉少奇！打倒鄧小平！打倒走資派！」

土根伯振臂喊起了口號，全場又一次口號聲震動起來。白雨虹想，土根伯終於把那位司令後來教的臺詞演完了。應該說，演技天然渾成，幾乎沒有矯情做作，也難爲這位老伯了。白雨虹和在場的人都在等土根伯把糠餅吃完，大家心裡想早點結束憶苦會。秋天的夜，涼颼颼的，好多人雙手緊抱胸前，還有的家庭自己人擠在一起相互取暖。前排的革命青年還是意猶未盡，有個半大青年大聲問土根伯：「土根伯，舊社會的苦對你印象最深的是那件事？」

土根伯想了半天，實在想不出，手撓撓頭皮說：「吃不飽穿不暖。」

青年還是緊盯：「土根伯說得具體點，我們還要替公社廣播站寫稿呢。」

土根伯還是想了半天，搖搖頭說：「具體的麼，我剛才都講了，想不出什麼了。要說印象最深麼——」土根伯想了半天，一拍腦袋，大聲地說：「我記起來了，要說苦嘛，六零年的苦是真正的苦！鄉親們都記得啊，六零年的苦是真正的苦！吃山芋片啊，吃野菜草根啊，糠餅根本吃不上，後來什麼都沒有吃啊，餓死多少人啊！真是罪孽啊！沒死的路也走不動，得了浮腫病，……」

土根伯沉浸在往日的痛苦記憶中，正在往下說，沒想到話筒被奔上主席臺的龐司令一把搶去，幾個青年也跳上去，半拉半推把土根伯請下了主席臺。土根伯不明就裡，怎麼好好的憶苦思甜被人家請下臺，他驚魂未定，半晌沒回過神來。他抬頭見龐司令坐在他原來坐的位子上，對大家說：「土根伯剛才搞錯了，六零年是新社會是三年自然災害，跟舊社會不是一回事。好，同志們，跟我一起高呼口號，讓憶苦思甜會在響亮的革命口號聲中結束！無產階級文化大革命勝利萬歲！革命造反精神萬歲！」

土根伯嚇得抖抖簌簌，趕忙高舉紅寶書高呼口號。心裡責怪自己老糊塗了，怎麼沒想到六零年是新社會，新社會再苦也是甜的。再說，新社會的事怎麼可以憶苦思甜呢？還算自己是老貧農呢，眞是老糊塗了，自己的階級覺悟階級感情到哪裡去了？自己還是多年入黨的老黨員呢！怎麼思想覺悟這麼低？想到這裡，土根伯不禁老淚縱橫。都怨自己啊，黨的多年教育怎麼會忘了，今天又是那麼重要的會，造成了多不好的影響啊。我土根伯要向毛主席請罪，明天一定向造反司令部彙報思想深刻檢查，想著想著，土根伯愈加傷心難過。

白雨虹聽土根伯說到，六零年的苦是眞正的苦這句話時大吃一驚，他馬上反應過來，知道土根伯不小心說漏了嘴，搞混了時間空間，不過，這一不小心倒是說出了反動的眞話。龐來舟以及鄉親們，聽了土根伯的話，先是驚愕，冷了片刻，都抑制不住想笑，但又不敢笑。不少人把手捂住嘴，堅決咬緊牙關堵住笑聲的溜出，把笑容也扼滅在萌芽狀態。好在鋪天蓋地口號再度響起，人們馬上從自然人迅速轉爲革命人，嚴防死守住了笑的天性，喊出崇高的正經的激揚口號。大革命期間的人練就了變色龍的天賦，差點人人都成了表演藝術家。在口號聲嘎然而止之時，整個場地上的人們爭先恐後作鳥散狀，年老的尋喊孫輩，小孩兒滿場追鬧嬉戲，小夥子不失時機的在姑娘前後結伴磨蹭。地上到處是糠餅的碎屑，像爆竹開花後撒出的硫磺粉末，在呼叫聲、嬉罵聲亂成一片的音響背景下，第「九」革命樣板戲落下了帷幕。

——第二十三章 月落烏啼霜滿天

西月灣今夜的月亮躲到了太湖深處，散落在萬頃水面的銀輝，暗暗然無聲無息地被黑幕覆蓋，村莊、樹林、碼頭隱蔽在萬籟俱靜的模模糊糊的山的懷抱裡。一盞煤油燈的火苗，在扁圓的玻璃罩裡，上下左右忽隱忽現的撲閃。村街的石板路上，兩條年輕人的黑影在漸漸的移動。他們的腳步儘管很輕，但是鼓噪的青蛙還是屏住了呼吸，等到他們走過去後再開始集體性的秋夜輪唱。黃蛉、蟋蟀那些小生靈，天生的警覺，也要等他們走遠後又繼續振翅鳴奏。惟有過於守職的看家狗，偶爾吠叫幾聲，給寧靜的夜空增添幾分悸恐的蕭蕭寒意。兩條漢子誰也不說話，只是悶頭走路。提著油燈的是龐來舟，跟在後頭的是白雨虹，兩個人的肩上都扛了一捆竹簾。

走出龐家，白雨虹吸了口夜色中的空氣，與屋裡空氣的滯重相比，頓感鬆爽許多。姑父姑媽見到侄兒女，自然喜在心頭。一番家常話後，大家又相擁而泣。白雨虹心裡知道，姑父姑媽陪鬥了一天，已經筋疲力盡了，極力勸說他們早點休息明天再聊，又與來舟一起七手八腳安頓好倆老，已經是半夜時分。不知怎麼的，白雨虹放心不下憶苦思甜會上挨鬥的小女孩，心裡酸楚楚的。他問龐來舟，龐闊佬家遠麼？龐來舟明白了表哥的意思，一面收拾油盞燈竹簾，一面回答等會兒他去西月灣口，路過時去看看。不過會議快結束時龐闊佬醒了過來，呆坐在地上，可能沒什麼大的危險。白雨虹苦笑了一下，思忖表弟還是沒摸透他的心，他也目送女孩扶著祖父遠去的背影，那女孩哪裡是扶啊，她是用羸弱的肩膀又像扶又像背，拖著祖父消失在夜幕裡，

白雨虹多想趕上去幫她一把啊。現在，白雨虹有一股強勁的熱流，驅動他哪怕去安慰幾句那女孩，也好讓女孩知道，在這黑夜裡還是有人間的問候和溫情。白雨虹又問，來舟弟你要到灣口去？

龐來舟手裡忙著把竹簾卷起來捆綁，回頭笑著說：「是，去捉蟹，包你明天吃個夠！」

白雨虹眼睛一亮，連聲說：「走，一起去，一起去！」

石板街上兩個小夥子悶頭走著，腳步很輕但是很有力，還是不說話。山上淌下的澗水，沿著路邊的石砌泄道，不知疲倦地奔向太湖，在夜裡聽聲音，也知曉清澈得幾近透明。他們倆拐進一條小路，在一座破爛的房子前，放慢了速度。幾乎同時兩人的眼神對視了一下，不用說這破房子裡住的就是女孩和他的祖父。他們駐足在石沿前，見窗內還亮著昏暗的油燈，白雨虹有點冒失，點頭側耳示意龐來舟跟他一起進去。龐來舟沒動，仰頭側耳示意白雨虹注意聽窗內傳出的對話：

「水妹子，好公……明天沒力氣走不動路，只好你……幫好公出工下地了。」一個蒼老的聲音，不斷喘著氣。

「好公，你別多想了放心睡吧，我去出工。將來你身體好了，也不要去做了，我去掙工分……」一個女孩的聲音，細細的柔柔的。

「好公害苦你了……」龐闊佬在低低的抽泣。

「睡吧，睡吧，別多想了。你別說了，再說我好害怕啊……」水妹子哀哀地說。

屋裡的燈被水妹子吹滅了。四周寂靜無聲，白雨虹和龐來舟交換了一下眼神，默默離開。

白雨虹想像著女孩在祖父床前的情景，她飽含淚水的眼，她淒淒的神情，一直在他的眼前顯現。

白雨虹打定主意，明天水妹子出工，他要幫她，他怎麼也不忍心，看著女孩在田裡勞作。白雨虹自己也不明白，他跟她非親非故的，怎麼會如此牽掛？白雨虹一路上有點胡思亂想，不知不覺跟著龐來舟到了西月灣口。龐來舟敏捷地把竹簾插在河裡，然後，把那盞燈掛在了竹柱子上。白雨虹好奇的問，網啊鉤啊之類都不帶，就這樣捉蟹啦？大螃蟹難道也像飛蛾，也會飛蛾撲火？龐來舟朝白雨虹詭秘地笑笑，意思是說你等著看好戲吧。

龐來舟遞給白雨虹一支煙，自顧自地點著吸了起來。白雨虹不會抽煙，遲疑了一下，礙於情面還是接了煙，問表弟借了火，兩人坐在河堤坡上邊聊天邊等待螃蟹的光臨。白雨虹說，來舟弟什麼時候成了煙民，這煙還不錯，好像是大前門呢。龐來舟倒是心裡一愣，鬼了，這不抽煙的表哥居然猜中了煙牌。龐來舟吐了口煙說，就只有兩根，藏了好長時間了，好像知道你要來，一直沒捨得享用。白雨虹借了煙火朝龐來舟看了片刻，他額頭上微露的皺紋，厚厚的嘴唇，平靜的語氣，分明吐露著一腔眞誠。白雨虹感到自己的狹隘，怎麼懷疑起來舟是不是做作來了？龐來舟娓娓道來，他說爹被他們揪鬥他心裡好苦，不知怎麼抽了煙就好受些。像搞地下工作似的，又不能讓爹媽曉得。鎮上的店裡早就斷了檔沒有煙賣，村裡一班年輕人，也像搞地下鬥爭似的，悄悄的捕魚捉蟹然後派代表到城裡去跟人家換香煙。能換幾包勞動、勇士不錯了，能抽上幾支紅金、飛馬，我們就蠻高興了。白雨虹說，家裡的油票、魚票、豆製品票每月用光還不夠。沒人抽煙，惟獨一份煙票多餘，人家搶著來討。早知道你要，我不送別人了。下來我把煙買好，專等你們這些地下工作者來取。龐來舟高興得裂著嘴笑，來了勁兒說，我們公平交易，我送你魚，包你魚票用不掉，你用魚票再去跟別人換別的，這棋就活了。白雨虹笑著感歎，來舟啊你眞像姑父，你眞是又一個小投機倒把！

「我哪及得上爹，」龐來舟悠悠地吸煙，仿佛那往事如縷縷煙霧，悠悠的聚攏散去：「爹是做什麼像什麼。炒茶，泡出來硬是比人家的又綠又香；種桔樹，數他種的桔子又紅又甜。那年他認識了一個來太湖考察的專家，跟了人家學了技術，嘿，河蚌裡還眞的育出了珍珠。爹跑斷了腿沒人敢收他的貨，公社供銷社說沒有文件通知，他們不能收購；幾家要貨的廠家說，他們按政策辦只能購單位的貨，你個人的東西不好辦。不過他們私下裡都說，爹的貨好出價也便宜，是椿好買賣。爹只得自產自銷。你是知道的，這自產自銷不就違了規矩，大水犯了龍王廟，不就是走資本主義道路嗎？不割你的資本主義尾巴才怪呢！爹就倒霉了，成了隊裡的社裡的割尾巴典型，他們還說是什麼活生生的反面教員，還證明列寧的一段話，叫什麼來著……」

白雨虹見龐來舟撓頭在想，他也思索了片刻，接著表弟的話：「我記得，好像列寧有過一段話，是不是這樣說的，小生產是自發的每時每刻的大批的產生著資產階級。」

「對！他們批鬥老爹時是引用了這句話！」龐來舟說：「我們老百姓管它什麼主義啦階級啦，能過過日子就是了。現在哪有什麼好日子過，條條路都堵死了！爹別的事蠻聰明，惟獨政治一竅不通。人家割你尾巴你就割掉吧，或者藏起來唄，他也是，剛剛受批判，尾巴又被人家揪住！」

「噢，怎麼回事？」白雨虹問。

龐來舟忿忿地說：「當時有本戲叫《千萬不要忘記》，拍了電影還在我們打穀場上放過。說的是上海有個單位的小青年……」

白雨虹搶著說：「這電影我也看過，那小青年在下班後八小時外，出去找活兒幹攢了點錢，被老工人苦口婆心說服教育，說是資產階級在爭奪下一代，戲的主題上升到了千萬不能忘記階級鬥爭的高度。唉，這戲怎麼與姑父聯繫上了？」

龐來舟呼的一聲：「關係大了！電影放了就得聯繫現實摸排，看看有沒有明裡爲隊裡幹活，暗裡爲自己幹私活。一摸一排老爹又對上號了。」

「怎麼這麼倒霉？」白雨虹言道。

龐來舟說：「霉到根上了。他們立即內查外調，忙乎了一陣子，先是大隊裡要老爹寫交代寫檢查，接著公社裡把老爹押了去交代問題，後來還登了報，作爲投機倒把典型進行批判。我在大隊部看到城裡的報紙，標題好像叫『桔子永遠不變色』。」

白雨虹回憶說：「是不是叫『永葆紅色桔子不變色』？這篇報導我看過，沒名沒姓的，胡攪蠻纏的，沒想到說的是姑父！」

龐來舟點頭肯定：「是這個標題。那年桔子正好大年，供銷社收購又收不了，家家戶戶堂屋堆成了小山，再賣不出去都要爛了。湊巧，外地供銷社採購員來採購，看中了貨，爹腦子還是清楚的，先徵得我們這裡供銷社同意，又比本地供銷社高一分錢的價格集中代購，出入走的都是公家的賬，結果說成走的是資本主義道路。實際的原因是，爹賺了十八元錢！這年頭，不知什麼事可以做的？要麼不做事，一做事就犯錯誤。不說了，不說了，你看過報紙的文章，你覺得他們批判得有理嗎？」

白雨虹苦笑：「哪有什麼理？依我看，姑父忙進忙出，幾千斤桔子收購過秤儲藏搬運，賺十八元錢天經地義！如今天下的理就是，革命最重要，反修防修最重要，反對資本主義最重要。桔子、麥子、稻子爛了沒事體，老百姓少收入沒關係，別的地方需要什麼也無所謂，但你關心

這些事了，付出勞動想把事情做好，就是唯生產論，就違反了天理，就是反動思想。」

「照他們那一套辦，」龐來舟接著說：「只要喊喊口號，唱唱高調，談談革命理論就能建設紅彤彤的新世界？大家都去喝西北風吧，不餓肚皮才怪呢！」

「還怪著呢，」白雨虹順著說：「你做事花力氣只要一拿報酬，馬上戴上帽子，投機倒把啦，挖社會主義牆角啦，你就是向階級敵人轉化。照他們的邏輯，天下就沒有一個好人了。」

龐來舟也苦笑了一下：「再好的理論再好的革命，塡不飽肚皮都是空的。這個人是壞人，那個人反動，天底下就他們最正確最偉大？」

聽了龐來舟的話，白雨虹腦海中顯現掛在天安門的毛主席巨幅畫像，現在隨便走到哪裡，大街小巷田頭村口，到處都能見到他老人家慈祥的笑容。不知從什麼時候起，白雨虹經過外界無數次的教育，只要別人提及偉大正確之類的詞，馬上會聯想到老人家睥睨一切的偉大，永遠端莊的正確。然而，聽小驢子說，跟他握手的毛主席不像畫畫上的，去北京近距離見到領袖的人，白雨星、胡瑤淩他們都有類似的感覺，覺得他們見到的毛主席，比標準相生動。這麼說，領袖也是活生生的人。既然是人，怎麼會永遠正確呢？

龐來舟看了一眼正在傻想的表哥說：「搞革命搞得做工不對，種地不對，做生意也不對，老爹是壞人，舅舅舅媽也是壞人，千家萬戶都有階級敵人，有這等事嗎？哎，雨虹哥，你是讀書人，看的書比我多得多，你說說歷史上中國的外國的有過這麼搞人整人的嗎？」

白雨虹揶揄道：「來舟你不是明知故問嗎？外面的口號標語不是告訴你了嗎？叫做史無前例，盤古開天劈地到如今啊。我這幾天也在想，爲什麼有人明明在做壞事，還理直氣壯不可一世？這裡面肯定有玄機！我有時就喜歡胡思亂想，我發現了一點點奧妙。算了，挺理論化的挺枯燥的，不說了！」

龐來舟不依：「雨虹你賣關子，是不是？還是嫌我老土小農不懂？」

白雨虹見表弟急的樣子，笑著分辯：「哪裡，哪裡！我只是瞎猜猜而已。如今的社會，你有沒有注意到，從來不提公民，只提人民，奧妙就在這裡！「老三篇」中不就是說，爲人民服務，沒說爲公民服務吧，不要小看一字之差，公民有公民的權利的，要保障的，神聖不可侵犯的。人民兩字裡面奧妙無窮，又把矛盾分成兩類不同性質，我說你是人民就是人民，我說你是敵人就是敵人，一旦把你定爲敵我矛盾，那你就只有挨整的份了！怎麼樣，這裡面的禪機我參悟了一部分，我還沒有悟透呢！」

龐來舟一聽，一拍大腿說：「我還以爲什麼枯燥的理論呢，這理論就像這地上的霜——」白雨虹吃了一驚，怎麼理論成了地上霜？龐來舟站起來，指著坡地上成片成片的草，遠處的稻柴堆，白雨虹一看四周已是白濛濛的一片，到處濛上了銀輝，龐來舟說：「這霜，暖則化水，冷則結冰。順了他們，則是人民；逆了他們，冰如敵人。」聽龐來舟這麼一說，白雨虹不由在心裡暗暗欽佩表弟的土法解讀。

龐來舟突然拍了一下腦袋，大呼「忘了！」「忘了！」龐來舟招呼白雨虹快起身，他們倆只顧聊天，差點把捕蟹的事忘了。龐來舟三步併作兩步的，已經跑到了河灣中央，快手快腳的捉起蟹來。白雨虹從沒見過，油燈罩周圍竹簾上聚攏了那麼多的大蟹。一時興奮，三下兩下急急挽了褲腿，也淌到水裡，把一只只黃黃的大蟹抓放到了竹簍裡。龐來舟嘴裡不停的嘀咕，這隻三兩半，那隻半斤的，見到一隻小的，龐來舟抓了順手丟掉，嘴裡嘀咕只有二兩，還來湊熱

鬧。白雨虹見狀，提醒說二兩的不正好做麵拖蟹吃？龐來舟說，小的溝渠裡稻田裡都捉得到，今天只捉大的。又提醒白雨虹當心蟹鉗，別被它螯了手。正說著，一隻大蟹王可能受到了驚嚇，疾速向下橫爬，眼看要逃到河裡，龐來舟果真身手不凡，一個箭步抄了底把那大王逮了個正著，喜滋滋地舉在手裡，左手還不斷拍打毛茸茸的大蟹鉗，說：「看你橫行霸道，看你橫行霸道，你也會逃，也會逃，外強中乾！」白雨虹忙過來鑒賞，果真是個黃裡透青的大傢夥，問龐來舟，估計有六兩重吧？龐來舟說，不止不止，八兩七錢！白雨虹略帶疑惑：來舟神了，精確到幾兩不錯了，還精確到幾錢？見白雨虹的神色，龐來舟說，雨虹你不信，等會兒回家秤給你看。龐來舟得意地哼著農家小調，把竹簾、竹簍之類的收拾好，白雨虹也不閒著，一起把東西拖到岸邊。在白雨虹聽來，來舟的水鄉吳歌老是跑調走岔路，但發自內心的淳樸歌聲，比那阿諛奉承的頌歌好聽得多。龐來舟高興地說：「雨虹哥，我沒什麼東西給舅媽，到時候煮幾只大蟹，你帶去！」

一提起母親，白雨虹又呆呆地站在那裡胡思亂想，忘掉了周圍一切。白雨虹情不自禁的朝茫茫水面看去，遠方夜色中的小島隱隱綽綽，他多麼希冀能見到燈光，哪怕只有一盞燈一絲的亮，他也會認定那一定是母親的。龐來舟走了幾步，見白雨虹沒有跟上來，回過身叫道：「走哇，你站在那裡幹嘛，癡癡的發呆？」白雨虹這才回過神來，一起走上了湖堤。

——第二十四章

瓜兒連著藤　藤兒牽著瓜

土根伯一夜輾轉反側，睜著眼，沒有一點睡意。憶苦思甜會回到家裡，晚上反反覆覆地自己責備自己糊塗。從土改起，土根伯什麼時候犯糊塗了？分田地，鬥地主，哪樣事情不跑在前頭？在西月灣，他最早辦起了互助組。建立人民公社那陣子，河南上報小麥畝產七千多斤，湖北上報早稻畝產一萬五千斤，土根伯硬是不相信，他又不識字，整天纏著識字的幹部念報紙，越聽心裡越打鼓，報紙上說一天等於二十年，越聽越覺得自己思想落後。等到廣播裡報紙上都說，人有多大膽、地有多大產，土根伯終於明白自己真的像個小腳女人走不快，哪裡像個公社的生產隊長？等到水稻畝產安徽報四萬斤、四川報八萬斤、廣西報十三萬斤的時候，他終於按捺不住了，向公社報畝產一萬八千斤。東邊的生產隊報二萬，西邊的隊長又報二萬五，大夥兒慫恿他再報三萬，土根伯一聲不吭離開了表決心會場。他種了一輩子的地，還不知道一畝地產多少斤稻穀？表決心歸表決心，這叫緊跟形勢力爭上游，圖個上級滿意，皆大歡喜。土根伯心裡才小蔥拌豆腐一清二楚呢，這叫轟轟烈烈裝糊塗。莫非裝了幾年糊塗時間長了，假糊塗變成了真糊塗？不然，怎麼會新社會與舊社會都分不清！他一夜沒有合眼，罵自己老了不中用了，怪自己當時不動腦筋，想來想去歸根到底，自己的階級覺悟不高，對了，明天一大早安排好活兒到大隊去作自我批評，就從覺悟問題上開頭檢討。

想到地裡的活兒，土根伯就一陣的揪心。地裡的晚稻早已熟透，還有一半沒收上來，下地

的淨是些老弱病殘，強勞力一部分去了圍湖造田，一部分在上竄下跳鬧革命，那成片成片倒伏的稻子，熟透的穀子脫粒爛在泥裡，造反派不心疼，土根伯心疼。扳指算算，離立冬不遠了，再不搶收將耽擱麥子的播種，明年眞的叫大夥兒臺上鬧革命肚中唱空城？上幾天他天天跑大隊部呼籲，又跑了幾次公社懇求，總算把湖邊工地上的一半人馬拉了回來，可是，畢竟拖延了時間，再說社員們都像吃了瘟吞藥，一個個懶洋洋提不起勁的樣子，土根伯急得喉中冒煙，也只得把氣窩囊地憋在心裡。他細細盤算今天的分工，誰割稻速度快，誰挑擔力氣大，隊裡一個個勞力怎樣安排得最妥帖，想著想著再也睡不下去了。

起床後，土根伯習慣做的第一件事是到湖邊挑水，挑足滿滿的一大缸水。然後一面點火燒灶煮粥，一面趕緊擦把臉。要是在往日，他擔水煮粥之時，廣播正好開始播音，《東方紅》曲子便響了起來。他估摸上工的時間還早，他想在隊員集合之前先去大隊長家裡，先作個檢討，爭取主動。土根伯喝了兩碗粥，見廣播還沒聲音，心裡雖急，但也沒有辦法，廣播不響人家還沒有起床，總不能就去敲門吧。他只得悠悠地抽著水煙，等著天慢慢敞亮。唉，只怪自己老糊塗了，隊裡的活兒夠多了，還多出來自己的這等糊塗事，大隊一關也許好過，一個大村莊的，不看僧面看佛面。公社一關就難說，土根伯最怕檢查過不了坎，叫他坐下來，一天兩天的學習，那地頭活兒怎麼辦，他不在場他不帶頭，那不亂得一地雞毛才怪呢。

連接家家戶戶的廣播終於響了，使土根伯大吃一驚。播出的開始曲居然不是《東方紅》，而是《社員都是向陽花》。犯錯誤了，犯錯誤了，土根伯嘴裡嘀咕。那廣播好像聽到了土根伯的話，放了一小段後嘎然而止，迅速改正了錯誤，播出了《東方紅》。土根伯估摸廣播站的人拿錯了唱片，不知哪個小子又要倒霉了。假如人家揪住小辮子不放，那個小子要吃大苦頭了。

忽然土根伯想到了自己，昨晚的錯誤性質與那小子相比，不也是半斤對八兩嗎？如果人家上綱上線的話，那就會……，土根伯害怕繼續想下去，他也不敢想，他只知道，反正現在多了一個倒霉蛋小子與他做伴。土根伯正要跨出大門，廣播裡傳來一個年輕人的聲音，不由駐足屏氣聆聽。聽了片刻，土根伯搞明白那是年輕人的自我檢查書，通篇在罵自己，說把《東方紅》曲子放錯了，犯了重大錯誤，自己是條反動的小爬蟲。土根伯不由佩服起年輕人反應敏捷，這樣一來爭取了主動，本來挨打十個板子，自己先打，爭取同情，好省下兩三個板子。土根伯想想自己，昨晚怎麼沒想到當場在臺上作自我批判呢？看來自己眞是老糊塗了反應慢了。

土根伯輕輕拽上門，朝大隊長家走去。一路上，他把剛剛從廣播裡學到的自我漫罵的詞兒在肚子裡反覆背誦操練，他覺得對自己錯誤的定位一定要定在階級覺悟不高上，不能像廣播站那小子說自己反動，不能授人以把柄，最多罵自己是條思想覺悟很低的老爬蟲。

白雨虹睡得很沉，迷迷糊糊中聽見廣播響起了樂曲，那歌聲把他帶到了少年時代。他隨學校宣傳隊到農村演奏，拉過這曲子。他模模糊糊記得，他背著手風琴，坐在一個高凳子上，腳下還墊了幾塊磚頭。他伴奏，誰獨唱誰組唱的呢？朦朧中依稀記得臺上一群少男少女在縱情高歌。隨著熟悉的旋律，白雨虹突然喚醒了沉睡中的記憶，有人在領唱，她的面部越來越清晰，那一次是藍欣欣領唱。藍欣欣背著手，馬尾辮在節奏分明地搖晃。白雨虹仿佛又聽見那清純的童聲：「公社是個紅太陽，社員都是向陽的花。花兒朝陽開，花朵磨盤大。不怕風吹和雨打，我們永遠不離開它。」在半醒半睡之間，他把藍欣欣的容貌一遍遍地留在眼前，仿佛嗅一嗅就能聞到她的蘭質蕙心般的體香。他的大腿間的情根已經直挺挺的聳立著，迷糊中隱約見到花容聞到芬芳，更使得勃發顫動，包皮兒退到龜頭溝處，春潮漲得白雨虹周身如電，他不由自主的

把手握住，想盡情的自慰一番。然而他堅決停止了行動，猛的徹底醒過來，他明白今天還要去田頭幹活，他必須保存那生命的元氣。

灶間傳來鍋碗瓢水聲，還有往水缸裡倒水的轟隆聲，白雨虹斷定龐來珠在燒灶做早飯，龐來舟在挑水。白雨虹怎麼也不好意思再睡下去，急急地起床。姑父已經在院子裡打掃，白雨虹沒見到雨蘭，輕聲問來珠。龐來珠只是抿著嘴笑，說這是軍事秘密，不能透露。過了些時候，雨蘭跟著姑媽回來，褲腿捲得老高，腳板上沾著草葉。白雨虹隨口問妹妹上哪兒去了？白雨蘭也是一臉的神秘，說這是秘密。白雨虹只得頂著一頭霧水，和龐家幾口子一起吃了山芋稀飯，匆匆趕往村口集合。

粗大的老樟樹下，已經聚集了許多人，站著抽煙的，蹲在地上的，圍著圈聊天的，那場景，在白雨虹看來，不用導演構思，已經是一幅錯落有致的鄉村版長鏡頭了。仿佛大家事先約定似的，社員們手裡有的拿著鐮刀，有的提著繩索肩扛扁擔，他們在心裡已經自然分好了工，只等待土根隊長的發令。土根伯往日總是早早就到，現在遲遲未露面，大家稍稍有些意外。老樟樹下人慢慢越聚越多，大家還是三三兩兩說笑，很悠閒地等待隊長來派活兒。靠在樹上的，聊天聊得正起勁；蹲在地上的，在泥地上劃了個棋盤，把小碎磚當棋子下起了五子棋。大夥兒全沒有要下地幹活的意思，也沒有一個人想到去喊一聲隊長，所有人似乎達成了某種默契，最好土根伯晚點來，樂得打發時光消磨時間。

來的路上，龐來舟帶了兩副扁擔，留了一副給白雨虹。龐來舟極力鼓動白雨虹挑稻，活兒雖重，但很爽快。白雨虹另外還要了把鐮刀，他有他的想法，心裡主要放心不下水妹子，如果派工給水妹子去割稻，那他就到田頭割稻去，爲什麼這樣，自己也搞不清楚，反正想暗底裡幫幫可憐的水妹子。

老遠就看見了水妹子。老樟樹的大樹根前，水妹子孤零零的一個遠離人們，實際上許多人離開她只不過七八步路，然而人們都似乎忽略了她的存在，沒有人理她，連一句問候語都賴得說。風吹中，衣衫單薄的她，在哆嗦發抖，白雨虹不由心裡更憐憫她。他問她早飯吃了沒有，她向他哀楚的點點頭。昨夜燈光下水妹子慘白的臉色，在清晨的自然光線下轉成了那種營養不良的菜黃色，嘴唇是微紫的乾皺皺的，惟有那細細的睫毛撲閃出女孩特有的靈氣，白雨虹又想到了另外的一個女孩，該死，白雨虹爲自己的胡亂聯想暗裡罵了自己一句。白雨虹靠得水妹子很近，他敞開的襯衫袒露的腹肌，幾乎要埃上水妹子的微微凸出的胸脯。白雨虹心裡眞想用他那雙勁健的手，柔柔地撫摩她的臉頰她的頭髮。

「上幾年級？」白雨虹頷首低聲問。

「該上六年級，但已經兩年沒上學了。」水妹子輕聲答。

白雨虹嘆了口氣，說：「想讀書？」

水妹子「嗯」了一聲，趕緊點頭，透著急切。白雨虹說，等他回城找出課本送給她。這幾天住在來珠家，他很想教她語文和算術。水妹子感激地露出淺淺的笑容，不停地點頭。白雨蘭馬上插話，五六年級的語文課文她大部分還背得出來，等會兒田頭歇息時我們就開學。龐來珠擋住話頭，你呀城裡人就不知道鄉下人的苦，就算派水妹子割稻吧，幹了半天活，腰酸背痛的，還是讓她歇歇吧。

說話間，土根伯的上工哨子響了，那哨音尖利而悠長的劃破天空，村民們似乎對哨聲有一種親密的條件反射，人們漸趨朝土根伯身邊靠攏，聽候土根伯發話派活兒。在白雨虹聽來，那哨聲就像中學時代軍訓半夜裡突然集合拉練，在夜空裡淒厲尖叫的聲音。同學們睡意猶酣百般不情願的從被窩裡爬起，跌跌撞撞只得聽候教官的指令。白雨虹透過前幾排人的肩膀的間隙，看到土根伯掛在胸前的哨子隨著他講話的起伏不停地跳躍，也斷斷續續聽到土根伯在指揮生產前的動員令，他說他知道大家對種雙季稻有看法，多種了一季稻，花雙倍的成本雙倍的力氣，也只比種單季稻多了兩三百斤米，又是秈米又不好吃，實在不划算。同志們，你們的階級覺悟到哪裡去了？我們多打一粒米就多一顆射向帝修反的子彈！白雨虹想，土根伯這些話也許是在公社裡聽報告學來的。土根伯在派工時又反覆強調「加強紀律性，革命無不勝」，潛臺詞是要大夥服從他指派，著實使白雨虹心裡不能小覷他。

乘大夥兒領了任務散開的當口，土根伯朝白雨虹招手：「城裡人，細皮嫩肉的，好幹啥呢？」

白雨虹見水妹子拿著鐮刀走向田頭，就挺了挺胸，說：「龐隊長，派我去割稻吧！」

土根伯露出一排黃牙，笑著揮揮大手：「行，叫你挑稻，我看兩個來回肩膀就磨破皮了。去吧，你們這些小知識份子，好好體驗體驗，在勞動中改造世界，嗯，不對，叫什麼來著，叫……叫——在勞動中改造世界觀。」

白雨虹差一點「撲哧」一聲笑出來，難爲土根伯搞清了世界和世界觀。報紙、電臺千萬次重複的話語，眼下也進入了土根伯的鄉土詞典。白雨虹無數次的想過這個問題，體力勞動眞能改造思想改造世界觀？多少年來，把許多持不同觀點的人發配去管制勞動，把讀書人分批去幹苦力，有一個美麗說法，可以改造爲具有新思想的新人，白雨虹發現的眞實場景是他們在勞苦中慢慢耗盡青春和活力，讓智慧在精疲力竭的繁重單一的勞役中回歸蒙昧。白雨虹爲自己的又一個新發現驚訝不已，強制的勞動居然成了思想的牢籠。白雨虹正在胡思亂想，土根伯推了一把，說小夥子呆頭呆腦還在想什麼，幹活去吧，白雨虹才回到了現實中來。

成片的稻子已經倒伏，增加了收割的難度。白雨虹以前學校組織學農勞動，幹過這活兒，還算得心應手。然而，白雨虹畢竟不是幹農活的行家，費了九牛二虎之力才勉強跟上前一壟的人。土根伯打前陣割第一壟，後面的爲了不至於落下，也割得飛快。白雨虹前一壟的人是個年輕人，長得黑黝黝的，鐮刀落處稻子成排倒下。白雨虹也不示弱，緊緊跟上。他還有意替下一壟的水妹子多割了三茬，半點鐘後白雨虹臉上脖子上渾身上下都是汗水，他看著農民們都光了膀子，也把襯衣脫了隨手一丟，光著上身頂著日頭低頭猛割。他一直放心不下跟在後面的水妹子，常常停一下看看，那柔弱的女孩哪能與男勞力同場競技？水妹子早已氣喘吁吁，滿臉通紅，小襯衣被汗水濕透貼在身上，白雨虹擔心她中暑，幾次叫她到田埂上歇一會兒，她搖搖頭，悶聲不響揮著鐮刀追趕。後來，白雨虹索性把她那一壟的大部自己割了，這樣他只得與上家慢慢拉開了距離。白雨虹想，大不了人家歇息的時候，他再多做些。

龐來舟從田頭到打穀場來回挑了十幾次的稻子，見大夥兒滿身是汗，請示了土根伯，燒了一大鍋大麥茶，舀了兩大木桶挑到了田頭，大聲招呼大家：「喝水，喝水，歇息吧！」眾人見土根伯不歇手，也只得低頭繼續割。龐來舟機靈勁兒上來了，先舀了一碗水直逕走到土根伯前，遞給他說：「老隊長喲，喝一口吧！今天你打穀場啊、水閘口啊都還沒去檢查工作呢。」

土根伯眼睛瞇成一條縫，看著龐來舟：「就你鬼，想支開我。」土根伯抬頭看了一看天，天上沒有一絲雲彩，日頭曬在皮膚上炙熱炙熱的，土根伯接過碗喝了口水，抹抹嘴說：「好吧，大家先歇一會，我去穀場看看。」

見土根伯離開，大夥兒迫不及待地舀水喝，三三兩兩找樹蔭底下聊天歇息去了。

龐來舟見眾人休息去了，白雨虹、水妹子、白雨蘭他們還在地裡幹活，心裡急了，跑到雨虹處，擂了一拳：「我說書呆子，呈什麼能？活兒還剛開始呢，去去去，歇了才會長力氣！」

白雨虹他們也找了棵大樹，在樹蔭下大家輪流用葫蘆瓢舀水喝。白雨蘭一邊擼汗一邊罵天，直喊熱的吃不消。白雨虹見割稻的上家黑皮小夥也跟他們一起上田埂，也坐在他們一起。他們一圈人中也有幾個年歲大的，神情都很抑鬱，不像那邊另外的一圈人，在樹陰底下大聲談笑戲謔，有的在抽煙，有的在下五子棋。白雨虹估摸，物以類聚人以群分，能跟龐來舟他們在一起的這群人，大抵是村裡的專政對象，與地主富農壞分子多多少少沾點邊的親屬。他想證實自己的判斷，故意裝著隨口問龐來舟：「我是不是站錯了隊？」

龐來舟一頭霧水：「什麼站錯了隊？」

白雨虹努努嘴，指著那邊一群人：「我應該去他們貧下中農那邊？」

龐來舟倒也拎得清，淺淺一笑：「表哥你挺神的，看一眼就曉得我們這裡是牛鬼蛇神啦。現在就看你的階級覺悟了，當心被我們壞人染黑啦。實際上，你來西月灣一開始就走錯了門，你應該住到大隊部去。」

白雨虹聽出來龐來舟誤會他的意思了，並且表弟有點兒動氣了，忙說：「哪裡那裡，我隨便說說。」

龐來舟認真了起來：「我倒不是隨便說說。你們是要到太湖島上去執行革委會任務的，還是公對公的好。」

白雨虹的眼光停在龐來舟臉上許久，見表弟是一臉的真誠，不像在說賭氣話，仔細想想龐來舟又何嘗不是在保護著他？雖說村裡人知道他與龐家是親戚，在一個處處劃清階級陣線的年代裡，他是以一個戴袖章的身份前來「執行」公務，要爭取貧農聯合造反隊的支援，提供他前往湖中孤島的船隻，他必須要把戲演像。

在以後的幾天裡，雨虹和雨蘭白天參加勞作，晚上就搬到了土根伯家住。白雨虹幾乎天天跑大隊部，先是想住到大隊部，龐造反雙手一攤說到哪裡去搞床板蚊帳之類的，出了個主意叫他倆住到土根伯家去，反正老貧農進進出出就一個人，並不礙事。後來，白雨虹又催著派船，龐造反想想自己也屬於「聯派」的，革委會介紹的任務還是要辦的，就把渡船的事全交給了土根伯去打理。

土根伯田頭場地忙進忙出，晚上也很晚回家，總是安慰白雨虹，等他稍空一點親自搖船送他們過去。這秋收大忙季節，白雨虹也不好意思再開口催促。稻子大部搶割完了，大田裡正在翻土，倉庫裡的麥種挑到了田頭，有的地塊已經開始播種。村裡，脫粒揚穀的進度趕不上，土根伯對城裡來的白雨虹哥妹倆呵護有加，大田裡的活兒既要技術又要體力，土根伯自然沒叫他們去幹，而是把他倆調到了打穀場。白雨虹急切切地提出讓水妹子安排在他們一起，土根伯嘆了口氣說小姑娘命眞苦，難爲你們憐恤她。熬了兩個夜，雨虹覺得脫粒這活兒不算重，但是脫粒機幾乎整天整夜不停機的轉，機器不疲倦人好睏倦啊。土根伯怕突然下陣雨或者來大風，在場地上催著大夥手頭抓緊。然而，只要土根伯離開場地，人們馬上幹活的速度會慢下來，東一堆西一堆的圍著，聊天的聊天，打牌的打牌，勤快一點的女人則抓緊拾幾把柴火，膽大一點的小子則滑腳溜號。有意思的是，還有人自發的在遠處站崗放哨，只要遠遠看見土根伯朝這裡走來，就向衆人發出暗號，大夥兒立卽各就各位，裝出十分賣力工作的樣子。見此情景，白雨虹馬上想起在動物園猴山上看到的一幕，本來追逐嬉戲的猴子們，只要猴王一出現，立馬規規矩

矩屏聲息氣，煞是有趣。白雨虹轉念一想，土根伯回來了，這裡的活兒幹起來了，說不定那邊大田裡翻土的、挖溝的，撒種的馬上開始新一輪的休閒，也許那裡現在嬉笑玩耍得正歡呢。這麼說，村裡村外的農家漢子們還眞會打游擊戰哩。

夜裡，穀場上的小太陽燈烤得人們周身發燙，成群的飛蛾在光亮的燈邊亂舞，憑添了許多煩躁。飛飛揚揚的穀芒和柴屑，沾在人們的臉上頭髮上，與汗水黏在一起，使得人人蓬頭垢面。那飛屑貼在白雨虹的脖子上，鑽在胸前背後腰間以至褲襠裡，奇癢無比。大家心裡都在期盼收工哨音早點響起，好快去湖邊擦洗身子。白雨蘭從哥手裡奪過最後一梱稻子，喜孜孜地放到了滾筒上，隨著粒兒舞蹈般的跳走，雨蘭縱情地朝天空拋出稻把，頃刻間稻柴在天上散開，猶如繽紛的焰花。土根伯還沒來得及吹哨子，人們已經迫不及待地朝湖邊走去。男人們一個個脫得赤條條跳進了水裡，女人們則躲到蘆葦的背後去換洗衣服。夜空裡，土根伯的哨音尖利的響起，並伴著土根伯急促的聲音：「大家別走，大家別走，等評好工分再回家，先集中，再回家！」

白雨虹愜意地躺在水面上，他眞想在水裡多待一會兒。邊上的人在土根伯的召喚下急急洗了幾把身子趕去集中，白雨虹不大想去參加這種每天收工後的大寨式評工。閉了眼睛，你也可以想像出，那經常溜號的小夥，那些造反派的人，出工不出力的，每天的工分評下來常常是滿分十分，而像割稻時的黑皮小夥，那些成分地主富農的人以及他們的子女，做得再勤快，也只能評個六七分。那天評工分，見大家七嘴八舌評給水妹子三分，白雨虹心裡很不高興。他想當衆說，評工分怎麼能與階級鬥爭掛鉤呢？怎麼成分越高工分越底，居然成了反比呢？我們老是說的「按勞取酬」、「多勞多得」體現在哪裡呢？他把話嚥進了肚裡。他深知，說出自己的困惑，既不合時宜，也不會給水妹子她們帶來好處，反而會使人產生疑問，怎麼城裡來的竟會替牛鬼蛇神說話？白雨虹還是憨著傻勁，在土根伯家裡忍不住輕輕的問，大寨式評分爲什麼眞正出力的反而記低分，老隊長你眞的不知道誰偷賴誰賣力？土根伯瞧了一眼雨虹，吸了口水煙說：「我怎麼不清楚，蒼蠅飛過識雌雄。這革命的年頭，難啊。我也沒法子，人在江湖身不由己。」白雨虹在湖面上游了一小圈，上岸穿褲頭，一邊還在想心事。他感到這幾天住在土根伯家瞭解了許多鄉村的事，添了不少見識。那天，他幫土根伯算賬，合計種子、化肥等成本，西月灣的村民一個全勞力記分十分，一天一角四分的報酬，只夠在城裡買一斤大米。白雨虹心裡暗暗吃驚。白雨虹小心翼翼試探著土根伯，他和雨蘭來幹活，並不想賺工分，能不能把他倆的工分記到水妹子的名下？土根伯吸著水煙，煙霧中看了白雨虹一眼。土根伯說，反正要到年底分紅，你們的一份托水妹子代領，不就是了？白雨虹馬上領會了土根伯的意思，點著頭眞心讚賞土根伯的政治智慧。白雨虹上岸後喊了幾聲雨蘭，雨蘭叫哥過去，白雨虹見水妹子正背著他倆在哭泣，忙問怎麼回事？

白雨蘭說，水妹子怕我們走，她捨不得和我們分手。

白雨虹好奇的問：「水妹子，我還不知道什麼時候走呢，你怎麼知道的？」

水妹子抹著淚說：「中午……我看見……土根伯在收拾船……」

白雨虹安慰說：「別哭了啊，水妹子，我們會常來看你的。你有機會也好來城裡，雨蘭和你好有緣分，天生的一對好姊妹。我們還可以經常通通信，噢，想起來了，雨蘭姐一到城裡她會馬上寄課本給你，別哭了，呵。」

白雨蘭挽著水妹子的手，白雨虹也輕輕背推著水妹子，一起來到了人們集中的地方，在打穀場的一角，坐下聽衆人的評工。但他們去晚了，評工會已經進入了總結階段，沒想到土根伯

這時正好點評到水妹子，大大表揚她人小志氣大，輕傷不下火線。還有些出身不好的，這次搶收搶種裡表現也不錯，身上的汗出得越多，剝削階級的遺毒沖洗得越乾淨。當然囉，貧下中農還是最先進的生產力，革命造反派是農忙中的主力軍，土根伯號召大夥，要發揚繼續革命的精神，乘勝前進奪取農忙的完全勝利。白雨虹越聽越來了趣兒，這土根伯怎麼煉就得如此爐火純青？家裡的土根伯自然淳樸，是個實實在在的老農，你看，一到衆人面前像換了個人似的，咕嚕咕嚕冒出一大串時髦的話兒來，還講得嚴肅認眞、頗有氣勢。我們的電臺廣播報紙文件的威力，使白雨虹明白，幾千遍幾萬遍革命口號的重複，便可以培養出幾千個幾萬個的革命家，這大概就是革命時代的革命新人吧！白雨虹一不留神，思維就跑起了野馬，他還是蠻讚賞土根伯的，他居然巧妙的說了實話，肯定了水妹子的勞動，白雨虹心裡甜絲絲的。嗨，眞不能小看土根伯，這老漢粗中有細呢，連水妹子鐮刀劃破了腿，他都記牢了。

當時的情景是：雨蘭發現水妹子小腿上淌血，大聲叫了起來。水妹子卻若無其事的用稻田裡的水抹了一把，清晰的露出了細長的傷口，血又慢慢滲了出來。白雨虹心疼了起來，用這樣的水抹傷口豈不要發炎感染？他呼叫龐來舟兄妹，快去拿紅藥水或者紫藥水。龐來舟說哪裡來什麼藥水，我們都用土辦法止血的。說著，扯了一把墨旱蓮，遞給水妹子。水妹子把草放在嘴裡嚼爛，然後敷貼在傷口上。血迅速的被止住了，白雨虹看得驚訝萬分。正回憶著，土根伯的歇工哨音長長的尖叫響起來，白雨虹嚇了一跳，等到評工會的人紛紛離場了，雨虹才慢騰騰站起來。土根伯哼著「社員都是向陽花」的曲調兒走來，大手拍了一下白雨虹的肩膀，說：「走，今晚爺兒倆好好喝幾盅！」

——第二十五章 沉默是金

晨曦中的太湖，微微泛著波光。一葉小舟，在平靜的湖面上，慢悠悠晃蕩著駛向神秘的孤島。船頭輕輕拍打水花傳來的聲音，叩打在白雨虹的心頭，那是一種急切的期待，又是極具親情的韻律。多少天來，盼望著見到母親，眞正近在咫尺的時候，又有些手足無措。白雨虹默默坐在船頭看著船艙裡的雨蘭，剛才她還睡意朦朧不斷抳眼，眼下正精神抖擻地向搖船的土根伯不斷提問刨根究底。白雨虹遙望水天之間的島嶼，在單調的吱呀吱呀的櫓聲中，在淡淡的黑藍的天幕背景裡，愈加襯出嫻靜的氣質。然而，白雨虹心裡總有一種說不清道不明的擔憂，那島愈顯得寂靜無聲，仿佛愈掩隱著金戈鐵馬，由遠而近滾來鐵蹄的悶雷。白雨虹的右眼皮不停的在跳動，他的心頭愈加瀰漫著不祥的預兆。他隱隱感到，在閃爍的波光下，搖曳著偶露崢嶸的劍影寒光；在墨綠的灌木與灰白的岩石之間，似乎隱藏著陷阱與刀叢。

白雨虹的憂愁在昨晚的飯桌上已經寫在臉上。土根伯興奮地告訴他，大忙告一段落，明早可以開船，白雨虹則呲牙一笑，算是回應，然後東一榔頭西一鐵耙的與土根伯說話。不過，白雨虹馬上意識到，自己的神態是欠禮貌的。他舉杯向土根伯敬酒，感謝那麼多天來的照顧，然後仰脖喝個精光。

土根伯對後生的爽快顯然十分欣喜。說道：「城裡人喝酒都是拷的吧！這米酒是我三年前釀的，騙你好上口，後勁足著呢。」

白雨虹微醉，臉紅紅的，連說：「好酒，好酒！」倒不是恭維，那陳年的酒香，勾起了與母親在一起的記憶。母親也會釀酒，那酒香幾乎一模一樣。暈暈乎乎間，白雨虹周身暖洋洋的，似乎就在溫暖的家裡。

一碟鹽水花生，幾隻金色大蟹，一碗清蒸梅齊魚乾。白雨虹想，怎麼佐酒的菜也與家裡的一個版本？土根伯五六盅酒下肚，神采奕奕的，話比平時多得多。白雨虹知曉，老漢把他當作可信的朋友，把他當隊長的苦處，對如今世道的看法，借著酒勁傾訴了出來。土根伯說，隊長這頂烏紗帽不好戴喲，田裡的收成一年比一年低，如今這年頭誰肯眞心幹活？白雨虹附和說，他們去工廠學工，廠裡的人也一樣，喝茶、看報、紮堆聊天，到處都一樣。如今革命了，多了一個寫大批判文章抄大字報的活兒。土根伯說：「我沒文化，你是讀書人，我就弄不懂，工人不像工人，農民不像農民，學生不像學生，這世道要變成啥樣子？」

白雨虹打趣：「城裡兩派都說要建設紅彤彤的新世界。」

「你也信？」土根伯緊接說：「喝西北風的日子在後頭呢。」白雨虹點頭稱是，又敬了土根伯一杯。土根伯睇著醉眼盯了一會兒，半眞半假地對白雨虹說：「我看你啊，不像造反派！老伯我勸你，也別去學他們！」白雨虹微微一驚，心裡佩服老漢的眼力，嘴上不置可否的打哈哈。

土根伯借著酒興，意猶未盡：「小夥子，明天去了島上，不管見著什麼了，都要想得開。」白雨虹想掩飾，有意淡淡地說：「我們反正例行公事，去作個人員調查，不去多管閒事。」

「你把我當外人了，還瞞著我，」土根伯略顯不快，碰了一下白雨虹的杯子：「小白，不瞞你說，你來的第一天起，我就知道你不是去執行什麼任務的，你是要去島上探親的。」白雨虹張大嘴巴，吃驚不已，半晌沒回過神來。白雨虹直盯著老漢，見他壓低了聲音，湊到雨虹耳邊：「老伯我雖沒文化，可不像那些人，整天批人鬥人的，亂哄哄像沒頭的蒼蠅。黑白是非，老伯我還是分得清的。剛才說的，我從沒跟村裡任何人講起，你放心好了。你聽見了，就當耳邊風，吹了也就散了，怪我喝多了說胡話，我只是想你還是個娃子，好多事見了受不了。」

白雨虹緊縮的心慢慢鬆弛，先前的緊張，被緩緩的暖流所包融。短短的幾分鐘裡，白雨虹體驗到那種不可名狀的驚恐，無法言表的震動。土根伯識破的一剎間，白雨虹本能地想否認，然而聽完一席話後，他清楚任何的解釋在老漢面前顯得蒼白和幼稚。革命時代他人便是地獄，夫妻、至親、友人尚能相互告密，在一個鄉村裡，有一個人暗暗保護著你，緘默你的秘密，白雨虹身體中湧動著一波一波熱乎乎的血液，找不到合適的詞句來傳述眼下的感受，他分明感到，儘管亂雲翻滾，大地依然微微吹拂著人性的暖氣，人間自有眞情。白雨虹極力控制眼眶中的淚水，不讓它流出，可是任憑他怎樣的努力，意志常常是情感手下的敗將，那滿眶的淚，還是悄悄地無聲無息地淌在了臉頰。千言萬語集中到小小的酒盅上，用那清清的米酒，盛滿他默默的感激，隆重地再敬了土根伯一杯，然後一飲而盡。

一陣沉默……

小船在沉默中搖晃著行進，愈靠近小島，船上的氣氛愈凝重，連好動的雨蘭也擰緊著眉頭。白雨虹下意識地摸摸貼在胸口的介紹信，那片紙已經皺皺巴巴，仿佛千折百折疊進了歲月的希冀。能順利見到母親嗎？母親還好嗎？白雨虹曾無數次的想像著見到母親，那種百感交集的場景幾乎一遍遍在心裡上演。他與雨蘭約定，見到母親絕對保密，把父親去世的消息牢牢封鎖在心底。

到了土碼頭邊，土根伯先跳上岸繫好纜繩。沒等船停穩，白雨虹急急也跳上了岸。土根

伯喝住白雨蘭別動，等他擱好了跳板，才讓雨蘭走跳板上岸。「放心去吧，我在這裡等你們。」土根伯抬手把雨蘭的包裹遞上，目光中傾注著憐愛。土根伯坐在岸邊的太湖石上，悠悠地吸著水煙，目送白雨虹兄妹的背影，漸行漸遠。

「哥，這裡靜得好可怕。」白雨蘭挽住雨虹的胳膊，怯怯的說。

「嗯。」白雨虹哼了一聲。

「媽媽見到我們一定很驚喜吧。」雨蘭側仰著頭看著大哥。

「嗯。」白雨虹面無表情。

「哥，你老是嗯嗯哼哼的，說話呀。」雨蘭停下腳步：「我心跳得慌，我怕。」

白雨虹緊攥妹妹的手，就像兒時他拉著她肉乎乎的小手，沿著漫長的小巷的石板路，蹣跚走著，走到巷口等候媽媽。多少個傍晚，天空中的雲濺開紅紅的鐵水，落在天幕上化爲一片一片的飛霞，夕陽的餘輝在遠處蒼老的城牆上，抹上最後的光彩，這時，媽媽就像從雲彩中飄逸而出，急急地但又輕盈地向他們走來。雨蘭撲過去，依偎在母親的懷裡。白雨虹怎會忘記，多少個寒來暑往，他與雨蘭總是等在小巷口，等候母親身影的出現。長大了，他們漸漸地很少再到巷口去，可是去年那個夏天開始，母親越來越晚回家，白雨虹越來越擔心母親的安危，然而母親總是淡淡的說：「沒事的，學習開會唄。」雨虹以他的感覺，隱隱的體察到，媽的話中似乎透著一絲淒涼，幾分哀哀的惆悵。有時夜已經很深了，媽還不回家，白雨虹又像回到了從前，與雨蘭到巷口去等候媽媽。白雨虹兄妹倆永遠不會忘記，母親失蹤的夜晚，天是那樣的黑，西北風淒厲地嘶叫，黑咕嚨咚的巷子，像長長的風箱，滿世界的風，灌在脖子裡，好似颼颼的冷箭穿過胸前背後。一切那樣的冰涼，只有哥哥強勁的手和妹妹柔軟的手，傳遞著暖暖的體溫，雨蘭分明覺得雨虹的手心中滲出汗來，濕涔涔的，幾分悸恐。那昏暗的路燈，像睡意朦朧的眼，然而兄妹倆卻全無一絲的倦意，他們緊緊依偎在一起，全神關注著遠處，當遠遠的出現黑幢幢的人影時，他們認定那就是媽媽，可是一個個匆匆邇來的，卻都是陌生的過路人，於是，他們心裡便一遍遍祈禱，下一個一定是媽媽，然而又一次次的失望，直到東方漸白。

如今，離母親愈來愈近，白雨虹的步履卻愈來愈重。他記得，那些天去尋找失蹤的母親，在濕漉漉的石板街，在輕濤拍岸的護城河邊，穿小巷過橋洞，步履中包含更多的是焦慮、惶恐和茫然，人們的白眼、撇嘴、嘲笑輕輕地把它踩在腳下，雖然到處是黑糊糊的牆壁檔住去路，白雨虹就是摸著牆根也要走到底，步履中還透著執著的剛毅。白雨虹被關押的日子裡，在那個黑黑的小屋裡，一次半醒半睡的朦朧之間，他依稀看見母親，他走上去，想拉住母親的手，想跟母親說話，在跌跌撞撞快要拉住母親的時刻，母親突然消失了，他差一點撞到牆上。昏黑中一個傻笑的母親，一個影子在牆面上幽幽的消失了。那場景，像電影裡的定格，銘刻在白雨虹大腦的天幕上。白雨虹在夜深人靜時每想起這片段，總感到冥冥中有一種不祥的預兆，他不敢細想。雨蘭幾乎全身的重量都靠到了哥哥身上，使白雨虹走得愈加沉重，也使他的意識重新回歸孤島。他望著連綿不盡的太湖石構成的山壁，望著雲層中裸露的半個太陽，望著天空中掠過的歡叫的喜鵲，久違了，自由的大自然！白雨虹呼了口氣，思忖陽光有情，鳥兒有情，莫不是都在暗喻著他們母子相見相悅的天意？

頓時，白雨虹感到腳下生風，他曳著雨蘭三步併作兩步，恨不得一步就到母親跟前。連白雨虹自己都不敢相信，上岸不過二十來分鐘，憑著蓋有革命委員會印章的介紹信，他和妹妹已經被人領到了母親的房門前。那人打開了門鎖，用手捏住了鼻子，躲到了一旁。雨蘭急急地推門，

裡面衝出一股陰濕的黴蒸氣，兄妹倆因爲從亮處走近暗處，一時間只覺得屋內昏暗無光，什麼都看不清楚。倒是鼻子裡嗅進的潮氣中，覺得夾雜著像兒時靠在母親懷裡聞到的味兒。

過了片刻，等到他倆看清裡屋時，他們幾乎同時驚呆，怎麼也不相信眼前站著的，便是他們日夜思念的母親！

她是媽媽嗎？她怎麼見到兒女連一絲表情都沒有？她的兩個眼睛直愣愣地盯著遠方，在白雨虹看來，母親的眼神全無昔日的靈光，像遮著一層白翳。雨蘭連連喊著媽媽，可是媽媽好像嘴唇翕動了幾下，沒有一絲的聲音。這光景，不由嚇退了雨蘭本來奔過去的腳步，猶豫了幾秒，雨蘭才大步過去抱住媽媽，然而媽媽就像一段槁木，已經燃盡了火焰，枯枯的空空的，沒有一絲鮮活的氣息。

「媽媽，我和哥看你來了！」雨蘭搖著母親的手。

雨虹見母親還是呆呆的，不由提高了聲音呼喚，可是任憑兄妹倆高聲的喊，母親仿佛生活在另一個世界，無聲無息傻傻地一動不動。

「媽媽，你說話呀，你難道聽不見看不見我們了，我是雨蘭啊！」白雨蘭的話音中已經夾雜著哭聲。

「媽——，你怎麼啦，我是雨虹啊，媽，你不認識我們啦？」白雨虹甕聲甕氣地喊，見母親還是不應，又悲涼的重複了幾遍。

白雨虹自己搞糊塗了，究竟是在夢裡還是醒著？他扶著母親，母親的手僵硬冰涼。他使勁用拳頭砸了一記腦袋，證明自己醒著，但他覺得整個的身子像往下墜，掉到了深深的冰窟裡。他隱隱感到自己冷得在發抖，在抖動中那一個永遠帶著笑容的母親也在跳動，紅紅的綢帶飄起來，歡慶的鑼鼓聲遠遠地傳過來，母親在遊行的隊伍裡揮動紅綢，旋轉、跳躍，舞蹈，那時候母親多麼充滿活力，少年雨虹把小手都拍紅了，一起跟著媽媽跟著遊行隊伍，歡呼國慶節的口號。眼下的母親，手是僵的腳是僵的，整個兒的人成了木頭，白雨虹無法相信，母親怎麼會變成了這個模樣。

雨蘭把母親扶到板凳上坐下，她從包裹裡拿出黃楊木木梳，輕輕的替媽媽梳頭。雨蘭說，媽，還記得這把木梳嗎，小時侯我和你還有哥哥一起去「軋神仙」廟會時買的，買了一套母女梳，你一把我一把，你最喜歡了，梳著好稱手。媽，你不回來我天天梳頭見到它，好想你。媽，梳好頭我把它留下。你看你好長好長時間沒梳頭了。媽，你怎麼比以前少了許多許多頭髮，看你，木梳一梳大把大把的掉頭髮，媽，你好苦……

「少囉嗦！」捂著鼻子的看守，立即打斷白雨蘭的話。

白雨虹朝妹妹使了個眼神，雨蘭淸楚哥的意思。哥路上反覆對她說，見到媽只講生活，千萬別涉及政治。白雨蘭把苦字吞進肚裡，她馬上領悟這年頭眞實表達親身感受也是忌諱，何況此時在一個另有耳目的地方。她柔柔地慢慢地，對母親絮絮叨叨地訴說父親大哥二哥一個個的思念。媽還是像什麼都沒聽見，似乎自顧自地仍然在想她的心事，又似乎什麼都不在想，她的心思在遙遠的天邊。借著小小天窗上射進的一片斜光，白雨虹漸漸看清了母親的臉龐，要是在馬路上雨虹肯定無法相認這是他的母親，蒼白蒼白的臉，不僅沒有一絲的血色，而且居然像老嫗一樣佈滿褶皺。母親與其說是坐著，不如說是像枯木一樣樹著，只要輕輕一推就會頹然倒下。白雨虹緊緊攥著的母親的手臂，皮包骨頭就像一根枯柴。白雨虹似乎又想起在七年前大饑荒的時候，母親也是這樣，路也走不動，坐在那裡隨時會倒下。母親讓孩子們先吃，最後才喝殘存

在鍋子裡的稀粥湯水。雨虹已經懂事，他也不與弟妹搶食，有時磨磨蹭蹭倒數第二的去舀粥，想多留點給母親。母親說，三個孩子手心手背都是肉，可你老大正在躥高，需要多吃點。爲此，母親絞盡腦汁藏一點土豆、紅花草、山芋片暗地裡添加給雨虹，就像現在一樣，靜靜地坐著，看他吃完，然後母親嘴角露出淺淺的笑容。媽，你餓著忍著，如今又被折磨著，孩兒眞想把這鐵窗砸爛，背你出去，走得遠遠的，然而孩兒是多麼得無能啊。

兄妹倆眼淚撲簌，灑在母親的身上。

看守左手捂著鼻子，右手不停地揮動，一遍遍催促兄妹倆時間到了，一副不耐煩的厭惡的神情。兄妹倆把帶來的毛衣替母親穿好，久久拉著手，不捨得母親，不情願離開，一步三回頭地望著母親。母親的眼神還是一動不動，母親仿佛活在另一個世界裡了。看守在鐵門上扣了一把大鐵鎖，那鐵鎖凝重地搖擺，鉤起了白雨虹辛酸的聯想，父親死時太平間門上的大鐵鎖也是這樣不停的晃蕩。

兄妹倆久久佇立在門前，任淚水輕輕的悲哀的淌著。雨蘭仰頭問：「哥，媽媽不認我們了？」白雨虹搖搖頭。雨蘭見哥哥的腮幫輕微動了動，顯然，哥咬了牙床似乎在壓抑什麼。「是媽媽腦筋壞了？」雨蘭盯著哥說。白雨虹還是搖搖頭。白雨虹更相信媽媽是有意不理孩兒，當他們離開關押室時，媽的手似乎要抬起，嘴巴囁動了一下。她的手和口，動作極其細小。微微的、悄悄的，細微至無形無聲，只有最親近的人才能感受到，白雨虹因此不相信母親腦筋壞了。

白雨蘭見大哥輕輕搖頭，自言自語說：「媽媽那樣子，我怕。」

白雨虹想起，大革命剛開始後的一個深夜，母親也是像今天一樣呆坐在客堂裡，燈雖亮著，雨虹起來解手，迷糊中見到母親孤單單的一個人影也嚇了一跳。然而母親馬上轉過神來，安慰大兒子。雨虹問母親，剛才三四個人找你幹嘛，一會兒凶巴巴的，一會兒細聲細氣的。母親叫雨虹端來畚箕，拌上煤灰，擦亮火柴，把家裡珍藏了三十多年的外祖母的遺物，報紙、照片、手稿、日記，一件一件的投入火中。母親說，他們要這些東西，外婆當時在上海是個記者，報導過演員藍蘋的演藝生活，母親十來歲時，跟著外婆見過藍蘋，還一起拍過照。藍蘋現在是毛主席的夫人了，忌諱那一段歷史。白雨虹也是第一次聽說，「文革」的偉大旗手曾經是三十年代上海灘的影星，一時腦筋裡對不上號，瞅了一眼母親，又悶頭把一張一張發黃的《申報》，放入燃燒的畚箕中。白雨虹問母親，這些東西眞的對江青來說那麼重要？母親說，外婆生前寫的這些文字其實也沒有貶低抹黑她的，都是平平常常的花絮新聞，現在倒是大大升值了，要我交出去就可以馬上入黨，雨虹啊，媽媽只想做普通老百姓。白雨虹提醒，他們會相信你說的家裡沒有收藏？母親苦笑了一下說，他們還有一個意圖，想弄明白我究竟知道哪些旗手的經歷，外婆有哪些社會關係，哪些人知道三十年代的事情，我只好做否定題。他們逼我，我只能沉默。雨虹，媽媽尋思著，他們不會甘休的，有一天媽回不了家，你不要慌張，帶好弟妹。媽自有主張，他們別想從我這裡得到任何東西，我不能連累人家，實在不行，媽咬斷舌頭！白雨虹驚恐萬分，安慰母親千萬不能自殘，沒有媽媽聲音的世界太可怕了。白雨虹分明看到母親璀璨的一笑，傻雨虹，媽見到兒女會不說話嗎，媽就是斷了舌頭也會爲孩子唱歌的。

想到這裡，白雨虹一怔，天哪！莫不是母親咬斷了舌頭，所以不說話？不，不，不會的，白雨虹情感上堅決排除這奇怪的念頭。母親不是說過，不管怎樣的處境，對兒女，她會帶來歌聲的。那母親怎麼見了我們如同陌路人？又爲什麼神情恍惚呆如木頭？這麼說，母親眞的腦筋壞了，語言乾涸在沙漠，記憶消失在黑夜？難道母親患了失語症？

——第二十六章 城洞情話

白雨虹雙腿軟軟的，周身沒有氣力，像大病了一場。

恍恍惚惚間，白雨虹的魂靈仿佛丟在了孤島上，記憶也沉沒在碧波浩淼的湖水中。他的兩條腿似乎在疲憊的輕飄地走動，身軀又似乎平躺在亙古蠻荒的獨木舟裡。他渴望天上星光熠閃，水邊濤聲輕訴，就像渴望再回到童年依偎在母親懷裡，仰望她明亮的雙眸，細聽她喃喃柔語。然而，一切都昏昏沉沉的過去，四周是無望的黑幕，光亮被吮吸了，聲音成了粉末。黑洞洞的空間仿佛成了流動的液體，白雨虹覺得自己像一具晃蕩的僵屍。他不知道怎樣回家的，也記不起昏睡了幾天幾夜，他想麻木自己，忘掉現實。

然而，白雨虹還是忘不了母親。閉上眼，母親就向他走來，僵硬漠然的臉，朝天茫然的眼白，枯柴般機械伸出的手，一次次閃現，一次次消失。過了幾天，白雨虹體力稍稍有些恢復，他漫無目標地走在大街小巷，母親的身影仍然在眼前時隱時現，他會把街上與母親相像的人，幻想成失蹤前的媽媽，就像她在夕陽中踽踽而來，就像她懷抱雨蘭匆匆趕路。

長到這麼大，白雨虹突然意識到自己有著深深的戀母情結，自己根本不像一個七尺漢子，倒像牽著母親衣角的孩子。以至於那天，他拖著滿身的塵埃去公共澡堂洗澡，從渾濁的大池裡出來，倒在床椅上立刻睡去，被服務員立馬叫醒時，他赤身裸體迷迷糊糊中還以爲在童年時光。

他苦笑了一下，革命時期的浴室人滿爲患，一撥一撥人站著等著你從浴池裡出來迅速讓位，你竟然還像有閒階級那樣想舒適放鬆一下？還想在迷糊中光著屁股蜷縮在母親的懷抱？

白雨虹見到藍欣欣時的感覺就像要倒在母親懷裡。他們的見面就像電影裡一九四九年前中共地下黨員的接頭。白雨虹先到護城河邊毀棄的城牆根前，當確認轉彎過來的藍欣欣的視線掃到自己時，他繼續朝北走，閃進古老的淤塞了一半的城門洞，他的心臟陡然地加快了跳動，在寂靜的等候中他聽得到自己粗魯的喘氣聲。一會兒，他聽見了輕微的腳步聲，又覺得那聲音完全是自己想像出來的，第六感覺一直在告訴他藍欣欣越來越走近了。藍欣欣渾然不知走過了洞口，白雨虹一把將她掖入了自己的胸口。

誰也沒有說話。白雨虹幾乎是抱著她跳進城門洞的豁口，他近乎癲狂地吻遍了她的臉她的胸脯，想把幾個月的思念、苦悶和煎熬，密集地傾瀉在她的身上。藍欣欣一動不動，軟軟的身子靠在白雨虹的手臂中，暖暖的氣息拂過白雨虹耳際頸脖，那種柔柔的癢癢的溫度，先在白雨虹鎖骨胸肌間擴散，迅速傳導到腹部及全身。他有力而多情的手，一遍遍撫摩她的頭髮，輕揉她的乳房，他發現她的乳頭邊的硬塊似乎消失了，變得細膩糯軟了，他還驚奇的發現自己的手也是那樣的柔軟。

「想你，欣。」白雨虹輕輕的溫情的貼在她耳旁說。

「我也一樣，想你。」藍欣欣緊緊地貼在他胸口說。

藍欣欣有多少話想說，但是她靜靜地依偎在白雨虹厚實的胸膛，嘴唇接受著白雨虹狂放的濡摩，她想無限的延長這段時光。幾個月了，雨虹你可知道，無數次我走在和坊街，走過教堂，走過你的關押地，我都放慢腳步，只是想看你一眼。多少天我站在馬路的對面，望著一輛輛駛

進駛出的卡車，甚至荒唐的希望他們把你揪出來批鬥，那我也可以看到你啊。我幾乎每個夜晚在想你，想你怎麼度過這長長的黑夜，他們會不會逼你不讓你睡覺，他們有沒有動刑，身上有沒有傷痕，我無數次的想像，你一定臉色蒼白，一定瘦了，沒想到你比我想像中還要瘦骨伶仃，還好還好，你的粗野你的柔情，證明著你生命依然昂揚澎湃，聞到你的氣息聽到你的呼吸，我的生命也將重現生機。眞的，我守候在老爸的病榻前，孤單單的，多麼希望你在身邊，沒有你的日子裡，那種孤獨和無望，你可曾知道？藍欣欣想著，淚水從眼角漫漫滲出。

白雨虹修長的手指輕輕抹去她的淚水，他的嘴唇貼近她的眼角：「別哭了，別哭了，我回來了，」白雨虹又像回到了青梅竹馬的時代，找到了做大哥的感覺，哄著他的妹妹：「我知道你很苦，我回來了，我現在父親沒有了，母親變傻了，我什麼都沒有了，今生今世只有你了。」

藍欣欣慢慢睜開眼，雙手捧住雨虹慘白的臉，一邊端詳一邊問：「伯母到底怎樣了？」白雨虹一五一十講了母親的景況，一面唏噓哀歎。藍欣欣說：「他們從伯母那裡得不到什麼，她又成了這個樣子，依我看，他們認爲她沒什麼價值了，會放她回來。」

「我也這樣想，但是我的感覺不像要放的樣子。眼下緊鑼密鼓的又搞起了清理階級隊伍，風聲鶴唳，人人過堂，他們揪住媽就多了一個籌碼，報紙上又可以吹噓多了一個勝利戰果。」白雨虹分析說。

藍欣欣微微搖頭說：「那倒不一定，他們不是說不打死老虎？還有，你還是要托托丁春峰，通過軍代表干預一下，也許是個辦法。」

白雨虹點點頭，又苦澀地搖搖頭。藍欣欣見狀，說：「要是伯母能回來，你放心，我每天過來侍候。我看過醫書，像這樣的情況，我們每天和她說話，愛撫她，慢慢會恢復知覺的。」

白雨虹深情地望著她的眼睛，雖然光線昏暗，但是白雨虹深深感激她的孝心，一股暖流湧動起來，他把她抱得更緊。白雨虹的邏輯是，你親近我的母親就是親我，你還願服侍我的傻母親，那更是愛我。激動的白雨虹脫口而出：「我一定娶你！」

昏暗中白雨虹沒有看清，藍欣欣的臉上泛起紅暈，只知曉藍欣欣一頭紮進了自己的懷裡，藍欣欣說：「你倒是會跳級，過程也沒有，平頭百姓還有個訂婚呢，你怎麼肯定我一定嫁你？」

白雨虹不聲不響，柔情的手從她的乳房滑向她的腰際，慢慢撫摩她的臀部，又悄悄移到她的腹部，白雨虹平生第一次觸摸到女人的柔腹地帶，自己的身體裡升騰出蕩氣舒適的感覺。他幾乎屏住氣，幾次情不自禁地想往下摸去，還是極力控制住，手停在小腹與最神秘地點之間，那一叢肉鼓鼓的陰毛上。白雨虹極其緊張，又極其想探究，他湊著藍欣欣看去，見她沒有抗拒，膽子就壯大了起來，人也放鬆了許多。他乘勢強勁與她接吻，壯著膽手往下探去，來回地撫摩，快要醉倒了。藍欣欣私處泌出的胴水，濕漉漉沾了白雨虹一手，白雨虹周身的血漲了起來，情根直直地堅挺，他快要控制不住自己了。他又無意中碰到了她微小凸出的陰蒂，藍欣欣突然抽搐了一下，他喜歡她的這種回應，他已經完全抑制不住自己了。白雨虹俯下身去，解開彼此的褲帶，他粗粗的命根根迫不及待地衝進了她幽謐的門戶。

向著城洞的豁口朝外望去，枯萎的雜草在風中搖曳，遠處是葉子凋敝的樹幹，再遠望那就是星光閃爍的夜幕了。在白雨虹雲裡雨裡翻騰的時候，星星悄悄出來了，洞中年輕人的時間還凝固在他們相擁相親似膠似漆的時刻。白雨虹以前也讀過醫書，他那時堅信，倘若自己與異性雲雨又不致孕，他會抽出來在體外噴射。可是生活總比理論生動，他在愉悅的韻律中，早已忘

卻了美麗的預想，自以爲堅定的意志，頃刻隨著青春的瓊漿泄瀉崩潰。他從藍欣欣身上下來，身體軟軟的，頭靠到了她的胸口，剛才還如虎似豹，現成了柔弱的羊羔，蜷縮地躺在她的身上，軟綿綿的，仿佛又像依偎在母親的懷裡。藍欣欣天生就像哺乳的母性，她以母性般的手，千般溫暖萬般風情的輕輕地摩挲他的臉他的頸他的汗滋滋的頭。

白雨虹細細回味著剛才那欲飄欲仙的感受，眼皮沉重耷拉下來，眞想倒頭睡去。在藍欣欣纖纖細手的蠕動中，他溫順地聽從她的擺佈，盡情的延續著濃濃情蜜，慢慢驅散了倦意。他望著城門洞外的一小塊天空，感歎今晚星星的光亮。

「多美的夜空」白雨虹說：「你記得小時候我們躲貓貓，你也躲進了這個城門洞？那年夏天的傍晚？」

藍欣欣說：「你眞壞，領我藏到了這裡自己躲到了梧桐樹上去，還把我給忘了。」

白雨虹微笑：「到頭來還不是我把你背出來的？」

「好像不是你吧，是雨星先發現我的，拉我上來的。」藍欣欣否認。

「雨星那時人還小，他拉得動你嗎？」白雨虹輕微微地說，「還是我把你拉上來，你的淚水還碰到了我嘴裡，鹹鹹的香香的，我至今還沒忘了呢！」白雨虹鼻子在她胸口吸了一口，「好香，比當年還香。」

藍欣欣說：「想起來了，你背我下了坡，雨星扶著我。你那時身上頭上沾著樹葉草根，混身都是汗水，我也想起你身上的味兒來了。」

「什麼味兒？」白雨虹瞇著眼問。

「不說。」藍欣欣嬌嗔道。然而俯身臉朝白雨虹額頭貼去。

白雨虹興致再次大發，手緊緊勾住藍欣欣的頸，魚躍而起，轉身與她面對面緊抱坐著，他的雙腿也緊鉤著她的臀部，他的歡喜命根在她的門戶前磕磕撞撞，勃然跳動，在不斷的撞擊中楞頭楞腦忽左忽右，全然不知正確的路線應該是走中庸之道。仗著氣血旺盛，堅強的頭兒還是找準了方向，深深挺了進去，並被她緊緊鎖住。白雨虹極其喜歡這種感受，那一刻，他心旌激蕩。

就在這時，城牆洞外傳來腳步聲。

白雨虹屏住呼吸，身子停止了衝動。藍欣欣也聽到了外面的腳步聲，驚恐地盯住白雨虹的臉看，雨虹把她的臉順勢埋到他的胸懷。他們倆不敢大聲吐氣，不敢發出一絲聲響，豎起耳朵捕捉洞外每一個傳進來的原聲。他們聽清楚了，那腳步顯然不是一個人的，那是一長串淩亂的忽輕忽重的腳步聲，慢慢的由遠而近，夾雜著幾個人邊走邊談的說話聲。白雨虹極力使自己鎮靜下來，扭過頭眼睛死死盯住洞口。他漸漸聽明白，走過來的人是夜間巡邏的工人糾察隊員，其中一兩個人的嗓音很熟，他忖度那幾個可能是守衛黨校大門的聯派分子。白雨虹在寂靜的空氣裡，又隱隱聽見沙沙的雨聲，像打在枯枝樹葉上，幾道小溪似的直瀉下來，他明白他們在幹什麼。那幾個人邊尿還邊說話，其中一個粗嗓門說，這老城洞豁開得好像大了點，前幾天還沒有這麼大。白雨虹聽到這裡，心吊到了嗓門眼兒，差不多人也變僵了。另一個人說，你他媽的是不是想洞了，現在是大革命哦，資產階級腐朽思想，少想想！白雨虹此時此刻分明覺得，自己受到驚嚇的情根在迅速變小變軟，滑出了美妙的天堂，涼在黑糊糊冰冷的現實世界。他腦子開始飛轉，敏捷地在地上摸到褲頭穿好，迅速把藍欣欣拉起來整理好衣褲，兩個人身子直直的緊貼在城牆的牆壁上，他警覺地聽了片刻，聽見外面還有沙沙「下雨」聲，便拉著藍欣欣貼到

靠洞口的死角落裡。這樣，即使外面探頭進來，不注意也發現不了他們。果然，過了片刻，幾盞手電筒的光射了進來，在他們原來躺的地方兜了幾圈。那幾個巡邏嘴裡不停的嘀咕，一個說走吧走吧，這種地方階級敵人搞破壞走錯了方向。還是那個粗嗓門說，搞腐化倒是好地方。話剛說完，一群人哄笑，說粗嗓門大概這幾天想婆娘想癡了，你摸摸自己的褲襠看，在這裡搞腐化先把你的屌凍僵了！說著放浪地笑著，那幾個人漸漸走遠。

白雨虹和藍欣欣這才鬆了口氣。白雨虹摸著藍欣欣的頭髮苦笑：「好險。」

「你啊……」藍欣欣抬頭望了一眼，頭又靠到他的胸膛：「我怕……」

「他們走了，怕啥。」白雨虹說。

「我怕萬一我有了，那怎麼辦？」藍欣欣擔心。

白雨虹考慮了片刻，說：「那就聽天由命吧！我再想辦法。」

一陣無聲無息的靜默。他們倆都明白，剛剛躲過了一個劫難，革命時期任何非婚男女一旦在一起被逮著，將會身敗名裂，無休止的雙雙批鬥出醜。在和坊街，吳佑孝的老婆在園林的假山洞裡與他人親嘴，頭頸上被掛著一隻破鞋連續批鬥，革命家關貞姨得意忘形的狂笑，那情景白雨虹一想起，就歷歷在目。他眞不敢想像，假如剛才他和藍欣欣在這個漆黑的城洞裡被工糾隊抓獲，將會怎樣去面對沸騰著革命思想的街坊？他掛牌站在臺上批鬥，他能承受，那麼對於一個女孩藍欣欣來說，那是一種怎樣的難堪和羞辱啊！想到這裡，他愛憐地把她擁到懷中。然而，假如由於他的激動藍欣欣眞的懷孕，那他倆怎麼辦，留還是不留？不留，他到哪裡去開單位證明合法流產？像他倆的情況，他清楚沒有證明將沒有一家醫院會接納，那時侯他該怎麼辦？想到這裡，白雨虹感到周身的皮膚在緊繃，進了城洞後他第一次感受到四周的陰冷。

白雨虹擼著她的頭髮安慰：「別急，眞的那樣，總會有辦法的。」白雨虹想到，實在沒辦法就攜藍欣欣遠走高飛吧。可是，他馬上否定了，他感到自己多麼自私，要藍欣欣放下年邁的父母嗎，自己忍心丟下弟妹嗎，再說你跑到天涯海角，還不都是紅海洋的九州？還不是仍然生活在一樣失序一樣紅色政權之下？

如果說，剛才進洞前白雨虹還是個男孩，在漫長黑夜的行進中，在不斷的思考中，現在他儼然覺得自己是一個成熟的男人了。他有責任承擔起自己孟浪產生的後果，如果那個小生命眞的來臨的話，他決定負責到底，哪怕糊紙盒拖板車做苦力也要把孩子拉扯大，想著想著，不知不覺天地是那樣的開闊，恐懼、焦慮像一蓬煙似的無形無蹤散去，他找回了自己的眞我。

藍欣欣輕聲問他：「你好像在想什麼？」

白雨虹很放鬆的一笑：「想怎樣做爸爸。」

「你眞好意思，說想做爸？」藍欣欣說。

白雨虹很認眞：「是的。哎，我忘了問你，假如你眞的有了，你怎樣打算？」

藍欣欣望了他說：「聽你的。」

白雨虹執著道：「我想聽你的，你倒又聽起我來了。」

藍欣欣回應：「從今天起，還分得清你我？」

白雨虹換了個角度：「你喜歡孩子嗎？」

藍欣欣點頭說喜歡，接著說：「就是我們養得活他嗎？我們都沒有工作。」

「我不缺胳膊不缺腿，去找工作，」白雨虹說：「天無絕人之路。」

「到哪裡去找啊，」藍欣欣說：「人家有工作的，都不在幹活，整天忙著開會貼大字報。

從去年到今年沒有分配一個人做工作，你能有三頭六臂？」

白雨虹很沉著：「大不了我還是踏我的黃魚車送煤球，不會全家餓死的。我想，那肯定委屈你了，一個大幹部的女兒，跟了一個出臭汗的。」

藍欣欣糾正他：「一個走資派的女兒，跟了一個無產階級，很符合時代精神的。」

白雨虹也糾正她：「我可不是無產階級呵，離反革命分子只差半步，又是黑五類子女，又被審查關押過，按照他們的說法，叫做歷史不清白。你呀，可要慎重考慮啊！」

藍欣欣微笑：「那就黑到一塊兒了。你是黑五類兒子，我是黑幹部女兒，反正黑到一塊兒了。」

白雨虹解嘲似的說：「還有我們的子女，就是黑黑子女了！戶口是別想報上了，就成了沒有戶口沒有國籍的眞正的黑人了！」

「只要我們好好生活，堅定信心的活著，總會天亮的時候。」藍欣欣說這段話時充滿憧憬，樂觀的情緒深深感染著白雨虹。白雨虹不禁從心裡暗暗敬佩起藍欣欣來，眞是女別三日也要刮目相看啊。藍欣欣繼續說：「你猜我如果我們積點錢首先買什麼，我想買一架蝴蝶牌縫紉機，平時一家的衣褲自己做！」

白雨虹繞有興趣的說：「你猜我再有點錢幹什麼？」

藍欣欣馬上說道：「我怎麼會不知道？你還想買書讀書，你今生今世是一定要圓夢的，圓你的大學夢的，還有你很想成爲一個作家，你要圓你的作家夢的。」

「可惜那時我可能老了。」白雨虹感慨道：「欣，我知道你也想讀名牌大學的，我們小時候拉過勾的，到時候我們還是一起去上學，讀同一個大學！」

藍欣欣咯咯笑了起來：「那時候我們拖兒帶女的，怎麼個上學？我留在根據地，你上前線吧。」

白雨虹以毋容置疑的語氣說：「不，我們一起去考，一定會考上的。我們帶著孩子一起去讀大學！」

此時，天邊劃過星星，天幕上閃現一道金色長鏈。不一會兒，若隱若見，若遠若近又繽紛出幾顆流星，急遽向西邊歸去。莫非星星有靈，聽見了那一對情侶的喃喃低語，是爲他們的至愛而感傷落淚？還是羞澀澀的匆匆劃過，生怕驚動了他們美妙的願景？

第二十七章 這小子，是個花崗岩腦袋

白雨虹一路護送藍欣欣回家。進了黨校大院後，白雨虹有些猶豫，想著要不要跟她進家門。藍欣欣的母親在門外的煤爐邊換煤球，煤爐的周圍用磚砌了一個圈，有點像小圍灶，那是白雨虹的手藝，他堅決主張冬天把煤爐放到室外來，怕散熱過快，搗鼓了這一傑作。見女兒那麼晚回家，母親嘀咕了幾句，本想多說幾句，見白雨虹也一起過來，就打住了話頭。白雨虹叫了聲伯母，殷勤地接過火鉗，麻利地換了兩個蜂球，封好了爐子，就跟了進來。這哪裡像個家，空敞空敞的，幾張原先留下的課桌幾張方凳，放在空曠的教室裡，雖然放了床鋪，進門的地方還用竹片葦席與裡間隔開，中間還牽了掛衣的繩，上面晾了幾件舊軍裝，但是，一看到牆上的黑板，黑板上糊滿的大字報，就把殘存的一點家的氣息糟蹋殆盡。

在昏暗的白熾燈下，藍祖禹躺在床上，臉顯得更憔悴黃兮兮的，他聽見母女倆的說話聲，又見欣欣朝他身邊走來，便問她到哪裡去了，怎麼這麼晚才回來？藍欣欣對身後的白雨虹看了一眼，對父親說在雨虹家抄大字報，居委會催得緊，一起幫忙了。藍欣欣坐到床沿邊，握著父親的手安慰說，別擔心，路上雨虹送她回來的。藍祖禹這才看清站在欣欣邊上的白雨虹。

藍祖禹見白雨虹掛著羞澀的笑容，那笑容使他記起幾年前，他親自把獎牌掛到眼前的少年脖子上的情景。那少年白雨虹站在游泳池旁，一手捧著獎牌一面衝著他笑，他向少年揮手再次表示祝賀，那少年也向他擺擺手。他頓時覺得跟少年似乎有點臉緣，這少年與站在邊上的其他人不同，他的笑似乎羞澀但是十分燦爛，他大方的舉手向觀眾致意，而邊上的其他少年卻木訥的待在那裡，臉無表情，手也不動，這一刻，藍祖禹隱約感到，這個少年舉手投足之間有一種超越他年齡的陽光和堅毅的氣質，這給他留下了極爲深刻的印象。第二天晚上吃完飯，他習慣坐在沙發瀏覽報紙，藍欣欣跟以往一樣與他搶報紙看，爲了先睹爲快，父女倆你爭我奪的搶報紙已是藍家的一道風景。女兒高興地歡呼，指著《藍副市長親自爲運動員頒獎》標題下的新聞照片說：「爸，你看，那是我的同班同學！」藍祖禹瞥了一眼女兒手指著的同學，幾乎與女兒同時想到了白雨虹三個字，不過，女兒是嘴裡大聲喊出的，他是在腦子裡無聲閃出的。女兒向他講了許多白雨虹的逸聞趣事，眉飛色舞一邊說著，一邊還要老爸發表評論。藍祖禹瞇著眼靜靜的傾聽，他慢慢記起來，這少年來過他家，至少他見過一面，那是欣欣發燒，這小子帶了一幫同學來看望欣欣。還有一次，他在家門口的汽車裡，看到欣欣和這小子一起上學的背影。

「爸，你怎麼不說話？」欣欣靠到他身旁問。

「要我老爸說什麼？」藍祖禹逗她。

「你爲他頒獎，他跟你說了什麼話？」女兒仰著頭問。

「這小子平時不大說話的，是吧?他一句話都沒說，只是衝我笑笑。」老爸說。

「要看對什麼人的，對我們他很會說話的，常常語出驚人，眞逗！」女兒沉浸在喜悅中。

藍祖禹覺得那個叫白雨虹的小子，在女兒的心目中已經占上制高點了。說也奇怪，打那次頒獎後，藍祖禹覺得老是在家裡或者路上見到這小子，幾乎一年四季老是穿著洗得發白的藍色學生裝，似乎每見過面一次都長高一次，直到個頭遠遠超過他，他突然發現，當年的少年已經長大長高，變成一個俊朗的後生了，稍稍缺憾的是，那小子的身子板太單薄了些，以他軍人的

眼光看，那小子一挺機槍扛不動的。女兒上高三，白雨虹到藍家來得更勤，來了就到欣欣的書房去，倆人投入地研討功課，藍祖禹似乎預感到這小子除了與女兒複習準備高考，還有別的意思。書房的門始終打開著，他倆解題的爭論聲時常傳到客廳裡來，快吃晚飯時，那小子十分知趣，便匆匆告辭。藍祖禹經過一段時間的觀察，確信沒有什麼異常的軍情。不要說他沒想到，就是全國人民都沒有想到，搞起大革命來了，停止考大學了，他還來不及跟女兒說，讀書要緊找對象慢點兒，一轉眼工夫，他老革命變成了革命對象了，揪到臺上批鬥了，天翻地覆，他整個兒給搞懵了！

昔日裡那些鞍前馬後恭維他的人，那些左一個「藍市長」右一個「藍市長」圍著他轉的人，也是頃刻之間成了造反派，朝他呲牙裂嘴變著法兒整他。他虔誠地學習老三篇，眞心的鬥私批修，他一遍又一遍地搜尋戰爭年代與和平時期在哪個地方沒有緊跟毛主席，他一次次對照，一次次在批鬥會上眞情的回答群衆，他聽毛主席的話，無限忠於毛主席，他找不到哪裡對不起毛主席。他讀書不多，他眞的不知道什麼叫資本主義，多少年來爲官一方也不清楚怎麼成了走資本主義道路的當權派？開始，他常這麼說，而每說一次都會激起憤怒的口號，每說一次都會被後面的大漢揪頭彎腰做「噴氣式」，後來他漸漸明白在狂熱的人群面前說這些話是那麼可笑多餘，他已經是這個城市革命的靶子，黑色的靶心，容不得你解釋，必須做好這個靶子，你別無選擇。只有這樣，才能最終證明你對毛主席的忠心。藍祖禹槍林彈雨都走過來了，權當再次接受革命的考驗吧。然而，每當他低頭無意中見到人群前面的女兒時，他痛心自己低頭彎腰被人喝斥毆打的形象，對他是恥辱，對孩子是傷害，所以批鬥結束女兒攙扶他，他每次關照女兒，下次不要來，他是老革命，他挺得過來，但他清楚，說這些話時，他的胸口很悶，他的心在絞，他無法想通，怎麼會和土改時的地主一樣揪在臺上戴高帽掛牌示衆呢？紅色江山到底在哪裡出了差錯？在那次全市最大規模的批鬥會上，他低頭，他被責令屈膝跪著面向數萬群衆，手臂如林，喊聲震天，他以職業軍人的眼力居然捕捉到，在司令臺前側邊一對年輕的男女臂如僵木靜如磐石，女孩是他的女兒，臒瘦的男孩他也是太熟悉了。他心裡頗爲費解的是，白雨虹這小子，眉毛緊鎖神情之鎮定，凹進的眼睛中透出的英氣，簡直就像一個標準的哨兵，女兒的腰枝也是那樣的無所畏懼的挺拔，她的神情與那小子怎麼會如此一致？看得出來，那小子的眼裡除了同情還有一種淺淺的悲憫。

昏暗的燈光下，白雨虹又站在了藍祖禹跟前，微微靠在女兒的身邊。對老人來說，他們倆站在一起的畫面是那樣的熟悉與和諧，年輕人朝他笑，微笑過後是沉默，眼光柔和地看著他，但是老人還是感受到白雨虹眼裡體恤中的悲憫，這使得老人很不舒服。藍祖禹的人生經歷中，還沒有人用這種眼神看著他。他堅持坐起來，他不能在兩位年輕人面前尤其在白雨虹面前顯出羸弱萎靡，幸好年輕人反應極爲迅速，用毯子替他墊好背，女兒坐到他的身邊，依偎著他，他抬起手示意年輕人坐下，白雨虹自己找了張方凳坐了，有點侷促起來，雙手搓著無處放的樣子，又回到了書生本色。

後來白雨虹也沒法精確回憶，藍祖禹和他談話的話題從哪裡開始的。他們漫無目標的閒聊，談蘆葦蕩，談蘇中平原，談小橋流水，在時空中隨意穿梭。白雨虹強烈地感受到，老人在談及過去的歲月時，懷著無限的依戀。藍祖禹說，在烽火連天的日子裡，他們在蘆葦蕩裡伏擊日寇的汽艇，那眞叫帶勁，倘如現在發生戰爭他情願帶了隊伍上戰場，戰死疆場也不願在臺上挨批揪鬥。他深情的回憶，那時侯我們從來沒有動搖過信念，政委從軍部帶回一本油印的《論

持久戰》，他讀了無數遍，邊兒都捲了起來，在部隊北撤黑咕隆咚的夜間，不小心掉入了長江中，爲此他難過了許多天。那日子，雖然腦袋繫在褲帶上，但活的充實。白雨虹受到感染，說：「要是我生在那個時代，也一定會走上反法西斯戰場的，也會成爲一個出色的戰士的。」

藍祖禹眼睛一亮，說：「小白，你文縐縐的樣子，好當部隊的機要秘書。我們隊伍裡就有從上海名牌大學趕來參戰的大學生。可惜，後來戰死了。」

白雨虹見藍祖禹深深嘆了口氣，老人繼續自言自語：「後來又來了位女大學生，多活潑的姑娘啊，活生生被鬼子刺刀捅死。」白雨虹默默聽著，讀高中時，他在藍欣欣家的客堂裡，曾聽老人講過，那次他是陪聽者。當時老人是在教育自家的女兒，藍欣欣跟老爸嘔氣，非要買街上流行的花邊裙，老人搬出了老故事說，戰爭年代像你一樣大的姑娘投身革命，組織上叫她穿什麼就穿什麼，爲了便於傳遞機要文件，一會兒村姑打扮，一會兒小販打扮，回到隊伍裡就最喜歡穿軍裝，不愛紅裝愛武裝，你怎麼一點革命的傳統都不懂？白雨虹想說，老伯，那是過去，現在哪有女同學沒有裙子的？但是，他不敢說。幾乎與他想的同時，藍欣欣卻把他的話除了「伯」字換成「爸」字外，一字不差的講了出來。兩個人的思維如此同步，白雨虹自己也不敢相信，傻乎乎驚奇的回味待在客廳，白雨虹尋思，難道人與人之間眞的有超自然感應？

這一次，藍欣欣與父親心靈感應了。女兒緊接著老爸的話茬，說：「想想革命先烈，看看今天被他們搞成亂糟糟的局面，怎麼對得起死去的志士呵？」老人露出了微笑：「還是女兒知我心啊！」

白雨虹聽到這裡，突兀地冒了一句：「我看呢，還不是今天搞亂了，他們早就搞糟了！」話說出口，白雨虹有些後悔，多麼唐突，而且他腦子裡想的，是不便於說給老革命聽的。但是，剎車已經不可能。藍祖禹瞇著眼，十分不解，但來了興趣：「小白，怎麼個早就搞糟了？」白雨虹臉有些泛紅，搓著手，不好意思的樣子。

藍祖禹很直爽的說：「沒關係，想說什麼說什麼！老伯還不至於揭發你。」

白雨虹兜了個圈說：「老伯，你記得大字報上批判劉少奇的話嗎？解放初，劉少奇到天津去勸資方老闆正常開業說的那段話？」

藍祖禹太熟悉那段話了，說：「造反派揪我辮子就是那段話，說我在市裡貫徹劉少奇的『剝削有功論』，袒護資本家。」

「老伯是否後悔當時的做法？」白雨虹小心翼翼地問。

「哪裡？他們逼我承認錯誤，我錯在哪裡啊？當時我是貫徹中央精神。」藍祖禹忿忿的說。

白雨虹笑笑，那淡淡的弧線笑容在他的臉上一旦顯現，他說話就開始顯露鋒芒：「那時候，老伯你說是中央精神，實際上或多或少反映點民主願望的，後來的五四年《憲法》還說我們是人民民主國家呢，沒有專政兩個字。當時劉少奇等老革命家，都主張武裝奪取政權後，應當休養生息，走新民主主義道路，發展生產，讓老百姓過上好日子。」

「是的，造反派責令我回答問題時，我說過，我們應當尊重歷史，當時黨中央做出決定，認爲從新民主主義社會到社會主義社會是一個相當長的過渡時期，大約要三個五年計劃或者更長，」藍祖禹回憶起過去的日子，說：「那個文件還是我向局級黨委傳達的。」

白雨虹繼續他的書生之見：「後來呢，短短三年就剝奪了人家的私產！不是說相當長的時間嗎，怎麼跑步進入了『公有制』？相當長變成了相當短，我們是否進入了一個悖論？或者，乾脆設了一個局？」

藍祖禹感到小青年的話有些刺耳，說：「哎，小白，話不能說得太偏激，在外面說，是個現行反革命分子了。當時那些資本家、手工業者還是敲鑼打鼓把資產獻上來，農民主動把田產證交出來的。」

「老伯，你眞的認爲他們都是情願的，是他們個人的眞實意願？」白雨虹談鋒不減。

屋子裡一陣沉默。白雨虹又想到梅老太，他們一群小夥伴到老太家的院子裡捉蟋蟀，她把自己的診所交出去的那幾天，一個人常常坐著發呆，好幾次用手絹擦眼角。白雨虹又想起，和坊街上的那個百年老店「得一文」的店主，割脈死在店裡家屬不敢吭聲，那些街上的綢緞布坊、皮匠店、木桶鋪、銅匠作坊、縫紉機戶，一個個白天強作笑臉，晚上打老婆的打老婆，發酒瘋抹眼淚的抹眼淚。報紙上的照片，廣播裡的宣傳，跟他小時侯看到的景象強烈的反差，給他留下了社會畫面撕裂的印象，直到今天白雨虹心裡還是認爲，他仍然生活在一個個人意願與主流意識形態分裂的社會中。

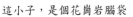

白雨虹看看老人，緩和著氣氛說：「老伯，雖然報紙上不登，我想您可以看到當時內部的通報，也瞭解一些眞相的。爲什麼我們中國，總是一個人想幹「文革」就幹，想把私產收歸就收歸？想叫知識份子說話不說也得說，說了就打成右派？現在更是想說你是人民就是人民，想說你是敵人就是敵人，怎麼一個人的意志可以淩駕於一切之上？」

藍祖禹當然明白那「一個人」指的是誰，他不能接受這個小夥子對領袖的態度，也不能容忍這樣的質問。長期的軍人生涯服從就是天職，久經的革命鬥爭崇拜便是習慣。他從來沒有懷疑過領袖有什麼閃失，他把《毛主席語錄》上的每一個字都看成經典，他多次跟女兒說起，他現在受苦批鬥不能怪毛主席，是自己的思想跟不上形勢跟不上毛主席，現在不理解，將來會理解的，也許又是一次對自己革命的檢測，對毛主席忠誠的考驗。面前的小青年用「一個人」的詞兒指代偉大領袖，藍祖禹感到必須澄清自己的想法，他面露慍色：「小白，毛主席比我們站得高看得遠，繼續革命，搞文革他老人家有他的考慮，我們吃點苦沒什麼，推翻蔣介石統治我們也吃了不少苦。現在成了亂哄哄的局面，我的看法是朝中有奸臣當道，不會是他老人家的本意。」

「那他本意是什麼？」白雨虹極力謙恭地問：「他不是說形勢大好，不是小好？眼下沒有絲毫收場的跡象，倒是大規模的清理階級隊伍開始了，又要多少人家背黑鍋了！」

「是呢，不少人又要重新甄別，有點像第二次定成分。」藍祖禹嘆口氣說：「我也是沒有想通，爲什麼要一次次把人分成三六九？但是，我還是堅信偉大領袖，過去他帶領我們從勝利走向勝利，今天要鞏固紅色江山，爲解放全人類作準備。我們不是常常說，無產階級只有解放全人類才能最後解放自己嗎？小白，我們不能隨便懷疑領袖，理解的話要緊跟，不理解也要緊跟，無限忠於毛主席，無限忠於毛澤東思想，無限忠於毛主席的無產階級革命路線，對我們革命者來說，是不能有半點含糊的。」

白雨虹還是虔誠地聆聽，他平時就十分尊重藍伯伯，不僅僅他是藍欣欣的父親，因爲他還是馳騁過戰場的戰士。可奇怪的是，白雨虹覺得眼前的這位老戰士，卻更像史書上的忠臣，至忠皇帝，匍匐腳下，肝腦塗地九死而不悔。白雨虹突然頓悟，原來我們祖祖輩輩，對最高權威的崇拜已經滲筋浸骨視爲自然，更別說制約了。任何對權力的質疑，都是愚蠢之舉。去奉承權威依附權力，我們民族好聰明啊；去制約權力，才是民族應該具有的大智慧啊。又多了一個新發現，白雨虹心跳不已。白雨虹又癡癡地思想神遊，呆坐在那裡，也不接藍祖禹的話。

只有藍欣欣最熟悉白雨虹的傻樣了，她清楚他又進入了思想夢遊的境地去了。藍欣欣對父親說：「白雨虹喜歡對問題刨根究底，跟三忠於四忠於的沒關係。好像毛主席也說過，打倒閻王解放小鬼，過去老人家還支持小人物對大紅學家的質疑和批判呢。老爸呢，喜歡站在線上看問題，劃清界線的前提是毛主席肯定是永遠正確的；白雨虹呢，喜歡站在學術的立場上想問題，沒有禁忌沒有禁區的。我看現在大忠特忠是不是有點過頭了？」

白雨虹回過神來，接著說：「大忠特忠，表忠心跳忠字舞，跟封建社會的愚忠有什麼兩樣！老人家自己也說過，數風流人物還看今朝，是指廣大工農兵群衆，那爲什麼在開國大典上欣然接受群衆對他『萬歲』的歡呼？從那一刻起，『萬歲』與共和國，組合在一起，眞是滑稽極了！所以，我在想，是不是一開始就搞糟了，走了旁門左道。」

藍祖禹聽白雨虹說的話是這樣一個意思，有點動了肝火：「瞎說些什麼！打了天下，人民當然敬仰毛主席，喊『萬歲』是發自內心的！」

「我不否認大家，可能自發可能隨大流的歡呼，關鍵是從萬歲到天天喊萬壽無疆，我們已經進入了集體無意識，進入了癲狂狀態，許多人從自發的崇拜變成自發的作惡了！他們還道貌岸然名正言順！老伯你不以爲，如果一開始有民主的程序，如果眞正的實行共和，會發生像今天的大動盪嗎？」白雨虹忘記了他是在與長輩說話，一吐爲快。

「民主也是要有集中的，」多少年的革命鬥爭生涯已經使藍祖禹聽到別人說民主，腦子裡就會冒出集中兩字，好像民主和集中是天生的同胞孿生兄弟：「眞共和假共和我也不感興趣，我想走左道也好走右道也好，這是人民的選擇。」

白雨虹的臉漲紅，急著想說話的衝動溢在面頰，他還是忍住了。白雨虹深深吸了口氣，又慢慢吐氣，放鬆自己。他緩了緩神，朝藍祖禹說：「老伯，我一直把你當作自己的長輩，我也願意把自己的眞實想法跟你說出來。如果你聽得不高興，向你致歉了，我也不多說了；如果你想聽聽世界上還有另一種聲音，那麼，我想問的是，難道人民只有一次選擇？」

簡直是石破天驚，藍祖禹聞所未聞，也從來沒有想過，還有人提出這樣的問題。他感到這小子似乎中了什麼邪，想出此等問題，居然敢懷疑毛主席的領導？白雨虹見藍祖禹露出驚愕的表情，知道自己的話又使老人不舒服了。白雨虹也慢慢開竅起來，他與老伯之間完全在兩個語言系統中說話，難怪話不投機。白雨虹思忖，如果他再與老伯說眞正的民主每個公民是有權選擇領導人的，民主的實施當有制度和程序保障的，老人非但聽不懂，而且他們之間將會產生更大的誤會，白雨虹想就此打住，緊閉自己惹事的嘴。白雨虹欲言又止的樣子，沒有逃過藍祖禹的眼睛，老人換用平靜的語氣說：「你把自己的想法說給我聽，說明你對我的信任。現在人人自危，難得你還敢說這些話，後生可畏啊！不過，小夥子，你的思想是危險的，你的言論說的輕一點是右派，說的重一點簡直是反動的。好在這裡沒有外人，說話就像一蓬煙，散了也就沒了！我在想，你平時資產階級的書讀得太多了，要注意立場喲。」

白雨虹用悲憫的眼光看了藍祖禹一眼，隨後垂下了眼簾，囁嚅著還想說些什麼，還是硬嚥了下去。藍祖禹對白雨虹的眼光很在乎，他隱隱覺得年輕人有點小看他，戰爭中他負傷時也不許他人多表示憐恤，何況和平時期？他立刻打起精神，直起腰板，十分大度地說：「小白有什麼話，不必吞吞吐吐，儘管說！老伯戰場上都滾過來了，神經像鋼筋，不脆弱的。」

聽老人這麼一說，白雨虹抿了一下嘴唇，那稜角更加分明。他微笑了一下，沒有說話。

藍欣欣很想聽他們兩個的對話，其實她更想聽白雨虹另類的話語，有些詞兒句兒一經他吐出來，就像在漆黑的山洞錘出一個口子豁然見到亮光。藍欣欣的目光在白雨虹臉上停留了片刻，然後說道：「老爸也不是外人，難得他有好興致，你就陪陪隨便說說吧。」

受到藍欣欣鼓勵，要是在過去，白雨虹肯定來了勁頭；眼下他覺得自己很尷尬，也沒有馬上接嘴，只是朝單人課桌上的小鬧鐘瞥了一眼，知時間已經不早了，惦記著家裡的妹妹，所以衝著藍欣欣抱歉地笑笑，那意思藍欣欣懂，他想回家了。白雨虹謙恭地朝藍祖禹說：「老伯，改天我再陪您老聊聊。天冷，您老早點休息吧！」他轉過頭去，問藍欣欣明天有沒有批鬥會，有的話叫他一聲，他來接送。藍欣欣不置可否，因爲她也不清楚，向父親投去詢問的眼神。藍祖禹執意不許小輩來，他說他走得動。老人些許遺憾地說：「小白，我知道你還有觀點想說給我聽的……」

見老人確也眞心想聽他說話，白雨虹心裡一陣酸楚。他緩緩說道：「哪裡是什麼觀點啊，我也是胡思亂想，奇談怪論罷了！老伯，我只是怎麼想就怎麼說，又都是說些不討人喜歡的話，就像您說的，到外面去說簡直是反動的。您老也許不知道，我的想法不單單是讀書讀來的，是被他們剝光衣服打出來的。我很同情您的遭遇，可是我不能理解您把此等侮辱看作革命的考驗。我就想，他們憑什麼可以隨便抓人打人，人的權利和尊嚴究竟在哪裡？對一批政敵，不，還說不上是政敵，一批與老人家某些方面觀點不同的人，就鼓動紅衛兵鼓動造反派揪鬥，還說是革命，我看和古代皇帝拉一派打一派沒什麼兩樣。借群眾的手去清除不同意見者，手法比封建時代高明，但決不是現代政治家的做派！你要去掉幾個人或者一批人，何必搞得天下大亂呢？說是億萬群眾的意志，眞是超級聰明！退，可逃避推脫責任；進，可做終身主席，可謂一舉兩得。我覺得啊，聰明反被聰明誤。我們當代人清楚，將來歷史學家也不會糊塗，天下看透鬧劇的人會越來越多的。」

藍祖禹感到年輕人的見解已經大大超出他想像的範圍，他從來不會，估計將來也不會去像白雨虹這種方式去考慮現狀。如果站在跟前的小子不是看他長大的，藍祖禹怎麼也不會相信，一個嫩伢子竟然說出如此老成的話來。要是在過去，他一個電話就可把這小子逮捕了。回過來想，要是在過去，這小子會在他面前袒露心跡嗎？他藍祖禹，一個被看守的走資派，雖然他與地富反壞右一樣被批鬥，但是他心裡從來沒有把自己歸到黑類中去，他相信自己的境遇是陰錯陽差，就像槍枝偶爾要走火，那是一個意外。他雖然平靜的聽白雨虹說完，禮貌地接受年輕人的告辭，但是他不能接受年輕人的謬論，他隱隱感到白雨虹如果老是用這種方式思維，仿佛潛在著一種危險，而這種危險足以毀滅這小子的前程。

白雨虹離開後須臾，藍祖禹從沉思中回過神來，問女兒：「小白經常跟你說的話，跟剛才差不多，是吧？」

藍欣欣沒有正面回答，說：「他把你當自己人，說的是眞心話。」

藍祖禹正色道：「他這樣下去，是危險的！年紀輕輕，思想很頑固，活脫脫一個小右派，長著一顆花崗岩腦袋！你少跟他來往，少往外面走動。今天你跟他到底到哪裡去了？你別打埋伏，說是幫他抄居委會的大字報，小白的妹妹到處找你們都沒找著，你姑娘家一個，老大不小了，不要被這小子花言巧語給蒙了。」

——第二十八章

喜洋洋憂忡忡

白雨蘭找哥哥，去了幾個走動的同學家，一個個地方兜下來，大哥連個影兒都沒有。去了黨校大院後，白雨蘭見藍欣欣也不在家，估摸著哥又跟欣欣姐到哪裡去了。後來她又彎了條路，去找高醫生，大哥也不在他那裡。白雨蘭只得朝吳家花園走去，向關貞姨彙報她找不到人，她替哥請假了，她願意代替哥參加今晚的報喜活動。關貞姨一臉的不高興，緊盯著白雨蘭的臉，看了分把鐘，審視她的話是真是假，然後說：「你哥會跑哪兒去？到黨校大院去找了嗎？」聽白雨蘭說也不在，關貞姨追問那個姓藍的走資派女兒在不在，白雨蘭留了個心眼說，好像在。關貞姨翻著眼白說：「你哥的逍遙派當得好悠哉悠哉，對革命冷冷冰冰，陰陽怪氣的；對小娘們貼心貼肺，花花肚腸的。今個又死到哪裡去了，見著了你對他說，大好形勢下叫他規矩點兒，像他這種人，只有老老實實認真改造，不許亂說亂動，不許東跑西跑。」

「關主任，其實我哥也不大走動的，今天真是湊巧了。」白雨蘭想替哥打個圓場。

關貞姨緊繃的臉稍稍鬆了鬆：「湊巧了？好像偶然的？這叫，這叫什麼來著……，對了，這叫偶然性寓於必然性之中！」

白雨蘭知道關貞姨說錯了說反了，想笑出來但是她不敢。革命中，關貞姨老是引用時髦的語錄，或者她聽來的革命大道理，似懂非懂又常常張冠李戴。白雨蘭又說：「關主任，我哥其實也不是花花肚腸，藍欣欣是他的……」

「好了，你護著你哥好了，」關貞姨打斷白雨蘭的話說：「我知道那個小娘們是他的同學。革命了，誰會去走資派那裡，劃清界線還來不及；哪有工夫去會小姑娘，投身革命還來不及。你哥就是思想出了問題，感情出了問題，問題不解決，將來還會出大問題！不囉嗦了，大家準備鑼鼓標語，上級通知今晚八點中央臺播送毛主席最新指示，你白雨蘭也不要走開了，等聽完電臺廣播，跟大家一起去市革委會敲鑼打鼓報喜去！」

吳家花園頓時成了喧囂的露天劇場，大聲吆喝的，整理隊伍的，試敲鑼鼓的，摻和著大喇叭中楊子榮《時刻聽從黨召喚》的樣板京調，人們手持各色標語，一個個神情激動，就等八點種來自北京故宮邊上中南海的聖音響起，好正點登臺演出。白雨蘭搶過兩片串著紅綢的銅鈸，分分合合拍出了嗚咂的呻吟，邊上人說拍的不對，咂窟窿聲怎麼與革命的喜悅相匹配？白雨蘭覺得鐃鈸有趣，乒乒嘭嘭哐哐的好玩，硬是不放手。至於喇叭中播了什麼最新指示，她斷斷續續聽到片言只語，好像說兩派都要多作自我批評求大同存小異。廣播裡又傳出白雨蘭十分熟悉的丁春峰的話語，他代表市革委發佈通知，呼籲響應毛主席號召，實現全市革命大聯合，白雨蘭明白那是向二哥他們「紅派」伸出橄欖枝。

等到關貞姨拉了隊伍上街，和坊街上已經人潮湧動。每支隊伍都使勁地打鼓，拼命地敲鑼，不停地碰鈸，惟恐自己隊伍發出的報喜之音比人家低，結果許多隊伍擠在一起，合起來的聲音雜亂無比，攪得人們的耳朵一片混沌。關貞姨見別人家的隊伍沒有她領導的隊伍人多勢衆，暗自高興，又見別人家的鑼鼓裝備沒有她的隊伍型號大配套齊，又是一陣竊喜。關貞姨目光掃到白雨蘭身上，見她打鈸老是對不上節奏，聲音嗚嗚咂咂的缺了氣勢，立即命令把銅撥交給小驢子。

白雨蘭跟著人流緩緩移動，越走近市革委大門，隊伍越多人越多，聲音也越大越響，白雨蘭用雙手捂住耳朵，怕震壞了自己的鼓膜。雖然耳朵禁閉，白雨蘭擴大了眼睛的功能，用眼睛欣賞歡騰的人群，感受空氣中喧鬧的的震盪。她覺得好像來了一趟逛街趕廟會，「軋神仙」趕廟會的場面，不見得如此熱鬧。白雨蘭踮起腳，朝人頭外看去，見一隊隊的人中總有幾個代表衝出隊伍，拿了大紅喜報，急急向大門走去。市革委的大門敞開著，一溜煙站著當紅造反派頭目，丁向東揮著手，沈玉金咧著嘴，一個個得意洋洋，一邊接喜報一邊與人握手，接著就是一起高呼口號。白雨蘭還是捂著耳朵，聽不清他們到底喊些什麼。冷不防邊上隊伍裡一個老大姐衝過來大聲向她呵斥，她雖不知道來人說了啥，但從老大姐怒氣衝衝的神態中估摸自己做錯了什麼，於是她只得放下一隻手來聽，勉強從雜音中知曉來人在指責她捂耳朵。白雨蘭從對方不斷下壓的手勢中終於搞明白，老大姐叫她把雙手放下，伴隨過來了鏗鏘之聲：「你是什麼態度，大家在報喜，你居然捂住耳朵！你不想聽革命的聲音？查查你是不是黑七類！」白雨蘭冒了一身冷汗，乖乖地把手放下，快嘴快舌回擊：「你才是黑七類呢，我是紅衛兵！我還扮演過小常寶呢！」說著也不去理她。白雨蘭又想起梅老太太說過，張開嘴或者咀嚼東西，可以防止耳朵震壞，她就微微張大嘴巴，爲了不讓人發現，兩片嘴唇要保持最恰當的距離。白雨蘭堅持了一段路，感到不尷不尬的難受極了，就乾脆跟了大家高呼口號，倒是爽快多了。白雨蘭特興奮，她要回去告訴大哥，不是你大哥會在生活中不斷有新發現，我雨蘭也能在過程中發現秘密，譬如在高分貝的強音下，高呼口號可以防止耳朵震聾，人們是多麼自然的選擇遵循生理防禦機制啊。

冷不防，白雨蘭的衣角被人拉了一把，她抬頭一看，見丁春峰在朝她笑。白雨蘭立卽嘟起了嘴，意思是你丁春峰大庭廣衆的，也不注意影響。丁春峰邊跟著隊伍回走，邊問白雨蘭他們前些日子是否去了「那裡」，白雨蘭環顧邊上耳朵多，也就含含糊糊打過門。丁春峰見狀也明白，也不便多說什麼想跑回市革委的大門口。倒是白雨蘭追出了隊伍，又與丁春鋒叨咕了幾句回到了隊伍。等隊伍回到吳家花園散了，白雨蘭才一路小跑回家，把剛才與丁春峰說的話，講給了大哥聽。

「哥，我們去報喜見著丁春峰了！」白雨蘭見桌上熱氣騰騰的泡飯，就吃了起來。

「他說什麼來著？」白雨虹端著飯碗埋頭吃，隨口問道。

白雨蘭說：「他來過幾次，都沒見著你。你知道嗎？要革命大聯合了，他想叫你一起找找二哥他們，做做工作。」

白雨虹還是悶頭吃，嗯了一聲，說：「誰知道雨星他們在哪裡？」

「大哥你眞的不知道？」白雨蘭瞪大眼問：「你眞像桃花源中人了，不知有漢，無論魏晉！紅派的大本營設在白馬橋，你居然不知道？」

白雨虹說：「好像聽說過。不是外面紅派的傳單上也在呼籲，實現兩派聯合嗎？他們兩派挺有意思，有人說文攻武衛他們就開打，有人說要大聯合就搶著表態，顯示自己姿態高，跟的緊。骨子裡呢，誰也不服誰。」

「不見得吧，我看丁春峰是眞心誠意的。」白雨蘭說。

「丁春峰眞心不假，他只代表他個人想法。聯派的其他頭頭未必像他一樣想，做做姿態罷了。」白雨虹分析道。

白雨蘭開始收拾碗筷，說：「不管怎樣，二哥好回家了。」

「這年頭，誰知道下來怎樣呢。」白雨虹憂鬱著嘀咕：「下來呢，大運動中套小運動，連環套，不知道又要搞到誰頭上？」

「現在也只能帶泥蘿蔔擦一段吃一段，哥也不要想的太多。」白雨蘭邊擦著洗乾淨的碗邊說：「唉，哥，我在吳家花園聽他們講，學校馬上要復課鬧革命了！」

白雨虹看了一眼妹妹，說：「復課鬧革命，主要還是鬧革命吧！復課，教材呢？老師還靠邊站呢，誰上課？」

白雨蘭瞥了一眼大哥：「你呢，老是杞人憂天。沒有教材，可以學《毛主席語錄》，可以先學報紙社論啊。」

「那倒也是，回到學校，總比大家在外面瞎搞好，哪怕天天讀語錄，總能識些字記些句子。你呢，也好安靜下來讀點書了，不要老是在外面跳忠字舞演樣板戲的，跟了沈招娣瞎瘋。」白雨虹想了想說：「這麼看，老師重新走上講臺，要給老師有個說法了，不是說他們都是資產階級世界觀嗎？如果再說他們是資產階級知識份子，理論上恐怕說不通。」

白雨蘭笑了：「哥死腦筋起來就是死腦筋！通過大批判大批鬥，老師中一定許多人改造好的，就算沒有改造好，他們還敢在講臺上散佈資產階級思想？」

「那麼，想鬥人家就鬥人家，想拉出來上課就上課，鬼不鬼人不人的？」白雨虹說著，想想妹妹懂個啥，就打住話頭，圈子兜到了前面，又問道：「丁春峰還跟你說些什麼來著？」

白雨蘭兩手一拍，突然想起：「對了，丁春峰說上面已經決定了，到時候，他先回到東方紅中學主持復課鬧革命工作。」

白雨虹「嗯」了一下。白雨蘭說：「到時候，我們學校也要成立革委會，丁春峰肯定還是當頭頭。」

雨蘭見大哥拿了本書將進自己的房裡，又像隨口又像好奇的盯著問：「哥，你今個老半天不見人影，到哪裡去了？」

白雨虹微微一怔，隨口說：「在黨校大院。」

「你騙人！我到處找你，確切說關主任要我找你，我兜了半個城，連個影子都沒有，還說在黨校呢，欣欣姐也不在，你瞞不了我。怎麼，我說的對不？」白雨蘭爲自己的發現十分得意，還用雙手握拳，拇指碰拇指，做了個「你們倆相好」的啞語動作。

白雨虹的臉略泛紅暈，哭笑不得。片刻，他問：「你去藍欣欣家，說些什麼來著？」

白雨蘭看看哥哥，說：「沒說什麼，就是說找你唄。」

「她家裡人，還問些什麼？」白雨虹緊接著打量妹妹的臉部表情。

白雨蘭想了半天，又回憶了幾遍自己在藍家的情景，滿不在乎說：「她家沒問我什麼事呀。哎，看她爸的眼神，好像知道欣欣姐跟你失蹤了大半天似的。」

白雨虹心裡很懊糟，對雨蘭沒好的臉色，恨恨地說：「你眞蠢！東跑西跑，滿世界都要知道哥哥姐姐一起不見了！你什麼時候做事動動腦筋，可不？」

白雨蘭感到很委屈：「怎麼怪我呢！誰叫你不知跑到哪兒去了呢？要怪就怪關主任去，要怪就怪突然要發什麼最新指示去。」白雨蘭也生氣的說話，說完碗筷也沒往碗櫥裡放，一溜煙的進了自己房裡。白雨虹苦笑了一下，只得自己收拾碗筷，擦好疊好，放入櫥裡。

白雨虹每天睡覺之前習慣看看書，然後安然睡去。今個兒感到疲憊，就拉了燈，想早點兒睡，事實上又睡不著，有點兒胡思亂想。想想大聯合了，弟弟可以回家了，他還是蠻開心的。雨星回來，得想辦法拴住他，不能再胡亂的衝衝殺殺的，別荒廢了時間，沒讀完的高中課程還是要勸他學完。白雨虹想，明天他就要把藏在櫥壁的書拿些出來，自己也要溫習一下，也好輔導弟弟。他又想到母親，由母親又想到丁春峰，明天去找找看，和丁春峰商議商議，母親成了失憶的廢人，能不能丁向東出面，爭取案子轉到市裡？白雨虹細細回味了和藍欣欣一起的時光，舒心的快活的感覺電一般的流轉全身，還是有一種擁抱廝磨入港紮根的需要在湧動。然而，回到現實，他還是擔心藍欣欣會不會出事，假如眞的懷孕了，他如何是好？想到這裡，白雨虹有點看不起自己了，自己一直以爲意志如鋼，原來也是經不住天上來雲地上起風，自己也是一個墜柔鄉臥暖窩的角色啊。他暗暗罵自己：一個糊塗蛋，一個不爭氣的傢夥！

——第二十九章 人生活在自己的軌跡中

在連刮西風的幾天裡，古城的居民以自己特有的的遺傳嗅覺，聞到了空氣中的陰濕，推斷出遠在北方的降雪，不久便會姍姍而至。越是天上不見太陽，人們越是加快忙碌起來，以至於人們在路上見著熟人，或者在單位見面打招呼，都會寒暄一句：「啊冷？」對方總會回應一句：「冷啊，作雪天！」如果兩人關係密切點的，還會停下腳步，繼續關心地問：「過冬的菜，啊準備好了？」對方也會把家裡買了多少斤雪裡蕻，醃了多少斤蘿蔔，一五一十的說給你聽。假如雙方更親密，那麼他們會彼此交換自己知曉的地下商業消息，城西萬年橋下的幾艘船上的白菜最便宜，坪門城牆土墩邊的攤頭有醃鹹菜的鬏出售。在革命年代，報紙、海報和廣播，找不到任何關於油鹽醬醋柴的民生資訊，人們只能回到了蠻荒時代，靠口口相傳傳遞著買賣行情。遠古時代人們可以用石斧換山羊，以貝殼換陶器，雙方的交易在陽光下自然地進行，而如今就不同，鄉下人捕了幾條魚，牙齒縫裡省下了一籃雞蛋拿到城裡來賣，就好像東西是偷來似的，躲躲閃閃，生怕被工糾隊充公沒收；而城裡人呢，千方百計探聽哪裡停了白菜船、雪裡蕻船，方便以最快的速度搶購，生怕過了這個村沒有那個店。因此，革命時代的買賣活動要比古代的曲折迷離，充滿著地下交易的神秘，像是一場頗爲刺激的遊戲。

白雨虹原本想等等雨星回家，有個幫手去買雪裡蕻，自己動手醃製。後來聽人家說，菜的價錢在漲，已經每斤二分錢漲了上去。又據自己的經驗，如果一旦下雪那雪裡蕻非但價錢更貴，而

且還會斷貨，他決定抓緊去買。他與煤球店的人熟，借了輛黃魚車，在店門口等雨蘭，事先講好兄妹倆一起去的，左等右等沒見雨蘭蹤影，白雨虹等不及了，就一個人騎車直奔城西萬年橋下。

沒有摩肩接踵的擁擠，沒有往日買賣的吆喝聲，沿街的攤位，木柱木板零零落落東歪西倒，頂棚上的油毛氈，一塊一塊剝落，有的掉到了地上，頂上豁開了窟窿；有的尚有一絲的黏連，在西北風中苦苦地牽掛著搖晃著，似乎流露著對昔日喧鬧市場的深深依戀。白雨虹匆匆在橋下找船，上了幾條船問了幾個價，見船艙裡的雪裡蕻都不多，而上船買菜的人多起來，他就爽快的成交裝車，運回家裡，渾身上下已經是汗水淋漓。他見家裡的門虛掩著，估計雨蘭不會跑得遠，在院子裡喊了幾聲，見沒人回應，就抓緊卸車，還了黃魚車回來才見雨蘭忙著把木盆拖到井邊，準備洗菜。白雨虹見狀馬上說，到河邊去洗吧，井裡打水費神費力的，又慢，不如到河裡洗爽快。於是，兄妹倆抬著滿滿一籮筐的雪裡蕻，去了河灘邊，把本來狹窄的石板小碼頭擠了個滿檔。

雨虹逃不了做哥的角色，又問起了雨蘭東跑西跑又跑到哪兒去了？白雨蘭說，不告訴你，你知道了又要煩，又會說我幼稚啦，瞎搞啦。你呢，總把我看成長不大的小孩子。雨虹笑笑，露了一排白牙：「外面亂糟糟的，你一個女孩家的，多待在家裡好。你二哥要回來了，我已經把以前的課本找出來了，你也看看初三的東西。」

白雨蘭邊洗菜邊側頭甩著辮兒說：「你知道嗎，我見著二哥了！」

「啥時候？」白雨虹問。

白雨蘭高興的說：「就今天呀！我上幾天聽沈招娣說，沈招娣也是聽他老爸說的，紅派要派人來談判了，我想紅派來人，我二哥說不定會來呢！我和招娣今天早上就等在黨校門口，後來來了一輛解放牌，這不，二哥坐在車頭裡，一本正經的也沒看見我，車子一停我就喊他的。」

白雨虹側過身，示意雨蘭繼續說。白雨蘭賣了關子，笑笑。白雨蘭說，家事不出門，等會兒回家說。白雨虹有點兒急，想早知道：「又沒有外人，說說無妨。」白雨蘭神秘一笑，心想，我還沒有想好怎麼個跟你說呢，還是埋頭洗她的菜。

白雨星他們的「紅派」從城裡撤出後，大本營駐紮在蓮花山西白馬河畔。洪司令被羈省城，大嬸司令生死不明，一時間，隊伍群龍無首，人心渙散。白雨星挺身而出，先是穩定東方紅中學一起出來革命的鐵桿弟兄，又到一個一個的分隊去開誓師會，那些原來跟丁家大嬸的工人，洪司令圈子的一大批人，對白雨星還是比較客氣，但是白雨星從他們的眼神中明白，憑他的學生出身，憑他的革命資歷，他要成為這支隊伍的總司令，還不是一步之遙，他的指令還只能在他的學生分隊裡生效。他苦苦地支撐著危局，在各支隊伍裡奔波，在幾天的時間裡協助重建了幹部力量，而且一次次表態，洪衛潤仍然是我們紅派的總司令，他無意撥正當一把手，他多次與那些骨幹緊張磋商，希望在工人隊伍裡推出代司令先出來領導。

紅派學生女隊的頭頭胡瑤淩幾次找到白雨星，催促他要當機立斷。胡瑤淩反覆強調，在這緊要關頭，白雨星應該義不容辭地承擔起領導全域的重任，機會稍縱即逝，當斷不斷，反受其亂。白雨星總是笑笑，不接她的話茬。胡瑤淩有些心急，有點惱怒，情不自禁突口而出：「想不到白司令，平時爽爽快快的，節骨眼上，倒像起你哥來了！蔫蔫乎乎的，猶猶豫豫的，哪有革命家的衝勁？你的革命豪情到哪裡去了？」

白雨星略感意外，因為革命至今胡瑤淩從沒有在他面前提到過他哥，他呢，也從不談及白雨虹。白雨星雖然不懂男女間許多細膩微妙的東西，但是他升高二時就已經多多少少知道，胡

瑤淩也是喜歡他哥的衆多女生中的一個，就是不知道哥爲什麼一點感覺都沒有？白雨星眼光盯在她臉上片刻，擺擺手說：「胡瑤淩同志，就事論事好不好？別把我哥牽進來好不好？」

胡瑤淩實際上話說出口，自己知道有點跑題，爲什麼扯到了白雨虹，她也感到莫名其妙。

白雨星接著說：「你想，我們紅派眼下要做的最重要的事情是什麼？穩定人心，加強團結！前幾天，『紅絲隊』就有幾個人開小差走了，大家散了夥，還當什麼頭？」

「我不這樣看。你有一個核心，人家才會圍聚在一起。」胡瑤淩說。

「核心當然要工人階級！」白雨星胸有成竹：「你我都是學生，革命隊伍應該由工人出身的人來當頭。想當初我們爲什麼要跟洪司令，還不是看他是出身幾代工人？再說，我們的理想也不正是要建立一個眞正工人階級執政的紅色政權，像巴黎公社那樣？」

胡瑤淩立卽引經據典：「工人階級也是要由自在的階級轉變爲自爲的階級的。好像列寧說的，工人階級需要引導，它也不可能自發的成爲領導者。」

「你懷疑我們現在的工人階級不是自爲的階級？不是成熟的階級？」白雨星笑著問。

「我不是這個意思。」胡瑤淩闡述道：「你看看我們黨史，那些卓越的領導人有多少是眞正工人出身的？他們背叛了自己的家庭，跟自己出身的階級決裂，還不都成了無產階級的領袖？好像那些眞正出身工人的地下黨負責人，倒是容易變節，成了叛徒呢。」

白雨星揚了揚眉毛，說：「不要亂說。眞正的工人階級都是大公無私的。再說，洪司令在省城的情況不明朗，只要他沒有被宣佈爲反革命，他依然是我們的頭。大嬸司令現在生死不明，我已經派偵察員進城去了，先摸清楚情況，丁家大嬸能救出來，她的號召力遠遠超過我。」

胡瑤淩略帶嘲諷的嘴唇微微撇了一下：「我眞恨自己是個女兒身。要是我是男的，早就扛起大旗了！哪像你，藏藏掖掖的，不知怕什麼怕？」

「現在革命了，婦女能頂半邊天，男女都一樣，你也好做頂樑柱啊！」白雨星反諷。

「假如洪司令回不來，假如大嬸有變故，你和那些人商量來商量去，究竟下一步啥方案？」胡瑤淩關切地問到底。

白雨星微微神秘說：「方案有的。想叫洪司令的弟弟出頭領導。」

胡瑤淩瞪大眼睛，半天沒有回過神來，滿腹狐疑：「你們怎麼想得出叫他當頭？在我們紅派中，隨便找一個人來都比他強，你怎麼這樣糊塗，你也同意？」

白雨星點頭：「當然。我也主張。」

「簡直亂彈琴！」胡瑤淩臉上推滿怒氣：「就是因爲他是工人？就是因爲他是洪司令的弟弟？」

「對。還有我們各支隊的頭一起支持他工作，我想我可以多主持些日常工作，他是我們的旗幟。」白雨星解釋道。

胡瑤淩冷笑：「原來你革命來革命去，工人階級長工人階級短的，還是法國小農的水準！」

白雨星沒有聽懂，問：「怎麼個說法？」

胡瑤淩露出不屑一顧的臉色：「你們就是像法國的小農！在沒有拿破崙的時代，非要找一個路易·波拿巴來替代，哪怕此人何等的平庸！只要他同拿破崙一個姓，只要他們有一個血統，你們就以爲可以拯救一切啦？」

白雨星想說明一下：「你只知其一，不知其二。實際上我們還有個打算……」說到一半，白雨星意識到這是一個重大秘密，不能隨便透露，就打住了話頭。胡瑤淩一肚子的不滿，也不

想聽白雨星的釋意。

白雨星照常穿梭在紅派各駐地之間，沒有把胡瑤淩的不滿放在心上。郊區的農民同情紅派的處境，送來不少大米、白菜、蘿蔔，冬天的給養基本得到了落實，白雨星長長鬆了口氣。白雨星派出的兩個偵察員也安全返回，先是各隊隊長知曉了大嬸司令犧牲的消息，幾小時後紅派的每一個人都已經沉浸在悲痛之中。白雨星詳細詢問了偵察員大嬸生命最後時刻的情景，連丁春峰跟父親吵架的場景細節也沒有放過。他迅速指示，尋找大嬸骨灰盒的下落，可是偵察員費盡了心機，沒有一絲的線索，倒是帶來了丁春峰也在尋找母親骨灰盒下落的消息，聽說爲了這件事跟父親賭氣，搬出了「聯派」司令部，去負責東方紅中學的復課工作。這麼說，大嬸身後事的處理只有丁向東和極少的幾個人知情，想到這裡，白雨星恨恨的，心裡把聯派的頭頭痛罵了一頓。白雨星發誓，紅派要開一個隆重的追悼會來緬懷大嬸。

蓮花山下，白雨星他們一批骨幹，選定了一塊背靠山麓的坡地，做大嬸司令的衣冠塚。那地像一塊扇面，側看又像一張巨型的椅子，朝向東南的太湖，眾人都想說風水好，但是每個人都不敢用這個詞，生怕別人嫌他封建迷信，只是說這裡的土比別處紅，前輩先烈血染的土地，最合適安葬當今的革命烈士。胡瑤淩兜了幾圈擺手堅決說這裡不合適，她說，大嬸司令生前最熱愛毛主席，爲保衛毛主席她戰死在第一線，她說過即使到死也要面朝北京。我們爲什麼不考慮大嬸的遺願，爲什麼不選一塊面向北京的墓地？眾人被她這麼一說，一個個一愣一愣的，一時語塞。胡瑤淩又側身對洪司令的弟弟說：「洪代司令，大嬸說過的話你記得嗎？」代司令洪衛芝想了半天，也記不起大嬸什麼時候說的，他又不便馬上否認，萬一確有遺言，豈不在眾人面前出洋相？洪代司令順水推舟，領著大夥在山北正式選定了另外一塊地，那塊地陰濕濕的，但是它朝向遙遠的北京。

大孀的追悼會如期在她的墳前舉行。女隊員折的白花鋪滿了墓的四周，衆人舉起右手握拳發誓：「青山不老，紅旗不倒，紅派戰士垮不了！頭可斷，血可流，爲革命，要報仇！」胡瑤淩代表女戰士致悼詞，人群中一片嗚咽。胡瑤淩的悼詞念得慷慨激昂，仿佛在向遠處的敵人聯派下戰書，全然沒有悲哀的聲息。她咬緊牙關，決不讓自己的眼淚在眼眶中生成，她要讓淚水在憤怒的烈焰裡蒸發掉。所以幾個月後，紅派的頭頭聚在一起商議革命大聯合，準備進城談判，她堅決反對，她的眼裡已經差不多噴出火來了：「你們全部做投降派！我不去，我申明，我反對！」衆人勸她，大聯合是毛主席的最新指示，你難道不聽毛主席的話？胡瑤淩側過身去，不睬大家。洪衛芝見狀，哪壺不開提哪壺，說：「胡瑤淩同志，不要耍態度嘛！要以大局爲重，革命的原則性和革命的靈活性相結合嘛！」胡瑤淩本來憋著氣沒處發，洪衛芝自己湊了上來，成了她的出氣筒：「哎喲，代司令！你有原則性？你有靈活性？怎麼叫你去狸貓換太子你不去！你顧全大局啦？」洪衛芝開始沒有聽懂，愣在那裡；白雨星迅速反應過來，壓低聲音說：「輕點，胡瑤淩你聲音輕點好嗎？這麼機密的事，大聲嚷嚷幹什麼？」洪衛芝聽白雨星說這麼重大的機密，終於明白了胡瑤淩的所指，翻著白眼說：「洩密了，洩密了！我們核心層商量的事，居然黃毛丫頭都知道了！」說著，他環顧四周，盯著一個個人的臉看，似乎要把那位洩密者立馬揪出來。胡瑤淩卽刻撇著嘴回敬：「別查了，誰也沒有洩密！是我琢磨出來的，今天倒是印證了，我猜對了！你們搞點小把戲，瞞得了別人，還能瞞得了我老姑？」衆人鬆了口氣，胡瑤淩不依不饒，對著洪衛芝說：「你，哼，代司令同志！你就是個頭和臉長得像你哥一模一樣，可以以假亂眞，別的嘛，連你哥的一根小指頭還夠不上！想好了嗎？你去不去省城，

把我們眞正的洪司令調包換回來？做到神不知鬼不覺？你還要好好修煉呢！你現在還不敢去，是吧？怕小命丟了還是怕挨打？你敢顧全大局去，我也就吞下這口氣去進城，怎麼樣？」說著，舉手捋了捋頭髮，把幾縷露出的頭髮塞進了軍帽裡，哼了一聲逕自開門甩手而去。

衆人面面相覷。沉默了半晌，還是洪衛芝破了尷尬局面，揮揮手說：「繼續開會！繼續開會！」大家回過神來，七嘴八舌提了自己的建議。白雨星在快速記錄，不時插上幾句話，有時也加入激烈的爭論。一份近期的《聯合戰鬥報》，皺皺巴巴的攤放在桌上，顯然已經經過許多人的研讀。白雨星在上面打了許多記號，他舉著報紙說：「看到了吧，聯派的倡議書，我們可以明確表態，紅派是革命大聯合的促進派！大家注意到沒有？他們反覆強調兩派之間的鬥爭是人民內部矛盾，兩派都是革命群衆組織！」

一個長得精精幹幹的「紅絲隊」的頭頭反詰道：「他們不是宣佈我們是黑幫組織，是右派組織嗎？」

「哪裡！」白雨星說：「他們上幾天派人來聯繫，我也是要求他們澄清，我們紅總司到底定性什麼組織？他們給了我們一份文件，上面清清楚楚說是右傾組織，不是右派！他們當面跟我和代司令說，紅派事實上保存了組織，也有群衆支持，是工人階級內部比較右傾保守的組織，還是屬於革命群衆組織！」

「放屁！」洪衛芝說：「我們右傾？他們連方向也搞不清！他們右傾還差不多，革命的時候，揪走資派，領導奪權鬥爭，哪一樣不比聯派走在前頭，倒是我們保守起來了！」

白雨星說：「好在他們承認我們的實際存在，承認不是敵我矛盾，只不過右傾而已。我們應當響應大聯合！我想這次代司令先不出場，我先去探探路，就是同志們，我們要好好商議，在談判桌上我們攤哪些牌？」

眾人都說聽你白司令的，你先說說。白雨星感受到自己幾個月來辛勞沒有白費，他說話的分量明顯重了起來。大夥兒催他說，他心裡久違的激情之火重新燃燒了，他呼吸有些急促，想把自己的思路像水銀般的瀉出，換了在碉堡樓的歲月，他早就慷慨陳詞了。也不知怎麼的，他還是讓自己平靜下來，他向洪衛芝投去了徵詢的目光：「還是我們洪司令說說議定的方案吧！」

洪衛芝忙擺手：「不用，不用！還是小白，白司令先說！」

白雨星笑笑，笑的很純。他從自己說起，他說他走出家庭，追隨社會主義革命，想天下的勞苦大眾有自己的政治依靠。中國革命成功，可以成爲世界革命的大本營，可以解放世界上三分之二生活在水深火熱中的人民！他不是來想爭什麼官當什麼頭的。白雨星援引林副統帥的話，革命的根本問題是政權問題，是領導權問題。具體的說，這次談判的核心就是我們紅派能在新的革委會中，占多少權重的問題！起碼我們洪司令在新班子中，常委是理所當然的，還要有第一副主任的位子。眾人都說這是起碼的條件，還有人提出各支隊的頭應當進入常委，幾乎一致提出，委員中的比例紅派應當占百分之五十。白雨星說，如果談不下來他願意退出委員，但這是最終大聯合的底線。大夥兒不同意，如果適度妥協退出個把委員，也輪不到白司令退出，可以叫其他人退。白雨星說，這個不用討論了，他的決心已定。只有他不當委員，革命群眾才會相信紅派的大聯合是眞誠的，可以打開談判僵局，也使得更多的人進入委員會。他說完這些，感到自己的心境特好，就像翱翔在天際的海燕，他體驗的是革命中的驚濤駭浪，而不是在海上漂浮的魚船獲載滿倉。

進城的路上，白雨星的心裡開始時是陽光燦爛。解放牌卡車，載著他和戰友組成的談判代表們，在泥濘的坎坷不平的道路上東奔西突，老是把座在副駕駛位子上的他騰空拋起，但是絲毫沒有把他的好心情拋出窗外。其他人或多或少總有點擔憂，聯派的人到底葫蘆裡賣什麼藥，心裡沒有底。白雨星饒有興趣地品味卡車輪子輾過冰層的破裂聲，看著濺出老遠的冰水泥漿，望著熟悉的公路，兩旁鱗次櫛比的江南民居，在初冬的早上怡然像久別的自己的家。他有點兒想家，他想起雨虹哥憂鬱的眼神，想起雨蘭妹粉紅色的蝴蝶結，想著想著居然聞到了家裡煤爐上煮醃篤鮮湯的味兒，還有那誘人的蛋炒飯的噴香。白雨星想起母親看他狼吞虎嚥吃炒飯的情景，母親老是說他，不能慢點兒吃，像是餓死鬼投胎。他記起，在碉堡樓頂上，他答應哥哥，等時局稍稍穩定去打聽一下母親的下落，然而，沒想到局勢急轉直下，他哪裡有工夫去爲小家操心？想到這裡，白雨星心裡一絲絲拂心的內疚。他感到最對不起的是父親，當時確實忙得恨不得生出三頭六臂，然而是不是見父親最後一眼抽個空檔的時間眞的沒有呢？人家丁春峰還以私人身份去弔唁呢，他怎麼當時腦子只有一根筋，只知道革命立場的堅定，不會婉轉一下借個名義去一趟殯儀館呢？代代紅兵團裡有不少哥的同學，他們帶來了傳言，說哥罵他六親不認無情無義，說哥也不認他這個弟弟還要揍他。直覺告訴他，按哥的牛脾氣，弄不好眞的要揍扁他。然而，白雨星眞的有點兒想家了，此次進城想回去看看離別了一年多的家，怎樣向哥解釋呢，哥會原諒他嗎？想起這些，他忐忑不安起來。剛才的輕鬆勁兒一絲絲地在泄去。

卡車上了萬年橋進了城，沿著平展的方石路面行駛，顛簸大大減輕。白雨星望著一排排向後移去的法國梧桐樹，光光的虬桿，脫著樹皮，那些貼在房屋的牆面上的大字報大標語，由於糨糊的冰凍，耷拉著斑駁零落也像脫著樹皮，在風中僵兮兮地飄曳。卡車駛過東方紅中學，昔日紅派的大本營，門口的沙袋、鐵絲網已經杳無印跡，只有剛填沒的壕溝，路面上沒有鋪柏油也沒有鋪磚石，還彷彿在敍說昨天戰壕中武鬥的故事。他想停車進去看看，但見樓頂上的炮臺拆了一半，懸掛的大紅橫幅上寫著「響應毛主席號召：復課鬧革命！」白雨星的思緒轉回到了現實，他沒有叫停車子，他的地盤現在換了主人，而且他聽說丁春峰已經坐鎮在裡面主持工作，他現在進去算什麼，俯首稱臣還是收復失地？

才那麼多天，這城市變化多快！倘若他白雨星再不進城，怎麼跟得上日新月異的形勢？他僅僅待在郊區農村不多的時日，如今已是恍若隔世的感覺了。想著，白雨星心裡頭沉甸甸的，自己擔負的使命，不容任何的細節上的差錯，車子愈駛近黨校大院，白雨星愈像石佛端坐著，凝固在沉悶的氛圍中。他沒有想到，在大院的大門口，有人在拍打汽車的窗玻璃，喊著他的大名。起初，他還在想即將在談判桌上要說的話要提的條件，沉浸在思考之中，有人叫他「雨星，二哥！」也沒有反應過來，等到白雨蘭拉開了車門，他才發現妹妹向他招手，他一陣驚喜，幾乎是騰空跳躍站到了妹妹跟前。

白雨星極度興奮，一付傻勁兒，搓著手問：「雨蘭，你怎麼在這裡？」

白雨蘭也跳了跳腳，笑瞇了眼：「我有情報，我知道你要來！」

「你好嗎？大哥好嗎？」白雨星問道，他伸手想摸摸雨蘭的小辮兒，就像小時候一樣。但馬上意識到現在他是一派領袖，又在大庭廣衆，於是他還是很莊重的與妹妹保持了一尺的距離。

「你說呢，你看我好嗎？嗨，告訴你，我們的演出隊現在在市裡很有名氣的啦！你知道嗎，我扮演的小常寶，已經演了五十幾場了，大家都說演得太好了。你問大哥？大哥，還是老樣子。你怎麼不問媽媽的事情？」白雨蘭一口氣說完。

聽妹妹提起母親，白雨星下意識朝四周看了一下，他朝司機揮揮手示意叫他把車先開進去，等車入了大門，他回過頭來壓底聲音問雨蘭：「媽在哪裡，知道嗎？」

白雨蘭把情況說了個大概，白雨星一言不發只是悶著聽。白雨蘭反問二哥，媽會放出來嗎？白雨星還是默不作聲。白雨蘭又說，大哥說過他要感謝你，你們的進攻，湊巧把他給釋放了出來，不然還不知道要關押在裡面等到猴年馬月呢。白雨星聽到這裡，臉上露出了苦笑，微微搖了搖頭。他問妹妹，父親的骨灰盒有沒有安葬？當他得知還在家裡時，便要雨蘭轉告大哥，明年清明下葬吧，他雨星一定回來。白雨蘭瞪大眼睛，不解的問二哥，你這次回城還不想回家？大聯合了，你還要在外奔波？白雨星有點無奈，臉上還是一絲的苦笑。白雨蘭見狀，腦筋轉了過來，忙說：「二哥，別擔心！你知道大哥的，強脾氣，豆腐心。我先幫你說說，搭搭橋，緩和一下氣氛。什麼時候大哥氣消了，我馬上告訴你，早點回家吧。」正說著，紅派的人不斷來向白雨星請示，兄妹倆也沒辦法細說，白雨星只得急急與妹妹揮手告辭，走進黨校大門，開始與聯派的代表舉行談判。

——第三十章 一邊是海水一邊是火焰

雨虹和雨蘭兄妹倆在河邊把雪裡蕻洗乾淨，趕緊裝好筐，找了根杠棒，分兩次把籮筐抬回家。接著，洗缸甏、買鹽，白雨虹乾脆洗乾淨了腳，打著赤腳醃製了起來。白雨蘭在旁邊一面梳理一面遞著菜，笑著說：「大哥成了赤腳大仙了，我才不吃你臭腳丫踏出來的菜呢。」

白雨虹一面在用勁踩踏，笑著回應：「唉，你到時搶著吃呢！大仙的腳沾著仙氣，包你吃得鮮，流口水還來不及呢。」

「今年醃的是不是多了點？」雨蘭說。

「不多、不多。年年吃不到毛豆上市。」白雨虹說：「你二哥的飯量大又拖菜，吃起來快著呢。」

白雨蘭故意說：「眼下的二哥不是革命前的二哥，人家是頭頭，人家是革命家。他會吃你這個不革命的逍遙派醃的菜？」

「你是哪門子邏輯？吃菜還得問是革命的做的還是不革命的做的？」白雨虹想起他們河邊的談話，又催著雨蘭說說見到雨星的事兒。白雨蘭說，二哥瘦了黑了，好像比以前還高了點，舉手投足的樣子可還眞像一個革命領袖呢，跟以前大不一樣，很沉穩的。不過，看得出來，二哥心事重重的，我想他這次來談判，不會是個輕鬆的活兒。沈招娣他爸說的，什麼大聯合不大

聯合的，還不是聯派的天下？我看紅派占不了什麼便宜。白雨蘭說，她也感覺的到，其實呢二哥也是挺想家的，我從他的眼睛裡看得出來，在外頭的日子夠辛勞的，他的襯衫領子黑黑的，我看他好多天沒洗澡沒換衣服了。白雨虹專心聽著，一聲不吭，也不接話頭，白雨蘭以爲大哥思想在開小差，問他你是不是在聽啊。白雨虹微露了一排牙說：「你觀察的好仔細啊！」

「大哥，我要問你一句話——」白雨蘭很嚴肅地朝對雨虹。

白雨虹：「什麼話，你說。」

「你是不是在心裡原諒了二哥？」白雨蘭疑惑問。

怎麼說呢，在父親生命的彌留之際，白雨虹多麼希望弟弟陪伴父親走完最後的里程，哪怕站個片刻，也足以告慰父親。一次全家郊遊，在梅花盛開的一塊山坡地上，父親點評兄弟倆人的性格優弱時說過，雨虹像古箏，沉鬱但過於個性孤傲，惟有知音才會共鳴；雨星就像小提琴，流暢而又激情澎湃，但是別忘了調弦和休止的重要。父親甚至認爲，在一個群體中，雨星更具有磁性般的力量，人們更願意與雨星相處。父親是多麼看好雨星啊！白雨虹緊攥父親的手，在微微的顫抖中分明感受到父親的期盼，那一刻，雨星遲遲不露面，直至父親撒手人間，還是沒有見到弟弟的人影，連片言只語的轉告安慰都沒有。那時候，白雨虹怎麼也無法理解雨星爲什麼會這樣，他怨恨弟弟的無情，同樣也憤恨教會弟弟六親不認的所謂階級覺悟！當父親的遺體送進火爐，白雨虹對弟弟的希冀徹底破滅了。他決不能原諒白雨星，他好像憤懣的說過，他沒有這個弟弟！他的記憶有些模糊，記不得說這些話具體在哪個地方，面對哪些人，在不同的場合又是怎樣程度不同的表達的。他依稀記得，他在啜泣時丁春峰按住他的肩膀，悄聲說雨虹那麼多人來看白老師，其中批鬥過老師的同學也來了，你多想開點。白雨虹發問：我的親兄弟呢？

我的親兄弟在哪裡？他漸漸想起來了，他雙手捧著骨灰盒，向在場的人說過，他無法原諒白雨星，白家沒有這個人，他不姓白他應該姓紅。

白雨蘭見大哥不搭她的話，又追問：「你在想啥呢，二哥也有他的難處。再說，二哥還專門問起爸的骨灰盒有沒有下葬，他說他到時一定來。」

「他怎麼說的？」白雨虹看看雨蘭說。

「對了，二哥還建議明年清明時落葬。」白雨蘭又把當時的情景詳細復述了一遍。

白雨虹醃好菜，塞緊缸甏，封好了口子，一面收拾著，還是沒有吱聲。他在心裡已經接受弟弟的建議，完全明白雨星也在創造釋隙的機會，況且他主動要去，行動的本身已經隱喻了對以往做法的內疚。白雨虹怎麼會讀不懂弟弟的心思呢？他還暗暗的思忖，看來雨星這小子，確實有點政治家的腕兒了，提出的方案雙方都能接受，還不露斧鑿之形。但是，白雨蘭顯然沒有讀懂雨虹的沉默，還是以爲大哥倔著呢。雨蘭說：「大哥，不管怎樣，我們還是應當歡迎二哥這種態度的積極變化，你說是嗎？」

見雨蘭也會兜著圈兒說話，白雨虹忍不住哧撲笑了：「你還眞會牽線搭橋！我什麼時候不歡迎他的變化了？你去對雨星說，白家的門敞開著。就說一句話，就說這句話，他就接翎子了。」

「眞的？」白雨蘭歡喜地兩手一拍，說：「大哥眞好，大人不記小人仇！」

白雨蘭在屋內跳著兜圈，說她馬上到黨校門口去等候，以最快的速度把好消息告訴二哥。她翻箱倒櫃，把舊棉絮取了出來，替二哥的小床鋪墊。她估算談判不就幾天工夫嘛，過幾天二哥就好回家了。可是，計畫總是跟不上變化。白雨星奔波在蓮花山與黨校之間，幾度路過可以彎一下家裡看看，但是他都沒有下車，一旦接了活兒，他總是想把它做好做完才歇歇，忘我的投入永遠是白雨星的本性。

聯派與紅派的代表，幾天來談得口乾舌躁，事後想想似乎在談判桌外有一隻無形的手在操作，一切的方案都是按照「三結合」模式既定的。白雨星爲自己明智的選擇慶幸，他無師自通，預見了他們紅衛兵在革命中作先鋒隊的激情演出即將謝幕，工人階級將成爲革命的主角，他現在急於想知道的，就是他以及他的戰友們在未來的定位。他深知，革命遠沒有結束，他們新生代，沒有歷史醜陋的包袱，從小生在幸福中長在紅旗下，沒有一絲一毫的剝削階級思想的玷污，又經過現實革命的洗禮，從頭到腳徹徹底底是一代革命的新人，頭腦是新的，思想是新的，連感情也是新的，有誰會像他們那樣無限熱愛毛主席，其他一概不愛？這是多麼崇高的無產階級思想境界！老實說，像丁向東、洪衛潤雖然是聯派紅派的領袖，工人階級的頭頭，白雨星在心底裡感到他們不見得比他更優秀，他們畢竟是舊社會過來的，他們身上總有那麼一種棚戶區的遊民習氣，他們的文化素養更是阻礙他們成爲無產階級革命家的可能。惟有像他那一代的新人，思想是如此堅定，情感是如此純潔，才無愧於擔當起革命中國解放人類的神聖使命！

雨蘭妹妹告訴：「大哥說，白家的門敞開著。」白雨星心裡感受到了大哥的寬厚和家的溫暖，他還把大哥的話解讀爲一個逍遙派、革命的冷漠分子對他的理解，這更使他憑添了豪情，還有比大哥敞開的心扉更能使他陡然增添能量嗎？他盤算著，等到大聯合實現的那一天，聯派紅派上街聯合大遊行結束，他無論如何要回家了。

幾天後白雨星走回家，在回家的路上他還是有點失落。曾經熟悉的古樸的石橋、濕漉漉的小巷，那窄窄的石階碼頭，那佈滿青泥苔的水井石欄圈，那斑駁厚重的石庫門，他好久沒見了，竟然有了陌生的感覺。這裡的空氣，與他叱吒風雲的火熱的環境相比，眞是冰火兩重天。那種靜謐，仿佛時間倒流到了革命前或者上個世紀。白雨星想像中的小巷，經過革命的洗禮，應該牆上佈滿豪言壯語，每個從小巷中走出的人，應該鬥志昂揚充滿革命的豪情。但是，只有巷口牌樓搗毀後殘存的石柱，民宅上打掉的磚雕遺跡，還是能夠鉤起急風暴雨的革命記憶外，人們一進小巷，跨入自家的石庫門，仿佛早已經把火熱的歲月丟在了腦後，只有一個個畫在大門上的毛主席像朝你露出微笑，人們卻仿佛忘了他老人家的存在，也不多看他一眼，也沒有人看到畫像表示出畢恭畢敬，這使得白雨星心裡不太適應，與他所見所聞落差太大。他看到的是，有人把毛主席像章虔誠地掛滿胸前的衣片。他定格在腦海裡的場面，都是人們崇敬地把毛主席像雙手捧在懷裡，都是像朝覲似的鞠躬或者歡呼。有一次，他們在集會時，突然天降大雨，他親眼看到一個老工人脫下工作服，莊重地把自己的衣服披到了鑲嵌著毛主席像的鏡框上，後來在場的人都把上衣脫下，披到了偉大領袖的像上。那一個場景，感動了白雨星許多天，成爲激勵他革命的原動力之一。那麼那些人不都住在小巷裡嗎？怎麼大街上、廣場上、會堂上的崇拜場景與他現在看到的漠然忽視的景象，出現在同一個時間段，只不過稍稍移動了一下空間？白雨星有些困惑和迷茫。

幸好，白雨星在路上還是遠遠的見到了一個人，那人每看見一個毛主席像就十分虔誠站住，手裡高擎著紅寶書，向畫像致敬。白雨星不由停住了腳步，等那個人過來。白雨星想，如果社會上每一個人都能做到這樣的全心全意，那離開紅彤彤的新世界還遠嗎？那個人慢慢地走來，漸漸有些看清臉的輪廓了，四五十歲的光景，好像有點臉熟，白雨星一時回憶不起他是誰。白雨星想跟他打個招呼，表示一下他對他的敬意。正想開口，白雨星感到有些不對勁，那人怎麼頭髮髒兮兮的，快到他跟前時突然又轉過身，又回到走過的一家人家的大門前，朝毛主席像又鞠了一躬，隨後再向白雨星劈面走來。那人眼神定怏怏的，眼珠子不動頭頸兒固定向著白雨星，突然放聲大唱《沙家浜》樣板戲來：「……刁得一搞的什麼鬼花樣……他們到底是姓蔣還是姓汪……這個女人不尋常……」白雨星沒有思想準備，被嚇了一跳。白雨星目送那人漸行漸遠的背影，那人字正腔圓的京調久久縈繞耳邊，那音色似乎太熟悉了，白雨星記得小時候一定在哪裡聽見過，他極力在腦中回憶，在不經意間記憶之線連到了吳家花園，連到了那個酷愛崑曲和京戲的吳佑孝，一定是他了，白雨星聽過他唱《捉放曹》，那走動的步子與剛才的走路一模一樣。那麼，吳佑孝怎麼會瘋了呢？白雨星心裡有些惋惜，那吳佑孝到底爲什麼瘋了呢？什麼時候瘋的呢？白雨星神情黯然，茫然失望。

走進熟悉的院宅，繞過井臺，白家的大門緊閉著。白雨星又是覺得十分陌生。革命前，他家的大門似乎永遠敞開的，即使走出去辦事買東西，門也僅僅虛掩著，絕大部分的時間他家是不上鎖的，今個兒有點怪。他下意識摸摸褲袋中的鑰匙，口袋是空的，那串家裡的鑰匙早就不知丟到哪個革命戰場去了。他推推門，大門關得緊緊的。他正想敲門，雨蘭已經把門打開，見是雨星，高興得朝裡屋喊：「大哥，快來啊！二哥回來啦！」說著，雨蘭把雨星不由分說的拽進了門內。

這個屋子他整整生活了十八年啊，今個兒也是頭一次感到它的低矮、昏暗和潮濕。白雨星環顧四周，沒有家家戶戶佈置的紅海洋，奇怪，他母親革命開始時請回的一尊毛主席的石膏像擺到哪裡去了呢？他的目光掃到裡間，在五鬥櫥的一個角上見到了它。白雨虹站在了白雨星的面前，朝他微笑。雨星回過神來，叫了一聲「哥」略停了一下，臉部的肌肉略顯緊繃，隨口說了聲：「哥，你好嗎？」白雨星想想自己像在說蠢話，其實要是在過去，他進門一定嚷嚷「哥，你在幹啥呀，把門關得緊緊的？」他剛才也想說這句話，怎麼搭錯了語言神經，嘴邊溜出了不知所云的話來。白雨星還是屬於反應敏捷之輩，他馬上笑著說：「呵呵，回家的感覺眞好！」

白雨虹周身打量著弟弟，掐指算來，在那個漆黑的夜裡，他在羈押地與雨星匆匆見過一面至今，已經幾個月了。那個夜晚能算見面嗎？前前後後一分鐘都不到，他連雨星的臉都沒有看清，只聽見侷促的呼吸聲，在他的喘氣聲中，斷斷續續說了幾句話。算起來雨星出去革命一年多了，個頭似乎還在長高，白雨虹感到他好像比自己高了點兒，就是人太瘦了，那神態沒有變，灑脫、俏皮，還有他特有的舉止快捷。白雨虹以他的敏銳，知道弟弟說回家的感覺眞好，一半是自嘲，一半是調節氣氛，並非是發自內心的眞感受。他接著雨星的話說：「從體育場直接回來的？」

「是啊，他們幾個頭還要去小聚，我就往家走了。」白雨星接過雨蘭遞過的杯子，仰頭喝了一大口水，抹了抹嘴問：「你們到街上去看了嗎？場面好大喲。」

白雨虹不置可否的笑了笑，雨蘭見狀馬上說：「大哥不感興趣的，我去看了！聯派紅派的人都上街了，兩派的紅旗，旗與旗還打了結連在一起，好感動的！哈，我和沈招娣她們跟著隊伍一直走到體育場，我還看見你在主席臺上的呢。」

「我主要召集紅派群衆盡量向聯派的隊伍靠攏，不要給人家造成錯覺，好像紅派不願意大聯合似的。後來，我也去了自己的隊伍裡。」白雨星對妹妹說。

白雨蘭生出好奇心：「這麼說，兩派還是不太情願的？」

白雨星解釋：「就看各人的覺悟了。我是以爲大聯合了，才能繼續深入革命。有人想不通，這也正常，親手開創的的革命成果好像大家平分了，有點失落感。還有人想爭個什麼位子，還

是覺悟不高，眼光短淺的。」

「你不說，我還眞看不出來。街上，遊行隊伍裡，紅派和聯派的群衆手挽手，很親密的樣子呢！」白雨蘭刨根究底：「唉，我也想不通，你是紅派的副帥，革命的功勞那麼大，市革委新名單裡，我聽來聽去，怎麼沒有你的名字？」

白雨星笑笑，反問：「哪道革命來革命去，是爲了爭一個委員當當？」

「不管怎麼說，你功勞沒有，苦勞有的吧？回應上海一月革命，你是打頭陣的，聯派他們好像反應總比你們慢半拍。」白雨蘭對二哥的經歷還是記憶猶新的。

「雨蘭，你二哥可不是官迷。」白雨星又噴薄出自己的豪情：「你以爲我投身革命是撈個什麼司令委員什麼的，不！那是我理想和信念的追求。你想想，億萬人民關心政治，要把封建主義、資本主義的舊思想舊文化徹底剷除，革命中人人將轉變爲共產主義新人。馬克思說，將與傳統的所有制關係徹底決裂，將與傳統觀念實行徹底決裂，那是多麼豪邁的事業！今天的中國，就像當年的井岡山，是未來世界革命的根據地，我不付出誰付出？總有一天，全中國到處建立新生政權革委會，祖國山河一片紅。趕上了這樣一個時代，是我人生幸福。我們怎麼能忘記，世界上還有三分之二的人民生活在剝削制度下，還在受苦受難。聽從時代召喚，獻出全部的光和熱決不留半分，其它別無所求！」

白雨虹在小櫥間忙著做飯做菜，雨星和雨蘭的對話他很關心，豎著耳朵斷斷續續也在聽著。他把雨星喜歡吃的蛋炒飯端到桌上，催著雨星趁熱吃，一面揶揄說：「革命來革命去，吃飯問題才是頭等大事。趁熱吃，吃飽了才好繼續革命，不停頓的革命啊。雨星眞是趕上了好時代，我們是巴黎公社十月革命的繼承人，我們是一代紅色的新新人類。我們的生活無比幸福，我們的形勢一片大好。我們要去解放全人類，我們要把紅旗插遍全世界。我們一天天好起來，敵人一天天爛下去。我們的思想戰無不勝，我們的前程光芒萬丈。那麼多的好事情，怎麼都給我們一起碰上了？」

白雨星楞了一下，看了哥一眼，悶頭吃飯。白雨蘭聞著飯香，連連說好香，嚷著要大哥也炒一碗蛋炒飯給她。白雨蘭對雨星說，二哥你知道嗎，這糖醋草魚是新鮮的，大哥想你要回來昨天起了大早，排隊買的。你猜大哥用什麼法子保鮮？用冰水？這大家都會，再說買來就是冰的，大哥用白紙貼了魚的雙眼，效果特好。你吃你吃，味兒鮮吧？不過，過年我們沒有魚票買魚了，都用光了，討不上年年有餘的口彩了。白雨虹在廚房插話，雨蘭怎麼沒有魚，家裡還有龐來舟他們送的梅鰽魚乾呢。白雨虹把白菜爛焐肉絲沙鍋端了上來，還有一小碗紅燒肉，白雨蘭高興的直說，托二哥的福，今晚大飽口福，我家提前過年了，不知多少個月沒吃上有魚有肉的飯了。白雨星悶頭吃著飯，他眞的有些不適應家的氛圍。他感到這裡的語言也是與外面大不相同，還在討口彩呀，那種封建迷信之類的。大哥剛才還棉裡藏針的刺他一下，老落後的思想一點也沒有改觀。可是，大哥的親情是眞誠的，些許使他感激。但裡面好像有隔膜，是什麼隔膜，自己也說不清，如果大哥像他一樣具有先進的思想又有這情份，那該多好呀。白雨星哼哼哈哈與雨蘭和著調兒，自顧自的胡思亂想。

白雨虹品味自己做的菜，和大家一邊吃一邊聊著家常話。白雨虹仔細問了紅派堅守碉堡樓和大撤退的事兒，似乎在印證他在城裡聽到的有關傳聞。雨蘭說，看不出大哥還是挺關心兩派革命的，是不是今天二哥回來了，心境特別好。雨虹說，洞中一日，世上千年。他只懂過平平

凡凡的日子。他勸雨星，如今大聯合了，馬上要復課鬧革命了，好好靜下心來，把沒學完的高中課程學學。他說他已經把課本都找出來了，自己先在看，下來好做輔導。白雨星在回家的路上早就猜到大哥會勸他，哥說這些一點也不奇怪。他沒想到，哥剛才緊閉大門是在自學英語。他在兩間房裡兜了一圈，看見了默寫本子，哥已經能默寫兩頁碼的英文課文了，他有些吃驚。要知道，他們哥倆讀書時學的都是俄語，沒有一點兒英語的底子，哥是重砌爐灶白手起家，眞有書呆子的戇勁。白雨星還注意到，哥把課本破損的地方都悉心補好，儘管陳舊但是一塵不染，而那尊毛主席石膏像卻佈滿了塵埃，那景象白雨星心裡很不舒服。白雨星毫不猶豫地用桌上妹妹的手帕擦了乾淨。他吃飯速度快，回答雨虹的話語速快，心裡轉得念頭也快，他很不自在，在外面他一呼百應，語言那麼有分量，可是到了家裡，在大哥面前就像矮了一截，他燃燒的激情就像遇上了滅火器裡的碳酸氫鈉。他和哥就像生活在兩個世界裡，一邊是海水，一邊是火焰。他在一瞬間決定，晚上就睡一宿，明天還是要與戰友們奮鬥在一起。

白雨星心裡想的沒說出來，怕哥和妹妹掃興。白雨蘭沒大沒小的翻著二哥的領子，說襯衫像礦工穿的，好在上面鏟煤了，快換一件吧，革命家快要像乞丐了。白雨虹說，去洗個澡吧，外面的澡堂人滿爲患你排一兩個小時隊還未必輪上，前幾天丁春峰拿了幾張他爸廠裡浴室的浴票來，雖說人也擠，總比外面空點，你就到鋼廠洗吧。白雨星有些不自然的接了票，後又退給了哥，說還是到外面的澡堂去洗。白雨虹馬上明白了，鋼鐵廠是聯派的大本營，雨星的心裡還在派性作崇呢，驅趕派性的幽靈看來還須時日。白雨虹笑笑說，他理解弟弟的選擇。由此想起了，雨星的另一個選擇，白雨虹說：「你不參加市裡的新班子，將來會證明是對的。」

白雨星驚訝地看著雨虹，不知哥的話的眞實含義。革命至今，哥還是第一次肯定他做對了一件事。他盯著哥的臉看了片刻，見那臉上絕對的認眞，不像說反話，白雨星問：「從何說起，怎麼個對法？」

白雨虹肯定說：「禍兮，福之所倚；福兮，禍之所伏。如今被結合進市革委會的紅派的人，別看現在風光，最終要被踢出去的，弄得不好還要吃苦頭呢。」

白雨星比剛才還要費解，一下子不明白，怎麼哥會有這個想法，簡直是天方夜譚。白雨星笑笑：「哥，你眞是久居洞中成了仙，未卜先知啦？」

「不信你看。」白雨虹說旁觀者清。你還沒有看出來，局勢發展已經不要你們，尤其是你紅衛兵出身的人打衝鋒了，飛鳥盡良弓藏。白雨星思忖，這個點上，大哥倒是和他想到一塊兒去了。不過，他是憑直覺感知的，而哥自己說是冷眼旁觀研究出來的。不讓你們紅衛兵成立全國性統一組織，連市一級的統一組織也不許建，毛主席的策略你有沒有看懂？白雨星確實沒有想到這些，他不得不佩服大哥觀察視角的獨到。哥又說，他也早就研究過了，「三結合」中只有革命群衆、解放軍、革命幹部代表，沒有獨立的紅衛兵代表，所以叫他復課後，回東方紅中學仍舊當紅衛兵頭頭，少到社會上去做出頭椽子，關於這一條建議，白雨星心裡並不十分接納。哥哪裡知道，剛才市革委主任丁向東還拍著他的肩膀說，白雨星是革命造反派中最年輕的理論家，天才的指揮家，我們不會大材小用的。雨星聽得懂前半段話的讚賞有些誇張，後半段的話卻有實質含義，至少他未來在市裡的政治舞臺上，將以革命群衆也就是革命造反派的身份出現。他從戰友那裡聽來，說他將要主持市裡的宣傳工作，丁向東的話，似乎與外面的傳聞相吻合。

白雨星想，形勢在向縱深發展，新的革命高潮又要來臨。若接手工作，眼下頭等大事，充分報導大聯合以後的新氣象。馬上要過年了，大力宣導過革命化的春節與一切舊風俗徹底決裂。

及時宣傳清理階級隊伍的最新戰況，必要時公佈各單位階級敵人的資料，證明階級鬥爭一抓就靈；還有，去年《毛主席語錄》在全球發行三億五千萬本，今年雖然年初，但要時時關注，突破四億冊時要大張旗鼓的慶祝；再有，毛主席暢遊長江紀念日不僅要隆重宣傳，還要組織大規模游泳以表示緊跟毛主席在大風大浪中前進，誓將革命進行到底；還有……白雨星想著，自己可能不可能上任，八字還沒有一撇，怎麼已經想出了一連串的安排來了？覺得有點好笑，自己眞的有點像一架革命的永動機，每時每刻的無窮無盡的釋放著永恆的能量。他瞧瞧白雨虹，哥似乎殷切地在凝視他。白雨星想，大哥再有本領，也無法洞察他剛才的心思，也不會認可他，那他只能自己認可自己了，他就是一個爲這個時代而生的職業革命家。

白雨星回過神來，沒有回應雨虹「出頭椽子先爛」的話語，而是對紅派最終會被排擠的預測感興趣，說：「我們就等著看你的預見準不準了。哥，你這麼想，總會有點依據的吧，不妨說來聽聽。」

白雨虹眼光開始發亮了：「你投身你的革命，革文化的命；我呢，經常想著文化的命。仔細想想呢，對比對比歷史上的事情，就不難預知你們造反派的命運。」

白雨星饒有興趣：「噢，我覺得你的看法，有點玄，有點奇談怪論！」

白雨虹像在回憶遙遠的故事：「奇談嗎，怪怪的嗎，按我們的歷史演繹一點也不奇怪。二十年前抗戰勝利，老百姓想過太平日子了吧，國共兩黨打起來了，誰也不讓誰，都想得到一黨的天下，只有美國人天眞的以爲兩黨和談會走向輪流執政，蔣介石也好，毛主席也好，壓根兒從心裡沒打算容納對方，這就是我們的文化，天無二日，地無二主。就說文化大革命前吧，報紙上電臺裡毛主席、劉主席的叫著，你不想想，天下哪能容得兩個主席？所以啊，你這個派那個派的，最終九九歸一，只存一個旗手喜歡派。在我們的城裡，聯派就很幸運的，小蝌蚪找媽媽直通直達的；你們呢，通的路看上去近但還是繞了點兒，這過程，你比我更淸楚，是吧？那時候你們兩派打得熱火朝天，爲什麼打，都是爲了保衛毛主席，都說自己是正宗的造反派，但是我想來想去你們不像在武鬥，倒是像爭寵。依我所見，我們中國的歷史望上看，就是爭個主兒；望下看，就是爭個寵兒。勝者爲王，敗者爲寇，還要剩勇追窮寇。這也是我們的文化！等著吧，向紅派算賬的日子在後頭呢。」

「我不信！」白雨星怔怔地看著哥，就像看一個天外來客。原來雨虹是如此看待他們的，是不是眞的讀書讀多了，讀糊塗了？視而不見革命形勢的大好，明明是革命人民意氣奮發好得很，他偏偏認爲糟得很。白雨星想，他們哥倆眼下誰也說服不了誰，說了也是對牛彈琴，還不如不說。但白雨星的直性子還是憋不住，不吐不快：「哥，我們都生在新社會長在紅旗下，你眞是辜負了黨對我們的精心教育。看歷史看文化哪有你這麼看的，一部人類歷史就是階級鬥爭史，現在最先進的文化就是馬列主義毛澤東思想，你快點把方向轉過來，少看看亂七八糟的書，你這樣下去，知識越多越反動！」

白雨虹苦笑了一下。他想告訴弟弟，歷史學就像一棵大樹，階級鬥爭觀看待歷史，只是樹上的一根枝條，一種方法罷了，話到了嘴邊，還是沒有說出來，也不想與雨星多爭論。心想我走我的獨木橋，你走你的陽光道，不撞南牆你也醒不了。但是，雨星說知識越多越反動，白雨虹突然感悟到了，弟弟不動腦筋鸚鵡學舌了，其實有人希望人們知識越少越好，知識越少越革命，大家都做木偶人，這革命原來就是演好皮影戲。

白雨星見哥不說話，就整理了襯衫內褲，自個兒出門洗澡去了。白雨蘭聽大哥二哥的對話，覺得兩人都挺有道理的。跟兩個哥哥相比，她懂得的東西算什麼呀，也不便插嘴。她心底裡的天平，還是傾向雨星的，二哥多豪邁啊，緊跟時代、像火一樣的情懷，太了不起了。哪有像大哥的，保守落後還死強著，還說將來紅派有人吃苦頭呢，你自己苦頭早就吃了，將來說不準苦頭還要找到你，想到這裡，雨蘭朝大哥看了一眼，見雨虹瘦骨嶙嶙的樣子，又同情起大哥來了。唉，不多想了，理也理不出一個頭緒來，腦子裡亂糟糟的，就逕自朝房裡去。白雨虹也回到自己的房間，埋頭記起英語單詞來。白雨星洗澡回來，見哥還沒有睡，說了聲好累的，我先睡了，便倒頭就睡，不一會兒呼呼熟睡了。雨虹望著沉睡在夢鄉的雨星，彷彿又見到孩童時代雨星憨態的睡姿，那時他常常在酣睡中露著微笑。如今的雨星那睡態與兒時一模一樣，那是一個尺寸放大的弟弟，嘴唇上多了毛茸茸的鬍鬚，依舊在熟睡中燦爛的笑，還說著夢話：「趕快集中！」

「出發！」白雨虹推斷，弟弟在夢中仍然沒有停息革命，做哥的不免有些憐憫他起來。白雨虹對他的真情投入萬分的感慨，又覺得真正是不值得的，心裡也是說不清的悲憫呢，還是道不明的怨懣？

——第三十一章

小生命啊，你來的不是時候

多少天來，藍欣欣覺得身背後總有一雙眼睛在盯著她。那是父親信任的眼神中摻和了疑惑，平和的容貌中夾雜了警惕。自從白雨虹在那個深夜離開藍家，藍欣欣幾乎沒有敢離開父親視野的範圍。藍家出奇的平靜，不知什麼原因，造反派似乎把藍祖禹遺忘了，已經好多天沒有趕場次批鬥了。隨著父親一天天身體硬朗起來，藍欣欣和母親的心境也漸漸豁然亮堂，可是，做女兒的在平靜的家庭氣氛裡，漸漸不自在起來。她幾乎不能再提白雨虹的名字，有幾次她自然的提到他，父親的臉立刻晴轉多雲。她明白，過去那個隨意的燦爛的雨虹的天地，現在成了藍家碰不得的雷區。她也試圖做解釋，然而很快證明那是徒勞的努力。父親雖然自己吃盡苦頭，但是決不容忍任何人對領袖的懷疑，他甚至說，即使他死在批鬥臺上，也是死在毛主席的像前，死在自己人的戰壕裡。藍欣欣在那一刻，也像白雨虹的表情‥朝父親投去憐憫的一瞥。她想說，父親你還以為你是他們的人，你其實早就被拋到敵對的陣營裡去了，你好糊塗啊。她硬是把話嚥下肚去，沒有說出來。幸好在昏暗的光線下藍祖禹沒有注意到女兒臉上瞬息的變化，可是藍欣欣卻發現了自己的變化，她似乎開始擺脫父親呵護的雙臂，不再是父親的乖乖女了。在以後的日子裡，藍欣欣十分小心的避免與父親話語的衝突，她想過，她是要盡女兒的孝心，順順父親的心思，她想家的平靜和安寧，外面已經硝煙四起了，家應當是父親的避風港，做女兒的怎麼能忍心風生水起？

藍欣欣越是壓抑，越生出許多對白雨虹的牽掛來。她細心的傾聽門外的腳步聲，有重重的，有輕輕的，有急促的，有舒緩的，縱然有幾百種腳步聲，她也能毫不含糊的分辨出白雨虹的腳步聲來。有一次，那熟悉的腳步聲由遠而近，那樣的親切，那樣的富有韻律感，她的心開始急促跳動，當那個一長兩短的敲門聲響起，藍欣欣只覺得白雨虹的手在她的心房扣擊，她幾乎屏住了呼吸，那是窒息初期的感覺，幾分氣悶，幾分舒坦，又有幾分驚慌。白雨虹敲了幾個節奏，她把目光投向父親，等待父親眼中閃現溫和的目光，然而她的期盼落空了，父親病懨懨的身體突然挺直，就想一個哨兵突然發現周邊的異常，警覺地豎起耳朵。藍欣欣見狀，就只得假裝沒有聽見敲門聲，接著靜靜地聽著白雨虹遠去的腳步聲。藍欣欣覺得，那聲音是多麼的柔情，多麼的無奈，她甚至想像得出白雨虹悻悻遠去的那種神情。

時間一天天過去，藍欣欣有好幾次到街上買東西的機會，想去趟白雨虹家，又怕時間擱久了，使父親生疑。她多麼盼望巧合的出現，白雨虹此時也出現在街頭啊。她有多少話要對他講，她和他最擔心的事兒似乎隱隱約約地正在走來，她的本月份的好朋友沒有如約而至，她開始無所適從，還心存著僥幸，也許延遲幾天會來的。七天過去後，擔心已經成了慌亂，又從慌亂延綿成了恐懼。但是，她的理智告訴她要保持鎮靜。她還是像上個月一樣，用著衛生紙，洗著月經帶，一切平靜如常。她確認母親對她沒有產生任何懷疑，其實在她平靜外表下湧動著巨大的漩渦，害怕突如其來的變故把她捲入。她急切的期待，有一個至親伸出溫暖的手臂攥住她，把她從不可預測的險境中拉出來。

她也試圖靠到母親的臂膀中，想把事情和盤托出。藍欣欣幾次欲言又止，還是不敢吐露心跡。她在心裡嗔怪母親，怎麼這樣的木訥遲鈍，居然看不出女兒的情緒變化？在那段日子裡，其實只要母親輕輕的問一句，或者以關切的眼神注視她片刻，她會紮進母親的懷抱，輕聲的道出身體中的秘密。可是，一切都沒有發生，母親把全部的注意力放到了父親身上，她怕丈夫又突然拉出去批鬥，她怕聽到遠處傳來人數衆多的雜亂的腳步聲，不知從什麼時候開始她只要聽到嘈雜的腳步聲混身就發抖，如今雖然丈夫身體好轉，但她始終擔心，不知哪一天又有什麼新的鬥爭方式突然降臨到頭上。藍欣欣後來又釋然了，還是不說的好，要是母親知道了，豈不是讓母親更加擔驚受怕？父親的事已經夠母親苦了，她怎麼能夠再添憂愁呢？再說，母親膽小得連樹葉掉下也怕砸開頭，一旦失言，父親知道的話，那這個家庭要劇烈地震翻江倒海了。以女兒對父親的瞭解，父親或許會爲了面子，爲了藍家古老的門風，爲了他始終信仰的主義，不把她趕出大門才怪呢。藍欣欣眞的不敢多想，在一個個萬籟俱靜的夜裡，她一遍遍想像，一旦人們知道她的事情，她將淹沒在人們鄙夷的唾沫之中。她連續幾個晚上，連續出現相同的夢境：她的一頭秀髮成了蓬鬆的亂草，眼前是一隻隻手臂，隨著人們憤怒的呼喊此起彼伏，她一個人孤零零的低頭站在臺上，臺下的人罵她、羞辱她，還有人把香蕉皮丟到她臉上，她仿佛要被無數雙的手撕的粉碎。醒來時，她對夢境中的畫面猶爲清晰，只是有一點奇怪，人們狂熱的聲音，她居然一句也沒有聽清楚，她只是在人們發音的口型中推測，罵她騷貨、臭屄、婊子，罵她狐狸精、小破鞋。嗯，她想起來了，批鬥她的時候還有一個人走過來，那模樣像關貞姨，一把揪住她的頭髮，一手把一對破鞋掛到了她的胸前，藍欣欣分明感到，就像兩把帶血的刀刺在她豐腴的乳房上。

在經歷了許多不眠之夜後，藍欣欣還是決定找機會去見白雨虹。時間不能再拖了，她預感到身體在變化，腰身在變粗，那一天她吃了一口醬菜，突然要嘔吐，她知道妊娠反應開始了。對於她來說，就像一個謊言突然戳穿一樣的驚慌。她瞥了父母一眼，幸好他們根本沒有注意到，

她極力注意少吃東西，竭力想以自己的意志力來掩飾，許多次她跑出門去喘息，她必須把一切掩蓋得嚴嚴實實。又有一次，一股酸酸的味兒襲上心頭，她急忙跑出去嘔吐，可是到了外面又什麼都吐不出來，等她稍稍喘息片刻，回到房間的時候，父親一雙眼睛盯著她，在她臉上駐守了幾秒鐘，那是一種關心中夾雜著疑惑的神色，藍欣欣靈敏地朝父親坦然一笑，說這幾天有點偏頭痛，有點感冒，說著倒了熱水用毛巾捂鼻子，從父親的臉色更多的表示出關愛來看，父親沒有想到那一層，藍欣欣撲通亂跳的心微微平靜了下來。經過這一次，藍欣欣下定決心，趕快找白雨虹商議，已經刻不容緩了。

藍欣欣乘兩位老人睡後趕緊寫了封短信，然後想了想，又害怕起來，信中說的太明白很危險，萬一這封信落到別人手裡，對雨虹和她都是一場災難。革命期間，私人信件被攔截是常有的事情，私人信件成了反革命的證據，案例汗牛充棟。她不能傻乎乎的授人以柄，她果斷的把寫好的信箋焚毀，這也是雨虹教她的經驗，對待文化的革命，毀滅真心文字就是最大的保護自己。雨虹還跟她說過，在關押期間，看守捉他把柄，他居然把自己寫的文字的紙嚼爛吞入腹中。藍欣欣最後決定，信上只寫一個字「果」，她忖度白雨虹能夠解讀其中的含義。但是第二天白雨虹撞上門來了，他替街道居委會跑腿傳達，通知被監督批判者的家屬，下午去吳家花園集中，然後去參觀大型泥塑展覽《收租院》，白雨虹一反常態話說的很響，真像履行公事的樣子。在藍欣欣看來，這樣子很好笑的很失真的，她屏住氣，想笑但是硬是不笑出聲來。她還猜度，白雨虹這趟差事，很可能他是自己從關貞姨那裡主動爭取來的。欣欣媽媽也是很莊重的一口答應，她和欣欣一定準時報到，說了一通早就應該接受教育的場面話，還說不知道舊社會的黑暗怎麼知道新社會的光明，不知道地主的可惡怎麼會熱愛今天幸福的生活，欣欣看著媽媽說話，仿佛一下子不認識起媽媽來了，她沒想到媽媽也會如此嫻熟的說著冠冕堂皇語言，他們兩個表情一本正經如此的莊重，藍欣欣眞想笑的彎下腰去，但是她還是忍住了。

乘著陪白雨虹走一段路的當口，藍欣欣把未發出的一字信塞到雨虹手心，白雨虹迅速瞥了一眼，臉色立刻凝重起來。他朝欣欣投去溫柔的一瞥，下意識的手握住她，但是又迅速放開，朝前後掃瞄，怕被別人看到他的舉動。他的心中湧動著一股熱潮，他驚訝自己如此旺盛的生命力，那一個時辰居然創造了另一個生命，他感到自己眞的好魯莽，現在有能力承擔起感情的責任嗎？想到這裡，他的臉上漲滿了血液，直至脖根。他後悔當時的孟浪，常常自詡有意志力的呢，其實自己眞沒出息。片刻，他極力使自己冷靜下來，他要爲自己的行爲負責，他先想到藍欣欣的處境，聽了她的輕聲的敍述後，稍稍鬆了一口氣。他安慰著她，一面腦中迅速飛轉，他明白，革命期間發生非婚性關係意味著什麼，一旦被人們知曉將是怎樣的結果，他覺得自己被批鬥被醜化已經無關緊要了，要緊的是藍欣欣的日子怎麼過，人們對她批鬥侮辱，她將如何承受得了？不要說她寢食難安羞愧難擋，就是作爲男人的他，也是倍感無能無地自容啊！責任在他，但是他無法成爲她擋風的牆遮蔭的樹，一個男人不能呵護女人，白雨虹感到恥辱萬分。

白雨虹決定馬上行動。白雨虹作出決定的一瞬間，那種堅毅果斷的神情，藍欣欣再熟悉不過了。他眼簾朝下半合片刻，微微朝她點點頭，那是一種停駐在他臉上所特有的男性的堅定中的柔情。藍欣欣的心在這一瞬間也被蕩漾，雖然她在他身邊足足保持一尺以上的距離，但是她分明覺得那是一種她依偎在他懷抱的踏實感，就像靠在他厚實的胸膛上。藍欣欣送白雨虹到黨校大門口，目送他的遠去，回到她囫圇式的屋子，身上頓時放鬆了許多。晚上，這麼多天來她第一次睡的很香眠的很沉，醒來時還是有著那種她頭靠在雨虹寬闊的胸口的綿綿舒坦。她眼前

晃動著雨虹瑩透明潤的眼睛，呼吸的空氣裡仿佛也飄來他身上的體味，她幾乎是沉醉似的聞吸著他男體的濃烈的味兒。藍欣欣靜靜的躺著，晨曦中裸露的陽光，幾縷幾縷的淡雅雅地從窗戶射了進來，宣告新的一天即將來臨。她的手輕輕揉磨到了乳房，有孕後自己才發現不僅腰身變粗，乳頭也開始出現細微的變化，裡面正在孕育新的生命的瓊漿。她幾乎每天都在揉摩著自己的腹部，與那一個小生命親密的接觸，一種從來沒有體驗過的母性，在她身體裡溫暖的蠕動。但是，她明白現實的冷酷，那可愛的生命來的不是時候，她的母親沒有力量呵護，沒有可能讓他或者她來到人間，人間已經容不得一個鮮活的新生命。理性的思考有時貞的抵擋不過感情的韻動，藍欣欣雖然這麼想，但是她還是在幾天後跟白雨虹見面時，忍不住說：「要不，雨虹，我們跑吧，跑到沒有人認識的地方，把孩子生下來吧！」她輕輕的揉著自己的腹部，就像柔柔的撫摸孩子的頭，就像深情的吻著孩子的臉，周身溢滿母性的幸福。然而，白雨虹蒼白的臉色，決斷性的話語，再次使她回到現實，那聲音似乎再次在她的耳邊響起，我們能跑到哪裡去？她慢慢地理出思緒，一遍遍咀嚼白雨虹的話，他好像還打了個比方，我們生活在巨大的鐵籠之中，誰有自由和歡樂，包括我們的孩子。藍欣欣覺得當時的白雨虹眼神暗淡無光，仿佛剛從大病中走出，慘慘兮兮的神情。她又隱隱感到，白雨虹骨子裡的那種剛性，在他身上又一次透了出來。藍欣欣的手萬般柔情，她似乎在與腹中的孩子作最後的告別，她一遍遍的摩撫，就是一句句的喃喃細語；一句句的細語，猶如一個個的吻別。朦朧中，藍欣欣覺得自己的手又化爲了白雨虹的手，也在她的柔軟的腹部輕輕的來回，溫柔的蠕動，那是一個父親對孩子的親吻。藍欣欣覺得雨虹的手今天特別的軟，好像還在微微顫抖，那是一種難言的羞愧感覺，又覺得給她以體恤與疼愛。

她知道，他在等她。藍欣欣忽然記起，白雨虹叫她早點出門。她決定抓緊時間，也許他現在已經在老城牆的牆根邊等她了。她還記起，雨虹跟她說過，如果他有什麼突然變故，在城牆下沒遇上他，她就直接去新吳醫院找高建樹，高醫生是可靠人。不過，藍欣欣還是滿心眼的希望白雨虹一路陪伴，不要有其它的節外生枝，或者飛來橫禍。

——第三十二章

煉就一雙革命的火眼金睛

「白雨蘭，白雨蘭，死到哪裡去啦？」關貞姨在吳家花園裡兜了一圈，回到她的辦公室，氣呼呼的嚷叫。她這幾天有點兒心煩意亂，按照她老公沈玉金的說法，本來早就好提拔她當街道革委會的主任了，市裡忙著大聯合，忙著平衡各派的組合，又是深入鬥批改，硬生生的把她事兒擱淺了下來。不然的話，她還用得著親自吆五喝六的辦事？正胡思亂想，有人跑進來說「我來了，我來了！」

關貞姨以為是白雨蘭，就劈頭問：「跑到哪裡去了，稿子都收齊了嗎？」

來人停在那裡半晌，沒有回應。關貞姨抬頭一看是女兒沈招娣，就更來氣了：「你這個翹辮子，你也死到哪裡去了？一個個一轉身，人都跑光了！」

沈招娣怯生生的說：「沒跑遠啊，我們也在參加階級鬥爭啊。我們最近也發現了階級鬥爭新動向。」

這麼一說，關貞姨來了興趣，催著女兒說說，是不是在她居委會轄區裡的新敵情。沈招娣還偏偏不說，只是神秘兮兮的笑。關貞姨見女兒不說，心裡在想，這女兒還是蠻像她的，對運動很積極，階級覺悟也很高，好做她的接班人，可惜年齡小了點。關貞姨這幾天還有一件煩惱事，那就是她一直在物色，她升幹部了，那麼原來居委會主任的位子誰來接替啊。毛主席說過，革命接班人要在群眾中產生，她考察了轄區的一個個群眾，一個個被她否定，或者是出身不好，或者是只專不紅，或者是鬥爭性不強。她需要的接班人，一定要有革命的鬥爭性崇高的階級覺悟，就憑這一條，看來看去能夠符合的，也只有女兒沈招娣了，她想女兒再大個幾歲就好了，現在她接班嫩了點，不過再一想，人家丁春峰啊胡瑤淩的，也不過比她女兒大三四歲吧，好好培養，讓她經經風雨見見世面，有意識的叫她挑挑革命的重擔，可以提前接班啊。關貞姨突然來了靈感，她升級走馬上任，現在這個位子不能讓，她要繼續掛名兼職，等個年把她就好放心移交革命政權了。關貞姨想著，頓時輕鬆了許多，她見女兒還在望著她，潤潤了嗓子：「我跟你說啊，發現了敵情，要定心觀察，不能打草驚蛇，要引蛇出洞！」

沈招娣似懂非懂的望著她媽連連點頭。關貞姨繼續開導：「階級敵人往往以假象迷惑人，但是，毛主席說過，他們既要反革命，偽裝總要剝去！你們就像解放軍的偵察兵，要勇於鬥爭又要善於鬥爭，要在階級敵人的言行中仔細尋找蛛絲馬跡，鍛煉一雙革命的火眼，火眼……」

見關貞姨卡在那兒找不到下邊的詞兒，女兒乖巧說：「放心吧，媽，我們會煉就一雙火眼金睛的。」

關貞姨笑笑：「對了，每個革命派都要有火的眼睛金的眼球。」說著，她做了一個高舉拳頭的動作，沈招娣覺得媽媽的這個動作很優雅，幾乎跟革命芭蕾舞劇《紅色娘子軍》中洪常青的一模一樣。

關貞姨想說了半天，什麼敵情她一點數目都沒有，那翹辮子女兒又賣關子，她只好兜個圈子問：「你說的階級鬥爭新動向，是你第一個發現的嗎？」

沈招娣像搖鼓榔似的連連搖頭：「不是，不是。是白雨蘭第一個發現的。」

關貞姨感慨：「嗯，還是這個黃毛丫頭覺悟高，他們白家也就她一個是紅的。」

「唉，不對呀，他家白雨星是造反派頭頭，也是紅的。」女兒馬上糾正關貞姨的評判。

關貞姨忙擺手說：「哼，他們紅派到底算什麼，還沒定性呢！他們算什麼東西，紅呢白呢，難說！」

沈招娣一臉迷茫：「不是說兩派都是革命群衆組織嗎？不是大聯合了嗎？那怎麼能說紅派不紅呢？」

「你們小孩子家懂什麼？」關貞姨對女兒說。她想繼續對女兒說，這是革命形勢發展的需要啊，是革命鬥爭的策略啊，等到聯派腳跟站穩了，政權鞏固了，還不是聯派是老大，我們中國就是興這個，一派獨大，一家怎麼能有兩個主？她還是沒有把話說出來，因爲她見女兒撲閃的眼睛中，即使你說了她還是不會懂。關貞姨發現她們娘倆又跑題了，把話題拽了回來：「當時你們發現什麼來著？」

「當時我們演出隊在小驢子家前面的空地上排練，休息時我們發現，小河對岸人家……」沈招娣正說著，關貞姨全神貫注正聽著，冷不防半路殺出個程咬金來，還沒有看明白來者是誰，沈招娣已經被來人拉到了門外。關貞姨定睛一看，原來是白雨蘭，不由心中又來了火氣，想罵那個死翹辮子，正想罵出口，發現白雨蘭拉著沈招娣的手，正在悄悄的咬耳朵，說著秘密話。關貞姨猜度她們在搞階級鬥爭，交流著對敵鬥爭新情況，但是她們背著老娘搞，關貞姨就窩著火，她想發作，把兩個紅小兵叫進來教導一番，想想算了，也是她說過的，幹革命要守紀律守秘密的，還不能打擊她們的革命積極性。但是她又想知道敵情，不由自主的挪動雙腳，把頭靠在門邊的漏窗格子上偷聽。

關貞姨偷聽了半天，一句完整的話也沒聽清楚。只聽得白雨蘭在說，「不對勁」啊「僞裝」啊什麼的，後來白雨蘭的聲音越來越低，更聽不到什麼。

關貞姨決定擔負起領導責任，她是一方地主，她是本土的革命權威，不能由著幾個孩子越出革命的軌道。她重新回到自己的辦公桌前，正襟危坐，恢復起自信，調整好面部表情，於是，她大喝一聲：「白雨蘭！進來！在外面搞什麼鬼！」

白雨蘭和沈招娣怯生生的站到了關貞姨面前。

關貞姨就喜歡人家站在她跟前膽怯的感覺。轄區裡的那些地、富、反、壞、右分子，不管是正式戴帽子的，接受群衆監督的，還是有嫌疑的，只要一站到她面前，立刻就會矮了半截，馬上就會抖抖嗦嗦，她要的就是這種感覺，她感到無比的快感，在呵斥、謾罵敵人的過程中，一個無產階級革命家的自豪感油然而生，得到舒服的昇華。現在，膽怯的望著她的兩個女孩不是階級敵人，但是那種革命權威的優越感，還是在激動著關貞姨的心臟。她覺得沒有什麼大的理由對孩子訓斥，於是她就臉上堆滿笑容，裝出親熱的樣子，招呼兩個女孩坐下慢慢說。

白雨蘭悄悄看看沈招娣，又瞄了瞄關貞姨，不知道說什麼好。沈招娣倒是大大咧咧，對她媽說：「我們沒搞什麼鬼。媽，不是你說的嗎，發現什麼敵情不能輕舉妄動，要跟蹤追擊，特別要注意保密，不能打草驚蛇的。」

關貞姨牽動了一下臉上的皮膚，說：「翹辮子啊，你只知其一，不知其二。我們都是革命內部的人，用不著保密的。」

關貞姨說著，關注著白雨蘭的表情。白雨蘭聽她這麼一說，剛才臉上的緊張立刻跑到爪哇

國去了，睫毛撲閃，雙眼明亮，那臉就像雨後的天空一樣純淨。白雨蘭臉部的放鬆，自然沒有逃過關貞姨的眼睛，她馬上趁熱打鐵：「我說還是白雨蘭領會能力強，她已經聽懂了我的話，這叫內外有別啊。白雨蘭，你跟我這個主任說說，發現什麼來著。」

白雨蘭來了勁兒，說：「關主任，是這麼回事兒。」白雨蘭睨了一下沈招娣，見沈招娣也不反對她說，便停頓了片刻繼續道：「本來招娣跟我們說好的，大家先保密，等到揭開了蓋子，我們才向你主任彙報的。」

「沒關係，沒關係！我是你們堅強的後，後什麼來著！」關貞姨撓頭搔耳。白雨蘭眞想哧噗一聲笑出來，總不見得說後娘、皇后什麼的。關貞姨怎連「後盾」一詞也說不好。關貞姨終於找到了詞兒：「我做你們革命小將的革命後臺！」白雨蘭感覺到這句話好耳熟，哪個大人物說過類似的話語，一時想不起來。

「那天我們在排戲，」白雨蘭回憶著：「我們發現，小河對岸有一個中年人，怎麼班也不上，老是站在窗前，朝我們這裡看。關主任，你想想現在除了我們不開學不上課，哪有大人一天到晚不上班的？就是我們居委會裡，沒有工作的，還不是天天要來參加政治學習，開展大批判，哪有天天待在家裡的？」

關貞姨像野獸嗅到了血腥氣，頓時來了精神：「嗯。這是個新情況！我可以這麼說，在我這個地段上，連老鼠也不會漏掉一隻來參加運動的！」

白雨蘭繼續說：「是啊，我們大家覺得奇怪！我們就注意觀察，那個人，一動不動可以站一兩個小時呢！」

「嘴裡說話嗎？做什麼動作嗎？」關貞姨問。

「嘴裡好像在自言自語，我們隔了一條河，也聽不清楚。動作麼，我們沒發現什麼，他就是兩眼直溝溝的，不知道在望什麼東西，又不像在思考什麼問題。」白雨蘭很嚴肅的說道。

關貞姨眼光把女兒一起掃了進去，啓發她們說：「你們應該近距離的偵察！」

白雨蘭連連點頭說：「我們想到了啊！我們就去了對岸，在那個人家的門口打埋伏。沈招娣好勇敢呢，還趴在地上，從門縫裡偵察呢！」

「好！」關貞姨稱讚道。

「我們靜下來仔細聽，」白雨蘭十分莊重說：「後來我們終於聽清楚了，那個人嘴裡說的是外語，好像是俄語！反正我們也不懂，不知道是英語還是俄語？關主任，這情況很嚴重，會不會他是一個蘇修特務？」

沈招娣插話說：「我看他像蘇修特務！他念的外文不像英語，肯定是俄語，像大舌頭講話！什麼芭娜什麼基夫的，他還……」

關貞姨瞪了一眼女兒，說：「讓白雨蘭先說！」

沈招娣只得打住話匣子，朝白雨蘭努努嘴，示意她繼續說。白雨蘭接著話頭：「還有，那個人如果坐下來的話，兩只手不停的敲擊桌面，手指很靈巧的呢！」

關貞姨像發現重大線索那樣，示意白雨蘭把那個嫌疑的中年人的手指動作演示一遍給她看，然後，自己一個人在桌面上也不停的敲擊了幾下，頓時醒悟似的說：「像了！像了！」

白雨蘭挺機靈，馬上領會：「我們當時也很納悶，他在桌面上敲打什麼呢？開始以爲他是模仿彈琴吧，是個鋼琴家吧，看看也不像，彈鋼琴手指應該有滑動的動作啊，不像。後來我們

想，他大概在練習打字吧，有點像，但是想想什麼單位有打字機啊，我們全市也找不出幾臺。想來想去，分析下來，估計他真的是個特務，在練習發電報！關主任你說，像了，像了，是不是像在發報啊？」

關貞姨笑著說：「到底是革命小將，警惕性高，跟我想到一起去了！」

白雨蘭說：「我們潛伏了好幾天了，我們就是要看他把電臺藏在哪兒。」

「好！」關貞姨翹起大拇指。

「但是，到現在我們也沒有發現電臺啊。」白雨蘭一臉遺憾。

關貞姨覺得自己應該做好指導：「對敵鬥爭要有耐心，階級敵人是十分狡猾的，他們會潛水，他們會偽裝，他們要反革命，總會露出馬腳來。你們要有足夠的耐心，先別驚動他，看他還有什麼反常情況。」

「但是，但是……」白雨蘭欲言又止。

關貞姨疑惑說：「但是，但是什麼呀？」

白雨蘭愧疚的說：「我們驚動他了。古人說，不入虎穴，焉得虎子？那天我們突然闖進去，我們說好了，幾個人引開他，幾個人搜查他住的地方，查出他的電臺來。他倒好，見我們去還十分高興呢，招呼我們，還給我們糖果吃。當然，我們不會被他的假象迷惑，不會被糖衣炮彈擊中的。」

白雨蘭看了一眼關貞姨，見主任在專注聽著，還頻頻點頭，就進一步分析說：「我們知道那是階級敵人的偽裝！他越熱情，說明他越有問題，說明他隱藏的很深！可是他家裡空空蕩蕩的，別說藏一個電臺，就是藏一本書也可以一眼找到啊！這幾天，我們在分析，他的電臺究竟會藏在哪兒呢？關主任，現在我們已經決定全天候值勤，嚴盯死守，一定要把老根挖出來，不獲全勝，決不收兵！」

關貞姨笑著一拍手掌，大聲叫道：「好，就是好！無產階級文化大革命就是好！你看看革命群衆充分發動起來了！紅衛兵動起來了，工人、農民動起來了，你們紅小兵也動起來了！要叫那階級敵人無處藏身！你們做的好，就要像解放區的兒童團一樣，爲革命站好崗放好哨，你們繼續盯牢，有什麼異常及時向我報告！」

見兩個孩子又是興奮又是虔誠的樣子，關貞姨更來了勁兒，革命的智慧噴湧而出，立刻指示：「這件事，報告到我這裡爲止，任何人面前不得說起，遵守保密紀律啊！你們輪流值勤，嚴密監視階級鬥爭新動向！等一下，你們去通知小驢子，叫他到我這裡來，我再佈置任務。」

關貞姨從座位上站起，走到孩子跟前，兩只手分別搭在兩個孩子的肩膀上，非常親切的鼓勵她們，還安慰她們說，驚動不驚動敵人沒關係，有時候也要敲山震虎，使敵人感到害怕，使他提前自我爆炸自我暴露，有利於革命形勢的發展。關貞姨還從抽屜裡拿出兩本最新袖珍版的《毛主席語錄》，送給兩個孩子，讚揚她們是紅哨兵是小小革命家，將來是紅色接班人，她把她們倆一路呵扶著送出大門。沈招娣第一次感到母親還如此的溫柔，不禁暖流全身。白雨蘭心裡充滿自豪感，覺得關主任比以前和藹可親。刹那間，白雨蘭覺得自己又長高了許多，懂了許多，關貞姨過去一直有點凶巴巴的樣子，原來她也有親情，革命可以改造人啊。白雨蘭不知怎麼又想到家裡的大哥，他一直對關主任有看法，其實大哥眞的要換換腦筋。關主任對敵人是嚴冬一樣殘酷無情，對自己人是春風般的溫暖。這大概是我們一代新人應該追求的革命感情吧。

白雨蘭和沈招娣通知好小驢子，又排了一下值班表，兩個人在石橋邊分了手，各自回家。白雨蘭很亢奮，她感到臨別時沈招娣的臉紅彤彤的，也是很激動的樣子。兩個人還交換了一下別人讀不懂的眼神，那是包含著神秘而又神聖的眼神，白雨蘭在回家的路上終於找到一個貼切的詞來表達，叫做革命浪漫主義的眼神，革命家的神聖使命感全部包含在她們的眼神之中。她們不僅是紅色宣傳隊，她們不僅僅扮演樣板戲中的英雄人物，她們現在已經快成爲英雄了，已經從後方宣傳戰鬥到了對敵鬥爭最前線了，正像李鐵梅的唱詞：做人要做這樣的人！她白雨蘭，還有她的戰友們，已經馬上要實現自己的豪言壯語，演好樣板戲，誓做英雄人。

一路上白雨蘭邁著輕快的步伐，半跳半跑著，一頭紮進了家裡。她一進門，見大哥已經把飯盛好，碗筷放在桌上，正在等她，高興的嚷嚷，大哥眞好！白雨蘭半口飯還沒嚥下，就急著對大哥說，今天晚上她上半夜值班，叫大哥別擔心，她跟沈招娣同路回來，如果大哥不放心，就到石橋邊等候她，接她一下。

白雨虹悶頭吃飯，開始也不在意妹妹在說什麼，後來聽說要值班什麼的，也是一頭霧水，沒搞明白怎麼回事，隨口問：「你們宣傳隊花頭多，怎麼又要值班了，怕你們這些破道具半夜失竊了？」

「不是，不是！」白雨蘭略帶神秘的自豪說：「我們有新的革命任務！我們發現了新敵情！嘿，我們在跟蹤追擊呢！」

白雨蘭只顧說著，早把關貞姨關照的守秘密的話給忘了，沉浸在完成重大革命任務的喜悅之中：「我們發現了一個人，這個人可能是蘇修特務呢。大哥，你說我們革命的警惕性高不高？」

白雨蘭只顧說著，說著說著她發現自己洩密了。她又轉念一想，跟自己大哥說說沒關係，我家大哥嘴緊的很呢。不過，她還是要履行關主任的指示，馬上變成了她的甜甜的請求：「大哥，我跟你說的要注意保密啊！」

白雨虹只顧自己悶頭吃飯，偶爾眼角看一下雨蘭。聽她說怎麼發現可疑分子，那個人的種種舉動，她們又是怎麼大智大勇查敵情，終於弄明白了怎麼回事。他越聽覺得越不對勁，還是耐著性子聽雨蘭說完。他冷冷的拋了一句：「晚上你別去了，待在家裡！」

「爲什麼？」白雨蘭問。

「女孩子家，晚上跑東跑西的，像什麼？」白雨虹瞪了她一眼。

「老封建，老封建！什麼時代了，男女都一樣。男人能幹革命，女孩也一樣能幹！」白雨蘭噘著嘴說：「我就是要去嘛，就是要去嘛！」

白雨虹心裡本來憋著話，想跟妹妹細細說。但又一想，細說她也未必懂，就不想多說，叫她別去就是了。見雨蘭嚷著堅持要去，他不禁來了火氣。白雨虹把飯碗一丟，由於用力過猛，那碗在桌子上震得跳起來。他擲聲立地：「你們這是胡搞！」

白雨蘭嚇了一跳，見大哥嘴唇也出現了哆嗦，知道他生氣了。白雨蘭不敢再多說，連忙收拾碗筷，她一邊洗碗一邊想，大哥眞的是頑固不化了，他與火熱的革命運動格格不入，看他只能走白專道路了，他將永遠落伍了。白雨蘭還想，腳生在我身上，我才自己做主呢。

第三十三章 我的青春在流浪

白雨虹感到前所未有的孤獨。

初夏的夜晚，延長著的白晝仍然抵禦不了黑幕的悄悄降落。白雨虹的腳步是如此的凝重，在昏暗的街頭愈發流露出孤寂。一連串的事情接踵而來，他身心疲倦，神情昏悶，恍惚中一切是那樣的無依無靠。他感到失去了藍欣欣，在他陪著她秘密的做完人流手術後，她對他似乎冷淡了許多，多少次似乎有意的躲避他。他現在想去找她，跟她說說話，然而在黨校大門前的大石頭邊停住了，他輕撫著巨石，石頭上仿佛還留著他們倆的體溫。白雨虹明白，他給她帶來了難言的、男人無法體會的苦痛，他內心充滿著自責內疚。他體諒欣欣對他的態度，在這個革命時代，他給她造成的「果」，使她承受了現實的重壓。那事兒，誰都曉得一旦曝光，將是怎樣的場景啊，白雨虹眞的不敢往下想去。怪就怪自己啊，在那個城洞裡做了沒出息的衝動，他爲什麼不能克制自己呢，就是忍不住要做愛，自己爲什麼不考慮避孕呢？他心裡苦笑著，不是不考慮啊，實在沒有地方去找安全套，藥店裡沒有賣，也沒有送。他記得自己在上幼稚園的時候跟母親去局裡玩，在醫務室的地上拾到一個氣球，剛拿在手裡玩，被醫生阿姨發現，狠狠瞪了他一眼，一把奪了過去。當時他是多麼委屈，眞的不知道阿姨爲什麼呵斥他，爲什麼說這不是氣球，小孩子不能玩的。直到步入青春期後，他在秘密的閱讀一些醫科的書時，才恍然大悟是怎麼回事兒。不過，白雨虹仍然弄不明白，爲什麼如此個人私秘的用品，要通過公民工作的單位來發放或者領取呢？他沿著河岸走著，讓思緒自由的流淌。他有好多話想跟欣欣說，他和她一起長大，那麼多年的相處，別人不瞭解，她嫺靜嫵媚地進入了他的內心世界，她是他額頭的常青藤，她是他心田的甘露泉，她的體味芬芳一次次撩動他血液的澎湃。他們對人世的感悟如此的趨同，他們對情感的體驗如此的交融，她爲什麼變了模樣愛理不理的樣子啊。一點一滴，點點滴滴的往事，喚起白雨虹封存的記憶，耳邊仿佛從遠處又傳來了《莫斯科郊外的晚上》的口琴聲，在那個迷人的也是夏日的夜晚，他和她在靜靜的蓮花山下大運河邊，他激情地優雅地吹奏著口琴，在那悠悠的琴聲環繞中，他們熱烈的接吻，如癡如醉。現在想來，恍若蠻荒。白雨虹多麼想告訴欣欣，他明白自己不是糊塗人，在革命期間會克制自己，不會再次和她去那個城洞中，只是想她，好想她，希盼她坐在他的身旁，聽聽他的傾訴，已經心滿意足了。他想說說得到的最新消息，母親被人家轉移了，不知去向何方；妹妹不經世事，使他頓生煩惱鬱悶，還有那個赤子般投入革命的弟弟，眞爲他的未來擔憂。

然而，白雨虹能向誰傾訴自己內心的感受呢？

沒有人聽他的。藍欣欣仿佛漸行漸遠，飄向天邊的雲際。老朋友丁春峰在告訴他母親的情況後，馬不停蹄匆匆離去。藍欣欣的眼神有哀怨，也含有嗔怪，並非絕情絕意，白雨虹的情感世界遠非粗枝大葉，他完全能在欣欣的眉宇間捕捉細微的靈動，當然他也明白，眼下的山處在低谷水趨於低潮，即使如此，白雨虹仍然無法釋懷，因爲他一直把她看作知音，就是不聽山谷的回音，不聽流水的潺聲，哪怕聽個片刻，幾句片言只語，也是對他莫大的慰籍啊。人們都是怎麼啦，都不願意傾聽？丁春峰也是，急急而來，匆匆而去，十萬火急的樣子，白雨虹也想多說上幾句，他想求證自己的猜測，母親被轉移關押會不會去了北方，去了那個著名的秦城監獄？

如果是，那一切都已經是不可想像的了。白雨虹明白，丁春峰在完成朋友的囑託，他的急迫蘊涵著善意，他的眼神充滿同情，他遠去的背影彰顯厚實，然而他也一樣，沒有停頓片刻，也許我們就是生活在一個不願傾聽或者不會傾聽的年頭？一個彼此沒有心靈停靠、沒有港灣、沒有碼頭的時代？

白雨虹的心，猶如針刺一般，襲來陣陣的痛楚。

望著一家家窗戶零落的燈光，他覺得自己眞是一個無家可歸的孤魂，一顆在混沌中漂蕩的浮游塵埃。剛才在家裡，雨蘭興致勃勃說的事兒，神聖而又興奮去做的秘密活兒，他設法阻止，可是毫無效果。他感到，自己這個大哥白做了，連妹妹都不聽他的，他在這個世界上那麼的多餘，何等的虛渺。

世道究竟發生了什麼？究竟是他，白雨虹與塵世格格不入呢，還是那世間已經病入膏肓？白雨虹昏悶的走在街上，走在這條和坊街上，平整的青石上印嵌著他無數次的履跡，然而，他覺得，就像無數紛亂的腳步踩著路面，也踩著他的心頭。他算什麼，就像路邊一根根電線桿上殘缺的路燈，別人隨手把它打掉，他就滅了，那燈兒本想照亮路面，與人光明和方便，與世秩序和平安，但是狂熱的人不要，他們有心中永遠不落的紅太陽，他們心懷太陽便可以毀壞秩序。在這樣的人中，居然雨蘭，自己的妹妹也加入了隊伍，白雨虹感到分外的難受。她們還沒有長大成人呢，她們已經學會了無端的猜疑，學會了去窺探，完全以爲自己的做法是革命的行動，她們啊，哪裡有一點兒對人的尊重意識？她們自己也在一點一點的剝離理智的柔軟的人性，迷失在鼓噪的狂熱的革命霧幕之中。

在昏暗朦朧的街頭，白雨虹舉目望去，一切是如此的殘缺。路燈是凋零的，即使殘存的幾盞也是倦著睡意無精打采；牌坊是斷裂的，不知哪一支紅衛兵隊伍用仇恨的鐵錘擊成一堆石料。江南的民居，本是粉牆黛瓦，與那小橋流水，一起構成簡約和諧的美，然而現在的畫面就像潑了污水，斑駁骯髒。牆上到處是標語，掉落的粘著糨糊的紙張，把牆面和白粉一起拉下，耷拉著像一塊塊狗皮膏藥，遍體鱗傷，滿目瘡痍。就連一座座精緻的石橋也在劫難逃，橋欄上石刻和題字，不是被鑿了，就是用水泥胡亂的抹著，默默的裸露受傷的筋骨。白雨虹腦子中跳出一個奇特的念頭，在這樣的畫面裡，其實人也是殘缺的，他看著街上來去匆匆的行人，表情幾乎是千篇一律的，笑容是僵硬的，語言是程式的，衣裳的款式是單一的，色彩不是黃就是青，在遠處看幾乎無法區分性別的。迎面走來幾個像雨蘭大小的女孩，紅臂章，黃軍帽，黃軍衣，青褲子，白雨虹在心裡眞憐憫她們，天已經蠻熱了啊，她們還捨不得脫下帽子。在白雨虹理想的畫面裡，如今應該是滿街的絢麗多彩的裙子，應該是滿街的少女清純撲面，豔豔的甜甜的，古城的夜晚因她們而靈動，充滿氤氳，流動著琉璃般的光彩。但是現在她們去做什麼，去寫大字報？去參加批鬥會？抑或像雨蘭她們一樣去監視一個公民？她們的年華就這樣丟在來去匆匆的路上？想到這裡，白雨虹又是一陣揪心。難道這世界眞的破壞就是美德，鬥爭便是快樂，劃一就是崇高？他仰望天空，星空無語。

白雨虹的視線投向自己學校的大門。這個現在叫做東方紅中學，以前叫做和坊中學的大門口，曾經走出過多少仁人志士、專家和院士、學者和文人，他多麼希望自己也成爲其中的一個，他的高中生涯始終追求著一個名流大學夢，然而這個夢在前年的初夏，被突如其來的紅色狂飆打的粉碎。如果沒有這個拐點呢，他現在在哪裡，是在黃浦江邊聆聽朗朗讀書聲，還是在未名

湖畔默記外語單詞？他覺得，在生命的履跡裡，已經脫離了原本的軌道，就像鯨魚脫離了大海，老鷹失去了氣流，行星偏離了恒星，他被運動拋棄在一個無人理睬的旮旯裡。他現在是誰？不是學生，也不是工人；不是聯派，也不是紅派；親人死的死，關的關，殘存的手足情，抵不過階級恨，他是一個孤獨的流浪漢，他只能在自己精神的家園裡寂靜的躑躅，他只能在遠離塵囂的時空中讓思緒孤傲的暢遊。他的右側是古老的運河，上游是長江，再往上，能通往汨羅江嗎？他深信水系是相連的，古今的人心是相通的，他此時此刻特別覺得，多麼的理解那個楚國的大夫，那個遺世獨立橫而不流的屈原，在兩千年前爲什麼憤而投江了。老夫子熱愛自己的故土，但是當時誰能理解他？誰在聽他的傾訴？他，白雨虹，比不上屈夫子的巍峨，僅僅是一個凡夫俗子罷了，然而在靈魂的隧道裡他完全與故人溝通，他也熱愛生於斯長於斯的土地，他不忍心人們在母親的土地上任意的踐踏使她袒露傷痕蒼涼滴血，他多麼希望學生有寧靜的書桌，農民有喜悅的豐收，工人有創造的幸福，學者有學術的自由，讓每一個公民能夠沒有恐懼的生活，讓每一對癡情的人自由的相愛，還世界本來秩序，大自然本來是一個生態循環的科學系統，人世間本來是一個權利平等的契約社會，就是單個的人體眼睛鼻子、頭顱和雙腳，神經系統到血液系統，每一個構件都是有序的精巧的大自然的傑作，我們有什麼理由要去打破這樣的和諧與理性？有什麼理由去所謂改造自然和革命人類？白雨虹聯想起太極圖，傳遞著古老民族對萬物智慧的詮釋，世界實在是陰陽的動態平衡。讓一切順其自然順其規律吧，白雨虹想，他的要求高嗎？他的期冀可笑嗎？如果他的希望合乎於正常值之中，那麼，究竟什麼地方發生了偏差？世界和我，誰更眞實？世界在，還是我在，這是個問題。

——第三十四章　雙雄會晤

丁春峰覺得自己像個陀螺，在連續幾個月的旋轉之後，倒在了會議室的長條凳上。要不是日程表上安排要跟白雨星會晤，他眞想再躺一會兒。他實在太睏倦了，什麼時候睡著的，一點也不知道。他感到從未有過的放鬆，那些時候的衝鋒武鬥和勇猛緊張，似乎已經是遙遠的過去。以前老是要做夢，追擊、搏鬥，或者遊行、演說，在剛才的睡寐中沒有丁點的畫面。他往窗外看了一下日頭，知道自己已經躺了個把小時了，但他只感到好像是片刻的打盹。

半是接受上級指令，半是跟父親賭氣，丁春峰重返東方紅中學，眼前的破敗景象還是使他大吃一驚。且不說大門毀成斷垣，戰壕塌方污水成溝，鐵絲、沙袋紛亂一地，一眼望去教學樓上找不到完整的窗框和玻璃，就是步入一間間教室，也是滿牆的墨汁、污垢、標語，還有人們留下的斑斑血跡，空氣中散發著黴味、血腥氣，課桌椅早已經改變了功能，成爲陣地戰堵槍眼的牆垛，壘沙袋的支架，或者乾脆粉身碎骨，傾訴著以往的壯懷激烈。丁春峰是來收拾舊山河的，他覺得肩上膽子沉甸甸的，他沒有回市革委會講困難叫苦，他以自己的豪情和幹勁，帶領一大幫戰友，硬是把校園恢復成可以讀書的樣子。丁春峰身上天然擁有奇特的本領，他一到學校，就會呼引來許多同學，即使不是一個紅衛兵組織的，他們也會來，變成一個個勞動力，組成一支支生力軍。在勞動大軍中，白雨蘭、沈招娣她們組成了「鐵姑娘突擊隊」，她們的紅旗出現在哪裡，哪裡變成了一團火，哪裡就人聲鼎沸。丁春峰最喜歡聽人們對她們的讚揚，比喻

鐵姑娘是校園的紅色娘子軍，是打不垮的巾幗長城，是少女尖刀突擊隊，每每聽到這些，丁春峰的心窩暖融融的，他的神色帶著靦腆，他的笑容帶著曖昧，他的眼睛會瞇成一條縫兒。他自己也身先士卒，苦的累的活兒搶在前，在那個時間裡，丁春峰自己感到也像一團火，散發著無窮的光和熱，有著使不完的勁兒，耗不盡的能量。他自己也驚訝，只要白雨蘭她們的紅旗一出現，他就會雙腳情不自禁的奔過去，會幫著白雨蘭推車、搬運，雨蘭呢總是把他支開，說她們也是半邊天，小夥能做到的，她們也做得到，甚至警告他，別看低她們的突擊隊。丁春峰裂著嘴笑，在他的周圍一幫男生也笑，丁春峰於是眼睛一瞪，衆人一齊做鬼臉，呼啦啦散開。

散開的衆人還是會自然的圍攏在丁春峰的周圍。他們會起哄，他們會點播節目，要丁春峰表演。丁春峰只會玩幾個小魔術，唱幾曲樣板戲，有時推薦別人代他表演，他的一些戰友看他尷尬，也會主動替他解圍，一起與他勾肩搭背玩個小組唱。只是，白雨蘭出現在丁春峰邊上的時候，人們就會擠眉弄眼，一個勁的鼓噪、拍手，非要丁春峰與白雨蘭一起表演節目，丁春峰再三懇請大夥一起跟他表演，硬是沒人回應，大夥非要他與白雨蘭搭檔，人們的理由十分簡單：一個鐵姑娘，一個鋼漢子，那才是一對鋼鐵戰士，眞正革命的偉大的友誼。人們的掌聲迸發出眞誠，人們的眼光蘊含著羨慕，被大革命深深壓抑的本我的潛意識和青春衝動，自然的流露在每個人的臉上。

丁春峰才不管人們怎麼想呢，他照常去鐵姑娘隊，去多了，人們也習以爲常。大家休息的時候，只要有人起頭，叫丁春峰和白雨蘭一起來個節目，他也大大方方的做一個李玉和式的高舉紅燈的亮相動作，大家使勁鼓掌，女隊員們半推半拉把白雨蘭拽上去，一齊起哄，開始雨蘭好害羞，後來也爽爽落落的扮演起李鐵梅的角色，丁春峰唱一段《窮人的孩子早當家》，自己心裡明白很是荒腔走板，但是早已被熱情的聲浪所淹沒，大夥兒跟著一起唱，與其說是唱，還不如說是吼，革命時代的歌就應該是吼出來，唱革命樣板戲就應該豪情萬丈，以此磅礡氣勢壓倒一切敵人。白雨蘭上場，她像戲裡李鐵梅一樣甩辮、舉燈，碎步繞場，人們再次爆發歡呼，《打不盡豺狼決不下戰場》轉到快板，姑娘們也一起激動地揮起拳頭，齊聲幫唱，越唱越激發起對敵人的仇恨，一個個誓師要把天下豺狼打盡，唱到最後一個字，仿佛還是意猶未盡。

丁春峰睡意惺忪的揉著眼，他還想睡，他眞想什麼時候給他足夠的時間，睡它個昏天黑地。他最愜意的，在朦朧的睡意中，一遍一遍的閃回他跟雨蘭的時光，他給她的吻雖然片刻但餘味雋永，雨蘭的頭髮極細而又柔軟，似乎還在他心房上輕輕地梳刷，他特喜歡看她演戲時多姿的身段，在睡夢中還眞切地摟住過，還彎下腰去，長長的吮吸。不過，他清醒的時刻，把一切埋在心裡，多年來的教育使他明白，他的這種念頭完完全全是醜惡的資產階級思想，他必須用無產階級的毅力去克服，他和她僅僅是偉大的革命友誼，將來呢，他不敢多想，因爲所有革命樣板戲中沒有一個情節告訴他怎麼處理異性關係，他一直心裡留著困惑。所以，每當醒來發現自己的寶貝直挺挺的，他心裡就充滿著罪惡感，那是資產階級黃色思想的大暴露，他必須用無產階級思想把它打垮。

丁春峰意志堅決迅速打垮挺立的罪惡，他暗暗慶幸自己的及時，不然白雨星一頭撞進來，他要往地縫裡鑽了。使他沒想到的是，他跟白雨星的會晤居然也環繞著雨蘭進行。

白雨星堅決不同意白雨蘭擔任學校革命委員會委員。白雨星在仔細研究了候選人名單後，瞥了一眼丁春峰，敏捷而又爽快的表示，妹妹不是合適的人選。

丁春峰笑笑：「白司令，家裡白雨蘭是你妹妹，在這裡她是鐵姑娘突擊隊隊長，是革命同志。」

「大聯合了，我不是司令了！」白雨星糾正道，繼續說「白雨蘭同志我最瞭解，幼稚，革命資歷太淺。」

「你爲什麼這樣認爲呢？」丁春峰以退爲攻。

幾個月來，丁春峰與和紅派進行了無數次的談判，練就一套技術，現在繼續派上了用場。當初，丁春峰其實也不是聯派的首席代表，他心裡不想參與談判，因爲他明白跟白雨星相比，就顯得不善辭令，思維似乎也沒有對手快，知識面也稍遜一籌，他極力讓丁向東出場，自己儘量保持低調。可是，他父親實在太忙了，偏偏把他推到了幕前。丁向東曾經不止一次對他說，聯派中工人多，你的文化層次算高的了，你不出頭誰出頭？革命不是請客吃飯，不要扭扭昵呢，誰是天生談判的料，不會談？毛主席說了，在戰爭中學習戰爭嘛！想想當初，看看現在，丁春峰心裡有點兒得意。

「那你爲什麼認爲她可以呢？」白雨星把球又拋給了丁春峰。

兩雙眼睛對視著。丁春峰的目光向對手的臉掃去，白雨星神閒氣定，透著亮麗的眼光，沒有一點兒做作。丁春峰想捕捉對方問話後面是否隱含別的意思，見白雨星挺拔的鼻樑下，滿是坦然，就隨口說：「也不單單是我認爲可以，大家推薦的，革命群衆的呼聲啊。」

白雨星想說，他考慮在女生中找一個更有代表性的人選。譬如胡瑤淩，不管從能力還是從革命的資歷來看，總比白雨蘭更勝一籌吧。他把想說的話嚥了下去，大聯合前自己跟胡瑤淩一個派別的，怕說出來被丁春峰誤認爲派性作祟。於是，他找了一個角度陳述：學校新生的革委會，必須保證核心領導的權威性。白雨星還引證列寧的話，群眾是劃分為階級的，階級通常是由政黨來領導的，這個政黨通常是由最有威信、最有影響、最有經驗、並被選出的領袖人物來主持的。白雨星強調，雖然列寧說的是政黨建設，可是對於第一代的紅色政權而言，具有同等的指導意義。

丁春峰靜靜的聽著，凝視著的對方神色。毫無疑問，白雨星的話中絲毫沒有個人私利和雜念。他瞭解白雨星，對革命的虔誠和忠貞不渝，誰也比不上。他也感到白雨星似乎在有意迴避著什麼，轉引列寧的話後，丁春峰終於明白了，白雨星認為白雨蘭還不夠群眾領袖的資格。

「好像列寧還說過，」白雨星真誠而又懇切的說道：「在歷史上，任何一個階級，不推舉出自己善於組織和領導運動的政治領袖和先進代表，就不可能取得統治地位。如今革命進展到關鍵時刻，革委會就像當年的巴黎公社，基層的政權就像一個堡壘，要全力以赴建設好。我們還要拋開個人的感情因素、親疏好惡，把真正的革命派組織進來，春峰同志，你說呢？」

白雨星雖然用了「我們」一詞，丁春峰明白其實有所指的，馬上澄清：「白雨蘭大家一致誇獎的，跟親疏好惡沒有關係！響應毛主席復課鬧革命的號召，她們鐵姑娘隊貢獻大，鼓舞了大家的士氣。至於我跟她們走的近些，跟白雨蘭多些交流，完全是工作關係。」丁春峰又例舉了白雨蘭她們宣傳演出、發現敵情種種事蹟，話語轉向結論：我看白雨蘭已經夠條件了。

丁春峰說工作關係，其實是話中有話。可是，對白雨星來說，這些話等於沒說。白雨星壓根兒沒有去想的那麼複雜，他根本不屑常人所關心的男女之事，有時候戰友們打趣說他妹妹跟丁春峰怎麼怎麼要好，他也是一笑了之，沒當一回事兒，或者正色道：你們能不能多把心思放在革命上？白雨星的內心湧動的熱情，全部指向他的理想：不停頓的革命，把每一個環節組織

好。他所說的感情因素，沒有任何其他含義。白雨星當然聽明白了丁春峰的意思，也知道對方的立場十分堅定。

雙方一陣沉默。會議室裡的空氣同樣十分沉悶。白雨星立起身打開了兩扇窗戶，回到位子上時，想緩和一下氣氛，朝丁春峰笑笑說：「我們這樣起勁的討論人選，報上去有用嗎？」

「你對市革委的權威有疑問？」丁春峰也笑著問：「我們可是民主集中制啊！群衆推薦，我們集中。現在的層面上，你也可以推薦，讓市裡去定奪。」

白雨星立刻接住丁春峰的話頭：「我會推薦的。不過我想先聽聽市裡對推動下一階段革命，有些什麼的具體策劃。」

丁春峰說：「你也是消息靈通人士，還聽我說？」

白雨星擺手說：「唉！我關心的消息往往是大的遠的，譬如前幾個月法國巴黎爆發了紅色風暴，別人不大在意，我有預感，一場新的革命將席捲全球了！他們上街的，也是像我們的年紀，也就是說我們這一代新生代，註定要徹底改變現實！李大釗預言，將來必定是赤旗的世界，馬上會在我們手裡實現！至於近的細小的消息，我有時也不太敏感。再說，從別人那裡轉手的，總沒有聽你的直接啊！」

「哪裡，哪裡。」丁春峰也連連擺手說：「我比你遲鈍！理論素養、分析判斷，我哪裡及得上你。」

「我才及不上你！你實幹、樸素，只要你帶隊，什麼困難都會克服。」白雨星說著，流露著敬佩的神情。

丁春峰哈哈笑了起來：「怎麼？我們怎麼相互吹捧起來了！」

白雨星爽朗明快：「既然有批評與自我批評，那麼也該有表揚與相互表揚！」

丁春峰一愣，見白雨星抿著嘴，一本正經壓抑著笑容，最終還是朗聲笑了出來，丁春峰也跟著一起開懷笑了起來。接下來的氣氛極爲融洽輕鬆。談笑間，丁春峰說，市裡機關、工廠、街道的基層革委會基本建立了，就是學校一頭尚未組建，市革委希望東方紅中學先走一步，積累經驗做個樣板，然後向全市推開。白雨星表示這個方略比較穩妥，他也聽說一些地方組建革委會鬥爭激烈，不是鬧派性，就是個人爭權，搞得不很順利。白雨星的眉宇間，透露出他的鄙夷，他堅定的表示，搞五湖四海，不搞門戶之見，決不以派劃線。丁春峰從內心講，一點都不懷疑白雨星的坦誠。於是丁春峰來了談興，對白雨星說了搶權趣聞，東風機械廠的一個車工，亮出他的家世：他爺爺的爺爺是耶松船廠的工人，以五代工人成分的資格，當上了廠裡的革委會主任；和坊街的關貞姨呢，寫了三份血書交到市革委，如願當上了街道革委會的主任。丁春峰說，學校是資產階級知識份子成堆的地方，情況複雜，一定要保證紅色政權掌握在無產階級手中。

白雨星贊同丁春峰的觀點。他說：「我們東方紅中學是個老校，明朝書院的底子，清末新政，有人效法日本學堂建起了省裡最早的新式學校。封建主義餘毒，資產階級流毒，各類舊知識份子，盤根錯節，根深蒂固。我們一方面要時時警惕階級鬥爭新動向，另一方面要把改造好的教師、革命造反派結合進來。毛主席說，教育要革命，資產階級知識份子統治我們學校的現象，再也不能繼續下去了！」

丁春峰掏出筆記本，逐一分析名單，說：「我回學校後，一直留心觀察，看看哪些教師是

革命派，看來大部分人還是對革命陽奉陰違，消極抵觸。你別看他們大批判時念念稿子，學習、開會小心翼翼的樣子，其實骨子裡還是封資修的那一套，都是些沒有改造好的臭老九！也有那麼幾個造反派，但實在是捧不上的劉阿斗，教師學生中沒有威望。」

「我看小驢子的舅舅應老師可以。革命開始的時候，批判三家村，寫了不少大字報，文采蠻好的。他就是有點兒知識份子的患得患失。」白雨星例舉了幾個教師，談了看法。

丁春峰咧嘴笑道：「你說的是應從聲啊！嘿嘿，膽小鬼一個！革命起來時，他倒是浪頭蠻大的，揪別人挺堅決的。後來兩派鬥起來了，他不知跑到哪裡去了！」

白雨星主張校革委中，哪怕是象徵性的，也要有一兩個教師代表。丁春峰沒有異議，就是一臉的苦笑。白雨星瞥了一眼，十分慎重的提議，強化對教師的思想改造，已經刻不容緩。外面各派自己編的毛主席論教育的小冊子，不夠系統。北京師範大學紅衛兵與革委會合編的《毛主席教育文選》版本最好，已經選印了，組織教師深入學習，一定要把他們的立場、觀點轉變到無產階級方面來！白雨星說著說著，有點興奮起來。在東方大國，如果能把數百萬舊知識份子，改造成一代紅色新人，那是人類破天荒的偉大的創舉！丁春峰擅長具體化運作，訂立了教師每天政治學習的作息制度，星期天上午安排思想總結彙報會。丁春峰強調一律不予請假。等到新教材下發，警惕沒有改造好的教師，不好好利用新教材，在課堂散佈資產階級思想，因此，必須派工人隨時進班聽課。

白雨星頓生迷惑：「工人？學校請工人來聽課？」

丁春峰一拍腦袋，說了聲「啊呀，怎麼我忘了，這麼重大的事情忘了跟你說！」接著一五一十詳細說了，工宣隊馬上要進駐東方紅中學。

白雨星歡快說：「這麼快啊！不久前，毛主席派工宣隊進駐清華大學，沒想到工宣隊也要進中學！這樣好，無產階級全面佔領上層建築，徹徹底底的改造舊房子！毛主席眞英明，站得高看得遠，工人階級不進入學校，確實無法改變面貌。摻沙子摻的好及時。這麼說，春峰你說的工人聽課，就是工宣隊的隊員來督崗啊？」

「是的！」丁春峰肯定回答說：「工宣隊不僅僅來學校站崗放哨，而且完全領導學校！」

「太好了！那我們學校革委會主任當然由工人來擔任了！巴黎公社、十月革命沒有做到的事情，我們實現了！」白雨星興奮地嚷道。

丁春峰讚賞說：「雨星跟我們想到一塊兒了！市裡也是這樣想的，工宣隊隊長理所當然做學校的第一把手。你知道嗎，毛主席把外國友人送給他的芒果，轉送給清華大學的工宣隊了。這是對我們工人階級的最大支援！」

白雨星激動說：「我怎麼會不知道？消息傳的很快，大夥兒都知道了！明天市革委機關報將頭版頭條報導！下來，我們要抓緊做好迎接工宣隊進校的準備工作，要做到隆重熱烈，以革命的正氣，壓倒一切牛鬼蛇神的烏煙瘴氣！」

「嘿嘿！不愧爲搞宣傳的好把手！我說你是消息靈通人士，沒錯！」丁春峰建議道：「報紙上，別忘了突出宣傳工人階級當家作主的豪情！北京工人已經把毛主席送的芒果，隆重的裝在玻璃框裡，供奉起來，讓人們時刻瞻仰。市裡即將派人去，也要把複製的芒果請來。」

「到時候，我佈置我們革命記者，隆重報導我市喜迎芒果的儀式場面。」白雨星默契的說。

丁春峰說：「我在想，我跟你一起向市革委提議：北京來的芒果，供奉在東方紅中學！」

白雨星高興地握住丁春峰的手搖擺：「那當然！」

兩個人忙著計畫，你一言我一語，不知不覺已經到了傍晚時分。想想過去還是相互攻擊的兩派，彷彿勢不兩立，如今發現彼此有那麼多共同話語，對方還有著自己身上沒有的特長，不知不覺惺惺惜惺惺起來。丁春峰就暗自想到，早知今日何必當初，那時候怎麼稀哩糊塗分成了兩派，還差一點要把對方鬥爭到死。原先的白雨星，在丁春峰眼裡是個愛出風頭的客裡空印象，也一陣風似的吹跑了。白雨星心底深處一直覺得，丁春峰舉止粗魯顯得缺少教養，慢慢也變成了豪爽的好脾氣了。他們一致取得了那麼多的共識，連自己也感到吃驚。白雨星設想學校歡迎工宣隊的歡迎儀式和大會，與學校革命委員會的成立大會合爲一體，立馬受到丁春峰發自內心的讚賞，擊掌稱道好主意。丁春峰以不容商議的口吻說，要把全校各個組織的紅衛兵，全部召回參加典禮，連逍遙派也要全部返校。他會安排得力人員具體落實。在這一點上，白雨星與丁春峰略有分歧，白雨星覺得逍遙派都是保守分子，不肯革命的，他們還配不上革命的洗禮。再說他們近乎花崗岩腦袋，叫他們來未必肯來，我們何必自討沒趣。毛主席說了，革命不是請客吃飯，我們的革命隊伍缺了他們，更加生機勃勃呢！丁春峰不這樣認爲，人多說明力量大，革命就需要三教九流的人一起參加。可是，他還是把想說的意思阻止在嘴邊，免得被白雨星看做層次低。丁春峰欲言又止的樣子，白雨星看在了眼裡。白雨星的眼神也停留在對方臉上片刻，那意思是說：有一個人，你能請得動？

丁春峰完全破譯對方的含義。堅毅地略微點頭。丁春峰心裡想，你雖然是那個人的弟弟，但是哪裡有我瞭解他呢。那個人與主流思想不肯妥協，抱定自己的信念死強蠻勁的樣子，一般的事情隨和著呢。丁春峰又想到不久前，市裡組織紀念毛主席暢遊長江二週年的慶典，那個人不也參加了游泳？那個人還救了人呢！

人們常常看到語言、情感會有共鳴，其實思維也會暗自碰撞到一起。有時共同想起一個人，或者同時想起一件事。當丁春峰想起被救的人時，白雨星也同時想起了那個被他哥所救的人。不過，兩位雖然想起同一個人，但是事情的來由卻是兩碼事。這就是思維複雜多樣玄秘多彩的魅力所在。這不，白雨星把話轉到會談的正題：「那麼，提名胡瑤淩做革委會委員，你考慮的怎樣？」

丁春峰迅速反應：「那麼，白雨蘭當革委會委員，你還堅持反對？」

白雨星搖頭，那就是否定之否定。丁春峰點頭，那就是肯定之肯定。丁春峰高興地捶了白雨星一個拳頭，宣告了會談以雙贏的結果，一捶定音。

第三十五章 只為你能走出黑暗

好幾天，白雨虹心裡堵得慌，時常莫名發火，又時常悶悶不樂。見到白雨蘭，一臉陰沉的樣子，彷彿身邊沒有這個妹妹似的。白雨蘭這幾天在家裡，也不敢說話，匆匆悶頭吃飯，匆匆逃跑般的出去，她知道現在的大哥近乎火藥桶，一點就會爆炸。要是在平常，她早就繪聲繪色向大哥描述熱火朝天的校園，大談特談逸聞趣事了，現在還是躲避開他爲好，更不能提起，她們還在繼續暗中監視疑似蘇聯特務的事情。有幾次，白雨蘭想告訴大哥，那天他在河裡救了胡瑤淩，外面謠傳了好幾個版本，有的說法已經十分離譜了，好像藍欣欣也知道了，臉色不好看。可是，話到嘴邊，白雨蘭哪裡敢說出來。

小驢子卻冒冒失失的說了。小驢子想不通，胡瑤淩曾經在批鬥會上打過雨虹他爸，還曾經檢舉揭發白雨虹私聽敵臺，這樣的人，白雨虹爲什麼要去救她？現在好了，同學間越傳越神乎，有人說白雨虹口對口人工呼吸，其實是親嘴，還摸了胡瑤淩的奶子呢，小驢子越發搞糊塗了，是眞是假，他想套套白雨虹口風。白雨虹聽著，嘆了口氣說：「當時邊上人多呢，你不是也在邊上？」

「如果我在邊上，還要問你？當時我繼續跟著隊伍，在運河裡向前游，只知道好像後面的隊伍出事了，後來才知道你救了她！」小驢子連忙說明。

白雨虹緊繃著臉：「那你認爲我是這樣的人嗎？」

小驢子擺手說：「雨虹你怎麼可能是那樣的人呢！就是我不明白，她把你當作仇人，你幹嘛還去救她？」

「呵呵，」白雨虹微笑：「盧子曉，照你的意思她把我當仇人，我也應該把她當仇人，既然是仇人，就不該去救她？是不是這個邏輯？」

「是不是這個邏輯，我也說不清。可是，我覺得她這樣待你，你還這樣待她，不大公平。你不救，邊上也有別人救。」小驢子替白雨虹鳴不平。

白雨虹說：「這又不是做買賣，要公平交易。人命關天，我又是救護隊的，得過游泳比賽獎牌的，救人要緊，怎麼會想那麼多？」

那場紀念毛主席暢遊長江二週年慶典，白雨虹本不想去的。丁春峰知道白雨虹討厭這種場面，開始雖然邀他一起參加，見雨虹態度冷冷的，丁春峰差不多把他忘了。後來邊上的城市傳來淹死人的消息，令丁春峰下定決心要請白雨虹，而且態度似乎不容商量。白雨虹清楚記得，丁春峰語氣斬釘截鐵：「爲了游泳隊伍的安全，雨虹你必須去！不管你持什麼觀點，你首先是個游泳健將，實行革命的人道主義，義不容辭！」白雨虹以慣常的口吻揶揄：「人道主義還分革命的和反革命的？」丁春峰苦笑：「我的朋友啊，我沒時間跟你辯論，人道主義分不分革命的和反革命的，那麼重要？等我什麼時候閒下來了，跟你再討論！走吧，大隊人馬已經在蓮花山下集合了！」

白雨虹被丁春峰連拖帶拉來到蓮花山碼頭的時候，還是被壯觀的場面吃了一驚：寬廣的水泥地上、草坪、走道上黑壓壓的都是人群。原先這裡的一片蟬鳴聲，被鼎沸的噪雜聲所替代。鑼鼓喧天，震得樹葉兒快要掉下了；紅旗招展，像火苗般染紅了張張笑臉。只見先鋒方隊的人

馬，已經把巨大的毛主席像扛下了臺階，那像上的領袖身披泳衣氣度非凡的正在招手。巨像下邊捆綁著幾只橡膠輪胎。白雨虹目測，護衛這幅領袖像的人有三四十人，估計是一個排的編制，全部清一色的男人，一律穿著草綠色的軍衣，身上還背著一桿桿步槍，不過，那一看便知道是木頭做的仿製品。武裝護衛隊推著巨像下河以後，緊跟在後面的則是彩旗方隊，有一百多人的樣子，大概是一個連的編制。一個個扛著彩旗，一邊下水，一邊還高呼著口號：「永遠緊跟毛主席，大風大浪幹革命！」跟在彩旗隊後面的紅色娘子軍方陣，在岸上正整裝待發，清一色的姑娘，也是清一色穿著綠軍裝。一個個腰間繫著軍用寬皮帶，還佩著一桿桿短槍，外邊包著皮槍殼，也不知道真假，白雨虹猜測，估計也是木頭做的，或者是塑膠玩具槍。白雨虹認識隊伍裡許多女生，她們走過白雨虹跟前還微微點頭打招呼，但是白雨虹不由擔心起來，他對她們的水性太熟悉了，穿著長袖長褲的軍裝，能游多少路啊。然而更讓白雨虹費解的是，紅色娘子軍們一個個手裡還拎著什麼，像是炸藥包，又像是軍用被子，正往肩上背上去。白雨虹急了，連忙去人群中把丁春峰拖了出來，指著姑娘們問道，這是怎麼回事兒？丁春峰覺得白雨虹問的奇怪，怎麼你不懂，這不是武裝泅渡嘛！

白雨虹神情嚴肅，厲聲道：「春峰你瘋了！她們穿著一身軍裝游已經很費力了，還能背著背包武裝泅渡？」

丁春峰怔在那裡。白雨虹見他還不反應，說：「你還待著幹嘛？快下令叫她們卸下背包！」

丁春峰明白了過來，也急了，忙跑到娘子軍隊伍，命令她們輕裝上陣。冷不防，半路上殺出個程咬金。胡瑤淩突然從隊伍裡衝了出來，指著丁春峰質問：「你什麼意思，是不是小看我們？」

「胡瑤淩同志，你別誤解！我什麼時候小看女同胞了！天這麼熱，游的路線又長，人吃不消的。」丁春峰解釋。

胡瑤淩叉著腰說：「我們練過兩遍，沒什麼問題麼。」

丁春峰急切說：「你們練兩遍，加起來距離一半還不到，這也算練？人命關天的事兒，安全要緊啊！」

胡瑤淩見丁春峰的身後，白雨虹正在走過來，就瞪著眼睛說：「原說呢，你怎麼右傾保守主義了？近朱者赤近墨者黑！我倒要以實際行動給那些死腦筋保守派人士看看，武裝泗渡礙著誰了！」

胡瑤淩提高了聲音，後面的話顯然是說給白雨虹聽的。白雨虹站到了丁春峰身邊，默默瞥了胡瑤淩一眼，他不便插話。丁春峰見胡瑤淩含沙射影，就說：「你東拉西扯什麼啊！隊伍馬上下水了，所有背包排好放到樹蔭下，馬上執行！」

「忠不忠，看行動！人家執行，我偏不解除武裝！」胡瑤淩還是提了提肩上的背包，頭也不回，大步走向隊伍前面的碼頭。

白雨虹眉頭緊蹙，神情陰鬱的注視著姑娘們一個個下水。胡瑤淩以及她周圍幾個鐵桿分子還是堅持背著背包，游在了娘子軍方陣的前頭。

白雨虹繼續對小驢子說：「我當時只是想，娘子軍隊伍不能出紕漏啊。我記得當時，馬上招呼你，還有我們救護隊，迅速下水，爲姑娘們保駕護航。」

「是的。」小驢子回憶道：「我看你很焦急，要求我們下水後，組成三人一個小組，分佈

到娘子軍隊伍的周圍。記得你在左前方，我在右前方。後來出事，我也不便上岸，還有一段路要保安全。」

「你做得對的。哪怕還有一米，也要堅守崗位。」白雨虹稱讚道，接著說：「我見胡瑤淩身子下沉，她的頭冒了幾冒，水面上翻泡泡，知道大事不好。當時死勁攥住她，往岸上拖。幸好邊上都是我們救護隊的人，把她兩只手掰開來，不然我也要被她拖下河底了。」

小驢子見白雨虹的敍述，那麼平靜，神定氣閑的樣子，好像在說一件跟自己無關的事情，心裡很折服。小驢子接著感覺到，白雨虹好像一邊在回憶，一邊在想心事。

給白雨虹帶來震驚的是，他解開胡瑤淩上衣扣子的一刹那。

白雨虹把胡瑤淩抱上岸後，迅速摳去她嘴裡、鼻子裡水草等污垢，在邊上救護隊員協助下，把她的身子臉朝下擱在自己膝蓋上，把吸入的水擠壓出來，然後放平，緊急口對口做人工呼吸，一邊擠壓她的心臟。他覺得手感很硬的，救人要緊，也沒有多想，就快速解開她的軍裝上衣。

白雨虹簡直不敢相信自己的眼睛。呈現在他眼前的是，胡瑤淩上身，環繞著乳房，緊緊的裹著一層又一層的紗布，就像一具木乃伊！他手忙腳亂的，慌忙問邊上，有剪刀嗎，有小刀嗎，他暗自罵自己蠢，現在哪來刀具?時間不容他多想，他硬是用牙齒扯裂一層紗布，然後撕斷一層紗布，也不知咬扯了幾層，撕碎了幾層紗布，才袒露了出來，那是怎樣的一個女孩的上身啊：平平的胸脯，乳頭極度萎靡，皮膚千皺百溝，似乎在哭訴多年的創傷襤褸。這一切，白雨虹來不及多想，他必須搶時間，他拼命的做人工呼吸和心臟擠壓，他要把她從死神的手中搶奪過來。

老天保佑。胡瑤淩慢慢甦醒了過來。白雨虹自己，在胡瑤淩能自主呼吸的那一刻，已經精疲力竭，無聲無息的癱坐在草坪上。

小驢子接著說：「等我過來的時候，你臉色煞白。我們拍你肩膀，你也沒什麼反應，你當時也像虛脫樣子。」

「也許是吧。」白雨虹回想起，那種油乾燈盡的窒息，與其說體能消耗到了極致，不如說那一條條白紗布，仿佛勒住了他的頭頸。多少天裡，那圍繞著胡瑤淩胸脯的白帶子，始終在他眼前晃動；那乾癟的乳房以及周邊皮肉呈現的慘狀，使他無法擺脫心底的一陣陣顫慄。從紗布的成色看，從胡瑤淩萎縮的乳頭看，她緊綁胸脯顯然已經好長時間了。白雨虹猛然想起，他確實近來沒有看見過胡瑤淩女性特徵，她的前胸平平如壁已經好長時間，原來這一切，全部源於她自己人工的傑作！他迅速檢索記憶的儲存：記得幾年前，大約在讀高一的時候，他們和她們一批同學，經常去游泳館，成堆的女生圍著他，嚷著要他教游泳，教跳水。其實他知道自己的跳水動作並不在行，可是爲了贏得女生的喝彩，使他跳的越來越優雅。那個時候，他坐在池邊可以清楚的看見，藍欣欣啊胡瑤淩啊等等女生泳衣背帶緊箍的乳溝，泳衣緊包的乳房圓潤豐滿，有幾次看的太入神了，差點管不住自己情根的勃起。這麼說，胡瑤淩是硬生生的主動的把自己的乳房抹平。想到此，他感到無比的驚悸，渾身冒出了雞皮疙瘩。胡瑤淩居然爲了做新一代的革命家，立意改造柔軟的女身，刻意成爲鋼鐵戰士！難怪在一次批判會上，胡瑤淩唾沫飛濺的例舉種種資產階級生活方式，痛斥紮蝴蝶結是臭美，批判穿短裙是流氓阿飛，憤怒揭露有的女生故意把胸脯挺高，是資產階級腐朽意識形態的大暴露。我們無產階級對於資產階級思想和意識形態，必須把它裝進棺材埋入墳墓，絕不能讓它在我們中間散發著臭氣，來毒害我們！天哪，胡瑤淩不僅做大批判，自己更是身體力行去實踐無產階級神聖思想了！

義正辭嚴的批判聲音，聲音尖刺般充盈耳際；重疊纏繞的白色綁帶，綁帶魑魅似飄拂眼簾。那斑駁離奇的聲畫場景，重重疊疊在一起，好長的一段時間，只要遇見胡瑤淩，立刻便會在白雨虹腦際喚醒。胡瑤淩見到他，那種鬥爭的鋒芒似乎收斂了許多，開頭幾次的面部表情極爲複雜，幾分羞澀，幾分尷尬，幾分矜持。胡瑤淩似乎次次疏忽已經放慢腳步的白雨虹，直逕與他擦肩而過。沒有招呼，沒有謝意，一切就像沒有發生一般。白雨虹有時忍不住用眼角的餘光，多了一份留意，希冀那場拯救是一個轉折，她能從黑暗裡走回女兒身。

白雨虹若有所思的說：「那場急救，也使我明白了許多。」

小驢子不解，問：「明白什麼？」

白雨虹想了想說：「過去我一直以爲，我好像有能耐，可以救國救民，可以服務社會，其實我一個人都救不了。」白雨虹憑著男人的敏銳，他憑直覺也知曉胡瑤淩的白綁帶仍然緊裹在她身上。有一次，一陣風掀空衣領，白雨虹眞眞切切的一瞥餘光，見到胡瑤淩果然依然白帶纏身！那一刻，白雨虹感到胡瑤淩眞正執迷不悟了！小驢子怎麼能完全明瞭白雨虹的意思？

小驢子追問：「怎麼個救不了？」

白雨虹笑笑，沒答。小驢子也笑道，雨虹大哥好謙虛呢，還故弄玄虛呢，說：「我倒是一直懷疑，胡瑤淩那是詐死，準個兒是一場戲！」

這一次輪到白雨虹吃驚了。白雨虹瞪大眼睛看了半晌小驢子，滿腹狐疑的問道：「你有什麼依據？」

「依據嘛」，小驢子邊想邊說：「第一，她其實很看上你，也知道出事的話，你一定會救她，這不，你抱上她啦！」小驢子調皮的眨眼睛做鬼臉，被白雨虹喝住：「別胡說！」小驢子沒有打住話頭，繼續說：「第二嘛，你也是瞭解她的，她就是以不怕死的勇氣，來證明無限忠於毛主席，來證明大風大浪並不可怕，證明她才是眞正的革命闖將！」

白雨虹搖頭，不同意小驢子的分析：「什麼時候開始的，盧子曉也懷疑一切了？當今對一些事兒，心中存個『疑』字，頭腦好清醒的。但是，胡瑤淩出事，她自己是裝不出來的啊。她就是太誇大了人的主觀能動性，以爲憑思想和意志可以戰勝一切。如今的人，天天喊自己是唯物主義，其實天天是唯心主義。」

小驢子「嗯」了一聲：「我跟你被關押在一起，從那個時候開始，也向你學著，用一個「疑」字看形勢。外面越是說，工宣隊佔領學校好，我想好不好要等時間再說；雨蘭她們說那個人可能是蘇聯特務，我看卽使是壞人也用不著我們去監視，雨虹，你說呢！所以，我早就從她們那裡退了出來，不參加她們的活動了。」

白雨虹高興的說盧子曉做的好，天底下哪有公民監視公民的道理。小驢子憨厚的笑了笑，撓了撓頭髮，說：「那個時候，冤枉我寫反標，被他們關押起來，自己覺得稀哩糊塗，沒搞清怎麼回事兒。我們關在一起，我才慢慢明白，原來我們生活在一個許多好人被冤枉的年代。人妖顚倒，是非不分。其實是你拯救了我的靈魂，使我的眼睛亮了。你還怎麼說，一個人都救不了了呢？」

白雨虹笑了，笑的雅致極了。在茫茫的塵世裡，在喧囂的紅色風暴中，他以卑微的行動，去影響了一兩個人，他仿佛突然發現了自己生命的價值，鼓起了他繼續前行的心靈的風帆，他審視自己，就要像甘地那樣，堅持眞理。歷盡苦海，終有彼岸；鳳凰浴火，焚身涅槃。從這個意義上說，拯救別人，不也是拯救了自己？

第三十六章　城頭碎月

城頭，那一堆黃土逶迤遠去。朦朧的月色裡，依稀可辨潮乎乎黑瘩瘩的斑駁的城磚。大約十年前，爲了建築成群的土高爐煉鐵，成塊成塊的城磚被剝離了下來，當上了耐火磚，殉身於大躍進的熱浪中。幸存下來的，大多也是敲殘了邊角，裂了縫兒，搖搖欲墜的樣子，孤苦伶仃的鑲嵌在黃泥土中。要不是周邊的爬牆草、何首烏藤和各種灌木的纏繞，風吹雨淋也許早已掉落了下來。那時候，年少的白雨虹還見過，許多城磚上還刻有陰文，有幾塊模模糊糊辨認出「淳熙」字樣，問了父親才知道，估計是南宋的城磚。讀了些清朝人筆記，白雨虹慢慢知道，那城牆在元初遭遇戰火，見證了蒙漢搏鬥的刀光劍影。明朝滅亡，倔強的漢人誓死不留長辮，寧願喋血城頭，與城池共存亡。白雨虹有自己的心得，農耕時代的城牆，就是野蠻與文明的分界嶺。

殘存的城牆，在白雨虹年少的記憶裡是嬉戲的樂園。他們那一幫男孩，在梅老太太的院子裡，讀書、聽故事、養金魚、種花草，在飢餓的年代跟鳥兒爭搶枇杷吃，吸引他們的還有是梅家的書房，那成排成排的書籍，黏有他們稚嫩的烏黑黑的小手跡。梅老太太爲他們常常買成套的連環畫，在那裡，他們暢想《西遊記》的魔幻神奇，陶醉《三國演義》的縱橫捭闔，效仿《水滸傳》的俠膽忠義。梅家院子是他們的樂園，那是他們精神的樂園。綿延的土墩墩的城頭，那是他們另一個天地，放任的野性的樂園。春夏之交，土墩上草長鶯飛，灌木蔥籠。無數草本的花朵，蒲公英領銜金黃鋪地，雞冠花或潔白或暗紅的爭相綻放，牽牛花吹起藍紫色的喇叭，一時間滿城頭熱鬧非凡。女孩們提著小籃，碧草搖曳中，摘著枸杞葉，鏟著馬蘭頭，用小刀片挑著薺菜。男孩們不屑一顧，那是女孩們做的事。男孩有他們的世界，每一簇灌木叢，就是他們天然的掩體，他們泥土做彈丸，樹枝作刀槍，柳葉兒做盔甲，玩起「官兵捉強盜」的遊戲。在你我的衝鋒和搏鬥中，在吶喊和狙擊裡，他們成長爲一個個眞正的男人。迷人的秋天，蟋蟀唱著歌兒，螞蟻忙著覓食搬運儲藏，那幫男孩以自己的正義感，小心翼翼保護勤勞的螞蟻，而對蟋蟀大動干戈，在紛亂的碎磚下，在城牆的泥縫裡，尋覓它追捕它，然後把它放進蟋蟀罐，他們要把蟋蟀的歌唱藝術發揮到極致，蟋蟀罐就是蟋蟀的劇場，讓蟋蟀們登上舞臺，在同類的廝殺中展示勝利者的歌喉。

白雨虹捉的蟋蟀，在同場競技中贏多輸少。夥伴們會爲勝利的蟋蟀一方歡呼，於是蟋蟀的主人也便成了英雄。白雨虹以爲，輸贏只是個概率事件，抽到上上簽，士兵也能當一回將軍。見多了戰死的蟋蟀，白雨虹頓生憐憫，一將成名萬骨枯啊。他突發奇想，我們在觀察蟋蟀的殘酷廝殺，會不會也有其他的智慧體在觀察人類的自相殘殺呢？他覺得他就是從那個頓悟後，不想做英雄，便對鬥蟋蟀了無興趣。他只想做個普通人，似乎自己感到成了一個長高了許多的凡人。站在連綿的城垣上，白雨虹想，那些攻城的雲梯和守城的石雷，該永遠躺在博物館裡；城垛不再濺血，弟兄不再操戈，政權的更迭爲什麼非要建築在累累白骨之上？

隨著年齡的增長，白雨虹在萬闌寂靜的夜晚，會獨自登上城頭。遙望燦爛的星空，在遼闊的蒼穹下，他感到生命的神奇和渺小。除了可數的行星，那天幕上無數的正在閃爍的恆星，多少光年漫長的傳遞，當我們看見它的時候，它還存在嗎？如果它的周圍也像我們太陽系一樣，有著行星環繞，那麼，那些個行星上有生命嗎？有像地球人一樣的高級生命嗎？如果有，他們

又是怎麼一種生存狀態呢？他們也像我們一樣經歷從蒙昧到野蠻，從野蠻到文明的過程嗎？他們的生命體是獨立在自己的行星上進化來的呢，還是通過星際間的宇航而遷移來的呢？白雨虹對宇宙充滿好奇，就像渴望瞭解地球人的過去一樣，渴望知道蒼穹中無數的奧秘。

白雨虹的目光投向城牆內，凝視著成群成群狂熱歡呼的群衆，一個問題不斷撞擊他的心扉：他們究竟在幹什麼？他們是爲了維護自己的經濟權益而吶喊嗎？不是。他們是爲了反對黑暗政治而抗爭嗎？不是。他們是欣賞了藝術和體育的精彩而歡呼嗎？也不是。白雨虹覺得他們就像群氓，空長一個頭腦，都在瞎起哄。他不由自主的想起古代希臘，在雅典通往比雷埃夫斯港，也有長長的城牆，那牆保護著商業的繁榮。雅典公民大會上也有喊聲，那喊聲表達了公民自己的利益，「陶片放逐法」可以趕跑貪官，陪審員保證司法的公正。那麼眼前白雨虹看到的他們呢，他們究竟在幹什麼，領袖說黑就是黑，領袖說白就是白，領袖要剔除某人，某些人就跟著喊打倒某人，白雨虹心生鄙夷，他們就像一群聽人擺佈的木偶。

白雨虹突然意識到，生命裡他注定不會做木偶。那麼，他不做木偶，等待他的只能是痛苦。有神經系統，便有銘心的痛感；有自己思考，就可能成爲群體的異類。這一切，似乎他早已準備。他怕的是自己不要成了僵木，被遺棄在歷史的長河邊上。他想自己會是一顆常青樹，或者是一條遨遊翔擊的魚兒，或者是寧死也要自由的雀兒。在那一個烏雲壓城的日子，電光閃耀，雷鳴轟響，他和藍欣欣，在黑雲翻滾的城頭相會，她害怕地捂住雙耳，他幾乎是擁著她，食指像利劍似的戳向一望無邊的黑空，大聲喊道：蒼天你長眼沒有？蒼天你爲什麼要害死我父親？蒼天你爲什麼要塗炭地上的生靈？長眼吧，你有眼的話，烏雲你退去，閃電你熄滅，你開開眼吧！不可思議的是，在白雨虹悲愴的呼喊裡，天幕開啓了藍色，雷鳴嗚呼遠去，閃電銷聲匿跡，白雨虹和藍欣欣，那一刻眞不相信自己的視覺和聽覺，仿佛在夢境一般。從那一刻起，白雨虹決定，自己一定要好好生活著。蒼天未必不知人間眞情，孤獨的個體未必沒有感天的力量，革命在繼續，生活也還在繼續。

扶著殘存的城垛，黑濛濛的夜色裡，孤獨的白雨虹格外思念欣欣。她到底怎麼了，爲什麼堅決的不見他？他遙望那兩棵大樹，那一排平房教室，多麼期盼那晚的胖鼠燈的火苗依然跳動，他和她，那個冬夜相擁的溫暖至今仍然留在他的血液裡。他極力搜索他和她最近的一次兩眼相望，她的眼神裡流露的含義，隨著時間的推移，他似乎越來越明晰了起來。藍欣欣那種情感的依戀，那種淡淡的柔柔的眼波，只有他能夠深切的體會出來。同時，她的那一次的眼神中分明含有一種決斷，那一霎間，如電閃劃過白雨虹的心房，他還來不急細細的品味，似乎遁隱得無影無蹤。他許多次有意在黨校大門口等她，本當想出門的她毅然轉身；他想在路上裝作偶然遇到她，可她卻裝作沒看見他。他去過，輕輕的敲門，回應他的是無聲無息的寧靜；他往門縫裡塞過紙條，等到的依然是泥牛入海杳無回音。有幾天，白雨虹就像無頭蒼蠅，亂轉瞎飛，心煩意亂。他不知道做什麼，不知道自己怎麼做，一遍遍咀嚼她的表情她的語氣她的眼神，然而梳理找不到頭緒，邁步盡是岔路，腦子裡一片混沌。

慢慢地，猶如泥渾的水慢慢沉澱，白雨虹漸漸有點涼風拂面的感覺。情感世界的事情誰能說的清楚，怎麼會有標準答案？每個人都會有自己的想法，擁有自己獨特的感情體驗，誰的情感，又能夠擺脫這場革命？藍欣欣也許是對的，他們都看到過，那些非婚的男女，還有婚外的男女，由於發生性關係，一經發現被人家批鬥和侮辱的場景。她的選擇，在斷然的抉擇中，白雨虹似乎越來越明白，她何嘗不是在狂飆的浪潮中尋找生存的境地？不僅爲她，也爲了白雨虹

著想。與其兩個人一起沉沒，不如分手反爲安全。白雨虹內心深處確信，即使有人查出欣欣懷孕墮胎的事兒，她也不會說出丁點兒情況來，她的心裡中總有一塊白雨虹的安身之地。

想到這裡，白雨虹百感交集，越發憐香惜玉。他好想立馬再抱抱她，親她撫摩她。他的額頭，任憑晚風吹拂，他感到那風中含有她的韻麗的氣息。他幻想，遠處的登城的梯道上，藍欣欣還像過去一樣翩然而至，在甜甜的、羞澀的笑容裡，反背的手，突然向他伸出，遞上一本他想看的書。革命前的那一年，某個大出版社影印了庚辰本的《紅樓夢》，市面上沒有賣，官居某個層次，才有待遇享受閱讀和擁有。藍祖禹神秘兮兮把書帶回家，藏到了以爲女兒看不到的地方。可是，他低估了女兒的敏感，家裡哪個角落女兒不熟悉？女兒就是憑著嗅覺，也能找到他老爸藏的書。藍欣欣找到那本只能高官才可閱讀的《紅樓夢》時，纖細的手指在微微顫抖，心在激烈的跳動，留著線裝版原影的框架中的繁體字，在她眼前仿佛也在跳躍。她馬上想到的是，趕緊把書拿給白雨虹去看。白雨虹就是在城頭，他看見藍欣欣從梯道上快步走來，雙手抱在胸前，可是懷裡沒有東西。正在疑惑之際，欣欣已經來到跟前，要他閉上眼睛，給他一個驚喜。片刻，白雨虹睜開眼，只看到欣欣背著雙手燦爛的笑，那笑容充滿癡純和柔意，白雨虹只是呵呵的以傻笑回應，估計她背後藏的是書，猜想一定是本奇特的書。一瞬間，欣欣反背的手伸向他，當他見到她手裡的影印本時，他的雙眼放出欣喜的光芒。白雨虹歡喜地摩挲著書的封面，那書還留著藍欣欣的體溫。白雨虹想到，這本書是欣欣藏在外套裡緊抱著貼胸帶來的，心裡激起陣陣暖流，已經不是一個謝字可以表達，那是一種刻骨銘心的悸動。

白雨虹坐在一塊碩大的破裂的城磚上，細細的回味那天的情景。雖然現在欣欣隱入黑黑的夜幕裡，白雨虹覺得她依舊就在身邊。他和欣欣還是坐在這塊城磚上，他們還是一起小心地掀動著那本書，仿佛還在一起猜測，鑲嵌在正文邊的脂硯齋批註，究竟隱含著哪些微言大義？那個脂硯齋到底是男是女是老是少？他們一起為黛玉的身世際遇唏噓不已，也為寶釵的為人激烈的爭論，對於劉姥姥三進榮國府，白雨虹以為不僅演示了大家族的興衰，也把劉姥姥的草根智慧圓滑世故，演繹得淋漓盡致。說著劉姥姥詐癡博癲，又拍手又唱歌，瞇眼鼓腮的模樣，藍欣欣也捂著嘴笑，白雨虹特喜歡她那樣的笑，恍如迷醉。然而，那樣恬恬的相處還會再來嗎？理智告訴他，也許在相當長的時間裡，這些只能是已經過去的醇美的回憶了，只能深深的埋藏在自己的心底。世界上的事情有時真的充滿玄機，還是那個晚上，隨手翻到《紅樓夢》裡賈寶玉開的奇特的怪藥方，白雨虹說，那個何首烏就近在眼前，叫藍欣欣找找。他們一起把目光投向草叢、牆根、亂磚堆，半邊蓮含羞垂目，鳳尾草搖曳著枯枯的滄桑感的葉兒。欣欣採了一片牽牛花的葉子，硬說是何首烏的葉片。白雨虹則采了一片眞正的何首烏葉，對比葉片形狀、質感厚度、顏色，區分兩者的不同。藍欣欣逗著說，雨虹的才是假的呢，她手裡的葉兒才是眞首烏呢。藍欣欣那認眞的勁兒，逗得白雨虹心裡癢癢的，他眞想把欣欣摟在懷裡立刻把她融化掉。他多想成為民間傳說中的那一對首烏，生生死死永不分離。欣欣問，那一對首烏眞的會在沒人的時候，化作一對童男童女從地裡跑出來嬉戲嗎？雨虹說，是。欣欣問，它們的藤蔓眞的都是絞合在一起的嗎？雨虹說，當然。欣欣問，那個民間故事有幾種結局，你欣賞哪一種？雨虹說，合二為一，兩個首烏合在一起殉情的結局好。藍欣欣笑著微微搖頭。輪到雨虹發問了：你為什麼搖頭？欣欣抿著嘴笑，不答。雨虹問，你為什麼不回答？欣欣還是笑而不答。雨虹問，莫非眞的有什麼不好說的？欣欣道，不說比說好。若要說，還是一分為二的結局好，至少好保住一個啊。白雨虹明白，欣欣銘刻的是故事的另一個悲情版本。那一對自由的首烏童兒，從地底裡

跑出來唱歌跳舞，最終被人偷偷繫上了紅繩，找到了他們重新入地的蹤跡。也許他們確有神靈，在被人發現後，藤蔓不再連在一起，他們開始了艱難的遷徙。他們要穿越草根樹根迷宮般的路徑，他們要提防毒蛇蜈蚣時時刻刻的襲擊，他們知道最大的危險還是來自地面上的那根紅繩。他們倆爭著把危險留給自己，讓對方跑的更遠更深。爭執中他們決定每天輪流，每天總要有一個回到後上方，所以，雖然他們跑的很快，但是始終逃不了人的追捕。那位姓何的人挖到的只是一個首烏，從今後人們挖到的首烏只能是一個，永遠也不會是一對。白雨虹想著，回憶著，他欣賞合，她賞析分，一個激靈刺著他的腦際，眼下的他和她，不正是近在咫尺，遠在天涯？一切的現實，莫非眞的被藍欣欣一語成讖？

晚風輕輕地吹拂，月兒掛在城頭的樹梢上。微風搖曳中，月面被葉片和樹枝劃成淩亂的碎片。蟋蟀在碎磚牆根下低吟，身邊的草叢在輕輕曼舞，夜是多麼的寧靜。白雨虹深深吸了一口氣，濕潤的冷冷的，似乎像霧氣，似乎在傳遞秋的氣息，久違了，這種天籟的感覺。白雨虹覺得身上有些涼意，抱在胸前的雙手，不自覺的又收緊了點，他仿佛還哆嗦了一下，打了個冷顫，在眼睛遊移的方向，好像發現不遠處的一個草叢在晃動。

白雨虹定神看看，那草叢好像沒什麼異樣。然而，投向城牆上的月影，分明覺得那堆草，風中的草葉兒在飄蕩，隙縫間總有一個黑團一動不動。白雨虹警覺起來，豎起耳朵仔細聽著聲音，眼睛緊盯著那一個黑團。剛才還是呆坐著的他，立刻敏捷地跳起來。白雨虹迅速躍到牆邊，背靠一個牆體的死角，在做好防衛的準備後，他眼睛還是死死盯著那一個黑影，周圍的空氣遽然怵惕起來。

長時間的沉默。死一般的寂靜。

白雨虹隨手拾起一塊碎城磚，他決定要讓草叢中的疑團顯影。白雨虹厲聲問：「誰？」

對方沒有回應。白雨虹提高聲音：「誰躲著？出來！」

對方還是沉默，沒有回音。白雨虹下最後通牒：「不出來，飛磚頭了！」

這時候，草叢後傳出一個聲音：「雨虹哥，是我！」白雨虹聽到有人直呼其名，聲音很熟。他還沒回過神來，草叢裡的黑影已經竄到了白雨虹跟前。「哥，是我！」來人的語氣十分親切。

白雨虹定睛一看，那不是龐來舟嗎？白雨虹十分驚奇，問道：「來舟，你怎麼來這裡？」

龐來舟警覺的望了一下四周，一把拉住白雨虹，欲言又止，淚水奪眶而出。足足幾分鐘，龐來舟沒有說話，只是讓淚水無聲無息的順著臉頰流下。來舟的手緊攥著白雨虹的手臂，很用力，包含著千言萬語，就像迷路的孩子突然找到了家，也像多年沒見的好友瞬間在街上邂逅相遇，白雨虹體會到的，還有龐來舟對他炙熱的信任和深厚的依傍。白雨虹太瞭解自己的姑表弟弟了，在太湖邊長大的他，雙手那麼的靈巧，水性何等的高超，心地那樣的質樸，猶如那萬頃碧波，純淨而透澈。也許是經常出航捕魚，龐來舟的神情猶如搖櫓時候一般，專注、投入但又不乏機靈。他也經常微笑，那是勞作之餘，慶賀收穫的本本分分的喜悅。白雨虹印象中的來舟，臉色永久那麼平靜與憨厚，那種城裡青年常見的張狂、矯飾，或是矜持，在他的脾性中沒有半點痕跡。白雨虹從來沒有見他流過眼淚，更不會想到他會不可抑制的啜泣。

白雨虹隱隱感到，龐家出事了。

白雨虹摟住來舟的肩膀，安慰他，慢慢說。龐來舟說：「雨虹，我是逃出來的！我想臨走前見見你，又不敢上你家。街上看見工糾隊，想先躲一躲，沒想到在這裡遇見。」

聽龐來舟說，從家鄉逃出來的，白雨虹思忖事情嚴重了，說道：「來舟，你細細講。」

龐來舟一五一十把發生的事情訴說了一遍。

白雨虹知道了，他和妹妹雨蘭離開西月灣後，貧農聯合造反隊繼續批鬥姑父，愈加上綱上線說他是漏網富農，是對抗集體經濟單幹戶的典型，要批倒批臭，踏上一隻腳，叫他永世不得翻身。經歷了一次次的批鬥，一次次的拳打腳踢，姑父在一次批鬥會上昏倒了，後來再也站不起來。龐來舟背負著父親來城裡看過兩次病，醫生說，腰椎被打壞了，可能要永久性癱瘓了。白雨虹嗔怪來舟，爲什麼來城裡不告訴他，他可以幫忙借輛黃魚車啊，白雨虹有過親身經歷，能體會到來舟背負著老爸，一路上的艱辛。再說，醫院裡也有熟人，好幫忙的。龐來舟說，現在大家對地富反壞右，像瘟神一樣躲著還來不及，我怎麼可以隨便連累你啊。白雨虹急著想知道姑父現在恢復了沒有，龐來舟痛苦的搖著頭。白雨虹雙眼盯著來舟，一絲疑惑，更多的是心裡劃過一陣痛楚。

龐來舟說，雨虹哥你以爲我忍心丟下家跑出來嗎？我是沒有辦法啊！我是從大隊部的禁閉室裡翻天窗逃出來的，再不逃，我也要被他們打死了！

在粼粼月光下，龐來舟扯開前襟，裸露出胸前一道道傷痕。白雨虹輕輕翻開他的襯衫後領，他的後背也是一塊塊傷口，有的地方結著淤血。襯衫上，裡面的血色已經滲了出來。白雨虹心裡很疼，立馬想起自己被關押的日子。聽著龐來舟的敍述，白雨虹知道了，對來舟下毒手的就是那個貧農造反派頭頭龐司令。那天傍晚，龐來舟路過桔樹林，聽見裡面有女子的聲音呼救，他穿過林子，見龐司令正扯著女的衣裳，龐來舟隱隱感到那女的像自己妹妹，奔近一看果然是龐來珠，正掙扎著擺脫龐司令的糾纏。龐來舟怒火衝天，狠命撲過去，向那無賴頭上猛擊，一拳頭，把他打了個趔趄。龐來舟就像一頭獅子，死死揪住那無賴，把他按倒在地痛打了一頓。在龐來舟呵護著妹妹離開時，從地上爬起的龐司令，悻悻地，又狠狠地發話，龐來舟你這臭小子，你等著瞧！當夜，龐司令就帶了一幫造反派，衝進來舟家，把他五大花綁捆住，帶到大隊部毒打。白雨虹打心裡欽佩來舟，有種，是一條好漢！白雨虹對龐來舟說，對那種無賴，就是欠揍！

白雨虹說歸說，腦子裡在想，西月灣的造反派發現龐來舟逃跑，會採取什麼行動，會追到城裡來嗎？或者聯繫城裡革委會，協助抓捕嗎？眼下，白雨虹本能得覺得先要護駕好來舟的平安。他想到今晚先要安排龐來舟躲一躲，把他領到自己家裡，顯然風險大於安全。住旅館嗎，革命後旅館是最不安全的地方，要各級地方革委會的介紹信登記，還要隨時隨地開門接受各類人馬的搜查。那麼誰家裡最安全呢，那個家庭的主人必須絕對靠得住，又要願意承擔風險，而且鄰居也要正派，白雨虹想到了一個人，可是嘴裡沒有說出來。白雨虹只是問來舟：「那你下一步，怎麼走？」

「跑！」龐來舟說了一個字，語氣堅定。

「天下烏鴉一般黑，到處在搞運動，你能往哪裡跑啊。」白雨虹嘆了口氣。

龐來舟仰著頭，不讓淚水滾下來，說：「天無絕人之路。天下之大，總有留人處！」

白雨虹默默看著姑表弟弟，黝黑的臉膛陡然蒼老了許多。白雨虹的思緒仍然在飛轉，他覺得天下之大，真的沒有安身的地方，造反派的報紙上經常刊登，某某人對抗革命，跑到邊疆被押送回來；某某人隱藏在他鄉，被當地革命群衆發現就地鎮壓。白雨虹想，即使他設法讓龐來舟平安離開本城，但未來的路充滿著險惡，來舟能安全的躲過一劫，涯到事態的平息嗎？一切

都是難以預料啊。無論如何，白雨虹決定傾其全囊，也要助來舟一臂之力。

遇上突發事，白雨虹天賦的靜氣悄然而生。他堅毅的勸導龐來舟冷靜，以自己鎮定的情緒，感染來舟。白雨虹說：「往哪裡跑，來舟你有自己的方向嗎？」

龐來舟搖頭。龐來舟說，他們龐家已經五代人生活在太湖邊，父親面上的親戚都在本地，遠房的一九四九年以後早就斷了聯繫，因爲曾祖輩上是工商地主。白雨虹聽著，也是剛剛知道龐家祖輩的事情。龐來舟嘆了口氣，說是只得聽天由命，跑到哪裡就哪裡了。

白雨虹也輕輕嘆了口氣：「唉，先去躲一躲，也許一兩年，也許幾年，世道總不會永遠瘋狂下去吧。往東跑，是大海，往島上去？我看沒有迴旋的餘地，而且東海前線，駐軍多，你不宜去那裡的。那麼，往西呢？」

「往西腹地大。」龐來舟說，他倒是傾嚮往西跑，過長江，趟黃河，走河西走廊，實在不行，就到新疆去。龐來舟說：「看情形，如果還是站不住腳，只得往蘇聯跑了。新疆跟蘇聯的邊界線上千公里吧，總能跑出去。」

「很危險的，」白雨虹說：「你不怕背叛國的罪名？」

龐來舟說：「我也考慮不了那麼許多了！命大，跑出去；運氣差，吃子彈，死在邊疆線上，那也爽快。叛國？呵呵，我是從一個社會主義國家跑到另一個社會主義國家，馬克思老祖宗還說呢，工人沒有祖國，算什麼叛國？」

白雨虹笑笑，覺得龐來舟的邏輯還是蠻正宗的呢。不過，這可是提醒了他，他清楚蘇聯三十年代大清洗的歷史，如今中國的文化大革命，不正像在延續蘇聯的昨天？只不過，領袖的藝術更高明，假借群衆之手來達到目的。龐來舟怎麼可以跑到那個國家去呢？豈不是跑出虎巢又落狼口？白雨虹微微搖頭說：「蘇聯去不得，搞不好把你遣送回來。你再怎麼著，也別往那裡跑！你別看好像中國和蘇聯交惡，冤家似的，別被蒙著，骨子裡還不是一回事兒？」

龐來舟緊抿嘴唇，微微點頭，意思是把表哥的話聽進去了。

「那麼，往東北去呢？」白雨虹有點自言自語，一邊思索，又搖頭否定。往北，眼下馬上要進入冬季，我們生活在長江以南的人，能立卽適應嗎？在北方人較爲清閒的季節裡，來舟更難找到謀生的活兒。再往北呢，越過黑龍江和烏蘇里江，還是那個蘇聯，還是萬萬去不得的。想來想去，白雨虹覺得來舟只能往南走相對穩妥。一來往南走氣候比較適應，路上無需添置衣裳；二來，南方的山區便於隱蔽，實在找不到短工活兒，滿山的野果可以暫時充饑；最後的迴旋，那也可以繼續往南跑，白雨虹突然閃過一個念頭，不妨嘗試著游過海或者游過深圳灣，到香港去。想到這裡，白雨虹周身打了個寒顫，那不是要表弟賭命了啊。

「我想也是，往南的餘地大些。」龐來舟靜靜聽著雨虹的話，決定往南走。見白雨虹說到繼續可以往南，不說下去了，龐來舟馬上領悟到了表哥沒有說出的地名。龐來舟笑了，打趣說：「雨虹你剛才還說我，要背著叛國的罪名了。繼續往南，還是要我背叛國罪名啊，更可況那個地方，是資本主義的橋頭堡呢！」

白雨虹擺手說：「不一樣的，不一樣的。」

龐來舟疑惑：「有什麼不一樣呢？都是越過國境線了。」

白雨虹辨明：「你去蘇聯，那是越過國境線，越的是國界；你去香港，越過的是邊境，香港什麼時候成了外國啦？越過邊境，還是在中國。怎麼可以說是叛國呢？又哪裡來什麼叛國的

罪名呢？」

「話是這麼說，」龐來舟道：「可是，那些試圖到香港去的人，有幾個人能活著游過去呢？」

一陣沉默，城頭上死一般寂靜。

白雨虹安慰道：「別自己觸自己的霉頭，來舟。佛祖會保佑你的，姑媽天天念佛，會有好報的。」

龐來舟悶悶地說：「如今佛自己也保不了啊。我家的觀世音菩薩，早就被他們打的粉碎了，媽只得天天對著空空的佛龕，也不敢念出聲音來。」

「不在乎有聲無聲，不在乎有形無形，心誠則靈啊。」白雨虹說著：「佛無處不在，無時不在。塵世如此喧囂，與天鬥與地鬥，與人鬥與神鬥，七鬥八鬥，什麼秩序什麼敬畏，統統鬥掉，佛天在上，正慈悲看著呢！那天我去蓮花山一善寺，鏡空法師分明在念：無命卽無明，無明卽無命。這也許是個偈，我一直在悟，也沒有悟透。不過，你今夜突然出走，也使我突然感悟，禪也機也，我們面對的未必是危機，也許是轉機。」

龐來舟聽著，有些話也沒聽懂，但他熟悉雨虹的說話方式，時不時要掉書袋，騰雲駕霧似的，還有點迂的樣子。月色裡，雨虹的眼眸分外黑的晶亮，剔透著虔誠的心情，龐來舟也真切的感受到了。白雨虹凝視了表弟片刻，突然感到自己怎麼忘了此時此刻的境地，來舟的臉上分明留著以往驚恐的痕跡，凝神傾聽的同時，白雨虹也一樣接收到了對方的感應，來舟急切地想知道下一步的安排，對他充滿期待。白雨虹嘴唇牽動了一下，微微側偏著頭，眼光投向城牆的梯道，帶著毅然和溫厚的神情，搭著來舟的肩膀，湧動著前趨的力量。龐來舟領會，不用翻譯也知道，白雨虹的意思是：跟我走！

——第三十七章　峰迴路轉

盧子曉家。

白雨虹見龐來舟倒頭就睡，不一會兒就發出鼾聲，鼻子酸酸的，心裡憐憫表弟這幾天受了那麼多苦頭。白雨虹把檯燈擰到最暗的光線，生怕攪動了來舟的好夢。盧子曉也認識龐來舟，小時候暑假裡，白雨虹不去鄉下的話，他來城裡，跟著雨虹和小夥伴們一起玩。龐來舟水性高超，手持魚叉像飛鏢似的，百分之百的擊中魚兒，那身手本領，如影如幻，就跟耍魔術似的，盧子曉佩服得五體投地。今夜白雨虹突然把龐來舟領到這裡，從進門的神色看，盧子曉馬上明白了幾分。白雨虹簡略說了一下，便問能否讓來舟在這裡躲避幾天。盧子曉清楚這是個選擇題，白雨虹既然已經把人帶來了，就是對他的信任，怎麼可以把人家拒之門外？就是出於對朋友遭遇的同情，盧子曉也要傾力相助。如果在過去，盧子曉還眞怕事呢，自從經歷了那場誣陷關押的經歷，如換了人似的浴火新生，眼下的身架骨硬著呢。

盧子曉對白雨虹說，你一百個放心，有我在，就有龐來舟在。

白雨虹叮嚀，盧子曉外出一定要把門反鎖上。屋子裡的陳設就像他一個人生活一樣，如果鄰居串門，不能看出有另一個人在此居住的痕跡，龐來舟也要設法躲避。白雨虹想起電影裡那些鬧革命的地下黨，每個環節謹慎細心，自己現在也要像他們學習，想想有沒有疏漏的地方。在離開盧子曉家，拉門的瞬間，白雨虹突然想到一個細節，他立刻轉身，鄭重嚴肅的囑咐盧子

曉轉告龐來舟，叫來舟從明天起的盥洗時刻，把鬍子留著，不要再刮了。

那個夜裡，白雨虹回到家，一宿沒睡好。他反覆盤算著，如何讓龐來舟安全的離開這座城市。火車站、長途汽車站、輪船站，難保沒有造反派的耳目，龐來舟不化妝的話，恐怕插翅難逃。可是他們沒有一點兒化妝的經驗，叫來舟變個老頭吧，也要買個白髮的頭套，但革命後頭套之類的東西一律從商店的貨架上撤了下來。卽使弄得到，白雨虹覺得自己也沒有本事，把龐來舟的皮膚化妝成褶皺巴巴的老人樣子。白雨虹也想借黃魚車，把龐來舟拉到遠一點的三等小車站，可是耽擱的時間長，路上的時間越長，越會有打岔的事情發生，何況小車站只能上短途的慢車，也不是理想的走法。白雨虹想來想去，總覺得幾套方案都不理想。

迷迷糊糊好像打了個頓，白雨虹睜眼一看窗戶亮了，急忙起床，燒了老泡飯，胡亂吃了幾口，就匆匆忙忙往新吳醫院的方向趕。街上的人，稀稀拉拉沒幾個，遠沒到上班的時間。白雨虹想早一點去高醫生宿舍，趕在上班之前跟他見面。白雨虹的籌畫中，龐來舟要有個落腳點。一個逃亡者，不管逃到天涯海角，總要找個安歇的地方。白雨虹的內心深處，眞不希望龐來舟逃的很遠，顛沛流離那是不得已而爲之，也是最沒有把握的選擇。他想起梅醫生生前說起的那個鄉下，後來才知道那是高醫生小時候生活的家鄉，那個世代老貧農的家，能替龐來舟臨時遮風避雨嗎？高醫生那裡，白雨虹充滿自信，他的品德爲人，白雨虹信得過。憑著他們很鐵的關係，高醫生會出謀策劃，會挺身相助的。白雨虹一路上想著，那裡是否眞的安全，心裡也沒有什麼把握，他要聽聽高醫生的想法。

近來，白雨虹去高建樹那裡越來越勤快。在這個狂飆突進的城市裡，只有白家兄妹知道高醫生的身世，高建樹自然把雨虹當作知己朋友。高建樹對業務精通，如魚得水。對政治一直不太敏感，革命前醫院裡許多青年積極靠攏黨組織，爭取早日入黨，他一點感覺都沒有。當別人搜腸刮肚寫思想彙報的時候，高建樹呆頭木腦的專啃著厚厚的醫書。革命風潮起來，他就躲進宿舍，什麼戰鬥隊，什麼派別，他就像絕緣體，又像悶葫蘆，連不上打不開。他心裡清楚，他對人體的生理結構，如血液系統、神經系統瞭若指掌，可是對人的心地善惡、親疏炎涼不甚探究。梅醫生突然逝去，不，母親的悲憤永別，使他身心交瘁，神情恍若，在幾天幾夜的昏睡之後，他開始睜大眼睛，關注社會究竟在發生什麼？白雨虹常來，帶來大聯合的音訊，學校要進工宣隊的消息，他也講述醫院裡大批資產階級人道主義的盛況，他們在交流各自的資訊時，也常常發表著對時事的看法。高建樹不太善於言辭，說的少；白雨虹一旦進入思索的領地，便會旁若無人，言辭滔滔。相處的時間久了，高建樹常常吃驚於這個比他年齡小的多的弟弟，時不時的跳出新鮮的語彙，閃現思想的鋒芒，而且劍鋒所指，聲光燁然，混沌清廓。

見大清早白雨虹光臨，高建樹知道必有緊急之事。平時，白雨虹總是晚上來小坐，海闊天空，隨意聊聊。高建樹默默聽完白雨虹的話，沉默了片刻，像是自言自語，又像是提問題：「龐來舟的事兒，如果定性，還不至於定性爲現行反革命吧！」

白雨虹老是想著如何幫忙，鑽著牛角尖兒，還沒有去考慮事件的性質呢。經高建樹一問，猶如醍醐灌頂，忙說：「這倒不至於。姑父既然是富農，龐來舟是階級敵人家庭出身，罪名嘛，他們可以杜撰成沒有改造好的黑五類子女，對抗改造，夢想復辟。」

「如果這樣，情況要好的多。」高建樹還是像在跟自己說話。

白雨虹立馬飛快的想到，明白了高建樹問話的眞實意思。在如今的年頭，如果跟反革命沾上邊，又是現行的，那就眞是上天無門入地無縫了。高建樹畢竟年紀比自己大，又吃著公家飯，

考慮後果自然比自己周全。

高建樹問白雨虹，你看過昨天市革委的報紙了嗎？白雨虹一時不甚明白，丈二金剛摸不著頭腦，呆呆的望著高醫生。白雨虹心想，難道市裡報紙上登出通緝令了？高建樹說，上面有新吳醫院的報導，我們醫生響應毛主席六二六指示，即將奔赴農村。白雨虹搖搖頭，說沒注意到這篇通訊。高建樹說，他早就向革委會遞交了申請，已經被批准去家鄉巡迴醫療，明後天就要動身。這樣，龐來舟去避難，有他在，安全的多。他還要組織培訓赤腳醫生，龐來舟就作爲跟他去學醫的學員，那就名正言順了。白雨虹爲高建樹說出的計畫，心中暗暗叫好，感激他想的周到。白雨虹一激動，雙手緊握高建樹的手，使勁地默默地搖了搖。

兩人輕聲的商議了一些細節。約定在高建樹啓程後的一兩天，龐來舟也離城，前往高建樹家鄉會合。至於龐來舟怎麼安全離開，兩人也沒有想出好辦法，倒是高醫生的一句話給了白雨虹啓發。高建樹說，就是沒辦法躲進救護車裡，不然，救護車開出去，誰會想到裡面有龐來舟？白雨虹馬上想到，過去聯派、紅派都有車隊，如今統一管理了，丁春峰調動一輛車子還是沒問題的。就看丁春峰肯不肯幫忙了。

從高建樹的宿舍出來，白雨虹直奔東方紅中學。他行色匆匆，顧不得多想，事情的原委，他也用不著跟丁春峰躲躲閃閃，他信得過丁春峰。他走過了幾個公車月臺，見還沒有一輛同線路的公車開過呢，心想他選擇步行委實正確。快到校門口時，那種喜慶的氣氛愈加濃烈，拐彎口已經拉出大紅橫幅，上面寫著：「工人階級必須佔領上層建築！」校園的圍牆顯然剛剛粉刷過，大鐵門也剛油漆過，可能不是出自專業的油漆工之手，鐵門上掛著大滴大滴的油珠，像哭泣的血淚。校園裡到處是穿著綠色軍服的學生，如果不看人人臂上佩戴的紅衛兵袖章，沒準兒以爲進入了一座大兵營。許多人認識白雨虹，他一邊打著招呼，一邊朝原來校長室的辦公大樓走去。那是一座民國初年建造的洋樓，由一塊塊黑色的扁磚砌成，莊重、樸素，與周邊的口字型教學樓一起，構成了濃郁的文化氣息。如今這棟樓是革委會的駐地，已經默然轉變了它原有的功能，成了學校革命的指揮中樞和戰鬥堡壘。

跨上臺階，穿過拱形門，白雨虹瞥見人們忙碌的身影。他在會議室的門口停了片刻，見大家都在議論標語，七嘴八舌的好不熱鬧，他想在人群裡找丁春峰，粗粗看了一眼好像不在，步履匆匆仍然朝前走。正走著，跟一扇門裡走出的人撞了個滿懷。來人定睛一看是白雨虹，驚喜的叫了起來：「啊呀，是雨虹！」一把手搖了一下白雨虹的肩膀，又錘了他一拳，興奮地嚷嚷：「什麼風把你吹來的？」

白雨虹一看是丁春峰，咧開嘴笑著，不說話。

丁春峰搭著白雨虹的肩膀，連聲說：「走，走，去我辦公室坐坐！」推著白雨虹進了門。白雨虹記得革命前這裡是校長的辦公室，那次去省城參加俄語競賽，出發前校長就在這兒跟他談過話，鼓勵他爲這所百年老校增添光彩。他環視了四周，想找到他當年坐過的精緻的明式靠椅，可現在已經沒了蹤影，房間裡只有凌亂的幾個木凳，一隻做工粗陋的常見的會議用的椅子，右邊支撐的靠手上，還有一個放茶杯的洞。丁春峰拖過這張椅子，請白雨虹坐。白雨虹明白這唯一的椅子是丁春峰的寶座，他選了一隻木凳坐了，笑著說：「我不能篡位的啊！」

「什麼位不位的啊，我也馬上要搬了。等到工宣隊進校，這間辦公室要給隊長辦公的。這幾天我忙的分身無術，你來了正好，好幫幫我的忙！」丁春峰快人快語。

白雨虹說：「我是桃源中人，不知有漢，無論魏晉。能幫你什麼忙呀？」

丁春峰說：「眼下騰出辦公室，你好搭把手。那邊寫大幅標語，他們都是寫黑體，你呢，字好，會寫魏碑體，也派個用場。這幾天所有工作圍繞著迎接工宣隊進校展開，你就天天來來，別老是躲在家裡，在家裡有什麼勁啊。」

白雨虹呲牙笑笑，說春峰的事兒，好說好說。說不能看做他積極參加運動，他還是做他的逍遙派。丁春峰太瞭解他了，有時候就是有點兒分的太清，還是書呆子氣。丁春峰想，白雨虹一般不會大老早的來這兒，估計有什麼事情要商議。循著思路，他忽然記起，昨天在市裡看到一份西月灣公社向市裡的通報，那裡逃跑了一個黑五類子弟，要求協查，上面還附了照片。丁春峰橫看豎看照片上的人眼熟，一時想不起對不上號，鬼使神差地對丁向東說，這種事也要我們市裡管？市裡那些嫌疑現行反革命分子每天在逃跑，還來不及抓呢！外地要求協查他們那裡的逃亡分子，那些簡報還來不及看呢，西月灣造反派也眞會找事兒。丁春峰見丁向東把一遝油印、鉛印的報告之類的紙張，鎖進了抽屜，也沒再多說，一時也忘了去探究那張照片上的人物。直覺告訴他，眼前的白雨虹似乎與那張照片相近，丁春峰仔細打量了一下白雨虹，記起那個逃跑者好像是白雨虹家的親戚，再仔細想想，似乎小時候他們還是玩伴，一起在運河裡游水，吊過輪船，紮過猛子。就是丁春峰近兩年事兒太多了，年少時的記憶似乎成了十分遙遠的往事了。

白雨虹見丁春峰打量自己，好像疏遠生分了起來，有點兒疑惑，說：「春峰在看著我，是不是做階級分析啊。」

丁春峰哧噗一笑：「哪裡哪裡，我想起了一個人。想起了他，我就知道，你今天來，無事不登三寶殿了。」

白雨虹一驚。嘴上卻說：「奇了，春峰什麼時候未卜先知了！」

丁春峰嘿嘿笑著，爽快地說：「老夥計，別兜圈子了！我能做的，會做好的。」

白雨虹有時木訥，本質也是直腸子。一五一十毫不保留的，把龐來舟的事兒說了。丁春峰聽明白了，說：「你的意思是，來舟出城還是要想點辦法的？我說雨虹，你也太謹慎了，在我們地盤上，來舟放心走好了！」

「你這樣想，沒錯。」白雨虹分析說：「那麼，西月灣派人守在交通關口，他們發現來舟後，把他抓住，你也無法干預，這種事情還少嗎？你在檯面上還要支持他們的革命行動呢。」

丁春峰來了勁兒：「他們敢在老子頭上抓人？我把他搶回來！」

白雨虹知道丁春峰的脾氣，他倒是說到做到的。白雨虹說：「不過，事情好像沒那麼簡單。你是這麼想這麼做，可是別人呢。對，我說的其他人，就是你們老造反派的人，有人瞅著機會邀功呢。那個住在盧子曉家河對岸的，關貞姨硬說人家是蘇修特務，其實是內遷廠的一個在家休養的工程師，這不，說他逃離單位運動，生出許多是非來，原單位來人把他押回去了。這年頭，你敢公開護著逃亡分子？半路上，橫出事兒來，那就處處被動了。」

聽白雨虹這麼一說，丁春峰覺得有道理的。再仔細想想，就是我們紅衛兵裡面，大家也是人心隔肚皮的，各人的主張觀點多著呢。白雨虹顧慮還是比較現實的，丁春峰贊同白雨虹的想法，來舟的事兒知道的人越少越好，託付的人一定要心腹可靠。丁春峰沉思片刻，否定了白雨虹車子送出城的主意。調動一輛卡車沒問題，丁春峰也可以親自開車，附近的三等小站自然不再考慮，如果到五十公里外的另一座城市上火車，丁春峰以爲還不如就在自己城市上車，出了事他有迴旋餘地。到了人家的地盤，人家揪住不放，那就愛莫能助沒有回天之力了。不過，卡車還是要用，丁春峰的思路也開了竅，說把卡車當作我們出行的道具吧！

白雨虹沒明白春峰的話，忙問：「怎麼個做道具？」

丁春峰沒有馬上接白雨虹的話頭，緊蹙眉毛盤算著計畫，等到想順了，丁春峰一拍大腿，自己先興奮了起來，嚷嚷：「就這樣辦！就這樣辦！」

白雨虹曉得丁春峰的脾性，春峰想事兒想的透了，得意的嚷嚷起來，那事兒包能成功。頓時，心中仿佛石頭落地。白雨虹身上感到輕鬆了，就慢悠悠等著聽丁春峰謀劃。沒想到丁春峰不說下去了，反而也瞇著眼睛，得意洋洋的看著白雨虹，一副穩操勝券的姿態。白雨虹有點忍不住，催丁春峰說說計畫。

丁春峰咧嘴笑著說：「暫時保密，天機不可洩！」

「春峰還跟我賣關子呢！」白雨虹打趣地攤攤手，說：「好吧，我不打聽。那我和來舟要配合你做些啥，你吩咐啊。」

丁春峰神氣的說：「你呢，幫來舟化妝好就是了。要求麼，全身軍裝，束軍用皮帶，戴好軍帽。袖章呢，還有毛主席像章，我會統一發，人家一看是一個組織的。好像來舟不戴眼鏡的，你就幫他配副平光眼鏡戴著，保你萬無一失。」

白雨虹問：「那什麼時候出發？」

丁春峰答：「快則明後天，慢則最多等三五天吧！我們主要在等省裡的電話，通知一到，我們馬上就走。」

「是去省城？你也去？」白雨虹還想問丁春峰去省城幹啥，話到嘴邊打住了。

「那當然！這麼光榮的任務，怎麼會拉下我呢！市裡決定由我帶隊，專程去省城迎接毛主席送的芒果，回來將舉行隆重儀式，由工宣隊把芒果一路保駕進入我們東方紅中學，最後把芒果供奉在我們學校。」丁春峰說話時，洋溢著豪情。

白雨虹「嗯」了一聲。自言自語說：「我明白了。」

丁春峰問：「你明白啥呀？」

白雨虹詭秘一笑：「你的全套計畫，我解密了。」

「那你說說，看看准不准？」丁春峰逗著老朋友快說。

白雨虹沒有馬上和盤托出，而是問了一個問題：「你們去省城的人全部穿軍裝一樣裝束？」

「是。」丁春峰肯定。

白雨虹繼續問：「你們全部乘坐卡車進火車站？」

「當然。」丁春峰發現，怎麼自己樣樣回答了？丁春峰說：「雨虹我上你當啦！你解密的，變成我來告訴你答案啦！」

白雨虹呵呵的笑著，說：「那來舟這幾天化妝好，就等你的道具，呵呵，就是那個車子啦！你把他帶到省城，一路上還是小心啊。」

丁春峰爽朗的說：「你就一百個放心吧，到了省城來舟再轉車，絕對沒問題。」

白雨虹感激說：「拜託了，春峰！」

丁春峰擺擺手：「自家弟兄，你還跟我客氣！」

——第三十八章

那封情書是誰寫的呢

夥伴們說，白司令這幾天的心情特別好！

白雨星聽到人們這麼說，立馬嚴肅的糾正：跟你們說過多少遍了，不要再叫司令了！如今大聯合了，注意派性啊！白雨星沉著的臉，那只是瞬間的烏雲，怎麼也遮不住他燦爛的笑容，說話間，他的嘴唇、鼻子、眼角，幾乎每一個地方都會流露著輕鬆愉悅，他會習慣地捋一下頭髮，舉手投足中透著靈動歡快。

前些天，城北的一個冶金廠組建革委會，原先的兩派鬧到了市裡，誰也不服誰。丁向東把白雨星派去，只用了幾天時間，白雨星身上就像有磁性似的，把一盤碎鐵凝聚了起來。白雨星沒日沒夜的談話、走訪、開會、演說，他的激情，他的不知疲倦的誠懇，使雙方心悅誠服，從衝突走向了對話。他覺得，自己就像有使不完的勁兒。實在累了，倒下去一睡，來日又有無窮無盡的能量。冶金廠的革命委員會籌建組班子剛搭好，在人們敲鑼打鼓歡慶的時刻，他就匆匆的離開，就像他匆匆的來。

跟白雨星一起離開那裡的，還有一封藏在懷裡的神秘情書。那是他來的第二天，門衛的老頭遞給他的。老頭也叫他白司令，打趣說，白司令走到哪兒革命的信件跟到那兒。白雨星隨口問了一下，哪兒寄來的？老頭說，信封上沒有地址，但是從郵戳看，是本市寄出的。白雨星滿腹狐疑，他來這裡沒幾個人知道啊，怎麼會這麼快就有信件寄來呢？

白雨星沒有多想，隨手把那封信放入口袋，事後差不多忘了。他手頭要處理的事情太多了，等他一天忙完，不經意間，突然想起還有一封信沒看。在拆信封的當口，他眼前又突然浮現門衛老頭那充滿善意和略帶神秘的笑容。

信上的字娟秀纖細，左上方畫花了一朵不知名的花。一看，那是一個女孩的來信，白雨星的心不由怦怦亂跳起來。

白雨星同志：

你好！首先致以崇高的革命敬禮！

無產階級文化大革命正以排山倒海之勢、雷霆萬鈞之力向縱深發展，形勢不是小好，而是大好！我們為生活在今天的時代而驕傲，為了解放全人類，為了把地球上三分之二的受壓迫受剝削的人民解放出來，我們時刻奮鬥著！與天鬥、與地鬥、與人鬥，其樂無窮！我們會在偉大領袖毛主席領導下，鬥出一個紅彤彤的新世界來！

你是我心目中的無產階級鋼鐵戰士，就像保爾•柯察金那樣，把一切獻給了布爾什維主義的壯麗事業，我會向你學習的，我也不做那個資產階級的臭小姐冬妮婭，我要做暴風雨中的革命海燕，經得起階級鬥爭的嚴峻考驗！我想你要以後多多指點我，讓我在革命的熊熊烈火中，把資產階級的嬌氣徹底消滅，讓無產階級的豪氣光焰萬丈！

我以一個革命同學的身份想提醒你，為了我市我校鬥、批、改的進一步深入，也為了革命形勢更好的發展，你要多多保重身體，你明顯瘦了，身體是革命之本，請你從現在起，一定要注意休息，勞逸結合啊！

接到信，你不要猜測我是誰。我不留地址，不寫我的真實姓名，為了不讓別人誤認為我們是資產階級的談情說愛，我們是革命的戰鬥的友誼！當然，我很希望得到你的革命幫助，向過去地下工作的革命前輩學習，你可以把你寫的字條，放在蓮花山碼頭往北數的第十九棵老樹（靠河邊）的枯洞裡。

再致

崇高的革命敬禮！

齊向紅

一九六八年九月十二日

白雨星讀完信，心臟仍然在劇烈的跳動。好在邊上沒有人，不然，人們一定會發現，他的臉已經緋紅。白雨星再傻，這封信的眞實含義他是明白的。他的夥伴們有時候接到類似的信後，還悄悄找他討主意呢。他做夢也沒想到自己也會輪上。他常常告誡戰友們，我們不能沉湎於個人情感的小圈子，階級感情高於一切，要把全部的感情和精力用到無產階級的革命事業上來。然而，他讀完信，分明覺得有一股熱浪在胸中翻騰，那是一種無法用語言表達的溫暖。在這個世界上，有一個人，一個女孩的眼睛暗暗注視著他，溫情的默默的關心著他，他的感覺眞好！想到這裡，他控制不住自己，臉上早已綻出燦爛的微笑。突然，他把笑容收住，警惕地的環顧四周，生怕別人窺見他的內心。幸好，邊上沒有一個人。冷靜下來，白雨星覺得自己怎麼也兒女情長起來了？不能這樣啊，他前面的事業宏偉遠大，他不能為自己的小小情感所左右，這一根細細的情絲怎能成為前進的羈絆？

不過，強烈的好奇心仍然佔據在白雨星的心頭。那個「齊向紅」究竟是誰呢？向紅，很明白，我們都向著紅太陽，心繫紅司令，我們的周身全部是紅色的海洋：紅旗、紅寶書、紅袖章、紅五星、紅衛兵、紅小兵、紅色造反派、紅色革命歌曲、紅色革命樣板戲……，連西藏、新疆自治區前幾天也建立了紅色政權，如今，省級革命委員會全部建立了，實現了全國山河一片紅！「齊向紅」，多好的名字！我不知道你究竟是誰，可是，我們一樣的心紅，一樣的心齊，一樣的嚮往紅中國，嚮往紅世界！齊向紅啊齊向紅，你為什麼不多留點個人資訊給我呢？革命不是請客吃飯，不是做文章，不是繡花，不要那麼羞羞答答，我們是革命的友誼，花前月下，溫情脈脈，那還不像革命友誼！

白雨星臉上不笑，心中依然綻放著笑容，甜甜的，溫馨的。看得出來，那個齊向紅就生活在他的身邊。信上的許多用語，簡直就是白雨星平時語言的實錄和翻版。他平時就是這樣鼓勵戰友的，我們為生活在新時代而驕傲。他平時也是這樣批評女生的，身上沾著資產階級嬌氣。被她批評的人蠻多的，說完也就忘了，憑「嬌氣」兩個字，白雨星還是無法破譯寫信的人究竟是誰。白雨星把信又細細讀了幾遍，他發現，抬頭的稱呼原先寫的「同學」，後來輕輕的被擦去，「學」字改成了「志」，白雨星很高興。大革命一開始，人人稱同志，第一次有人叫他同志的時候，他內心充滿著自豪感，覺得一夜之間他成熟了，已經真正成為一個革命者。現在一個神秘的女孩稱他同志，似乎一鼓強勁的電流電了他一下，覺得現在，他已經不僅僅是一個革命者，他——白雨星已經成長為革命家，一個真正領袖式的革命家！白雨星在信箋上又發現，還有一個地方橡皮擦過，改了一個字：身體是革命之本。「之本」原來是寫的「資本」。一字改動，說明那女孩的無產階級思想多麼純潔！「資本」兩字，承載著多少罪惡！馬克思說過，資本來到世間，從頭到腳，每個毛細孔都沾滿著骯髒的血。我們今天革命，就是革資本的命，革那些由資本派生的觀念、思想、價值觀的命，一句話，一切與資本相關的意識形態和社會存在，也就是資本主義，都是我們的敵人，都是我們革命的對象。她——齊向紅拒絕使用這個詞，就是跟舊的傳統的觀念決裂，那是多麼了不起的舉動，多麼崇高的階級覺悟！

想到這裡，白雨星不知不覺從心裡接納了齊向紅。那女孩階級覺悟高，待人又細心，白雨星沒有理由拒絕這一份無產階級的友誼。擺在面前的是，他白雨星究竟寫不寫回信呢？從她的信中的意思看，她是盼望白雨星寫回信的，哪怕寫個「字條」，對她也是及時的革命幫助。白雨星遲遲拿不定主意，因爲白雨星一直無法確定：什麼是無產階級友誼？什麼是資產階級愛情？他如果寫回信或者回條，會不會把無產階級友誼蛻變爲資產階級愛情？白雨星感到奇怪，自己究竟怎麼了，以往的敏銳、嗅覺跑哪兒了，竟然眼下沒了方向，失去了判斷。

白雨星心裡苦笑了一下，一不留心，笑容跑到了臉上，變成了自嘲般的微笑。他立刻警覺，朝左右瞥了一眼，路上都是匆匆趕路的行人，誰會注意他臉上感情的變化？他不由自主的摸了一下前胸的口袋，那封信恬靜地躺在那裡，似乎有他濃烈而又柔軟的體溫。白雨星前所未有的體會到，那是一種說不清的感受，就像在輕輕地按摩他的心臟，就像沉醉在半醒半睡的酒香之中。

白雨星的心情特別的亮爽。不遠處市革委的大樓，每一扇敞開的窗戶，仿佛都成了一個個笑眼。他的腳步也特別的輕鬆，一路歡快，一路陽光。

丁向東臉上堆滿笑容，以他熱烈而有力的握手，迎接白雨星的凱旋。

這樣的氣氛，白雨星一走進大樓，就周身感覺了出來。幾乎所有見到他的人，都是向他致以極其親切的問候，或者豎起大拇指，或者在他胸前擂一拳。丁向東正在主持一個會議，見白雨星推門進來，趕忙握手後，把白雨星推到眾人面前，朗聲說：「看看，我們的英雄回來了！」

會場突然間爆發出熱烈的掌聲。白雨星的臉瞬間飛紅。丁向東對著在座的頭頭們說：「同志們！革命在發展，我們將會碰到許多新問題。譬如，派性問題、知識份子改造問題，不是一天兩天解決得了的。這次，冶金廠鬧事，差一點又要釀成武鬥，又有許多單位捲進去，有的支援聯派，有的支持紅派，如果不及時處理，全市又要一片混亂！我們派白雨星同志去，他不負眾望，成功的扭轉了局勢！同志們，什麼叫實幹？白雨星同志就是個實幹家。我們在座的各位，都是市裡大單位的頭頭，有的已經成立了新政權，有的還剛剛建了籌備組，在對革命的忠誠和實幹這一點上，我們都要向白司令」丁向東發現自己不慎說偏了，停頓了一下，接著重新說：「我們都要向白雨星同志看齊。革命的領袖，都要在階級鬥爭的風暴中，自覺的磨練自己，提高才能！好吧，白雨星正好來，讓他跟各位介紹他的工作經驗吧！」

丁向東把白雨星按到自己的位子上坐，邊上的人非常默契地讓了座位，讓丁向東也有座位，自己另找了一把椅子。白雨星回過神來，大致講了他處理冶金廠事件的來龍去脈。白雨星的語言習慣，簡潔流暢，常常帶著鼓動，時而有馬克思主義的修飾。白雨星的語調也充滿激情：「同志們！在革命中，我們每天都會處理大量瑣碎的小事，但是決定我們事業成功的，往往是幾個關鍵的環節！大聯合了，重要的是每個人心裡的聯合！革委會建立了，關鍵的是如何鞏固政權！我們把自己單位的革命搞好了，市裡的、省裡的革命搞好了，我們中國革命成功

了，才能去創造一個新世界，讓紅星重新閃耀在克裡姆林宮，讓紅旗飄揚在白宮的上空！」

「說的好！」丁向東再次帶頭鼓掌，目光環顧了一下會場。說：「後生可畏！革命小將就是不一樣，志存高遠，富有朝氣！我贊成白雨星的觀點，我們在革命中一定要抓好關鍵的大事！明天吧，毛主席送的芒果就要請到我市，同志們組織好各單位群眾，一定要帶著深厚的無產階級感情，前去瞻仰！具體日期安排，同志們看一下手上的文件。各單位派出的工人糾察隊員，明天七點前準時到市革委門口集中。丁春峰同志去省城喜請芒果了，沈玉金同志是主角，要一路親自迎接和護送芒果。我看這樣，白雨星同志明天擔任工糾隊臨時總指揮，一切行動聽從白總指揮！同志們會後回到各單位，一定要加強形勢教育，階級鬥爭的弦不能鬆，無產階級鬆一鬆，資產階級攻一攻。各單位的地富反壞右，一律看管起來，不准上街！」

丁向東回頭用目光示意，那意思徵詢白雨星，有否補充意見。白雨星說了些細節，提醒工糾隊員別忘了帶好軍用水壺。天熱，鋼盔不戴了，軍帽還是要戴的。木警棍市裡統一發放，就不必攜帶來了。白雨星說著，突然想起，各單位選拔工宣隊員的事兒，小聲問了一下丁向東。丁向東似乎又有新的思路，像是對白雨星的回答，又像是對與會者說：「剛才佈置了，工宣隊進駐文化教育單位，要當頭等大事抓！工宣隊員一定要根正苗紅，是代表毛主席進駐上層建築的！同志們反映選拔文化高的工人有困難，不錯，困難是客觀存在的。我也是廠裡出來的，還是大廠出來的，真正文化高的都是技術員、工程師，他們首先應該在廠裡好好改造世界觀，況且這些人出身一般都有問題！我們選拔工宣隊員，標準絕對不能降低，三代貧農，或者三代工人出身，沒有這個條件，就不能做工宣隊員！我指的文化高些，也是相對而言，就是他是文盲，不識字也不要緊！只要他積極參加運動，革命覺悟高，鬥爭精神強，我看就可以選拔出來！」

與會的頭頭，一個個聚精會神的聽，埋頭在筆記本上作記錄。白雨星心裡不太同意丁向東的指示，依照白雨星的想法，工宣隊員的文化層次，應當是個硬條件。不然，那些文盲大老粗的，跑到文化人的堆堆裡，怎麼個領導？他見丁向東說得正在勁頭上，本想插話，還是忍住了。白雨星認定，他在公衆場合必須維護丁向東的威信。維護丁向東的威信，就是維護革命政權的權威。

那神情，丁向東還是看出來了。會後，丁向東把白雨星留下，說：「我知道你想說的話，走，吃飯去，邊吃邊說！」他們揀了食堂的偏僻角落處的飯桌入座，想稍安靜點，避開人們熱情的招呼。離開大衆視線的丁向東，舉止談吐隨意多了。襯衣紐扣解開了四顆，袖管早已捋到了手肘，渾身透著一股游擊氣。丁向東有時候心裡也感到，做革命領袖也太束縛，說話不能隨便說，時時要引用革命導師的話；集會也有招式，學會招手鼓動；連鬍子每天也要刮得看不出茬兒，如果現在還在廠裡，他早就穿著背心，或者乾脆打著赤膊吃飯了。白雨星吃飯就像蛟龍汲水，片刻功夫飯啊菜啊早已捲進了肚裡。他吃飯還有一個習慣，埋頭吃，從不說話，桌上不會掉一粒米飯，不會留一滴菜湯的痕跡。丁向東吃飯其實也是龍捲風，當了頭頭後，他有意識的放慢速度，慢慢咀嚼，彰顯領袖風采。不知什麼時候起，吃飯也成了革命工作，許多大事小事，就在飯桌上拍板。丁向東極力的演繹斯文和儒雅，但是一舉一動不經意間，隱藏不住他原有的眞性情。調羹中的菜湯老是晃蕩起舞，潑了一桌；嘴巴就像播種機，飯粒兒瀟灑歡蹦，丁向東還不時把桌上的殘羹剩飯，用大手掌擼到地上。

白雨星一邊聽著他說話，對市裡幾天來發生的事知道了個大概；一邊看著丁向東吃飯的樣子，心裡嘀咕：丁向東一直是他心中的工人階級偶像，課本上關於無產階級的描述，目光遠大啊，

苦大仇深革命最堅決啊，最偉大最有前途埋葬資產階級的掘墓人啊，在丁向東身上都能找到影子。他的小聰明和果斷，來自江湖的哥們義氣，白雨星多多少少還是欣賞的。近距離的跟他相處，白雨星越來越覺得，這位市裡最高革命地位的領袖，跟其他的普通工人沒什麼大的區別，一樣的學止粗魯，一樣的開口閉口葷話連篇，「媽的屄」成了口頭禪，時常眼睛直勾勾的看著女人胸脯。如果脫掉了工作服，走在田埂上，看不出像工人，就是一個活脫脫的農民。好長時間裡，教科書上的無產階級，與現實中的無產階級，白雨星覺得好像是兩種人，完全對不上號，心裡彆彆扭扭的，總是不對勁。在白雨星的境地裡，工人階級充滿歷史的使命感，洋溢著豪情，一個比資產階級更有教養與文化，一個比資產階級更爲優等的階級！丁向東湊近白雨星，神秘兮兮說了一段話，使白雨星理想化的工人形象，那精美的雕塑，出現了裂縫，開始了風化。

丁向東拍著白雨星的肩膀說：「小白，好好幹，我不會虧待你的。」

白雨星像往常一樣點點頭。他知道，丁向東對信得過的人，常說這句話。他耳邊已經幾次聽丁向東這麼說過，以往也是常常回答：「丁主任，革命，又不是享受什麼待遇的，我會全力以赴的。」白雨星嘴上說的，跟心裡想的一摸一樣。白雨星參加運動，那是他對理想社會的追求，他多麼盼望，一個紅彤彤的世界，人人沒有私欲，個個貧富一樣，一群無私的領袖事事替百姓安排妥帖。

丁向東壓低了聲音：「上面跟我打過招呼，過些時候，小白啊，我要去省城接位子。去了省城，我的一幫弟兄將來都會飛黃騰達！我也不會虧待你，等我到了省城，你們，一個個我都會提拔。等著吧，一個個榮華富貴！」

說到這裡，丁向東兩眼放光，身體有一種欲飄欲仙的感覺，白雨星滿臉驚詫，他怎麼也沒想到，一向叱詫風雲的丁向東，如此樂道於俗世的物欲。

接著，丁向東囑咐：「小白，眼下工宣隊進駐文化單位，你要協助好，讓工宣隊全面領導，報紙技術上的事情你多出主意，當然啦，有些原則性的大事，你也可以提醒工宣隊的領導。不過，你們紅衛兵出身的人，革命幹勁足，熱情高，就是革命經驗不足！報紙，就是我們革命政權的喉舌，有利於我們的消息登，不利於我們的絕對不能登，不能抹黑我們偉大的事業！」

白雨星明白，丁向東其實拐了彎批評他。城北冶金廠工人鬧事，當時在報紙最後一版的角落裡發了一條短消息。後來，白雨星聽人說，丁向東大發雷霆，要追查誰決定進行報導的，是不是階級鬥爭新動向。白雨星很想找個機會，跟丁向東說清，客觀、真實是新聞原則。聽丁向東這麼一說，白雨星把想說的話，嚥到了肚裡。白雨星不斷點頭，順便把明天喜迎芒果的宣傳報導計畫，做了彙報。白雨星知道，這是他最後一次履行職責，其實他什麼職務都不是，他是救火隊長的命。他不在乎有個什麼主任、總指揮的名分，他在乎，是否把自己的才華，給予了改造中國與世界的神聖偉業。

丁向東打了個哈欠，說：「明天報紙全部版面，全部用來宣傳工宣隊進駐學校！沈玉金手捧芒果的照片要放大，登在頭版！組織通訊員，把各單位群眾喜迎芒果的激動心情，好好報導出來！」

白雨星說，他馬上落實。白雨星近來隱隱覺得，他從妹妹雨蘭那裡聽來的，大哥說紅衛兵的使命已經結束，看來雨虹確有先見之明的。那下一步，白雨星將怎麼跟上時代的潮流，怎樣

繼續革命，忽然有點兒迷失了方向。不管如何，他白雨星，來到世上，天生是個革命者，是螺絲釘和齒輪，永不生銹，永遠運動！明天的報紙一定要閃亮登場，做出轟動效應來，爲革命，爲了無產階級進軍資產階級的傳統領地，搖旗吶喊！想到這裡，他回應了丁向東，說：「你放心，我會站好最後一班崗，交出人民滿意的答卷！」

丁向東露出滿意的笑容。見白雨星轉身要走，笑著說：「小白還是老脾氣啊，做事爽快！慢點走，我還想問問你北京的中南海，是不是在紫禁城裡呢？」這句話一出，足使白雨星呆了好幾秒鐘。以白雨星的知識，可以輕鬆回答丁向東的問題。白雨星敏捷過了頭，那就僵在那裡了。他不明白，怎麼現在丁向東會非常突兀的說起個問題，仿佛沒有什麼邏輯聯繫。白雨星回過神來，解釋了一下中南海在故宮的西邊，原來就是皇帝的地盤。白雨星心裡急著想趕到火車站去，爲了明天的報導更精彩，他必須親臨現場，記錄今天丁春峰帶隊離開本市，前往去省城接迎芒果的場景。丁向東看著白雨星急匆匆要走的樣子，似乎也明白他要到哪裡去。他叮囑說：「你見了丁春峰，跟他說，是我關照的，一路上一定要把芒果捧好，就捧在懷裡，不能有半點閃失！碰壞了半點毫毛，敲扁他的腦袋！」

白雨星急忙叫了輛卡車，開到火車站，差點跟丁春峰見不上面。丁春峰一行開始登車了，白雨星愼重的傳達了丁向東的囑咐，丁春峰卻不以爲然，朝白雨星笑著說：「我家的那個，快成嘮叨老頭子了！說過多少遍了，還說，眞沒趣！」白雨星說：「還是重視點好……」本想脫口而出，那芒果集千萬寵愛於一身，大意不得。轉眼一想芒果是聖物，用這句唐詩有損它的神聖，就另找了一句說：「領袖的重托，階級的深情，全在裡頭了！春峰還是一路保駕好才是！」不過，白雨星對自己的表達還是感到辭不達意，想想用「保駕」一詞是否太封建化了，一時也想不出貼切的詞兒來形容。丁春峰跳上車，緊握拳頭朝他揮動了一下手臂，還朝他詭秘的一笑。白雨星站在月臺上揮手，心裡琢磨著丁春峰神秘的笑容，有點兒蹊蹺。怎麼啦，丁家爺倆個，一個問奇奇怪怪的問題，一個露不明不白的笑容，白雨星感到自己好單純的，真的只會直線思維？

白雨星還覺得丁春峰帶的隊伍裡，有一個人好眼熟，但是看看他，跟邊上的人一樣的裝束，戴了眼鏡，一時想不起到底是誰？想了一路，回家冷不防跟白雨蘭撞了個滿懷。雨蘭高興地向門裡頭嚷嚷：「大哥，二哥回來啦！」

裡面傳出白雨虹的聲音：「那就開晚飯啦！」

白雨蘭回應了一聲，「好嘞！」手腳麻利地，片刻功夫把菜啊飯啊，端到了桌上。白雨星只顧悶頭吃飯，時不時，淺淺的笑容，抑制不住，溜到了臉上。雨蘭幾次看到二哥的傻笑，好像自己一個人還在想什麼開心事，就咋呼呼的說：「今天二哥怎麼啦，遇上什麼開心事兒啦，老是偷偷的笑啊！」

白雨星一窘，忙說：「去去去！」

白雨蘭還是繞著：「我猜想啊，莫非二哥在談革命戀愛吧！」

白雨星臉上一片緋紅，手裡的筷子，往妹妹額頭上戳去：「亂說些什麼呀！」

白雨虹在邊上憨厚的笑，說：「雨蘭啊，什麼是革命戀愛呀，難道還有反革命戀愛？太有趣了，戀愛也貼標籤啊。」

白雨蘭晃著辮兒，裝成一副嚴肅的樣子，說：「你大哥談的就是反革命戀愛！」

三個人同時抑制不住笑，幾乎都噴了飯。白雨虹與藍欣欣的關係，弟妹兩個都知道，就是那麼一層窗戶紙，沒點穿罷了。雨星笑妹妹的假正經樣子，雨蘭笑自己終於有機會敲打大哥，

雨虹笑如今的新時尚，反革命與戀愛掛鉤的荒誕。

白雨星最先吃好，把碗一推：「說正經的，我剛才去火車站，看見丁春峰帶的隊伍裡，有一個人好眼熟，想了半天，好像有點像龐來舟。」

白雨蘭搶著說：「咦，這有什麼稀奇的！天下模樣像的人多呢！」

白雨虹聽弟弟這麼一說，心裡咯噔，吃了一驚。他馬上鎮靜了下來，把話題扯開：「明天的排場好大，是嗎？」

「那當然！全市人民都要出動！」白雨星來了勁頭，說：「哥，你明天別待在家裡，上街去，看看大場面，一定很歡騰的，你也會爲我們的時代驕傲的！」

白雨虹冷冷地說：「不就是一顆芒果嗎？」

白雨星本想說那不是一顆普通的芒果，它承載著偉大的歷史使命。看看哥臉上不活絡，就沒把話說出來，省得自討沒趣。倒是雨蘭來了勁頭，非要二哥描繪一下芒果到底是什麼樣子的，像李子還是像蘋果？白的還是紅的？好不好吃的？白雨星也不清楚，說：「你明天見了，不就知道了嗎？」白雨星突然又想到了什麼，對妹妹說：「別亂說好吃不好吃，這芒果能吃嗎？它是革命聖物！這樣亂說，當心把你抓起來啊！」

白雨星說著，就去沖了個涼，隨手把衣服丟在椅子上。自顧自的回房，寫他的稿子。白雨虹心裡惦著龐來舟，心神不定，想用話套套情況，問問他們上火車的場景，轉眼一想，雨星知道他平時不感興趣的，如果繞著問，有點兒失態，反而會使雨星起了疑心。

白雨虹見弟弟佔了寫字臺，就隨手操了英語簡讀本，看了起來。還沒看幾頁，白雨蘭從客廳那邊，大聲嚷嚷起來：「快來看啊！我拾到了二哥的情書！我說二哥這麼開心吶，二哥也收到革命情書啦！」

白雨星聽見妹妹嚷嚷，騰地跳了起來，衝出去，一把從她手裡奪回了信封。隨手往妹妹頭上拍打：「大喇叭，大喇叭，嚷嚷什麼呀！」

第三十九章　金燦燦的芒果

沈玉金與關貞姨，一夜折騰，沒睡好。

關貞姨晚上興致高，話說個不停，沈玉金開始聽著她絮絮叨叨，後來迷迷糊糊睏了，也不知道老婆在說些啥。大致記得問他芒果是圓的還是扁的，說他這把年紀趕上了好年頭，就像古代皇帝的賜恩，要是放在過去，怎麼會輪到我們的頭上？沈玉金只是嗯嗯哼哼的亂應和，好像睡著了一兩個時辰，後來酒力來了，直挺挺的，想幹那事兒，還是抑制住了欲望。沈玉金知道，明天大天亮，他就是全市的主角，一系列的儀式等著他亮相，萬眾矚目之下，無論如何要精神抖擻。忠不忠，看行動，爲了一個忠字，今晚也無論如何不能幹戳屄的事兒。

沈玉金把關貞姨搭在他小腹上的手推開，說：「燒香敬佛，隔天是不能同房的。況且明天要捧毛主席送的芒果！你懂嗎？」

關貞姨夾生半軟的說：「哎喲，就你懂？我老婆子就不懂？你呢，早上起來，就好好洗把澡，我把你那件藍工作服找出來了，明天穿。下身，就穿黃軍褲。解放鞋是新的，昨天剛買的。放在門口凳子上。」

「天熱，還是穿襯衫吧！」沈玉金粗聲粗氣說。

「明天是什麼場面？你又不懂了！」關貞姨說：「剛才還說我不懂，我看你是眞不懂！明天是什麼場面？嚴肅把緊的，拋頭露面的，這叫著什麼來著，叫做正式的場合，能不穿的正規些？」

沈玉金沒有搭理。關貞姨知道老公的脾氣，不搭理就是聽她的主意了。沈玉金心裡盤算著，這麼個大事，祖宗十八輩修來的的福，怎麼個也不能有疏忽，他應該做些什麼動作，應該說些什麼話，他在腦子裡一遍一遍的過電影。他想到，接芒果的動作一定要緩慢莊重，主持儀式一定要肅穆威嚴，如有閃失，自己丟臉是小事，那是丟咱們工人階級的臉！那天，丁向東找他談話，他本想推脫，沈玉金帶人馬衝衝殺殺沒問題，叫他在大場面上發表即席演說，在眾目睽睽下做程式化的動作，真是粗漢學針線活兒，他會心慌，會口吃，不知道臉上掛什麼神色。當時，丁向東說：「沈師傅！想當初你在東風廠領頭造反，好大的名聲！什麼時候怕過困難啦？我們全市誰不認識你沈師傅？沈師傅，就是我們革命的招牌，我們工人階級的傑出代表，你不出場誰出場？」沈玉金聽丁向東這麼一說，身上開始了燥熱，他喜歡有人叫他師傅，後來革命了，人人叫他師傅了；再後來，社會上不管男女，見面打招呼，人人都是師傅了，沈玉金依然覺得自己的師傅含義還是跟人家不同，他是師傅的師傅，元老的元老，沈師傅，在我們的城裡，就是沈革命，革命的元老，造反派的元老，他跟丁向東差不多同時舉起造反大旗，只不過丁向東有文化，腦子比他活絡，才坐上了一把手的交椅。看來，丁向東講義氣，沒有把他忘記，他打心裡興奮。

丁向東拍著沈玉金肩膀說：「沈師傅，還有重大任務交給你呢！」沈玉金搜腸刮肚，想丁主任還有什麼重大事情交給他，想了半天，也不得路徑。丁向東一五一十講了一大通工人階級進駐上層建築，肩負著偉大的歷史使命。沈玉金聽得雲裡霧裡，也沒搞清楚，丁向東到底在講

什麼東西。沈玉金不明白什麼叫「上層建築」，是不是要他去蓋樓房，他是七級鉗工，泥瓦匠的活兒他肯定不在行，丁向東應該是知道的，不至於亂點鴛鴦譜吧！丁向東又說，東方紅中學盤根錯節，階級鬥爭狀況極爲複雜，叫你去揭蓋子的，去摻沙子的，沈玉金愈加糊塗了，怎麼這所老中學跟他掛鉤上了？他小時候確實曾經想讀書，發現自己不是讀書的料以後，做夢都沒做過，他能走進那所老牌的高中。

沈玉金聽領導說話，心裡盼望領導直說話，繞來繞去的話，他只覺得頭暈，腿腳篩糠發抖，渾身不自在。過去走資派當道，找工人談話，那種幹部腔，拖著調兒的，他一聽就起雞皮疙瘩。按說，現在造反派當道，革命的新領導，應該有新鮮點的話語，怎麼丁向東也是拿腔拿調，也是一副新官腔，就是多了點新名詞而已。他有點不耐煩了，打斷了丁向東的話說：「你直說吧，是不是派我去和坊中學，不對，錯了，現在叫東方紅中學。叫我去，造樓房什麼來著！」

丁向東楞了半天，半晌他才回過神來，知道沈玉金完全沒搞明白他說的偉大歷史使命，冬瓜纏到了茄藤上。丁向東眞忍不住想笑，還是壓住了笑意，保持著革命家的風度。說：「我們派沈師傅去造房子，大材小用了！」

沈玉金眼睛盯著丁向東嘴唇，不是在聽，他要用眼睛看出，丁向東究竟怎麼個把他大才大用。終於明白，丁向東叫他到東方紅中學去，是叫他當頭頭去，而且是領導一切的頭頭！丁向東說：「你是工宣隊的隊長，從今後東方紅中學的大事小事，你要抓起來！」

沈玉金滿心歡喜回家，喝了一瓶黃酒，吃了半碟花生。他一邊咀嚼，一邊琢磨，廣播裡只說工宣隊開進大學，沒想到還要開進中學，更沒想到他還是去做學校的頭頭！這麼說，就是相當於去做校長，他大字不識幾個，就去當學校一把手？世道眞是翻天覆地，哪塊祥雲罩到了頭上？不知不覺，裂了嘴傻笑。關貞姨一個勁兒替他夾菜，也把他的酒盅拿過來，喝了幾口，臉上飛出紅暈。關貞姨說，沈師傅上任的事兒，坊間早就傳說。扳扳指頭算算，全市誰有比你資格老的工人造反派？沈玉金說，那你聽說了，也不跟我提半個字？關貞姨手指戳著老公的腦門，你榆木腦筋一個，別把事情弄黃了！我姑奶奶還親自跑丁主任那裡去，就怕你好事來了，木癡癡的推開！沈玉金嘆了口氣說，車、鉗、刨行家裡手，跟喝墨水的人打交道，趕鴨子上架啊！關貞姨撇著嘴，說：「憑你的革命資本，你往校園裡一站，那些教師，臭知識份子，誰敢亂說亂動？」

關貞姨的勁頭來了，替沈玉金出主意。如今不是時興鬥、批、改嗎？你沈玉金新官上任三把火。鬥，把那些臭老九，頑固分子一個個批鬥批臭，叫他永世不得翻身！有人敢抵觸嗎，就辦學習班，天天叫他學毛選，叫他天天寫檢討，天天自我批判頭腦中的資產階級思想。我就不信，他們敢不服？別忘了，還有廣大紅衛兵小將，教師中總有跟我們一條心的人，組織起來，我們就有力量了。沈玉金聽著，嘴上不說，心裡明白，他在外面拋頭露面，好多點子還是這婆娘出的。不過，今天的點子沒什麼新鮮玩意兒，沈玉金打懂事起就知道，拉一幫人，立個山頭，誰強誰就是山大王，誰凶誰就可以坐天下。拉幫結派，抱團成黨，如今文縐縐的叫什麼組織起來，就你婆娘懂？沈玉金說：「乖乖弄底洞！一套一套的。先管好你的攤子，那些地富反壞右的，關起來，別跑出來拆臺！」

沈玉金躊躇滿志，心清氣爽。他對著鏡子，一遍一遍地梳頭，反反覆覆地整理上裝，他特意挑選了一枚特大號的毛主席像章，戴軍帽露著慈祥笑容的，又一遍遍檢查有沒有掛好。他對

著鏡子，練習怎麼微笑，他模仿像章上領袖的笑容，模仿來模仿去，沈玉金總感到學不像，無論他如何努力，他的笑容總是跟裂開的嘴保持一致，做不到像章上那種敦厚、端莊、抿著嘴唇的永恆微笑。他決定還要戴上軍帽，如此，可以彌補他笑容的傻態，顯得威嚴莊重。

天氣眞是幫忙，不冷不熱的，身上感到好爽，沈玉金心裡感歎，眞是老天也在暗中助我，有福之人自有吉祥。火車站廣場已經是人山人海，紅旗、標語、高音喇叭，那種熱浪，在一裡路外，沈玉金的臉上已經滾滾發燙。他端坐在卡車的副駕駛位子上，時不時窺視反光鏡中自己的臉部表情，他明白應該進入角色了，默默的記憶臨出門前的演練，暗暗告誡自己，接芒果的時候，既要莊重，還要謙卑。身體前傾，手心向上，要緩緩地把雙手向前伸去。這個動作，他在鏡子裡練習過無數遍了，老是走樣，像在車間裡抱著機械零件的樣式，總是不得要領。關貞姨看得不耐煩了，說：「你這個笨老頭子，你就不能想想老戲文中的演員，人家接聖旨的樣子！」神了，一句話提醒了他，沈玉金的動作中規中矩了。

沈玉金被人們簇擁著，穿過彩旗隊，鑼鼓隊，經過紅小兵組成的紅纓槍隊伍，他使勁揮揮手，兒童們向他敬少先隊禮。手持彩旗的旗手靜候站立，鑼鼓隊隊員每個人做好敲鼓準備，只要列車進入視野，鼓聲便會響起來。沈玉金朝稍遠處的鮮花隊望去，那裡的姑娘們手持鮮花，已經搭成巨大的「毛主席萬歲！」標語，場面之大，沈玉金心裡一震。沈玉金踏上紅地毯，沿著地毯走上月臺，他覺得自己完全包圍在紅色的海浪之中，紅字、紅旗、紅袖章、紅像章、紅色的綢球、連月臺上的每一根柱子，也是大紅大紅的，那些穿著全身紅衣紅褲的紅嫂嫂，一隊一隊的進入她們位子，沈玉金心思開了點小差，眼光朝她們的胸脯一溜兒的劃過去，一邊暗暗佩服老婆非凡的打理能力，把那麼多婆婆媽媽變得如此年輕，一個個動員到了火車站。

列車說來就來。歡呼聲、鑼鼓聲震耳欲聾，沈玉金的心臟加速跳動，再加上外面的巨大聲浪，他覺得整個兒的內臟翻江倒海。他時刻叮囑自己，莫慌亂，眼睛平視，眼神往下謙卑，臉上肌肉放鬆、再放鬆，放出微笑，兩手緩緩，莊重肅穆的接過芒果……等到沈玉金回過神來，他自己無論如何記不起來了，他是怎麼像戲文中接聖旨一樣接過芒果的，芒果已經在他手裡捧著，那芒果裝在透明的長方形的玻璃盒子裡，映襯在紫醬紅的絲絨上，沈玉金覺得它像香蕉一樣，顏色像，只不過形狀不像，是個扁圓的。原來芒果是這個模樣，如果邊上再放上一根香蕉，倒是蠻匹配的雌雄一對。沈玉金意識自己思想出問題了，怎麼能這樣胡思亂想，眞是無產階級思想鬆一鬆，資產階級思想攻一攻啊。他立刻把思想拉回無產階級隊伍，雙手虔誠地捧著玻璃盒子，讓神聖的芒果儘量靠近胸前，他覺得無產階級的思想應該是，讓芒果馬上放出金光四射的光芒來。

這個城市的人們，百分之九十九點九九，沒有看見過芒果。沈玉金手上捧著的芒果，那個裝在玻璃盒子裡的黃色的扁圓的聖物，成了萬衆矚目的聚焦點。火車站廣場上，被安排在後面隊伍裡的無數群衆，踮起腳板，伸長脖子，朝那個圓圓水果望去。距離實在太遠了，人們只能看見一個黃圓點點，人們還是熱烈鼓掌，歡呼口號，揮舞旗幟。有的地段的人們，突破了警戒線，像潮水般擁到了沈玉金站立的卡車邊上，又被工糾隊趕了回去。那些近距離見到芒果的人，立刻向周邊的人訴說見到芒果芳容的喜悅，引得許多人羡慕不已。

卡車緩緩地朝市中心駛去。沈玉金站在卡車車廂正前方的中央，雙手莊重的捧著芒果盒子，身體筆直，一動不動。他的兩側和後面，列隊站著兩排手持木頭槍的工糾隊員，象徵武裝保衛神聖的芒果。不知誰在沈玉金腳下放了凳子，使他明顯比周圍的武裝人員高過一大截，就

像一尊高聳的雕塑。沈玉金的心在狂跳，人們無數的眼睛盯著他，盯著芒果，他覺得手心在冒汗，手臂在發燙，周身在升溫燥熱。他覺得自己被萬衆矚目，八輩子修來的福分！要不是文化大革命，誰會認識他？誰會把接駕芒果的大事交給他？有了革命，他才從地上騰雲駕霧到了天上，他放眼望去，那些向芒果歡呼的人群，也一樣是朝著他歡呼。他分明感到，他站著時間越長，好像自己整個的身軀變得越加高大，越來越巨大，他就是這個城市的巨人，他就是這個城市的大王！他的耳邊一陣一陣傳來「萬歲！」的聲音，從車站廣場一直到街道，從市中心一直向著東方紅中學方向，「萬歲！」聲此起彼伏，一浪又一浪，他從心裡也由衷地呼應著「萬歲！」在一片萬歲聲中，他開始覺得意識模糊，分不清到底誰是萬歲了！突然，卡車好像急刹車，沈玉金朝前一衝，意識又回到了現實，他覺得把自己融入了「萬歲」，好像在接受「萬歲」，眞是罪該萬死！天無二日，地無二主，他卽使是這個城市的大王，也永遠只能九千九百九十九歲，不是萬歲，不能萬歲，儘管他也很想萬歲，萬歲就是毛主席，毛主席就是萬歲，他，沈玉金怎麼能褻瀆萬歲？等到護駕送好芒果，他一定要到毛主席像前請罪，他思想裡分不清誰是萬歲，罪孽深重啊！他媽的，沈玉金自己暗暗罵自己，怎麼能這樣胡思亂想？他又重新挺起精神，緊緊捧住芒果盒子，眼光向馬路兩邊人群掃去，那黑黑的人頭攢動，長長的人流，一個個黑咕隆咚的，就像一排排螞蟻，沈玉金又覺得自己眞的比下面的芸芸衆生高大，那種感覺比吃蜜還甜，和床上跟老婆做那事兒一樣，酥了骨頭似的舒服。

沈玉金定定神，發現卡車好像停著，沒往前開。他馬上想到，是不是階級敵人搞破壞，在他的卡車上做了手腳？一想，不會。這輛特殊使命的卡車，早在十天前就進了汽修廠保養，每一個零件都檢查過無數遍，還專門派了工糾隊日夜守護，不會出什麼差錯吧。沈玉金朝前再一看，見一群工糾隊員正在驅趕一個竄到馬路中央來的人，手裡的紅白棍朝那個人打去，繼而一群工糾隊員連打帶踢，把那個人拖到了路邊。沈玉金心裡也在罵那個不識時務的混蛋，他想朝路邊看去，想看看究竟哪個壞蛋，竟敢在光天化日下出來搗亂。然而，他知道他不能隨便扭動，他必須保持筆直的身軀和頭顱。

卡車突然又噶然停下，比上一次的停頓來得更爲猛烈。由於緊急剎車，沈玉金的身子差一點被拋出車廂外面，幸好他反應還算快，身體向下團攏，把芒果盒子死死的壓在胸脯下邊，等到他回過神來，眼前的一幕使他大吃一驚：只見一個穿著破爛披頭散髮鬼一樣的人物，揮舞著紅白相間的棍子，攔住汽車，大聲地反覆地唱著《紅燈記》裡的兩句臺詞：「臨行喝媽一碗酒，渾身是膽雄赳赳……渾身是膽雄赳赳……」在那個時段裡，那個人邊唱邊跳的發瘋舉動，邊上的工糾隊員居然面面相覷，沒人敢上前，幾秒鐘後，那個人用棍子亂打車頭時，似乎喚醒了一群工糾隊員，蜂擁而上把他打翻在地，拖向路邊。沈玉金這下看清楚了，那個人的臉型眼神很熟悉，他不停地扭動被架住的身體，還不停地扭頭朝向沈玉金方向看，嘴裡不斷地在大聲罵著什麼話。沈玉金終於想起來了，那個人是吳佑孝！這個地主階級的孝子賢孫，這個瘋子，跑到這裡來搗蛋了。要是在平時，沈玉金一聲令下，早已把他打的頭破血流。沈玉金心裡暗暗罵那些工糾隊員都是飯桶，這麼個喜慶場面，還看不住一個瘋子。他眞想下車去暴打吳佑孝，汽車又緩緩的開動了，沈玉金回過神來，把火氣壓下，捧緊芒果，重新昂首挺胸。

陽光下，東方紅中學的大門隱隱約約看得見了，人群也越來越密集。卡車駛過一個又一個用紅紙紮成的拱門，每過一個紅拱門，沈玉金心裡總覺得嚇勢勢的，他會想到過去巷子裡的一座一座的牌坊，革命開始後，紅衛兵搗毀牌坊，他曾經在牌坊下走過，差一點被上面脫落的石

塊砸到，嚇得魂飛膽散。現在他站在車上，每過一個拱門，頭上就橫過一道陰影，就像那時候突然飛下的石塊。他努力地把笑容擠到臉上，掩蓋心裡的彆扭，保持凝重祥和的姿態。人群中的「萬歲！」聲，漸漸蓋過了吳佑孝被打的慘叫聲。沈玉金的車子，在駛出好一段路程，還是能眞眞切切聽到吳佑孝的慘叫，那聲音毛骨悚然，尖長、淒號，久久在街頭上空迴盪，那調兒，猶如吳佑孝平時唱的舊戲文，好像還在嚎著「東風」、「西風」什麼的，沈玉金聽不清楚，有一句幾個詞沈玉金記住了，什麼「東風且莫吹」，什麼「綠」啊「紅」的，這個老不死的吳佑孝，不吹東風吹什麼，不吹東風就是恨大好的革命形勢，分明是跳出來找死！

在最後一個紅色的拱門前，沈玉金走下車，開始了徒步護送。人群已經像水瀉般的從人行道上湧到街道中，兩邊的工糾隊員竭盡全力也無法阻止洶湧的人流，只好手挽手築起人牆，攔出一條通道，讓沈玉金以及聖神的芒果前行。沈玉金想跟邊上的群眾一起振臂高呼，怕一舉手，另一隻手一失手，釀成天大罪行。沈玉金這時眞恨不得生出第三只手來。沈玉金還發現他的整個動作設計中，忘了設計這一段步行，臉上該掛怎麼個表情。保持車上莊嚴肅穆的神色好呢，還是應該向邊上的群眾點頭示意微笑好？他感到頭脹，不知道該怎麼辦，腳下在挪步，身體仿佛僵直，木乎乎的，稀哩糊塗往前走著，幸好邊上的人流做了他的指路牌，暈暈乎的走進校門，跨上臺階，進入禮堂。沈玉金一出現，守候在裡面的革命委員會的全體委員，各界代表，爆發出雷鳴般的掌聲。這才把沈玉金驚醒，他聽到的仿佛不是聲音，不是歡呼，他一路過來，這些已經聽得耳朵起繭，他暈暈乎回到現實的第一個感覺，覺得頭頸僵直，像套了個箍似的。

沈玉金直挺挺地走向會場，雙手捧著的芒果，隨著他走向中央，漸漸在他手裡抬高。這是他事先想好的動作，他轉過身來面朝大眾的時候，芒果捧在他的胸前上方，然後高舉在頭頂。

這時，人群再度爆發口號聲：

「毛主席萬歲！萬歲！萬萬歲！」

「工人階級領導萬歲！萬歲！」

「革命芒果萬歲！萬歲！」

口號的聲浪，仿佛把禮堂的屋頂掀翻，把邊上的玻璃窗震得發抖。在無數雙眼睛的注視下，丁向東緩緩的從沈玉金手裡接過芒果盒子，象徵著領袖的聖物安然抵達地方革命政權手中。然而，就在丁向東準備接過芒果的瞬間，出現了大家沒想到的一幕：只見沈玉金側身雙腿跪地，埋著頭，近乎匍匐著，雙手捧著芒果盒子，遞向丁向東。

丁向東顯然沒有思想準備，一時不知所措，有點兒慌亂。好在他反應靈敏，迅速地，在接過芒果緊靠胸口的同時，騰出手來，攙扶沈玉金起來。又使丁向東沒想到的，沈玉金不肯站起來。丁向東一看情形，那麼多的眼睛在看著他們倆個，容不得耽擱，他馬上把芒果捧在胸前，幾乎一模一樣再版著剛才沈玉金的動作，把芒果高高舉過頭，全場又是爆發出驚天動地的歡呼聲，混合著此起彼伏的口號聲。

也許受到沈玉金虔誠的跪地動作的啓發，現場也有人陸陸續續的雙腿跪下。許多人不知該怎麼辦，緊張地站著四處張望。革命中，人們已經對跪禮進行過批判，在場每個人都知道，這是封建主義的禮儀。無產階級從來是頂天立地的英雄漢子，怎麼可以雙腿跪地？眼前的現實，與革命的邏輯開了個玩笑。面朝革命的聖物，毛主席的禮物，你是跪還是不跪？不跪，怎麼表達革命的忠心？跪，怎麼能延續封建文化？

在場許多人的尷尬，丁向東看在眼裡。丁向東畢竟見過大世面，他知道怎麼辦。他莊重的

把芒果盒子放到紅絲絨鋪就的供桌上，然後，他瞥了一眼沈玉金，見沈師傅身子轉向供桌，仍然匍匐在地，好像在叩頭，沒有起身的意思，丁向東朝全體朗聲說：「同志們，爲表達我們對偉大領袖毛主席的無比忠心，爲表達我們對革命聖物芒果的無比崇敬，請致以革命的敬禮！聽我口令——」

丁向東也轉過身去，和人們一起面朝芒果，發令：「一鞠躬！」

黑壓壓的人群彎下腰，莊嚴肅穆的一起鞠躬。

「二鞠躬！」丁向東又說。

人們再次齊刷刷彎腰鞠躬。丁向東再說：「三鞠躬！」

虔誠的人們仿佛知道這是最後的大禮，把腰彎的更低，久久不抬起頭來。丁向東也埋著頭，在三秒鐘過後，他發現這樣的舉動無法跟喪禮的默哀相區分，不能久拖。丁向東快捷地抬起頭，大聲宣佈：「革命敬禮，禮畢！」接著，快步地向前，把久久跪在地上的沈玉金請起。沈玉金從地上站起來，突然，雙腳一挺，兩個手握成拳頭高呼口號：「萬歲！」全場的人們愣了片刻，馬上附和著一起高呼：「萬歲！」「無產階級文化大革命萬歲！」

丁向東兩眼放光，炯炯有神，開始了他的演說：「同志們！請記住這個偉大的歷史時刻！盤古開天闢地，見過我們老大粗進駐學校嗎？見過我們工人階級佔領上層建築嗎？沒有！今天，毛主席送的芒果來了，毛主席把溫暖送到了我們工人的心坎上！我們來了，我們不走了！要把資產階級堡壘打破，要把那些臭知識份子徹底改造，要把資產階級的傳統領地，變成我們無產階級的一統天下！我們既然來了，我們會永遠領導下去，我們永遠不走了！」

丁向東停了片刻，眼光掃視了一下。他在等待人們的掌聲和歡呼聲。果然，人群有了呼應，人們熱烈的鼓掌，縱情的歡呼：「永遠！永遠！永遠！」「徹底改造資產階級知識份子！」「擁護工宣隊的正確領導！」還有人興奮的哼起了《咱們工人有力量》的調子。丁向東揮揮手，全場屏息著聽他的號召，他呼籲工宣隊快速進駐全市各大中小學校，佔領電臺廣播報社，駐紮科研機構，吹響鬥批改的衝鋒號！他警告，誰敢對抗工宣隊的領導，誰敢逆潮流而動，那麼，就把他打翻在地，踏上一隻腳，叫他永世不得翻身！丁向東越說越激動：「同志們，無產階級鬆一鬆，資產階級攻一攻！我們千萬不能放鬆革命的警惕！進駐上層建築，只是文化大革命的又一個新起點，以後的任務，革命的道路更爲艱巨！但是，我們無所畏懼，剛才我聽到有人唱《咱們工人有力量》，是的，咱們工人有力量！我們的力量來自於偉大的領袖，來自於光芒萬丈的芒果，來自於對革命的無比忠心！我們來了，來粉碎一個舊世界，來專政一個舊的沒落階級，最終，將建立起我們強大的無產階級的全面專政！」

人們再度振臂高呼：「無產階級專政萬歲！」

丁向東朝人們點頭示意。鄭重宣佈：群眾代表依次發言，開始！

第四十章 想起了德意志的那個康德老頭

白雨星起床，輕手輕腳的，怕吵醒大哥和妹妹。白雨蘭的聽覺特好，聽見客廳裡悉悉索索的聲音，知道二哥起來了，她也一骨碌爬起，開爐子、燒泡飯，手腳麻利的做早飯。白雨星胡亂吃了幾口泡飯，跟妹妹輕聲說了幾句話，就匆匆趕去接駕芒果的現場。

白雨蘭也喝了幾口泡飯，把醬菜含在嘴裡，蹦蹦跳跳趕去學校集中，加入紅姑娘歡迎隊伍。一路上走著，想著待會兒挑選一把色彩鮮豔點的花束。

躺在床上的白雨虹，早就聽見弟弟妹妹起床的聲音，他懶得動，也沒吭聲。等他們兩個走了半個時辰，白雨虹才披衣穿褲起來，外面街上的高音喇叭和家裡的有線廣播，一起大放接駕芒果現場的鑼鼓聲，吵得他無法入睡。後來，居委會的積極分子，舉著手提喇叭，挨家挨戶的大聲動員：「在家的男女老少，趕快去街上歡迎芒果！」一會兒喇叭裡又傳來喝令聲：「在家的地富反壞右，趕快去居委會集中！不許待在家裡！誰敢抗拒，後果自負！」白雨虹聽得心裡厭煩，隨便吃了幾口早飯，慢悠悠的逛到了和坊街。

街上是歡騰的海洋。白雨虹的眼前，時不時飄來彩帶和鮮花，紅旗掠過頭頂，成群的人流湧過他的身邊。不時，有同學、熟悉的學弟學妹，跟他打招呼，他緊繃的臉稍顯放鬆。他抬頭，望著紅色彩紙搭成的拱門，見上面「工人階級領導一切」大字，十分刺眼，心裡頭苦笑了一下。

以他的歷史常識知曉，工人階級從來都是被領導，從民國時被領導走上街頭，或者被領導舉行罷工，到現在，依然是被領導走上街頭接芒果。荒誕啊，白雨虹覺得，明明跟工人階級毫不搭界的一個人在領導，偏偏要用一個階級做墊背。白雨虹常常爲自己的思考，感到孤獨無力，仿佛掉入沒有回音的深谷。他在街上，周圍人山人海，他卻像一條汪洋上的獨木舟，那麼的渺小，仿佛隨時會被浪潮吞沒。他仍舊掙扎著，他是一條血肉之舟，心中自有指南針，那是依然未泯的理性，不至於迷失方向。街上，那麼多人，自己的親朋好友，自己的親弟妹，他們爲什麼不多一點獨立思考理性判斷呢？白雨虹一時眞犯糊塗了，街上的群衆，那樣盡情歡呼口號，喜氣洋洋地去迎接一個小小的聖物，究竟是自覺的行動呢，還是不自覺的做作？

人行道上的人群開始往路中央湧去。白雨虹也被後面的人，整個身子往前推。白雨虹身體就像一根波浪裡的蘆葦，隨時都會折斷。幸好他是一桿有思想的蘆葦，百折而不撓，逆勢衝撞回人行道，奮力退出人群。他站到最後一排，前面是黑壓壓的人頭。奇特的是，每當火車站方向傳來聲響，所有的人頭幾乎全部轉過去張望。一陣摩托車的發動聲，人們尋聲望去，白雨虹遠遠望見了弟弟雨星，他站在一輛三人摩托車上，對著路邊的工糾隊員發令。不一會兒，兩邊的工糾隊員迅速把人群重新壓回人行道。白雨虹這才隱隱判斷出，雨星也許有什麼尙方寶劍，大概承擔工糾隊的前線總指揮。不一會兒，一輛警車緩緩駛過，車身上的「公安」兩字已經被油漆噴沒，革命期間，法院、公安、檢察三大部門統統取消，成立三位一體的革命委員會，車上的人臉很熟，白雨虹記起，也是工糾隊員。群衆又是集體化的，黑壓壓的人頭齊涮涮向車子望去，未發現車上有芒果時，人們重新引頸眺望，頭顱齊涮涮又轉向過去。白雨虹心裡有點兒發笑，整個兒的街上，都快成牽線木偶了，成排成排的木偶。一個詞兒跳出白雨虹的腦際：工

具！立刻，他想起了父親書櫥中的那本康德的書，想起了那個德意志矮矮的小老頭的警句。白雨虹嘆息，那街頭黑壓壓的群眾，不正是充當了別人的工具？在他們躁動的內心裡，會仰望頭上的星空？會守望人的德行？喪失思考的工具，將會做出什麼事兒來啊，白雨虹打了個寒顫，他似乎有一絲預感，好像馬上會在人性癲狂的時刻，突然發生不幸。

裝載著芒果的車隊來了。用不著看，只聽見歡呼的聲浪，由遠而近，人們就知道，北京來的聖神的芒果來了！群眾就是群眾，踮起腳板，伸長脖頸，朝那個還沒有看得清楚的聖物盡情歡呼！白雨虹漠然地注視著駛近的卡車，冷冷地看著周邊歡呼雀躍的群眾，他的怪念頭又冒了上來，難怪我們的共和國不用公民字眼，到處用群眾這個詞兒，群眾最容易成爲工具！正在胡思亂想時刻，白雨虹聽見一片嘈雜聲，有些好奇，照理如此恢宏喜慶場面不會有驚叫聲，便循著聲音望去。白雨虹只見有一個人衝向街中心，那個人手舞足蹈，向著載著芒果的披著紅繡球的卡車撞去，他心裡猛地一揪，等他回過神來，那個人已經被工糾隊拖到了人行道上。

白雨虹爲那個人的舉動感到吃驚。他只會心裡想著異端的念頭，沒有膽量在大庭廣眾公開衝撞，那個人是誰？好像眼熟，遠遠的他看不清楚，心裡暗暗佩服。不由自主地，他往人群中擠去，他想看清楚那個人是誰，他明白那個人必然會遭到暴打，他的惻隱之心，催促他的走近，似乎可以減輕那個人的痛苦。人群實在太擠了，他無法擠到最前排。然而，前排突然又爆發出一陣騷亂，群眾又是一陣驚呼，在一片混亂之聲中，白雨虹卻一下子聽見了一句吐字清晰的唱腔，那是久違的崑曲唱腔，它掙脫了委婉迤邐，擠幹了南國的濕潤，幾乎變成乾燥的黃土高原上的秦腔；它激越、高亢，似乎一把刺向天際的利劍：「不在花紅處……東風且莫吹……」「恨西風……一霎無端……碎綠摧紅……」「恨蒼穹，妒花風雨……恨匆匆，萍蹤浪影……」

那曲調兒，那圓潤流暢的聲音，喚醒了白雨虹童年的記憶。白雨虹只有在吳家花園聽見過，那個人肯定是吳佑孝！白雨虹滿心疑惑，吳佑孝不是瘋了嗎？瘋了好長時間了，他還會唱的如此字正腔圓，居然一字不差！嗯，他一定又發瘋了，不然，誰敢衝向載著芒果的卡車？仔細想想，白雨虹又推翻了自己的想法，他不像眞瘋。眞瘋，會選擇這樣的時機出場，會唱出這樣的詞曲？白雨虹來不及多想，前面又是一陣驚呼，他抬頭望去，只見吳佑孝已經掙脫了工糾隊員的手，又一次衝向街道中心，手中揮舞著紅白小木棍。那架勢，猶如原始人在篝火邊跳舞，邊跳邊唱：「臨行喝媽一碗酒，渾身是膽雄赳赳……渾身是膽雄赳赳……」，載著芒果的卡車緊急剎車，白雨虹看見沈玉金差點踉蹌跌倒，那只玻璃盒裝的芒果差一點掉下，緊接著看見一群工糾隊員衝過去，劈頭蓋腦猛打吳佑孝，邊打邊拖，把吳佑孝揪回了路旁。人群中頃刻爆發出一片聲音：「打死他！打死他！」「打死反革命！」前面的人群一片混亂，白雨虹感到那雨點般的拳頭就像打在他身上，顧不得多想拼命往裡擠，他想靠攏吳佑孝，想用自己的身體遮擋一下，想著用什麼樣的舉動來緩衝一下群情激奮。白雨虹感到邊上的人，才是一個個眞瘋了，無數的人參與了對吳佑孝的暴打，只聽見吳佑孝的一陣陣慘叫聲，在一聲淒厲的長嚎：「……碎綠摧紅……」之後，吳佑孝變得無聲無息。等到白雨虹在人群中奮力擠到前排的時候，吳佑孝被工糾隊員揪著、打著、架著，往警車方向拖去，經過的地上蜿蜒著鮮紅的血，默默地化開來流淌著。白雨虹看的眞眞切切：吳佑孝渾身是血，軟綿綿的身體像一堵棉花，塞進了打頭陣的警車，他的一個腳掛在車窗上，似乎抗拒著進去，被一個工糾隊員用小白棍重重打了進去，白雨虹預感，那是他能夠見到吳佑孝的最後一眼了。

接駕芒果的車隊駛過後，街上的人群作鳥散狀，一會兒不知去了哪裡。一些年輕人，還

跟在卡車後面，白雨虹估計他們會去和坊中學，他不想去。他待在街頭，眼前一直閃動著剛才的那一幕。他望著地上的血跡，那長長的血溪，在凝固，顏色在發黑，他似乎又見到父親的滿身的血痕，浮現出梅醫生頭頸的紫血。這年頭，他見到了太多的血腥，如刀刃刻在他的心頭。白雨虹鬱鬱悶悶的回家，直到天黑，他也不知道在想些什麼。

白雨蘭回家見屋裡黑咕隆咚的，大哥半倚在床邊，嚷嚷著：「大哥怎麼燈不開？」白雨虹「嗯」了一聲沒搭理。

白雨蘭興致勃勃：「大哥你也去看了吧？那芒果是黃色的呢，我想，晚上放著大概會放光吧，金光燦燦的。」

白雨虹沒吭聲。那裡又傳來雨蘭大驚小怪的聲音：「大哥你中飯沒吃啊？櫥裡的小菜一動沒動？我們中午吃了招娣帶的烘山芋，眞香！」白雨蘭朝裡面看了看雨虹，繼續說著：「我們去學校啦，嗨，哥，告訴你，那個沈師傅還朝著芒果跪著呢，眞有趣！」白雨虹朝妹妹看了一眼，聽著她說，也沒接茬。

「哥，你今天怎麼啦？拉長著臉！人家都是喜氣洋洋的，只有你，愁眉苦臉的——」白雨蘭開始表達她的不滿。

「你看見吳佑孝被打了嗎？」白雨虹甕聲甕氣的問。

白雨蘭一臉的的不解：「沒有哇！我們是抄近路走小巷回學校的。吳佑孝怎麼回事兒，這個瘋子跑出來了？」

正說著，白雨星回家了，一屁股坐著，生著悶氣。雨蘭見二哥回來了，反正平時跟小哥沒大沒小的慣了，隨口說：「二哥呀，你在馬路上，看見吳佑孝發瘋嗎？」

「去！去！去！」白雨星不耐煩地手揮揮，把走近過來的妹妹推開。白雨星剛剛被丁向東訓了一頓。用丁向東的原話說，你們工糾隊都是飯桶！一個瘋子跑到了街上，居然管不住？白雨星內心深深指責自己，他做事追求完美的，革命生涯裡怎麼可以出這樣的紕漏？現在雨蘭也眞是，哪壺不開拎哪壺，白雨星狠狠瞪了妹妹一眼。

白雨蘭摸不著頭腦，看看大哥，又看看二哥，一邊燒菜，撅起嘴說：「天哪！今天怎麼啦？一個悶葫蘆，一個火藥桶，怎麼啦？」

三個人悶頭吃飯，誰也不說話。白雨星吃好後，幫妹妹收拾，見雨虹進了房間，悄聲問：「哥也心情不好？」白雨蘭說：「誰知道他，我回來就見他唬起著臉。」雨星問：「沒說什麼吧？」雨蘭說：「沒說什麼。哎，對了，問過我看見吳佑孝被打了嗎？我說沒看見。」白雨星拍了一下後腦，恍然大悟地「嗯」了一聲。白雨蘭好奇了：「你明白了？我也有點明白了。大哥的立場眞是有問題，同情反動行爲！那我不明白，那你幹嘛也氣呼呼啊？」白雨星苦笑：「那就不能跟你說了，說了你也不懂。」白雨蘭一字一句地說：「我—才—知—道—呢！你吃熏魚了！是吧？」說著，跟二哥扮著笑臉：「別生氣，再立新功，不就是了！」

白雨星睡在自己的小床上，翻來覆去的，一直沒有入睡。革命以來，再艱難的日子也過來了，他都能倒下去就睡著，睡不著，自己也很納悶。妹妹說的對，可以再立新功，何必想不開？革命以來自己參與的事情，歷歷在目，覺得除了這次有點兒紕漏，也找不出對不起革命的地方。沈玉金說過，過幾天，復課鬧革命，他們都要回校參加鬥批改，白雨星睡著，又在思考著怎樣帶動紅衛兵們，協助工人階級佔領上層建築。不過，他隱隱覺得，自己活動的範圍越來越小，革命開始，他們紅衛兵仿佛就是這個城市的主宰，連北京的天安門也是他們演出的舞臺。後來

文攻武衛，他們也是戰天鬥地的生力軍。現在呢，又要回歸學校。下一步呢，白雨星感到了迷茫。大哥有的看法，也許有先見之明的。他忽然想起雨虹說過，這樣搞下去是沒有出路的。他希盼有新的路標，就像革命開始時候，人人心中有座光芒四射的燈塔，爲解放全人類而去奮鬥，把我們的紅米飯南瓜湯送給亞非拉苦難的人民。而現在呢，芒果來了，毛主席把外國的芒果送給工宣隊，那就是說，革命還要在本土進行，自己家裡的事情還多著呢！

白雨星想著，一下子也看不清前面要做啥事情。他聽見雨虹那裡，好像也是翻來覆去沒睡著，想跟哥聊幾句。白雨星問：「哥，沒睡著吧！」

白雨虹「嗯」了一聲。雨星說：「哥，你看下一步革命，方向往哪兒走？」

「我想先問你呢！」白雨虹說：「你們後來把吳佑孝送到哪兒去了？」

白雨星吶吶的說道：「當時我也不在現場。後來他們彙報說，直接拉去殯儀館了！」

白雨虹質問：「爲什麼不送醫院？」

沉默。屋子裡寂靜無聲。白雨虹嘆了口氣，說：「人家也是一條命啊！」足足停了幾分鐘後，白雨虹才說話：「你說，這是革命？抓人鬥人，是革命？謾罵抄家，是革命？大庭廣眾打人，是革命？革命就可以草菅人命？」

「哥！」白雨星辯解：「你呢，總是看革命的支流，不看主流！」

白雨虹語氣悲愴：「主流裡面都是血！」

白雨星答：「千百萬群衆行動起來，摧毀舊文化，打倒走資派，現在工人階級領導著一切，這是歷史上從來沒有的偉大創舉！其他的，都是次要的！」

白雨虹哼了一聲，說：「沈玉金半文盲一個，去領導學校？你覺得他適合做這種事情？他能做好教育工作？雨星，你覺得革命的宏大理論，面對實際生活，貼切嗎？眞實嗎？下一步，你看，又要鬥批改，教師們又要無休止的自我批判，沈玉金就像眞理的化身，何來創舉可言，純粹在那裡折騰！」

「哥看問題就是抓住細節不放！」白雨星睜眼看了一看黑咕隆咚的屋子，想發現一點亮點：「我看又有什麼不好？那些資產階級知識份子，本來嘛，好好改造！不然，下一步革命，革誰的命？」

白雨虹語鋒犀利：「下一步，革命革到你頭上！」

白雨星一時語塞。頓了會兒，說：「哥，開玩笑了！我一直打先鋒，爲了革命，我捨生忘死，武鬥中槍林彈雨都過來了！怎麼可能成爲革命的對象？」

「怎麼不可能？人家老革命，不也是槍林彈雨中過來的，不是鬥的鬥、關的關？無休止革命的邏輯就是如此！就像潘朶拉的魔盒，打開了，關不上！」白雨虹說。

「你不要亂扯！」白雨星對哥哥心裡很不服氣：「我們從事的事業是正義的，不是魔鬼出盒，那是邪惡！」

白雨虹打了個哈欠：「難說！」他有點兒睏了，不想跟弟弟多辯論，說了也白說，還是忍不住跟雨星說了一句：「雨星啊，你記得我們小時候，爸爸跟我們說過的寓言？在那個寓言裡，眞理是赤條條的，謬誤穿著華麗的外衣！」

白雨星沒有接嘴。他躺著，似乎現在才明白，哥哥的腦瓜，已經不是看問題的角度不同。以前他總認爲，哥哥對革命不起勁，立場有問題，對革命冷嘲熱諷，感情有問題，現在看來不是，他已經病入膏肓了，是徹徹底底的根子問題了，或者說，是一個思想裡面的地地道道的反革命了！那哥哥豈不是快要成爲一個專政的對象，我們家被專政了兩個人，哥哥會是第三個嗎？想到這裡，他不敢多想，迷迷糊糊中也不願多想。

——第四十一章 改造臭老九

沈玉金躊躇滿志，每天沿著校園的長廊踱步。

年輕時做學徒工，沈玉金來過，那是翻圍牆進來捉蟋蟀。他好奇過，看見那些個穿著長衫坐著黃包車的教書先生，急匆匆朝校門裡走進走出。印象最深的，老是看見一個帶金絲眼鏡的高個子先生，在校園裡踱方步。聽長輩們說，他就是校長。沈玉金覺得，那校長眞有派頭，步履之中，隱藏著至高無上的威嚴。沈玉金如今來了，來管理臭老九了，深藏在冰山之下的潛意識冒了出來，他無師自通地模仿著那位老校長的走路樣子。他也想戴副眼鏡，不知道市面上有沒有平光的鏡片配，還有，先要徵求一下老婆的意見，戴著好不好看？沈玉金轉眼又一想，不對，丁主任叫我來搞佔領的，佔領就是他們統統聽我的，我怎麼能說話、走路像臭老九呢，怎麼可以像他們一樣戴眼鏡呢？糊塗呀，沈玉金拍了一下腦袋，差一點跟資產階級知識份子同流合污了！

沈玉金直起腰板，擺動雙手，要顯示出咱們工人的豪情和氣魄！同樣的踱步，不一樣的內容，他的踱步擺顯權威，露出佔領者的威風！他細細算來，這幾天，馬不停蹄找臭老九談話，已經有二十來個人了，他覺得厭煩透了！那些個小老頭、大老頭子一聲不吭，像嚇破膽的松鼠，埋著頭，一副誠惶誠恐的樣子，沈玉金覺得他們根本沒在聽他說話；那些個教師中的積極分子，

好像說一句，他們便頻頻點頭，說什麼他們擁護工人階級領導，沈玉金從他們鏡片後面躲躲閃閃的眼神，憑著社會經驗，也直覺到他們在和稀泥。丁春峰向他推薦的應老師，文章寫的好，革命蠻自覺，沈玉金接觸下來也不太滿意，看看他那種單薄的身體，風都吹得倒，說話細聲細氣，唯唯諾諾的樣子，眼下也只能將就用用。那個紮著辮子的女教師，一面跟她談話，她卻低著頭，看都不看他一眼，手不停地擼著辮子末梢，沈玉金看著就來氣，火氣來了，壓也壓不住，喝令她停止櫓辮子，挖挖頭腦裡的資產階級小辮子，嚇得那女教師眼淚奪眶而出，掩面而哭。沈玉金揮揮手叫她滾蛋，心裡的煩躁卻是揮之不去。

給沈玉金心頭寬慰的，還是革命小將好！丁春峰、白雨星，用不著他多說，辦事情的積極勁頭，別提了！芒果的保衛工作，沈玉金的頭等大事，沒費什麼口舌，紅衛兵小將們全都包了下來，日夜派人守衛在芒果身邊。那天的校革委成立大會開的隆重熱烈，他沈玉金出足了風頭，上臺發言的人，個個表態擁護工人階級領導，下面禮堂裡的人們一次次高呼，工人階級領導一切就是好！沈玉金明白，人們就是擁護他，就是說他好，他滿面春風，又有點兒暈暈乎乎，摸摸下巴，感覺是眞實的場景，不像做夢，沈玉金心裡想，眞他媽奶奶的福份，一跤跌到青雲裡了！

沈玉金踱著方步回到辦公室，一群紅衛兵早已等候在門口。大家幾乎是齊聲叫他：「沈師傅好！」沈玉金咧嘴笑著回應：「大家好！」心裡也樂著，還是小將們腦子靈，上幾天還是左一個「沈主任」，右一個「沈司令」的，那天大會上，他得意之時，有板有眼說，還是稱呼他「師傅」爲好，小將們立馬改口稱呼他師傅了。沈玉金越來越覺得，還是紅衛兵們懂他的心，那個叫白雨星的紅衛兵頭頭，當場把他想說的話，替他說了出來，沈師傅原來是工人師傅，革命中是全市最有名氣的師傅，現在佔領學校，「師傅」不是一般的稱呼，沈師傅代表的是一個階級的師傅，改造知識份子的師傅，讓我們齊聲高呼：「沈師傅好！」偌大的禮堂裡，向他歡呼的場景，沈玉金每每想起，暖烘烘的。小將們七嘴八舌向他彙報，沈玉金隨手指了一個女生，讓她先說。那女生一身軍裝，眨著眼先自我介紹：「我叫胡瑤淩！沈師傅，根據您的指示，星期天教師集中學習的通知，我們已經傳達到了每個人，鐘老師提出要晚一點到。」沈玉金問：「是不是那個紮長辮的，教語文的？她爲什麼要晚到？」胡瑤淩回答：「她說她小孩生病，先要去醫院安頓！」沈玉金手敲著桌面，說：「政治第一，什麼事情大？政治學習的事情大，生活的事情小。叫她克服困難，不許遲到！」

正說著，跟沈玉金一起進駐學校的工宣隊員，小李師傅慌慌張張跑來報告，圖書館清查發現，有好幾梱打包的書，包裝紙被撕破，有些書被偷走了。據老的管理教師反映，建校初年的一塊紀念碑不見了！同時，封藏在學校的文徵明的文房四寶也找不到了！沈玉金看了看邊上的丁春峰，說：「階級鬥爭新動向！小丁，這件事就交給你，你跟小李師傅一起，好好查一查！」

丁春峰說：「有點兒蹊蹺！那塊碑，我們造反的時候打斷了，後來一直躺在座基邊上，哎，好像不久前還看到。」

白雨星向沈玉金進一步介紹：「那塊碑上落款的都是民國時候的名人，學校早期的畢業生，後來成了什麼教育家、作家、藝術家，反正專家學者的，都是資產階級的反動學術權威。」

沈玉金說：「這麼說，有人要這塊碑，還想招屍還魂。叫什麼來著，樹上葉子不動，風還在動！」沈玉金知道有一句文縐縐的話，但是一時說不出來。

胡瑤淩馬上說：「這叫樹欲靜而風不止！」

沈玉金點頭：「對！階級鬥爭很複雜啊！學校越老，烏龜王八蛋越多。我們下一步追查，我看先從丟失的書，丟失的文房四寶查起，再順藤摸瓜，找找線索。」

小將們紛紛表示贊同，七嘴八舌出主意，建議發動紅衛兵查一查，最後一個看到那塊破碑是在什麼時間，把階級敵人作案的時間排出來，便於破案。有人說，把學校桂花池塘的水抽乾，看看會不會把碑刻丟進水裡藏匿。另一條線，追查圖書和文房四寶的去處，也可能是同一個反革命集團作的案。

沈玉金不解的問：「照道理，破四舊那會兒，那種東西都是燒的燒，砸的砸，怎麼還有封存在圖書館裡？」

小李師傅答：「我也問過圖書館的董老師，來龍去脈他最清楚。我已經把他帶來了，在門外面等著，要不要叫他進來詢問？」

沈玉金向小李師傅示意，叫董老師進來。片刻，一個滿頭白髮的老教師，雙手垂直，畢恭畢敬的站在了沈玉金的辦公桌前。沈玉金打量了一下眼前的教師，見他五十多歲年紀，額頭佈滿皺紋，眼鏡片後的一對大眼，沒有半點神采，半拉耷著眼皮，一副馴服的樣子。沈玉金動了一下嘴唇：「你就是董老師？」

「嗯。我是董立人。物理老師。」董立人輕聲說。

「物理老師？就是講物質第一道理的老師，你要好好宣傳唯物論！」沈玉金得意的說。邊上紅衛兵小將們一聽沈玉金這麼說，心裡都想笑，知道沈玉金搞錯了，只是一個個臉上硬裝出嚴肅的樣子，他們懂得，維護領袖的權威，乃是革命原則。沈玉金話鋒一轉，追問：「那你爲什麼不在崗位上講課，安排你在圖書館？」

董立人聽著，眼圈紅了，囁嚅著說：「五七年反右，犯了錯誤。……內定右派，我屬於人民內部矛盾……所以……」

沈玉金揮揮手：「明白了！你要繼續好好改造！像你這樣的人，無產階級的講臺，不會要你的了！那些還在講臺上的，我們一個個要摸底排查，思想有問題的，也要叫他改造好了再說。長話短說，你要如實說清楚，那些封資修的東西怎麼會藏到圖書館了？」

董立人一邊回憶，一邊說：「那些東西，都是柴校長的私人藏品。文革開始破四舊，他辦公室裡的字畫燒掉了，就剩下文徵明的一套文房四寶沒有毀掉。柴校長說，這東西是傳家寶，也不是他的，最早建校的阮校長祖傳的，一代一代校長傳了下來，不能毀在他手裡。那一塊端硯可名貴了，上面有文徵明篆刻的字。後來，是我出的主意，把它們封存到圖書館，因爲當時有些書，農林牧副漁的，數學、生物的，理工科的書，我攔下來，沒有燒，都是用封存的辦法處理的。」

沈玉金哼了一聲：「你們這些臭老九，腦子裡就是書啊，字畫啊，傳家寶啊，不知道這些東西毒害了我們多少人！」

董立人回應：「是的，是的！所以，革命開始到現在，我們圖書館沒有借出一本書，請沈師傅放心！我們一定要把封資修批倒批臭！也一定配合工宣隊清查學校資產。」

「那最近有沒有人來過圖書館？」沈玉金問。

董立人本想突口而出說，你，還有幾個工宣隊員來過。到了嘴邊，換了另一種說法：「工宣隊革命領導視察過，沒有別的人來過。」

沈玉金又問：「有沒有異常情況？好好回憶！」

董立人想了半天，想不出個頭緒來。說：「也沒發現什麼。今天小李師傅他們工宣隊來清查，我才剛剛發現缺了東西，又聯想到好像那一塊斷裂的紀念碑也沒有了。」

「你天天在學校，你說不清楚，就拿你問罪！」胡瑤淩冷不防衝出一句話，嚇得董老師額頭冒汗。

「革命小將啊，我這麼大把年紀會胡來嗎？」董立人急忙辨白，語氣急促，不自覺地提高了聲音。心裡也在嘀咕，按常理也不會缺的，那塊名貴的端硯放在牆角邊的一堆黑磚裡的，只有他一個人知道，一般人想不到去那裡。事到如今，細節不能多說，越說越往自己脖子上套繩子。

沈玉金敲敲桌子，說：「你，董立人聽著，馬上去把事情的頭頭尾尾寫下來，越詳細越好。有事向小李師傅彙報，重大線索也可以直接向我報告。」沈玉金有點兒不耐煩，提著手臂揮揮，叫董立人出去。董老師下意識的彎腰，嘴裡說著「好的」之類，退了出去。

一連幾天，沈玉金在校園裡，天天跟董立人打照面。董老師遠遠的，避開沈玉金繞道走，實在繞不了，就彎腰輕輕問好，聲音低的像蚊子叫。沈玉金從內心深處瞧不起董老師，其他的老師他也一樣看不慣，那種文縐縐的樣子，見到他唯唯諾諾的，哪裡有工廠裡的工人來的爽快，操娘操蛋的，都放在臉上。這些個臭老九，說話引經據典的，鬼才明白他們說些什麼。他和別的工宣隊員，對全校教師一個個談話，沈玉金把它叫做「談心戰」，還是旗開得勝的，沒有一個人敢說一個「不」字，個個表態擁護工宣隊。第二仗，沈玉金稱它爲「攻心戰」，辦學習班，相互揭發批判，寫自我檢查書，看來效果也不錯，不過，憑著沈玉金在廠子裡闖蕩的經驗，那些教師別看他們一本正經念稿子，挖頭腦中的資產階級思想，骨子裡頑固得很，交上來的自我批判文章，顛來倒去就是幾句「深刻改造」、「積極回應」、「忠心擁護」的話，誰知道他們究竟在想些什麼。臭老九要變成香餑餑，看來談何容易！

沈玉金本來就是坐不住的人，如今硬著頭皮端坐在辦公室裡，看著教師們交來的一份份思想改造文章，有點兒上刑罰的滋味。開頭還仔細看了幾篇，上面許多字不認識，他就上下文連起來猜意思。老先生寫的，語文教師寫的，經常用典故，他只能囫圇吞棗，胡亂看一通。碰上歷史教師寫的，用外國的什麼法蘭西革命、俄國革命來比喻，沈玉金一頭霧水，看著看著，心裡不耐煩，毛毛的，實在坐不住，他就去校園兜圈子看大字報，或者心血來潮臨時組織一個鬥私批修會議，看看教師們一遍一遍自我批評，他心裡頓時敞陽了起來。

慢慢的沈玉金摸出了套路，凡是交上來的文章、報告，先讓小李師傅幾個工宣隊員過目，他再聽彙報，挑幾篇有代表性的東西，把握一下，發發指示。對紅衛兵小將，他也是這般套路，聽彙報、發指示。沈玉金暗暗想，原來做校長也沒什麼了不起的，不就是磨磨嘴皮子？日有所思，夜有所夢。那晚不經意間，做夢時把這句話說了出來。關貞姨過了幾天才告訴他，磨嘴皮子可要小心，別被臭老九抓了把柄。沈玉金說了個「球」，他們敢抓我辮子？老虎頭上拍蒼蠅？關貞姨點了一下他的額頭：「神氣什麼，沒有老娘哪有你今天？」沈玉金點了兩下頭，閉了三秒鐘眼，不搭話，理也沒理婆娘。

沈玉金越來越覺得自己像個領導了，常常半閉著眼聽人家的彙報。白雨星拿了他編輯的一本集子，油印的，匯選了本校教師大批判文章，還散發著濃濃的油墨味兒，送給他審查，沈玉金接過來，隨手翻翻，點了兩下頭，閉著眼養神，不發話。白雨星呆呆站立在那裡，問也不是，走也不是，不知道沈師傅葫蘆裡賣什麼藥。幸好胡瑤淩風風火火闖進來，尖叫一聲，把沈玉金嚇了一跳，側身一看，白雨星還站在那裡，沒等得及作指示，衝進來的胡瑤淩搶白道：「沈師

傅，反了，不得了！」

「什麼事？」沈玉金問。胡瑤淩一五一十把鐘老師怎麼遲到，批判會上怎麼打瞌睡，剛才小李師傅找她談話，怎麼不理不睬，添油加醋講了一番，末了說：「沈師傅，你看看，這不是消極抵觸？連工宣隊也不放在眼裡，還了得？」

沈玉金對兩位小將說：「我正琢磨再打一仗哩，缺少個活靶子！第三仗叫「忠心戰」！膽敢頂撞工宣隊，就是敵視工人階級，就是自己把自己劃到資產階級！對無產階級司令部忠不忠，就得看她的態度，看她的表現！媽勒個把子，那個姓鐘的，查一查，什麼根底？白雨星——」

「在！」白雨星馬上接茬。

沈玉金問：「你那本集子裡，有沒有姓鐘的文章？」

白雨星說：「有。鐘老師文筆好，我選了進去！」

沈玉金眼睛一瞪：「把她媽個把子文章撤掉！」

白雨星猶豫了一下，說了聲「是」。沈玉金繼續說：「小白，你也不好好把關，收集大批判文章，首先的標準是什麼？是政治態度！文筆再好，滿腦子舊思想，要她幹嘛！姓鐘的，看來大有問題，下來邊查邊批！」

「嗯。」白雨星欲言又止，停了片刻，還是把想法說了出來：「鐘老師是我班主任，知識淵博，語文課上的蠻精彩的，待人蠻誠懇，也蠻膽小的。我看，她不像成心跟工宣隊作對的，會不會其他事情，心情不好？」

「小白啊！」沈玉金說：「知人知面不知心，她額頭上也沒有刻著「敵人」兩個字！你說她知識多，我說，像她那樣的人，知識越多越反動！不然，毛主席爲什麼要叫我們佔領學校？

我們寧要無產階級的草，也不要資產階級的苗！懂嗎？」

胡瑤淩插話：「當然！像她那樣，一輩子也不能劃進工人階級知識份子的隊伍中來！」

沈玉金讚嘆道：「還是小胡的覺悟高！下來安排，你們紅衛兵去把階梯教室打掃乾淨，專門騰出塊地方來，對姓鐘的幫助和批判活動，放在階梯教室進行，場地專用！那個姓鐘的叫什麼來著——」

胡瑤淩回答：「她叫鐘秀馨！」

沈玉金說：「生了鏽，還新呢！你們也一起協助工宣隊，收集一下鐘鏽新平時的言行。待會兒，我會召集全體工宣隊員開會，具體佈置「忠心戰」計畫，到時候跟你們傳達。」

「那我們還有什麼戰鬥任務？」胡瑤淩急切地問。

「做好學生和教師的組織工作，隨時投入大批判！」沈玉金發令，眼睛瞪大著說。

胡瑤淩拉扯白雨星，興奮得剛要想走，沈玉金招手，叫他倆回來，叮囑道：「革命小將，要在每一次戰鬥前，打好頭陣。」

胡瑤淩與白雨星幾乎同時點頭，說：我們明白。沈玉金說：「姓鐘的跳出來跟工宣隊作對，撞到了槍口上，大批判目的要挽救她！毛主席說過，懲前毖後，治病救人嘛！如果她繼續抵觸，就變成敵我矛盾，那我們就無能為力了，只能押去專政了！大批判還有的功效，就是可以看清每個人的面目，分清陣線。看看哪些人是忠心擁護工宣隊的，哪些人半忠心的，哪些人是敵視我們的，你們要保持革命的警覺，仔細分辨！」

白玉星說：「我相信大部分人，忠於工宣隊的，忠於無產階級革命路線的！我尋思著，我們東方紅中學，打好鬥批改的戰鬥，會對全市的革命作出示範和推動！我建議，到時候，我們

把大批判的集子編輯好，校刊出版好，大字報的專欄統一規劃好，條件具備後，我們請各單位來觀摩！」

沈玉金非常滿意，不由自主的閉了一下眼睛，點頭說：「小白到底是做過司令的，革命有朝氣，又有經驗。」

沈玉金見兩位小將轉身走遠，就大聲嚷著，大叫隔壁辦公的小李師傅過來，叫了幾遍沒人回應，嘴裡罵罵咧咧，說小李又不知死到哪兒去了。小事轉急急，大事拎不清。沈玉金自說自話了一番，喝了口茶，眼角邊好像晃了個人影，從門口進來，沈玉金以爲是小李，頭也沒抬，問：「你撞到哪兒去了？」

走進來的那人，沒說話，站著，雙手低垂。

沈玉金見來人不答話，抬頭一看，原來是董立人，打量了一下，說：「原來是老董啊！」

董立人心頭一熱，工宣隊長叫他老董，那是階級的情意，集體的溫暖。沈玉金隨口又說：「那些失竊的東西，一條條線索，查的怎麼樣了？」

董立人眼神看著地板說：「沒有一點眉目。桂花池的水抽掉了，淤泥裡面也沒有發現什麼。只是可惜了，那文徵明的文房四寶，傳下去可是無價之寶，文人畫的精品啊！還有，那塊端硯，價值連城哪！沈師傅，知道嗎，做的多麼細膩！我看過柴校長試著用過一次，嘿嘿，了得，墨汁經久不乾，糯糯的，寫出來的字烏黑晶亮……」

說的起勁的董立人，根本沒看到沈玉金的臉開始拉長。董立人見對方一點沒動靜，抬頭一看，吃了一驚，只見沈玉金已經眼睛瞪得暴突出來，手指快戳到腦門上，牙齦也露了出來：「你們這些臭老九什麼時候有出息！批判封資修，大會小會不知道開了多少次了，還是沒有一點長進！什麼四寶五寶的，那些寶貝值得你，值得你董立人那麼捨不得！你他媽的，封建腐朽，你那麼個把子，老腐朽！」

董立人把剛剛抬起的頭，立刻埋到衣領裡。心裡暗自叫苦，只怪自己老糊塗了，對牛彈琴。這些話怎麼可以跟工宣隊說呢，不是自討沒趣嗎？董立人站在那裡，等沈師傅訓斥聲慢慢停下，輕聲問：「那麼，要不要繼續追查呢？」

「要查！」沈玉金說：「嚴加追查！老古董嘛，破爛貨！問題出在我們工宣隊掌權之後，那就不是小事情，竟然敢向無產階級政權示威，我倒要看看，是哪個王八蛋灰孫子幹的！」

「是……」董立人眼光還是朝著地下，連連點頭。董立人的眼光，從自己的的腳尖，移到沈玉金的腳板，又轉到辦公桌的腳下，遊移到牆邊的書櫥底腳，突然，董立人眼睛一亮：那書櫥的左後邊的腳下，正好墊著一塊大硯臺。董立人再仔細分辨，天哪！不就是那塊文徵明的端硯嗎？即使把它敲得粉碎，他董立人也認得出來！董立人沒來及多想，嘴裡已經驚叫起來：「找到了！找到了！」

沈玉金一臉疑惑：「什麼找到了？找到什麼了？」

董立人急切的說：「沈師傅，找到了，找到了！那塊端硯找到了！」

看著董立人的臉，沈玉金還是沒有反應過來。董立人指著書櫥底下說：「就是這塊端硯，沈師傅，你看……」

沈玉金終於明白董立人說的意思了。沈玉金朝董立人看看，又朝那塊端硯看看，說：「媽拉個把子，什麼短煙長煙的，不就是一個破硯臺嗎，你也不早說清楚！這麼著，我的書櫥腳爛

了一截，那天正好看到圖書館亂磚裡頭有塊硯臺，拿回來一墊，還正好呢！」

董立人心裡頭放心不下文徵明的墨寶，又不敢問，只聽得沈師傅繼續說：「嘿嘿，如今報紙張張有毛主席像，又不能包東西。我拿了一張畫著什麼花花草草的紙，包回來的。」董立人心裡咯噔了一下，他明白，那張花花草草的畫，乃文徵明的《石湖春》，心中充滿惋惜。

沈玉金說著，見董立人急忙跑到紙簍邊，翻看裡面的東西，忙問：「在找什麼？」

「畫！畫！那張畫！」董立人邊翻邊說。

沈玉金看著董立人的迂腐相，笑著說：「幾毛年的事了！早就給我擦手扔了！哎，你倒不要說，那老古董的紙，擦手他媽的舒服！」

董立人一時語塞。默默看了一眼沈玉金，緩緩轉過身去。他的背後，傳來沈玉金的笑聲：「我說你們老九們，就是又酸又臭，什麼破畫破硯臺，當什麼稀罕寶貝，哈哈哈哈……」

——第四十二章

歌聲，擱淺在半空中

丁春峰有時候一個人，有時候呼朋喚友，常常去白雨虹家。革命前，白家就像他半個家，如今除了晚上回去睡覺，老是遛出學校，直奔而來，大多時間泡在了白家。白雨虹出了名的逍遙派，不大去參加大批判，人們也已經習以爲常。丁春峰老是遛出來，開始是獨角戲，接著狐朋狗友也悄悄跟了出來，成了合唱團，下午放學之前，他們又常常溜回去，白家成了他們娛樂的大本營。

小驢子翻箱倒櫃的，不知從什麼地方找出了一盒軍棋，黑皮兵帶來了一副撲克牌，丁春峰把那副牌在手裡顛了幾圈，猶豫了幾分鐘，決定不打牌，把撲克牌丟進煤爐燒了。丁春峰嘴裡還喃喃自語，說他抗拒資產階級腐朽享樂，其實他心裡癢癢的，很想打牌，最好來一副麻將，他自信，他的麻將技藝，所向無敵。他父親丁向東革命前在廠裡出名的麻將王，不用眼看，用手一摸，便知道筒子還是束子。丁春峰從小耳濡目染，無師自通。如今可以說，和坊街上，一隻麻將牌也不會倖存，單單丁春峰領隊的「火車頭」紅衛兵，在街上焚燒的麻將牌，不會低於一百副。那些象牙做的牌，在烈火的焚燒中散發出了骨頭的味道；那些玉片做的牌，也沒有逃脫鐵錘猛砸下粉身碎骨的命運。丁春峰自豪的想過，那些封建主義的娛樂，成了歷史的垃圾。心中突然想起麻將牌來了，猛地覺得自己是不是革命覺悟降低了？又覺得好像除了革命，心裡空空落落的，總要做點開心的事情來打發時間。他倡議下軍棋，拉著黑皮兵對戰，叫小驢子做

仲裁。小驢子猶豫了一下，嘴裡嘟囔，現在革命，可以下棋麼？丁春峰說，打麻將是封建主義，打撲克是資本主義，下象棋、圍棋是修正主義，下軍棋是學習解放軍，政治掛帥，怕什麼！

丁春峰就像一塊磁鐵，越來越多膽大的同學跟著他來下棋。那副軍棋的紙質棋盤，成了他們狂歡的沙場，哪裡經得起地雷炸彈的輪番轟炸？黑皮兵動手用硬紙板重新做了一塊，可惜軍棋只能兩人對弈一人裁判，其他夥伴只能圍觀。圍觀者又管不了自己的嘴巴，不是喝彩，就是惋惜，或者乾脆進入作戰的角色，後來還集體起哄，惹得丁春峰發了幾次火，發了火，也來了新主意，他號召大家到家裡去找找，有沒有倖存下來的軍棋，統統拿到白家來，大家各歸各的作戰。白雨虹插嘴說，他有個主意不知道嗬能行得通？眾人說，白雨虹你快講，別賣關子。白雨虹說，我們能不能把兩副軍棋合起來下，下四國大戰？眾人沒回應，想了幾秒鐘，幾乎同時喝彩，說是好主意，就是規則要變通一下。白雨虹笑道，規則讓丁春峰制定，他是革命娛樂的領袖。

白家的空氣裡陡然多了許多軍事話語。工兵挖地雷，手榴彈炸師長，好棋連連，歡呼聲繚繞。丁春峰出奇兵，軍長當先鋒，中路開花，吃了黑皮兵的一個師長一個旅長，殺的他心中暗暗叫苦。黑皮兵的手榴彈放在了兩側，在其他棋子下面，調動不了，只得乾瞪眼，急忙用眼神暗示同盟小驢子，希望他沿軌道飛來一個手榴彈。小驢子等那只大棋出現在軌道，飛了個工兵過去，把丁春峰的軍長亮了相。黑皮兵說小驢子臭棋，白白浪費一個工兵，明眼一看便知道是大棋，小驢子說，我又不是你肚子裡的蛔蟲，誰曉得誰呀！丁春峰笑道，不要內訌啊，革命小將要團結不要分裂。丁春峰隨口說說，不料眾人哄笑。丁春峰忙問究竟，眾人笑著說，你的語氣腔調多像沈師傅。沈師傅最近對搶場地吵架的紅衛兵同學，老是說這句話。黑皮兵說，相比較還是春峰哥說的地道，不念白字，沈師傅把內訌說成了內肛，是不是啊？眾人又是一陣大笑。

丁春峰裝起了正經，拿腔拿調說：「你們嚴肅點啊！沈師傅的玩笑開不得！他是正確路線的代表，我們小地方的紅司令，以後不許亂說啊！」

黑皮兵調侃道：「我說春峰啊，我們能跟沈師傅開開玩笑，說明我們是一家人，階級感情深！大家說，對不對？」眾人都說「對！」黑皮兵又說：「跟鍾老師對工宣隊的態度相比，完全是兩碼事。嘿，我們，對工宣隊熱烈擁護的，鍾老師能跟沈師傅開開玩笑就好了，誰叫她不理不睬的？怎麼著，如今撞到槍口上了！」

小驢子不同意黑皮兵的說法：「鍾老師也沒犯什麼錯啊！值得大會批小會批的？」

「你不懂，這叫抓典型！查下來啊，她祖上幾代都是剝削階級出身，自然有著對抗無產階級的血統！」黑皮兵說。

邊上的人，紛紛說開來。有的說，老師的資產階級思想挺頑固的，改造一下，好得很！有人說，小驢子可要注意立場，不能隨便同情批判對象。有人說，從揭發的材料看，鍾老師對毒草小說《青春之歌》愛情故事推崇備至，她一貫有著小資產階級情調！丁春峰聽著大夥兒議論，心裡好多事情也沒搞明白，看著老師受批判，總有點兒彆扭。不過，再一想反正跟著工宣隊走，大方向不會錯。又聽見小驢子說：「我才看不慣胡瑤淩那一幫子，整天找老師的茬，說鍾老師上課宣傳資產階級愛情，就是他們提供的黑材料。」丁春峰也看不怪那一幫子的做派，又不便於公開說，小驢子的話還是說到了他心坎上。好幾個同學附和小驢子，說「代代紅」紅衛兵就是愛出風頭，天底下好像他們最革命。丁春峰看看眾人，他想這樣議論下去傳出去不好，就換了個話題，說：「好了好了，我們革命要抓好，下棋也要下好。繼續開仗！」

眾人說：「老是下棋，沒勁！」大夥兒的話，使丁春峰一愣，轉念想想也是，除了下棋還是下棋，要麼聽喇叭裡不斷播放的樣板戲、語錄歌，顛來倒去的，就是七八個戲，幾首歌，反反覆覆的播放，電影院、戲院歇了業，圖書館、游泳池、旱冰場、文化宮以前他們常去的地方，如今門可羅雀，鐵將軍把門。丁春峰一時也想不出到哪兒去好玩。

小驢子說，還是革命前有勁，那時候有電影看，有戲聽，越劇、滬劇、京劇的，花旦、小生的，好不熱鬧！記得有一年春節，新世界劇場還有變戲法看！大夥兒笑著糾正道，那是叫魔術，小驢子只會說土話。黑皮兵力挺小驢子：管他土話洋話，盧子曉說了大白話，那時候眞有趣！我喜歡看戰爭片的，看見火光、濃煙、衝鋒，嘿嘿，我就激動！記得丁春峰也喜歡看戰爭片的，嗨，是不是？

丁春峰來了勁兒：「可不是？那時候我們都是影迷！記得黨校大禮堂放外國片子，說小孩不能看，我們翻城牆，偷偷爬在窗戶上看，也沒看到什麼神秘的東西，比我們中國片子多些親嘴啊擁抱啊什麼的。」

白雨虹笑著說：「春峰想看什麼東西？」

大夥兒跟著白雨虹的話起哄：「春峰哥，你想看什麼東西？快坦白！」

丁春峰臉上飛紅，他馬上調整策略：「哥們，你們說，那個時候看動畫片《小蝌蚪找媽媽》，十一二歲吧，你們啊記得，白雨虹什麼都懂了！還說小蝌蚪像什麼來著？」

眾人抿著嘴笑。那是他們那個玩伴圈子裡的經典故事之一。白雨虹不由自主的臉紅了起來，那個時候他多幼稚，把書上看來的男人的精子形狀像蝌蚪，告訴給夥伴們聽，大家硬是不相信，白雨虹還堅持，那是科學，不信，將來生物課上老師會教的，大夥兒還是嘻嘻哈哈亂笑。

有一個小夥伴回家跟父母說蝌蚪的故事，惹得挨了個嘴巴，說以後不許再跟那個姓白的小流氓玩。白雨虹見丁春峰把話鋒轉向了自己，想解圍，自嘲著說：「如今小蝌蚪找不到媽媽了！現在啊，我們一部動畫片也看不到了！小蝌蚪沒有了，孫悟空不見了，森林裡的小矮人逃掉了，我們現在什麼都沒有了！」

大夥兒一起嘆息，說的也是，如今連動畫片都沒有看！七八億人七八個樣板戲，好倒是好，人人都會唱，就是芭蕾舞不會跳。要不，我們請些女生來，叫她們來跳跳，再教教我們男生，洪常青的舞蹈怎麼跳。正說著，黑皮兵跳上凳子，單臂緊握拳頭高舉，頭顱激情仰上，擺好造型，向上騰空做了一個魚躍，嘴裡嚷嚷著問，像不像《紅色娘子軍》中唯一的男人的經典動作？眾人大聲喝彩，有幾個笑得彎下了腰。丁春峰笑得眼淚快出來了，他連忙擺手否定請女生來的提案，一屋子的男生女生，人家以爲傷風敗俗，不把我們抓起來才怪呢！

丁春峰提議，要不我們去蓮花山下游泳？小驢子怕冷，有點兒畏縮說：「秋天了，水涼！行麼？」丁春峰、黑皮兵幾個人馬上鄙夷小驢子，說他軟蛋，還像男人麼？人家大冬天還冬泳呢！本來有幾個想附議小驢子的，趕緊打住了話頭，轉眼也跟了一起到了蓮花碼頭。

河水泛著清澈的波瀾，陽光傾瀉在柔波裡。岸邊，成片的野草依然勃發著綠色的生機，只有幾片發黃的柳葉飄散在河面上，透露出秋的氣息。丁春峰、白雨虹他們一群玩伴，仿佛又回到了自己的孩提時代。那個歲月，無憂無慮，擊水中流，遏波蝶浪。頂著荷花葉開仗，潛伏水面下採菱。有時候，家裡沒菜，他們會邀朋引友，成群結隊，半個時辰，便摸了一臉盆螺螄，然後像原始人一樣，丁春峰當酋長，進行分配。在歡聲笑語中，每家的飯桌上添上他們的孝心。夏的季節，附近的水田、濕地、蘆蕩，人們開始起獲雞頭米，他們唱著歌兒，搶著幫忙，大人

們把大個兒的粒子裝筐外運，他們就把剩下的小粒子，收集起來，運到河邊，在一陣陣歡呼雀躍中，用石塊、磚頭、小鐵錘，砸開外殼，把一粒粒珍珠般的雞頭米，剝開來，送進嘴裡，微微的甜味，乳汁似的清香，那種脆脆的又糯糯的味道，頃刻，在口腔與鼻腔中蔓延開來。那些更小的顆粒，他們拿來做彈丸，成了打水仗的天然彈藥。

白雨虹一個猛子紮下，過了半里地，才冒出水面，遠處的小驢子、黑皮兵他們，一陣歡呼，高喊「浪裡白條！浪裡白條！」儘管他們一個個長高了，成了小夥子了，但是，在河邊的揮手、跳躍，跟少年時代幾乎沒什麼兩樣。丁春峰也毫不示弱，跟著一個猛子紮下，不多時，也差不多半里地光景，冒出水面，揮動右手像向夥伴們示意。然後，去追趕前面的白雨虹。白雨虹輕鬆地游著自由式，雙臂輪流前躍，速度極快。丁春峰見白雨虹游的自由式，也馬上把蛙泳改了，躺了一下水面，接一下力氣，也以自由式極快地游去。白雨虹見到一塊草地，他攀援上岸，剛上去不久，丁春峰也趕到了。

陽光映襯著柔暖的草地，散發出迷人的沁香。兩個大小夥子，好像第一次幾乎裸體的對面相向，臉廓、肌肉、皮膚，三角褲中的鼓囊，在陽光裡閃熠，炫耀著青春的張力。白雨虹與丁春峰仿佛像陌生人，突然間發現對方都是大人了，他們已經告別了那個花樣的青澀年代，他們已經是真正的男人了。丁春峰發現白雨虹的鎖骨，由於他的削瘦，愈加突出，成就了他那種內斂倔強的氣質。胸肌的弧線依舊，腹肌忽隱忽現，大腿的肌肉顯然比上身發達。白雨虹見丁春峰盯著他看，有點羞澀，眼光也向丁春峰瞥去。丁春峰的雙臂肌肉，在靜態下仍然凸起圓潤，在不經意的手臂運動時，那鼓起的肌肉活力四射。白雨虹覺得丁春峰的皮膚明顯比他富有彈性，六塊腹肌輪廓清晰，那一叢陰毛竄出了三角褲，顯得狂放和粗野。他們在片刻的對視中，都在躲避對方的眼光，然而又總是眼神相會。在雙方掩飾的瞬間，又不由自主地，壞壞的笑了。

「你笑什麼？」丁春峰問。

「那你笑什麼？」白雨虹反問。

丁春峰手背擦了一下嘴巴，說：「我看你那麼瘦，元氣都跑掉了！你不像是童男子了！」

白雨虹猛地竄上前，想打丁春峰一個拳頭，丁春峰敏捷地躲開了。立在高坡上瞇著眼睛笑，繼續說：「是不是呀？雨虹！你跟藍欣欣肯定做過！不信，你把三角褲脫了，跟女人做過愛的，我一看就知道，是不是眞元寶！」

「你胡說些什麼呀！」白雨虹臉紅著說，接著，一路追上去。

丁春峰一邊躲著，一邊說：「雨虹，你別追著打我。《水滸傳》裡西門慶跟武松打，實際呀，他們武藝不差上下！爲什麼西門慶輸了，還不是武松是童男子！你跟我打，以前我還打不過你，現在你肯定打不過我！」

說著，丁春峰也不再躲避，衝上前去，跟白雨虹抱成一團，在草地上廝打翻滾起來。衆夥伴這時候一一趕到，一個個爬上了岸，見白雨虹跟丁春峰交戰，一個個拍手稱快，高喊：「加油！」一會兒幫著丁春峰叫，一會兒幫著白雨虹喊。白雨虹顯然身手嫺熟，彎腰、撲擊，速度飛快；丁春峰力量穩健，反操，甩動，略占上風。不知翻滾了多少個回合，兩個人累的朝天躺在了草地上。

衆夥伴也自己結對打鬧了一番。累了，也一個個趴著、躺著，或者半躺半坐著，享受著秋日的陽光。他們一個個對白雨虹與丁春峰的武藝發表看法，這場自由式摔跤，如果要打分的話，丁春峰分數比白雨虹要高一點點，白雨虹肩膀著地的次數比丁春峰多。大夥兒要白雨虹說話，

認不認大夥兒的評分？

白雨虹呲牙笑笑，算是默認了。夥伴們來了勁兒，一定要白雨虹講個故事或者笑話。

黑皮兵提議，雨虹講的東西，不能過去講過的，不能再說小蝌蚪找媽媽；也不能是老師說過的，眞理與謬誤兩個人去洗澡，眞理是赤條條的。要大夥兒沒聽過的，最好是原創的。眾人一致叫好！

白雨虹也爽快：「給個話題吧！」

小驢子和黑皮兵幾乎同時說，跟游泳、草地、高山、河流有關的，我們聽著呢！

白雨虹拍拍腦袋說：「我倒是想起了孔夫子，別看他一本正經的，也喜歡呼朋喚友，去河裡游泳！」

「白雨虹就像老夫子！滿腦子的封資修，我們抗議，別再提孔子！」眾夥伴齊聲聲討。眾人說，孔夫子的墓，前年被北方紅衛兵砸了扒了，你白雨虹還想借屍還魂？好反動喲！丁春峰來了好奇心，對眾人說，就讓白雨虹說說孔夫子游泳，他只知道毛主席暢遊長江，還沒聽說過孔子游水呢！

白雨虹說：「偉大領袖是偉大的表演，人家孔子他們才是眞實生活！」

黑皮兵說：「怎麼著，白雨虹又說反動話了！我們沒聽到啊！」

小驢子打斷黑皮兵的話說：「怕什麼呀，這裡沒有告密者！我說雨虹，你那個孔老夫子結伴玩水，恐怕是自己編的故事吧！」

「有出典的，」白雨虹接著說：「《論語》有記載，「莫春者，春服既成，冠者五六人，童子六七人，浴乎沂，風乎舞雩，泳而歸。」此段話是孔子弟子曾點記下的，孔子說，吾與點也！」

「原來這樣啊！」大夥兒感嘆了一番，七嘴八舌說，孔子至少欣賞同志們唱著歌兒跳著舞蹈，自由自在的去游泳，那老頭還挺浪漫的。

丁春峰喜歡聽白雨虹掉書袋，鼓動說：「白雨虹說的，只能算半個故事。還要再說半個！大家說，能不能放他過門？」

眾人說好，慫恿白雨虹快說。白雨虹說，他剛才說了故事，不欠債了。眾人說不行！白雨虹說，要不唱支歌吧？眾人說，唱歌待會兒我們一起唱，還是說說故事吧，我們好長時間沒有書看了，說說民間故事也好。

白雨虹想了片刻，說：「嗯。大夥兒想聽民間故事，我想起了蓮花石的來歷。那故事還是我很小的到時候，去一善寺跟母親敬香，鏡空大師說的。」

大夥兒催他，別賣關子啦！我們聽的就是你的故事，跟什麼寺廟，什麼和尚沒有關係，他們是迷信，我們是聽祖國流傳下來的美麗傳說，兩回事兒。白雨虹一面暗暗欽佩夥伴們的政治智慧，一面心裡爲他們的裝正經，眞想笑出聲來。

「那是很久很久以前的事情了。」白雨虹說著：「有一個叫蓮花的姑娘，家鄉大旱，出來找水渴暈在路上。一位過路的小夥子用碗中僅存的泥水救醒了她，然後匆匆趕路去了。姑娘望著遠去的他，暗暗愛上了這位純樸的小夥子。

多少年過去了，姑娘常常在路上等候，想再見上那位小夥子。可是，她再也沒有見到他，姑娘去問佛祖：「我能見到他嗎？」

佛祖說：「你耐得住孤獨和寂寞麼？」

姑娘說：「只要能見到他，我願意！」

佛祖說：「那你化爲一塊小石頭，在山下的河邊等他吧！」

姑娘化爲一塊小石頭，在河邊等了九九八十一年，看到了小夥子在船上捕魚。那漁船悠悠的駛過她身邊，姑娘的心跟著船兒蕩漾，一直目送漁船的遠去。姑娘問佛祖：「我還能再見到他嗎？」

佛祖說：「你能確定他也在意你麼？」

姑娘說：「我相信，所以我願意等！」

佛祖說：「那你化爲橋上的石扶欄吧！」

姑娘化爲橋上的石扶欄，在橋上等了九百九十九年，見到了小夥子上街趕集。慌忙中，他的鞋跟脫落了，在拔鞋跟的剎那，他的手扶住了石欄桿，姑娘感到全身的溫暖。姑娘目送他漸漸遠去的背影，問佛祖：「我們還會相會嗎？」

佛祖說：「那還要等九千九百九十九年，你能堅持嗎？再說，你不知道他去做什麼，也不知道他會不會變心？」

姑娘說：「我能堅持。我不用知道他做什麼，也不用猜度他的心跡，我只要遠遠望著他就是了。」

佛祖說：「那你化爲一塊巨大的山頂石吧！」

姑娘化爲一塊巨大的岩石，高高的守在蓮花山頂上。姑娘目送著小夥子，背著行囊，帶著書本，匆匆走向遠方，進城去趕考。不知多少年過去了，小夥子沒有回來，姑娘就一直等著。

等啊等，一直等到今天，姑娘還在等著那位鍾情的小夥子。白雨虹說著，不由自主的朝蓮花山山頂的那塊巨石望去。大夥兒也一起抬頭遠眺蓮花峰，大家一起七嘴八舌議論著故事的結局。

丁春峰說，依他看，那姑娘不會白等，有情人終成眷屬。民間故事喜歡講癡女盼夫，照他看，天下癡心漢也不少。如果改一下故事，暈昏的是小夥子，那癡癡等待的也是那位小夥子，蓮花石就是塊癡漢石了。那故事豈不是一樣動人心弦？丁春峰只管自說自話，邊上衆人一個個都在發笑了。大家聽懂丁春峰其實說的就是自己，只有白雨虹一個人沒有聽明白。

黑皮兵起哄：「大家說呀，那小夥如果考了進士狀元，飛黃騰達了，會回來娶那姑娘麼！我看難說！說不定招了駙馬，說不定做了貪官，嘿嘿，黑心漢也蠻多的！」

丁春峰擺手：「不會的，不會的！」

大夥兒笑著說：「你怎麼知道不會呢？」

白雨虹蒙在鼓裡，想到了另一條思路上去，說：「大夥兒說的也是，姑娘倒是白等了！我在想啊，那故事能不能理解爲更深一點兒的含義呢？姑娘期盼的他，是一個好莊稼漢，好漁夫，一個爲民造福的好讀書人！這裡邊，是不是包含某種民意呢？」

衆人聽白雨虹這麼一說，都說白雨虹眞是書呆子思路，不過，也確實白雨虹比大夥兒想的奇一點兒。小驢子嘖嘖稱道，還是雨虹大哥把傳說賦予新的闡釋，豈止想的奇，人家看事情就是起點高想的遠！白雨虹臉泛紅了，對小驢子說：「我是隨便瞎說說的，你無限拔高了！」大夥兒樂了，指著小驢子說：「怎麼樣？個人崇拜行不通吧！」小驢子脖子一扭，回擊說：「我是崇拜，不是搞個人崇拜啊！你們兩個概念分分清啊！你們跟雨虹一起蹬過牢房嗎，我跟他一起關過！他被打的遍體鱗傷，哼都不哼一聲，是條漢子！輪到你們身上，挺得住麼？」

丁春峰躺在草地上，招呼大家：「好了好了！別打嘴仗了，大夥兒歇歇吧！躺在草地上，看看水面，望望蓮花山，瞧那太陽慢慢下沉，漫天的晚霞，好長時間沒看到這樣的景色了！」

一幫子大小夥子，半裸著身體，一個個躺在那鬆軟的草地上。大家仍然嘻嘻哈哈，打趣說，丁春峰今天怎麼了，特別浪漫起來了，一定觸動了某根神經。黑皮兵說，大家也別笑春峰哥，我們眼睛兜著看看，如今最缺什麼？缺什麼就想什麼唄，想不到，還不允許人家假想的浪漫一下？黑皮兵話還沒落音，大夥兒笑的沸騰了起來！黑皮兵臉也唰的一下紅了，好在皮黑又曬了太陽，人家看不出。黑皮兵索性提議，大夥兒唱一首歌，乾乾脆脆的，把心裡話兒掏出來！眾人齊聲說好，也不知是誰起了個音，幾乎是同時，大家一起唱起了俄羅斯歌曲《莫斯科郊外的晚上》。沒有人約定，所有的人都是從第三段唱起，真正的奇蹟了：

我的心上人坐在我身旁
默默看著我不聲響
我想對你講
但又難為情
多少話兒留在心上
長夜快過去天色濛濛亮
衷心祝福你好姑娘
但願從今後
你我永不忘

在那莫斯科郊外的晚上

歌聲在河面上蕩漾，在遠處的山谷裡繚繞，那是久違久違的歌聲了，自從革命後，他們從來沒有唱出口，也許在心底唱過，也許在胸中默念過，可是神聖的階級鬥爭理念佔據了他們的心頭，不能唱，因爲他們是與傳統決裂的新一代，不敢唱，因爲那是蘇聯修正主義的黃色歌謠！在經歷了漫長的精神沙漠之旅後，他們像忽然發現了綠洲，突然遇上了甘泉，在大自然的懷抱裡，自然的唱出了他們的純情，傾訴著他們青春的渴求。那聲音，穿過草地是那樣的柔情，拂過岩石是那樣的溫暖，在衝向夕陽映照的晚霞的時候，沉沉的隱隱的還充盈著熱血和蒼涼！他們反覆吟唱：

深夜花園裡，四處靜悄悄
只有風兒在輕輕唱
夜色多麼好
視野多爽朗
在這迷人的晚上

小河靜靜流，微微泛波浪
水面映著銀色月光
一陣清風
一陣歌聲

多麼幽靜的晚上

他們唱了不知多少遍，遠沒有像今天如此投入。他們沉浸在歌聲裡，忘了太陽已經落山，忘了夜幕悄悄來臨。這時候，有一幫人，向他們躺著的草地趕來，嘈雜的腳步聲，他們也沒有聽見，他們全然忘記了自己所處的環境，這裡，並非世外桃源。

「不許唱！你們反動透頂了！」一聲霹靂在他們頭頂上炸開。丁春峰他們一邊嘴裡還在唱著，一邊抬頭看，見他們周圍站著一幫人，領頭的有胡瑤淩、白雨星，一個個義憤塡膺的樣子，瞪著眼圍住他們。

「工宣隊找不到你們人，原來你們躲到這裡大唱蘇修歌曲了！你們也太反動了！」胡瑤淩怒氣衝衝，大聲說著，嘴邊腮幫鼓起，食指直指地上躺著的一群小夥子。

眾人見此情景，噶然停止了歌唱。剛才還是激情澎湃的歌聲，頃刻間，被擱淺在半空中。

——第四十三章 冬至大如年

「聽說你們唱反動歌曲了？」沈玉金架著二郎腿，背靠著椅子，眼睛盯住丁春峰，問道。

丁春峰站著，朝沈玉金看了一眼，斷然否定：「我們沒有唱反動歌曲！」這個回答乾脆有力，是他和白雨虹商議的對策。那群草地上的同學，昨晚上再次到白雨虹家聚集，見白雨星在，又密約跑到城牆上匯合。大家心事重重，明白面對突如其來的變故，弄得不好會飛來橫禍。倘若胡瑤淩、白雨星他們抓住此事，大做文章，工宣隊又支持的話，絕對沒有好果子吃的。大家商議的結果，爭取主動，先讓丁春峰去找工宣隊長沈玉金，其餘人對外的口徑與丁春峰完全一致。

沈玉金抬了一下眼皮，繼續說：「沒有唱？有人親耳聽見，親眼看見，不是一個人聽見看見，是一群人！」

丁春峰利索的回答：「沈師傅，我們都是紅衛兵，我也是在市裡最早參加革命的，我們怎麼會一點覺悟沒有？什麼是反動歌曲，什麼是革命歌曲，我們怎麼會分不清呢？當然，我們唱的不能完全算革命歌曲，那也肯定不是反革命歌曲！不能算紅色歌謠，也肯定不是黃色的東西！」沈玉金一邊聽著，一邊打量丁春峰，覺得丁春峰剛才說的話，有點兒坳口，像在繞口令。

沈玉金聽了彙報，還沒搞清楚那首歌到底是什麼？模模糊糊知道是一首蘇修的歌曲。見丁春峰在澄清，就示意丁春峰坐下說。丁春峰還是筆挺站著說：「那首歌是俄羅斯民歌！早在蘇修產生之前，它早就在老百姓中唱開了！」丁春峰加重語氣，重複了一遍，歌曲早在蘇聯產生修正主義之前早就有了。

「嗯。是這樣……」沈玉金鬆了口氣，忽而又皺了一下眉，說：「歌裡面有吊膀子的事吧，男歡女愛的，還在夜裡面亂搞，黃色！」

「不是的！不是黃色的！」丁春峰額頭急出了汗，一時急中生智：「那個時候，蘇聯紅軍也唱，列寧的時候，史達林的時候，人家革命軍隊的戰士也唱過，裡面表達了無產階級的革命愛情，不對不對，無產階級的、男女革命同志的、偉大的友誼！」丁春峰說完，嘆了口氣，他自己也沒搞明白到底有沒有這回兒事情，反正先堵住沈玉金的歪念再說。

沈玉金站起身來，拍拍丁春峰肩膀，丁春峰乘勢坐了下來。沈玉金拖長了語調說：「不管怎麼說，小丁啊，還是多唱唱北京的金山上光芒照四方，少哼哼莫斯科夜裡漆黑黑。你根正苗紅，誰人不知道！有時候犯點兒差錯，也不算什麼。但是，立場、思想不能有偏向。聽人說，你跟那個思想頑固的老同學來往密切，可要注意立場啊！」

丁春峰明白沈玉金指的老同學是誰，其他人說白雨虹老右，他都要辯論一番，見工宣隊長這麼說，他心裡毛躁起來，馬上辨白：「那個老同學不就是書呆子一個？有的人就是會誇張！別人不清楚我清楚，哪有什麼思想問題立場問題？對了，沈師傅，你看看學校裡那麼多的歡迎標語，還是那個老同學參加一起寫的呢！」

沈玉金盯著丁春峰臉看了半天，確信他說的是實話，再說自己可以進一步核實，就換了一個角度教育：「你是紅衛兵的頭，你要帶好革命的頭，帶好先進的頭！你看看人家，胡瑤淩、白雨星他們，衝鋒在前，大批判的集子出了一本又一本，把那些個臭老九一個個批鬥，鬥的牛鬼蛇神灰溜溜。你們呢，時常人影都不見！小丁啊，階級鬥爭很複雜，你要保持革命的朝氣，不能停頓，繼續革命不動搖！」

丁春峰連忙點頭：「一定！一定！」

丁春峰回去把見沈師傅的情景，一五一十跟夥伴們說了，大家稍稍鬆了口氣。丁春峰學乖，不再領著大夥兒去白雨虹家。白天也乖乖地在學校參加大批判，有時候也坐坐主席臺上，可心思卻不在會場裡。沈師傅說，學校妖風陰氣，盤根錯節，牛鬼蛇神烏龜王八多，類似姓鐘的教師，資產階級分子，要一個一個揭發出來批鬥。學生揭發教師，教師揭發教師，越揭發敵情越嚴重，董立人過去最崇拜孫中山，課堂上講過孫中山讓位大總統，爲民主共和，不計個人利益，高風亮節。那是徹頭徹尾的反動言論！經同學們一揭發，董立人只得天天跪著接受批判。後來連小驢子的舅舅也被人揭發出來，說他前些日子積極參加文化大革命，完全是僞裝，某年某月某時某刻應從聲，在宿舍單獨輔導過女同學，是個隱藏得很深的流氓分子。一經揭發，應從聲立刻被紅衛兵拖到臺上，他大喊大叫冤枉，還是被衆人按下了頭，跪下來接受批判。丁春峰這場面見多了，覺得鬥來鬥去，沒什麼趣味，時不時眼前跳出母親臨終前的身影，革命來革命去，自己母親就這麼在武鬥中死了，他覺得革命下去不知怎麼收場，他迷茫，眞不知前程如何走，仿佛失去了方向感。丁春峰偶爾也發發言，遠不如胡瑤淩那幫子人充滿激情，有點像背臺詞。過了些日子，見唱歌風波過去，他還是白雨虹家的常客。

好長時間，白家清清靜靜。白雨虹抓緊時間學英語，還去了趟姑媽家。姑父打傷後沒錢醫治，躺在床上，瘦骨伶仃的，姑媽整日以淚洗面，白雨虹看的心裡酸酸的。龐來珠拉著雨虹

的手，問自家哥哥跑到哪兒去了，白雨虹小聲地說了大概，一家人個個落淚。來珠還陪著雨虹去見了水妹子，白雨虹買了鉛筆、橡皮、作業本，把帶來的小學課本，都送給了水妹子。白雨虹去見土根伯，不巧，鐵將軍把門，說是土根伯去公社參加學習班了，打聽了幾個人，大家都說不知道土根伯被學習的原因，白雨虹琢磨了半天，也想不出個所以然來，只好把帶來的一雙新買的解放鞋，托龐來珠轉送給土根伯。

白雨虹隨便看了一下手頭的報紙，頭版報導農村赤腳醫生的先進事蹟，還配了一幅新聞照片，照片上後面幾個人做陪襯的，有一個模模糊糊的人影像高建樹。正要細看，丁春峰來了，背後打了雨虹一拳，問他忙著看什麼。丁春峰眼睛掃了一下報紙，說：「你知道高醫生回來了麼？」

「不知道。」白雨虹說。

「我也剛知道。幾個赤腳醫生典型，來市裡做報告，高醫生名師出高徒，也一起陪著來了！」丁春峰一口氣說完。

「嗯。那我們去看看高醫生，不知道龐來舟怎麼樣了？他們會待幾天吧？」白雨虹急切的問道。

「最多兩三天吧！他們這次在幾個省級市巡迴演講，估計馬上去下一站。」丁春峰說著，提議道：「要去，抓緊去！」

白雨虹匆忙從碗廚裡取出幾個紙包，又去找舊報紙，想再包裹一下。丁春峰笑著問，是什麼貴重東西，要一層一層包著，打開一看，是一大包梅鱭魚乾，一大包醃蘿蔔片，一大包筍乾，丁春峰問：「都是帶給龐來舟的？你去過鄉下了？」白雨虹一面點頭稱是，一面從床頭櫃裡找出幾張皺巴巴的人民幣，塞在包裹裡。

丁春峰見狀，馬上從自己兜裡掏出一張五元紙幣，也要塞進去。白雨虹一把擋住了他，丁春峰說，雨虹我們是哥們，來舟也是哥們，哥們就要兩肋相助！白雨虹說，替姑表弟弟謝你了，五元錢夠你過半個月，你也要過日子的。心意我們領了。白雨虹硬是謝絕了他。

高建樹前腳剛進宿舍門，聽後面有腳步聲，回頭看，見白雨虹帶了一個面熟的青年走來，忙熱情的招呼。白雨虹介紹了一下丁春峰，說是同學加鐵桿兄弟。高建樹想了片刻，遲疑一下說：「小丁，是紅衛兵的頭頭吧！哦，想起來了，你領著紅衛兵來過找人，好急切的樣子，好威風！」

白雨虹不明就裡，笑著說：「丁春峰現在還是威風凜凜的樣子啊！」

高建樹的話，無意中觸動了丁春峰心靈柔軟的一塊。他那個時候，帶了一幫紅衛兵，還有聯派的人，來找母親。攻下碉堡樓後，他送母親來急救，無奈已經沒有回天之力。母親放在醫院的太平間，母親的遺體就在這家醫院失蹤了！他瘋狂的找遍醫院的角角落落，也沒有一點消息。他回去問父親，還跟父親差點打起來。每提及這事兒，永遠是他心中的痛。高建樹和白雨虹也不知詳情，丁春峰只得臉部牽動了一下，像笑又像哭，煞是尷尬。

三人坐定，高建樹忙著泡茶。白雨虹心裡急著想知道龐來舟的安危。他跟來舟約好，去了要來封信。一直沒收到信，心裡不踏實。後來，白雨虹判斷，有高醫生在那裡，來舟也不會有大的閃失。龐來舟也是機靈人，革命時代的信件，就像一個當街走動的裸體的人，弄得不好自我暴露藏身之地，不寫反而是報了平安。高建樹見白雨虹急切的眼神，明白白雨虹想馬上知道來舟的消息，微笑著做了一個打鑼的動作說：「平安無事囉……」這是紅色電影《平原遊擊隊》中的一句流行臺詞，大家聽著，都會意的笑了。

高建樹輕聲把大致情況說了一遍。聽高醫生說，來舟還真有點兒學醫天分，一般草藥到他手裡，辨認得清清楚楚。高家老輩，也挺喜歡這個小夥子。白雨虹聽了，心裡的石頭，這才落了地。白雨虹問高醫生巡迴培訓大致還要多長時間，高建樹也沒底，也說不準，就看上頭的意思了。如今響應號召，支農醫生一時半晌回不到城裡，看來少則半年，多則幾年吧！白雨虹估摸著，時間長些也好，等風頭過去，龐來舟好平安回去。

白雨虹說了些謝意的話，高建樹打住他別說了，如今世道亂哄哄的，大家總得過日子。白雨虹說起了姑父鄉下收成不好，問高醫生家鄉怎麼樣。高醫生也搖著頭，皺著眉。白雨虹說：「城裡廠裡開工不足，鄉下又是歉收，那往後怎麼個收場啊！革命到今天，壓了好幾屆畢業生，進不了大學，也進不了工廠，沒有工作，無法就業，整天蕩在社會上，喊口號寫大字報，那還像個國家麼？」

丁春峰談談一笑，搭話：「雨虹就是憂國憂民！」

高建樹搭上話頭：「大學停辦了，我們醫院有三年沒進一個醫生了。虧他老人家想得出來，把農民變成醫生。土方、草藥對某些個體有療效，機理還是要實驗的。做醫生，不經過正規訓練、臨床實習，行麼？」

白雨虹嘆了口氣，說：「神漢巫醫，跳舞念咒，能治病，人們信啊！你這個會手術的外科醫生算什麼？念一下語錄，立刻顯靈。領袖像掛到哪裡，那裡的妖魔鬼怪統統逃跑，那裡就是人間天堂。如今我們差不多回到圖騰時代了。」

「我把一些醫書帶到鄉下去，白天也不便看，都是沒人的的時候，才關著門看。」高建樹微微搖頭，無奈地說：「鑽研業務，做好本職工作，卻成了見不得陽光的事情，說是走白專道路！還有，醫書裡的人體插圖，我都撕掉了，免得被人抓把柄，說我思想黃色。大家正經事不做，七鬥八鬥，邪的當正的，還有沒有個完結？」

丁春峰聽著他們說話，嚷道：「別多發牢騷啊！革命就像愚公移山，一點一點來。想當初「老三篇」我們背的滾瓜爛熟。挖掉帝國主義、修正主義兩座大山，我們中國人，只要觀念領先了，其他就好辦！思想先進了，山能搬掉，奇蹟能創造，紅彤彤的世界就能實現。」

白雨虹提高聲音，有點小激動，說：「啊呀，我倒又有新發現了！」丁春峰和高建樹知道雨虹又要發表謬論了，忙問什麼新發現？白雨虹說：「春峰一席話，倒使我想起來，好耳熟的，古代儒家也是這麼個思維方式！君子謀道不謀食啦，禮比食重啦，只要思想先進！夫子們是不是真的不吃人間煙火食，吸空氣吸飽肚皮？還有那個朱熹，更是走極端了，『存天理，滅人欲』，多麼高的調門！」

高建樹聽懂了，點頭說：「這麼說，『文革』看似調門新鮮，骨子裡跟傳統文化中某些細胞一脈遺傳，遺傳加變異，加點新詞彙，舊瓶子上貼了一張新標籤而已！」

白雨虹接著說：「那倒不是？一味的要人們思想紅又紅純又純，還不是把大家弄蠢了完結？解放全人類，有沒有這回事兒？弄得不好人家比我們生活得好呢！許多日用品我們買不到，大家窮的叮噹響。再看看那麼多高中生初中生，荒廢光陰，沒有工作，沒有就業，總要有個去處啊。搞不好，又出個什麼新名堂，搪塞一下糊弄百姓！」

丁春峰笑著說：「雨虹的心思就是重，皇帝不急急太監！形勢大好，不會餓死人吧！」

白雨虹沒有笑，說：「我們十來歲的時候，餓死的人還少？」

提及那個年代，幾乎天天餓肚子，他們看到一個個大人餓的浮腫，路上常有人昏厥過去。那段記憶無法抹去。白雨虹那時候還小，母親買了一隻熟山芋給他，剛吃了一口，就被路上的饑民一把搶去了。屋內沉悶著。丁春峰抬頭說：「大聯合了，工宣隊進校了，估摸著我們大概也要進廠工作了。我知道雨虹想進大學的，路堵塞了，所以老是唱反調。我也有想不通的地方，爲了革命，犧牲點個人利益吧。我們思想跟不上毛主席，我想，老人家會替老百姓著想的。」

「是嗎？」白雨虹分明疑慮重重：「那麼老百姓想勤勞致富，怎麼成了投機倒把？想賺點兒錢，改善一下生活，條條道路走不通。別說追求財富了，機會都沒有！」

高建樹疑惑地說：「做工的，跑到學校醫院來做領導；種田的，折騰去開批判會；那些老幹部，發配去五七幹校改造；藝術家、作家、科學家、醫生、學者趕去幹體力活兒，荒廢多少智力？個人犧牲了時間和專業，一個個加起來，整個社會的犧牲，不是小事兒了！」

白雨虹接應說：「老人家喜歡用帶軍隊套路。一切劃一，思想劃一，行動劃一。搞經濟大概不能是軍隊的套路吧！不懂就是不懂唄，幹嘛要瞎折騰！我們讀歷史，你看人家華盛頓，天下打下來了，他卻主動讓位，不貪戀權勢，拒絕專制，帶領美國走進民主社會。」

丁春峰沒有立刻聽清白雨虹的話，稍稍疑惑了一下，瞥了白雨虹一眼，聽下去，知道白雨虹的話，是話裡有話了。白雨虹也看了一眼丁春峰，說：「評價一個人，是要看他如何對待個人利益，是凌駕於整個社會之上呢，還是把個人利益放在國家、民族利益之下？比比人家華盛頓吧。你看老人家，老是叫別人犧牲利益，自己怎麼老是比憲法還高呢？」

高建樹怕隔牆有耳，白雨虹一番話足夠定罪現行反革命了，他警覺地站起來，看看門外走廊，有沒有旁人。白雨虹意識到話題的敏感，也就打住了，沒再說下去。丁春峰熟悉他的老朋友，也知道白雨虹在說什麼，他想的沒那麼多，覺得白雨虹讀書讀多了，是不是讀成一根筋了？高建樹見時間不早了，去食堂打了三份飯，留著雨虹他們吃了頓便飯。

白雨虹從高建樹宿舍出來，拉著丁春峰去買冬釀酒。丁春峰不解的問，雨虹還想過冬至節？白雨虹反問，爲什麼不能過冬至節？丁春峰心裡嘀咕著，如今春節都革命化了，你還惦記著過冬至呢！除了你，還有誰，敢惦記著過這種封建主義的習俗？想歸想，丁春峰還是陪著雨虹，走了一家又一家的店鋪，都說冬釀酒斷貨了。一直走到升平橋堍一家不起眼的煙雜店，滿頭白髮的店主，人稱許老闆的，把自己釀的酒，送了一瓶給白雨虹，無論如何不肯收錢，說是他自家釀的酒，不能叫冬釀酒，叫普通米酒，老百姓的土酒，送送親朋好友和客戶的。白雨虹心裡暖烘烘的，店主吳儂軟語中，跳躍的不僅僅是熱心，還有民間含蓄的智勇。農曆冬至，本是夏商周的元旦，泰伯奔吳，斷髮文身，把中原文化帶到了荊蠻之地。大概有三千年了，雖說後來曆法不再視冬至爲歲首，古吳大地，世代相傳，冬至節成了僅次於春節的重要節日。每逢冬至夜，闔家歡聚，包春捲，做湯糰，美美咀嚼著羊糕，慢慢品嚐著冬釀酒，那幽幽的小巷裡，靜靜的小河上，散漫著帶著桂花香的酒味兒。孩子們手裡拿著春捲，咬著餡兒，跑進跑出，觀察著老天，看它下不下雨？如果天淅淅瀝瀝下起雨來，孩子們會拖著童音，拍著手，像是唱歌似的拉長句子，歡呼雀躍：「邋遢冬至乾淨年——，邋遢冬至乾淨年……」那清脆的童聲，空氣中淡淡的酒香，與粉牆黛瓦小橋流水一起，成了刻印在白雨虹的腦際中醇美的風俗畫。

丁春峰見白雨虹開心的樣子，順著說，家裡也有一瓶陳年白酒，他父親有一次去西北出差

帶回的，也是人家送的，說是五十多年前的陳酒，跟送去巴拿馬萬國博覽會展出得大獎同一窖的。白雨虹笑著問，那藏到今天不容易，你老爸怎麼沒有把它革命掉？丁春峰說，他是半個酒鬼，奇怪的是，這瓶酒他不捨得喝。革命開始，他慌慌張張地把瓶上的標籤撕了，現在別人也看不出這是瓶好酒。白雨虹說，這麼說那酒瓶光著屁股，沒穿褲子？沒想到大名鼎鼎的丁向東也不過是半截子革命家！丁春峰狠狠擂了雨虹一拳，說沒想到白雨虹也會說粗話。

兩人在和坊街口分手。白雨虹反覆叮嚀，到那天，叫一幫下軍棋的棋友們到他家來過冬至夜。丁春峰說，他也帶幾個熟菜來盡盡興，還說把家裡的寶貝白酒一起帶來。白雨虹沒同意，說冬釀酒不夠，他去買黃酒，菜由他來張羅。冬至日前一天，白雨虹叫上妹妹，在家忙乎了一天，煮菜、做餡；熬湯、炒菜。市場上羊肉買不到，外祖母家有個表親住在穹窿山附近，那裡的羊肉是出了名的，他幫忙弄了一塊來，加了佐料：豬肉皮、茴香、桂皮，一起煮了，成了膠質狀的稠湯，然後放在大盤裡，擱在天井裡凍了，做成了好大一塊羊糕。

白雨虹打發雨蘭去拷酒，自己把一盆盆菜放在桌上，也把那瓶冬釀酒放在了一大盤羊糕的邊上。白雨虹一邊欣賞自己的手藝，一邊等待朋友們的光臨，心裡喜洋洋的。可是，等了半天，沒有半個人影兒，連出去拷酒的妹妹也沒回來。白雨虹想出去打公用電話，但是也不知道丁春峰他們在那兒，正胡思亂想間，附近雜貨店的小夥送來了公用電話記錄單子，白雨虹一看是丁春峰打來的電話，上面說，實在抱歉，工宣隊召集緊急會議，他們都關在學校開會，跑不出來。還說，校革委的成員白雨蘭，也在學校開會。白雨虹給了那夥計送單錢，把那個電話單子攥在手裡，心裡涼了半截，剛才熱乎乎的勁頭，突然間跑的杳無蹤影。

家裡的鐘打了十下，白雨虹心情鬱鬱悶悶的。他把桌上的菜盤子一個個放入碗櫥裡，孤獨地在燈下看了幾頁書，便上床睡了。白雨星、白雨蘭半夜才回家，他們的聲音，聽得出來，盡量放低，白雨虹還是聽得清清楚楚。像往常，白雨虹總要問問，今個兒，白雨虹心情忒不好，懶得問，迷迷糊糊半醒半睡，過了個懊糟的冬至夜。

冬至日，整個兒一天，白雨虹沒精打采的，一個人打發時光。白雨星和白雨蘭倆個，好像神秘兮兮的，又不知跑哪兒去了。好在革命以來，白雨虹孤獨慣了，他把家裡的有線廣播關了，語錄歌的狂歡，樣板戲的高調，惹人心煩。遠處，仍然依稀可以聽見高音喇叭的聲音，對比起來，家裡就顯得格外靜闃。這一天，陽光送到了南半球的極致，開始慢慢回歸北半球了。光明開始越來越長，太陽在吝惜了半年之後，要越來越多的露臉兒了。在晝短夜長的轉機時刻，白雨虹覺得隱隱有一種不安，那感覺無法用語言表達，心裡煩躁，又像有什麼事情發生。

傍晚，先是雨蘭回家了，舉著報紙，興沖沖告訴大哥：「毛主席發表最新指示啦！」。白雨虹懶得問，三天兩頭都有最新指示，也不覺得什麼稀罕。緊接著，雨星也回家了，白雨虹有點兒愣愣的，怎麼弟弟這麼早回家？白雨星在哥哥面前擼了擼頭，憨厚的笑笑，也是雨蘭剛才那句話，說：「毛主席號召廣大知識青年到農村去，接受貧下中農再教育！」雨虹一聽，心裡一個激靈，追著問，什麼什麼？白雨蘭插出來說：「大哥眞是閉塞！滿大街都知道啦，毛主席號召知識青年到農村去，我們大學習大討論，堅決響應號召，上山下鄉幹革命，反修防修不動搖！」白雨虹滿腹狐疑，問弟弟：「眞的麼？」白雨星笑道：「哥，你眞的像生活在世外桃源了。廣播裡也廣播了。明天，我們組織全市的誓師大會和盛大遊行，你怎麼一點都不曉得？」白雨星見家裡廣播關了，順手拉開了開關，屋子裡立刻充滿廣播員激情的聲音。白雨虹對弟妹說，他想安靜，廣播聲音鬧人。你們先吃晚飯吧，家裡好菜多呢，昨夜過節沒過成，你們多吃點。

「今天過節也不遲呀！」說遲慢，那時快，丁春峰領了一幫人，推進門來就咋呼著：「快拿酒來，我們今晚補過冬至夜，過節過節！」

小驢子、黑皮兵他們一個個魚貫而入，大夥兒歡聲笑語，頓時，白雨虹家洋溢著節日的氣氛。丁春峰與白雨蘭，挺默契地，把大盤小盤的熟菜，一股腦兒搬上了桌子。白雨蘭說，廚裡還有一大碗菜肉的餡，還有皮子呢。丁春峰號召弟兄們，自己動手，把餛飩包了。眾人拾柴火焰高，片刻功夫，數百個餛飩，如葵花子似的環狀排列，佔據了滿滿一大匾。

黑皮兵、白雨星提議先吃餛飩，嚷嚷著肚子早唱空城計了。丁春峰、小驢子則反對，應該先喝酒，要不虧待了滿桌子的好菜。白雨蘭支持丁春峰，冬至冬至，不喝冬釀酒，凍死老娘舅。哪有不先喝酒的道理？黑皮兵掩藏不了調皮勁兒，假裝一本正經地反駁，白雨蘭只知一，不知二。冬至幹嘛吃餛飩，還不是冷煞冷煞，冷在耳朵，吃了做成耳朵狀的餛飩，才不會凍煞哩！眾人哈哈大笑。

想吃餛飩的自己動手，忙著燒水煮。丁春峰則招呼大家斟酒、動筷。眾人笑他，今個兒喧賓奪主了。丁春峰脖子一挺，拍了一下胸脯：我的地盤我做主，白家就像我丁家，常來常往的，起碼是半個主人！眾人又是一陣壞壞的笑。丁春峰一把拉過白雨虹，叫他坐在邊上，還問是不是？白雨虹想著心事，呲牙一笑，沒立刻答話。白雨虹的腦子裡，一些問題在打轉。動員青年去農村，全部還是部分？臨時還是一輩子？

丁春峰舉著酒杯，說：「哥們！先乾了這杯酒！」

白雨星敏捷地舉起酒杯，搶先說：「革命同學們！一起乾！響應毛主席號召，到農村去，滾一身泥巴，煉一顆紅心！」

眾人一乾而盡，一陣歡呼，搶著吃菜。白雨虹沒有站起來，看著報紙上的通欄大標題發呆。雨蘭把切好的羊糕又端了一盤上桌，對雨虹說：「別看報了，橫看豎看的，就這麼幾個大字，「上山下鄉，向共產主義邁進的一個偉大戰略部署！」有什麼好琢磨的，大哥就是那麼個呆勁！吃吃吃，快吃吧……」說著，一把搶去了雨虹手上的報紙。白雨虹苦笑了一下，便靜靜聽著夥伴們激情洋溢的對白。

「春峰，我們去農場，還是去縣裡插隊啊？聽說，好幾個地方的公社革委會，都歡迎我們去呢！」黑皮兵嘴裡嚼著餛飩說。

白雨蘭雙手一拍，說：「我看還是去農場，聽說那裡專門組建女子連隊！」說著，不經意間瞥了雨虹一眼，只見大哥臉色轉陰，朝她瞪了一個白眼。

大夥兒催促丁春峰，嚷嚷著問他想去哪兒。丁春峰看看白雨星，意思想聽聽雨星的想法。白雨星豪情迸發：「我要去雲南！」

眾人大吃一驚，屋子裡立刻靜了下來，等著白雨星往下說。白雨星本來喝酒就臉紅，現在愈發泛著紅紅的暈光：「我已經去過上海，我們跟他們紅衛兵兵團走，一起去雲南！毛主席揮手我前進，到邊疆去，到最艱苦的地方去，革命到底！我，胡瑤淩、還有十幾個人，我們決心去雲南。在座的各位，願意一起去嗎？」

小驢子不解的問：「雨星想去雲南，莫非還有別的繼續革命打算？」

「也沒什麼特別的打算。」白雨星喝了口酒，說：「人家上海、北京大城市，跟我們小地方的不一樣。許多人報名去新疆、內蒙古、黑龍江、雲南，一面守國土，一面種莊稼，誓把萬裡邊疆建設成鋼鐵長城！革命者應該志在邊關，四海爲家！」

白雨蘭激動地說：「二哥早就胸懷大志！你們不知道，我可猜得到，二哥為什麼想去雲南？二哥還想做游擊隊員呢，國界外邊有紅色游擊隊。去了雲南，就有機會參加武裝鬥爭，參加國際共產主義運動！」

大夥兒聽得，對白雨星肅然起敬。他們從內心裡欽佩白雨星的勇氣，紛紛向雨星敬酒。丁春峰真誠的舉杯說：「過去聯派與紅派對立，我們打過仗，對手裡面，我最敬佩的還是白雨星！」說著，一口悶了一杯酒。一時間，眾人紛紛說著自己的志向，有想去本地區鄉下的，也有想回原籍的，丁春峰考慮還是去黃海邊上的農場。白雨蘭開始嚷著跟二哥一起去雲南，白雨虹以不容分辯的神態，告訴妹妹別胡思亂想！丁春峰在嘈雜的聲音裡，聽見白雨虹對妹妹說，你年紀這麼小，去那麼遠，大哥會放心麼？丁春峰見白雨蘭不吱聲，想來雨虹的話起了作用。丁春峰心裡有底，關鍵時刻，雨蘭還是聽她大哥的。於是，丁春峰更堅定了自己的去向。

丁春峰對大家說，白雨星去邊疆，我想去海防。他決定去農場，那裡半軍事化的組織，適合他的脾氣性格。黑皮兵也說去農場，接著好幾個人都說去農場，小驢子說他不合適，還是去縣裡面插隊落戶。白雨蘭看看二哥，又看看丁春峰，急著問大家，她去哪兒？大夥兒都笑了，你的身子是自己的，怎麼問起別人了？黑皮兵腦筋一閃提議道，白雨蘭跟丁春峰走，兵團農場有文工團的，白雨蘭好發揮特長。白雨蘭平時心思蠻活絡的，見丁春峰一幫人往黃海去，她心裡的天平自然倒向了那邊，眾人起哄，也都說白雨蘭合適去農場。她情急之中，想起問問大哥，見雨虹一臉的灰色，話到嘴邊，卻變成了：「大哥，你去哪兒呢？」

白雨虹沒好氣色的，只說了一句：「我還沒想好呢！」

——第四十四章 上山下鄉煉紅心

白雨虹確實沒有想好，他需要時間清理思路，就像漫長的冬至夜過去，面對一天天拉長的光亮，他需要慢慢的感受。街邊的樹上、廠房的圍牆、深深的小巷，花花綠綠的標語，又是鋪天蓋地，撲面而來。「知識青年到農村去，接受貧下中農再教育！」只要稍稍抬頭，空中到處掛著這樣的巨大橫幅。白雨虹心裡彆扭著，一直解不開一個疙瘩，爲什麼高文化的人，要去接受鄉村中低文化人的教育？名爲教育，是不是教育？這位領袖，號召城市青年去農村，對白雨虹來說，覺得那是一個反邏輯的荒誕，英國圈地運動以來，人類一步步的走向城市化，而我們卻是逆向走勢，突兀的去社會返祖！以往他只是隱隱地感覺，那麼多畢業生流盪在社會上，總要有個去處，他沒想到會一刀切，百分之百的，像充軍似的趕去鄉村，白雨虹毫無思想準備。他迫切地趕去藍欣欣的住處，想跟她交流自己的感受。經過自己母校門口時，瞥見碉堡樓頂上，一條白底紅字的巨幅標語，淩空往下：「毛主席揮手我前進，紮根農村一輩子！」白雨虹倒抽了口冷氣，就像一顆巨型導彈從天而降，裹著巨大的氣浪襲來，不禁打了個寒顫。他轉輾幾處，好不容易找到藍欣欣家最近的住處，邊上人家告知，藍祖禹去了五七幹校，家屬回了原籍。

一時間，白雨虹癡癡站了十幾分鐘。他怪怨自己的遲鈍！兩三個月前，他也好像聽說，許多幹部下放了，去五七幹校集中勞動，他沒有聯想到，藍欣欣和她的母親會遣返原籍。如果事先知曉，白雨虹無論如何也要跟藍欣欣見面。不管藍欣欣理他也好，不理他也好，他也要跟她

說說話，那一別，不知多少年後才能相會！眼下倒是，藍欣欣走了，連一句話都沒說走了，他心裡痛，頭也痛，從來不失眠的他，夜裡整夜睡不著。以後的幾天裡，他一直在發偏頭痛，腿腳走路軟軟的，像是患了重感冒的樣子。走在街上，碰到熟人、同學，他們都會瞪大眼睛問，白雨虹你好像氣色不好，生病了麼？接著，人們自然而然問：白雨虹，去農村，你報名去哪兒？

人們關切的問一次，白雨虹心煩一次。他能去哪兒？去邊疆？去農場？去公社插隊？那些，通通不是他想去的地方。他想去的地方，應該是洋溢著書香的地方，那裡有古樸的圖書樓，那裡有寬敞的報告廳，那裡有綠茵茵柔軟的草地，那裡有站在講壇上口若懸河的教授……，他多麼想，就像山澗奔騰的溪流，湧動著、歡唱著，匯入那知識的汪洋！有人嗜好山珍海味，有人喜歡憐香惜玉，白雨虹卻可以餓著肚子，把喜歡讀的書看完再吃飯，也會爲一個問題，走許多路去向一個又一個人請教，宏偉的知識殿堂裡每一個新發現，給他帶來無比的驚奇和愉悅！那種求知的快樂，就像性的快樂，一樣的味美雋永！求知就像吃飯，性愛猶如吃肉。飯，我所欲也；肉，我所欲也，兩者不可兼得，白雨虹寧願吃白飯。

白雨虹心煩歸心煩，對大家的詢問，他還是報以禮貌的回答：「我還沒想好呢！」幾天來，這句話，使用頻率最高，差不多快成了口頭禪了。白雨星、胡瑤淩他們，咬破手指，用鮮血寫下的決心書，醒目的貼在市革委大門口，前面湧動著無數的人頭。人們一面大聲讀著決心書，一面意氣風發的喝彩。一群一群的人，圍在那裡，仿佛在決心書的字裡行間，預見了未來想像中的美好，無比的激動，眞誠的憧憬！白雨虹通過攢動的人頭的縫隙，看到了他的弟弟、他的同學們熟悉的筆跡，紅紅的字，在高懸的太陽下，像噴塗了一層油彩似的，伴有人體的餘溫，閃耀著青春的光澤。

不斷有人咬破手指，在決心書上簽名。每當一個青年簽完名，人群中便爆發出掌聲和歡呼聲。白雨虹面無表情地看著，他見到一個很像他弟弟的人，個頭比雨星瘦小，簽名後，轉過身來，慷慨陳詞，發表著熱情洋溢的演說。白雨虹根本沒聽清楚他在說什麼，卻是眼前不斷出現了雨星的身影，閃現、重疊，晃動、搖曳。他閉上眼睛也可以想像得出來，白雨星那種激奮昂揚的樣子。在這些天裡，白雨虹和白雨星照面，兄弟倆都是欲言又止的樣子，彼此想說什麼，常常說不上幾句，就會知趣的卽刻打住。直到白雨星打著背包，跟白雨虹告別了，他們好像突然都覺得，離別眞的到來了，弟兄倆眞的要分手了！白雨星馬上感受到了，大哥在極力壓抑著自己的感情，面部在輕微地顫抖，那種眼神夾雜著怪怨、關愛、無奈，他還是沒說話，一把拿起白雨星的行李，默默地跟著弟弟跳上卡車，送他到火車站。火車站鑼鼓喧天，又是一片人聲鼎沸的海洋。歡送的人們，向挎著背包卽將遠離城市的先行者，投去欽佩的眼光，相識的和不相識的，一路上人們都把他們當作自己的親人，親熱的問候、歡呼，白雨星不時向自己熟悉的戰友捶拳、摟著肩膀告別，也不時向那些不認識的歡送人群，揮動雙臂致謝。一群大孩子簇擁上來，把自己做的紅花，送給那些大哥哥大姐姐。白雨星的身上掛了好幾朵大紅花，他們以爲拎著行李的白雨虹也是插隊青年，也往他身上別著大紅花，白雨虹乘人不注意，把紅花取下，攥在手裡，悄悄地丟進了垃圾箱。

入口處，白雨星、胡瑤淩，還有二三十個去雲南插隊的人馬，一起匯合了。他們一個個穿著黃色的軍裝，腰間束著皮帶，神采飛揚，大聲招呼。白雨星是他們的靈魂，他走到哪兒，那隊人馬就移動到哪兒。白雨星從哥哥手裡接過行李，只說了一句：「哥，你回去吧！」邊上，同行們搶走了白雨星的行李，人浪推著他往前走。白雨虹根本來不及說什麼，見雨星已經走到

了月臺的盡頭。白雨虹傻待在原地，那頭熱浪滾滾，自己孤孤單單，就像叢林中一個被群體拋棄的受傷的動物，他感到自己徹徹底底邊緣化了，他是這個時代的多餘人！白雨虹記起來了，整理行李的時候，他悄悄塞進了幾本數理化的課本，期望弟弟在遙遠的邊疆，仍然不要荒廢學業，白雨星發現後，還是取出來還給了大哥。弟弟看他的眼神，似乎有點兒像看一個陌生人，現在想起來像在看一個怪物。遲疑了半天，雨星對他說：「我走了，哥，我眞擔心你！」白雨虹幾乎沒加思索，就明白了雨星話裡眞實的意思。白雨虹想說，我抓進去一次了，大不了再專政一次。嘴上沒說出來，心裡在想，兄弟，眞正擔心的，還是你啊！你以爲，憑著一腔熱血，滾一身泥巴，就能創造出一個地上的天國？你以爲，不需要專業知識和技能，就能夠建設成理想的大廈？兄弟啊，高喊口號，痛快；一身蠻力，帶勁！山高路遠水險，你覺得那裡是一馬平川，那裡是革命的舞臺，你怎麼不想一想，三五年後，十幾年後，那個你想像中的邊疆，眞的是你立身安命的地方？

白雨虹心中有一股衝動，眞想馬上把弟弟拖回家去！猶如在孩提時代，弟弟繞著飴糖擔子不肯走，嚷著要給他買飴糖吹成的大頭娃娃、孫悟空、山鬼妖精，買了一個還想買，白雨虹勸說無效，就發揮哥哥的權威，一把夾住弟弟的頭頸，把他拖回家裡。白雨虹不由自主地挪動步子，腿那樣的的沉重。他朝雨星方向挪動，看得見，卻似乎那麼的遙遠。他知道，自己的想法，如此的不合時宜，說出來，雨星會嗤之以鼻，他還是想靠近弟弟，哪怕再說上一句話，心裡好像踏實許多。白雨虹慢慢靠攏前邊人群，雨星根本沒有注意到哥哥，依舊跟戰友們談笑暢敍。人們叮囑他，到了雲南趕快來信，寄照片來。白雨星轉身之間，向著衆人大聲說著，他相信會更多的人來邊疆，他在南國歡迎大家！白雨星他們一行人登上列車，一個個身子探出窗戶，向月臺上的親友揮手辭別。雨星站在踏板上，一時間場面亂哄哄的，下面的好友們再次爭相與他握手，白雨虹腦子裡嗡嗡作響。白雨星臉上掛著自豪的笑容，那是一種男兒去完成使命的豪邁神情，雨虹太熟悉自己弟弟了，認定了一樁值得去做的事兒，那種赴湯蹈火的赤誠，義無反顧的本色，似乎是雨星與生俱來的天性。白雨蘭不知從哪兒突然冒了出來，往雨星手裡塞了一包東西，雨虹見黃黃的包裝紙上還在流汁，立馬猜到那是一包剛出爐的糕點。白雨蘭亮著清脆的聲音，舉著拳頭揮動，像是跟雨星告別，又像是向周圍人炫耀：「二哥，二哥！你永遠是革命戰士！」白雨虹猛地驚醒，妹妹猜測雨星想做國際共運戰士，他也曾經問過雨星，弟弟淡淡一笑，既沒肯定，也沒否定。白雨虹板起臉，直截了當說過，那不是革命，那是玩命！雨星還是用怪怪的眼神看他，沒有答話。現在雨蘭說起，白雨虹發急，拼命撥開人群，想再叮囑弟弟不能胡來。時間來不及了，列車已經啓動了，白雨虹見無法靠前，只得乾脆退出來，踮起腳，向雨星打著手勢。白雨星還是沒有看見哥哥，在列車啓動的那一刻，他還在鼓動人們，似乎他不是即將遠行，而是正在參加一個狂歡的節日。他在招手喊著再見的同時，還是不失時機的鼓動大家一起振臂高呼口號。白雨星喊一句，滾一身泥巴——，眾人呼應高喊一句：煉一顆紅心——，然後，又是無數的手臂，高舉在頭頂鼓掌。

白雨虹耳朵嗡嗡作響，「煉紅心——」、「煉紅心——」響聲隆隆，排山倒海，似乎立刻把他的鼓膜震破。白雨虹頭脹欲裂，啓動的火車頭迎面駛來，就像一隻黑咕隆咚的怪獸，露著猙獰的面孔撲來，又從他身邊呼嘯地奔去。在駛過的一瞬間，兄弟倆打了個照面。白雨虹敏銳地捕捉到的，還是弟弟純純的笑容，手緊靠著耳際，微動著兩個指頭向哥哥招招，那是雨星孩童時代出門前的調皮動作，雨虹已經多少年沒見到弟弟這般摸樣了。白雨虹昏沉沉的，久久地

望著遠去的列車，心頭湧上一種不可名狀的預感，覺得弟弟遠赴南方前程渺茫。

一連幾天，丁春峰見白雨虹悶悶不樂的樣子，寬慰他，雨虹你別多想，雨星人靈活，不會有什麼閃失的。白雨虹淡淡的苦笑。小驢子也來找過白雨虹幾次，探聽白大哥，到底決定去哪裡。小驢子極力勸說雨虹，去縣裡鄉村插隊，相對農場，有點兒自由度。雨虹想看看書什麼的，也隱蔽得多。再說，一個大隊有好幾個熟悉的知青在一起，大家也好有照應。小驢子見白雨虹遲遲沒有回應，心裡隱隱覺得，白雨虹是不是怕幹農活，只是嘴裡沒說出來。有了想法，小驢子還是熬不住，見了丁春峰，把心裡的猜測說了出來。丁春峰斷然否定，說：「雨虹不是怕吃苦的人！你看看，過去去農村學農，重的髒的活兒，他都是搶著幹的。這些年，大熱天裡，踏著黃魚車送煤球，我看你也吃不了這麼樣的苦！」小驢子似乎豁然開竅，拍著腦袋說：「那雨虹肯定又有自己的想法了！」丁春峰贊同：「估計還不是小想法呢！他的牛脾氣來了，誰也別想拉動他！」小驢子擔心了起來：「他會不會頂著幹，什麼地方都不去？那他不響應號召，要吃更大苦頭的。」丁春峰也琢磨不透，白雨虹到底在想什麼，去哪兒插隊？記得那天冬至，白雨虹就一臉的不高興。丁春峰離開白家，平時常來常往，雨虹一般也不送出門。那次，雨虹還是跟了出來。丁春峰記起來了，雨虹神情沮喪地，抬頭看著天，自言自語說了一句怪怪的話：「冬至呢，過後還是長長的夜！」

丁春峰自己大腦的儲存裡，不斷地把白雨虹的片言只語串起來。丁春峰回憶起來了，白雨造虹找不到藍欣欣的那幾天，像丟失了魂靈，身子骨迅速的消瘦，脾氣躁躁的，時而消沉，時而又像尋找誰決鬥似的，胸腔裡起伏的憤懣，隨時會爆發出來。「丁春峰，你看看——」白雨虹曾經指著碉堡樓頂的標語，一股強勁兒的說：「一輩子呢！如今只有一種命運，一輩子去農村！千千萬萬人的前途，只有一條路走，沒有選擇。千千萬萬人的生活，聽憑一個人的主宰。」丁春峰不敢附和，這樣的怪思路只屬於白雨虹。白雨星走後，雨虹淡淡的苦笑中，悶悶的念叨：「春峰，你聽見了麼？雨星他們去幹嘛了？」那還不是去插隊落戶唄！丁春峰心裡想著，不等丁春峰回答，白雨虹自己回答：「聽見了嗎？煉紅心去了！不做學徒，學技術；不去讀書，接受更高的教育；不以謀生學本領，而是學習煉心術去了！」雨虹的幾句自嘲，幾句發問，丁春峰心裡還是微微有些震動，就像推開了一扇思考的窗戶。他把白雨虹的言語舉動連起來，斷斷續續拼出個頭緒來，心房不由地緊縮起來。

隨著出發的日子漸行漸近，白雨虹也時常去丁家，幫著丁春峰打點行李。白雨蘭趁著大哥不在，把小時候玩的布娃娃、連環畫塞進了包裹。丁春峰來白家的次數更多，有時候一天來個兩三次，見白雨虹把被褥、衣衫、日用品，能打包帶走的，都捆紮了起來，雨星拿走了一批，雨蘭也要帶走一批，白家一下子顯得空空蕩蕩起來。丁春峰見白雨虹床上只留了一條被子，想把自己的一件軍用大衣留下，白雨虹婉拒了。白雨虹說，你們乘輪船去，東西好多帶點。別看好像多了累贅，到了北邊，要什麼沒什麼的。

白雨蘭忙著找同學，和沈招娣她們一起，把宣傳隊演樣板戲的戲裝也一起拿來了，嚷著叫大哥幫忙打包。白雨虹皺了一下眉頭，丁春峰見狀，手腳麻利地替她們裝了一個大硬板紙箱，然後再用帶子呈井字形捆好。白雨蘭開心的跳著腳，拍手說丁春峰打得包裹箱子，有稜有角的，像解放軍打的背包一樣。白雨蘭還一個勁兒嚷著，丁春峰，到了農場你別忘了跟那裡的領導說，我們要加入文工團啊！丁春峰打趣說，別想的美啊，有沒有文工團還不知道呢，再說，人家還是先要你鍛煉，看你表現，才輪得上你。還是跟著我們大夥，去海邊鹽鹼地墾荒吧！

見丁春峰、白雨蘭、小驢子他們一個個馬上要離別了，白雨虹心裡悶悶的，也不多說話，跑了許多店鋪買手電筒，本地的商店已經售罄。白雨虹不聲不響去了一趟上海，買了一書包的手電筒回來，送給了一個個相識的同學朋友。臨別前一天中午，一大幫人在白雨虹家吃飯，拿了白雨虹送的手電筒，都說還是雨虹想的周到。大家又彼此簽名留念，依依惜別。等大夥兒走後，丁春峰看著白雨虹相視一笑，模擬京片子的調門說：「本大爺賴在白家不走了，今晚跟你繼續喝酒，咱們一醉方休！」

「好！喝，喝他個酩酊大醉！」白雨虹斟酒，自己一飲而盡。

丁春峰見狀，也滿滿倒了一杯黃酒，爽快地喝乾，說：「雨虹你夠朋友不？只管自己喝，我明天要走了，也不爲我斟一杯？」

白雨虹二話沒說，替春峰斟酒，碰了一下杯，自己喝了一大口悶酒，也不說話。

丁春峰爽快地喝了一大口，悶頭吃菜。白雨蘭見他們一大口一大口的喝，抗議道：「不能這麼喝！真的要喝醉的。」丁春峰笑著說，喝不醉的，都是黃湯。等黃湯喝完，喝白酒，他說，家藏的白酒帶來了，喝它一宿，做一晚上的白黨，明早還是紅黨。

白雨蘭認真地搖搖頭：「我聽人家說，喝混酒最容易醉的。」

白雨虹盯著妹妹看看，又低頭喝酒；看看，又低頭喝酒。雨蘭察覺到了，奇怪哥哥老是看她，正想問大哥幹嘛陌生生的看她，雨虹說話了：「雨蘭也喝一杯吧！你去了農場，大哥沒法照顧你了，也不知道什麼時候才能見面。自己處事說話，小心謹慎啊！」白雨虹千叮嚀萬囑咐的，放心不下妹妹，說著說著，神情沮喪，眼圈兒紅了。

丁春峰原想脫口而出，白雨蘭的一切，有他護著，他會照顧好雨蘭的。話到嘴邊，覺得好像有點兒不妥，沒說出來。

白雨虹苦笑著說：「春峰，你看看！古代老百姓，世世代代的，男耕女織呢，哪有叫女孩下田的？如今，不管男女，一律下鄉，眞是乾坤顚倒了！」

「大哥就是老落後！」白雨蘭分辯：「別這麼說啊，我是自己報名下鄉的，立志建設新農村的。」

「哭鼻子的日子在後頭呢！」白雨虹說著。

白雨蘭看看大哥，自顧自吃飯，也不接哥的話。雨蘭知道，跟哥多說也是白搭，幹農活肯定累的，這才叫鍛煉呢！白雨蘭心裡早就想好了，再重的活兒，她也要咬咬牙挺住，不哭，堅決不哭！叫大夥兒看看，我也是一個革命的鐵姑娘！我才不像你大哥，到現在也不報名下鄉，想賴在城裡不走？你不想在勞動中脫胎換骨？你是多麼需要出一身汗，滾一身泥，把你身上那種資產階級味兒去掉！白雨蘭心裡嘀咕，考慮對大哥的尊敬，嘴上也沒說出來。

白雨虹跟丁春峰聊著一件件革命以來的事，覺得像萬花筒似的，轉得炫目繚亂。就說紅衛兵吧，一會兒捧到天上，天安門廣場大狂歡；一會兒又跌倒地上，鋤頭鐵搭修地球。丁春峰說，這兩年就像做了一場夢，一會兒文攻武衛血拼爭正統，一會兒紅派聯派友情大聯合。人人跟線排隊，都怕站錯了隊，又誰也不知到底站得對不對。前一刻，登臺大批判他人，慷慨激昂，揮斥方遒。忽一會兒，低頭認罪，眼淚婆娑，做了他人活靶子。丁春峰碰了一下酒杯，嘆了一聲氣，雲裡霧裡，他也說不清，搞不明白，反正他也厭倦了。

白雨蘭趴在桌上，聽著他們海闊天空，那些往事她也知道，不覺得什麼新涵義。聽大哥說起梅老太太，雨蘭想起來心裡也是怕怕的，難過的。丁春峰說起自己母親，臨死前睜大眼睛，

他一直在猜母親想說什麼話，雨蘭聽著心裡也是酸酸的。聽著聽著，睡意襲來，睏睏的。剛才喝了點兒酒，從來沒喝過酒的她，覺得頭裡漲漲的，暈暈的，就先去自己房間睡覺了。沒睡著之前，雨蘭斷斷續續聽見，丁春峰在問大哥，你覺得吳佑孝究竟是眞瘋還是假瘋？雨蘭沒聽清楚大哥的猜測，模模糊糊間好像說不像眞瘋。又聽見大哥在怪怨丁春峰，怎麼不告訴藍欣欣家的消息，丁春峰說是以爲哥知道的……後來，他們倆個的話題又轉到上山下鄉來了，白雨蘭聽不清楚，也記不得了，酣然入夢了。

不知不覺，白雨虹跟丁春峰你一杯我一杯的，喝到了下半夜。丁春峰心裡有數，酒量比白雨虹大，暗暗的與雨虹在拼酒量。他想逗逗雨虹，聽聽他的心裡話。故意說道，他下鄉做個好農民，做個小班長，做個大團長，說不定做個農場書記，白雨虹居然一次次敬他，升一級，雨虹碰他一次杯子，弄的丁春峰不知道雨虹眞希望，還是微微醉了。末了，白雨虹冷不防冒了一句：「農村缺你一個好農民？」

丁春峰明白，白雨虹沒醉，思路犀利著呢！白雨虹接著說：「春峰，你說體力勞動是萬能的法寶嗎？」

丁春峰喝了一口酒，不清楚白雨虹的話，盯著對方的眼睛。白雨虹進一步說：「老幹部下鄉了，科學家、藝術家下鄉了，那麼多從事腦力勞動的人下鄉了，如今知識青年下鄉了，用繁重的體力勞動改造人，手上磨成老繭，靈魂就是紅色的啦？」

「那可不是？」丁春峰認眞的說：「恩格斯說的，勞動把猿變成人，勞動神聖啊！」

「那麼，如果人一直處於重複的體力勞動中，會不會，勞動把人變成猿呢？」白雨虹發問，丁春峰楞了一下，直接回答不會的。

白雨虹笑笑：「你怎麼知道不會呢？我可是知道，一個孩子，從小在狼群中生活，養成狼的習性了，成了狼孩。叫一個科學家，每天去翻土擔柴，什麼書都看不到，什麼消息都不曉得，他會進化還是退化呢？」

丁春峰直接說，白雨虹的謬論就是多！白雨虹碰了一下杯，繼續說：「況且，我們只上了初中高中，建設國家的知識技能遠遠不夠的。現在倒好了，全部去下鄉了，要荒廢多少人啊！我想來想去，那麼多動聽的口號，幹革命呀，煉紅心呀，掩蓋不了一個眞實的意圖，那就是用體力勞動改造人！從事什麼樣的勞動，體力的、腦力的，每個人自己選擇的事兒。勞動成了改造人思想的法寶，強制你必須去，勞動就成了懲罰，那麼，我拒絕懲罰！」

「你吃了那麼多苦頭，還是死腦筋啊！」丁春峰感嘆。丁春峰勸老朋友，好漢不吃眼前虧，你就順順大流，報個名，找個離城裡近一點的鄉村，過個幾年再說。或者，我先去農場，環境過得去的話，我來接你。白雨虹苦笑著，搖搖頭。丁春峰知道白雨虹牛脾氣，關切地問：「那你下一步究竟怎麼打算呢？」

白雨虹說，自己也不知道，還是一句老話：「我還沒想好呢！」白雨虹跟丁春峰又碰了杯子，自己一飲而盡。接著，他倒了一杯，鄭重的站立起來，敬著丁春峰。丁春峰見狀，豪爽中帶著慌忙也站了起來。白雨虹凝視著丁春峰眼睛，說：「春峰，我妹妹，雨蘭，就託付給你了！麻煩你費心多照顧她了！」

丁春峰豪氣立刻湧上心頭：「雨虹，你放心！你的妹妹，就是我的妹妹！」兩人爽快的乾杯。丁春峰心裡暖洋洋的，覺得等白雨虹這句話，已經等了一個世紀。

第四十五章 你別無選擇

輪船碼頭遠遠望去，橋上、駁岸上、草地上，一片黑壓壓的人群，一片紅彤彤的旗幟，走近了，又是一片喧囂的鑼鼓聲。地上，到處堆放著一包包的行李，壘成了一座座小山。一座座小山邊上，圍著一群群人。年輕人看火輪開過來，一陣歡呼。原先停靠在岸邊的一艘艘拖掛船，上面的的人見火輪開到前頭了，趕緊做著拖掛的準備。白雨蘭見一艘小火輪居然拖掛五六個拖船，連連問雨虹，輪船拖得動嗎？白雨虹心裡估摸，照這樣拖船，到目的地少說也要三四天吧。

掛船架起了踏板，人流向船上湧去，長長的隊伍逶迤蠕動，組織來歡送的人們，鑼鼓聲敲的更響，接著放起了炮仗。去縣裡插隊落戶的，先開船。白雨虹先送小驢子他們一批人上船，大夥兒依依話別，勸說白雨虹到時候去他們那裡。白雨虹笑而不答，一直目送那支船隊遠去，才肩扛著妹妹的鋪蓋，執意要送雨蘭到船上。邊上人都勸他別上船了，搶著拿行李，白雨虹不肯。不遠處，傳來一個女孩的厲聲呵斥：「叫你們別來，你們偏要來！回去，回去！」白雨虹循聲望去，一對老夫妻木呆呆的，聽一位穿著紅衣的女孩數落。白雨虹看他們三個相貌接近，猜想他們是母女關係。只聽紅衣女孩衝著說：「回去，回去！誰要你們送！你們，剝削階級，資本家，我跟你們早已經劃清界線，去去去！」說著，女孩跟一幫人搶到了白雨虹他們前頭。白雨虹看了看雨蘭，雨蘭見狀向大哥使了個鬼臉。白雨虹跟春峰、雨蘭他們一幫子人，一起安頓行李，見偌大的船艙，估摸著有二三百人，擁擠不堪。白雨虹瞬間閃過腦際的，覺得像電影上見過，幾百年前那些非洲西海岸的販奴船。

丁春峰還在作最後的努力，勸白雨虹不要上岸了，跟他們走吧！白雨虹淡淡笑了笑。丁春峰熟悉雨虹，那種淡定的微笑後面，往往蘊藏著不可動搖的決定。船艙裡聲音嘈雜，氣氛混亂，春峰、雨蘭又一起回送雨虹到船面甲板上，在輪船啓動前的那一刻，白雨虹才敏捷地跳到了岸上。

白雨虹孤單單的久久站立在碼頭上，目送船隊慢慢離開，沿著運河，穿過斑駁的石拱橋，拐彎向北遠去。遠遠的，白雨虹看見春峰、雨蘭他們還在向他揮手，一直到船隊帶著他們的身影消失。白雨虹覺得周身空空落落的，眞正的孑然一身了，心頭襲來一陣陣寂孤的悲苦，他無力的靠背到了河邊的柳樹大樹桿上，覺得自己就像那河面上漂浮的一根樹枝一片落葉，被一陣陣的波浪拋起甩落，那樣的無助，那樣的失落。他覺得整個兒的身子，仿佛像在旋渦中轉蕩，把他捲入水底，又把他拋到水面，忽而又向岸邊撞擊。他不知道怎麼走回家的，也不知道倒到床上睡了幾天幾夜，頭昏昏的，飄忽著灰灰的暈暈的雲，沒有陽光，沒有綠色，自己就像一具僵僵木頭，漫無目標的飄浮。

十來天後，郵差開始往白家的門縫裡塞進一封封信。先是小驢子他們的來信，說他們到了農村，原先說好的知青房子連個影兒都沒有，如今只得住在農家，擔心常住人家，會生出許多事兒來。依他所見，鄉下的一些潑皮，火辣辣的眼睛已經盯著女知青。接著雨蘭、春峰來信了，也說起，他們那裡一片荒涼，一下子湧去那麼多人，只得自己先壘泥，造簡易房子。白雨虹把他們的信讀了幾遍，信裡大多是豪言壯語，青春譜藍天啦，熱血灑大地啦，不管怎麼說，雨虹見了熟悉的筆跡，心裡暖融融的。唯獨雨星遲遲沒有來信，雨虹心裡暗暗擔憂起來。每到郵差來了，都急急的問，有沒有雲南的信？許多天了，郵遞員都是笑笑搖著頭。

白雨虹心裡堵得慌。那個程老頭當了居委會小組長，原先唯唯諾諾的樣子，在白雨虹面前神氣活現了起來。三番五次上門，叫著小白小白的，參加小組學習，白雨虹以各種託辭婉拒了。後來胖胖的趙大媽也來叫他，沈招娣下了鄉，關貞姨升了官，她接替做了居委會主任，親自上門，苦口婆心，希望他跟上形勢，參加學習。趙大媽說，你白雨虹也有兩隻手，爲什麼還在城裡吃閒飯？白雨虹有一搭沒一搭的說些廢話，敷衍了一下，心裡明白，他們還會來糾纏他。白雨虹慢慢掌握了規律，每當居委會學習的時間，他就離家，到街上閒逛，免得面討氣。街上的行人，要麼比他年齡大的，要麼比他小許多的，走了幾萬跟他年齡相仿的青年，街頭了無生氣，稀稀落落。那些熟悉的長輩，見到他 ，常常露出驚訝的神色，問：「小白，你還沒走哇？」白雨虹只得淒然的一笑。白雨虹回顧四周，好像有一隻隻疑惑的眼睛看著他，他已經是這座城市奇怪的生物了。

「小青年何必呢，好漢不吃眼前虧。」程老頭晃著腦袋瞇著小眼睛，幾次跟白雨虹說。白雨虹一邊在街頭閒逛，一邊反覆回味著程老頭的話。白雨虹看程老頭，平時心裡大多憐憫兮兮，他形態瘦弱乾癟，說話輕聲低眉，民國時做過小公務員，一九四九年後一直夾著尾巴做人，革命後反覆自我批判，在大批判會上還自打耳光，聲討梅老太太時候誇張賣力，白雨虹對他內心裡夾雜一點點鄙夷。程老頭看白雨虹不吭聲，詭秘的說：「小白啊，你何必做頂牛戶呢？你隨便往哪個公社、大隊掛靠一下，去鄉下住個半年一年的，躲一下風頭，不好麼？」白雨虹細細想著他的神態，覺得程老頭本意要叫他變通。白雨虹想想自己是不是太固執了？一點兒不會圓滑，不會妥協。他在思緒的片段裡，也曾經自問過自己，爲什麼不乖巧一點呢？回復到常態的思維鏈條上，白雨虹馬上警覺起來，那個圓滑的乖巧的白雨虹，是他的眞性情嗎？

天漸漸暗淡下來。暮色中，白雨虹在和坊街上碰見幾個鄰居，匆匆趕路，估摸著居委會的學習剛剛結束，白雨虹慢悠悠地也往家裡走去。躲，總不是辦法。程老頭說了，躲得了和尚躲不了廟。眼下白雨虹還眞想不出什麼辦法，心中平添鬱悶。他漫不經心一路走，一路想，遠遠往家的大門看去，微微吃了一驚，見程老頭和趙大媽守著，不停地向小巷口張望，那架勢顯然是衝著他來的。白雨虹馬上想拐出巷口，繼而想想，還是直逕向前走了。不知怎麼的，腦子裡又跳出程老頭的話來：「小白，你以爲就你一個人對知青下鄉有看法？人人都是眞心支持下鄉的嗎？告訴你吧，我就看見，趙大媽，還是居委會主任呢，看著女兒鄉下來信，偷偷地哭呢！關主任送別女兒，那樣子也是挺難過的。」白雨虹想到這裡，看看程老頭、趙大媽究竟又有什麼新花樣，也許他們後面還有推手，那推手或許也要露面了。果然，趙大媽見到他，一把拉住：「小白，你逛到哪裡去了！我們請不動你，有人來請你了！」

白雨虹臉上繃緊：「請？哪位請？什麼意思？」

趙大媽立刻用帶著吳語音韻的普通話，嚴肅說：「明天早上，你來吳家花園，不，是來居委會！關主任親自找你談話！」

白雨虹撇了撇嘴唇，說：「關貞姨？跟我無親無眷的，請我幹嘛？」

「我的小祖宗喲！你好大的面子，惹得關主任屈駕來找你談話！」趙大媽一拍大腿，又像笑又像是哭。程老頭馬上敲邊鼓，說：「小白，別瞎強了！關主任完全可以叫你直接去她的街道革委會報到，念你老街坊的面上，請你談話，你自己掂量掂量吧！」

白雨虹怕他倆不停的糾纏，答應他們明天去，便把他們打發走了。白雨虹縱然一百個不高興，答應的事情，還是要遵守信用，他決定去，他跟關貞姨打交道還是她做居委會主任的時候，

不知她升了官，怎麼個模樣。

第二天，白雨虹來到了吳家花園，走進正廳，一個女高音就響了起來：「小白啊，快坐，快坐！」白雨虹聽得出來，那是關貞姨的嗓門。見關貞姨已經端坐在大大的案幾後面，滿臉堆出了笑容，白雨虹打量了一下，關貞姨在笑得同時，不停地眨眼，似乎在迅速想著什麼，在找什麼話題。一旁，站著的趙大媽，泡了一杯茶，遞給了白雨虹。白雨虹明白，她們在配合營造祥和的氣氛。白雨虹禮貌地致謝後，就輕輕坐下。關貞姨見狀，用右手甩甩，示意趙大媽退出。

白雨虹問：「關主任找我有事？」

關貞姨說：「事大不大，事小不小！不然，還用得著我老娘出場？」關貞姨話剛出口，發現自己涵養還是沒到家，本來想好的，先要跟這個姓白的拉拉家常，然後再切入正題。不小心，還是有點火氣上來了。關貞姨沉了口氣，開始說起沈招娣，說起白雨蘭，說她們在農村怎麼怎麼的改天換地，表現如何如何的積極。

聽著關貞姨的兜遠路，白雨虹漫不心經地應和，一面在環顧四周，見雕樑畫柱，滿目瘡痍。一旁的楠木大柱子，斑斑駁駁，上面粘著一張張標語，大多已經風乾，一起把紅漆拉落。原先雕刻精緻的窗格，梁上的木刻圖案，殘缺不全，猶如露出白骨一般。白雨虹目光停留在畫梁與牆角之間，一張巨大的蜘蛛網，微微顫動，在一縷陽光的透視下，張牙舞爪似的，仿佛向白雨虹身上罩來。

一陣乾咳後，關貞姨點題了：「聽說小白還沒考慮下鄉？」

白雨虹坦然道：「我還沒想好呢！」

關貞姨目光掃了一下，沉下臉，說：「那爲什麼連居委會學習都不參加？」

白雨虹目光還是停在那張蜘蛛網上，默不作聲。大廳裡寂靜沉悶了好幾分鐘，關貞姨催促：「我在問你，沒聽見？」

「我在自學。」白雨虹轉過身子回答。

「自學？學什麼來著？你學習最高指示了嗎，你響應毛主席號召了嗎？」關貞姨一一數落：「你瞧瞧，不要說我們街道，就拿全市來說，有幾個人像你這樣，懶在城裡不走的？年紀輕輕的，怎麼，想做剝削階級的寄生蟲？」

白雨虹心裡漸漸清楚起來，你留在城裡，那就是對抗，那就是敵對行爲。他想對關貞姨說，他留在城裡或者下鄉，都是一種個人的選擇，跟別人沒關係，既不損害他人，也不妨礙社會，他會想辦法自己謀生糊口。白雨虹怕言多誤事，只說了一句：「去不去鄉下，那是我自己的事！」

「是你自己的事？」關貞姨提高嗓門，幾乎在訓斥：「不是！告訴你，你在爲我們整個街道抹黑！人家街道三屆學生人人下鄉，一片紅，一片紅啊！我們這裡，你就是個黑點。拒絕下鄉，拒絕集體政治學習，我看你差不多成爲反革命分子了！」

白雨虹臉抽搐地笑了一下，那一瞥的笑充滿鄙夷：「關主任開帽子工廠了！」

關貞姨哼了一聲：「還笑？笑得出來？我們還在挽救你，你懸崖勒馬還來得及！」關貞姨心裡暗想，眞是龍生龍，鳳生鳳。這個姓白的小子，父母一個是右派，一個是反革命，天生就是個牛鬼蛇神的胚子。她想說，你他媽的眞是黑後代！話到嘴邊，還是嚥了下去。想起女兒沈招娣跟她說過，別跟白雨虹提起父母。學校裡有人嘲諷他父母，他還跟人家打過架，白雨虹咆哮起來，就像一頭豹子。關貞姨不想激怒那頭豹子，她要用專政的威力震懾他，轉念之間，她

迅速用平靜的語氣問：「我們和坊街上那個姓彭的女大學生，你可認識？」

怎麼會不認識？白雨虹心裡想著，彭大姐是父親的學生，他的鄰家大姐姐，一九五四年本省高考狀元，多少年來，默默的，一直是白雨虹心中的楷模。童年時代，父親常常在家裡說起彭大姐，說她文字雋永，聰慧善良。父親還帶他去學校禮堂，聽過大姐回母校的詩歌朗誦。彭大姐考進北京大學，跟父親經常有信件往來。後來，聽說大姐打成了右派，又聽說大姐關進了監獄。家裡，還有父親和大姐他們的畢業合影照，到文革爆發，那些照片、信件，都在那個晚上，母親把它們投進了熊熊的火焰之中。關貞姨此時提及彭大姐，喚醒了白雨虹的思緒中那一堆火，在火焰的升騰裡，分明見到了大姐清秀的臉龐、靈動的大眼，她那淡淡的笑容，眉宇間透出與生俱來的典雅和不屈的氣質。

關貞姨看白雨虹在想什麼，不容他多想，得意的說：「那個姓彭的，一個女人家子的，反動透頂，頑固到底，五一節前槍斃了，你不會不知道吧！」

話說到這個份上，刀已經出鞘。白雨虹還能說什麼呢？把他的思考說出來？那眞是對牛彈琴了，弄的不好，將來成爲反革命的證據。把他對大姐的同情說出來？那不是引火焚身自投羅網嗎？多說一句，或者說，每說一句，在如今的時代，都像有一個大坑等著你，一不小心，叫你墜入，叫你頭破血流，也許，還是一個萬丈深淵，叫你萬劫不復。白雨虹覺得坐下去已經多餘，他慢慢直起身子，向大廳外走去。

見白雨虹一聲不吭往外走，關貞姨大叫：「來人！」白雨虹停住腳步，腦子飛轉，一時不知道關貞姨要幹什麼。須臾，趙大媽急急地小跑進來，關貞姨指著白雨虹，對趙大媽說：「明天開始，程老頭小組的政治學習，換一個地點，放到這個姓白的家裡去！」

「是。明白，明白。」趙大媽滿臉堆笑應和道。

關貞姨轉身對白雨虹說：「聽著，姓白的！你不要敬酒不吃吃罰酒。給你幾天時間，你好好想想，何去何從，你自己掂量！」

白雨虹邁著沉重的步子，走在和坊街上。一股冷風襲來，直往脖頸裡面鑽進去，不禁打了個寒顫。他咀嚼著剛才關貞姨的話，那話裡有話，明擺著，已經是最後通牒。何從何去？白雨虹眞的不知道爲什麼來到世間，也眞的不知道將走向哪裡。他覺得一切都是那麼無常，他是多麼虛幻。在這條街上，每一塊石子路面上都有他的足跡，然而舉目望去，多麼的陌生，煢煢孑立。他無法回避，一個人生的岔口在前面等著他，下一步到底怎麼走？

白雨虹放慢了腳步，他又看見了輪船碼頭邊的一對老夫婦，那位紅衣女孩的父母，他們顯然是改造對象，在費力地掃著馬路。他久久望著老夫婦呆手呆腳的掃地動作，又看著他們攙扶一起，似乎在流著淚走遠，心裡一陣酸楚。

不遠處的小巷口，那是彭大姐的家。那個緊閉的石庫門，曾經傳出大姐的歌聲，童年的白雨虹曾經多麼羨慕，彭大姐姐挎著書包，拿著相機的颯爽英姿。白雨虹聽父親說，大姐是城裡最年輕的女記者。眼下，那扇大門，黑黑的，悶悶的，沒有一絲生氣，像傳說中的陰曹大門一樣，上面仿佛黏附著大姐的陰魂。大姐在五一節前，隨著一聲槍響永遠的走了，他開始並不知道。獄警趕來，敲開這扇門，向大姐的媽媽索要槍斃大姐的一粒子彈費，人民幣五分。一時間，坊間傳得沸沸揚揚。白雨虹聽到消息的瞬間，心頭的震驚、恐懼，久久無法平息。每每想起，

白雨虹還是驚悚不已。

「白大哥，白大哥！」一陣清脆的童音響起，白雨虹的手被一隻肉嘟嘟的小手抓住了。白雨虹低頭一看，那個一起關押受審的小男孩在叫他。白雨虹還沒開口，小男孩眨巴著大眼問他：「白大哥，你不高興嗎？你在哭嗎？」白雨虹微笑說：「大哥堅強的，不會哭！你好麼？」

「白大哥騙人！我看你一路上想哭的樣子。又有壞人要抓你嗎？」小男孩天真的問。白雨虹鼻子一酸，說道：「沒事兒！你怎麼一個人跑到街上來？」

小男孩指著人行道上的一個女子說：「白大哥，那是我媽媽！」

白雨虹見不遠處，孩子的母親銜著他微笑，朝這兒招了招手。

說著，小男孩飛跑到他母親身邊，牽著他母親的手，不斷向白雨虹擺手：「白大哥，不要怕！壞人不要怕，等我長大了，我來幫你打壞人！」

白雨虹百感交集。望著遠去的母子背影，他身上陡然湧來一股暖流，在冬天的日子裡，分外的溫馨。他覺得有一股推力，在心頭默默出現，哪怕溝壑縱橫，荊棘遍地；哪怕懸崖陡壁，暗礁漩渦，他也要百折不撓去尋求適合自己的路，去追求新知，去呼吸自由的空氣。

——第四十六章

鏡空和尚

蓮花山在人們的心中，一萬個人有一萬個感覺。對於白雨虹來說，蓮花山的參天大樹，絢麗花草，一草一木皆包孕著盎然靈氣。踏著上山的禦道，磨成圓潤的片片路磚，路旁嶙峋的岩石，幾汪潭水池塘，構架了他夢境與現實的交匯。溪水急急的沿著碎石流過，濺起了翡白的浪花，白雨虹眞切的感受到生命與大自然的碰撞。在這裡，他可以忘記塵世間喧囂，忘記塞滿眼睛的紅色，呼吸散發草木花香的空氣，回歸到大自然綠色的懷抱之中。他知道，地球是藍色的，天空是藍色的，也就是說，藍色，成就了大自然的生命棲息；藍色，蘊露出自由的本色。在蓮花山，滄桑感的山岩與連綿的大樹相接，他喜歡腳踏或纏繞或鬆軟的草叢，透過密密的樹梢縫隙，仰望湛藍湛藍的天色。有時候，突然射進一縷陽光，抹成一個圓弧，仿佛鑲嵌出多彩的光環。白雨虹驚歎大自然的手筆，唏噓生命的匆悠與燦爛。

御道邊的那一片臘梅樹，光光的樹枝，沒有樹葉，卻盛開著淡黃的花朵，顯得格外的孤傲。白雨虹感歎玫瑰的浪漫，美人蕉的嬌豔，然而經得起寒風的襲擊，冰雪的凌辱，在萬物凋零的季節裡，獨立酷冬，寂靜吐蕾的，唯有臘梅。白雨虹欣賞那種天生的高貴氣質。在過去，城裡的人們，會踏雪而來，觀賞臘梅的風姿；春夏之交，人們也會沐浴淅淅瀝瀝的梅雨，上山來欣賞漫山的梅花。雖說，兩種梅，不同的秉性，不同的色彩，世代生活在山腳下的市民，感受著同樣的大自然對他們的賜予，漸漸形成了一種習俗，他們會扶老攜幼，或者執著愛人之手，悠

閒地散步在林間山道。白雨虹望著山野，空無一人，暗暗感歎革命對習俗的打壓，力量何等的強大。白雨虹不屑他們，他們可以鳩占鵲巢，程老頭一大早領了人，來白家政治學習，白雨虹依然離家而去，慢慢走上蓮花山，他想把塵世間的一切留在山下，痛苦煩惱留在小巷。走在山道上，讓靈魂靠近大自然，讓思想牽手綠色，在遠遠望見一善寺的一刻，他眞有那種皈依佛門六根清淨的衝動。他隨手折了一枝臘梅，香味兒立刻彌漫在他的鼻腔，淡淡的，幽幽的，沒有桂花那樣的悶放鬱濃，也沒有桃花似的恬謐蕊菲，臘梅香的自自然然，大大方方，那是一種孤獨中內斂睨傲的芬芳。

蓮花池邊，千百年山泉的彙聚，晶瑩碧透的池水，把周邊的山巒、古樹、寺廟，襯映得如詩如畫，幾乎無法分清什麼是倒影，什麼是實景。傳說春秋時，西施曾經在這裡梳妝，吳王夫差命匠人雕琢了梳粧檯，在火藥還沒有發明的年代，在鐵器極其金貴的歲月，硬是把石頭鑽空，讓西施透過臉盆大的圓孔，享受那一池清水，天成的鏡子帶來的美妙愉悅。白雨虹極目眺望，那館娃宮、香屧廊、姑蘇臺遺跡，在歲月的塵埃裡，已經湮沒得無影無蹤。倒是水中成群的桃花水母，時而追逐嬉戲，時而上下游盪，在幾億年的時光中，世世代代，無拘無束地遊曳，生生息息。白雨虹一瞬間，感動於那些幼小的生靈竟然有如此之大的生命力，那些亭閣樓臺，勾心鬥角，那些金鑾聖旨，鐘鼎寬袖，早已灰飛煙滅，啞然失音。白雨虹覺得，生命不在權勢的顯赫，不在金銅的厚重，卽使渺小如水母，依然舒翼透明，蓬勃生機，生命的珍貴在於自由自在的生息。那一刻，白雨虹豁然開朗，要掙脫山下的那座城市的羈絆，他決定要走，去尋找自己生命棲息的水土，猶如桃花水母歡暢於沒有人工污染的水質。

離開城市，離開家鄉，白雨虹心裡無限的眷戀生於斯長於斯的土地。他慢慢地爬上蓮花山頂，撫摸著巨大的蓮花石，眺望在雲霧籠罩下的城市。那裡一個個熟悉的面容，一聲聲吳儂軟語，閃回，如此的親切；再閃回，又如此的隔膜。白雨虹站在這個城市高點處，給予了他獨特的告別的注目禮。他繞過武將草堂，穿過古校兵場，沿著白馬溪，順著山間小徑，跨入半塌的山門。白雨虹駐足片刻，山門上的字，僅存了半幅：「卽色卽空最難得過來人」，白雨虹心裡依稀記得，還有半幅爲：「宜晴宜雨何處悟無礙心」。再靠前去，那是昔日香火嫋繞的一善寺，映入眼簾的卻是成堆的殘垣斷壁，面目全非掉手斷腿的菩薩。幾根孤零零的大柱子，靜靜的指向天際。白雨虹突然感悟，世間不容敬香，那幾根木柱子，仿佛像放大的巨大的檀香，直接敬拜廣大無垠的蒼天。

遠遠的，在一片廢墟中，幾縷青煙縈繞。白雨虹定睛望去，只見三枝樹桿紮起的支架上，掛著一隻古樸的陶罐，底下冒著一堆熊熊的火。在火堆邊上，一位僧人盤腿而坐，雙手合十，似乎嘴唇在微微噏動，眼皮下垂，安祥而曠達。白雨虹認識他，他就是一善寺的住持鏡空大師。白雨虹不由自主地輕輕向他走去。

從紅衛兵搗毀廟宇後，鏡空和尙一天都沒有離開，這裡是他心中永恆的佛地。山下的貧農造反隊攆他走，他繞了一圈蓮花山，還是回來了。廟裡一個個和尙有的還俗了，有的回原籍去了，他一個人留下了來了。他天天端坐在這裡，風吹雨淋他似乎渾然不覺，那些個造反派來人，吆喝怒斥，他也視若無影，目不斜視。他就像一座雕像，紋絲不動，罵他辱他，依舊打坐念經。來人不許他念，不許他發出聲音，他就在心中念，默默的一遍又一遍念。時間久了，人們說鏡空要在那裡坐化。另一個版本則是說，在等待中，鏡空和尙想把衣鉢傳承。鏡空淡然一語：三衣不存，袈裟成灰；法器零落，盆鉢皆碎，何來衣鉢？

鏡空和尚在等著什麼，等一個人？等一件事？等一個機緣？總之，俗人根據自己的想像，演繹著不同的傳說。日復一日，鏡空和尚依舊一天天等待，等待什麼，他不知道。菩提本無樹，明鏡亦非臺。大千世界，芸芸衆生，在無常中等待，在等待中輪迴。等待，便是凝心禪定，以心傳心，通往自悟自解。對鏡空來說，漫漫長夜，朗朗日頭，皆是浮雲流去，白馬過隙。萬物因緣而生，故他打坐、念經、積功德，那是獨特的閉關，那是純淨的涅槃。

白雨虹慢慢地走近鏡空和尚，心頭敞亮，步履輕盈。自兒時起，他每次跟隨母親上山敬香，懷端著一種神聖與莊嚴。那時候，鏡空和尚講經，白雨虹似懂非懂，記住了《六祖壇經》中的許多小故事，稍稍長大後，他漸漸開悟了佛性。佛，並非高深莫測，砍柴擔水，皆能成佛。白雨虹在相當長的時段裡，困惑於人生究竟入世好呢，還是出世好？多少次目睹鏡空和尚掃地，一遍遍，極爲專注，傾心而作，白雨虹突然頓悟：對學業事業，以積極有爲的態度入世；對所得回報，以曠達無爲的觀念出世。想通了，白雨虹內心豁然開朗。對鏡空和尚，白雨虹一直虔誠的尊敬。就像以往一樣，白雨虹每每見到鏡空，都是雙手合十，眼簾下垂，恭敬彎腰，輕聲說：「鏡空大師好！」常常，鏡空馬上回禮，說：「施主好！」兩人幾乎同時念道：阿彌陀佛！在經久不息的喧囂之後，那熟悉的聲音，在鏡空和尚聽來，如若天籟，革命的風暴中，居然還有人呼著阿彌陀的法名。

鏡空和尚欠身，站起還禮，示意白雨虹就坐。鏡空端起火堆上的陶罐，把沸水倒入紫砂茶壺，優雅地放入幾縷茶葉，動作嫻熟，一氣呵成。白雨虹看著，心裡暗暗吃驚，想著如此滾燙的陶罐，爲什麼鏡空和尚捧起來若無其事。

白雨虹拿起茶壺，瞥見兩個缺口的紫砂小杯，恭敬的斟茶。一邊說：「大師，來如春夢幾時多，去似朝雲無覓處。滿目紅塵，甚囂塵上。怎樣才能見山是山，見水是水？」

鏡空曰：「何謂山？何謂水？」

白雨虹說：「過去未來，渺不可知。」

鏡空說禪：「日月星辰，山河大地；天堂地獄，泉源大海；草木叢林，須彌諸山。捨萬物色相，世界皆性空。」

白雨虹問：「既言性空，心何以不空？」

鏡空答：「五眼觀天下事，獨具慧眼；六境染世界塵，一塵不染。一葉一枝一世界，一日一禪一覺悟。捨不得歌舞利祿，參禪何用？放不下譫行妄語，修行休矣。傻，便是定；呆，亦是慧。《金剛經》曰：實相者則爲非相，非邪心，非業心。你剛才一念既出，坦然直指人心，不亦明心見性乎？」

白雨虹會悟一笑：「其實，我的心很苦。」

鏡空一聲「阿彌陀佛」，說：「苦者你已知，集者你已斷，滅者你已證，道者你在悟。觀世音，聽潮聲不息不滅。苦海無邊，回頭是岸。」

白雨虹和應：「大師所言，醍醐灌頂。人心彎彎曲曲水，心事重重疊疊山。我還做不到閑雲野鶴，空睇風雲。只能悽悽遑遑，長唳而已！」

鏡空問：「橫衝直撞抄家，聲嘶力竭揪鬥，無休止表忠心；大字小字文鬥，械鬥槍鬥武鬥，亂紛紛競爭寵。你參與乎？」

白雨虹答：「無。」

鏡空問：「打人罵人，侮人辱人，一遍遍煽動仇恨，視爲神聖光榮；弟兄相煎，賣友求安，

一個個落井下石，認作享譽崇高。你熱衷乎？」

白雨虹答：「無。」

鏡空問：「心中唯有紅太陽，魂裡六親皆不認。名流學者，皆成牛鬼蛇神，掃地出門也；平頭百姓，罔顧油鹽醬醋，只唱高調也。黃鐘盡毀，瓦釜齊鳴。你合流乎？」

白雨虹答：「無。」

鏡空雙手合十，再念「阿彌陀佛」，說：「不湊熱鬧，寧靜淡定；處亂不變，行事從容。坐則端莊，行則穩健。一路求無，路路皆通。不朝天子，豈羨王侯？過眼雲煙，夫復何憂？」

白雨虹說：「我不擅鑒貌辨色，蠅營狗苟；我不會同流合污，指鹿爲馬。老子云，衆人皆有餘，而我獨若遺；衆人皆有以，而我獨頑似鄙。不合潮流，近似愚癡。大師，滾滾紅塵，塵何處起，境何時歸？終能顯山露水乎？」

鏡空淡淡雲：「此問你已覺悟，你自答！」

白雨虹緊接：「人虧天不虧，世道輪流回。望眼看紅塵，蒼天饒過誰？」

鏡空連連說：「善哉，善哉！善有善報，惡有惡報。」

白雨虹嘆聲道：「話雖這麼說，我還是過不了坎。常言道，知我者，爲我擔憂；不知我者，謂我何求。我本讀書人，盼望天下能容一張平靜的書桌。我亦無奢想，無愧良知守一方自由的藍天。然而，世事洶洶，視我另類。面朝白眼，入耳鄙夷。暗藏機關，前程詭異。大師，如何知我本心？又如何選擇去留？」

鏡空曰：「老衲年輕時參禪，跟師父走山路，突遇一陣風，把燈籠吹滅。師父問，心境如何？我答，心中自有明燈。師父不語。我又答，山風撥霧破瘴。師父棒喝：「看腳下！」我大悟。」

白雨虹專注傾聽，會心一笑。

鏡空繼續說：「寒山與拾得問答：寒山問，世間有人謗我欺我辱我笑我輕我賤我騙我，如何處置乎？拾得曰，忍他讓他避他由他耐他敬他不要理他，再過幾年你且看他。後生想來聽說乎？」

白雨虹點頭稱是。

鏡空做施願印，曰：「旣已所知，大慈大悲。水準浪不平，地平山不平。一切有爲法，如夢幻泡影；三世輪法門，皆般若性空。世間時時遇慈航，人生處處見精舍，不必執著！故無始無終，無影無蹤，塵由何處起，境自何處落。無，愛離怨會；無，風生水起。萬事隨緣，順其自然。一把鋤，空手把鋤頭，放下放下；一杯茶，茶中容萬象，隨風去也！如是，才能見山是山，見水是水。阿彌陀佛！」

白雨虹謙恭地說：「大師指點，我會慢慢體悟。然，大師所言，看腳下，隨風去也，我亦有所悟道。我想，風吹哪裡去哪裡，腳印那裡在那裡。心無所繫，隨性而行也。那麼，去，到底宜去何方？究竟有何機緣？還望大師明示精義。」

鏡空和尚雙眼下垂，不語。

白雨虹虔誠等待。過了好久，心想，倘若鏡空大師不作釋義，棒喝一聲，也該是多好！

鏡空和尚靜默著，似乎在腹中念經。還是不語。

白雨虹輕輕斟水，遞了一杯茶，放在鏡空前面。鏡空和尚念念有詞：「無命卽無明，無明卽無命；命了便明瞭，明瞭便命了……無命卽無明，無明卽無命；命了便明瞭，明瞭便命

了……」白雨虹默默聽著，覺得鏡空似乎是在念一個偈。

許久，鏡空旁若無人，沉浸在自己的世界裡。白雨虹似乎悟出了點什麼，慢慢起身，合掌告辭。

此時，鏡空和尚抬起眼簾，慈祥而悠揚地說了句：「慢——」。白雨虹似乎凝固在那裡，全身心傾聽。

鏡空和尚右手伸開，五指上揚，做施無畏印。說：「後生，老衲有一事相托！」

白雨虹回音：「大師請講！」

鏡空和尚安詳地說：「老衲想把一善寺歷代藏寶的秘密地點告訴你。」

白雨虹一驚，說：「鏡空大師，你是說，想把寶藏公佈於世？」

「否也！」鏡空和尚說：「只告知你一個人。」

「爲什麼？」白雨虹問：「我是俗人，未入佛門，也非居士。」

鏡空和尚曰：「俗人，居士，出家人，如風動幡動，佛性本天然。佛祖在上，隨緣之乘。你，不就是山下和坊街太平巷裡的白雨虹嗎？」

白雨虹又是一驚。暗暗感歎鏡空的記憶力，如此衆多的敬香客，竟然記住了自己。

鏡空和尚溫溫文文地說道：「自魏晉以來，一善寺高僧駐足，香火鼎盛。遠有慧能講經，近有御碑立證。凡夫俗子，善男信女，達官顯貴，文人墨客，樂善好施，有緣結緣。歷代住持，衣缽相傳，心心相印。如今寺破鐘毀，痛惜痛惜！前年塵埃沸騰，焚書坑儒；破舊立新，刀光劍影，老衲誠惶誠恐。人間亂雲飛度，山河豈能盡毀？老衲把經書善本、歷代法師舍利子、血經、名貴法器、才子字畫……，一一打理，暗暗藏到了山洞裡。」

白雨虹說：「明珠蒙塵，終會重見天日。」

鏡空和尚說：「白馬溪水腳下流，醉僧石邊枕長眠。夏至辰時，蓮峰山頂，斜陽正指望鶴亭；冬至之夜，北斗星辰，光芒遙接一線天。兩線之會，便是寶藏之地。歇會兒，老衲領你前去一看，參差野草，透迤石壁，已經了無痕跡。此事託付，老衲便了卻心事，浪跡天涯去了！」

白雨虹忙問：「大師所言，也是一個「走」字？」

鏡空和尚笑而不答。突然想起，從拐杖中取出一紙，遞與白雨虹說：「老衲藏有蘇曼殊墨寶，留給你做個紀念吧！」

白雨虹一喜，問：「曼殊法師也來過這裡？」

鏡空和尚說：「曼殊法師與我師父是好朋友。那個時候，曼殊在山下城裡教書，時常來一善寺，把酒高歌，海闊天空。師父說過，曼殊雖遁世而心繫天下，入青樓而獨守玉身，是爲怪僧；琴棋書畫，無不精通，洋文古詩，無不通曉，是爲奇才！」

白雨虹搜尋記憶，說：「我也聽說一二，還是父親在世時說起。謝謝大師惠賜！」說著，白雨虹見宣紙上，字跡遒勁，仙骨飄零；頓頭捺腳，活色生香，連連說好字好魂魄。只見上面書詩一首：

身正綠葉婆娑
入世青少黃多
提起人間風波

非五言，亦非七言，白雨虹讀著，覺得暗藏機理。想了片刻，白雨虹忽然覺悟：此詩莫非是個謎面？剛一閃現，謎底豁然開朗，臉上露出恍然大悟神色。剛想說出來，鏡空見了，連忙擺手，微笑說著：「莫說，莫說！天機不可洩露。」

說著，鏡空和尚邀白雨虹，沿著溪水，繞過醉僧石，一一指點藏寶之洞。白雨虹抬頭看了一下蓮花峰，轉身又見望鶴亭，心裡暗暗銘記。兜一圈回來，鏡空和尚送至山門。分手時，白雨虹遲疑片刻，還是問鏡空和尚，去哪兒雲遊？

鏡空和尚曰：「打坐面壁，六十年須臾，已行十萬八千里；浪跡天涯，數萬里漫長，只是禪定觀世音。無謂留，無謂走。阿彌陀佛！」

聞得此言，白雨虹也突然開悟：留，便是走，隨性而來；走，便是留，隨風而去。眞我非衆生，一切順自然。白雨虹看著鏡空和尚，遲疑一下，還想問一個問題：「大師，剛才你念的『無命無明偈』，可否參悟？」

鏡空雙手合十，一聲「阿彌陀佛！」微笑不語。

白雨虹看見地上飄著的一片樹葉，一片褪紅枯脆的楓樹葉，想起民間視楓葉爲聰明葉，白雨虹的幾乎每本書裡都夾著，期盼開智明慧。那片楓葉在塵土裡翻轉，孤苦伶仃，身世飄零。

白雨虹速然頓悟，突口而出：「覺悟隨著楓葉飄！」

——第四十七章 為什麼我的眼裡飽含淚水

白雨虹從蓮花山下來的幾天裡，天氣一直陰霾沉沉。時而飄些小雨，時而下著雪珠，間或雨夾雪，下一陣，停一陣。白雨虹沒停頓，暗地裡做著走的準備。他把一本地圖冊翻得稀爛，把所有跟廣東、寶安、深圳灣相關的資料，拿來悄悄的研究。他家裡有一本革命回憶錄，記載了南昌起義部隊打散後，一部分領袖怎麼偷渡到香港的過程，雖然只有寥寥幾行，白雨虹看了無數遍，想了無數遍，大致勾畫了一條海上的路線。那天山上回來的路上，在昏暗的路燈下，白雨虹又見到工糾隊抓人，被抓的那個人，五大花綁，還在不斷的掙扎。白雨虹覺得那人眼熟，好像是原來母親局裡的彈琴的陸叔叔，滿臉的鬍鬚，頭髮蓬亂，白雨虹不敢肯定，心裡十分同情。聽說陸叔叔逃走了，怎麼會回來呢？還是他在外地被發現後，押送回來呢？如果是這樣，陸叔叔不及音樂家馬思聰幸運了。去年，馬思聰一家成功出逃香港，民間街談巷議，一時間成了熱鬧的地下新聞熱點。胡思亂想間，白雨虹又聽見小巷裡，一扇扇窗子的後面，傳出低徊的抽泣聲。白雨虹回到家裡，左鄰右舍告訴他的，盡是些和坊街上哪家男人跳樓了，哪家女人割脈了，他聽的汗毛凜凜，跟山上的談佛參禪相比，山上山下，清廓混沌，分明是冰火兩重天。

雲南終於來信了。白雨星的信，寫的很短，雨虹讀著，猶如拂面吹來南國和熙的風。弟弟在信上充滿喜悅與豪情，字裡行間，那種語氣，仿佛他是哥哥了，指點雨虹生活與革命的方向。雨星還說，他知道百分之九十九的不可能，只要還有百分之一的希望，會在雲南的芭蕉樹下歡

迎大哥去。白雨虹明白，弟弟說的話是赤誠的，心地是透明的。白雨虹把弟弟的信藏在貼胸的襯衣口袋，萬一旅途上出現異數，他可以自稱投奔雲南下鄉。白雨虹想起這個主意，心裡不安，覺得他在利用弟弟了，心理陰暗。不過，白雨虹打定主意，一旦靠近保安，他把此信迅速毀滅。白雨虹明白，每走一步，不能有任何閃失。他的行動，必須像節拍器一樣，勻穩、準確，不緊不慢，不慌不忙，不能讓任何人看出破綻。

計畫沒有變化快。有的情形，往往出乎意料之外。白雨虹把鈔票縫在衣角裡，縫在書包的夾層裡。備了一條圍巾，一頂軍帽，一副平光眼鏡。防備路上生病，他還備了一粒片仔癀，外敷可治癰疽疔瘡，內服可解熱毒炎症。明朝以來，東南海邊民衆下南洋，航船顛沛流離中的必備之藥。他去糧站領糧票，去的時候篤篤悠悠，排隊、遞卡，工作人員告知他，他的糧油卡作廢了。白雨虹問，爲什麼？回答說，他的戶口遷掉了。白雨虹大吃一驚！他問，遷到哪兒去了？他自己沒有任何意願遷動戶口，誰，越俎代庖？回答說，不清楚，你去問街道革委會吧！去問關貞姨？豈不是與虎謀皮？白雨虹知道，沒有戶口，他已經是這個城市的陌路人了。他本來就是黑七類，眼下又成了黑戶，成了地地道道的黑人壞人了。回家的路上，他的腿沉沉的，前行一步都是那麼滯重。也許出於激憤，走過黨校大門口的時候，對準大石頭，狠狠地踢了一下。腳似乎很疼，卻使白雨虹慢慢冷靜下來。他清楚，在這片土地上，沒有戶口，意味著什麼。他敏銳地判斷，失去城市戶口，僅僅是戲劇的開幕，彤紅的佈景，潛伏的臺詞，悄悄地安排著你進入反派的角色。如果說，白雨虹先前還是有那麼一根情絲，牽戀這座城市，眼下已經毫無眷念。他，鐵定了心，要離開這裡。他覺得要趕快行動了，不能再耽擱時間了。剝奪他的戶口，無論從哪個方向去考慮，都是一個危險的信號，一個陰鷙的兆頭。

走前的一夜，白雨虹把爐子的火燒旺，炒了半鍋的麥粉，預備路上的口糧。他把裡裡外外的衣裳替換，洗滌、烘乾。他脫得赤條條，一遍遍擦身，手指腳趾，腋窩股溝，角角落落，連情根的包皮也翻起清洗，不帶走一點一滴的污垢。手掌的擠壓，肌肉一鼓一鼓的顫動，皮膚開始慢慢透紅。他有點兒自戀，擦著細膩的白裡透紅的皮膚，仿佛聞得到自己的體香。他深知此去前途未卜，吉凶參半，倘若有什麼不測，他也要乾乾淨淨的去見死神，質本潔來還潔去。他一遍遍考慮路上的細節，決定不在本市的火車站上車，先乘坐長途汽車，去五十公里外的鄰省的一個城市，在那裡轉乘南下的火車。

眞的要離開了，白雨虹心裡還是依依不捨。畢竟，這裡，他生活了二十個年頭。和坊街的每一塊方石上，都烙刻著他的腳印。從幼時的蹣跚學走路，到青春的豪邁倜儻，一米又一米，都是他生命的履跡。記得兒時，農曆四月十四「軋神仙」，從神仙廟，沿著下塘，一直到和坊街，人群熙攘，摩肩接踵，人擠人，人看人，人們祭祀神仙呂純陽，在密密滾滾的人流中，祈盼軋到神仙，碰到運氣，祈福消災，心想事成。白雨虹喜歡鑽在人堆裡，在盈耳喧囂的聲浪裡，流連忘返，他的魂幾乎丟在這裡。瓷器泥塑，玉雕刺繡，一個攤位連著一個攤位，攤主一個個笑臉吆喝。彩燈檀扇，年畫木刻，一排排琳琅滿目，引得無數人駐足、挑揀，買下後，人們提在手裡，抱在懷裡，喜氣洋洋。白雨虹喜歡看藝人手捏面人，許仙白娘娘，唐僧孫悟空，雞犬牛羊，劍戟矛戈，瞬間呼喚而出，猶如魔術一般。白雨虹把多少天積攢下來的幾分錢，買一個精裝在玻璃泡裡的哪吒鬧海，逢到游泳比賽，他把哪吒貼在胸口，希冀給他增添神奇的能量與運氣。白雨虹至今難以忘懷的，還有民間藝人用神秘的木棍，指揮木桶裡的金錢烏龜。一只只神仙龜，自覺的、有序的會大的趴在最底下，小的趴在大的龜上，八九隻烏龜疊羅漢，搭成一座寶塔，

穩穩當當，紋絲不動，歎爲奇觀。白雨虹心裡多想見見傳說中的呂神仙，有時候自己荒誕地想，自己會不會也是神仙？無數次的做錯事說錯話，白雨虹明白自己不是神仙。既然自己不是神仙，他邊上生活的人也不像是神仙，白雨虹愈加想看看神仙的眞面目。

在人群中，他特注意那些相貌醜陋舉止奇異的人，蓬頭垢面的，衣衫襤褸的，頭頂紫砂茶壺的，橋欄邊默默靜坐的，嘴吸夜壺的，腳踢破扇的，口中喃喃有詞的，骯髒的手撫摸他頭頂的……，白雨虹常常猜測，這類人是不是那個帶來吉祥的呂神仙。普濟橋堍，人流外邊，白雨虹給過一個乞丐摸樣的老頭五分錢，那人席地而坐，一個破缽碗，一把斷拐杖，假如老頭有兩個碗疊在一起，白雨虹馬上可以斷定他是呂神仙了，可惜不是，無法判斷。白雨虹慢慢長大了，回憶當時的情景，那老頭做了一個雙手打開門的動作，口裡發出大學大學之類的聲音，他一直在猜想其中隱含的寓意。坊間盛傳，呂神仙說陸潤庠末代狀元，陸潤庠眞的成了末代狀元。倘若他眞是呂神仙，說他是末代大學生，白雨虹也高興。現實連末代大學生也不是，那麼，老頭不是呂神仙。長大後的白雨虹感悟到：神仙成人之美的。喜歡人們商貿興旺，盛世太平；安居樂業，一派祥和。不會挑動群衆鬥群衆。神仙不分階級、不分貧富的。普天之下，衆生皆友。從來不考慮誰是敵人誰是朋友的。神仙眞人不露相的，露相不眞人。由此推理，活人不是神仙，活人是神仙，那是神騙。

那個時候，白雨虹爲自己的神仙三大新發現，微微激動了一陣子。如今走在和坊街，石牌倒塌，店鋪半關著門，冷冷清清，一片蕭條。要跟和坊街告別了，不知道什麼時候回來，不知道能不能回來，白雨虹心裡淒苦萬分。他整理行李的時候，鬼使神差發現了那只「軋神仙」廟會買的面人哪吒，小心翼翼地放在兜裡，決定也把它帶走。以前，白雨虹關押期間，一個難友泅渡去新界失敗，被押解回來。那個青年曾經告訴過他，從蛇口紅樹林，潛游過深圳灣，那是去香港元朗的理想路線，也是危險性極大的選擇。白雨虹對自己的水性充滿自信，但天有不測風雲，地有暗哨槍口，那是一場生命的博弈。白雨虹祈求神仙顯靈，祈望哪吒暗中保佑。他一邊走，手裡緊緊握著哪吒，一邊想著深邃莫測的大海，突然間頓悟，那個疑似呂神仙的老頭，那個推門的動作，會不會也是一個游泳的動作呢？

白雨虹走在和坊街上，走過教堂，頂尖上的十字架斷裂耷拉，大門歪倒，沒有唱詩班的歌聲，沒有虔誠的教徒，以往，每到週末，廖牧師常常站在臺階上，那高大的身影，祥和的面容，與教堂的燈光，一樣的柔和。眼前空曠的門前，只有法國梧桐樹枯乾的樹葉，在風中無望的打轉。白雨虹腳步想快點兒走，心卻牽念著慢點兒走。走過昆劇團的大門口，也是一片靜寂，悠揚委婉的崑曲幾近絕唱，那些演員，白雨虹猜測，或者在五七幹校勞動，或者在接受批鬥，甩水袖的手正在耙著糞土，念白的口正在讀著檢討。冷雨勾月，西廂燈不紅；浪捲雲浮，牡丹夢難回。白雨虹不禁驀然回眸，遙望逶迤的古城牆，又想起跟藍欣欣一起的時辰，那裡的樹叢百花，猶如他和她的初吻一樣含羞青澀；那裡的磚石泥土，眷留著他和她的情話與體溫。在那個醉人的夜晚，她的睫毛、脖頸、乳房，無數次地撩動他的情懷，他和她激烈擁抱，他夢幻般的親吻，從欣欣的額頭親吻起，親她的雙眼，親她的嘴唇，親她緊鼓的乳頭，親她迷人的軟腹柔宮。他幾乎窒息，一路親吻，風捲殘雲。他的萬種風情溫心柔腸，他的纏綿繾綣憐香春宵，在剛勁挺立、狂放奔騰中，一瀉千里。人的一生，刻骨銘心的愛，有一次足夠了。白雨虹想說，我的幸福源於愛，我的痛苦也源於愛。藍欣欣行走在消失中，他白雨虹，也可能消失在行走中。不管命運把他拋向何方，他對她，他對這片土地，永遠一往情深。她的清純嫺靜，她的細語溫

情，深深的珍藏在白雨虹的心底。除非讓我死，即使死，我也會把這一份情感交給海邊的峭壁，化作依戀的貝殼，以化石的形態流傳後世。想著想著，白雨虹不禁湧出眼淚，盈滿眼眶。

恍恍惚惚，路途漫漫。白雨虹幻覺中，一個熟悉悅耳的聲音仿佛從天空傳來，那是母親輕輕哼著搖籃曲。母親的臉在眼前跳躍晃動。母親緊抿著嘴唇，嘴角邊淌著血，那血跡已經乾涸。白雨虹心裡千萬遍的自責自己，他眞是一個不孝之子。母親在哪裡，他不知道。母親歷盡苦難，他做兒子的，愛莫能助。白雨虹這一輩子，爲懇求醫生搶救父親，跪過一次。他多麼想，背井離鄉之時，也要在母親面前長跪不起，懇請母親的諒解與寬恕。他想對母親說，親愛的媽媽，兒行千里，只爲謀生求學。慈母手中線，針針線線，牽著兒的魂。兒子終會魂歸故里。這時，仿佛又有一個聲音從天邊傳來，混沌含糊，猶如魔鬼似的低沉：「你叛國投敵！」白雨虹一個激靈，立刻像一個角鬥士，騰躍跳起，衝向天邊。白雨虹環顧四周，尋找魔鬼，他要向魔鬼決鬥。他想要問清楚，到底誰叛國？叛什麼國？香港，是不是中國？香港的公民，是不是中國公民，難道是敵人？身邊茫茫混混，沒有人回音，空氣中仿佛佈滿疑慮的眼睛望著他。那一刻，白雨虹內心攪動著心酸，就像孩子受到了委屈，眼角掛著赤誠的淚水。

白雨虹自懂事起，他的情感，他的理智，他的學識，與母親的土地渾然一體。他愛這座城市，他愛這片土地。他浪擊太湖水，他捷攀蓮花峰。他明晰的瞭解和坊街的今天，也清楚的知曉和坊街的昨天。明朝天啓年間，魏忠賢閹黨濫捕無辜，激起民憤，數萬市民湧上和坊街，他們痛毆抓人的緹騎，冒死保護東林黨人，他們敢作敢當，大難當頭，五英雄挺身而出慷慨赴死。那一聲春雷，久久滾動，喚醒朦朧的權利意識，預示家天下皇朝的風雨飄搖。白雨虹對東林黨人充滿同情，對視死如歸的英雄無比崇敬，清明時節，忘不了在英雄們的墳頭獻上紀念的花束。

母親的土地，就是那些黃皮膚黑眼睛，是英雄的吶喊，是武昌城頭的炮聲，是五四青年揮動的旗幟，是盧溝橋頭的浴血奮戰。母親的土地，是春節的爆竹，是端午的粽子，是冬至的冬釀酒，是元宵的大彩燈。是精衛塡海的氣魄，是牛郎織女的傳說；是太史公《史記》的拳拳之心，是曹雪芹《紅樓夢》的巍峨絕唱。母親的土地，是黃河的激浪，長江的高峽，珠江的嫵媚。長城之邊，見證孟姜女哭訴暴政；黃浦江畔，傳來彭大姐不屈的呼喊。白雨虹多麼盼望，母親的土地，就是德先生賽先生的家鄉費小姐的花園。白雨虹不是盆中的病梅，他想吮吸大地的芬芳；白雨虹不是籠中的囚鳥，他只願飛向廣闊的天空，讓思想自由的翱翔。他像荒野裡的孤狼，他像大海裡的獨舟，如果在陸地上，他就做一棵常青藤，攀援在眞理的大廈上，見證世界的痛苦，反抗權力的無恥，懷疑妖術的蠱惑。或許，這樣活著不容易，這樣活著無奈與孤寂，這樣活著自己很痛苦，但是，白雨虹深知，人生下來不是爲了拖著鎖鏈，而是爲了展開自由的雙翼。那麼，塵埃裡人們能理解他嗎？世界以痛來吻我，我卻要回報以歌。想到這裡，白雨虹的淚水在眼眶裡打轉，不知不覺地，潸然流淌。

白雨虹在決然而然地瞥了和坊街最後一眼後，登上了長途汽車。黃昏時刻，來到了外省的另一座城市。這裡，也是一座傳奇的城市，清朝初年，這裡的人民爲捍衛漢族的裝束髮型，進行過殊死的搏鬥。白雨虹買好火車票，見上車還有些時間，他就站在街角，站在路燈光線的背影裡。他不想馬上去候車大廳等候，一切還是謹愼爲好。等了一歇，他見一群知青模樣的人走過，他馬上跟隨他們，混入他們的隊伍，走進候車大廳。那群知青，神采飛揚，談論著即將要去的地方，一個個對未來充滿憧憬。其中一個戴眼鏡的知青，手裡拿著手抄詩歌，大聲念著青年中廣泛傳誦的郭路生的詩歌《相信未來》：

當蜘蛛無情地查封了我的爐臺
當灰燼的餘煙嘆息著貧困的悲哀
我依舊固執地鋪平失望的灰燼
用美麗的雪花寫下：相信未來

當我的紫葡萄化為深秋的露水
當我的鮮花依偎在別人的情懷
我依然固執地用凝露的枯藤
在淒涼的土地上寫下：相信未來

我要用手，指那湧向天邊的排浪
我要用手，掌那托住太陽的大海
搖曳著曙光那枝溫暖漂亮的筆桿
用孩子的筆體寫下：相信未來

我之所以堅定地相信未來
是我相信未來人們的眼睛
她有撥開歷史風塵的睫毛
她有看透歲月篇章的瞳孔
……

白雨虹屏氣凝神的聽著，沉浸在詩的意境中。好像有多少年了，沒聽到過這麼明麗雋永又盪氣迴腸的詩歌了。白雨虹回過神來，想想自己，他相信未來麼？他有未來嗎？白雨虹心裡苦笑了一聲。即使他在深圳灣泅渡成功，踏上彼岸，那裡有未來嗎？他還是一個孤魂，他赤條條什麼都沒有，一切從哪兒做起呢？他可以做什麼工作呢，教書？擺攤？折彩燈做工藝？那裡有序的社會，他能謀生站住腳跟嗎？白雨虹暗下決心，縱然人情炎涼，世事多艱，哪怕他去做苦力，也要賺錢，賺到差不多夠付學費的時候，他還是百折不回的要去，考進大學，進入夢中無數次出現的大學的大門。白雨虹拍拍自己的腦袋，覺得自己是不是在做白日夢？

列車呼嘯著進站了，白雨虹趕緊準備上車。白雨虹想，剛才是不是想得太遠了點，眼下要緊的還是怎麼安全、順利的渡海，細心做好一切準備，一個環節套著一個環節，絲毫不能有任何漏洞。他突然記起，本來想去動物園獲取老虎的糞便，匆忙著走，還是把這件事情遺忘了。那海岸線上，哨兵他可以躲，警犬他無法躲避，那個難友告訴過他，可以撒老虎糞便，迫使警犬不敢前行。他想著，到哪座城市的動物園去覓寶呢？跨上列車的一瞬間，白雨虹心裡微微顫抖，這是一次死亡之旅呢，還是一次新生之行？白雨虹不知道。列車載著他駛入茫茫黑夜，路迢迢撲朔迷離，前程生死難測。

國家圖書館出版品預行編目資料

紅塵藍夢 / 侯潤平
作 . -- 初版 . -- 臺北市 : 博客思 , 2019.06
面 ; 公分
ISBN(平裝) 978-957-9267-16-8

857.7 108006961

現代文學 57

紅塵藍夢

作　　者：侯潤平
編　　輯：楊容容
美　　編：楊容容
校　　對： 沈彥伶　古佳雯　陳嫵竹
封面設計：陳勁宏
出 版 者：博客思出版事業網
發　　行：博客思出版事業網
地　　址：台北市中正區重慶南路 1 段 121 號 8 樓之 14
電　　話：(02)2331-1675 或 (02)2331-1691
傳　　真：(02)2382-6225
E—MAIL：books5w@gmail.com 或 books5w@yahoo.com.tw
網路書店：http://bookstv.com.tw/
https://www.pcstore.com.tw/yesbooks/
博客來網路書店、博客思網路書店
三民書局、金石堂書店
總 經 銷：聯合發行股份有限公司
電　　話：(02) 2917-8022　　傳 真：(02) 2915-7212
劃撥戶名：蘭臺出版社　帳號：18995335
香港代理：香港聯合零售有限公司
地　　址：香港新界大蒲汀麗路 36 號中華商務印刷大樓
C&C Building, 36,Ting, Lai, Road, Tai,Po, New,Territories
電　　話：(852)2150-2100　　傳真：(852)2356-0735
出版日期：2019 年 6 月 初版
定　　價：新臺幣 340 元整 (平裝)
ISBN：978-957-9267-16-8